海伦·文德勒，哈佛大学，1996年

大海，飞鸟和学者

文德勒论诗人与诗

[美] 海伦·文德勒 著
合唱团 译

广西师范大学出版社
·桂林·

献给基利安和塞琳，未来的承载者

For Killian and Céline, bearing the future

目 录

引 言

刻骨铭心

在讲述我的批评生涯时，我想从亲身经历的三件最刻骨铭心之事说 1
起：最果决的事，最奇异的事，以及最痛苦的事。[1]

最果决的事件随着我本能的信念，即我只就诗歌写作。读研究生时，人们要把自己列为英国或美国某一历史时期的学者。不得已时，我曾自称“维多利亚派”。但我看到，尽管很多老师的官方身份是某个时期的学者，但他们内心却是另一回事。他们都是研究诗歌的——罗斯蒙德·图夫、道格拉斯·布什——不管他们研究哪个时期，他们主要讲授诗歌，而不是戏剧或小说。我觉得自己也属于这些诗歌研究者的秘密群体，这就让我欣然立下誓愿：无论“业内”怎么看待我，我永远只写跟诗歌有关的东西，不把自己限定于单一的世纪或单一的国家。（一些年前，在一位已故好友的文件中，我看到自己二十岁出头时写给她的一封信，信中描述了我打算写的诗人：他们来自不同的时期，有英国的，也有美国的，所以，甚至从那时起，我已抱定决心。）

我平生最奇异的事，是二十三岁那年发现史蒂文斯的诗。那感觉就像我自己赤裸的灵魂透过书页对我说话。邂逅史蒂文斯时，我已读过不

少诗人，熟记许多诗篇，但通过史蒂文斯，我才理解风格乃人格，风格是
2 内在生命的物质实体。在我还不能以任何释义的方式来理解史蒂文斯的诗歌时，我仿佛已借助通灵术知晓了这些诗的情感意义。这经历如此奇特，以至于我强烈地渴望知道这种超越智性转译的融会过程是如何实现的。我此后所做的一切都源于这种不可遏制的冲动，想要解释独特的风格在传达诗歌意旨方面的直接表现力。

如果说发现抒情诗领域是我批评生涯中最果决的事，史蒂文斯的影响——让我看到自己对语言和结构特征的强烈兴趣——是最奇异的事，那么，1967 年，我三十四岁时，最痛苦的事来了。我离了婚，一个人拉扯儿子戴维，只拿最低的子女补助（每月九十美元），一年拼命讲十门课——每学期四门（其中一门是超负荷的夜校课），每个暑期两门。1963 年，我关于叶芝的博士论文已经出版，但在那之后，我一直无法连贯写作。一本关于乔治·赫伯特的书搁浅，因为我意识到，要写这本书，必须深入研究文艺复兴诗歌，但我那时根本没有时间。一本关于史蒂文斯的书已经开了头，但我的精力不济了，也没钱请人看孩子或做家务。一个筋疲力竭的夜晚，我努力思考着怎样让生活变得轻松。显然，我不得不继续教书管家带娃。唯一可以让我过得轻松点的办法是放弃写作。“它们绝不能让我——”我暗想着，惊惶，恐惧，愤怒。“它们绝不能让我这样做。”我以为“它们”指的是命运，或星宿，但我知道，停止写作是一种自我谋杀。我决定申请富布赖特资助，暂时休息一下。1968 年至 1969 年，我在波尔多休养，每周讲三小时课，在这之后，一切都好转了：我获得了教职，教学量减轻，戴维长大。

由于儿子是独子，我觉得他需要家中有人陪伴，于是决定：他在家并且醒着时，我决不工作。在这种情况下，我的学习和教书生活——对我来说无法与写作生活分开——是碎片式的，常常疲惫不堪，永远令人焦虑。随着儿子的长大，他入睡后宝贵的夜晚时光严重缩水；不久，像任

何青少年一样，他比我睡得还晚。我的研究和写作生活始于凌晨时分，与我的生理节奏相反。我嫉妒我的男同事们，在那个年代，他们的伴侣似乎为他们做好了一切。玛乔丽·尼科尔森曾撰文说女性学者所需要的只是一个妻子，这再真实不过了。

作为批评家

一直以来，我著书论诗，从莎士比亚到谢默斯·希尼，其间也涉及赫 3
伯特、济慈、叶芝和狄金森。在当今的职场宣传中，选择单一文体作为专业领域依然是不大被认可的，然而又有多少学者或批评家能把所有文体都讲得或写得同样好呢？本质不同的文学结构——叙事的线性，戏剧的辩证，抒情诗的凝练；加之历史上伟大的诗人尝试写出令人满意的戏剧或小说（或伟大的小说家尝试写出令人难忘的抒情诗）却均以失败告终（特例除外），这些都说明不同文体间存有基本的不兼容性。唯有一次，我因为缺钱而答应为一本小说写书评（为《纽约时报书评》评论玛丽·麦卡锡的《美利坚的飞鸟》），尽管我不认为书评本身有什么过错，但我还是为自己不懂装懂而感到内疚，此后再未接受小说评论。

我必须谈谈天职，正是它将我与“学者”分开——至少，与人们心目中的典型学者划清界限。我是批评家，而非学者；是读者与作者，更受文本（texts）而非语境（contexts）的吸引。在我很小的时候，我就不断问自己，阅读诗歌时，为什么一些文本好像比另一些更出色、更感人。为什么弥尔顿的《欢乐的人》比他的《一个漂亮婴儿死于咳嗽》更令人满意？我曾相信，并依然相信，任何读诗的人都能看出这一首比另一首好。（那些认为没有判断标准的人不过是暴露了自己的无能。）然而，要以一种合理明晰的方式向自己也向他人说清一首诗的想象特征，论证其建筑结构和技艺手法，却并非易事。当我直觉到诗中有某种东西而我却无法提炼、名状、破解时，我就有一种说不出的挫败感。约瑟夫·康拉德在《吉姆爷》第十二章说到一种“神秘且近乎奇迹般的力量，能产生惊人的效果，其途径却无迹可寻，此乃终极、最高的艺术”。不知为何，我当时就想探寻这种力量的途径。

我想，像我这样的批评家在某种意义上是“博学的”——就是说，她熟记看过的故事、风格和结构；她理解写作中潜在的表达可能（从神话和叙事的壮阔形式，到介词冠词近乎无形的排列组合）。她熟记词语和
4 句式的组合变化，并好奇新的排列会产生何等力量。她能在熟悉的结构中发现新的创意，为它们命名并发明新的分类方法。她的“学识”与诗人的“学识”相似，尽管在很深的程度上涉及词源与形式，却往往不系统，而是个性化的。她常常无法胜任“学术”生活最基本的任务，比如牢记事实，进入争论，将作品与其时代的政治和哲学背景联系起来。她没有——至少我没有——宏大叙事的能力。

既然每一种泛谈都需要一个实例，我就在这儿回忆一下我仓促受命，替一位同事讲授学期课程“浪漫主义诗歌”课的轶事。我熟悉也热爱要讲的六位诗人的作品，但我感到有必要说一些概述的话，以便在诗人之间建立一些共同联系，毕竟，我要讲的是“文学史课程”。我搜肠刮肚，尝试每一个句子，比如这样开头：“浪漫主义诗人是什么人”或者“浪漫主义诗人做些什么”，但我觉得都不对，于是退而寻求更小的语句，比如这样：“华兹华斯和柯尔律治都”或者“拜伦和济慈同样”，等等。我能想出的任何填空不是空话（“写素体诗”）就是标签（“对法国大革命作出回应”）。查学术书也不顶用。我告诉学生，我将单独讲授每一位诗人的诗歌，诗人们都太有个性，无法互相比较。当诗歌被置于粗线条的主题门类下考量时，所有属类层面（generic）和语言层面的创新就会从眼前消失。我的期末评估上这样说，“她善于讲授单独的诗人，但她并没有告诉我们半点什么是浪漫主义”。（我懂

得了不要提前向学生辩白。)

像所有作家一样,我不得不接受自身能力的局限:我为诗体和想象的幽微而着迷,就像他人被意识形态或历史迷宫所吸引。我当不了理论家或新历史主义者,但我也看到许多学者不是合格的诗歌解读者。要理解一首诗,首先要理解其功能风格的要素;当一位学者在没有深入了解诗人作品的情形下就闯入一首诗,试图说明某种意识形态的观点,他/她就会误解诗歌与诗人。衡量一首抒情诗没有现成的捷径:必须正视它本身,视其为一位作家全部作品的一部分,一种文学传统的一部分,然后才能用它来支撑某种学术观点。

生命之初

批评家是如何炼成的?父母关于我童年的传说都与文字有关:九 5
个月时,我就开始说话了;一岁已认识一百个单词(这个传说是真的;父母去世后,我们在书桌里发现了一张清单,上面写着“妹妹一岁所识字”);两岁时,听见四岁的姐姐用拉丁文说“我们的父”,我从儿童床上问道,“爸爸,我也可以说吗?”于是就说了。(为何一位父亲**要**教他四岁的孩子诵《天主经》〔*Pater Noster*〕是另一个问题。)妈妈(根据波士顿教育系统的规定,不得不在结婚后辞去小学教师的工作)是家中的诗歌源泉,谈话间常常引经据典;爸爸是(往往不合情理的)教学实验者,常迫使我们学习各种新的语言。他早年在古巴的联合水果公司做出纳员,后到波多黎各教英文,所以他说得一口流利的西班牙语;研究生期间,他又学习了法语和意大利语,以便符合高中罗曼语教师的资质。所以,我们这些孩子(即我姐姐和我;我哥哥坚决不学,毕业后就逃出了家门)先是学了西班牙语,接着学法语,然后是意大利语,全都是在家学的。与此同时,教堂和我的天主教小学都有拉丁文(我们唱大弥撒和小弥撒,标准的拉丁文赞美诗，还有“额外的”圣周熄灯礼拜[1]，以及圣歌轮唱）。高中时又学习了古典拉丁文：恺撒，维吉尔。在如此丰富的形式下，语言呈现出无法解释的奇异光芒，而我很快看到不同语言和格律体系可能产生迥异的诗歌效果。爸爸给我们看一些简单的西班牙诗歌——贝克尔[2]，达里奥[3]。当时我正从家中的文选里搜罗英语诗歌，便把他们也加了进去。高中时，法语诗人吸引我，尤其是龙萨（因为我已发现莎士比亚的十四行诗）和波德莱尔（因为我发现了 T. S. 艾略特）。批评家自然喜欢比较，而我始终在比较着。

我也始终在写作。当我六岁写下第一首“诗”时，我觉得诗就是有格律能押韵的东西。十五岁时，我不这么想了。那时我已读过并熟记大量莎士比亚十四行诗，我看到诗歌能揭示一个人真实的内在生命。在一个想象力迸发的夜晚，我一口气写下五首莎士比亚式十四行诗，从而开启了稳步而秘密的诗歌写作。这是我此后十年中唯一一段诚实的人生岁月。

障　碍

6 我这一生大多时候不够诚实。我成长于一个极其严守教规的天主教家庭；妈妈每天带着我们一起去做弥撒。从我四岁上学起，除了星期天，我的每一天都是以吟唱安魂弥撒开始的，因为，在一个大教区里，每天都是某个人的月祭或周年祭。弥撒和《末日经》（*Dies Irae*）是每日的食粮，但我从未丧失想象力。面对人生中的沮丧与损失，妈妈从宗教中

---

① 圣周熄灯礼拜（Holy Week Tenebrae），罗马天主教仪式，即复活节前一周最后三天的早课和赞美经，举行礼拜仪式时，将灯烛渐次熄灭。一些作曲家已经把部分祷文谱成音乐。

② 贝克尔（Gustavo Adolfo Bécquer，1836–1870），西班牙浪漫主义诗人、戏剧家。

③ 达里奥（Rubén Darío，1867–1916），尼加拉瓜诗人，发起了拉美现代主义文学运动，对二十世纪西班牙语文学有较大影响。

寻求慰藉与支撑，包括写传统的宗教诗，就算没有别的优点，至少在格律上无可挑剔，偶尔还会发表在天主教杂志上。（妈妈的妈妈也写诗——她的北卡父亲曾任波士顿公务书记员，我妈妈告诉我。）十一岁时，当我开始向妈妈询问那些我无法相信的教义问题，从贞女诞子到耶稣复活；或者我无法接受的宗教实践，比如禁止节育和离婚，她只是重申，她相信教会是信仰和道德问题的向导，然后就结束了讨论。我开始觉得自己如一个异教徒，孤立无援。

我恳求父母准许我上波士顿女子拉丁学校，后又求他们允许我上拉德克利夫女子学院，两次，他们都拒绝了我的请求。（第二次，他们遵守库欣主教的禁令，即严禁在无神论世俗大学接受教育，违者死罪——当时是麦卡锡年代。）在罗马天主教小学、高中和大学，我都不能当众表达我的想法。在大学，我和两个朋友听说，有些修女曾警告其他姑娘提防我们，说我们是“不良分子”。我们是无辜的处女，和父母在家中过着安分守己的日子，成绩全 A；我们不理解。很久以后，当我把这个故事说给米沃什听时，他大笑起来，说道，十五岁时，他高中学校的一个耶稣会会士对他说：“米沃什，你有一张罪犯的脸。”他们比我们自己还了解我们。在大学里，我本想集中学习英语文学，但令我厌恶的是，文学被作为信仰和道德的分支来讲授。（这一经历仿佛给我打了预防针，让我永远不会用任何“主义”作为解读文学的单一镜头。）我想，法语系也许不同吧，但是，学校里的法语文学研究从莫里哀直接跳到了佩吉[①]，因为狄德罗、帕斯卡、伏尔泰、福楼拜、左拉和普鲁斯特等都被列在禁书名目内，不能给学生读。绝望中，我转向科学，信仰和道德不能腐蚀这方思想生活。在 7
化学、生物、物理和数学课上，我不仅获得了观察世界的新方式，还学会了因果证明的实用逻辑，帮助我形成了写作的方式。由于我不确定化学

---

① 佩吉（Charles Pierre Péguy，1873–1914），法国诗人。

专业能干什么，我就参加了医学院的入学考试，并申请了数学专业的富布赖特奖学金。我获得了富布赖特奖金，却不想申请医学院了，于是去了比利时。意识到我平生第一次离开父母的掌控，我又从数学回归了文学（经富布赖特负责人准许），并写信给哈佛，申请英语系的博士。

在身不由己禁锢于宗教环境的日子里，我的诗是我唯一遇见自己的地方。我向学校的诗歌比赛递交了一首诗；诗获奖了，却不允许发表在校刊上，因为修女顾问认为这首诗不体面。诗是这样开始的：

心灵打心底里是个妓女，
唯有天真的帘幕掀开，
奥林普斯降下金雨，
才知晓什么是欢快。

也不挑剔——若朱庇特下凡，
公牛与天鹅都来者不拒。
女孩心甘情愿先去亲吻
那乳白的角，那橘红的喙。

The mind's a prostitute at heart,
Knows no joy until the hour
The innocent curtains are blown apart,
Olympus presses a golden shower.

Nor fastidious, either—as welcome is
A bull as swan, if Jove's beneath.
The willing girl is first to kiss
The milky horn, the orange beak.

我说的字字不虚。我能找到的唯一比喻是情欲的,用来比拟心灵在面对某种将它引入新天地的事物时所感到的饥渴和欲念。我所感到的是一种渴求,一种狂喜,当我猎寻真理并使之在我面前乍现。但我那时太无知,并不知道卖身时既无渴望也无狂喜。

研究生期间,我偶尔写诗。我总觉得,我的诗少了点什么,虽然我尽力使之情感精微、形式得当。最后,当我愉快地撰写博士论文时,我才找到真正属于我的文体——更加散文化的批评文章,写诗的渴望随之消失了。(很久以后我才认识到,我并不具有柯尔律治式的想象的"持续梦幻"〔continual reverie〕;也不像那些富于想象的人一样同时活在两个平面。)我为停止写诗感到内疚,怀疑自己是否有违天职。三十多岁时,我参加了一个聚会,罗伯特·洛威尔、安妮·塞克斯顿和伊丽莎白·毕肖 8
普都在。其中一位问我是否写诗,我坦言自己耿耿于怀的愧疚和对停止写诗的自省。他们嘲笑我说,如果我注定是诗人,并试图停止写诗,那么我会立刻感到偏头痛、消化不良、失眠,甚至更糟;他们说缪斯是拦不住的。我感觉好多了。

我想,我前面描述的家庭和教育上的障碍帮助我成为一个批评家。少年时,我就总想知道:如果我和周围每个人的想法都不一样,那么我到底在想些什么。然后我不得不追问自己,为什么我这样想;于是我不得不从其他资源(歌剧,诗歌,自传,但从没有小说)里寻找依据,来证明我的态度。我由独立思考引发的外部行动最初始于十五岁那年。那是一年一度的星期天弥撒,大家照例站在一起,"宣誓遵守礼仪",当众承诺不会看 C 级片("令人反感的")或 D 级片("被谴责的")。和教区其他所有人一样,我们家也起立宣誓。只有我固执地坐在那里,闷闷不乐。当然,谁也没对我说一个字:我们家的规矩是从不声张任何事。但从那时起,我父母就知道我决意违背他们的意志,尽管没有任何实际效力。离家以后,我再没去教堂。尽管基督教神话壮丽悲怆,我却不能将其与我幼稚而强烈的对真理的崇拜相提并论。我想，在我成年的岁月里，写作成为一种补偿，弥补着我所有叛逆而沉默的居家和住校岁月。

进 展

二十二岁时，我作为特殊学生在波士顿大学度过了一年，这一持续且正面的经历最早促使我成为一名批评家。我从比利时写给哈佛的信有了回音，英语系主任回复说我没有资格申请博士。我回信问要做什么才有资格。同样一封拒信说，“嗯，你可以先上英文课，然后再申请”。富布赖特访学回来，我在家中坐立不安，就去波士顿大学，每学期注册六门英文课，参加研究生入学考试，然后申请哈佛，被录取了。在波大，我的老师们引领我从中世纪家庭教养走向世俗思想的辽阔地带。（我记
9 得文艺复兴课的一位老师在第一堂课开头就解释道，从前，人们确实相信天堂、炼狱和地狱这类事物；我很想指指我父母家的方向。）在波大，我的老师莫顿·伯曼是我最初且恒久的榜样，他让我知道了什么是寓教于乐的教学。在他机敏、生动、透彻的讲座中，他以全部的共情进入他所讲授的作家的心灵，从卡莱尔到霍普金斯，从纽曼到丁尼生。而且，他对待学生也非常认真。为这样的老师撰写文学心得，你会觉得所有陈旧的束缚松解，心灵乐土的美景显现。（我的第三本书就献给他。）在长久地幽禁于全女生教会学校之后，波士顿大学亦如思想的乌托邦，验证了各个年龄、种族、性别、阶层和宗教信仰的学生都可以一起学习。我终于找到一个可以生活其中的世界，也从未后悔离开原先的世界。

占据我青少年时期的愤恨、挫败和恐惧情绪也渐渐消失，因为我体验了成年生活的两大幸事：友谊和母性。这些新的维度让我意识到大多数学术和批评文章所缺失的东西：构成和促发文学表达的丰富情感。学术研究和批评心照不宣地忽视了诗歌的情感基础，然而我觉得，若未

认识到这个基础，就无法理解一首诗如何以特有的风格展开。如果说我有意去改变我所面临的批评领域，那就是在分析抒情诗的同时，也分析促使它发生的情感和信念，证明它们的风格效果。

三十岁时，我终于找到了自由与情感，抛开了在寻求真理和表达过程中我所认为的错误和压抑。当我把第一本文集献给儿子时，我引用了本·琼生的一句话，这句话表达的内容最接近我对吾家吾书的寄望：“自由与真理；以及由此而生的爱。”

职　业

我最初的行业经历来自读研究生时哈佛英语系系主任对我的警告。公开试听周期间，他在我的听课卡上签字时说：“你知道我们这儿并不要你，亨尼西小姐：我们这儿不要任何女人。”我颤抖着离开他的办公室。（十三年后，他道歉了。）一九五六年，有些教授还不允许女生听他们的专题讨论课。几乎所有被哈佛英语系录取的女博士生都走了。在
那些日子里，几乎没有人理解女性成功的基本困难：女博士跟随她们非 10
学术圈的丈夫进了城，那里却没有大学或学院；或者去了学院，那里任人唯亲的规则却禁止女性在其丈夫工作的地方就业；或者去到只要男老师和男学生的学院；或者去了不愿雇用已婚生子的女性的大学。要生多少孩子才算“正常”，生完孩子后就不再工作，这种社会压力特别大。人们普遍怀疑女性的智力。当女博士被这些因素击败半途而废时，教过她们的教授们就更加怀疑为这些或许永远不会干这一行的学生投资的价值。来到哈佛研究生院读书的女生深感自己处于次要位置。

另一方面，英语系有些教授支持女生同支持男生一样热切，我有幸受教于其中几位。一位老师（约翰·凯利赫，文学史家和诗人，从未忘记文学与生活的关联）将我的叶芝论文推荐给哈佛大学出版社；另一位

老师（道格拉斯·布什，和约翰·凯利赫一样，对他所讲授的诗歌了然于心）在我获得博士学位那年把我推荐给古根海姆奖学金；还有一位（鲁本·布劳尔）后来邀请我和他一起出书。也许，哈佛期间给我最大影响的是I. A. 瑞恰慈。我本想上他的课（我已经知道他的著作），但系主任在初次见面时就出言不逊（“他都不算系里的一员！”），不许我上他的课，并亲手划掉了我选课卡上的课程号，转而写上一门乔叟。但他无法阻止我旁听瑞恰慈的课，在他的课上，我发现对一首诗的思索竟能开启越来越幽邃的感觉深度。图夫来哈佛待了一年，代替休假的哈里·列文，她的斯宾塞专题课教会我从文体的角度读诗，我们也成了终生的朋友。诺斯罗普·弗莱也曾到访；我曾作为人群中的一员，激动地聆听他的演讲《批评的解剖》，当时这本书尚未出版。当我开始写博士论文时，我问自己崇尚谁的文风，（自知不具备道格拉斯·布什的机智）遂将弗莱作为自己的榜样。因为我崇尚明朗，而弗莱始终清晰，我研究他的句子和段落，以他为范例学会了如何撰写一章。（后来，我从杰出的哈佛大学出版社编辑玛格丽塔·富尔顿那里学到更多，她教会我如何写一本书。）

尽管这个职业总的来说对女性并不友好，但只要负隅顽抗，至少在
11 某些情况下，还是可以打赢的。我的第一份工作在康奈尔，年中时我有了孩子。系主任剥夺了我的教学，声称生过孩子的人都知道有了孩子没法讲课。最后，在我的同事斯蒂芬·帕里什的善意交涉下，系主任发了慈悲，给了我一门春季学期早八点的新生英语课。（除了研究生，没有人在早八点讲课；我六点钟起床，收拾自己和孩子，开车把孩子送到街上三座房子之外的保姆家，环湖开车去上八点到九点的课，九点半开车回来接孩子，我完全感觉不到自己有工作，除了夜深人静判作业时。）下一年，系主任又恢复了我的全职工作，在判断我是认真的之后，开始让我代替休假的同事上一些一年级以上的课程；第三年，他让我开一门自己的

课。当我旁听保罗·德曼讲授瓦莱里、里尔克和史蒂文斯时，我在康奈尔的文学修养取得了显著的进步；我邂逅了解构思想（史蒂文斯的诗已隐约教给我这种思想），并发现它的发散、矛盾和断裂有益于抗衡凝聚、统一和连贯。

我入职时，文学批评尚未遭到不友好的待遇，尽管很多同事认为，与“真正的”学术研究相比，批评的分量很轻。这个领域不待见书评，视之为“媒体文章而已”。我呢，相反，认为书评是严肃思考的时机，不明白人们为何轻视它。由于我收入微薄，我尽可能承接各种书评工作；写书评是一种愉快且知性的挣钱方式，也成了我就新书展开的自我讨论课。受邀为约翰·贝里曼或詹姆斯·梅里尔或伊丽莎白·毕肖普的新书写书评已令人高兴；在有限字数内为大众写书评也教会我行文凝练，并发出自己的声音。在为《纽约时报书评》和《纽约书评》写了多年评论之后，我接到《纽约客》杂志威廉·肖恩的电话，让我担任他们的诗歌评论者。对我，一如对每一个为他撰稿的人来说，肖恩先生给予了充分的自由、无限的空间和真挚的鼓励。

我该讲讲我为《纽约客》撰写第一篇书评的故事，因为这件事能让我们了解肖恩先生的个性。我应邀为一位刚刚去世的作者的诗集撰写书评。我真实地书写了这位作家作品的开阔眼界及其局限，寄出了书评。然后，肖恩先生打电话来说：“文德勒夫人，我很喜欢您的书评；写得很好，很有趣。但我想和您解释一下，我恐怕不能刊印它。”（我的心一沉。）“你看，这里面有些内容，我想，可能会伤害到诗人遗孀的感情，我不想为此担责。”（我没有考虑到生者与已故诗人的关联。）肖恩先生 12
接着善意地补充道，“我相信很快会有别的东西需要你来为我们点评。”他没有食言。我为这本杂志写了很多年，直到一位新编辑改变了它的风格。幸运的是，其他编辑继续给我空间，尤其是《纽约书评》的罗伯特·希尔弗斯，一些新编辑也雇用我（包括《新共和》的莱昂·威赛尔蒂尔和

《伦敦书评》的玛丽-凯·威尔默斯。）

写书评的同时，我继续著书撰写单独的诗人。对我来说，文学中最精彩、最富有戏剧性的内容——也是考察文体风格的最佳语境——就是一位诗人的成长，从羽翼未丰的模仿到完全驾驭抒情。有两件事帮助我思考这一发展过程。其一，在思考成长过程的感性和智性因素时，我受到弗洛伊德的影响，这对我那一代人来说是很自然的事，尤其是我读的这些诗人都经历过心理治疗：洛威尔，毕肖普，贝里曼，普拉斯，塞克斯顿。我的好友玛格丽特·斯图尔特的丈夫拥有整套弗洛伊德，我在他们家时，经常翻阅这些书。我学习着弗洛伊德诱人的阐释风格和他具有煽动性的内容。其二，语言学对我研究诗人的发展和风格演变产生了影响。我当时的丈夫泽诺·文德勒是语言学家兼哲学家。我们刚结婚时，他的语言学藏书让我以崭新的视角洞见文体的幽微。文体学是一门相对来说未被定义的领域，有时语言学家实践它，有时是批评家；它在欧洲批评领域的传统比在英美更为持久。然而，语言学家和文体学家往往将文体因素与诗人的整体想象实践以及一首诗的心理和思想动机割裂开来。在书写诗人时，我一直希望将各种因素不可分割地联系起来——它们本就互相关联于一个流畅的成诗过程——想象，情感，文体创新。每一位诗人呈现出一种新的文体领域；在每一种情况下，人们都必须观察到一幅地图，并从文体效果绘制一条路径，由此返回想象和情感的动因。实际上，我的批评生涯也是逐渐认识到英语语言表现力的过程，这种表现力极具个性，是抒情诗人历经几个世纪发明并调制而成。

我为单一作家写的每一本书既有描述的目的，也有辩论的目的。它们依次是：阐述叶芝的《幻象》是一部诗学论文，而非神秘教义；为史蒂
13 文斯的长诗正名，反对认为这些诗笨重冗长的观点（最鲜明的代表是兰德尔·贾雷尔）；说明（不同于柯尔律治等人）以无神论视角阅读赫伯特的诗能向那些并不分享赫伯特宗教信仰的人揭示其诗歌的力和美；论证

济慈的颂歌并非彼此孤立，而是一组目标明确的组诗，对诗学思想进行反思，反对联想论和感觉论关于艺术的理论；在我第二本关于史蒂文斯的书中，坚称他绝不是人们通常认为的那种纯理性的冰冷作家；将莎士比亚的十四行诗视为抒情诗语言和结构的独立实验，而不是主题表达的叙事场所；指出希尼——他的诗常被狭隘地局限于政治或民族框架内解读——是一位几乎在所有抒情诗文体中进行创新的作家。在评论狄金森时，我呈现她为人熟知的魅力与绝望，但也想展示她更为暴烈和亵渎的时刻。

我有时被称为“形式主义”批评家：的确，弗兰克·伦特里基亚（在他背叛早年的立场之前）曾称我为“形式主义的女王”——二合一的新马克思主义责难。我们应该记得，二十世纪早期，“形式主义”是马克思主义理论家们为其敌人贴上的侮辱性标签。称呼某人为形式主义者，就是谴责这个人是精英主义者，只关注艺术的技术外壳，无视其思想、人性和内容层面的意义。即便是现在，“形式主义”也依然是个贬义词。我更倾向用古典学的标签“注疏”或佩特的标签“审美批评”来称呼我所做的一切。从古至今，注疏的前提都是文学作品拥有极其复杂的思想和风格，需要缜密细致的智性批评反思；审美批评的假设是，只有考量了决定艺术作品结构和形式的内在联系，才能准确地看待艺术作品。审美批评家自然关注艺术作品的属性和形式因素，含蓄的诗性，内在的结构关系，思想论点，表达方式，但批评家也应追溯和描述促成这些特殊形式的内在因素。形式乃内容的运作。内容是想象的形式。

在我从教期间，业内一些人开始对审美批评抱有敌意，认为这种批评要么“幼稚”，要么“本质主义”。他们对抒情诗也不友好：抒情诗太短，不是用于解构的理想文本，小说和戏剧则更加合适，可以从中获取政治批评所依赖的社会状况信息。一篇发表在《现代语言学会会刊》（*Publications of the Modern Language Association*，PMLA）的文章痛苦地追 14

问诗歌研究没落的原因。尽管业内发生了短暂的态度变化,但年轻人研究诗歌的嗜欲未减。当英语系的学者不能满足他们,年轻人就潜入创意写作或外语专业去找寻它。年轻人对诗歌产生共鸣的原因和我在他们的年纪时一样:作为人类意识的历史,诗歌描述了人类感受的复杂真相,并以特有的力量、机巧、魅力、智性和轰鸣筑起词语的结构。事实上,当一种尚未被抒情诗写过的人生经验降临,惯于以诗为伴的年轻人会感到绝望若失,正如当我发现没有重要诗作写到母性的神秘情感喧嚣时所遭遇的那样。我们依然缺少一位大诗人就此主题书写伟大的诗篇,尽管西尔维娅·普拉斯开了个头。

从职业角度来说,批评家面临的更大问题是,美国文化太年轻,无法欣赏诗歌——或者说,也无法欣赏任何复杂的心智形式,或许科学除外(因为科学"有用",而新世界的历史已然把我们变成了实用主义者)。摆脱了欧洲的美利坚依然过于青涩无知,无法为自身在艺术、诗歌和音乐领域的本土成就而骄傲。一个美国高中毕业生可以不知道美国有哪些建筑家、作曲家、画家、雕塑家或哲学家,可以没读过任何美国作家的复杂诗作。当我们最终为本土创造的艺术佳作而骄傲,并将之作为爱国主义文化遗产列入年轻人的普通教育中时,我想,这种情况才会发生改观。同时,我们这些人活在诗歌"光明且富饶的氛围"(史蒂文斯)里,将尽己所能通过书本和课堂传播诗人们美好而颠覆、持久而振奋的宝贵遗产。本书中的篇章都怀有这样的信念:诗歌属于所有人,但其听众往往需要——我也依然需要——进入它无垠领地的路径。

(朱玉 译)

1. 大海，飞鸟和学者：艺术如何帮助我们生活

当美国教育界认为有必要将一组不同的大学学科统一列在“人文 15
学科”（The Humanities）名下时，哲学与历史被默认为这组学科的核心，其他学科——语言、文学、宗教、艺术——则被贬至从属位置。人们认为哲学体现真理，历史记录往昔事实，两者应被视为西方文化的主要载体，在通识教育中占据首要地位。

但是，对可靠事实记录的信心，且不说对可靠哲学演绎的信念，今已大为削减。历史论断和哲学观点似乎总是出自特定的角度，并不比其他学科更少争议。将文化教育局限于西方文化的日子也一去不返。这当中自然有损失——学科深度和连贯性方面的损失——但这些变化提出一个问题：今天的我们应如何构建人文学科，此时此刻应鼓励怎样的人文研究。

我提议，人文学科的核心研究对象不是历史学家和哲学家的文本，而是审美努力的产物：艺术，音乐，文学，戏剧，建筑，等等。毕竟，文化主要凭借艺术而被铭记。每有一人读过柏拉图的对话录，便可能有十人见过博物馆里的希腊大理石雕像；若不是希腊大理石雕像，至少是罗马复制品；若不是罗马复制品，至少也见过照片。围绕着各门艺术运转于轨道之上的是学者们创作的艺术评论：音乐学与音乐批评，艺术史与艺
术批评，文学和语言学研究。我们或可将其他人文学科置于外围——哲 16

学，历史，宗教学。艺术能证明对本体论、现象学和伦理学的广泛哲学兴趣；艺术将带来更加丰盈的历史，不会在处理大众现象时无视个体之独特——而这恰是艺术家最看重的品质，也是艺术最重要、最宝贵的品质。

将人文学科聚焦于艺术有何好处吗？艺术呈现完全未经审查的人——情感上，生理上，理智上；单一的人及集体的人——人类成就的任何分支都无法相比。在艺术中，我们看到人类困境的本质——约伯、李尔王、伊莎贝拉·阿彻尔[①]——也看到长久以来表现手法的演进（比如哥特趣味代替罗马趣味，歌剧创作代替素歌创作）。艺术提出历史与哲学的问题，却并不暗中宣扬某种单一价值体系或普世解决方案。艺术品体现着在历史的巨幅画布中消归于无声、在哲学追求客观表达时被压抑的个体性。艺术忠于我们现在与过去的存在方式，忠于我们实际的生活和既往的生活方式——将我们视为被各种冲动与情感席卷的个体，而非集体或社会范式。艺术呈现的历史个案既独一无二，又通过类比而适用于更加广大的范畴，超越其描述的个体。哈姆雷特是个非常特别的人物——曾在德国上学的丹麦王子——但是，当普鲁弗洛克说“我不是哈姆雷特王子”时，他在某种程度上证明了这一事实：每一个看过这出戏的人对哈姆雷特都有自己的感悟。

如果艺术能令人满意地呈现人类经验，为什么我们还需要艺术研究和评论呢？为什么不只是带着年轻人去博物馆、音乐会、图书馆？聆听莫扎特，阅读狄金森，看看约瑟夫·康奈尔[②]的盒子，自然是无可替代的审美经验。我们为何要支持艺术的中介？为何不依赖其直接的影响？最简单的答案是，始终有必要提醒人们艺术之在场。随着艺术风尚的浮

---

① 亨利·詹姆斯的小说《一位女士的肖像》（*The Portrait of a Lady*）中的人物。

② 约瑟夫·康奈尔（Joseph Cornell, 1903–1972），美国艺术家，装置艺术的先驱。

沉，永远需要有学者来复兴梅尔维尔，或编辑蒙特威尔第，或举荐简·奥斯丁。批评家和学者是布道者，他们扯一扯公众的衣袖，说：“看一看这个吧”，或“听一听这个”，或者，“看看这是怎么回事”。说来也许难以置信，但是，曾有一段时期，几乎无人看好哥特艺术；或者，拿更接近我们的时代来说，人们也曾不懂欣赏《白鲸》和《比利·巴德》。

鼓励艺术研究的第二个原因是，这种研究在人类心中建立起文化遗 17
产的意识。在美国，我们是几种文化遗产的继承人：世界遗产（我们越来越意识到这一点），西方遗产（由此衍生出我们的民政机构和审美机构），以及特有的美国遗产（令人不解的是，该遗产尽管伟大且影响深远，却尚未在学校确立稳固地位）。在欧洲，尽管人们推崇本国卓越的民族遗产——意大利学生学习但丁，法国学生学习拉辛——但大多数国家都感到有必要让学生们认识到超出本土制造之外的西方遗产。随着时间的流逝，被殖民的国家虽受教于殖民者的文化，却渐渐以满腔热情创建自己的民族文学和文化，或沿袭或反叛殖民地模型（十九至二十世纪的爱尔兰即是例子）。长期以来，从文化角度讲，美国教育致敬欧洲和英国；但渐渐地，我们开始摆脱欧洲和英国在文学艺术方面的影响，不幸却未能在学校里用我们自己有价值的文学艺术创作填补由此造成的文化空白。我们的学生高中毕业时对美国的艺术、音乐、建筑和雕塑几乎一无所知，只是肤浅地知道一些美国作家罢了。

我们终会怀着合理的自豪讲授我们在文学艺术方面的民族遗产——如果有什么让我们被铭记，那就是这些遗产——当然，我们也希望培养年轻的读者、作家、艺术家、博物馆常客、作曲家和音乐迷。但这些爱国的和文化的目的不足以证明将艺术及其研究置于人文教育核心的合理性。那么，什么能引导我们将艺术及其评论置于人文学科的核心呢？华莱士·史蒂文斯曾说，艺术帮助我们过自己的生活。我不确信历史（因为，无论我们是否铭记历史，我们似乎注定要重复历史）或哲学（人们从未广泛获得哲学的慰藉）是否能在很大程度上帮助我们过自己的生活。史蒂文斯的论断很大，我们有权询问他如何为之辩护。艺术及其研究如何帮助我们过自己的生活？

史蒂文斯是倡导民主的作家，他期待自己的经验和反思能广泛适用。对于他，亦如对于每一位艺术家，“过我们自己的生活”意味着既
18 活在肉身中也活在心灵里，在滚滚红尘之中，也在重重云霄之上。艺术的存在就是用心灵的审美创作为我们的肉身重新定位。充满悖论的是，艺术以凝练的符号作为物理媒介体现经验的心理范式，由此让我们安身尘世。令史蒂文斯感到不安的是，他看见大多数人如行尸走肉，目光茫然，几乎看不到他们栖居的大地，将大地从他们实用主义的城市意识中滤去了。即使在二十多岁时，史蒂文斯就对人们置身世间的狭隘方式感到困惑：

> 火车上，我想到，我们多么彻底地抛弃了大地，指的是将之排除在我们的思绪之外。只有少数人注意到它的庞大和粗犷。大地依然使我们渺小、恐惧、慑服。江河依然咆哮，山川依然轰鸣，八风依然强劲。人是市井之物。他的花园果园田野不过是一些涂鸦。然而，他设法遮住了窗外巨人的脸。只是巨人还在那儿。[1]

艺术及其伴生学科将人类意识释放于感觉世界的背景音乐，从而使意识复元，让唇舌栖居于新生的语言，让耳目栖居于物质世界的欢娱与再造，让动物性肉体栖居于艺术媒介的动觉柔韧与阻力。若对这些事物不敏感警醒，人就只是半死不活。史蒂文斯在三首诗中反思了这种艺术功能——也反思其缺失所导致的后果——我将选取这三首诗作为本书后面内容的引证依据。尽管史蒂文斯谈的是诗歌，他也将这个观念延伸

到创造（poesis）——希腊文意为“制作”（making），广泛适用于一切创造性努力。

同地理和历史一样，艺术也为自然界赋予一层光泽。一片空旷的草地因为“葛底斯堡”的标记而具有人性并变得重要。草地上方是无垠的意义苍穹——斗争，尸体，泪水，荣耀——被美国词汇和作品笼罩，从葛底斯堡致辞到罗伯特·古尔德·萧纪念碑。寥廓的海面因为船长亚哈和白鲸莫比·迪克的魂灵徘徊而具有人性。一个平凡的小镇成为“俄亥俄温斯堡”；一座生锈的桥成为“简陋的桥下河水奔流”（爱默生，《康科德颂歌》），在那里民兵打响了“枪声响彻寰球”。文化意象此起彼伏地飘浮在美国的天空，无影无形，一如——当我们放眼望去——埃尔金大理石雕像盘旋在昔日的家园万神殿之上，无论它们如今身在何处；一如在西方人眼中，米开朗琪罗的亚当就是《创世记》里的亚当。文化之 19
光是几百年来形成的，因此在英格兰的田野里人们能找到罗马硬币，在亚洲的开掘地里有皇帝的陶俑大军，在我们西方的荒漠里遗留着圆丘筑造者的痕迹。在史蒂文斯的巨大地球上空，随着它喧嚣狂暴的运转，飘浮着每一个神话，每一种文本，每一幅图画，每一套体系，来自不同的创造者——艺术的，宗教的，哲学的。德尔斐神谕盘桓在萨福身边，路德命题高悬于格吕内瓦尔德的祭坛[①]，中国的寒山与西奈山毗邻，巴赫的b小调弥撒与拉伯雷共享同一空间。

如果在我们的上空没有飘浮着所有这一切由艺术、音乐、宗教、哲学

① 马蒂亚斯·格吕内瓦尔德（Matthias Grunewald，1470–1528），德国画家，晚期哥特艺术的大师。他作品的特点是充满了强烈的戏剧性和情感表现。他画的耶稣受难像是基督教艺术中最富有感染力的作品之一。伊森海姆祭坛的外侧就是他的杰作，格吕内瓦尔德用极度骇人的，甚至是让人心生排斥的现实主义手法，描绘了基督受难时遭受的痛苦和折磨。在内侧，他用明亮夺目的颜色描绘了耶稣诞生和复活的场景。

和历史所发明的象征，也没有学术努力所产生的一切解读和阐释，那么我们将成为怎样的人呢？史蒂文斯说，我们将成为梦游者，像机器人那样走来走去，对于我们正在经历的生活无知无觉：这就是史蒂文斯《梦游》(1943)的主旨。这首诗建立在三种意象上，首先是变幻不息的大海，世俗语言——也包括语言和艺术的日常语汇——之俗世储备。其次是必死之鸟的意象，它的飞动恰似海水的涌动，却终要被海水冲逝。其后代也终将被海水冲逝。第三个意象是学者，没有学者，大海和飞鸟都不会完整。

在古老的海岸，俗世之海翻滚
无声，无声，似一只瘦小的鸟，
渴望安顿却永不安栖巢中。

羽翼始终铺展却并非羽翼。
鸟爪始终抓磨板岩，浅浅的板岩，
回响的浅滩，直至被海水冲逝。

世世代代的鸟儿全都
被海水冲逝。一个接着一个。
一个接一个，接一个，被冲逝于海水。

若没有这永不安栖的飞鸟，没有
其后代在它们的宇宙中彼此追随，
这大海，沉落再沉落在这空荡的海滩

将成为死亡的地貌：并非它们死后

可能前往的土地,而是曾经生活的
地方,在那里它们缺少淋漓尽致的存在,

那里没有独居的学者,作为
感受一切的人,涌泻出属于他的
精致的鳍,笨拙的喙,个性。[2]

On an old shore, the vulgar ocean rolls
Noiselessly, noiselessly, resembling a thin bird,
That thinks of settling, yet never settles, on a nest.

The wings keep spreading and yet are never wings.
The claws keep scratching on the shale, the shallow shale,
The sounding shallow, until by water washed away.

The generations of the bird are all
By water washed away. They follow after.
They follow, follow, follow, in water washed away.

Without this bird that never settles, without
Its generations that follow in their universe,
The ocean, falling and falling on the hollow shore,

Would be a geography of the dead: not of that land
To which they may have gone, but of the place in which
They lived, in which they lacked a pervasive being,

In which no scholar, separately dwelling,
Poured forth the fine fins, the gawky beaks, the personalia,
Which, as a man feeling everything, were his.

诗人说，没有飞鸟及其后代，大海将成为“死亡的地貌”——并不是说亡者已前往另一个世界，而是说他们生而为人却宛如梦游，无论在情感上还是精神上，虽生犹死，缺乏“淋漓尽致的存在”。缺乏一种淋漓尽致的存在就没有充分地活着。淋漓尽致的生命贯穿头脑、身体、感官和意志，弥漫于每时每刻，不仅感受着济慈所说的“大地之诗”，并且以自身的创造性冲动做出回应。

不同于济慈的夜莺，史蒂文斯的鸟不歌唱；它主要的作用就是繁衍后代，努力萌生翅膀，试图用力抓磨以留下曾经在场的记录。海水不息地流动，时而无声，时而在“回响的浅滩”；飞鸟“永不安栖”。飞鸟努力想生出翅膀，却始终没有成功；它想把自己铭刻在板岩上，但它抓磨的痕迹也被冲掉了。大海“沉落再沉落”；终有一死的后代追随再追随。时间将飞鸟和铭文两相遗忘。

想象活着而心死。史蒂文斯说，若非学者的存在，这就是一代代飞鸟的命运。史蒂文斯没有将学者定位在大海或板岩——飞鸟的领地；诗人说，学者独居别处。但他居于无垠的孕育力：事物从他身上倾泻而来。他弥补着不是羽翼的羽翼，弥补着无力的小爪；他生出“精致的鳍”，海洋鱼类的精华；他创造“笨拙的喙”，让待哺的雏鸟飞入天空，它们的自然环境；他为大地缝制新的衣装，不是黄袍（君主适用），而是“个性”，适合民主制的众多成员。学者缘何如此多产？他的丰饶，缘于他“感受一切”，也缘于他所感受的一切在创造中变得具体。他为物质世界（作为科学观察者）也为未完成的审美世界（作为敏捷的回应者，对飞鸟未完成的自然之歌做出回应）赋予形式和定义。他就像《创世记》里的上帝；当他观察并感受着鳍，他说，“要有鳍”，于是就有了精致的鳍。

为什么史蒂文斯要把这个不可或缺之人称为“学者”呢？（他也曾
21 称之为“拉比”——每个称呼都与学问有关。）那么学问与创造有什么关系吗？为什么要将现象世界及其审美再现具体化和系统化就少不了学习研究呢？就像士兵少了诗人的词句就会贫乏（史蒂文斯曾说），诗人若没有学者的文化记忆、分类和历史，也会变得空洞。我们的思想体系——法律、哲学、科学、宗教——都由“学者”设计，没有他们的帮助，复杂的思想就难以流布、探讨，精微的文本和乐谱就无法准确地建立并阐释。审美渴望的躁动情感，飞鸟的翅膀之愿和留迹之念，若无思想活动赋予秩序和创造力，都将销声匿迹。对于史蒂文斯来说，艺术与艺术研究是共生的一对，彼此依赖。没有人生来就理解弦乐四重奏，能读拉丁文，或者会写诗；没有学者和他的藏书，文化就无法恒久流传。艺术与学问互相扶持，彼此相悦，恰证明了人文学科与艺术于内在层面和教育层面都密不可分。

《梦游》生动地描绘了史蒂文斯的箴言，“诗歌是学者的艺术”。这首诗追问，什么是创造性活动所必需的？诗歌作答：情感，渴望，孕育力，饱学的创新——这些是艺术家不可缺少的。但还有另一种思考艺术的方式，不聚焦于艺术创造者，而是关注构成艺术之观众的我们。作为艺术及其相关学科的观众，我们有何收获？史蒂文斯说，想象我们被剥夺了一切审美和人文活动的产物，活在世上却没有音乐，没有艺术，没有建筑，没有书籍，没有电影，没有舞蹈，没有戏剧，没有历史，没有歌曲，没有祈祷，没有任何意象飘浮在大地上空，使其免于沦为死亡的地貌。史蒂文斯在一首诗里创造了那种被剥夺之后的荒芜。我选的第二首诗是《红巨人在朗读》。这首诗恰似马蒂斯的绘画，向我们展示了一位尘世的巨人，有着太阳的颜色，正在朗读一方天空大小的巨板，当天色渐暗，巨板颜色变深，从蓝色变成紫色。诗歌也召唤出巨人的听众：他们是些幽灵，不再有生命，如今不快（对来世期待过高）地居住在寥远的“荒凉星球”。当巨人朗读着蓝色巨板上的内容，他在为幽灵们描述什么呢？

没什么特别的——不过是生活的常态，平凡，美好，乏味，丑陋，甚至，痛
22 苦。然而，对于幽灵们来说，这些事物刺痛，这些来自熟悉的生活却在活
着的时候无视的事物。如今痛失它们，这些活着时从未足够珍视，但在
陌生星球的茫茫虚空中却致命想念的事物。

有些幽灵回到尘世听他的言语，
他坐在那里大声朗读蓝色巨板。
他们来自荒凉星球且曾期望更多。

有些回来听他诵读生活之诗，
炉上的锅，桌上的罐，它们之间的郁金香。
他们会含泪赤脚踏入现实，

他们会哭泣也会快乐，会在寒霜中颤抖
为再度感到它而欢呼，会用手指摩挲树叶
也会触摸最纠缠的荆棘，会抓住丑萌的东西

大笑，而他正坐在那儿朗诵紫色的读板，
存在的轮廓、表达、法理的音节：
诗歌，诗歌，字符，预言性诗行，

在那些耳朵里，在那些被耗尽的纤薄的心中
染上颜色，呈现出事物本身的形状和规模
并为他们说出感受，而这恰是他们缺乏的。

There were ghosts that returned to earth to hear his phrases,
As he sat there reading, aloud, the great blue tabulae.
They were those from the wilderness of stars that had expected more.

There were those that returned to hear him read from the poem of life,
Of the pans above the stove, the pots on the table, the tulips
among them.
They were those that would have wept to step barefoot into reality,

They would have wept and been happy, have shivered in the frost
And cried out to feel it again, have run fingers over leaves
And against the most coiled thorn, have seized on what was ugly

And laughed, as he sat there reading, from out of the purple tabulae,
The outlines of being and its expressings, the syllables of its law:
Poesis, *poesis*, the literal characters, the vatic lines,

Which in those ears and in those thin, those spended hearts,
Took on color, took on shape and the size of things as they are
And spoke the feeling for them, which was what they had lacked.

这些幽灵在生时缺乏感觉,因为他们的记忆里没有"存在的轮廓、表达、法理的音节"。在此,史蒂文斯给出了三重观点:存在不仅拥有轮廓(如一切身体)和表达(一切语言),而且还拥有法理,比单纯的"表达"更加严谨。表达本身不能体现存在的法理:唯有诗歌——创造者以象征形式复制生活结构的行为——弥漫存在,能凭直觉领悟并体现法理。诗歌不仅再造生活的内容(日常现象),也为内容找到一种风格(神助,"预言"),并通过它的媒介——此为语言字符——体现结构的法则,并使之符合我们的理解力。

史蒂文斯在《红巨人在朗读》中描写的“听众轶事”说明，和幽灵一样，我们多么热切地渴望重返，以便认清并品味我们活着时未能充分关
23 注、未曾珍视的那部分生活。但我们不能——根据诗歌所说——凭一己之力实现这一渴望：只有尘世上那位富有生命力的巨人开始朗读，运用诗意和预言的音节来表达存在的真相和法理时，人生的体验才得以重构，并成为美与慰藉，帮助我们过活。

如果我们围绕文艺和文艺研究来重建人文学科，我们的生活会有什么不同呢？当然，哲学与历史在一定程度上重现昔日的文明，但对我们大多数人来说，是过去的艺术保存了埃及、希腊和罗马，保存了印度、非洲和日本。艺术家的名姓或许早已遗失，艺术品成为碎片，卷轴残缺，手稿不全——但阿努比斯神、佛陀和坎特伯雷故事依然占据我们的想象世界。它们携阐释一同到来，种种阐释追随其后如被冲刷的浪波。学术与批评阐释未必长过其所处的年代；思想观念荣枯交替，阐释解读也盛衰有时。但若没有学者们的付出，我们一代代人就无法对维米尔或贺拉斯形成自己的理解。

如果我们愿意承认艺术家及其解读者在往昔文化中的核心地位，我们或可开始反思：我们的美国文化产出了什么，足以流芳百世。哪些绘画、建筑、小说、音乐、诗歌能让人们记住我们？哪些生活的再现飘浮在美国大地的上空，使每一片土地如马林的缅因、兰斯顿·休斯的哈勒姆、凯瑟的内布拉斯加或林肯的葛底斯堡那样令人难忘？美国生活的轮廓、表达和音节将如何在我们广袤的地貌之上闪烁？我们的公民将如何获知他们的文化遗产，并为此骄傲？他们将如何把这一遗产传承给他们的子孙后代，当他们自己这一代被潮水冲逝？他们的子孙将如何变得能“感受一切”，获得“淋漓尽致的存在”，能够帮助飞鸟铺展它的双翼，帮助鱼儿长出“精致的鳍”，帮助学者涌泻出“个性”？

用语言联结情感和现象始终是诗人的目标。华兹华斯在《抒情歌谣集》(1798)序言中说道："诗歌是一切知识的气息和精魂；它是一切科学容颜的激动表情。"我们的文化不能忽视人类通过艺术再现生活的热望，不能忽视人类对呈现在文化舞台上的艺术品进行评论的饥渴。培养 24
敏感性(过去大多通过宗教和艺术来实现)的责任不能留给商业电影和电视。在教育内部，科学训练虽必然排斥情感，但也需要——通过艺术及其阐释——辅以情感、间接经验和人际想象的直接干预。购物中心的一套伦勃朗自画像，地铁上的一组静物画，食堂里播放的奏鸣曲，从幼儿园开始就合唱的灵歌——所有这一切不加评判地呈现，可以由社区和学校提供，使之成为生活的本来部分。教师和书籍可以温和地引导学生从被动接受到主动反思这些现象。艺术博大，影响深远，不能将之排除在孩子们的遗产之外：在我们的学校里，艺术有权被视为和分子生物学或数学同样严肃的学科。如其他复杂的精神产物一样，艺术也需要反复的曝光、共情的解读以及持续的关注。

艺术品一旦展出，人们不仅对审美事物产生好奇，也对历史、哲学和其他文化发生兴趣。为什么哥伦布到达美洲大陆之前那段时期的雕像看起来与罗马的雕像不一样？为什么一些画家专门画肖像，而另一些画家画风景？为什么戏剧的黄金时代在英国和西班牙出现后又走向衰落？是谁最初让爵士乐走进古典音乐，为什么？为什么有些作家成了民族英雄，有些却没有？谁在评估艺术，怎么评估？我们能相信艺术品的话吗？为什么毕加索同时画一张完整的脸和一张侧脸？艺术可以多么微小，然而依然是艺术？我们为什么要在艺术内部发明那么多分支——文学中有史诗、戏剧、抒情诗、小说、对话、散文；音乐包罗万象，从巴赫的独唱帕蒂塔到合唱？为什么不同的文化使用不同的乐器和音律？谁有权成为艺术家？人们怎样要求这一权利？问题无穷无尽，回答充满挑衅，无论提问还是回答都要求并且形成一种敏感性，训练有素的眼光，良好的鉴赏力,以及求知欲。所有这些素质,我们希望在自己和孩子身上都能看到。

最重要的是,艺术令人愉悦。或许我们应该更加迫切地召唤“愉悦这一重要的基本原则”(华兹华斯语),以便使人文学科(无论今昔)与美国人更相关。一旦对于艺术的饥渴被愉悦唤醒,童谣和卡通就会逐渐导
25 向史蒂文斯和埃金斯[①]。依赖大海、飞鸟和学者、红巨人和他的蓝写板所建立的课程体系将培养人们对艺术和人文学科的热爱,这是我们迄今仍未在人群中成功推广的。当人们在艺术家及其评论者的帮助下,以崭新的目光看见现实,那么生活的感知本质就会发生变化。如史蒂文斯在我选取的第三首诗《被农民包围的天使》中所说,现实的天使短暂地在我们门前显现:

我是必要的尘世天使,
因为,在我眼中你重见尘世,

涤除了顽固僵硬、人为的禁锢,
在我耳中你听到它悲哀的低音

流动地升起,流动地淹留,
如水的文字被冲逝;如同意义

一再半遮面的呈现。我自己,
不也是半个自己吗,

---

① 托马斯·埃金斯(Thomas Eakins, 1844—1916),美国现实主义画家、摄影家、雕塑家、艺术教育家,被公认为美国最重要的艺术家之一。

半隐半现或昙花一现,一种
想象的存在,一个幽灵披着

如此轻薄的衣衫,以至于我一
转身就会匆匆、太匆匆地消失?

(423)

... I am the necessary angel of earth,
Since, in my sight, you see the earth again,

Cleared of its stiff and stubborn, man-locked set,
And, in my hearing, you hear its tragic drone

Rise liquidly in liquid lingerings,
Like watery words awash; like meanings said

By repetitions of half meanings. Am I not,
Myself, only half of a figure of a sort,

A figure half seen, or seen for a moment, a man
Of the mind, an apparition apparelled in

Apparels of such lightest look that a turn
Of my shoulder and quickly, too quickly, I am gone?

尘世的艺术-天使更新着我们对世界和自身的认知,仅重复一半意义,因为我们是那另一半。在我们当中,有学者将半遮面的意义解读完整,为我们披上他们的个性目光。史蒂文斯在其使者的衣装中,忆起华兹华斯伟大颂歌的诗行:

曾几何时，草场，树林，溪涧，
大地，乃至每一个平凡的景象
在我看来俨然
披着天界的辉光，
梦的璀璨与新鲜。

There was a time when meadow, grove, and stream,
The earth, and every common sight
To me did seem
Apparelled in celestial light,
The glory and the freshness of a dream.

那披着华兹华斯式辉光、刷新我们对世界认知的世俗天使仅逗留一
瞬，即我们专注的瞬间。但心灵敏锐的那一瞬间能召唤我们回归生命、
26 身体和情感，而这一切恰是我们置身于纯粹的脑力或体力工作时特别容
易忽略的。正如艺术没有我们——其听众、分析者、学者——就不完整，同样，没有艺术，我们也残缺不全。在这个国度，当我们成为完整的自己时，我们才能用对艺术及其从属学科同样巨大的投入来平衡我们在先进的抽象领域——数学与自然科学——的造诣。艺术不与时俱进，但志在永恒，有时候，刹那即永恒。为什么美国拥有的永恒不及其他国家呢？玛丽安·摩尔曾说（《英格兰》），极致“从未限于某处”。

（朱玉 译）

2. 世纪末的抒情诗：W. B. 叶芝和乔丽·格雷厄姆

离我们最近的过去，呈现得总如同毁于劫难。

西奥多·阿多诺，《最低限度的道德》(*Minima Moralia*)之《矮种果树》("Dwarf Fruit")

除了我们能感受，
那整个的过去在遭受损毁时毫无知觉。

华莱士·史蒂文斯，《恶的美学》(*Esthétique du Mal*)

埃及和希腊，再见了，罗马也再见了！

W. B. 叶芝，《梅鲁峰》("Meru")

她现在深深地进入晚期。

乔丽·格雷厄姆，《历史》("History")

世纪末的写作令人想到严肃与浮夸，夸张与随性。在我们的想法中，"世纪末"(fin de siècle)这个概念与抒情诗格格不入，因为它来自史诗叙事的时间跨度，而抒情诗喜爱短暂瞬间往往胜过叙事的跨度。对于想要召唤历史概念的抒情诗写作者来说，主要的形式问题，在于如何在一首诗短促的呼吸之间塞入一个全景式的概念。世纪末诗歌从属于我们可称之为历史诗的抒情体裁，是其中的一个子体裁。在这一章中，我想说说叶芝和格雷厄姆如何解决历史的史诗主题与抒情时刻相互协调这一问题。

但首先，我想提一下把世纪末当作一个描述性短语这个文学史问题。我们今天所沿用的“世纪末”这个短语带有十九世纪的调子，涵盖了一批或纤弱或夸张的意象，还伴有一种强弩之末的男性性征的光晕，而这种男性性征主要表现为妖冶女人发起的攻势，以及五花八门的“变
28 态行为”——受虐狂、自杀、同性恋、乱伦，等等。将这种源自十九世纪的文学描述迁移到二十世纪的“世纪末”自然是错误的，因为“世纪末”已经获得了一种不同的，哪怕依然给人带来困扰的自我感知，虽然它也并没有完全卸下十九世纪这一阶段的夸张戏剧感。

即便十九世纪的世纪末之感是我们世纪之交的前身，我们也可以对它做出一些修正，因此我会从叶芝开始讲起。在十九世纪九十年代，叶芝创作了经典的世纪末诗作，在后来两战之间的创作中又不停地重写这些作品：在两战之间他看到，欧洲文化综合体即将迎来他理解中的终结。

叶芝对世纪末的思考采用了四种方式，这四种方式来自他所掌握的各种历史理论：古典的，基督教的，凯尔特的，尼采式的。正如我提到过的，在1889年至1899年间，他对世纪末的认识大致符合我们习惯归于十九世纪末的一些典型特征：厌倦、枯竭、筋疲力竭，等等。这些都是一个年轻人乐于表达的品质，因为他头一回能够对着自己，把经验表述成一种重复，烂熟于心而能完全预测。在《乌辛漫游记》(1889)里，叶芝讲述了一个顺从的主人公被一个妖冶仙女绑架的故事，那种我们常与法国

和英国世纪末相联系的颓废调子在诗中得到了充分的展开，而随后《苇间风》(1899)的诗篇中，垂死的下行音律以犹疑、颤抖的节奏传达出绝望的渴求，是无出其右的世纪末之书。正是在《苇间风》中，我们得以开始描摹叶芝关于世纪末的概念模型(model)。

基督教的末世传统在1899年的《秘密的玫瑰》一诗中可见一斑：

繁星何时将吹扬天际
像火花吹扬出铁匠铺，又死去？
你的时辰到了吧，你的劲风正吹，
渺远、隐秘又凛然的玫瑰？[1]

When shall the stars be blown about the sky
Like the sparks blown out of a smithy, and die?
Surely thine hour has come, thy great wind blows,
Far-off, most secret, and inviolate Rose?

从形式上看，《秘密的玫瑰》影射在它看来广为人知的诸多事件，从而将史诗时间压缩成抒情时间；这些事件带我们一路从远古时期来到现在。但当他创作一首关于凯尔特的末日(Armageddon)的诗，在写作黑猪谷之战的过程中，叶芝受到了另一种更富政治性的终结模型的吸引。他在注释中写道："爱尔兰各地都流传着一类预言，称爱尔兰的敌人将大败于某个叫黑猪谷的地方，无论是现在，还是在芬尼运动(Fenian)的时代， 29
这类预言毫无疑问都是一类政治力量。"(449)不论是力竭而死的熵模型、衍生自布莱克的基督教末世论模式，还是伟大征战的政治模式，在世纪之交的叶芝看来都是可行的抒情想象方案。但与此同时，在从一种模型来到另一种模型时，他的语气并没有发生什么明显变化。终于，在二十年代，接触了尼采和斯宾格勒的思想以后，他的语气改变了；他于是采用他到此时为止最为喜爱的一种关于世纪末的模型，也即在重复中有创新的螺旋（sprial）、旋体（gyre）或旋涡（vortex），开始重写早年的诗歌。

随着“旋体的转动”（343）[①]，主观和客观的时代相继更替；根据叶芝的模型，古典时代要被基督教时代接替。他预计基督教时代在公元2000年结束，并宣布一个主观的新时期将随之来临；这一时期的主导象征不是特洛伊的海伦——那个开启了基督之前的两千年古典时代的孩子——而是取代“马槽里的耶稣”的恶兽（the Rough Beast）：

但如今我明白
那两千年僵卧如石的沉睡，
已被一只摇篮搅扰成噩梦，
于是何等恶兽——它的时辰终于到来——
懒洋洋地走向伯利恒去投生？

（185）

Now I know
That twenty centuries of stony sleep
Were vexed to nightmare by a rocking cradle,
And what rough beast, its hour come round at last,
Slouches towards Bethlehem to be born?

虽然《再度降临》并非日历意义上的世纪末，但它确是写在一个时代的末尾：第一次世界大战打破了欧洲的和平，复活节起义以及之后的

① 来自《布尔本山下》（“Under Ben Bulben”）。本章中此处及以下的叶芝诗歌译文均来自三卷本《叶芝诗集》，傅浩译，石家庄：河北教育出版社，2002年。个别地方基于上下文需要有改动。

北爱问题(The Troubles)和内战又让爱尔兰的统治发生改变。正如《幻象》中的描绘(这部作品概览了叶芝的“历史”观)，叶芝无疑相信他正在见证基督教历史时期的解体；事实上，在《再度降临》和《丽达与天鹅》等诗中，他以一种新的想象形式重写了他早年写于 1899 年的诗作，这也预示了 1999 年世纪末的诗歌。

叶芝同样逐渐意识到，诗中的陈述如果没有与之匹配的形式加以佐证，那么它就是无效的，《再度降临》和《丽达与天鹅》都为世纪末找到了新的形式模型。《再度降临》——我们重新简要地说一下它的形式——分为两个不押韵的部分。第一部分有八行，采用了非个人化(impersonal)的模式——“万物崩散，中心难再维系”；第二部分有十四行，以第一人 30
称写成——“黑暗重新降临，但如今我明白”。我们可以对这种双重形式做出这样的解读：前八行尝试书写一个非个人的、“公共”政治话语的八行诗节，而从其对一个“问题”的八行阐述中可以看出，它拥有向十四行诗的形式发展的愿望。但这个概括性的八行诗节失败了：它找不到它自己的六行诗节。作者随后决定以个人化的抒情方式重写他那公共性的、非个人化的八行诗，而他向抒情真实性的转向得到了回报，即“来自世界灵魂(Spiritus Mundi)的灵视”——在其中他看到了恶兽的苏醒。第二次十四行诗的尝试成功了，它不仅给出了一个整合的意象(其恶兽八行诗实际上溢出了弥尔顿式的转捩〔*volta*〕而进入了第九行)，还提供了一个知识性的结论：“现在我知道了”。然而，这首成功的“十四行诗”依然保留了无韵诗的形式，这一形式标示了它在最初失败的八行无韵诗中说话的愿望。无韵诗属于演讲或公开演说的抒情惯例，而押韵诗行则属于歌曲的抒情惯例。起初失败却仍然渴望抒情的前八行演说被个人化的十四行诗所“取代”，但通过维持其演说的目的(如其无韵诗行所示)，十四行诗的写作就得以偏离个人的歌吟。

同样，在《丽达与天鹅》中，华莱士·史蒂文斯口中“坚实循环之轮转"的形式模型表现为宙斯的依次变形：从纯粹的鸟（翼、喙、黝黑的蹼掌）到神（荣耀和灯心草丛），到人形的情人（胸，悸动的心），到三者的综合（"那空中［天-神］兽性［鸟］的生灵［情人］"），再回到纯粹的鸟（"冷漠的喙"，212）。在《再度降临》和《丽达与天鹅》中，叶芝将史诗叠进抒情诗；他的方式是强行让世纪末的双重时刻（结合了文化灾难与肇始之初）提喻它所促生的整个史诗性、戏剧性的叙述：

腰股间的一阵战栗便使得那里
墙垣断残，屋顶和塔楼烧燃
阿伽门农惨死。

（212）

A shudder in the loins engenders there
The burning wall, the broken roof and tower
And Agamemnon dead.

然而，叶芝太敏锐了，不可能不疑心在他用以构想一个尖锐的爆破点的那些时间模型之外——末世、黑猪谷之战、宙斯使丽达受孕——可能还存在另一种历史模型，一种人"本性难移"或莎士比亚在第59首十
31 四行诗中所述的"革命将无同"的模型。如果一个人仅仅站在历史的转折点之外观看，而不是作为参与者，那会怎么样呢？在"二战"爆发前如《梅鲁峰》和《天青石雕》等一些诗作中，叶芝想象了几位超然而心无芥蒂地观看西方之衰败的旁观者：他们总是亚洲人——《梅鲁峰》中的喜马拉雅僧人，《天青石雕》中的"三个中国人"。

而今，这些亚洲的沉思者接替了东方三贤哲——他们的"基督教"前身。在叶芝题为《东方三贤》的"一战"作品中，他们观看着基督生平

的历史全貌,心中既不祥和也不满足。他们不满于伯利恒的耻辱和神秘,于是留下来观望他们期待中的结局,即弥赛亚的胜利降临;然而,他们反倒发现了发生于卡尔佛里丘的、更剧烈的世纪末动荡。这样一来,在叶芝的想象中,三贤哲始终是为这样的人准备的形象:他们知道,欢迎世纪末的每种激动情绪都是虚假的,而重复是唯一的真理——

此刻,正如我时时在内心中所见,
那些苍白的不满者身穿僵硬的彩衣
在那湛蓝幽深的天穹里时隐时现:
他们苍老的容颜都好似雨打的岩石,
他们银制的头盔在空中联翩飞舞;
卡尔佛里丘的暴行并不使他们满意,
他们的双眼仍在凝望,希望再度
在兽性的地面上找到那莫测的神秘。

(124)

Now as at all times I can see in the mind's eye,
In their stiff, painted clothes, the pale unsatisfied ones
Appear and disappear in the blue depth of the sky
With all their ancient faces like rain-beaten stones,
And all their helms of silver hovering side by side,
And all their eyes still fixed, hoping to find once more,
Being by Calvary's turbulence unsatisfied,
The uncontrollable mystery on the bestial floor.

比起后来叶芝笔下的隐士与中国的智者,三贤哲体会不到悲剧性的欢乐:他们永不满意地追随着旋体。他们代表一类历史参与者,坚信历史是毫无终极意义的一再重复。叶芝在这首诗中强调的不是简单的开始，而是开始和结束这两极。他用在形式上标示史诗的六步诗体写作《东方三贤》，以此示意蕴含在三贤哲无尽盘旋中的整个基督教史诗。在这幅苍凉的历史图景中——尤为苍凉，因为驱动它的是三贤哲对基督教道成肉身和救赎的见证——叶芝驰骋着自己的猜想，即三贤哲无法构建出一种神圣历史，让它符合他们追求中那种易于辨识的史诗。

然而，尽管诗中存在认知上的诧然，但《东方三贤》还是以一种形式
32 上的重复写成——它扮演了意义的角色。重复性本身成为意义是因为它可以预测：它排除了随机性。耶稣的故事只有伯利恒和卡尔佛里丘的两极，我们看得见它们势不可当又预见得到的回归，或者毋宁说，是三贤哲接连地重返这两极。如果历史是无意义的，那么它至少也是可预见的。叶芝后来怀疑他渴望的"悲剧性的欢乐"只能被某一给定周期中那些没有参与的人所体会到，但他也承认对于历史的参与者来说，任何一个意义模型都是有力量的——从黄金时代到铁器时代再返回的经典循环路径，从创世记到末世的基督教线性路径，或者黑猪谷中从失败到胜利的政治崛起。正如我所说的，这些模型——比如重复性的模型——在叶芝的诗歌中都找到了形式上的对应。没能在他的实践中找到形式对应的是随机性，因为叶芝从概念上就不接受它。他能容忍他历史模型间的认知失谐，是因为这些模型都建立在可预见性的概念之上：这一点在他所有的模型（无论是主题的模型还是形式的模型）中都体现为模式化的律动和有序的格律。

乔丽·格雷厄姆关于历史模型的作品让我感兴趣的地方在于，她不仅规避了叶芝与其他诗人召唤出的古典和基督教模型，也规避了社会主义和女权主义诗人召唤出的乌托邦模型。相反，就像阿什贝利一样——

阿什贝利生活中最喜欢的意象是漫无目的地乘坐旋转木马——格雷厄姆尝试在开展分析之前先置身于流动之中,尽管她也思考着分界问题。她的主题是历史的连续体,而非那些划分并组织时间的事件。这一连续体拒绝成为任何东西的终末(*fin*)。然而在格雷厄姆的诗中,结局——或至少重大事件——又一直发生着;在阿什贝利那里却通常并非如此,在理论上对反讽情有独钟的他倾向于凭意愿将这类"事件"处理成单一层次的愉快小事。

格雷厄姆的作品中找不到叶芝九十年代诗歌中的厌世感,这表明我们惯于称之为世纪末的调子——那苍白的、无血色的、叹息着的调子——是来自斯温伯恩、罗塞蒂兄妹和叶芝一些诗作的某种有限现象,而他们自己又应对着浪漫派和维多利亚时期那种过分用力甚至华而不实的、革命和道德事功的调性。这种对革命高调和乌托邦式信念(及它们同时带有的说教性)的回应或许只是巧合地适逢上个世纪末,而我们的世纪末有它自己的调子,无论是在唐·德里罗的《毛 II》这类小说还是诸如格雷厄姆的诗作中——这调子并非厌倦而是迷茫,像可动的屏幕而非静止的绘画,跃动地切割而非连续,是诘问而非宣言,含糊而不含什么结论性。在二十世纪,两种信念一直在争夺主导地位:一种是相信一个人只能真实地讲述个人经历(如《毛 II》中作家和摄影师的经历),而另 33
一个与之对等的信念,是一个人也必须讲述难以理解的群众事件(如《毛 II》中一位论教徒的集体婚姻)。群体提喻(mass synecdoche)——如果可以这么命名的话——替代了维多利亚时代后期细节的提喻。然而,在将任何东西再现为群体现象的过程中,对它的篡改也使得人们补偿性地执着于"私"(private)的维度。在《毛 II》中,作者对群体与私人现象同时在场的执着所导致的形式上的不连贯——也即缺乏十九世纪将情节维系在一起的那种连贯性——就是一种文本证据,提示这种见证之下想象的艰难。

格雷厄姆对历史和历史终结的关注显见于她于 1991 年出版的《不相似性之域》中的一些诗作。[2]我想到的这些诗，哪怕单从标题上来看，都体现出格雷厄姆决意要思考重大事件、时间的延续、叙述形式以及参与者和观察者角色间的角力。这些相关的诗作题为《历史》（有两首诗被冠以这一标题）、《第三幕，第二场》、《谁透过黑暗的门廊观看》和《历史之后的阶段》。在《不相似性之域》的前言中，格雷厄姆引用了奥古斯丁在《忏悔录》中的话。奥古斯丁思考着作为接续性的语言和人类将这种接续性空间化的愿望："你听见我们说话……又不想让这些音节站在原地；相反，你希望它们飞走，好让别的音节过来，让你听得见整句话。一切事物都是这样，通过部分的接续而构成一个整体；如果所有的部分都能被一下子感知，而并非被接连地感知，这样的整体会更令我们愉悦。"（xi）在《第二幕，第二场》一诗中，格雷厄姆空间化了她自己的生活，使其化为文本形式。她耐人寻味地没有像叶芝那样选择一个开始或结束的时刻，而是从史蒂文斯那里借用了史诗剧中的一个中间时刻（an intermediate moment）。（她从史蒂文斯那里借用的是《运动和不动中的混沌》一诗，在这首诗中，史蒂文斯首先命名了个人时间中的时刻，"运动……中的混沌"，继而命名了文本空间——"不动中"——的时刻。诗中他宣告在这较晚的时刻，"第十场变成了第十一场，/ 在第十系列的第四幕，等等"）。[3]《第二幕，第二场》一诗的主题是，当一个人步入中年而开始成为自身历史的观察者——哪怕这历史还正在上演之中——那么如何才能准确地以参与性的词汇表明自己的位置：

看，她说过这并非我们想要保持的
距离——我们曾想靠
近，非常近。但入口

在哪里？会不会
太晚了？她听见行动 34
从身边涌过——但它们在
另一条轨道了。

(66)

Look she said this is not the distance
we wanted to stay at—We wanted to get
close, very close. But what
is the way in again? And is it
too late? She could hear the actions
rushing past—but they are on
another track.

格雷厄姆的许多诗作都在长短行的交错中上演着远近之间的疾速变焦；这始终提出一个如何再现历史的问题。然而，历史事件在何种程度上被精神和文本构建为一幕幕场景，而非“客观”记录：对这一问题的关注，是当代历史学家和十九世纪六十年代末生人的诗人与诸如斯宾格勒和叶芝等人（他们乐于接受业已发明的各种建构）的分蘖之处——即便这些或线性、或循环、或螺旋的结构体系之间多有扞格。史蒂文斯在《现代诗歌》中说到心灵：

　　　　它并不一定总是要
寻找：场景已经设定；它重复着
剧本里的内容。然后剧院变成
别的什么。它的过去就成了纪念[4]

It has not always had
To find: the scene was set; it repeated what
Was in the script. Then the theatre was changed
To something else. Its past was a souvenir.

在格雷厄姆的诗歌中，时间本身和时间的记录者之间亲密相联，没法从概念上分开，这是因为只有记录者才能划分时间，指出值得纪念的时刻。连续体中的所有其他时刻都将沉没而不被注意。我们如何解释究竟什么能得到记录？人对事物的注意(attention)也许是随机的：人们或许会记录他们碰巧看到或碰巧遭遇的事物。但格雷厄姆并不接受这种可能性：对她来说，记录者的神圣使命是对那精准的命定时刻予以关注：

那唯一
正确的时刻，命定的时刻，
那分毫无误，
我生来必然抬头凝望的那个刹那，哒，没有
半音，没有诸多可能的
果园，

抬头凝望那双我自己
命运，而非世界的，眼睛。

(93)

the only
right time, the intended time,
punctual,

the millisecond I was bred to look up into, click, no
half-tone, no orchard of
possibilities,

up into the eyes of my own
fate not the world's.

格雷厄姆在这里的表述反映了圣经中“时机”(Kairos)的思想,即上 35
帝想让他某方面的意志得以实现的一段时间,往往还十分短暂(如《罗马书》13:11,“晓得……现今就是该趁早睡醒的时候”;或《哥林多前书》4:5,“所以,时候未到,什么都不要论断,只等主来,他要照出暗中的隐情,显明人心的意念”)。

正如格雷厄姆在这一选段中提到的,她与许多历史诗人相反,还认为一个人只有精确、准时地对个人命运做出记录,才能在抒情诗中“做”历史。格雷厄姆通过她自身的命运记录世界的命运,这一点与叶芝描述世界命运及自身命运的预言性愿望相悖。她书写大屠杀史诗的唯一方式,是透过她自己幼年的记忆,也即探望关在养老院里的犹太祖母。这样一来,格雷厄姆就自觉对立于叶芝笔下的中国人或喜马拉雅隐士的纯粹旁观者视角,也对立于阿德里安娜·里奇等诗人传统的概括性预言立场:后者书写宽泛的社会状况,却不以明确的自传性笔触提及促生这些书写的当前社会问题及其限制。

格雷厄姆在题为《历史》的第二首诗中提到,对事物的注意(attention)总是对时间的加工;但她认为注意力——像奥维德“吞噬一切的时间”(*tempus edax*;莎士比亚的“Devouring Time”)一样噬咬每一分钟的注意力——并不像我们或许认为的那样自由,而是受了束缚的。历史的注意力(格雷厄姆在下述选段中称之为“x”)总是为私密的使命所缚,至少对诗人来说是这样:

听啊：

x 会噬咬。咬出故事如微细的嚼咽

声，

轻轻咬出整个的长故事。

……

如果 x 拴着锁链，舔着它的骨头，

此刻发出修士抄经

自言自语的

声音，

如果它拴着锁链

……

锁链随着 x 移动而嘶嘶作响，

随着 x 的旋转逐节移动

36 （此刻噬咬而欧洲燃烧）

（原子崩裂之处的轻柔咀嚼），

如果它拴着锁链——

哪怕这只——这只最爱的兽——

那么这就是那条锁链，闪亮的

锁链：我想要的曾是在正确的时刻抬头看，

看见我注定看见的东西，

从不朽的灵魂中撬出自己，

抬头，看向炙烈、鲜活的肉身——

我想要的曾是在唯一正确的
　时刻抬头，那命定的时刻，
准时无误，
　我生来必然抬头凝望的那个刹那。

（92-93）

Listen:
the x gnaws, making stories like small smacking

sounds,
　whole long stories which are its gentle gnawing.
……
　If the x is on a chain, licking its bone,

making the sounds now of monks
　copying the texts out,
muttering to themselves,
　if it is on a chain
……
that hisses as it moves with the moving x,
　link by link with the turning x
(the gnawing now Europe burning)
　(the delicate chewing where the atom splits),
if it is on a chain—
　even this beast—even this the favorite beast—
then this is the chain, the gleaming

　chain: that what I wanted was to have looked up at the right time,
　to see what I was meant to see,
to be pried up out of my immortal soul,

up, into the sizzling quick—

That what I wanted was to have looked up at the only
right time, the intended time,
punctual,
the millisecond I was bred to look up into.

对历史的反思因世纪末的到来而奇异地增强了——“她现在深深地进入晚期”（35），格雷厄姆在第一首《历史》中如是说——因为以世纪划分时间具有随意性。人们想描述即将离去的世纪，并期许着新的世纪，同时也意识到这种描述的虚构性和它终极的文本性。最坏——或最好——的世纪末猜想是末世的猜想：它意味着时间的绝对结束，历史不复存在。如果说一切水落石出、正义大白于天下的基督教末世是历史终结之具有崇高色彩的喜剧版本，那么在格雷厄姆看来，莎士比亚的悲剧，以及它最终抹除中心人物的做法，是历史终结的无神论和唯物论版本。在杰作《历史之后的阶段》中，格雷厄姆以她处理同时性的特有方式综合了三种叙述：它们作为自然事件、自传经历和文学原型相互关联。关于自然事件的第一段叙事讲述了鸟在格雷厄姆的房子里迷路的事：除非她能找到小鸟，把它释放，否则它就要撞死在窗玻璃上了。第二段叙述是自传性经历，讲述了格雷厄姆的一个年轻学生自杀未遂（随后自杀成功）的事：他尝试用刀把自己的脸从身上割下。第三段叙述来自《麦克白》，代表了前面两段叙述背后的原型。
37 在《麦克白》中，麦克白夫人终结了邓肯所代表的旧秩序，以如她所愿开启一个新的历史阶段：麦克白家族对苏格兰的王朝统治。通过麦克白夫人的形象，格雷厄姆将世纪末表征为一个暗杀的动态时刻，此时的诗人必须杀死旧世纪和它所设想的未来——邓肯和邓肯的子孙——以开启新的时代。它引发的罪疚和自我杀戮都在格雷厄姆可怕的“历史之后的阶段”中得到了完全的演绎。

对格雷厄姆来说,人脸象征着自我中前瞻的、畅想未来的那一部分。一个人对自己所设想的未来所怀揣的那种正常柔情被一种自我憎恨急剧地叫停,这种憎恨或者导致自杀,或者导向自我重塑。人们确信,对自己来说,必须有世纪末这样一个决绝的变化发生的时刻;此后的一切也必须都截然不同。如果世纪末之中能够提取出什么意义,那这意义也产生自一种尝试,也即从内心深处听见那未经预想[1]的未来沙沙作响的尝试——正如鸟儿尝试寻找房子的出路:

  它身在哪一个美国?
我们这里所在的,是哪个美国?
  是否有一个美国,全然由
它的等待我的等待和哪样事物的一切形式构成?
……
一个凝神之地?

(114)

  Which America is it in?
Which America are we in here?
  Is there an America comprised wholly
of its waiting and my waiting and all forms of the thing
. . . . .
a place of *attention*?

最初浮现于脑海的那些关于未来的想法大多虚假、琐碎、错误、老旧、不

① unenvisaged,其中“visage”蕴含“脸”“面孔”之义。

完整、不充分。缪斯拒绝了这些,告诉诗人要等待,直到艺术的正确句法、济慈未闻的旋律、格雷厄姆“听不见的……话语”自我塑成:

　那个声音说等待。用了许多言语。
那个声音总说要等。
　那个句子,像更高的口中
一条舌头

　让另外的,听不见的言说
变得可能,
　那个句子在它的洞中,它聆听
的孔穴之中
　振翅而奄奄一息,穿过
38 空洞的室内,
　除了风吹,
房子像一颗头颅
　空空如也——
我们要继续走吗?
　在打马而过的世纪之中,它在哪?
在那**存在**的美国之中,在哪?

(114–115)

　The voice says wait. Taking a lot of words.
The voice always says wait.
　The sentence like a tongue
in a higher mouth

to make the other utterance, the inaudible one,
possible,
the sentence in its hole, its cavity
of listening,
flapping, half dead on the wing, through the
hollow indoors,
the house like a head
with nothing inside
except this breeze—
shall we keep going?
Where is it, in the century clicking by?
Where, in the America that *exists*?

在《历史之后的阶段》中,莎士比亚恰好在这时出现:我们听见了《麦克白》中邓肯声音的一种形态。他关于未来的想法全错了,他抵达自己即将被谋杀的城堡,却说:“这座城堡有一处舒服的座椅……空气灵巧地献礼。”剧中明确指出,邓肯后来使用的客人一词指的是“萦绕庙间的小鸟儿”;格雷厄姆相信我们还记得那只疯狂穿行于她家的迷茫的小鸟,于是继续进行着她反讽式的错误征引(misquotation),脑中既想着受蒙骗的邓肯,又想着那只垂危的小鸟,“客人依着钟爱的豪宅[beloved mansionry,而非莎士比亚文中‘心爱的石砌建筑(loved masonry)’]/嘉许这天堂的气息闻之动情”。(115)

《历史之后的阶段》的第一部分收束在这里。第二部分开始,“警察驾到拿下斯图尔特,将他带到/精神病院。/他身上的脸是他曾试图割下的脸”。(116)莎士比亚的声音现在作为麦克白夫人的声音再度出现,口中说的那些改写的语词不是邓肯的话,而是学生的话,“谁能想到一张脸/会如此鲜血淋漓”。(116)斯图尔特未来的自杀被看作是过去式的快进:“后来他只能铲除整个身体/以取回面孔”。(118)在医院里

的斯图尔特夹在自杀未遂和后来的自杀成功之间,变成了那只无法想象自身未来的惊恐的鸟,而诗人等待

听见窸窣的响动
我起身寻找
在它瞄准最亮的光源,那唯一的线索
又撞昏了头之前。

(118)

to hear something rustle
and get to it
before it rammed its lights out
aiming for the brightest spot, the only clue.

这首世纪末之诗结束于一片凌乱的颤抖,既无力扼杀旧秩序,而即便扼杀了旧秩序也无力促生新的秩序。我们无法真正看见“历史之后
39 的阶段”。诗人成了麦克白夫人,不知鸟/句子/脸/旧秩序是生是死,也不知如果它们死了,又该如何洗去自己手上谋杀的事实:

(让我的利刃不要看见
它缔造的伤口)——
……
那间屋子空着吗?
那片空荡是否装进了屋子?
自楼梯口算起,哪里是美国?我的脸放在

膝上，双眼紧闭，听
　下去。
M 夫人是中间的阶段。
　上帝保佑我们。
解除了女性柔弱解除了男性气质。
　她张开的手像动词缓慢降临于自由的人，
她张开的手颤抖着捂住她的脸，
　努力镇静她的目光，让视线定于

那挥动又潜入并不存在的水面的
　白色的双手。

(120–121)

(make my keen knife see not the
wound it makes)—
. . . . .
　Is the house empty?
Is the emptiness housed?
　Where is America here from the landing, my face on

my knees, eyes closed to hear
　further?
Lady M. is the intermediary phase.
　God help us.
Unsexed unmanned.
　Her open hand like a verb slowly descending onto the free,
her open hand fluttering all round her face now,
　trying to still her gaze, to snag it on

those white hands waving and diving
in the water that is not there.

这是格雷厄姆诗中最绝望的结局，它事实上以麦克白夫人的自杀结束了悲剧。它拒绝了莎士比亚式的、在邓肯之子马尔科姆的加冕中重建从前旧秩序的虚假安慰。这样一来，格雷厄姆就忠于莎士比亚戏剧的想象性真实，因其关注麦克白夫妇而非邓肯王朝的命运。对此处的格雷厄姆来说，世纪末就悬停在麦克白夫人颤抖的手中，她梦中的目光无法停驻，也没能找到赦免她的水面。如果历史是一种建构，那么没有什么能保证它的未来，除了人类目光躁动不安而无法停驻的流动之外——它形而上的不确定性和消灭自己的过去的决心是自杀性的。

我们可以稍事停顿，从这首诗中推断出格雷厄姆的观点，即任何关于“历史之后的阶段”的叙述如果不涉及她提到的三个同时性——自然事件、自传经历和文学原型——那么这种叙述就都是不完整的。她在三者之间的跳跃切割，尤其是她对中间性而非对开始、结束或重
40 复的关注，都表明我们现在所想象的世纪末是我们试图摆脱不可追的过去时产生的主动意愿——就像格雷厄姆学生的自杀意愿；或者，这一想象的世纪末，是当我们试图寻找些什么来辩护我们对过去的谋杀，或当我们试图协调我们行刑的手和流露意图的凝视时，我们犹疑的对象——就像麦克白夫人对谋杀的梦中重现；再或者，它是我们盲目闯入的对象——就像鸟儿撞上了看不见的窗格。这些可能性的不确定，以及诗人无力在这些可能性中做出决定的事实，都让格雷厄姆成为一个观察者，但她最后也借由麦克白夫人的形象，成为她所不理解的历史的一个参与者。

《不相似性之域》中另有一首诗明确涉及历史事件的建构，题为《谁

透过黑暗的门廊观看》。观察者听见近处难以辨认的孩子的叫声——是笑声，还是痛苦的哭声？——而这观察者必须尽力将其解读为对存在本质的标示。自然——或者"物质"，借用格雷厄姆在这首诗中对它的命名——本质上是喜剧的，还是悲剧的？阐释（Interpretation）在这里被寓言式地拟人为物质的伴侣，也因其终有一死而必然具有悲剧性。《谁透过黑暗的门廊观看》的开头如下，它发问我们为何感到我们此前为历史编码的尝试必定是谎言：

  是因为历史吗，还是因为物质，
或物质母亲——阐
  释的反面：他的伴侣：（他破碎的紫色身子破碎
依着可怖的礁石
  躺卧）——物质，（那其中
一声唳叫，或是
  尖笑）
（是雾，还是他们扼死的天使）——
    让我们感到我们肯定撒了谎？

（97）

  Is it because of history or is it because of matter,
mother Matter—the opposite of In—
  terpretation: his consort: (his purple body lies
shattered against terrible
  reefs)—matter, (in it
a shriek or is it
  laughter)
(a mist or is it an angel they strangle)—

that we feel so sure we lied?

阐释的"即时回放"激发了对在场的怀恋:

摩西说,让我看**你的**脸。
　不是旁白,不是
音轨(你不可你
　不可),不是阐释——嗡——
是脸。
　可我们能做什么呢?

(106)

Said Moses show me Your face.
　Not the voice-over, not
the sound track (thou shalt not thou
　shalt not), not the interpretation—buzz—
the face.
　But what can we do?

41 格雷厄姆以坐着不动的命令结束了她典型的——不同于叶芝激动而专横的宣告口吻的——一长串命令、问题和括号中的插话,这一命令借鉴自艾略特的《圣灰星期三》,但缺乏艾略特的基督教含义。作者对启示的渴望(这可能导致错误的、来自人的意愿的意义)和对在场的怀恋(这可能导致宗教的感伤)对世纪末的艺术家构成双重威胁。屈服于前者会创造出另一个抽象的乌托邦,这种乌托邦我们已经见得够多了;屈服于后者则会促出一种不够成熟的本体论和不够成熟的感性伦理学:

……坐着不动，坐着不动，那活泼的可理解的
魂魄说。
不动，不动，
好让它完全地成为

现在。

(108)

. . . sit still sit still the lively understandable
spirit said,
still, still,
so that it can be completely the

now.

如果这种坐姿——不要等待，只是坐着，坐着(108)——只表明一个人正身处“事故现场”(107)，面对写作场景中“那成堆的抹除——播放，反向播放”(107)，那么这将必然成为格雷厄姆对既定历史模式的怀疑所需的那种诗学，那些既定的模式递给我们的，实际是格雷厄姆所拒绝的那类世纪末模型。叶芝式的大幕没有被掀开，但叶芝式的黑暗也没有降临。播放、反向播放、即时回放、抹除、再播放——这一贝克特式的模型使得每一个时刻既是开始又是结束。磁带的转动是双向的，而且总是临时的，从形式上讲又总在格雷厄姆诗歌韵律之不规则的波峰和波谷中得到表达。或者，借用格雷厄姆的另一个比喻来说(这个比喻来自叶芝，又来自马拉美)，骰子“被不断地重新掷出”。(107)

那么，诗人从哪里得到表述的信心？她在《灵魂说》一诗中所表达的信心最终在于现时性的语言(idiom of presentness)本身，在于我们不

假思索地说出“河面波光粼粼”或“母亲向着风中展开桌布”的简单性。
这些句子构成了一个文本，或织体，在“关乎不同成熟程度的字母表，/
那现在存在的，可能发生的”之中片刻降临于地面的东西。格雷厄姆的
结语正如华兹华斯多年前的结语——言语的对象只要能持续存在，就成
为物质世界中一个自然的部分：“（她唱道这是物质的物质的一种形
式）”。（125）当历史成为文本，它就被空间化而成为织物，成为一张铺
42 展开而覆盖感知之野的油布（油布来自阿什贝利同题诗中的命名）。这
最终是一种喜剧的解决，通过这种方式，现时性的时间之浪让歌声的清
晰表达充满欢笑。我们被告知，《不相似性之域》中的最后几句——也
是《灵魂说》的结尾——应当被看作普洛斯彼罗在停下法术时所说
的话：

现在，我说，我去迎接那我比作
（纵然海浪飞溅，淹没我于笑声）
飞溅海浪之物，那海浪淹没我于笑声——

（125）

Now then, I said, I go to meet that which I liken to
(even though the wave break and drown me in laughter)
the wave breaking, the wave drowning me in laughter—

当然，诸如如何划分时间这样的重大问题在抒情诗中没有得到解决；它们只是得到了重新想象。格雷厄姆没顶的海浪（悲剧）无法像在叶芝的诗中那样，被划分为史诗的肇始、事件、结局甚至反复；它只能被重新勾描为喜剧——促发那湮灭一切的宇宙之笑。作为唯一一部观察时间、空间与行动之统一的莎剧，《暴风雨》选择将空间、时间和人类意

志的共同延展最终描绘成一种喜剧形式。只有当一切都终结,其中的每一个才会终结,而在《暴风雨》和《灵魂说》中,文本性的终结和历史的终结成为戏剧化的世界里的喜剧结局。格雷厄姆的作品表明,只要目前的事件和文本性——也即抒情的诸多形式——持续存在,那么就不可能有结论性的世纪末;但留在此时此刻的歌声之中而导致的思想重负也不能被完全抹除。在《灵魂说》中格雷厄姆写道,歌声是这样一个地方:“(在那里[时间]的匆忙得到中止)(和暂停)(但没有熄灭)(没有)”。(125)在灵魂的断言之中插入的每一个括号本身就是一个小小的世纪末。

(许小凡 译)

3. 永不倦怠的蓝调：《兰斯顿·休斯诗集》

43 兰斯顿·休斯(1902–1967)的现存作品收录于《诗选》,由休斯本人在1959年为克诺夫出版社亲订,1990年作为“复古经典”再版。其最后两部诗集《问问你妈妈》(1961)以及《豹与鞭》(1967)中的诗作并未收录在内,也不包含早期的《守梦人》(1932)中的作品。显然,休斯对其最具争议的诗歌进行了自我审查,例如,他删去了《基督在阿拉巴马》这首对斯科茨伯勒一案寓言式的评论。该诗以对话南方各州受压迫的黑人开篇,继而转换为对上帝(“上面的白人主子”)的祈祷,结尾处描述了被南方种族主义者钉死在十字架上的基督耶稣：

基督是个黑鬼
被殴打的黑人。
哦,露出你的背!

马利亚是他的母亲。
是南方的妈妈。
闭上你的嘴。

上帝是他的父亲。

白主子在上
赐予他你的爱。

最圣洁的杂种
嘴里流血的人。
　　黑鬼基督
　　在十字架上
　　位于南方。[1]

Christ is a nigger,
Beaten and black:
Oh, bare your back!

Mary is His mother:
Mammy of the South,
Silence your mouth.

God is His father:
White Master above
Grant Him your love.

Most holy bastard
Of the bleeding mouth,
　　Nigger Christ
　　On the cross
　　Of the South.

考虑到休斯性情中的和善、坚决乐观与讽刺幽默的特点,这标志着 44
他认为自己应该创作这样一首诗是多么急迫。是的,《当代》杂志曾向他征集对斯科茨伯勒男孩的看法（休斯曾于1931年去监狱探望他们）。然而除了他自己的决断，没有什么能让他把浮夸的“基督教”在南部面前抛掉，这种宗教形式未能聆听到上帝即爱。1959年，在没有来自克诺夫出版社的任何压力下，他在《诗选》中软化了那个愤怒的休斯，那个写了《早安革命》与《再见基督》的共产主义信仰的皈依者：

再见。
基督耶稣，主神耶和华。
现在就离开这里吧。
为一个完全没有宗教信仰的人让路——
一个真正的人，名叫
马克思 共产主义者 列宁 农民 斯大林 工人 我——

（166）

Goodbye,
Christ Jesus Lord God Jehova,
Beat it on away from here now.
Make way for a new guy with no religion at all—
A real guy named
Marx Communist Lenin Peasant Stalin Worker ME—

或许休斯不再相信这些受压制的诗歌，它们显然不是他作品的最佳代表。然而，如果没有这些诗作为衬托，则很难描述他的佳作。在阿诺德·兰佩萨德和大卫·罗塞尔编辑的《兰斯顿·休斯诗集》中，我们不用在大型图书馆里费力搜寻，就可以一览诗人兰斯顿·休斯跨越整个创作生涯的作品。

《诗集》是兰佩萨德为纪念休斯所做出的长久贡献的圆满完结。

兰佩萨德早先撰写了一部宏大的两卷本传记《兰斯顿·休斯的一生》，这部传记实际上需要一个连贯的诗歌作品集作为参考。然而，按时间顺序排列的《诗集》，缺少的是休斯的每一单独诗卷的作品目录。《倦怠的蓝调》与《给犹太人的漂亮衣服》等诗卷代表了文学史上的重要时刻，因此有必要了解人们在购买或评论这些书之前读过哪些诗歌。

休斯绝不仅仅是一位诗人，他之前的作品包括诗歌、小说、戏剧、幽默、传记、自传、历史和为年轻人创作的一系列作品。我们应将休斯视为一位多体裁作家，他是各个部分的总和。休斯并不是一位重要诗人，但他是一位迷人的、极具创造性的、令人不安的诗人。他很早就找到了一种独特的创作风格，并将其使用到他生命的尽头。因此，他的创作生涯缺乏那种在诗歌体裁与语言之中不断拓宽表达形式的顽强抗争，而这种 45
抗争往往标记了那些最有志向的诗人作品。

然而休斯写了多首真挚的诗，即使他的创作有时沦为宣传品。作为一个宣传家，他没有玩世不恭地进行创作。他有一种理想主义信念，深信文字说服他人的力量。对诗歌作为“无产阶级武器”的信仰，使休斯有时忘记了他自己的信念必须经过诗化才能发挥诗歌的作用。或许他并未忘记：在他匆忙的生活中，他可能认为这项事业是如此紧迫，以至于没有时间把思想消化为艺术风格，然而只有这种转化过程才能让诗歌成功地表达他的信仰。

一个受雇的宣传员不知如何写出真诚的诗，但一个真正的诗人如果创作宣传品（就像许多人所做过的），就会自觉地对艺术不忠。至于这种不忠是否是以“更高尚”或“更重要”的人权信仰为由，则是作者的良知问题。休斯代表了一个有意味的案例，他同时创作两种类型的诗作，好像他可以通过继续实践他的艺术来为其受雇产出的宣传品进行辩护。当我们看到一个作家写出模板类的作品是令人沮丧的，但如果看到他只写出模板类作品，那就更令人沮丧了。在他平庸地挥舞苏联旗帜的那些年里，休斯同时创作了一些睿智的作品，比如著名的《私人》：

> 一个信封上写着：
>
> 　私人
>
> 上帝给我写了一封信。
>
> 一个信封上写着：
>
> 　私人
>
> 我已经给出了我的答案。
>
> （173）

> In an envelope marked：
>
> 　Personal
>
> God addressed me a letter.
>
> In an envelope marked：
>
> 　Personal
>
> I have given my answer.

兰佩萨德的休斯传记在处理这些问题上有些棘手。第二卷的序言是休斯本人在1964年发表的声明。“政治可能是诗人的墓地，而只有诗歌才能让他复活。”兰佩萨德谈到了休斯的“妥协”，他毫不犹豫地批判了这些妥协。例如，休斯撰写了一本名为《著名美国黑人》的传记文集，其中却漏掉了杜波伊斯，兰佩萨德评论道：

46 他书中最不友善的一节是完全没有提到最伟大的黑人知识分子杜波伊斯。尽管他从未公开提及，他应该感受到了一定的煎熬。事实上，兰斯顿设法撰写了一章关于妥协主义者布克·T. 华盛顿（Booker T. Washington）的文章，却没有提到他最有名的对立面。

然而,兰佩萨德后来补充道:“毫无疑问,他的多个出版商认为,在面向儿童的文本中,即使是简单地提及杜波伊斯和其他激进分子也是不可能的。”

每一个这样的“妥协”都必须在其历史时刻的背景下进行权衡。1953年夏天,休斯整理了这些传记文章。在此之前的3月,休斯接到麦卡锡参议员委员会的传票出庭作证,休斯拒绝牵连他人,自己终被“免罪”。兰佩萨德批评了休斯在麦卡锡听证会上的行为,将他“基本被动的,甚至是躺倒的”行为与保罗·罗伯逊和其他人的“积极抗争”形成鲜明对比。但他也承认,休斯的回避反应是他的性格特点所致。“就像处理自己的性取向一样,他让自己激进的政治热情变得枯竭、萎缩、消逝。”

事后从道德的角度看,我们没有人能够评判在休斯的处境下我们会如何行事。我们也可能会创作一些从艺术标准来看不甚光彩的作品。但《诗集》的出现使我们有理由把他的诗歌作为艺术作品来评判。诗集的创作环境在其传记《兰斯顿·休斯的一生》中得到了充分的复述:可憎恶的父亲,无能的母亲,趾高气昂的白人“教母”,从哥伦比亚大学辍学,航海的岁月,从林肯大学毕业,皈依共产主义,在苏联、中国以及内战时期的西班牙的旅行,在好莱坞进行剧本创作,联邦调查局的袭击,哈林区的岁月,麦卡锡的传票,新闻记者工作,歌剧和戏剧,最终纷至的一堆荣誉,死于前列腺癌。我们有权这样问:休斯给了我们什么类型的诗歌,在他笔下产出了哪些以前未有的抒情形式。

找到启发休斯作品的文学和音乐传统是比较容易的。它们包括惠特曼的民主自由诗、保罗·劳伦斯·邓巴的方言诗、桑德堡对惠特曼的更新、艾米·洛威尔的意象主义、黑人灵歌、蓝调和爵士乐。兰佩萨德的传记不仅回溯了其中的大部分传统,而且还衡量了它们的重要性。然而传记中对具体诗作的考虑较少,甚至对休斯的诗学也没有进行说明。例如,是什么样的诗学引发了《私人》这样的诗?它是一种公开的交互对 47

等(reciprocity)诗学。休斯的诗总是存在两个主体(这次是上帝和诗人)，但这是一种隐秘的交互，在标有“私人”的信封中以私人信息的方式交换。这个标签的意思是“不要给别人看”。上帝发给休斯的信息可能与他发给另一个美国人、另一个黑人、另一个诗人或另一个人的信息不同；而休斯写给上帝的信可能与他传递给母亲、参议员麦卡锡或有色人种协进会(NAACP)的信息不同。抒情诗，在这种构建中，是你传送给上帝的信息，是你来回复上帝给你的信——上帝赋予你的带有特异性的命运。如果狄金森在谈到她的诗歌时说：“这是我写给世界的信／它从未写给我”，休斯则说：“这是我对上帝的回答，／他曾经给我安排了一种命运”。

那么，第一个交互对等性就是个人命运和个人诗歌对这种命运的回应。即使是休斯最孤独的时刻、最想自杀的时刻，也被表现为一个交互的时刻：

自杀说明

这平静
凉爽的河面
向我索要一个吻

(55)

Suicide's Note

The calm,
Cool face of the river
Asked me for a kiss.

休斯诗作的第二个特点是个人身份的特异性。来自上帝的信道出了个人的命运与一个灵魂的命运。这个命运是与生俱来的命运,而不是基于当前事件的运道。休斯越来越意识到,在堪萨斯州出生的美国黑人男性与在哈林区出生的美国黑人女性,或与在尼日利亚出生的非洲黑人是不一样的:上帝给休斯的来信是给他个人的信息。他对其他具有同样个体性命运的好奇与觉察成就了他的最佳作品。如果一个黑人作家对自己的身份感知没有那么多的灵活性和多重性,他就不可能进行如此生动的社会描写,不可能对哈林区的街景如此感兴趣。如果一个人对自己的黑人身份有更多的刻板印象,就不可能像休斯那样,在多种族的贸易商船上相处得如此融洽,或者体验到如此真诚的同伴感情。

交互性和特异性可以存在于只有两个人的诗歌中,有如在乔治·赫
伯特的诗句中一样。但休斯的诗歌具有不折不扣的社会性,这也是他写 48
作的第三个特点。他的作品总有一个明确或隐含的社会他人(往往超越色情)。它可能是一个地主,或是一组工人伙伴,或是处于种族分离社会之中的无名"他们",或仅仅是一头老骡子。但是,一名抒情诗人,因为对自己的独立和特异的身份如此有意识,他总能感知到社会关系的各种纽带,无论联结的是快乐还是不快乐的关系。

休斯诗作的第四个特点(在常规最佳状态下)是讽刺。讽刺的使用在受压迫者的口语交流中频繁出现,但在表达受压迫题材的"高级"文学中却不常出现,这些文学创作则倾向于戏剧性和悲剧性(斯托,佐拉,胡德)。这点尽管情有可原,但仍旧有些奇怪。杜波伊斯著名的"黑人灵魂"的"双重意识"不一定产生讽刺性,尽管它可能产生双重性。例如,他把自己看成是另一个人,这可以成为作家讽刺性的根源。在休斯身上随处可见的那种幽默的讽刺取决于对他自我的有意识弱化,这正是悲剧性受害者的角色所不能容忍的那种弱化。当别人在贬低你的时候,你很难同时再贬低自己。然而,真正的道德蔑视在于拒绝受害者的角色,这永远是一个由他人赋予的角色,而不是一个自我定义的角色。休

斯的独特性在于他擅长创造一种新的角色，适合自己在（实际）社会中的卑微地位，但不由社会决定：

我和骡子

我的老骡子。
他的脸上挂着笑容。
他做了这么久的骡子
已经忘记了他的品种。

我就像那头老骡子——
黑人——而且不屑一顾！
你得把我
像我一样对待。

（239）

Me and the Mule

My old mule,
He's got a grin on his face.
He's been a mule so long
He's forgot about his race.

I'm like that old mule—
Black—and don't give a damn!
You got to take me
Like I am.

这种诙谐式的幽默让人暂时忘记了骡子也有“品种”的怪异之处。仔细

海伦·文德勒
与
谢默斯·希尼，

玛丽·希尼摄于哈代最后的故居，
约2000年。

Henri Matisse,

"Polynesia, The Sea", 1946,

gouache on paper cut-out

想想，我们发现骡子是马和驴的杂种，但现在他已经成为他自己。他的黑人主人不认为自己比骡子优越，而且从社会角度讲，他也确实没有更 49
多优越性。但他和骡子都不会消失，世界迟早会习惯于它们的存在。这种低下地位的真相并没有被否认。相反，讲真话所带来的能量让这首诗充满了活力。

当休斯处于最佳状态时，讽刺就会戳进来进行斥责甚至控告。在他的《给非白人的备忘录》中，他从极具妄想的立场开始：

> 他们会让你拥有毒品
> 因为他们很愿意
> 给你下药或杀了你……
>
> 他们会让你拥有酒精
> 让你喝得酩酊大醉
> 变得愚蠢。

（456）

> They will let you have dope
> Because they are quite willing
> To drug you or kill you. . . .
>
> They will let you have alcohol
> To make you sodden and drunk
> And foolish.

但事实是，使用毒品和酒精需要对方的合作，这首诗从对白人的指责转向对黑人的指责：

他们会兴高采烈地让你
以任何方式杀死你自己
用酒、毒品或任何东西。

（456）

They will gleefully let you
Kill your damn self any way you choose
With liquor, drugs, or whatever.

休斯的这种慎思将其原本可预见的诗歌变成了恣意无常的人类文件。当然，对于休斯遇到的那些真信徒来说，无论是信奉三 K 党、有色人种协进会、苏联、联邦调查局还是警察，讽刺是一种可憎的耻辱。而从长远来看，休斯尽管本质上是一个信仰者，却温和地与所有信仰体系保持距离。甚至当他在《三 K 党》一诗中写到自己（想象中的）被三 K 党俘虏时，他也表现出对质问的讽刺性回答：

他们带我出去
来到一些孤独的地方。
他们说："你是否相信
伟大的白种人？"

我说，"先生。
要告诉你真相，
我愿意相信任何事情

如果你能把我放了。”

白人说,“小子,
是不是
你站在那里
羞辱我?”

(252)

They took me out
To some lonesome place.
They said, “Do you believe
In the great white race?”

I said, “Mister,
To tell you the truth,
I'd believe in anything
If you'd just turn me loose.”

The white man said, “Boy,
Can it be
You're a-standin' there
A-sassin' me?”

迟早有一天,休斯会去嘲讽每一种信仰的庄严,尤其是所有宗教和政治组织所共有的对“信仰”的胁迫性:

他们打我的头
把我撞倒在地。

然后在地上
对我拳打脚踢。

一个三 K 党徒说,“黑鬼。
看着我的脸——
并告诉我你相信
伟大的白人。”

(253)

They hit me in the head
And knocked me down.
And then they kicked me
On the ground.

A klansman said, “Nigger,
Look me in the face—
And tell me you believe in
The great white race.”

其他形式的社会胁迫没有三 K 党的拳打脚踢那么明目张胆,但休斯在《咖啡馆:凌晨三点》中的讽刺,将它们及其背后的虚伪一起嘲弄地记录下来:

扫黄小组的侦探们
带着疲惫的虐待狂的眼睛
仿佛看到了仙女
　　堕落者

有些人说。

但是，上帝，自然。
或某人
让他们成为这样的人。
女警察或女同性恋者 51
在那边？
在哪里？

（406）

Detectives from the vice squad
with weary sadistic eyes
spotting fairies.
Degenerates
some folks say.

But God, Nature,
or somebody
made them that way.
Police lady or Lesbian
over there?
Where?

看来，除了黑人的双重意识，大体上无性的休斯可能还具有同性恋的双重意识（尽管他抵制了同性恋者的压力，如阿兰·洛克和库蒂·卡伦，他们试图把他带出柜）。休斯作为一个无法掩饰的另类——黑人，和一个被隐藏的另类——同性恋者，这种讽刺使他最终对所有可见的社会表象产生怀疑。他一生的孤独使他成为生动的哈林区生活的观察者。

然而,无论是作为道德主义的教会成员还是作为随性的街头文化的参与者,他都不能完全参与其中。他能做到的是感受二者的情感,并表现生活对他们的影响,例如这首关于"非法性"的诗《S-sss-ss-sh!》:

大自然
不太在意
关于婚姻
证书之类的东西

　　但邻居们
　　和她的母亲
　　非常关心!

一天早上,婴儿来了,
几乎与太阳同时升起。

　　邻居们——
　　还有她的奶奶
　　都被吓到了!

但母亲和孩子
认为这很有趣。

(357)

Nature has a way
Of not caring much

About marriage
Licenses and such.

> *But the neighbors*
> *And her mother*
> *Cared very much!*

The baby came one morning,
Almost with the sun.

> *The neighbors—*
> *And its grandma—*
> *Were outdone!*

But mother and child
Thought it fun.

从这些诗中可以看出,休斯的诗学是一种大众语言的诗学。任何识字的人都能读懂他的大部分诗作。即使是充满较多暗示的诗,一般也会提到
当时在日报上的事件。毋庸置疑,休斯的文学能力极强,他轻松自如地 52
修完了大学的人文课程(包括哥伦比亚大学著名的“当代文明”课程)。休斯选择创作这种“简单”的诗作,他为自己未曾掌握复杂的传统诗歌形式进行了辩护,宣称自己追随了黑人民歌和蓝调创作的口头传统。他甚至把他的一些四行诗改写成六行蓝调形式。他的第一部作品《倦怠的蓝调》,自称是一本歌曲集,也是一部诗集。《音乐学院学生与更高尚演奏之间的斗争》这首诗中所表现出来的分裂的自我,也许就是他自己:

萨克斯风
调子粗俗。

我真希望
离我远点。

萨克斯风
平淡无奇。
不止如此，
它还市侩！

萨克斯风
这种乐器
我真希望
从来没有
赠送给我！

(319)

The saxophone
Has a vulgar tone.
I wish it would
Let me alone.

The saxophone
Is ordinary.
More than that,
It's mercenary!

The saxophone's
An instrument
By which I wish

I'd never been
Sent!

作为一个作家,凡是“赠送”给你的,就是你必须使用的语言。休斯具有强烈的乐感,他用短促的节奏脉冲式地“感受”语言。五音步在他的作品中很少出现,即使是四音步,也通常像上面这首诗一样被切割成二音步。我们可能会问,如果用更“正常”的英语四音步写成一个六行诗节,这首具有萨克斯风的诗作会有什么不同?

萨克斯风音色粗俗。
希望它能离我远些。
萨克斯风平淡无奇。
且它更是特别市侩!
萨克斯风这种乐器 53
希望从未赠送于我。

The saxophone has a vulgar tone.
I wish it would let me alone.
The saxophone is ordinary.
More than that, it's mercenary!
The saxophone's an instrument
By which I wish I'd never been sent!

这种“改写”破坏了诗歌作为勉强思考(reluctant thinking)的代表,不能体现思维的断断续续。如果我们正确地阅读原诗,当我们聆听音乐学院学生“真正”在说什么时,必须考虑到断行和诗节界线:

萨克斯风（我希望我现在正在演奏）
调子粗俗。（至少按照音乐学院的标准）
我真希望（至少在我在这里上课的时候）
离我远点。（它在追求我，我没有追求它）

萨克斯风（让我严正地提醒自己）
平淡无奇。（一种委婉的说法：“下层社会”）
不止如此。（甚至更糟糕）
它还市侩！（而音乐学院是“高于”这种东西的）

萨克斯风（关于这一点我无法停止思考）
这种乐器（那为什么音乐学院不教这个？）
我真希望（但我的愿望并不等同于意志）
从来没有（被什么？被吸引？被贬低？）
赠送给我！（狂喜，审美性转移，“错误”的快乐）

正如这个例子所示，休斯的诗充满暗示。就其表面的“简单性”而言，它们值得细细咀嚼。在他较优秀的诗作中，很少有一首诗的尾部不带有蝎子般的尖刺；警言式的结尾处很少不具有精神的洞察力。如果我们不“填补空白”，就会错过这些重点。在阅读那些自认为复杂的诗歌时，我们习惯了填补其中的空白。但在阅读类似于歌词的诗作时，我们往往认为开头读到的就是诗歌的全部，误认为第一节给人的印象就能代表诗歌整体。阅读休斯的作品时很可能误入这种假设。下面是他的四节诗《岛》（376）的前三节：

悲伤的浪潮，

不要现在将我淹没：

我看到那座岛
还在前方。

我看到那座岛 54
它的沙子白皙：

Wave of sorrow,
Do not drown me now:

I see the island
Still ahead somehow.

I see the island
And its sands are fair:

到目前为止，一切都很顺畅，主人公几乎被淹没在悲伤的海洋中。与这阴暗心理环境对峙的是一个有白皙沙子的岛屿，那是稳定和幸福的土地。我们期待这首诗收尾处会谴责这种带有威胁性的悲伤浪潮：

不要现在就将我淹没：
我还游向那里。

Do not drown me now:
I am swimming there.

相反，休斯认为要获得新的稳定，唯一途径是把自己交付给那压倒性的悲伤浪潮。这里是整首诗的内容：

悲伤的浪潮，
不要现在将我淹没：

我看到那座岛
还在前方。

我看到那座岛
它的沙子白皙：

悲伤的浪潮
把我带去那里。

Wave of sorrow,
Do not drown me now:

I see the island
Still ahead somehow.

I see the island
And its sands are fair:

Wave of sorrow,
Take me there.

这样的一首诗就像一种沉思（*pensée*），它的内心深处有一个盘旋的弹簧。它在最后一节中的转向离析(*dédoublement*)表明,它的第一个想法“不要将我淹没”已经变成了更真实的第二个想法,“把我带去那里”。

每个评论休斯的人都强调了哈林区爵士乐俱乐部对其诗歌的影响,无论是他自己创造的切分节奏,还是他在歌词中引入的大众俗语。小诗《建议》包括了其中所有元素:

> 伙计们,我告诉你们。
> 降生是艰难的
> 死亡是可鄙的——
> 所以,让自己
> 找到一点点的爱
> 在两者之间。
>
> (400)

> Folks, I'm telling you,
> birthing is hard
> and dying is mean—
> so get yourself
> a little loving
> in between.

那“一点点的爱”是休斯的一个永恒主题,“之间”的短暂亦是如此。哈 55
林区贫民窟的“及时行乐”精神是他最伟大的组曲《梦想延期的蒙太奇》(1951)的主题。在序言中休斯深思熟虑地写道:

> 就当前非裔美国人的流行音乐及其来源而言——爵士乐、拉格泰姆、摇摆乐、蓝调、布吉-伍吉爵士乐和疯狂即兴爵士乐——这首

> 关于当代哈林区的诗，像疯狂即兴爵士乐一样，以冲突的变化、突发的细微差异、尖锐和无礼的插话、破碎的节奏为标志，加以时而即兴演奏，时而流行歌曲的段落，充满了转型期社区音乐里的即兴反复、乐曲运行、停顿和碟片扭转等元素。(387)

正是“无礼”(impudent)一词使休斯版本的哈林区与众不同。这一连串的无礼声音往往是他对安逸祥和的哈林区这种自欺欺人的看法的质疑：

什么？这么快！

我相信我的老太太
又怀孕了！
命运一定是
有什么诡计
使这有色人种的国家人口增长！

反对《灯柱》的评论
你说这是命运？

(398)

What? So Soon!

I believe my old lady's
pregnant again!
Fate must have
some kind of trickeration
to populate the

cullud nation!

Comment against Lamp Post
You call it fate?

这首诗所暴露的对立立场让人想到休斯关于杰西·桑普尔(Jess B. Semple)的故事系列,也就是众所周知的"辛普"(Simple)。在《辛普故事集》中,辛普向一位黑人朋友讲述了关于种族主义的轶事。这位朋友从"更广"的角度出发,试图对这一轶事作更合理的解释,或许试图说服辛普这些事情并不像看起来那么糟糕。辛普和他的朋友都是"正确的":辛普对这一事件的看法是合理的,而他朋友认为,除了那些从个体经验中获得的真理之外,还存在更大的社会真理,这种看法也有其道理。这些对比的观点使休斯的诗歌与散文充满活力,休斯可以看到个人的梦想和导致梦想失败的更大的结构性原因。

正是由于这个原因,休斯需要成为一个合唱式的作家,将他的众多诗歌铸造成一种声音的混合体。这一系列作品中的主题诗《延期》中可以听到一支典型的合唱声音。从哈林区的公寓中升起的多种愿望暴露出愿望的无望性:这些愿望有多少会实现? 56

今年,也许,你认为我可以毕业吗?
……
二十岁时读完高中是有点晚了——
但是,也许今年我就可以毕业了。

也许我马上可以拥有那个白色的搪瓷炉子
……

我,我一直想学习法语。
……

有一天,
我将买两套新西装
一次!

我所想要的是
再来一瓶杜松子酒。

我想要看到的是
家具费用全部付清。
……

我想通过公务员考试。

我想要一台电视机。

你知道,像我这么大年纪的人。
我从来没有
拥有一台像样的收音机?

我想学学巴赫。

梦想的

蒙太奇

延期了。

兄弟,你听说了吗?

(413–414)

This year, maybe, do you think I can graduate?

.....

To get through high at twenty's kind of late—

But maybe this year I can graduate.

Maybe now I can have that white enamel stove

.....

Me, I always did want to study French.

.....

Someday,

I'm gonna buy two new suits

at once!

All I want is

one more bottle of gin.

All I want is to see

my furniture paid for.

.....

I want to pass the civil service.

I want a television set.

You know, as old as I am,
I ain't never
owned a decent radio yet?

I'd like to take up Bach.

Montage
of a dream
deferred.

Buddy, have you heard?

57 休斯在这里使用了巧妙的并置。一个知道巴赫存在的人,他的声音在前;一个从来没有一台像样的收音机的人,他的声音在后,我认为并非偶然。任何收音机都可以用来听新闻,只有想听音乐的人才会想要一个像样的音响系统。尽管这位期待拥有一台好收音机的文化低下之人(不像教堂的风琴师)可能从未听说过巴赫,然而两者的音乐天赋却可能是相同的。同时想拥有两套新西装的人是那种渴望生活多样化的不安灵魂,而家里仅有一套可穿的衣服是对选择性的绝对局限,会困扰这种性情。这些朴实的愿望,比如"再来一瓶杜松子酒"并不是道德败坏的迹象——而是美国之歌,休斯像惠特曼一样倾听到了,它们是智慧、审美和情欲的表现。在未得到满足的情况下,这些意愿会过期。如果休斯对此有话要说的话,它们至少曾被聆听到。

休斯的合唱诗学是一种普世的欲望。它们不是不可满足的欲望,不是昂贵的欲望,不是邪恶的欲望。一个让这种简单而体面的梦想受挫的社会，就是我们通过《梦想延期的蒙太奇》的间隙所瞥见的道德不公的社会。休斯笔下的哈林区有皮条客，有跑号的，有私生子，也有酒精和大麻。休斯和他的读者都很清楚，“礼仪社会”并非没有这样东西。休斯敢于暗示哈林区的生活就是普世生活。同时，他断言，这是人类特有的生活，其居民将为失去这种生活而遗憾。《噩梦般的摇摆乐》中，作者想象了一个世界，在这个世界里，美国的百万张黑脸变成了“死般惨白”：

我做了一个梦
我看到
百万张脸
和我一样黑！
一个噩梦：
比光还快
所有的脸
变成了死般惨白！

（418）

I had a dream
and I could see
a million faces
black as me!
A nightmare dream:
Quicker than light
All them faces
Turned dead white!

没有一个哈林区的居民想要这样的世界，在这个世界里，蓝调、爵士乐、民歌、民间故事、黑人笑话、黑人舞蹈以及其他一切黑人文化都销声匿迹。
58 黑人希望自己是白人的这种荒诞虚构，在噩梦面前爆发出来。休斯对黑人文化的真实性和美感的信念使他从黑人文化之中进行创作；他认为这是一种“处于过渡期”的文化，他的诗歌是过渡的媒介之一：不是向白人过渡，而是向黑人文化更全面的可能性过渡，向不再延期的普世梦想的过渡。

对于完美，休斯这种柏拉图式的追求使他具有了一种乐观主义，这与其潜在的绝望形成了鲜明的对比。他真的相信这首《小曲》中的情爱联合国会成为现实吗？

卡门西塔爱恋帕特里克
帕特里克爱恋陈思兰。
色诺芬爱恋玛丽·简。
希尔德格拉德爱恋本。

卢西恩爱恋埃里克。
乔瓦尼爱恋艾玛·李。
娜塔莎爱恋米格利托——
而米格利托爱恋我。

（609）

Carmencita loves Patrick.
Patrick loves Si Lan Chen.
Xenophon loves Mary Jane.
Hildegarde loves Ben.

Lucienne loves Eric.

Giovanni loves Emma Lee.
Natasha loves Miguelito—
And Miguelito loves me.

也许他有足够的智慧来推测,既然我们是单一物种,情欲吸引的普遍性将最终击败民族和种族部落主义。休斯极简单的诗歌背后总有一个思考的过程。像《小曲》这样的抒情诗隐含着将情欲与民族主义、传统、语言的综合力量对立起来,并将赌注押在情欲上。

粗略的阅读可能会低估休斯作品中的洞见。在休斯笔下,一些被人们表达过多次的见解,例如殉道者的血是教会的种子,邪恶摧毁那些实践邪恶之人的灵魂,非受害者的灵魂,这些普世真理被变成了一首《私刑之歌》:

拉一下绳子!
哦,把它拉高!
让白人活下去
让黑人男孩死去。

拉吧,孩子们。
带着血腥的呐喊。
让黑人男孩打转儿 59
正当白人死去。

白人死了?
你是什么意思——
白人死了?

那个黑人男孩的

尸体还在

说：

不是我。

（214）

Pull at the rope!
O, pull it high!
Let the white folks live
And the black boy die.

Pull it, boys,
With a bloody cry.
Let the black boy spin
While the white folks die.

The white folks die?
What do you mean—
The white folks die?

That black boy's
Still body
Says:
NOT I.

休斯的诗，只要是佳作，都显示出这种论述的浓度与警觉的反转天赋。它们使用急促的素描方式，运用社会借代的手法来表达人类的基本愿望和行为。当休斯在说教或喊口号时，从诗意上讲，他并不比其他宣传者更生动。但是,即使是他最松懈的诗,也是有意义的,因为它记录了美国人在极其孤独的情况下,在尊严经常被贬低的环境中,以极大的乐观精神生活的过程。

无论过去还是现在,没有任何一个国家是人人平等的。但休斯出生的美国仍然是吉姆·克劳种族隔离政策下的美国,是禁止“异族通婚”法律盛行的美国。他不愿意看到美国如此背叛自己,所以他一次又一次地呼吁美国遵循自己的建国原则。像所有的改革者一样,他经常看起来很愚蠢,特别是回望的时候。然而,他的嘲讽有能力腐蚀那些暴露出来的虚伪。当红十字会对捐献的血液进行隔离时,他对其炮轰:

慈悲天使的
在泥泞中困住了她的翅膀,
而这一切都是因为
黑人的血。

(290)

The Angel of Mercy's
Got her wings in the mud,
And all because of
Negro blood.

如果这首 1943 年的诗没有在休斯的《诗集》中牢牢占据一席之地,现在谁还会记得红十字会曾在血液捐献上施行吉姆·克劳的种族隔离主义做法?兰佩萨德的简要说明澄清了这些话题,让我们可以把休斯的诗看 60
作是记录黑人生活的文件,无论是在其个人层面,还是历史层面。

美国黑人知识分子对可行的生存方式进行了众多形式的探索，休斯对其中的大多数形式也进行过尝试，例如白人大学、黑人大学、返回非洲、欧洲侨民、共产党代表的国际主义、哈林区的生活、波希米亚人的多种族生活。几乎唯一不对休斯开放的选择是“放弃”。这些“选择”虽然看起来是自愿行为，却都是被不断翻新的种族歧视偏见所胁迫。休斯最后的选择宣称，自由将拥有最终的发言权。在《自由》一诗中休斯宣告，种族歧视者可能会通过焚烧教堂、监禁黑人或谋杀来烧毁、监禁、谋杀自由：

但自由
起身扬沙而笑
在他们面前
并说，
不——
不是这样！
不！

(562)

But Freedom
Stands up and laughs
In their faces
And says,
No—
Not so!
No!

这是一个无法被证实的声明，甚至是一个无力的否定。自由这样的柏拉图式的绝对信念被休斯悲惨地埋葬，艺术力量的信念也消逝得更加凄凉。《诗集》中的最后一首抒情诗《漂浮之物》代表了他的身体与歌声在死后像海上废弃物一样漂流着。诗中的“然而”来自这本书中尚存的勇气：

在无名的浅滩上，
搁浅了——我的船，
船头都坏了，
不再漂浮。

在不知何处的浅滩上，
浪费了——我的歌——
然而被海风带走
吹着走。

(562)

On the shoals of Nowhere,
Cast up—my boat,
Bow all broken,
No longer afloat.

On the shoals of Nowhere,
Wasted—my song—
Yet taken by the sea wind
And blown along.

与他同时代的大多数人不同，也与我们的许多人不同，休斯实事求

61 是地道出，人死后无处可归。然而，尽管他知道自己作品的主题和宣传性的一面会被时间抛掉，他仍然对诗歌的持久性感到乐观。而另一方面，真正的诗作经得起历史沧桑的考验，会被“吹着走”。令人遗憾的是，公立学校教科书沉闷的审查制度使休斯的许多最有力量的诗作无法触达那些对它们反应最炙热的听众那里。

（赵媛 译）

4. “在的无”：查尔斯·赖特的《奇卡莫加》

查尔斯·赖特的诗集《奇卡莫加》中的同名诗并没有提及发生在南 62
北战争期间的奇卡莫加战役，也没有提及阵亡的兵士，而这恰恰体现了典型的赖特式的写作实践。这首诗上升到一个有利的观察位置，一举抹去了历史的细枝末节。由此以来，剩下的皆是精粹之物：在这个地点发生了某事，它的令人不安的遗产仍然盘踞在集体心理之上（赖特出生在田纳西州），它萦绕着我们，让我们做出回应。一个自白派的诗人可能会写自己的家族对于这场战役的记忆。一个有着社会关切的诗人可能会重述这场战役的混乱。一个崇尚道德的诗人可能会以此辨析梅尔维尔所谓的“不同信念之间的冲突”。一个热衷风景写作的诗人可能会描述空空如也的战场当下的模样。不过，赖特不属于以上所有的诗人，也没有去做以上所有的事。

那么在否定了自白的、社会的、道德的与风景的诗歌写作之后，抒情诗是什么样子的呢？它可以是——在赖特这里——末世的。末世论在末世的视角下观察世界：死亡，审判，天堂和地狱。赖特以自己的方式重新定义了这些词：毁灭，历史，光和消亡。如果我们作为人面对灭亡，我们也的确如此；如果历史审判并处置我们，历史也确实如此；如果物质澄明为能量，它也的确如此；如果所有的事物都会消失，事实也是如此——那么我们还可以使用什么样的生命语言，不仅忠实于上述过程，而且忠实于我们?

赖特最早的抒情诗宣言在 1971 年以否定的形式写成,言明了自己想要创作的抒情诗:

新　诗

它不会像大海。
它不会在厚重的手掌上沾上泥土。
它不会是天气的一部分。

63 它不会暴露它的名字。
它不会做你可以确定的梦。
它不会适合摄影。

它不会守护我们的忧伤。
它不会安抚我们的孩子。
它不会帮助我们。[1]

The New Poem

It will not resemble the sea.
It will not have dirt on its thick hands.
It will not be part of the weather.

It will not reveal its name.
It will not have dreams you can count on.
It will not be photogenic.

It will not attend our sorrow.

It will not console our children.
It will not be able to help us.

如何为这一系列的否定句找到相对应的一系列的肯定句呢?《新诗》的三个诗节反对模仿外在世界(大海、泥土和天气);反对描摹心理世界(名字、梦和面孔);也反对摹写宗教世界(守护、安抚和帮助)。如此一来,无物;无我;无神。还有什么比这些对诗歌的要求更加严苛的吗?

如果诗的对象不是模仿,不是自我认同,也不是抚慰,我们就必须放弃许多与诗歌相联系的语调。赖特为自己施加的严苛的限定在他所有的书写中都可以看到踪迹。如果某个来自现实世界的事物被提及,必须要记住它是被选中的,而不只是单纯地存在于“那里”。一旦决定下来用某一个词描述它,也必须记住这个词有自己的历史、重量和色彩。如果自我被提及,那么必须要记住被提及的只是自我的某个方面,某个符合这首特定诗作目的的方面,并由这首诗已有的装置构建而成——它的意象、地点和句法。如果出现了悲伤、需求和欲望,不会有比我们自身更伟大的神祇来满足它们,帮助我们或抚慰我们的创伤。

如此一来,我们可以回到《奇卡莫加》这首诗,抒情诗所惯用的“温和”的腔调都不被允许出现在现场。没有南北战争的颜色和戏剧性,没有身陷重围的南方政府的慷慨陈词,甚至没有悲伤。全诗总共五个诗节,以层层包裹的中国盒子的方式组成。居于中间的是诗人游移不定的面孔,对他来说,奇卡莫加是一个富含深意的地方。读者无从知晓诗人的人性面孔;它隐藏在诗歌的面具之下。这个戴着面具的面孔前后都被历史包裹——首先,是历史的冷漠(将我们“如腐坏的果实”一样抛弃);然后是历史裹挟我们的牵引力,将我们如鱼虾一样拖到光和空气中,让我们窒息。不过,这个似乎无所不能的历史本身也被前后包裹起来:一边是景观,作为历史上的战役已经谢幕,而它却还持续着庸常的在场;一边是语言，这是另一股超越历史的、万古长存的力量。

64 赖特的结构——面孔包裹在诗中，诗和面孔又包裹在历史中，历史包裹在景观和语言中——本身即构成了一种强大的表述真相的命运几何学：

奇卡莫加

鸽子在高草中盘旋。
　　　　　　　　隔壁夏末的光泽
映照手套和被截断的木兰花分散的枝丫
劳作的声响：货车倒车的警鸣，木柄的锡锤，蝉，火号角。

历史将我们的过去视作腐坏的果实。
正值上午，世纪末的光
　　　　　　　　　在桃树下如印花图案。
在这里拨弄着我们。处处拨弄着我们。

这首诗是一个不传达信息的密码：
面具的目的不是面具，而是面具之下的面孔，
绝对，不可交流，
　　　　　　　无家，游离。

历史鳃状的网很快会将我们
从我们漂浮其中的自足的冷水中打捞起来
一个又一个
　　　　　置于它令人窒息的光和空气中。

结构成为信念的元素，句法
和语法，一个问答的传道士，
它们的词，念珠的话，
令我们不满的重击的词。[2]

Chickamauga

Dove-twirl in the tall grass.
End-of-summer glaze next door
On the gloves and split ends of the conked magnolia tree.
Work sounds: truck back-up-beep, wood tin-hammer, cicada,
fire horn.

History handles our past like spoiled fruit.
Mid-morning, late-century light
calicoed under the peach trees.
Fingers us here. Fingers us here and here.

The poem is a code with no message:
The point of the mask is not the mask but the face underneath,
Absolute, incommunicado,
unhoused and pereg rine.

The gill net of history will pluck us soon enough
From the cold waters of self-contentment we drift in
One by one
into its suffocating light and air.

Structure becomes an element of belief, syntax
And grammar a catechist,

Their words what the beads say,
words thumbed to our discontent.

如果你期待一首抒情诗，它通过“压抑”自身工整的、语言构造物的性质，维持模仿个人直抒胸臆的幻觉，这首诗不会是你的首选。如果你喜欢“语言诗”，它们摆脱了结构、句法和语法这类限定语言自身表达的权威主义霸权结构，这首诗也不会是你的首选。

65 赖特代表了这么一类有趣的诗人，一方面，他在每一首诗中都承认，一首诗是一种加密的语言；另一方面，他又要通过这个密码本身表达，这种彰显了结构、语法和句法的语言一定不是“现成艺术”，而是经由探索性的人类意识加工的结果，这个人类意识在已实现的面具下永远不可交流。并不是他自己才有这双重的愿望。在当下，凸显抒情诗本身的人工制成性是惯常的做法。赖特非同寻常的地方在于他苦行般的做法，坚持在人性的不可交流性与非人性的既定性的双重真实下，让诗歌接受拷问：诗中的任何一个细节都不容我们忽视孕育这首诗的形而上学。

慷慨陈词、自白、惊愕与恐惧等“有温度的”腔调——所有诸如此类的直抒胸臆的“即时性”效果——都被他以疏离、调停的姿态拒之千里。从某种角度来看，他的诗歌在我们的面前就如它们本身如其所是的“面具”：静止，“在地”，固定，苍白。然而，从另一角度看，他的诗歌又是活的，它们奋力改变自身静物写生的状态，并最终实现这一目的。在赖特的诗中，“活着”有两种表现，一个属于个体的诗作，另一个属于他所有的创作：这里面有时间性，任何一首诗的现在时都会缓慢进入意味着它必有一死的将来时；还有一种发生在“客观”世界里的变化，不同的诗歌带来不同的感知，这些感知常常由季节变化引发。

在长时间书写加州之后，赖特搬到了弗吉尼亚州，夏洛茨维尔

(Charlottesville)取代了拉古纳海滩(Laguna Beach)成为他意象的源泉。他写诗的一般“规则”是用一至多个取自自然景观的意象决定整首诗的音乐调性。在《重读艾略特后所作诗行》中,音调是由赖特本人的“棕色杏树叶与树篱之间的荒原”来决定的:

果园渐渐凋零。
所有九棵果树
萎缩,在星期日的阳光下暗淡。

藤蔓死去的字
不可辨读,爬上
凉棚。

(4)

The orchard is fading out.
All nine of the fruit trees
Diminish and dull back in the late Sunday sunlight.

The dead script of vines
scrawls unintelligibly
Over the arbor vitae.

随着季节变化,我们看到同样的果园发生了变化,在《春天与燃烧 66
时节的静物写真》中,不再是一片“荒原”,这首诗如此开始:

暖天,三月初。花苞整齐,撑破了它们的罩衫
布满了李子树。哀悼的鸽子蓝色的吟唱。

又是那个时节，
放松的时间，悲伤的时间
降临在大地上。
我们感受到它的存在，一个不知将来如何的明亮的不确定性

用甜蜜的新生让我们的皮肤膨胀，一种疾病
让我们充满热爱
请求我们去爱它。
我们也是如此这般，假设
时间与情感是我们所需回应的一切。

Warm day, early March. The buds preen, busting their shirtwaists
All over the plum trees. Blue moan of the mourning dove.
It's that time again,
time of relief, time of sorrow
The earth is afflicted by.
We feel it ourselves, a bright uncertainty of what's to come

Swelling our own skins with sweet renewal, a kind of disease
That holds our affections dear
and asks us to love it.
And so we do, supposing
That time and affection is all we need answer to.

赖特说，对于一些人，时间和情感可能是唯一的标准。不过，就像霍普金斯一样，在高呼“没有什么比春天更美”之后，还要回应自己所深知的末世论（“拥有，获取，在它凝结之前，/ 在它浑浊之前，基督，上帝，因罪而变酸”），赖特也不能在这充满感官愉悦的时刻停息。他以艾略特

式的对于“皮肤下的头骨”的想象“腐坏”了所有的这类时刻。这首写春天的诗接着写道：

> 但是我们猜错了：
>
> 时间会抓住我们，就像在屋外过夜的套装
> 摆放在桌椅上，零钱的重量在右边的口袋里，
> 露水打湿的丝绢软绵无力，
> 　　　　　　　　　　　　袖子在风中跳着慢舞。
> 爱情会杀死我们——
> 爱情，来自地下的风
> 　　　　　　　　将我们碾成碎粒。

> But we guess wrong:
>
> Time will append us like suit coats left out overnight
> On a deck chair, loose change dead weight in the right pocket,
> Silk handkerchief limp with dew,
> 　　　　　　　　　　sleeves in a slow dance with the wind.
> And love will kill us—
> Love, and the winds from under the earth
> 　　　　　　　　　　　　　　that grind us to grain-out.

“但是我们猜错了。”对赖特来说，这个将一切都压在时间和情感之上的猜想遗漏太多，他的思想充斥了死亡以及对于语言米达斯式的令人胆寒的石化作用。他的一句“但是我们猜错了”与弥尔顿关于异教神话书写者的话十分相似：“他们如此讲述，充满谬误。”弥尔顿无法轻而易举地 67

使用希腊神话，因为他认为希腊神话是想象的杜撰物，有悖他所坚持的基督教真理。与其相似，赖特则是被死亡以及语言的真相所束缚，因而将直接、具象的感官生活（当经由语言表述时）视作与帕纳索斯山上的神祇一样的神话虚构。

赖特探索过很多将死亡置入生命、将缺席置入在场、将解构写入建构的书写方式。他尝试了抽象的标题；附带注解因而可以省略细节的诗歌；标明写作场景以便诗歌可以具有普遍性意义；留白；干化处理的方式；立场疏离；叙述的去时间化。他引入了一系列的可为自己的美学做例证的诗人、艺术家和音乐家——但丁、霍普金斯、狄金森、哈特·克兰、庞德、艾略特、杜甫、特拉克尔、蒙特尔、皮耶罗·德拉·弗朗切斯科、塞尚、莫兰迪——在《奇卡莫加》里，还出现了伊丽莎白·毕肖普、老子、王维、保罗·策兰、迈尔斯·戴维斯和蒙德里安。赖特比任何诗人都要坦诚，他自身即是各种语言、意象、腔调、从基督教神秘主义者到乡村音乐作曲家自由出入的处所。那种曾寄寓于教条的宗教渴求现已在旧有的意义上无家可归，不过在赖特这里，它以迫切的形式要求被安放在别处——安放在意象、景观、典故、几何学与结构之中。

皮耶罗高大雄伟的人物，目光坚定地看向画布之外；塞尚在白色的画布上画的色块；莫兰迪鬼魅般的瓶子；蒙德里安重复的图案；对于赖特来说，所有这些都是构造之简约性的象征，满足了他对于轻盈感的体验。这些画家重新验证了肉身的感官体验、瞬时的放纵潇洒与居家的满足惬意。对赖特而言，中国诗人代表了全神贯注的观察者，代表了佛家的万事皆空，代表了古典形式的工整严格。在他看来，宗教诗人证明了过去曾被称作类比层面的（analogical）经验——它不是字面意义上的，不是修辞的，也不是象征的，逃离了通过事实、意象和象征物的直接再现，将诗人推向种种迹象、暗示和难以表达的言说。乡村音乐和爵士乐是赖特从小便熟知的本土节奏的象征。

这大体上就是赖特的诗学地图。由于他的读者并不完全知悉赖特护身符般的执念，他的任务即是将我们召集在他的诗歌帐篷中，让我们关注他所迷恋的事物聚拢在一起时制造的和谐，而不一定是这些事物本身。“这是雪的唇，血的唇。”《童年之体》(1981)一诗中如是 68
说。那些想要血的唇的人会因雪的冰冷退却，那些想要雪的唇的人会因血的污迹退却。诗歌的读者熟谙身体的声音(“跳舞，和普罗旺斯的歌，阳光晒伤的愉悦”)以及思想的声音(“不在的无和在的无”)，却很少能找到灵魂的声音，尤其是灵魂在具身的状态下，知晓灵魂雪的唇触碰肉体血的唇。

当然，如果没有心灵的在场，这些声音对于诗歌来说都是无趣的。赖特恰是将自己的诗歌定位在心灵的感受和具身的灵魂的结合处。“这太难了，”一个不情愿的读者抗议道，“让我融入血中或雪中。”赖特的诗制造了一种很难生存其中的焦虑感，它永不止息的时钟时时刻刻在销蚀每日的所得：

> 时钟是所有诗歌的主题，
> 我认为，那些细小的、无法触及的指针如手一般伸展在我们的胸前，
> 每个夜晚，清晨又收起，一根又一根，
> 在太阳新的重量下。
> 一天意味着少一天。[3]

> The subject of all poems is the clock,
> I think, those tiny, untouchable hands that fold across our chests
> Each night and unfold each morning, finger by finger,

Under the new weight of the sun.
One day more is one day less.

那么如果臣服于赖特严苛的诗行,在消解生死之间感受的界面生活,又能得到什么呢? 首先,是他璀璨的意象。他的意象,随四季而变化,为每首诗设定了音乐的调性,它们酝酿的方式从来都是令人称奇的。一首赖特的诗,永远也无法猜到下一页是什么。这是《奇卡莫加·威尼斯Ⅰ》中的威尼斯,夜晚绚烂多姿,清晨衰微:

初始时太过繁复,太过繁华——满月
运河畔重击的光柱,小船尖尖的头
划破朦胧的暮色;
月的桅杆;余波里荡漾的月光……

次日清晨,一切皆变
一场缓慢的冷雨,像豚草
如电迎着灯光。
然后暗淡的质地,然后灰色。
这就是水光映照的风景,审判与执行。

(89)

Too much at first, too lavish—full moon
Jackhammering light-splints along the canal, gondola beaks
Blading the half-dark;
Moon-spar; backwash backlit with moon-spark...

Next morning, all's otherwise

With a slow, chill rainfall like ragweed
electric against the launch lights.
Then grim-grained, then grey.
This is the water-watch landscape, the auto-da-fé.

在这一系列的意象中,性与视觉的能量收缩,令人煎熬的无所不在的观 69
察沿袭了霍普金斯式的陶醉感。有一个原因让人生活在赖特的诗中:那种情感的精准性与词语的丰富度。另一个原因是他的充满音乐感的诗行浮动的波浪,以不规则的高低起伏托起读者,就像在《一九八九年复活节》中:

本能会终结我们。
让桃树长满斑点的力
会剥夺和摧毁我们。
催发百合灌木细胞的力量
会让我们倒下,倒下。
榅桲树下,紫色的交叉点,一切都还好

至少是现在,
遮掩后墙的柳树
绿色如胎膜一般,令人生惧。

(10)

Instinct will end us.
The force that measles the peach tree
will divest and undo us.

The power that kicks on
　　　　　　　　　　the cells in the lilac bush
Will tumble us down and down.
Under the quince tree, purple cross points, and that's all right

For the time being,
　　　　　　　　the willow across the back fence
Menacing in its green caul.

所有人都可以在这种音乐中听到前三句(同一音调的变体)和第四句之间可以感知的变化,"至少是现在"附带了不动声色的反讽。当赖特几乎要变得接近圣经腔调时,口语的表述又冲入诗行中("催发""倒下""一切都还好""至少是现在"),然后是一个根本无法想象的景象——新生物绿色的胎膜——为整个风景打上了鬼魅的光芒。

如果读者想要的东西不只是情感充沛的意象、轻盈的诗行、雪的灵魂与血的肉身之间的心灵困境,那么赖特最相关的诗是那些以反教条的形式复述宗教承诺的诗。以下是赖特的复活节诗的结尾,它既是生物性的,又富有热情,语言来自其早期描述神奇体验的词汇,也即福音书里关于复活的文字:

酶催生的树瘤,
硬木在皮子一般的套子里咕咕作响,沸腾。
火焰点燃了牡丹的引信。
从他们的被封禁的存在的洞穴里,
　　　　　　　　　　　　闪耀的形状
将黑暗翻动在一处,升起进入真实的世界。

(11)

Nubbly with enzymes,
The hardwoods gurgle and boil in their leathery sheaths.
Flame flicks the peony's fuse.
Out of the caves of their locked beings,
fluorescent shapes
Roll the darkness aside as they rise to enter the real world.

“我们只能毗邻,无法更加接近”,赖特如此结束,但是他不会放弃与不 70
可见的“万事万物的定义者”毗邻的希望:

某种东西环绕着我们,我们无法例证,某种东西
无思想,无母亲,
就像词语一样黑暗,两次讲述。
我们在夜晚听到它。
一片又一片,
我们品尝它就像品尝牙齿间的锡箔。

(33)

Something surrounds us we can't exemplify, something
Mindless and motherless,
dark as diction and twice told.
We hear it at night.
Flake by flake,
we taste it like tinfoil between our teeth.

这种直觉无法证明。我们真的会听到它轻柔地埋葬我们,在我们的唇齿间品尝到它吗——那个不可名状的、原始的黑暗?对于那些确实如此的人——他们感受到一个无所不在的、在伦理上有着沉重负载的困惑,这

种困惑和个人悲剧、政治上的恶、科学上的无知并无关系——赖特的诗看起来像要是掀开一个帘子，来启迪记忆，命名弃物，穿透“迷宫僵硬的内心”，在那里“不可言说的已经言说”。赖特的米诺陶——比原初的米诺陶更加邪恶，因为它是无形的——等待着读者。

在他那代人中，也即阿什贝利、里奇、埃蒙斯、金斯堡、普拉斯、梅里尔的一代，赖特在意象的强烈度上最接近普拉斯，在对光的感知上，最接近埃蒙斯。不过，他的声音独一无二，他忠于洞见和直观——不管是对于黑暗还是光明——这一点在当代美国相对凤毛麟角。

（孙红卫 译）

5. 美国的 X 射线：艾伦·金斯堡诗歌四十年

切斯瓦夫·米沃什在他的诗歌《致艾伦·金斯堡》中写道：

> 我羡慕你彻底反抗的勇气,燃烧的词语和一个预言家的猛烈诅咒。
>
> ……
>
> 你的渎神的嚎叫还在一个霓虹灯似的沙漠上回响。在那里,人类的部落在漫游,并被宣判进入非现实。
>
> ……
>
> 而你的新闻记者般的陈词滥调,你的胡子和珠子,你反叛另一个时代的着装,全都被原谅了。

> I envy your courage of absolute defiance, words inflamed, the fierce maledictions of a prophet.
>
> . . . . .
>
> Your blasphemous howl still resounds in a neon desert where the human tribe wanders, sentenced to unreality.
>
> . . . . .
>
> And your journalistic clichés, your beard and beads and your dress of a rebel of another epoch are forgiven.

艾伦·金斯堡，在他的作品《诗选：1947–1995》的开头，就给出了他自己关于他提出的“彻底反抗”的定义：“我想象有一个语言的力场，是与被催眠的力场控制装置相对的：政府秘密警察和军事媒介，会同了它们上亿美元的惰性，信息扭曲，洗脑和大规模的幻觉。”

金斯堡的“力场”随着他在1956年出版的《嚎叫和其他诗》而进入公众视野。那一年，金斯堡三十岁。为这个诗集命名的那首诗大声呐喊，反对一个吞噬年轻人的美国，认为异教神摩洛神已经吞噬了献祭给他的小孩们。金斯堡的母亲内奥米是一位俄国移民，金斯堡目睹母亲患上了受迫害妄想症，最终被体制化；而他自己，在经历了看似成功的转学（从新泽西的佩特森转到哥伦比亚大学），交上了一批轻度犯罪朋友，短
72 暂就医，以替代坐监，最后离开纽约，奔赴旧金山。同他的父亲路易斯一样（他的父亲是一个中学英语教师），金斯堡写诗。但是，其父亲的诗是传统崇高的，他的诗却是折磨人的、狂喜的。在旧金山，金斯堡和其他人，如王红公、杰克·凯鲁亚克、加里·斯奈德、罗伯特·邓肯一起，发起了垮掉派运动。这一运动以其坦率著称，并致力于社会和情色的改革，在世界写作范围内激起了一阵风暴。美国海关没收了在英国印刷的《嚎叫》，认为它是黄色下流书籍。旧金山警察派了两名官员到“城市之光”书店，在那里，该书的第一版正在出售。他们逮捕了出版商，也是诗人的劳伦斯·弗林。在接下来的审讯中，法官宣告《嚎叫》不是黄色书籍，并宣判弗林无罪；等待结果的宣传让《嚎叫》和金斯堡都出名了。

在《嚎叫》之后，金斯堡其他优秀的作品也陆续出版，这其中最著名的是《祈祷文和其他诗歌》。用作标题的《祈祷文》这首诗是一首长长的纪念金斯堡母亲的挽歌。这首诗里面加进了一些表达犹太移民经验的口语化的焦虑，从而加宽了美国抒情诗的同情范畴。后来，金斯堡，为着严肃和荣耀，把这两卷诗分别叫作《星球消息》和《美国的衰落》。威廉·卡洛斯·威廉斯写道：“很难从诗歌里面得到新闻。”但是金斯堡以一种大胆

和不敬的方式把当天的新闻放进了诗歌之中。美国联邦调查局，美国中央情报局，越南战争，同性恋生活，城市衰败——所有这些都经常出现在金斯堡的布告板上。然而相比起金斯堡的很多慈善活动，针对他的不知疲倦的政治调查，他对其他作家的支持，他的大众诵读（由铙钹手指弹奏乐器，竖琴和合唱伴奏），他的世界旅行，他的戏剧抗议，他的道德训谕（反对原子弹，反对政治谎言，反对生态破坏），金斯堡的杰出诗歌力量显然没有得到广泛的评价。

金斯堡在享有隆誉、过度繁忙以及年纪变大的情况下，他还是继续写诗，他的每本书都有值得纪念的诗歌。但是这一成功却永远被他的两种对立的神经性诱惑（偏执和情绪逃避）和他的两种诗歌诱惑（民粹主义和“自发性”）所威胁，有时甚至是消解。在他最好的诗歌里，永远晃动的偏执调和了自嘲、幽默、智慧，或者是对生物的纯粹的好奇心；佛教的清静无为将每一种现象变成幻觉，但又及时被情感的旋涡所否决。如果金斯堡的民粹主义渴望白金记录，那么它又被微量的艺术抑制了；在他的旅途中 73
记录汽车声音的自发性又被条理感给拦住了。（当这些力量的平衡被打破时，诗歌变成了胡言乱语或布道，摇滚抒情诗或日记笔记。）金斯堡的诗歌是美国社会很大一部分的 X 射线。

金斯堡关于社会罪恶的黑暗感一部分来自他与他的偏执母亲的共生想象。他在《祈祷文》中说：“从我母亲的痛苦的头脑里，我第一次攫取了幻象。”另一方面，他成长于美国，那时的美国把同性恋行为定义为犯罪，在朝鲜和越南发动了未经宣告的战争，在南美洲和其他地方运行傀儡政府，是不加掩饰的种族主义者。那时的美国也与毒品组织有肮脏的交易，并且无耻地通过美国联邦调查局监视公民。金斯堡与同时代厌恶政治的人的区别是，不仅他的政治教育很早就开始了（通过他的母亲），而且他自己作为同性恋者的边缘身份对于要求自尊的现状形成了天然的抵抗。他与很多激进主义诗人的不同之处在于他最终意识到，所有的官僚政治差不多都是一样的：他在警察国家是不受欢迎的（捷克斯洛伐克和古巴都把他赶了出去），正如他在美国不受欢迎一样。并且，他也意识到（可是大多数改革者没有意识到）他的热情的深层次原因是他自己内心的挑衅，投射在外部就是备受他人质疑的挑衅。金斯堡早期诗歌里的愤怒和绝望是自我厌恶的结果，同时也是对世界的客观批评。他自己的情感危机导致了他对苦痛强烈的洞察力：一个压制性的社会强加给年轻人的苦痛。

> 年轻人从学院中被驱赶，因为疯狂以及出版淫秽颂歌，在放置头盖骨的窗户上，
> ……
> 年轻人途经拉雷多回到纽约，带着一腰带的大麻，却被暴击耻骨，
> ……
> 年轻人在地铁里跪着嚎叫，从屋顶上被扯下，挥舞着生殖器和手稿……

> who were expelled from the academies for crazy & publishing obscene odes on the windows of the skull,
> . . . . .
> who got busted in their pubic beards returning through Laredo with a belt of marijuana for New York,
> . . . . .
> who howled on their knees in the subway and were dragged off the roof waving genitals and manuscripts. . .

金斯堡从自杀性的抑郁中得救,被他叫作“听觉幻象”的东西拯救
了。在这一幻象里,他听到了一种声音——他认为是威廉·布莱克——
在朗诵诗歌。由于金斯堡自己的诗歌经常被配乐已变成可听见的声 74
音——支持口语性,越过识字的阻碍——所以不奇怪这一幻象是一个听
觉的幻想。并且,由于布莱克是解除抑制的最伟大的英国诗人——正如
惠特曼是最伟大的美国诗人——布莱克将成为金斯堡早期诗歌的怂恿
者,而惠特曼将成为金斯堡早期诗歌的精神领袖。惠特曼的诗句“从门
上把锁旋开!/把门本身从门框处旋开”成了《嚎叫》的题词。为了完成
前辈们的革命三人组合,雪莱的诗句“死亡,/如果你愿意追求它并与它
同在!”则成为《祈祷文》的题词。

总的来说,布莱克、雪莱和惠特曼,跟佛教的箴言比较起来,是金斯堡的诗歌更好的诗学模型。金斯堡的路径与 T. S. 艾略特的相似:两者都具有特别高的敏感性。这一敏感性的恶化将会使他们陷入令人警惕的近于疯狂的状态。两者都经历了崩溃;两者都寻求某种方式的智慧,以便于改善,指导或者纠正他们过多的反应。艾略特从维托医师的洛桑疗养院里发现的东西(“给予……同情……控制”,印度教思辨作品《奥义书》中的词语,也在《荒原》中被引用),金斯堡在佛教的祷文和冥想实践中也发现了。

对我来说,金斯堡的佛教对他的抒情诗的作用,正如艾略特的英国国教对他的抒情诗的作用,两者是大致相同的:一种张力越出诗歌之外,说教主义又替代了它。在驯化不可控因素和规范神经的过程中,畏缩不前的人变得能够活下来;一个人不能抵抗这样的生活智慧——待在精神病院之外。但是对不经规范的、令人困扰的苦痛的分析是强有力的抒情表达的深层来源。用来规范这种苦痛的训练,就其自身来说,当然是另一种深层苦痛的来源——自我伤残的苦痛。虽然艾略特的《四个四重奏》承认了这一点,但是金斯堡对这一点却不是很

感兴趣。在金斯堡的佛教的无神论虚空中，他发现了安慰，而不是苦痛。

金斯堡的《诗选》不完全令人满意。很多优秀的诗歌——从《美国变化》到《机会 R》，从《生态编写》到《黑色裹尸布》——都被省略了。所以六十页的金斯堡歌曲（没有一首出现于 1984 年的《诗集》）被收录进来了。这些歌曲在表演时可能是令人信服的，但是它们在冰冷的印刷中没能存活下来。金斯堡与鲍勃·迪伦的联系太过轻松地被回忆起来："我很高兴这种代际间的影响交流，这种交流确认了古老的艺术和精神传递的传统。"几乎不是一种精确的解释：金斯堡试图灌注到传统中的，几乎绝无可能是迪伦那一类的抒情歌曲。可是接下来是一种更真实的
75 陈述："具有独创性的任务是'拓宽意识的区域'，对意识的质地作现实的查验。"这句话似乎是对金斯堡已完成的工作的一个公平总结。当然，他的公众形象和政治活动，以它们自己的方式，已经有助于"拓宽意识的区域"，正如米沃什和阿德里安娜·里奇的散文一样。

金斯堡的诗歌有着电影般的细节，这些细节又融入现在时态的即时性之中，他的诗歌由此获得了力量。"你"就在那里，正如在金斯堡的任何一首诗里。在《曼哈顿五月节之午夜》这首诗中，金斯堡晚上出去买一份报纸，看见工人们正在沿路追踪燃气泄漏之处。他注意到检修洞中的人的颅骨就像一颗子弹的形状，他也注意到了沥青和花岗岩的接合之处，他也留意到了一辆闲置的卡车的存在：

> 在 11 街的角落，在暗淡的街灯下，在地面上的一个洞里
> 一个被包裹在工装和羊毛帽的人拉下了他的子弹般的头罩
> 站立着，弯下腰，手电筒在检修洞里转了一圈，身子半沉到地面以下

目光看向他的脚，沥青和花岗岩路缘几乎到达他的胸部
……
然而身体散发着城市肠子的臭气，腐烂的管道被埋在六英尺
以下
可以在任何时间爆炸，就由正在呼吸着的，呼哧作响卡车点燃，
我注意到那辆车就停在那儿[。]

(703)

At the Corner of 11th under dim Street-light in a hole in the ground
a man wrapped in work-Cloth and wool Cap pulled down his bullet skull
stood & bent with a rod & flashlight turning round in his pit halfway sunk in earth
Peering down at his feet, up to his chest in the asphalt by a granite Curb
.....
Yes the body stink of City bowels, rotting tubes six feet under
Could explode any minute sparked by Con Ed's breathing Puttering truck
I noticed parked[.]

令人惬意的是，在这里没有时间表。我们没有被要求去同情无产阶级或者从生态方面要警惕燃气泄漏。金斯堡对现实的无敌的兴趣解放了我们，让我们进入了一个无私参与的状态。他的思绪以一种不可预测的方式宽泛地漫游。在另一首诗里，燃气一幕也许把金斯堡带到了他自己的煤气炉边，或者带到了他在印度看见的类似的工人那里，或者只是引诱他晚上出去散步。在这种情况下，他的思绪突如其来地跳跃到了古

罗马和古城乌尔：

我匆匆经过，想着古罗马，乌尔，
他们是像这样吗？同样的阴影笼罩下的检查官，以及行人
匆匆写下关于腐烂的管道和大理石上的垃圾堆的记录，用楔形文字
在一个普通的午夜，市民们走出去到街上寻找关于帝国的消息[。]

（703）

I passed by hurriedly Thinking Ancient Rome, Ur
Were they like this, the same shadowy surveyors & passers-by
scribing records of decaying pipes & Garbage piles on Marble, Cuneiform,
ordinary midnight citizen out on the street looking for Empire News [.]

76 一个人不能让诗歌沿着既定的道路走下去（正如众多有着确定的意识形态的诗歌一样），从而拓宽意识。不管诗歌的意图有多高贵，事先编好程序的既定的道路会使意识变得狭窄。金斯堡在他最好的状态下是警觉的、不编程的、自由的。

查验“意识的质地”意味着找到上百万个存在于裂缝里的地方，而我们只能用粗略的术语来表达意识的活动：“计划”，“记忆”，“回忆”，“悲伤”，“希望”。在我们的世纪，意识的质地已经有了很多优秀的探索者，如乔伊斯和伍尔夫在小说里探索，艾略特和史蒂文斯在诗歌里探索，以至于看起来这项任务已经被完成了。可是金斯堡增添了一些新的东

西。这就是通常所认为的不可言说之事(他的母亲在《祈祷文》里在浴室呕吐和排泄,他自己在《请控制》一诗里的性屈服,他在《你想干什么》一诗里的为贝尔的瘫痪感到尴尬)。但是,虽然金斯堡极度彻底地捕捉了羞耻和屈辱,同样他也成了"面向大众的有趣的情绪的负责人"——借用他献给弗兰克·奥哈拉的题目。

意识的喜剧不是艾略特或史蒂文斯的存货,但是它在金斯堡这里得到了活力。金斯堡的嘲讽的眼睛总是容易挑出一种新的文体——"个人"广告,比如说——并且把它用在对他自己的精神的计算机扫描图的"个人广告"之中:

> 秋天的年轮里的诗歌教授
> 寻找助手同伴保护者朋友
> ……
> 在低位东侧大楼里分享床和冥想套间,
> 帮助激励人类征服世界的愤怒和罪恶,
> 用惠特曼布莱克兰波玛·雷尼和维瓦尔第武装起来
> ……
> 发现我在这儿孤单地待在纽约

(970)

> Poet professor in autumn years
> seeks helpmate companion protector friend
> . . . . .
> to share bed meditation apartment Lower East Side,
> help inspire mankind conquer world anger & guilt,
> empowered by Whitman Blake Rimbaud Ma Rainey & Vivaldi
> . . . . .

Find me here in New York alone with the Alone

金斯堡的诗歌暗示说,我们中还有谁没有读过“个人”广告,还没有自己在大脑里创作过一则广告?我们中还有谁没有意识到自我描述的内在荒诞性?在金斯堡的广告里,存在于世让我们探索的意识水平被嘲讽,讽刺它竟然要手段想保有一席之地:浓缩的自我标签,“诗歌教授”;无力的陈词滥调的储存,“秋天的年轮”;过时的反转,“寻找”;到处寻找同性恋伴侣的名称,“助手同伴保护者朋友”。(写作者的大脑状态随着
77 这些名称轻微变化:从圣经式的“助手”到委婉语“同伴”,一直到封建的“保护者”,以及被渴望的“朋友”。)列举所有层面的意识的不可能性显现出来,同时在一行诗里兰波和玛·雷尼又强迫共存。金斯堡的自我轮廓描绘——最后一行呼应了莱昂内尔·约翰逊,约翰逊气魄宏大地写道,“孤单地,我走;/ 神圣的,走向神性”——显示了他不抛弃(哪怕是模仿的)高尚的决心。

在抒情诗中,一个人只能通过改造他自己的意识来改造别人的意识。金斯堡的自我改造(很像惠特曼)限制着他的读者去做同样的事情。《向日葵箴言》是一首著名的狂想曲般的自我改造之诗(“你永远不是机车,向日葵,你是一朵向日葵!”),但是,也有讽刺之诗,最离谱最欢快的是这首著名的《摘下我的雏菊》:

摘下我的雏菊
倾斜我的杯子
我所有的门都开着
切割我的思想
挤出椰子

我所有的蛋都破了

(32)

Pull my daisy
tip my cup
all my doors are open
Cut my thoughts
for coconuts
all my eggs are broken

几乎不可能在不失去很多浮夸之词的情况下说出这些(如果碰巧收藏了任何浮夸之词)。在读他的诗的时候成为金斯堡,就意味着经历了一种强大的或是转瞬即逝的意识的改造。在他的魔咒之下,一个人更加兴奋,善于观察,又更加温柔,更加具有嘲讽性。当幽默击败了侵略,当好奇打败了陌生恐怖,世界就进步了。

最后,金斯堡永远值得依靠的产生意识的方式是他的有节奏的动量,这是由他像海浪一样滚动的长诗行来表达的。节奏动量的紧迫性有时会很紧张,当金斯堡正在推动这一点时。但是大部分时候,节奏动量是真的。这种紧迫性就意味着生活的某部分正在历史博物馆里面寻求它的位置。如果金斯堡在纽约没有被痛打,我们就不会有《痛打》一诗的不稳定节奏:

我走下来,弯腰向成群的情侣们狂喊啊噢注视着
慢慢欣赏,为什么这是一个袭击,这些陌生人意味着陌生的
  事情
带着什么呢?——我的口袋,秃头,碎裂又愈合的腿,我的软 78
  鞋,我的心脏——

他们有到吗？啊噢——他们有尖尖的金属棒吗,可以捣入眼睛
　耳朵屁眼的那种？啊噢
慢慢地斜躺在人行道上,挣扎着护着我的羊毛袋子里面有诗歌
　地址日历,李尔瑞律师便条从我的肩上挂落下来

(633)

I went down shouting Om Ah Hūm to gangs of lovers on the
　stoop watching
slowly appreciating, why this is a raid, these strangers mean
　strange business
with what—my pockets, bald head, broken-healed-bone leg, my
　softshoes, my heart—
Have they knives? Om Ah Hūm—Have they sharp metal wood to
　shove in eye ear ass? Om Ah Hūm
& slowly reclined on the pavement, struggling to keep my woolen
　bag of poetry address calendar & Leary-lawyer notes hung from
　my shoulder

金斯堡的非抵抗式的吟唱简直让打人者疯狂了——“闭嘴,不然我们会谋杀了你”——诗人总结说,改造自己的意识比改造街上的人的意识要容易。然而,虽然这首诗从理想的希望中走下来,并在真实王国中悲哀地结束,它却没有抛弃这一前提：作为对暴力的反应的非暴力是对抗无休止的侵略链条的唯一选择。在这样的诗歌里,金斯堡的“语言的力量场域”仍旧施加了强大的想象压力。

(雷艳妮 译)

6.《荒原》：片断与拼接

荒原：在中世纪的圣杯神话中，指因罪孽或邪恶而撂荒的土地；指国王负伤后衰弱躺卧之地；指贫瘠之地；指新芽因缺水少肥、弱不禁风必将萎谢，四月遂成最残酷月份之地。T. S. 艾略特（1888–1965）将这一神话（十九世纪时曾由瓦格纳在歌剧《帕西法尔》中加以体现）运用到他1921年的大胆组诗中去，成为笼罩全篇的隐喻。《荒原》一诗让最早一批读者茫然不知所措——因为它穿梭于多种语言、多个世纪、多种宗教之间——有些人竟至于打算把它干脆当成恶作剧。可它确实不是恶作剧：在最早一批欣赏此诗的人看来，它就像"一战"后的现代性被复制到了纸上。它放眼天下，浸透了自我意识，背负着往昔的传统，忍受着今朝的喧嚣，对未来疑虑重重。

此诗年轻的作者，美国人艾略特，尽管生于圣路易斯，却出自新英格兰的世家。他在哈佛大学本科阶段修习文学，研究生阶段修习哲学，成绩骄人；随后他赴法国、德国进行博士后研习，当1914年大战爆发，他离开欧洲大陆来到伦敦。（尽管艾略特本人未在"一战"中服役，他对战争之残酷知之甚悉；他最为亲密的法国朋友即在加里波利丧生。）假如艾略特愿意离英返美参加博士论文答辩，他本可以稳获哈佛的教席，但他拒绝了，而选择了诗歌。1915年，艾略特娶一位英国女性薇薇安·海伍德为妻（遭艾略特父母反对），为谋生去了劳埃德银行工作。艾略特将

零散写成的诗作收集起来,组成《荒原》时,他已经出版了诗集《普鲁弗
80 洛克的情歌及其他》(1917),不仅在英国诗名鹊起,且远播美国。但他的个人生活却是彻底的不幸:他妻子为身体疾病及精神疾患所困扰,他在银行的工作令他完全没法连续地创作。1921 年,他自己的身体也垮了,只得跟银行申请病休。

艾略特这首发表于 1921 年的百科全书式的诗,之所以会采取多声部的方式,部分原因在于他精神衰弱后住进了洛桑的一家精神科疗养院,那里接收的是来自多个国家的病患。(他写信给兄弟亨利:“至少,这儿有许多不同国籍的人,我一直喜欢这一点。”)他去洛桑之前,先在马盖特(泰晤士河河口附近的海边度假地)独自休养过一段时间,可惜不足以解决他的抑郁、“神经紧张”以及一直无法投入工作的问题。主理洛桑疗养院的医师是罗杰·维托(由艾略特的熟人奥托林·莫雷尔和朱利安·赫胥黎向艾略特推荐的);尽管艾略特居留期间的病历现已无存,不过维托医师是以我们今天所谓“认知疗法”(cognitive therapy)著称的,他会提振病患的信心,让他们相信可以平和地控制自己的心理和情绪。艾略特为自己的精神衰弱做诊断,将其归因为“意志缺失(aboulie)及情绪紊乱,终身为其所苦,而不是过劳”(法文 aboulie 的定义是“造成意志丧失的心理疾病”)。艾略特从马盖特和洛桑归来,如埃兹拉·庞德所说,“手提箱里装着一首忒棒的诗(有十九页)”,庞德将此诗删定为现在的样子,这一删定甚为关键,艾略特赠以但丁式献词——“献给埃兹拉·庞德,il miglior fabbro”——更精纯的匠人。尽管《荒原》中融入了艾略特 1915 年之后早已写就的一些诗节,但该诗所涉地点(主要在欧洲)的地理范围令它显得更像一首西欧的诗歌而非一首美国的诗歌,至少核心部分如此(这也正是庞德的看法;庞德删去了艾略特原本纳入的与美国有关的两段)。在艾略特看来,连欧洲这个范围都太小了;在接近结尾处,他欣然接纳印度《奥义书》的道德教义,甚至要把《荒原》变成一首“世界之诗”(world-poem)。

艾略特的《荒原》以五个分章标题的组诗形式呈现:《死者葬礼》(确立其哀歌的性质)、《对弈》(关于“性”作为两个对手间的策略)、《火诫》(关于禁欲主义)、《水里的死亡》(又是哀歌,但这次是个人的哀歌)、《雷霆的话》(以印度的伦理跟西方的心理崩溃作对照)。该诗开篇为一句与自杀有关的题辞——“我要死”(I want to die)——出于古米的西比尔(Cumaean Sybil)之口,她被囚于瓶中,阿波罗神定其宿命,长生不死却无青春可言。

诗歌以荒凉的四月开篇后不久,我们就听到艾略特在洛桑的病友们使用多种语言七嘴八舌的声音:

> 夏天来得出人意外,来到了斯丹卜基西 81
> ……
> 我不是俄国人,我是立陶宛来的,是地道的德国人。
> 而且我们小时候住在大公那里
> 我表兄家,他带着我出去滑雪橇,
> ……
> 在山上,那里你觉得自由。
> 大半个晚上我看书,冬天我到南方。[1]

> Summer surprised us, coming over the Starnbergersee
> . . . . .
> Bin gar keine Russin, stamm' aus Litauen, echt deutsch.
> And when we were children, staying at the archduke's,
> My cousin's, he took me out on a sled,
> . . . . .

① 本文《荒原》一诗采用赵萝蕤译文,极个别地方有改动。

In the mountains, there you feel free.
I read, much of the night, and go south in the winter.

在这一片嘈杂中，突然切换为绝望的主人公与自我的对话，在一片干旱、破碎、呈露于无情的太阳下的景色中展开。他跟自己讲的，是耶和华在遍布枯骨的平原曾对以西结（Ezekiel）讲过的话："人子啊，这些骸骨能复活吗？"

什么树根在抓紧，什么树根在从
这堆乱石块里长出？人子啊，
你说不出，也猜不到，因为你只知道
一堆破烂的偶像，承受着太阳的鞭打
枯死的树没有遮荫。蟋蟀的声音也不使人放心，
焦石间没有流水的声音。

What are the roots that clutch, what branches grow
Out of this stony rubbish? Son of man,
You cannot say, or guess, for you know only
A heap of broken images, where the sun beats,
And the dead tree gives no shelter, the cricket no relief,
And the dry stone no sound of water.

艾略特以尽可能最戏剧化的方式开篇，用了一句与自杀有关的题辞、一条矛盾修辞的警句（"四月是最残忍的一个月"）、一番殊方异域的嘈嘈切切，接着，戏台的大幕升起，他的主人公亮相，置身荒漠，被无情的太阳炙烤，忍受着干渴，他的诗的偶像成了破碎石堆，蟋蟀单调的鸣叫是他耳中唯一的乐声。

主人公及其周围的景色转换多端，但在主体声音之下潜藏的惨痛苦楚始终如一。艾略特那位有钱的父亲于 1919 年去世，他留给一贫如洗的艾略特的钱是托管性质的（而艾略特的哥哥姐姐们则立刻拿到了遗产），他用这种方式表达了对自己这个最小的儿子逃去欧洲的不满。在一次转换中，荒原化为令人厌恶的伦敦，在这里，王子-主人公想起两位国王——即他故去的父王和遇海难亡身的“兄弟”（也许是艾略特的朋友让·韦尔德纳尔的化身，他是军医，死于达达尼尔海峡，在他去世后，艾略特将自己的第一本书题献给他）：

一头老鼠轻轻穿过草地
在岸上拖着它那粘湿的肚皮
而我却在某个冬夜，在一家煤气厂背后 82
在死水里垂钓
想到国王我那兄弟的沉舟
又想到在他之前的国王，我父亲的死亡。

A rat crept softly through the vegetation
Dragging its slimy belly on the bank
While I was fishing in the dull canal
On a winter evening round behind the gashouse,
Musing upon the king my brother's wreck
And on the king my father's death before him.

后面《荒原》的主人公又转换为老先知帖瑞西士，他既以男儿身又以女儿身体验过性的欢愉，可谓绝无仅有。艾略特的诗注告诉读者“帖瑞西士尽管只是一个旁观者，算不上真正的‘角色’，却是此诗中最关键的一个人，他将其他的一切联结起来”。（诗中各个角色，用艾略特本人的比喻来说，彼此“相融”，直到所有男人都成了一个男人，“所有女人都成了一个女人，然后两种性别在帖瑞西士身上融汇”。）帖瑞西士开始独白的方式让人想起萨福写晚星的抒情诗——不过就像《荒原》中所有其他带有田园诗风格的段落，一旦艾略特开始讲起女打字员和她“那长疙瘩的青年”之间交媾的肮脏故事，这一段也恶毒地转化为反高潮了。

> 我，帖瑞西士，虽然瞎了眼，在两次生命中颤动，
> 年老的男子却有布满皱纹的女性乳房，能在
> 暮色苍茫的时刻看见晚上一到都朝着
> 家的方向走去，水手从海上回到家，
> 打字员到喝茶的时候也回了家……

> I Tiresias, though blind, throbbing between two lives,
> Old man with wrinkled female breasts, can see
> At the violet hour, the evening hour that strives
> Homeward, and brings the sailor home from sea,
> The typist home at teatime...

当我们看着艾略特的电影一段接一段、一帧接一帧、一件接一件地展开，两两之间间插着主人公的叹惋，剧中人的“相融”与复原遂成为一幅超现实肖像的组成元素。这首诗成了献给自己也献给他人的哀歌，成了埋葬死者的祭礼。在《荒原》的核心处，在《水里的死亡》一节中，有一个溺水的青年腓尼基人弗莱巴斯，于海浪那催眠的节律中得到纪念。

> 　　　　　　　　　海下一潮流
> 在悄声剔净他的骨。在他浮上又沉下时

他经历了他老年和青年的阶段
进入旋涡。

A current under sea
Picked his bones in whispers. As he rose and fell
He passed the stages of his age and youth
Entering the whirlpool.

对肉身消逝的恐惧,那于荒漠中遭逢的“恐惧在一把尘土里”,在此化为一种对普遍的溺亡的恐惧:

外邦人还是犹太人 83
啊你转着舵轮朝着风的方向看的,
回顾一下弗莱巴斯,他曾经是和你一样漂亮、高大的。

Gentile or Jew
O you who turn the wheel and look to windward,
Consider Phlebas, who was once handsome and tall as you.

死亡在诗中一次又一次出现。“怕水里的死亡,”相士梭梭屈里士(Sosostris)夫人如是说。主人公看到一队幽灵“鱼贯地流过”伦敦桥:“我没想到死亡毁坏了这许多人”。他甚至遇到了一个之前认识的鬼魂,后者在自己的花园里种下了一具尸首。尽管主人公不相信肉身复活的应许,却期待一种悔恨的噩梦般的复活:

“去年你种在你花园里的尸首,
它发芽了吗?今年会开花吗?”

"That corpse you planted last year in your garden,
Has it begun to sprout? Will it bloom this year?"

《对弈》中那个默不作声的丈夫，当被神经质的太太问道"你在想什么"，他还被死亡的念头缠绕着，在头脑中应答："我想我们是在老鼠窝里，/在那里死人连自己的尸骨都丢得精光。"他的心思又跳转到自己死去的父亲，记起《暴风雨》里爱丽儿那句"五浔的水深处躺着你的父亲"，他引用了剧中有关有机的肉身化为无机物的句子："那些珍珠是他的眼睛"。死亡在持续，有丽儿（Lil）的堕胎（"是我吃的那些药片，为打胎，她说"），也有圣经里客西马尼园与加略山的原型意象：

火把把流汗的面庞照得通红以后
花园里是那寒霜般的沉寂以后
经过了岩石地带的悲痛以后
……
他当时是活着的现在是死了
我们曾经是活着的现在也快要死了

After the torchlight red on sweaty faces
After the frosty silence in the gardens
After the agony in stony places
. . . . .
He who was living is now dead
We who were living are now dying. . .

在这首写于"一战"后的诗里，整个世界的母亲们都在啜泣，悲悼她们死去的孩子：

这是什么声音在高高的天上
是慈母悲伤的呢喃声

What is that sound high in the air
Murmur of maternal lamentation...

而最后，追悼人类之死的哀歌扩展追悼大城市的死：

倾塌着的城楼 84
耶路撒冷雅典亚历山大里亚
维也纳伦敦
……
伦敦桥塌下来了塌下来了塌下来了

Falling towers
Jerusalem Athens Alexandria
Vienna London
.....
London Bridge is falling down falling down falling down.

就《荒原》的哀歌性质而言，全诗以英国国教葬礼仪式的标题开篇，继之以艾略特对让·韦尔德纳尔的悼念，对自己父亲去世的思索以及他自己（连同西比尔）对自杀的渴望，还有青年们的死、被“一战”摧毁的欧洲大陆以及整个文明的倾覆——耶路撒冷、雅典、亚历山大里亚。

W. B. 叶芝曾说过，只有两样东西能让严肃的思想发生兴趣：性和死亡。如果说在《荒原》一诗中从头到尾艾略特的思想都集中于死亡，那么他的思想也同样集中于性，不管是在人的意义上，还是在文学的意义上。整首诗里,性与死亡交互轮替着出现,在接近结尾时,有两行令人心碎的诗句让性的主题达至顶点。第一行,引自《维纳斯节前夜》(古罗马时期的拉丁文诗歌),诗中人失侣寡欢,他问什么时候才能赢得伴侣、开始歌唱: *Quando fiam uti chelidon*——“我什么时候才能像燕子?”第二行,引自杰拉尔·德·奈瓦尔的十四行诗《失去继承权的人》,该诗不仅令人想起作为王子的主人公那倾圮的城楼、被剥夺的继承权,还令人想起他所爱之人的死: 他内心阴郁,是个得不到慰藉的鳏夫,他唯一的星辰已经死灭,他的诗琴上映照的是忧郁的黑星:

我是阴郁之人,鳏夫,无人慰藉,
阿基坦的王子在塔楼里受到废黜,
我唯一的星辰已死灭,而我的诗琴
洒满了忧郁的黑色光芒。

Je suis le ténébreux, le veuf, l'inconsolé,
Le Prince d'Aquitaine à la tour abolie;
Ma seule étoile est morte, et mon luth constellé
Porte le soleil noir de la mélancholie.

这些结尾的“断片”取自高雅艺术,而艾略特此诗中令人惊异的原创性就体现在他将低层语汇跟高雅艺术拉入同一框架。他是一位都市诗人,不可能傲然远离伦敦的群氓,也不可能远离他们的口味和行为(他在这一切中看到自己的影子,并受此煎熬)。在第二部分《对弈》开头,是一对有教养的夫妻在神经质似的相互折磨,而在接下来的酒吧场景中,艾略特以丽儿那濒临解体的婚姻作为映衬。这个女人满口坏掉的牙齿,第六个孩子流产了(“她已经有了五个。小乔治差点送了她的

命”)。丽儿的“朋友”提点她,劝她最好讨讨从战争中复员的丈夫的欢心:

> 埃尔伯特不久就要回来,你就打扮打扮吧。
> 他也要知道给你镶牙的钱
> 是怎么花的。他给的时候我也在。
> 把牙都拔了吧,丽儿,配一副好的,
> 他说,实在的,你那样子我真看不得。
> 我也看不得,我说,替可怜的埃尔伯特想一想,
> 他在军队里耽了四年,他想痛快痛快,
> 你不让他痛快,有的是别人,我说。

> Now Albert's coming back, make yourself a bit smart.
> He'll want to know what you done with that money he gave you
> To get yourself some teeth. He did, I was there.
> You have them all out, Lil, and get a nice set,
> He said, I swear, I can't bear to look at you.
> And no more can't I, I said, and think of poor Albert,
> He's been in the army four years, he wants a good time,
> And if you don't give it him, there's other will, I said.

像《荒原》中任何别的字句那样,丽儿那位离心离德的“朋友”的话语节奏也经过精心采择。而这些话语节奏相应地先是融入酒吧老板那高声的“请快些,时间到了”,继而融入奥菲利娅在自沉前那疯狂的场景中逐渐消逝的节奏:“晚安,夫人们,晚安。甜蜜的夫人们,晚安,晚安。”[1]这

---

① 出自《哈姆雷特》第四幕第五景。

种在优美与肮脏之间变幻不定的交互轮替还在延续:出自斯宾塞的贵族婚礼诗的迭句(“可爱的泰晤士,轻轻地流,等我唱完了歌”)被现代河畔野合后丢落的腌臜东西玷染了:“河上不再有空瓶子,加肉面包的薄纸,/绸手帕,硬的纸皮匣子,香烟头/或其他夏夜的证据。仙女们已经走了。”下降之后是上升,丽儿之后是奥菲利娅,上升之后是下降,斯宾塞的仙女们之后是丢落的避孕套。如果不是这首诗整体看来全无反讽痕迹,我们兴许会把这看作技法生硬——一点高的景观,一点低的景观,再对二者都加一点反讽。在这骨节相连的肢体里,反讽也许就像软骨,但肢体的心,却是易受伤害的肉,陷于迷惘和伤痛,不能不自我伸张。

有一类诗,诗人下笔时是决意孤注一掷了,要把他们心中与别不同、复杂纠缠、喧嚣翻腾的东西公之于众——在诗中,这一切终将“一一归位”,而《荒原》就属于这类诗。艾略特支撑起他的残垣断壁的那些片断,假使我们也置身其困境,未必会择取同样的材料,但借回忆文学作品的词句体现我们自己的痛苦,这种经验对并非诗人的我们来说也并非陌生。艾略特在创作时注重的不是“易懂”而是忠实于自己的感性。假使有人产生共鸣,那也是后来的事儿了;而在马盖特与洛桑,当艾略特将后来(得庞德之助)化为《荒原》段落的关于个人、关于社会的零散观察聚拢起来,他的目标与其说是“交流”还不如说是真实。诚然,音乐语言中任何有形的表达都潜在地是对审美交流的一种努力,艾略特卓越的书写自然也不是这条定律的例外,但此诗与其说是面向某类可能存在的听众的,还不如说是面向缪斯女神的,它请求缪斯赐予一种适于表达诗人主题的深度及广度的风格。

86 其实一直到了《荒原》的第三部分《火诫》,我们才开始领会艾略特的雄心达到何等程度。初看标题,让人费解,不过后面艾略特在注里揭示,它指的是佛陀规劝世人禁欲的诫命。在此节,我们也碰上出自圣奥古斯丁《忏悔录》的段落:“于是我到迦太基来了,在那儿,我耳畔净是亵渎神明的爱在被唱诵……我的步履为种种外在的美所牵绊,但你把我救拔出来,主啊,你把我救拔出来。”艾略特的自注告诉我们,“东西方两种禁欲思想的代表,如此并置,成了该诗这一部分的高潮,绝非偶然”。借由这种并置,借由这个自注的强调,艾略特在暗示:尽管我们可以到往昔中寻找禁欲思想的文学体现,但借由这类文本的并置,实际上该行动的却是我们自己了,我们该促使自己进行个人的精神抉择。不过,艾略特并不能告诉我们他自己做出了这样的抉择:针对自己的困境,他所能做的也无非是引用别人的篇章而已(引用佛陀,引用奥古斯丁),正如他之前引用奥菲利娅,引用爱丽儿,引用斯宾塞,引用远离家园的《诗篇》作者(“我们曾在巴比伦的河边坐下,一追想锡安就哭了”:“在莱芒湖畔,我坐下哭泣”,艾略特用莱芒湖替代了巴比伦河)。

这类引用到底奏不奏效?用这样一些片断支撑得起一个坍塌的自我吗?艾略特在文本间做的连通——此诗的活血就在这些血管间涌动——让诗人陷入像他自己那样的困境中,反复的自我贬抑(在此,表现为从马维尔的诗《致羞怯的情人》突降到一首下流的澳大利亚谣曲)引来了它嘲弄性的对比物:

> 但是在我背后我时常听见
> 喇叭和汽车的声音,将在
> 春天里,把薛维尼送到博尔特太太那里。
> 啊月亮照在博尔特太太
> 和她女儿身上是亮的
> 她们在苏打水里洗脚……

> But at my back from time to time I hear
> The sound of horns and motors, which shall bring

Sweeney to Mrs. Porter in the spring.
O the moon shone bright on Mrs. Porter
And on her daughter
They wash their feet in soda water...

薛维尼（艾略特笔下的庸常之人〔*homme moyen sensual*〕）以及他跟博尔特太太的关系令艾略特厌恶，诗人直接（借着魏尔伦十四行诗《帕西法尔》的末句）跳到了瓦格纳歌剧《帕西法尔》异端宗教式的结尾时无性的孩子们的合唱——“啊这些孩子们的声音，在教堂里歌唱！”——就好像歌剧《帕西法尔》（和魏尔伦）可以将“下流”的谣曲一笔勾销似的（当然勾销不了）。

对大多数读者而言，《荒原》始终是艾略特最伟大的诗，因为它拒绝在对肉欲的反感与对理想精神的向往之间做任何简单的调和。艾略特尚未达成的成就，他不会说自己已经达成了。（此后，他将在《四个四重
87 奏》中表达一种更沉稳的精神性，通过抽离社会，抽离时间，走向“这转动不息的世界的静止点”[1]。）尽管《荒原》一直是一首西方之诗（从先知帖瑞西士到算命的“亲爱的爱奎东太太”〔Mrs. Equitone〕），可在《雷霆的话》中，它不得不从崩溃的西方转向恒河、喜马拉雅山脉，其以一段印度圣典《大森林奥义书》（Brihadaranyaka-Upanishad）作为起点（正如艾略特自注揭示的那样），奥义书解释了雷霆之声传达的讯息。那是创世之神（Creator God）之音，他教导神灵、人类和魔鬼超越各自本性的通常限度：小神灵应该控制其不服管束的自我，人应该施舍，尽管内心吝啬，而魔鬼应该弃绝其本性里的残忍，学会同情。正如奥义书所言：“即便今天那桩事还在由天之音重复着，以雷霆的形式发出 Da，Da，Da 的声音……因此应践行的是这三件事：克制，施与，怜悯。”

---

① 汤永宽译文。

雷霆的话，居然像极了维托医师的医嘱——与其说是宗教的劝谕，不如说是伦理的劝谕；与其说是从属于宗派的，不如说是普适的。艾略特在哈佛钻研奥义书，几乎让他信了佛教，但他承袭的那种文化到底太强大了，他最终跪拜于小吉丁[①]而不是恒河。但在此，给予的怜悯（“一阵湿风／带来了雨”）来自亚洲，来自喜马拉雅山脉上笼罩的雷雨云。对雷霆的三个 Da 字眼儿——Data，Dayadhvam，Damyata——艾略特记述展开的坦诚程度令人惊讶，在这抚慰人心的片刻，重新恢复了宽厚看待人与人之间关系的可能：

　　　　我们给了些什么？
……
这片刻之间献身的非凡勇气
是一个谨慎的时代永远不能收回的
就凭这一点，也只有这一点，我们是存在了
……

　　　　我听见那钥匙
在门里转动了一次，只转动了一次
我们想到这把钥匙，各人在自己的监狱里
……

　　　　那条船欢快地
作出反应，顺着那使帆用桨老练的手

① 小吉丁是十七世纪英国内战时期国教徒聚居点的一小教堂，艾略特《四个四重奏》中的一首诗题为《小吉丁》。

海是平静的，你的心也会欢快地
作出反应，在受到邀请时，会随着
引导着的双手而跳动……

What have we given?
. . . . .
The awful daring of a moment's surrender
Which an age of prudence can never retract
By this, and this only, we have existed
. . . . .

I have heard the key
Turn in the door once and turn once only
We think of the key, each in his prison
. . . . .

The boat responded
Gaily, to the hand expert with sail and oar
The sea was calm, your heart would have responded
Gaily, when invited, beating obedient
To controlling hands. . .

88 这些对给予、对共情、对快乐——甚至是欢快——的想象（vision），其实是无常的，这不仅因为它们本身来自想象（visionary），而且因为它们借自印度传统，去主人公自己的文化甚远。它们曾让自我得以扩展，如今自我再次收缩，破败的西方心魂则重新宣示对此诗的所有权，用其分崩离析的种种欧洲的片断来支撑它废黜的塔楼（*tour abolie*）[1]：塌下

① 文德勒对 Le Prince d'Aquitaine à la tour abolie 一句法文理解似有误，此处汉译将错就错。

来的伦敦桥的片断，痛苦的诗人重新沦入炼狱之火的片断，羡妒燕子有偶的心的片断，被废黜的王子的片断，癫狂凶暴的作者希罗尼母的片断。没错，在最后的几行诗里，艾略特让读者又隐约记起雷霆，因为重复了雷霆用的三个词，尽管现在"标准化"为英文的样子而没有像原来那样用斜体。不过，诗人不肯止步于一种东方智慧的标准化的、翻译过的版本：他以外来的、未经翻译的、重复的三个词"Shantih shantih shantih"（平安、平安、平安）来结束此诗。"雷霆的话"在诗中已经过多少还让人满意的转译，可"shantih"却顽固地对西方读者保持其不可理解的状态，只因为用的是梵文，预示着一种遥不可及的仪式的终结。（艾略特后来加了条自注，翻译了"shantih"的意思，但在诗中，该词仍是未经解释的。）

在《荒原》一诗审视的这个范围里，有失落的希望，有冒牌的顾问（梭梭屈里士夫人），有毁灭的城市，有无爱的性，有成群的流离者，有动摇的宗教信仰，有社会仇恨，有迷惘的理想，尤其还有那不毛的沙漠中无助的孤独与痛楚。"为什么不说说到底发生了什么？"罗伯特·洛威尔在很多年后将在他最后的诗作《尾声》中这样大胆发问。而在 1921 年，艾略特是用英文写作的现代诗人里面头一位，在宽泛的意义上，说出了在第一次世界大战期间及之后他自己以及整个欧洲"到底发生了什么"。为了声讨那个掩盖其绝望的社会，他从波德莱尔的《致读者》中借用了诗句，令他对整个社会的虚伪的忿恨火力加倍："你！虚伪的读者——我的同类——我的兄弟！"不过，我们一定得记着，尽管《荒原》揭露、探究了许多文化的、个人的创伤，其文学上的令名却不仅来自对死亡与性的探察审视，而且来自种种令人难以忘怀的声音（尤其是痛苦的主人公的声音），借由这种种声音，那些纠缠着人的主题才得以抵达纸面。

艾略特曾经考虑过，把这首诗题为《他会用不同的嗓音读警讯》（"He do the Police in different voices"）——引自狄更斯《我们共同的朋友》第十六章。小说中，老太太贝蒂·希格登（Betty Higden）谈及自己收养的弃儿斯洛皮（Sloppy）："我真是喜欢报纸。你们也许想不到，斯洛皮读报纸读得可真好。他会用不同的嗓音读警讯。"她指的是斯洛皮会用富于戏剧化的方式读出法庭的审讯记录，针对不同的人会换用不同的嗓
89 音：可以说，艾略特也会用不同的嗓音道出社交界讯息，带着各自不同的语汇、各自不同的节奏。我们已经听过丽儿的同伴在酒吧里停不下来的独白，同样特别的，还有《对弈》里那位情感受挫的上流妇人发牢骚时短促的爆发节奏：

> "今晚上我精神很坏。是的，坏。陪着我。
> 跟我说话。为什么总不说话。说啊。
> 　　　你在想什么？想什么？什么？
> 我从来不知道你在想什么。想。"

> "My nerves are bad to-night. Yes, bad. Stay with me.
> Speak to me. Why do you never speak. Speak.
> 　　　What are you thinking of? What thinking? What?
> I never know what you are thinking. Think."

她是说出声来的，引号是证明；而她那个闷闷不乐的丈夫，则没有出声应答，却以未加引号的绝望念头回应着：

> 我想我们是在老鼠窝里，
> 在那里死人连自己的尸骨都丢得精光。

> I think we are in rats' alley

Where the dead men lost their bones.

另外有些声音与主人公的声音间插交错：有歌曲片段(“风吹得很轻快”),也有责备之词(“一年前你先给我的是风信子”)。要么就是一种与别不同的声音,开始用精心戏仿的莎士比亚式语汇讲话：

她所坐的椅子,像发亮的宝座
在大理石上放光,有一面镜子,
座上满刻着结足了果子的藤,
还有个黄金的小爱神探出头来……

The Chair she sat in, like a burnished throne,
Glowed on the marble, where the glass
Held up by standards wrought with fruited vines
From which a golden Cupidon peeped out...

一种爵士乐式的人声插入进来,然而那个神经质的女人很快又恢复了对书页的掌控：

噢噢噢噢这莎士比希亚式的爵士音乐——
它是这样文静
这样聪明
“我现在该做些什么？我该做些什么？”

O O O O that Shakespeherian Rag—
It's so elegant
So intelligent

"What shall I do now? What shall I do?"

在各种声音中，艾略特为打鸣的公鸡——"咯咯喔喔咯咯喔喔"——和惠特曼式的隐居鸫——"点滴点滴滴滴滴"——留出了位置。这种声音的打断和反诉，这样在不同种类的声音间跳跃——从风格化的模仿到音乐厅里的刺耳声响，从鸟鸣到爱丽儿的哀歌——为艾略特的《荒原》配乐注入了电力。

90 有一些艾略特写下的声音，被庞德在改编过程中删除了，特别是一个酗酒者的粗俗声音，他先在酒吧、音乐厅中途停留，最后进了妓院。原本此诗开篇就是关于他的诗行，充当"四月是最残忍的一个月"的引子：

起先我们有几个伙计在汤姆那儿
老汤姆，烫到了眼睛，瞎了……
……
"我一个钟头后出现在桃金娘那儿……
……
给我找个妞儿，我说；你醉得不成样子了，她说，
但她还是给我准备了床和澡盆、火腿和煎蛋。"

First we had a couple of feelers down at Tom's place,
There was old Tom, boiled to the eyes, blind....
.....
"I turned up an hour later down at Myrtle's place...
.....
Get me a woman, I said; you're too drunk, she said,
But she gave me a bed and a bath and ham and eggs."

庞德把这段美国式的引子和后面一段美国水手说的话都删去了,让《荒原》变成了一首从头到尾"去美国化的"(non-American)诗。他还删去了《火诫》开篇的引子,那是一段对斯威夫特的粗糙戏仿,展现一位名叫弗莱斯卡(Fresca)的上流社会的妇人一上午的种种动作:先是饮用女仆端来的热巧克力(或热茶),接着去厕所("少不了的排便"),接着是读信、回信,再接着是洗澡:

做完这个,她走向热气腾腾的澡盆,
她的长发被翩翩飞舞的小爱神们拂动;
机灵狡黠的法国人调制出的香水,
遮盖住亲爱的热烈的女人的臭气。

This ended, to the steaming bath she moves,
Her tresses fanned by little flutt'ring Loves;
Odours, confected by the cunning French,
Disguise the good old hearty female stench.

(庞德把带有不雅谐音的"机灵狡黠"〔cunning〕一词易为"工精艺巧"〔artful〕,这只是他诸多改动的一例,且总是改后的更好。)庞德所做的大量删改和一针见血的批语,俱见诸《荒原》手稿 1971 年影印版的页边,如果说是庞德将艾略特写就的几段诗形塑成如今的样态,那么我们一定得记住,是艾略特自己写出了这首诗的那些奇妙诗句,还有那些神经质的节奏,那些由各种声音构成的音乐式对位,那些宗教的渴慕和讽刺的深渊,那些向异国语言发动的蛮横突袭,那些对社会场景的剪接拼贴,还有一次次堕入诡异的性的超现实主义:

一个女人紧紧拉直着她黑长的头发
在这些弦上弹拨出低声的音乐
长着孩子脸的蝙蝠在紫色的光里
91 嗖嗖地飞扑着翅膀
又把头朝下爬下一垛乌黑的墙……

A woman drew her long black hair out tight
And fiddled whisper music on those strings
And bats with baby faces in the violet light
Whistled, and beat their wings
And crawled head downward down a blackened wall...

在这样的诗句中，文艺复兴时期的组歌（canzone）变得现代。而且《荒原》堪称一部抒情诗体的总集——哀歌（elegy）、预言诗（prophecy）、挽诗（lament）、讲道诗（homily）、灵视诗（vision）、田园诗（pastoral）、讽刺诗（satiric lyric）、情诗（love lyric）、悔罪诗（lyric of remorse）。尽管全诗处处都是文学性的，处处都在引经据典，可其叙事展现的却是当代人。剧中人之间的不和谐，被精心排布的抒情诗体抵消了。艾略特或许会说，这首诗“只不过是在发泄对生活的纯属个人的、全然微不足道的牢骚；就是有节奏的抱怨咕哝而已”。但除此之外，他又能说什么呢？难道说“我的婚姻一败涂地，我的父亲剥夺了我的继承权，我丧失了信仰，社交界让我恶心”？不大可能。上述自白式的提要，也不能恰当地代表《荒原》这一卓绝的文字集合——这首意义深远的诗，已大大超越了它在生活中和文学中的源头，一举革新了现代诗歌。

（刘铮 译）

7.《雪诗》和《垃圾》：A. R. 埃蒙斯诗艺的两段时期

埃蒙斯的《垃圾》(1993)，这部伟大的死亡象征之作，要回到《雪诗》 92
(1977)。我第一次读《雪诗》时对它不甚理解，却知道我喜欢所读到的。这本美国诗歌史上的杰作预演了《垃圾》。[1]

写下《雪诗》的埃蒙斯有不少文学先辈，是的——威廉斯实验的断裂性，斯泰因实验的稚嫩语言，梭罗的林间守望，惠特曼广阔的民主展望，弗罗斯特的匀整形式，甚至是垮掉派。然而这些诗人都没有(除了惠特曼偶尔如此)像埃蒙斯那样大胆地大起大落，从地理物理的崇高到卑鄙低贱的荒唐。威廉斯组织的诗句，尤其在《派特森》里，反复从集体的固定低音升调为独奏的抒情长笛：他通常从社会的通奏低音中分辨出富含韵律的个体诗情。而埃蒙斯在《雪诗》和《垃圾》中都坚持着一种个体的通奏低音——日常头脑中的“噪音”——诗歌由其间产生，又消退其间(阿什贝利后来的《流程图》中显示出类似的特征)。自《荒原》以来，将诗意时刻语境化、融入非诗意的“周围环境”，已成为现代抒情长诗的基础技法。对运用这一体裁的诗人，我们通过他们对周围环境的描写和具身化抒情的性质来分辨他们。埃蒙斯的语境一方面异常广阔(他并不怯于展示自己上厕所，或讲荤段子，或经历严重的焦虑，哪怕有时焦虑得滑稽)，而另一方面，埃蒙斯诗意时刻的周围环境又很狭窄。

虽然它充分延伸到了自然世界，偶尔进入室内空间，却很少带有政治性、93 社会性或商业性（在这些词的普通意义上）。它甚至很少带有明显的文学性（虽然文学隐射作为内涵段子大量出现）。简言之，埃蒙斯对人（human person）的定义，从内在和语境上都不同于我们在他的诗人同行的长诗中看到的定义。而这一定义既由诗歌语言而得，诗歌语言也定义了在此刻、此乡此土，对埃蒙斯而言，何以为人。

我想首先盘点《雪诗》中带有诗艺原则的许多地方，提取每处遵循的诗艺“诫条”（希望不要误解作者）。随后，我想来看看这些原则有多少保留在了后来的《垃圾》一诗中，也指出其中哪些原则在这部作品中又作了改动。《垃圾》是不同于《雪诗》的杰作——更少异想天开（但又绝非全然严肃），更少嚣张言辞（但又不言语卑微），更少讥讽挑衅（但又不乏嘲讽），更少断裂（但又不乏自身的跳跃和空缺）。不过可辨识的是，《垃圾》承袭了《雪诗》，而我想展示出埃蒙斯保留和摒弃的部分。我应该首先说，埃蒙斯的所有诗，无论长短，都源于他的第一本诗集《复眼：附荣耀颂》及其开篇的宣言。宣言中的一节谈道：

> 这些诗大都是思想和情感的戏剧性展现，出现在各类主题中，如对失去身份的恐惧，对易逝自然美景的欣赏，个体与群体间的冲突，古典场域的混乱粒子，为满足人类实际需求而造出的假神，等等。诗人从维持着的中心视角出发，在每首诗里冒险探索进经验那不计其数的轮轴之一。这些诗提出对现实的多面向视角；以尝试、临时的态度取代那些片面、统一、偏见和僵化的态度。[2]

现代长诗常被认为是抒情诗人铸就的史诗式广度。在十九世纪，小说主导了表达形式，驱使勃朗宁写下了他的抒情视角长诗《环与书》与之抗衡。其他抒情诗人（从华兹华斯到艾略特再到弗罗斯特）投向戏

剧,将之当作一个拓展广度的可能场域,但显然不甚成功。秉持向内思
索的抒情气质在大多情形下与社会气质相悖,后者秉持的形式和主题可
生成主体间的互动(竞演、对话、婚姻、社会流动、战争)。并非不存在抒 94
情对话诗,而是如阿诺德所见(并自觉尴尬地否定),抒情对话诗生成的
是思想与自身的内在对话。《荒原》中的张力(无论借用了什么社会隐
喻)投影出的并非是二十世纪的社会活动,而是艾略特崩溃神经的模式。

那么,题材限于向内思索的抒情长诗能以何种策略实现广度和深度呢？每位原创性诗人对这一挑战的回答不尽相同。艾略特选择对场景、声音、文化和时代的普遍心理断片;威廉斯选择将一个人和一座城作为他的独一和众多;史蒂文斯(在《最高虚构笔记》中)发明一系列寓言人物(南齐亚·努齐奥〔Nanzia Nunzio〕,卡农·阿斯皮林〔Canon Aspirin〕)来呈现自己人格的各面;克兰将自我雪莱式渴望的唯一大陆象征(**桥**)投射于美国的时空之上;洛威尔(在《生活研究》中)袒露地速写家人来剖析自己波士顿名门衰落的阶级状貌,或(在《历史》中)写下他对从亚当到斯大林等名人的个人“见解”;贝里曼在梦歌中吟唱弗洛伊德式自我,从自己的亨利本我(Henry-Id)延伸到他这一代的受诅诗人。

但这些是主题的选择,并没有包含对长抒情诗的另一更为迫切的要求:代表当代语言的深度和广度。艾略特设想的语言深度在阶层的分化(从民众语言到古希腊语,从音乐厅到瓦格纳),设想的语言广度在历史引文(从耶路撒冷经由雅典和亚历山大港到伦敦)。仅举一个不同的示例,史蒂文斯设想的语言深度(或高度)是哲学的(从实体化到抽象化),语言涉猎的广度是地理的(欧洲到美国,北到南,罗马到“彼方更仁慈的罗马”〔“the more merciful Rome beyond”〕)。

但主题和语言的界域亦不会穷尽诗的策略。相似(resemblance)域(隐喻、明喻、类比、寓言)往往能表现每位原创性诗人的特征,且可以作为设计长诗的组织布局(叙事或竞演对诗歌写作者则不能如此)。我提

到了威廉斯如何在派特森城的布局上“设计”了帕特森这个男人：这是威廉斯中基本的微观与宏观对应的相似域，他盘旋其上，使语言的倾流等同于瀑布，使天真的乐土等同于公园，使个体罪恶的暴力场所等同于
95 贫民窟，等等。艾略特的相似性布局是但丁式的天堂、炼狱和地狱，《荒原》里几乎每一事件都设计为对应着这三重寓言之地。史蒂文斯将现实重设为相似：“所见之物，即物如其所见”（“Things seen are things as seen”，《思想录》）。相似本身从而成为存在的起源，而“现实”（在史蒂文斯的所有长诗中）则成为诗人感知（或假定）的原初相似的衍生。

而对于这套简装的创造条件项，最后要考虑的第四项策略应是外在形式：长诗如何显现于纸上？《荒原》中坍毁的思绪召唤出的涣散形式从歌谣到英雄联韵体，从自由体到格律体，语句从连续（打字员一节）到断续（听者耳边吹过的只言片语）。在这方面与《荒原》截然不同的，莫过于史蒂文斯在纸上铺展直下的执着的无韵三行诗——他长气息的思辨思维的标志。而这些形式又不同于洛威尔的十四行诗方阵，后者在一段可观的时期内肯定了，严整得如普洛克路斯忒斯床（Procrustean bed）的诗行可以控制现实的混乱。

当我们转向《雪诗》时，会发现埃蒙斯选择了怎样的统一主题、语言深广度、相似性布局和外在形式呢？诗集跨越了一段从秋季到春季的时期，由一系列对“雪”的天气报告在“外部”实现了主题统一（“雪”一词包含了冻结的水在伊萨卡的所有可怕又美丽的种类——冰雨、冰雹、雨夹雪、雪泥、冰柱、冰晶、雪花）。埃蒙斯对他所在的美国地区的强调解释了诗集的题词：“给我的乡土”。诗集“内部”的主题统一围绕着作者度过他的五十岁生日和他父亲的辞世。在语言深度上，诗集给了我们从乡野到哲学的“社会”尺度，从淫秽到崇高的文学尺度，从恐怖到欢乐的情感尺度。在语言广度上，我们看到从电子到细菌再到星系的科学尺度（从量子物理到生物化学再到天文学），以及从花栗鼠到山脉的自然尺

度。在相似域上,我们的(大部分)视觉场景在埃蒙斯居住的房屋附近,风景(从大地到天空)成为身体和精神动力的隐喻。而在外在形式上,我们有一片自由体诗的场域(包括一百一十九首以首句命名的短句诗),其上叠置了各类趣味:穿插的自带标题的小诗;由音色连接起来的词汇表;等待写作动力凝聚的作者在打字机上的小涂鸦;双栏甚至三栏的排版;垂直而非水平展开的词语;特立独行的标点(没有句号,只有冒 96
号和感叹号,以及插入的奇怪星号)。《雪诗》即刻向读者传达了“变异”“奇特”“竞争冲动”,同时又将这些元素分放进一百一十九个独立单元。如埃蒙斯在 1963 年所说,他想尝试一种韵律,韵律的“运动不横向穿越页面,而从页面正中往下”。(SM,7)直到 1994 年,埃蒙斯仍认为《雪诗》是他最钟爱的自己的长诗:

> 在这首诗中,我似乎比在任何其他长诗中都能更即刻地运用事物的名称和意象。其他长诗更似依据某种程序的杂耍。(SM,101)

在我更详细地进入《雪诗》前,我想盘点下《垃圾》的主题和风格。它的标题命名了长诗的统一“外部”主题(埃蒙斯称之为“程序”):宇宙中的一切终将丧失功能,被当作垃圾丢弃。诗的“内部”主题是诗人的生活和艺术对诗人本人的意义(或无意义),既然个人注定要死亡,所有文化创造也同样终将变得无法理解。《垃圾》的语言范围窄于《雪诗》:更少污秽,更少崇高,更少高昂(却不减感染力)的情绪表达——很少感叹号。(在《垃圾》里,就像在埃蒙斯的大部分长诗里,通常的结束标点是冒号,象征着他所秉承的思想的临时性。)《垃圾》为自然世界的全景图(埃蒙斯一贯的相似性布局)添加上填埋场的可怖景象,一切终将终于此处,付与焚烧。对此,史蒂文斯的版本是“世界尽头的垃圾桶”(“the trashcan at the end of the world”)(《猫头鹰的三叶草》),也表现为垃圾堆

(《垃圾堆上的男人》)；但那是可以接近甚至栖息的好地方。埃蒙斯的垃圾填埋场是佛罗里达的一个难以接近的洞坑，那里只见廓影的推土机由新的卡戎操纵着，将一切铲落边缘投入火坑。一切都在大火中化为浓烟，升腾起来，散布进空气。海鸥在其上盘旋、厉叫。在外在形式上，《垃圾》(一首一百二十一页的长诗)由十八篇诗章(cantos)组成：尽管诗句长度不定，但都以松散的五音步无韵双行体写成(除了零星的三行或单行诗句)，对句间的分节使空白充盈着页面。页面给人整洁的印象，但分行常出其不意，足以使对句看似未完结。虽然《垃圾》有股稳定的持续感(不像《雪诗》诗句的时断时续)，埃蒙斯却避免了卢克莱修式的终结，推动着诗句一意前行。

97 任何长篇诗作(正如任何壮阔的艺术作品——戏剧、小说、歌剧、西斯廷教堂壁画那般的组画)都意在使自身等同于世界，成为整个世界的一次"见解"。为此，(在埃蒙斯的想法中)一首长诗应像世界一样难以管理。他的长诗都几乎难以理喻(尽管完全能理解)：人们无法用(精神的)臂膀来环绕它们。叶芝希望将"思想的气球"(the balloon of the mind)拽入清晰格律的"狭窄棚屋"(narrow shed)里：埃蒙斯希望气球就是气球，保持浮力，保持摆动、悬浮、飞升，引诱又躲避视线。因此，长诗难以控制的形式代表着诗人为理解一个尚未清晰界定的世界而伸出的试探的触须：

> 习艺者创作艺术作品，将这一过程当作发现和定义(哪怕只是从基调上)他尚不知晓的事物的途径。在道德、认识论、政治和女性主义等问题上，对已知或可想象立场的阐述无需尚不可理性认识的形式，也不会引发惊异。而在艺术中，形式可以自我生成，在自身的涌现中带来此前未曾触及或可能怀疑的材料。这样的对前沿的推进，我们称为创造力。(SM，28)

读者已成功记住了莎士比亚的十四行诗乃至《失乐园》,但只有记忆超群的人才可能将埃蒙斯的某首长诗熟记于胸。即便熟记,诗离散的形式也会让人难以对之整体把握。为使自己的诗"几乎成功地抵抗智性"("resist the intelligence almost successfully",史蒂文斯),埃蒙斯的方式是使它们包罗万象,不仅挫败了头脑的"因果意志"(依赖因果律、优先级、等级制等)和双眼的"测绘意志"(依赖场景和焦点的连贯),还挫败了心灵的"决意意志"(依赖可停靠的稳定的感觉组织)。在这方面,他使自己的长诗象征着一个世界,这世界里信息满溢,不再能被完全把握(比如,不同于弥尔顿描绘的由自己和上帝掌控的弥尔顿世界)。

来到《雪诗》的细节:首先得说,这部诗集刚问世时在文字、语气和自我呈现上带给人的震惊(至少对习惯于抒情诗的读者)。并非我不了解超现实主义或未来主义或庞德的《诗章》实验,但那样的震惊主要在于高新技艺和高雅文化(庞德偶尔的埃兹叔叔的段落对此是例外)。我 98
也读过金斯堡的《嚎叫》这样在严肃写作中容许都市粗鄙(甚至淫秽)的作品。但埃蒙斯持续地写下了很不一样的东西——一种乡野诗,精细紧贴粗鄙,商市临靠抒情,一瞬的模糊接连清澈:

日出
澄明清晨
雾气漪动
犁辙和飘浮
尘绒
显现
太阳于是
有太多
要穿透

你想要
被牛干而
我的不比
企鹅长

绗缝被抽彩
古董

要穿透　　　　手工礼品
　　　　　　　现场乡村音乐
使词之　　　　怪念头、褶饰跟
物缠结　　　　杂碎

（SP，71）

Dawn clear
by sunrise
hazes riffles　　　　you want to be
furrows and floats　　bullfucked when
of fluff　　　　　　mine is no longer
appear　　　　　　 than a penguin
so the sun
has too much　　　　quilt raffle
to come through　　 antiques
to come through　　 handcrafted gifts
　　　　　　　　　live country music
make verbal　　　　 whimsies, furbelows, and
things tangles　　　 sundries

如果不是在1960年到1963年间在伊萨卡居住过，我可能不会这么欣喜地认出《雪诗》中的元素。诗集将这座（当时还是乡村的）小城完全挪移到了纸上，不仅是那儿的天气和风景，还有那儿的“手工礼品”。我成为被催眠的读者，可以原谅（我起初觉得需要原谅）这样一位能这般神奇地唤起已知环境的诗人对我的审美观念造成的任何干扰。

《雪诗》的语言代表了美国诗歌中的一种新合成体。埃蒙斯很会同时影射和戏仿，因而某些过往的表达经常在他的诗里捉迷藏。乡野语言在他手上或许比在农场里更匀整：但对方言的“诗性”运用（在我们的诗歌中源远流长）却很少讨喜埃蒙斯，很少降临他的本地话“说歌”（said song）：

我宣布乌鸦
来了正一块儿逗
留在枫树上 99
我逗赌你五
块钱看在今天
三十好几只了它们
闻着了油水
它们逗候那儿对啊
它们逗跟那儿逗
候那儿它们迟早
要扑腾开来
逗在门廊
开始抢那儿
扯那儿

（SP，136）

I declare the crows have
come right in to hanging
around in the maple tree
and I jest bet you five
dollars since it's over
thirty today they got the
scent of that suet and
they jest a waitin' that's
what they doin' they jest
a waitin' sooner or later

they gonna plunk right
there on the porch and
start a grabbin' and a
tearin'

这种短小重复的乡语为埃蒙斯的母语(来自他在北卡罗来纳州的童年),他坚持让它们偶尔出现在写作中,又对之作了略微滑稽的重构。

粗俗语,乃至淫秽语,是埃蒙斯的另一母语(像所有男人和越来越多的女人一样)。我认为埃蒙斯明白它们在自己词汇的争议边缘,但他不会将之完全屏蔽。它们时常令人不安。这首被叫作《诗是最小的》的诗——我想用作代表《雪诗》创作流程的诗——便结束于粗鄙(诗的婚姻式双栏代表一对已婚夫妇):诗最后,埃蒙斯使“疏解”(relief)一词双关“排尿”(urination)和“浮雕”(bas-relief),将一个蜷进小便池的男人变作帕特农神庙的墙面:

我的诗人朋友的
鸡巴短到
他没法把它拔长到
能笔挺尿尿:
而不是突然
尿歪到别人
身上,他弓进
小便池那么深
看起来就像,要达成
疏解:

可他的胖老婆
仍每早容光焕发
可能,他操得好,
弱弱勾住她
持久拨荡释放:
而且,我还发现,她
字句听从他,
像是知道了
舌头的能耐

(SP,82)

poet friend of mine's
dick's so short
he can't pull it long enough
to pee straight with:
not to pee on
anybody by surprise
sideways, he hunkers
into the urinal so far
he looks like, to achieve,
relief:

still his fat wife's
radiant every morning
he humps well, probably,
stringing her out far and
loose on the frail hook:
and, too, I notice she
follows his words
closely like one who
knows what a tongue can do

这首诗的重点,如标题“诗是最小的”所指涉和早前的隐喻所传达的那 100
样,是在世间风云涌动下诗性轻风的微不足道,山峰面前诗人的渺小。同伴诗人那短小阴茎(辅以舌头)的惊人性爱成功类比微弱诗歌的惊人力量,使粗俗结尾成为又一重对此前观点的肯定。这个观点在诗里已说过两遍,先是教导式表述,再是寓言式对话。全诗开始于一段二十行的教导式表述,说了三遍“诗是”:

诗是最小的
溪流细软
泡影爆破
　最轻的　　　　　　自
风籽叶尖
雪降
诗是破出
从
　一般曲径　　　　　由

进入欢喜的
最少回环
诗是
最轻微的　　　　　　　　　　自
色调、迹象、伤害
　它舞得太轻
不如风舞：
却无一物
可亏缺这满溢
的小丰足　　　　　　　　　　由
而自足

(SP,81)

Poetry is the smallest
trickle trinket
bauble burst
  the lightest　　　　　　　　f
windseed leaftip　　　　　　　r
snowdown　　　　　　　　　　e
poetry is the breaks　　　　　e
the least loop　　　　　　　　d
from　　　　　　　　　　　　o
  the general curvature　　　m
into delight
poetry is
the slightest　　　　　　　　f
hue, hint, hurt　　　　　　　r
  its dance too light　　　　e
not to be the wind's:　　　　e

yet nothing　　　　　　　　　d
becomes itself　　　　　　　　o
without the overspill　　　　　m
of this small abundance

《诗是最小的》开头部分本为规整的传统四诗节自由体(分节被压缩不见),却在页面上被旁边两次垂直刻下的“自由”一词所“扰乱”。但我们还是能辨识出此诗与以往抒情诗的亲缘关系:狄金森式的定义模式、对传统夸大赞美的运用、头韵、“叠句”(“诗是”和“自由”)和偶尔的尾韵(“最轻的”〔“lightest”〕和“最轻微的”〔“slightest”〕;赫伯特式的“轻” 101
〔“light”〕和“欢喜”〔“delight”〕;“舞”〔“dance”〕和它混迹其间的“丰足”〔“abundance”〕)。我们的视线移至右边,会发现第一个垂直的“自由”从“最轻的”一行开始,而第二个从对应的“最轻微的”一行开始。“自由自由”带着圣颂感,表现出我们在完成对现实的个人描绘时的欢喜——能感到这欢喜的有华兹华斯所谓的“沉默诗人”(silent poets),以及那些将自我感知定格在语言中的言说诗人。

作为《雪诗》的早期读者,如果我能认可这段献给轻柔而深远的诗歌微风的精巧赞诗,我也同样会认可随后出现在《诗是最小的》中的赫伯特式寓言对话。这场假装天真的对话发生在向着某座小山峰行进的诗人和他请求进入的那座山之间:

你不介意吧,我
对山说,如果
我用这岩脊或像
灵感亭来说出

几句在各种
树木、溪流这些
之上：尽管说，
山说：我有点

顾虑，我说，因为
言语像是关于
个体与主结构
的对抗，而我

像想要站在
个体一边：不
过，当然，山说：
嗯，不过，我说，

我说什么都
没什么用要是这
本就没什么用：请，
山说，作我的客人

只有
在
我们
要
失去
所有
之境
我们
才
会
有
这里
和

(SP，81-82)

you don't mind, do you, I
said to the mountain, if
I use this ledge or, like,
inspiration pavilion to say

a few things out over the

various woods, streams, and
so on: by all means, said
the mountain: I was a little

concerned, I said, because
the speech is, like, about
the individual vs. the major
structures and, like, I

was thinking of siding with
the individual: but, of
course, said the mountain:
well, but, I said, it

doesn't make any difference
what I say if it doesn't
make any difference: please,
said the mountain, be my guest

only
where
we
are
to
lose
all
are
we
to
have
here
and

对话尽管在这五节带着羞怯和愧疚的四行诗里已自成一体（诗里融入 102
了当下通行的青少年口头禅“像”〔like〕，乃典型的埃蒙斯对口语腔的尝试），但还未归于平静，因为一首新诗——由多为单音节的独词组成的诗行——在我们右眼的视线下“开启”了。

这样的双室大脑，先前已由在开篇赞诗一旁滚动而下的独词助奏“自由自由”引入诗中，如今又开启了它的第二次垂直行动，这一次作为山之诗的对手。第二首垂直诗长三十行，（如果按常规标点符号并水平书写）内容如下：

［只有在我们要失去所有之境，我们才会有这里和那里的零

星；只有在我们要失去所有之境，我们才会在这里注视一切。］（SP，81-82）

我们被迫顺着埃蒙斯在右栏滚动下的格言迷你诗，无标点地逐字读出近似胡言的语句，重复着无力且几乎无意义的短语：“我们要”（“we are to”），“所有我们才会”（“all are we to”）和“失去所有我们才”（“lose all are we”）。尽管重读一遍可以解出句子的意思，但我们对其第一印象是语言的碎片，要自己动手拼凑的残碎的诗句零件。可以说，相对于水平写就的诗行对真理过于概要、过于整洁的宣告，试探性粘凑出的垂直形式代表了诗人对真理的逐步承认。

在右脑的格言结束前（实则大概在它行进到右手边的一半处时），左脑在与山的对话之后停歇了三行，又开启了下一节诗，这是一段叙述，有关自然界里任何实象的转瞬即逝，和随之对其诗歌再现的短促——简言之，这段叙述继续演绎出已行进在一旁垂直栏的右脑格言里的真理：

		那里
		的
		零星
	日落时	只有
	一片空地展开在	在
	山脊上，落日	我们
	在上面驻留一分，	要
	全部光芒拍打向	失去
103	车库和树	所有
	也透过窗户拍向	之境

墙壁,这很好
四点二十的样子,
金黄溢流消逝
在四点二十七

我们
才
会
在
这里
注视
一切

(SP,82)

a slice of clearing
widened over the ridge at
sundown and the sun
stood in it a minute,
full glow flapping up against
the garage and trees
and through the windows against
the walls and it was very nice
say around four twenty,
gold effluvia gone
by four twentyseven

there
a
trifle
only
where
we
are
to
lose
all
are
we
to
be
here
beholding
everything

从降下的格言可看出埃蒙斯讲求的结构浓炼的言辞,同时,在描绘风景的诗行中也可看出他讲求的平乏日常语("这很好/四点二十的样子”）——却又犀利地抛出“溢流”[1]一词，让我们知道“很好 / 的样子”（“very nice / say”）与作者任何其他部分的用词一样别具用意。

只有到了此刻，在我们读了四节近似伊丽莎白时代的美妙赞诗“诗是”（和它垂直的“自由”叠句）、五节风格平淡的与山的赫伯特式寓言对话、短暂的日落诗行（和它们共享的有关失去和注视的垂直格言）之后，我们才来到已引用出的诗人朋友的可疑的阴茎（和它右手的对应部分，他的胖老婆表现出的性满足）。作为埃蒙斯在《雪诗》里的诗艺的模本，《诗是最小的》的冒犯性结尾还有很多可以评论，但我既已举出这一结尾作为埃蒙斯粗鄙用语的例证，便还想说，在以婚姻式双栏诗句表现出对应的双室大脑（诗的和哲学的）之外，埃蒙斯还认为大脑也分水平的层级（从来自山的灵感亭的崇高语言——“金黄溢流”——直降到对尿和性的喜剧品位），诗若忽略通常被“礼节”话语打压的内容，损害的是其自身。埃蒙斯的诗希望既悲剧又喜剧，既高雅又低俗，既凝集又零散，而在《雪诗》中，他运用了许多种策略（在任何一首诗中都会出现好几种）来坚持他所设想的诗的广度。但埃蒙斯写性的语言并非一味粗鄙：比如，《诗是最小的》结尾处暗示的口交再次出现在《你没法搞对》一诗中，用语糅合了浪漫与诊断：

104 舌头，有力，
游移的器官，会在
黑暗中找到极乐之钮，
描摹它的轮廓，
温柔推揉，旋动，

① “effluvia”从词源意义来看可理解为“向外流溢”，现今通常作“臭”之意。如文德勒下文所释读，此节夕阳的“金黄溢流”对应了随后诗节中诗人的小便。

而后温暖(和
滑润)涌向各处
同样敏感,惊奇,
充盈着

(SP,132)

the tongue, powerful,
moving organ, will in the
dark find bliss's button,
describe its contours,
buffet gently and swirl it,
and then swarm warmth (and
grease) into other areas
equally touchy and astonishing
suffusingly

我不觉得这段诗里的用词完全令人满意,但我欣赏埃蒙斯在描绘诗歌中"未得到充分代表"("underrepresented")(用我们现在的话)的普遍性行为上的尝试。

我想举一首《雪诗》中埃蒙斯的实验似乎不够成功的诗,一首叫作《牙掉》的短诗。诗怨愤身体随着年龄增长的畸变——牙齿脱落、脚趾甲内生和那些使人感到丑陋、古怪和衰老的变化(逐行竖直阅读右栏会看到"老人丑"〔"old guy ugly"〕):

牙 掉

牙掉　　　　　　老
趾甲入　　　　　人

丑

当你
到了你
掉出这　　　　同个
世界当　　　不同
你倒了　　　鸡草
就掉了　　　　去
　　　　　　　了
　　　　　　　良土
诗是批评的生命

(SP,128)

Teeth Out

Teeth out　　　　og　　u
toenails in　　　　lu　　gl
　　　　　　　　dy　　y
when you're
up you're
out of this　　　　le mismo
world and when　　difference
you're down　　　chickweedo
you're out　　　　gone
　　　　　　　　to
　　　　　　　　goodness
poetry is the life of criticism

在这里，我们可以看到贯穿《雪诗》全书的埃蒙斯写作中坚持的几方面：

a) 作者工作坊,包含可供重组的语言片断(这里三个单词的字母拼出了“老”“人”和“丑”,再加上从西班牙语流落进来的单词); 105

b) 将口头习语诙谐地重组为诗格言(这里的“倒和掉”〔“down and out”〕);

c) 对以往文学传统的指涉(这里是阿诺德的名言:诗是生命的批评〔poetry is the criticism of life〕);

d) 补偿的伦理(这里,鸡草化为良土,就像掉牙腐朽,加入从物质到能量的持久必要的转换);

e) 双室和三层(崇高、日常、粗鄙)的思想。

阿诺德的典故并未能充分结合诗此前的部分形成连贯的结尾,也不知为何写错了西班牙语(“el mismo”被写作“le mismo”),或是为何鸡草要作西班牙语化的“chickweedo”。但诗集中偶尔的失败也是《雪诗》对语言和形式的浩大突袭的一部分。

诗集里各种实验无法在此逐一描述。我且再举一例,出现在一首写于三月一日的诗里。埃蒙斯在其中实验的是诗句的单室版和双室版之间的差异。这是诗一:

三月一
在清透
灌木丛高高合唱的
八哥嘎嘎唧唧
不和谐得像
一所音乐学校

(SP,189)

march one and
in the clear
thicket highchoired
grackles grate squeak,
dissonant as
a music school

至此都正常：八哥栖息在三月初还未生叶的灌木丛高处，它们不和谐的合鸣有着人类的对应情境（一所音乐学校，一间屋里有人在弹钢琴，另一间屋里有人在唱歌）。（当然，这里的文学典故有莎士比亚第 73 首十四行诗中的群鸟“合唱”（choirs），以及史蒂文斯的八哥，见于《雪和星星》——“八哥歌唱在春天前”〔“The grackles sing avant the spring”〕——和《秋日叠句》——“傍晚的唧唧喳喳散去 / 八哥散去…… / 一些……余音……嘎吱”〔“The skreak and skritter of evening gone / And grackles gone... / Some... residuum... grates”〕。）

106 现在是同一首诗的另一版本，其中埃蒙斯将单室的诗一改写为分裂的形式，我称之为诗二。差别只是一条弯曲（而非笔直）的竖沟槽出现在诗句里，减慢了其行进的速度：

三月　　　　　一
在　　　　　　　清透
灌木丛　　　　　　高高合唱的
八哥　　　　　　　　嘎嘎唧唧
不和谐　　　　　　　　得像
一所音乐　　　　学校

（SP，189）

march one and
in the clear
thicket highchoired
grackles grate squeak,
dissonant as
a music school

这看起来像“双室”(bicameral),其实不是,因为右列没有左对齐。但这一新格式强调的是思维活动,显现出夹杂在写作过程中的犹豫。我要从月份开始吗?“三月”?好吧,为什么不更精确地说“三月一”?我要说“在灌木丛”吗?好吧,但那听起来枝繁叶茂,可树枝还光秃秃的。要不说“光秃灌木丛”(“bare thicket”)?不,太莎士比亚了,我还打算说八哥的“高高合唱”呢。那就加点视觉感,说“清透灌木丛”吧。八哥要做什么?啊,史蒂文斯告诉我,“嘎嘎唧唧”,而且它们不和谐得像——像什么?一所音乐学校。

好吧,这很有趣,揭示出在诗一中看似一挥而就的观察其实充满了推敲用词的犹豫——我们已通过诗二看到了诗句的工作坊形式。诗人在考虑此诗可能的两版印刷方式。为了让我们体验到这一点,埃蒙斯在纸页上建立起真正双室对照的垂直沟槽,同时展示给我们争抢他注意力的诗一和诗二两种形式。我将这一版称为诗三,它成为实际出现在书里的《在半小时后之前》一诗的一部分:

三月一 三月 一
在清透 在 清透
灌木丛高高合唱的 灌木丛 高高合唱的
八哥嘎嘎唧唧 八哥 嘎嘎唧唧
不和谐得像 不和谐 得像

一所音乐学校　　　　一所音乐　　　　学校

(SP,189)

march one and	march　　　one and
in the clear	in the　　　clear
thicket highchoired	thicket　　　highchoired
grackles grate squeak,	grackles　　　grate squeak,
dissonant as	dissonant　　　as
a music school	a music　　　school

107 如果诗人按先后顺序依次呈现紧致版的诗一和犹豫"修改"版的诗二,我们仍会看到其思考过程,但就不会察觉他在即将付梓前仍在两版之间难以抉择。一般分裂的结果是,诗人选择保留一版而压下另一版;而这标志着《雪诗》"揭示一切"的工作坊诗艺,大脑说:"我分裂了并且我两个都要选,于是它们就都在这儿了,都印出来了,展现出左右的对峙。"

当然,所有这些技法——将单词分离为字母和音素,垂直拼写单词,在没有标点符号的页面嵌入每行一词竖直向下的诗,将诗的一版与另一版对应并同时保留——都是以防我们将诗歌读作透明"述意"(statement)的手段(就像埃蒙斯的影射、双关、音符串列、重写旧话等许多其他技巧一样)。《雪诗》的埃蒙斯不计一切地希望我们知道,诗中出现的"自发性"源于在过往文学和口语表达之上所作的无数次修补和抉择。埃蒙斯一直坚持,修补是向读者展示出,诗不仅是一套表述的肌理,而且是一场行动的聚集:

> 言语行动模仿着人的行动,或风、雨或河流的行动。诗是行动,述意是其中一种……价值在诗中展现。诗体现行为之道……诗可以易懂或烦乱,严酷或悦耳,抽象或生动,从这些特征中我们可以形

成自我的模式和特征……诗之行动跟其他行动一样，既是行动本身，又是行动的象征，行为的代表模式。(SM,32-33)

《雪诗》中所有卖弄的作坊技艺，所有在各级词汇间蚂蚱般的跳跃，所有狡黠的文学性，所有将智识、崇高、粗鄙、口头的融合，都没有妨碍埃蒙斯一直坚持揭示人类起起伏伏的情感生活，即便带有抽象化和风格化。这些技巧也没有阻碍在语言形式的混糅中出现优美匀整的诗。我想引用《雪诗》里的一首经典来结束对它的分析，这是一首济慈式的挽歌，以对句写成，预示了《垃圾》的形式：

哀痛死者时要记得 108

哀痛死者时要记得
哀痛亦别太过哀痛

想想死者躺平，丧失的
是我们的红醉金迷

别太过哀痛那破灭了
唇上无伦的忘却泡影

的死者，终于自在的
冰凉葡萄，不再有摧残

来折磨骨头，不再有
烈火从梦的炽焰中掠过

别太过哀痛那对苦痛
无知、无欲、无惧的，

那再也不必看见死亡
降临不愿死者的死者。

（SP，3）

One Must Recall as One Mourns the Dead

One must recall as one mourns the dead
to mourn the dead and so not mourn too much

thinking how deprived away the dead lie
from the gold and red of our rapt wishes

and not mourn the dead too much who having
broken at the lip the nonesuch

bubble oblivion, the cold grape of ease at
last in whose range no further

ravages afflict the bones, no more
fires flash through the flarings of dreams

do not mourn the dead too much who bear no
knowledge, have no need or fear of pain,

and who never again must see death
come upon what does not wish to die.

埃蒙斯仍是一位强力诗人,因为他始终撕裂,一面渴望达成工整形式,一面意识到被压迫在形体追求之下的凌乱散碎。思想、情感和创作在埃蒙斯这里是一致的,都必须尊重世界的赫拉克利特冲突:思想要承认创造和热寂;情感要在爱的喜悦和失去的愤怒之间撕扯;诗歌创作既要尊重活力凝合为(暂时)形式的真理,也要尊重事物混沌消散为无意义和死亡的真理。在《垃圾》中,后者不再展现为《雪诗》里散布纸上的语言碎屑或诗歌形式的竞争。埃蒙斯的创作不再打算展现自身的涂抹工序。从这个意义上说,《垃圾》看似比《雪诗》更传统,但这反而阻碍了思维寻求可吸收入长诗的形式。

分析《垃圾》的第一个困难是:几乎不可能简短地引用诗行,因为它的思维回路绵长而沉浸。像《雪诗》(和埃蒙斯的其他长篇)一样,无法一下便记住《垃圾》全诗,尽管它(像《桥》一样)全篇有一个统一有力的持续回返其上的中心象征物。鉴于诗的主题是破坏,埃蒙斯没有将其献 109
给某个实体(如《雪诗》献给"我的乡土")。《垃圾》献给了众多雪莱式的毁坏者和守护者:"给细菌、屎壳郎、拾荒者、炼字匠——转化者、修复者"。因为埃蒙斯(比较务实地)倾向乐观(尽管知晓所有悲观的理由),献词结束于能量守恒定律的创造性一面。但《垃圾》的读者可能会看出,在这首晚期诗作中,埃蒙斯的想象力更热衷于破坏,而不是转化和修复。无论如何,诗里永恒变化的内部动力意味着其中的诗章不会以任何易于预料(从而易于掌握)的形式展开。

而全诗的开篇在效果上(如果不是在语言上)如一场雪莱式冥想。"通过我的双唇唤醒昏睡的大地吧 / 预言的号角!"雪莱向西风呼告,坚持诗歌在旧价值崩溃时建立新价值场域的社会功用。在一个缪斯召唤诗人天职的当代自嘲版中,埃蒙斯的版本经雪莱与威廉斯相会:

可怕的小爬虫婉婉转转地

旋绕上我的脊背(带来消息)

说,孩子! 你在写那首全世界
翘首以待的伟大诗作吗:你不知你

还未完成一个未完成的使命;
就在此刻某处的某人可能会

死于缺乏威廉斯说的你能
(或有人能)给予的东西:是吗?

那,这些小信使说,你还讲什么
在学校教书(教诗歌和诗歌写作

浪费你的时间描绘一些清醒的
有机组织的、饱含意义的小图景)

丧思的价值(但只是被扰乱得
分崩离析)已遍地断壁残垣,

中心不再,因为你(就是我,孩子)
还没有冲着每个人的脸阐明

一切,可:另一方面(我对自己说,
接待信使再斩掉它们)谁又

做了什么,而且我像能做出
什么世界没了便不再旋转吗:[3]

Creepy little creepers are insinuatingly
curling up my spine (bringing the message)

saying, Boy!, are you writing that great poem
the world's waiting for: don't you know you

have an unaccomplished mission unaccomplished;
someone somewhere may be at this very moment

dying for the lack of what W. C. Williams says
you could (or somebody could) be giving: yeah?

so, these little messengers say, what do you
mean teaching school (teaching *poetry* and

poetry writing and wasting your time painting
sober little organic, meaningful pictures)

when values thought lost (but only scrambled into
disengagement) lie around demolished

and centerless because you (that's me, boy)
haven't elaborated everything in everybody's

face, yet: on the other hand (I say to myself,
receiving the messengers and cutting them down)

who has done anything or am I likely to do

anything the world won't twirl without:

诗人已到了不仅质疑自己的权威,还质疑缪斯的权威的地步,将她的信使贬为"可怕的小爬虫"。而这场自我苛责紧跟着一场对"优雅与简朴"的漫长沉思。埃蒙斯将这两个品质(一个是审美的,一个主要是伦理的)命作自己诗歌的核心诗学,有意绕开了两派宗教体系(来自西奈山或宙斯的雷电)和哲学史:

……优雅与简朴:我怀疑
我们是否需要那些击撞山顶的

天国制导系统,是否需要浑昏
哲学那深奥的失败推理:难道

相信简朴与优雅的品质
不已足够简朴与优雅……

(G,15)

. . . elegance and simplicity: I wonder
if we need those celestial guidance systems

striking mountaintops or if we need fuzzy
philosophy's abstruse failed reasonings: isn't

it simple and elegant enough to believe in
qualities, simplicity and elegance. . .

这样简朴与优雅的诗学需要排除《雪诗》里的花哨舞步。《垃圾》的对句代表其简朴一面，而复杂文体和词汇句法的多样来源则代表其优雅一面。

《垃圾》的埃蒙斯说："我的希望是看到世俗盛衰与神圣起落之间的相似"——

> 废旧语言的垃圾堆被扔在了诗人脚下，诗人的工作是制造或改造将再次起航的语言。我们因罪恶和死亡而陷入低谷，希望宗教能使我们重获新生。我用垃圾作材料，提供给这样的可能变形，想要展现出高贵和低贱的相互关系。(SM，102)

高贵和低贱一起参与进埃蒙斯典型的思维变换。几乎在《垃圾》的每篇诗章里，无论具体主题是什么，都出现了下面的文体要素，时而相互重叠：

a）第一人称单数或复数的动情沉思； 111
b）叙事；
c）场景；
d）一句或多句格言；
e）丑陋或可怕的事物（毁坏、死亡）；
f）美丽或慰藉的事物（自然、爱的某方面）；
g）有关诗歌的评论。

这一切都得到了巧妙处理，只有细致钻研此诗的人才能辨识出它们复现的形态。初读（甚至再读）的读者只会对诗中的声音有个大体印象，它讲故事、沉思、前瞻、庆祝、哀伤，徐徐展开引诱的言语。下面便是诗里反复出现的七种文体的示例：

第一人称动情沉思。这里回忆了埃蒙斯逝去的过去，既关于遥远的北卡罗来纳，也有更近的康奈尔：

　　　　　　我简直不敢相信
我只是个老家伙：母亲死了，

父亲走了，许多的朋友和
同事也已蹒跚离场，去了

土里，只吹着大风，或成了灰，
小些的风：不过说实话这都

有料想到又不想到：甚至是
老树，我也记得好些，它们

从前挺立处：跟它们的合影：
还有老狗，特别是只黑帝王，

分级别（又别[①]）的四胞胎
一只接一只，吠叫打闹间

似幻灯滑离投影：过去
的它们可还是现在的它们：

（G，22-23）

---

① 此处隐含的词亦为埃蒙斯的名字“亚契”（Archie）。

I can’t believe
I’m merely an old person: whose mother is dead,

whose father is gone and many of whose
friends and associates have wended away to the

ground, which is only heavy wind, or to ashes,
a lighter breeze: but it was all quite frankly

to be expected and not looked forward to: even
old trees, I remember some of them, where they

used to stand: pictures taken by some of them:
and old dogs, especially one imperial black one,

quad dogs with their hier*archies*(another *archie*)
one succeeding another, the barking and romping

sliding away like slides from a projector: what
were they then that are what they are now:

叙事。这里是埃蒙斯在康奈尔大学英文系(位于戈德温·史密斯楼)任教时的一段小插曲:

我 112
从戈德温·史密斯楼取完邮

件出来,五月傍晚新星明亮,
蓝绿竞染天边,一位好友

说,过来看,是拉尔夫,他在
车上,想着,我从来没被叫

过来看拉尔夫,我说,是
有什么事吗,她说,脑癌晚期,

我说,脑癌晚期,她说,我
一周前知道的,但什么也别对他

说:于是,在眩目的光下,他的
车窗摇下,我同一位老友交谈

就好像我们三人当同事的过去
二十五年已倏然遥不可及:

(G,41)

I
was coming out of Goldwin Smith Hall after mail

call on a nova-bright late May day, the blues
and greens outdoing each other, when a dear friend

said, come and see, it's Ralph, he's in the car, and
thinking, I've never been asked to come see

Ralph before, I said, is anything the
matter, and she said, terminal cancer of the brain,

and I said, terminal cancer of the brain, and
she said, I found out a week ago, but don't say

anything to him: so, in the glaring light, his
window rolled down, I was talking with an old friend

as if the past twenty-five years of all three of us
as colleagues had shifted out of reach:

场景。这里是埃蒙斯一次回到他的出生地,北卡罗来纳州的怀特维尔:

我在卡罗来纳见过晨蝇

似浮石悬半空:露珠,凝沉;
太阳,血红:一条路浸绕松林

从斜坡下到池塘,溢洪道堵满
随清风弯折的猫尾草,红翼鸫

白日肆野:一位瘸腿老农夫
与他的狗早早起来,中午怕要融化

沥青,十字路口加油站前一长椅
黑人老人,树林边高高的狗茴香,

玉米剥完后散乱着一堆穗,番茄

株蔓生而出，爬成藤：早上好，

先生们，你们都好吗：这些鸡毛
蒜皮，近乎这星球上的平凡阵痛

这么奇异地发生，我们不能太煽……

(G,95)

I saw in Carolina morning flies

midair like floating stones: the dew, heavy;
the sun, blood red: a road dipping round a

pine grove down a hill to a pond, the spillway
clogged with cattails bent with breezes and with

redwings awilding day: a crippled old farmer
up early with his dog, noon likely to melt tar,

a benchlong of old blacks at the crossroads
gas station, dogfennel high on the woods' edge,

some scraggly roastnear corn used up, tomato
plants sprawled out, become vines: morning,

gentlemen, how you all doing: these bitty
events, near pangs commonplace on this planet

so strangely turned out, we mustn't take on so. . . .

格言。这里是说给读者的一段话,描述了一段列维纳斯式的与构成 113
伦理的他者的关系:

在你的结束是我的开始,我重复;也是我的
结束;我的结束,某种意义上,亦是,你的结束:

难道不是我们的结束将我们绑在一起:而何时,
结束对结束,我们的结束相遇,而后我们开始

看见那令人不安的永无结束之时的结束:

(G,63)

In your end is my beginning, I repeat; also,
my end; my end is, in fact, your end, in a way:

are we not bound together by our ends: and when,
end to end, our ends meet, then we begin to

see the end of disturbing endlessness:

丑陋或可怕的事物。这里,老人对即将来临的死亡的知识:

老年人有时会猛一头扎回生活
开始订计划,很可笑,你知道,

而后他们又会突然想到死亡,
会看到自己的棺材板像鲸鱼

从他们弃绝的脑底深处冒上来
这改变会令他们骇然，突感

不一样——从满满可能的热情活动
到冷冷承认——他们有一刻

会状似不理解：其他时刻
随着计划、朋友和梦想的到期

在来自四面八方的复发和疼痛
的袭击下，他们会感到一个

略小的野心，最后还是爬进
他们的盒子，盖上光，走了吧，

再也没有了，再也不看了，更别说
再看麻烦找到谁了：是的啊，会有

这些情绪和转变，这些闪现
的回忆和这些愚蠢的诱惑……

(G,53)

sometimes old people snap back into life for a
streak and start making plans, ridiculous, you know,

when they will suddenly think of death again

and they will see their coffins plunge upward

like whales out of the refused depths of their
minds and the change will feel so shockingly

different—from the warm movement of a possibility
to a cold acknowledgment—they will seem not

to understand for a minute: at other times
with the expiration of plans and friends and

dreams and with the assaults on all sides of
relapses and pains, they will feel a

smallish ambition to creep into their boxes
at last and lid the light out and be gone,

nevermore, nevermore to see again, let alone
see trouble come on anyone again: oh yes, there

are these moods and transitions, these bolt
recollections and these foolish temptations. . . .

美。这里是白蛾适应环境的美。开篇由白蛾的运动暗引出格特鲁
德对奥菲利娅之死的哀叹(“有株柳树斜长在溪畔”〔“There is a willow 114
grows aslant a brook”〕),又结束于对惠特曼的粪金龟的隐含致意:

时而有只白蛾
斜垂在忍冬篱上,在春日

煦风或别种纷乱中，露天
悬吊，惊险地蠕动（我见过

大黄蜂将幼虫直接修剪出
空中）：我停下察看的这只

正挣扎爬一丝网线，咬夹扯拽，
向上摸寻牢靠的支点，将自己

往上提拉，直到这小段回到
簇集在它头顶的小小棉

球：但这仅是机械原理：它
底背有一道泛紫条纹恰巧为

忍冬丛枝茎，也即茎顶（芽）
的颜色：他的脚和双侧恰巧

为侧忍冬丛枝茎的颜色：这
虽然仍待解释，我认为

它足以是个奇迹……

（G，71–72）

there is a web-worm falls
sometimes aslant the honeysuckle hedge in spring

breeze or other dislocation and finds itself
asquirm dangerously dangled in the open air (I've

seen hornets trim those babies right out of the
air): this one I paused to view was wrestling

up the single thread of web, nipping and tucking,
reaching up for a hold on the tight and bringing

itself up till the bit length could be added
to the tiny cotton ball gathered at its

head: but this is mere mechanics: down its
back was a purplish streak exactly the color

of honeysucklebushlimbstems, the top part (buds)
of the stems: his feet, his laterals, were

exactly the color of the lateralhoneysucklebush
limbstems: while this waits explanation, I

hold it a sufficient miracle....

诗歌。这里是望向死亡洞坑后的辩护:"我/凝视过死亡之渊,它在那里,//渊在那里,还有死亡"(G,81),但愧疚随后袭来,后悔将时间花在了诗歌上,而不是原初的感受上:

于是我从每一事物
自身演绎出其本质让每一演绎

言说,山峦静静回响,充溢着
威严,它们气宇轩昂,精神的

完美气度,向下望的恐惧按捺下
对高处的浅爱:我的舌话给

蛇舌草、长春蔓、羊踯躅;
它们摇摆,舌话回荡在我脑中

像萦绕一曲柔质细意的香颂:
一场聚集,一际交会,一回

接济:是什么,让你会为之
拒绝一片草原,草原说着我

继续着,目光远大,乌龟
从沼水中缓缓伸出针尖气孔,

他眼神狐疑下视,说,木结
的阴影还更深暗地落在哪片

水面,但我未有时间来慢慢
花时间:我把所有币都花在了

这桩好买卖,我自己的焚烧:

(G,81-82)

So I derived the nature
of each thing from itself and made each derivation

speak, the mountains quietly resounding and very
authoritative, their exalted air perfect grain

of the spiritual, the sense of looking down so
scary half-love for height held: I made tongues

for adder's-tongue, periwinkle, and jimminycricket;
they wagged, and these tongues rang in my head

as in a chanson delicate of essence and point:
an assemblage, a concourse of intercourse, a

recourse: what is it, that you would turn down
a prairie for it, the prairie said as I went

on, my eyes set longsighted, and the turtle
eased needlepoint airholes up from swampwater,

his eyes quizzical in a downturn, and said,
where else does the shadow of the logknots fall

more sharply dark on the water, but I didn't
have time to take time: I spent every coin I

had into the good business of my own burning:

虽然每个选段本身都非常清楚,埃蒙斯将他的这些通用套件交织在一起,使随便一段诗章都像剪切跳跃的大杂烩,尤其是通用套件本身可能以埃蒙斯的任何一种方式来发声——乡土的、科学的、假天真的、哲学的、描述的、宗教的。因为《垃圾》全书是一首对灭绝的必然法则的赞诗（生命“燃耗于滋养它的事物”，那赋予活力又日渐熄灭的生命之热〔*calor vitae*〕的火焰），不断变动体裁和语言对诗便至为关键。埃蒙斯冒着很大的风险，因为他向读者所要求的警觉超过了许多读者所能给予的。我们习惯于叙事脉络或时间进程或等级体系或哲学提案（“它必须是抽象的”〔“It Must Be Abstract”〕）来作为长诗的迷宫的线索，但在埃蒙斯这里，我们惊讶地发现没有这样的辅助提示。我们发现自己真的身处语言和文学的垃圾堆里，可比佛罗里达坑的生命残骸：

　　　一片神职羽毛升起，一个信号，

浓烟像苍蝇周转于橘皮和嗡嗡
糊混：一首关于垃圾的诗是垃圾吗

116 或这抽象、空洞的废料看起来美
且必要吗，可为又一次献祭，给那

高处的归化（这是指顶上冒着烟
的地方；焚烧着罪恶、腐败、

错误的理解，使一切经历烈火
的净化：）旧躺椅、残瘸的铝制

户外折椅、板条或铰链破损的
柠檬木箱、滑轮故障或凭空

旋转的婴儿手推车：剩一截
的热狗：

(G,30–31)

a priestly plume rises, a signal, smoke

like flies intermediating between orange peel
and buzzing blur: is a poem about garbage garbage

or will this abstract, hollow junk seem beautiful
and necessary as just another offering to the

high assimilations (that means up on top where
the smoke is; the incineration of sin,

corruption, misconstruction pass through the
purification of flame:) old deck chairs,

crippled aluminum lawn chairs, lemon crates
with busted slats or hinges, strollers with

whacking or spinningly idle wheels: stub ends
of hotdogs:

埃蒙斯所有令人不安的变动(主题的、体裁的、词汇的)是为了模仿一个由持续的创造和毁灭构成的宇宙,为了认可一种顺应必然变动的形而上学,为了宣告一种抗议的伦理,在毁灭的普遍法则(遗传的、代谢的、政治的、劫难的)下急切(哪怕无力)地抵抗人类的荒废:

这个人呢
十一岁染上酒精,十七岁毒品

三十二岁死亡:这个小男孩呢
街边上肿胀又光滑的脸

眯缝眼冲你走过来要握手:
要是政治像轻风荡回来

从年轻人群中驶过坦克:风沙
中庄稼般枯萎在哭喊中

的希望呢:任血流成河
呢,那儿的雨可能已洒进了

路池:

(G,90)

how about the
one who finds alcohol at eleven, drugs at seventeen

death at thirty-two: how about the little
boy on the street who with puffy-smooth face and

slit eyes reaches up to you for a handshake:
supposing politics swings back like a breeze and

sails tanks through a young crowd: what about the
hopes withered up in screams like crops in

sandy winds: how about the letting out of streams
of blood where rain might have sprinkled into

roadpools:

埃蒙斯想到的可能是某位死去的年轻人,某位唐氏综合症的孩子,某个广场上的事件,他的母亲在他的小弟弟去世后的眼泪,欧洲的大屠杀, 117
但他将恐怖目录中的具体事件抽象化,以使对人类荒废的控诉变得普适。他不会逃避进幸运的"谁能安然说要有邪恶/才能辨良善"(G,90),但他也不能解释(或希望消除)邪恶。他只能问:"天平添满后,是否有//一束光划出界沿相庆[?]"(G,91)他甚至也不能坚定地抱有这一希望。他推想,在死亡的门槛上,我们可能会确定,生命依靠爱的珍贵力量而拥有价值;但我们也可能会最终承认,爱引起的麻烦不过是令我们筋疲力竭:

但那样,爱的麻烦可能叫我们

疲惫不堪,无动于衷会把我们和
山丘的无动于衷相连,以及深海

的宽广洋流以及天空的崇高蜿蜒,
我们或真能看到在我们理解之外

的自在,因其至今一直,在之外

(G,96)

but, then, for the trouble of love, we may be

so tired that indifference will join ours to the
hills' indifference and the broad currents of

the deep and the high windings of the sky, and
we may indeed see the ease beyond our

understanding because, till now, always beyond

埃蒙斯在《垃圾》中希望怀疑、说出并展现，在我们结束之时，我们会归于宇宙浩瀚无情的动态变动，这使他成为一位书写非人类中心意识的诗人。埃蒙斯的所有诗都试图暗暗保护所爱之物，因知晓毁灭的定数。他说："我情感生活中最强烈的意象是一件被我压抑下而最近被我的一位姐姐提起的事"——

> 那是比我小两岁半的弟弟在他十八个月时去世时。几天后，我母亲在院子里发现了他的脚印，试图在那上面搭点什么来防止风将脚印吹走。这是我知晓的最强烈的意象。(SM,71)

但埃蒙斯并未采取罗宾逊·杰弗斯的"非人类"(inhuman)视角：他对人依恋的地方和意义，人对他者的投入，人对丧失所爱的悲痛有着太过敏锐的意识。他对伤害和悲痛的意识(首先来自他自己生活中的痛苦，然后来自对历史和外界的理解)使他的诗充满温柔。这是一种克制的温柔——正如他的所有激情都很克制——出于对诗歌形式原则的美学责
118 任。在埃蒙斯《垃圾》最为严厉的段落中，有一段对"写手"的长篇责难，他们是那些想宣称自己有关怀(*engagés*)的当代作家，为了读者效应而

夸大修辞：

写手们，无缓和，
大卸张力：他们想打动，搅动，

震动：他们展现了佯装感情的
游闲：感情动情地游走盘算路线

游离出感情：真正的感情
将自己的重量轻柔分予他人，

帮助他们遇见，应对严酷、凶残、
在劫难逃，将明朗事实的重负

轻轻舒缓：大张旗鼓的写手不会
放过任何机会造作、受伤，不管

适不适当，因为他们害怕自己的
空洞：最轻柔，最细致的言语甚少

关怀，几乎不动人，可付与讲述
至深愿望、迁晦恐惧：喧闹小伙、

宣讲家，聋子听他们：给私语的
乃至沉默的人，他们喜怒的丰沛：

喑哑的诗噙着泪水:一行线,
一行火线,原野上摇曳不定的

激情和克制,这是太难保持
适度的一条线,不让一边突袭

另一边:

(G,120-121)

the hackers, having none,
hack away at intensity: they want to move,

disturb, shock: they show the idleness of
pretended feeling: feeling moves by moving

into considerations of moving away: real
feeling assigns its weight gently to others,

helps them meet, deal with the harsh, brutal,
the ineluctable, eases the burdens of unclouded

facts: the strident hackers miss no chance to
dramatize, hurt, fairly or unfairly, for they

fear their emptiness: the gentlest, the most
refined language, so little engaged it is hardly

engaging, deserves to tell the deepest wishes,
roundabout fears: loud boys, the declaimers,

the deaf listen to them: to the whisperers,
even the silent, their moody abundance: the

poem that goes dumb holds tears: the line,
the fire line, where passion and control waver

for the field, that is a line so difficult to
keep in the right degree, one side not raiding

the other:

这是埃蒙斯对他的“优雅和简朴”的诗学最为说教的表达。我们阅读《垃圾》里的晚期埃蒙斯时,可以看到他保留了《雪诗》将广阔思绪融汇为诗句旋涡的技法;用语速变;转向抽象;格言总结;重写旧话;偏爱自然界里的相似性布局;甚至是以能量获取补偿物质损失的形而上学。但在《垃圾》里,他克制了自己的粗鄙和奇想;他更少在意玩弄 119
双室式思维的概念;他添加了更多的叙事和更多篇幅的个人轶事;他还选用了规律的编号连续的长诗章,而不是《雪诗》那变化多端的单独命名的短诗行。

就像接连的天气预报(标志着大自然持续而变化的生命)将《雪诗》各部分联系起来,佛罗里达火葬堆的象征(标志着物质转化为能量)统一了《垃圾》。《垃圾》是一首比《雪诗》更悲哀的诗,也更少炫技:如果早前系列背后是创造的繁荣,那么晚近系列背后则是毁灭的确定。在文学史上,《垃圾》属于克制的晚期作品:在英语诗歌的典范中,《复乐园》、《四个四重奏》和《岩石》都通常被认为属于此类。在这类诗歌中,早期写下华丽诗篇的作者认定他们此后对世界的感受需要一种更少彰显的风格。并非所有人都更喜欢他们的晚期;我便一直在对紧张、飞溅、自发、敢于愚蠢的《雪诗》的旧情和目前对《垃圾》的严肃诗章的赞慕之间逡巡。真正惊人的是，同一位诗人竟写下了这样两本令人叹服的诗作。

（周星月 译）

8. 她所有的游牧民：艾米·克兰皮特《诗集》

艾米·克兰皮特 1994 年辞世，享年七十四岁；克诺夫出版社 1983 120
年出版了她的第一部诗集《翠鸟》（*Kingfisher*）。之后，《光是什么样子的》（1985）、《古雕塑》（1987）、《向西》（1990）以及《一种沉默敞开》（1994）——十一年共五部诗集。

《诗集》的开端是诗人玛丽·乔·索尔特热情洋溢的导语，二十世纪八九十年代，两人一直是亲密朋友；下文提及的生平传记方面的信息皆来自这篇对理解克兰皮特其人其诗大有裨益的导语。克兰皮特生于 1920 年 6 月 15 日，是一个有着五个孩子的家庭的长女，住在祖父三百英亩的农场上。这个农场位于俄亥俄州的新普罗维登斯。十岁之前，她一直在农场生活，之后随父母搬到一座新房子里，这件事让克兰皮特终生遗憾不已。她的生活表面上看没什么波澜。她在本地的公办学校上了十二年学，觉得自己格格不入，后来去格林奈尔学院读书；然后——在进入哥伦比亚大学进行研究生学习后——她终止了学业，到牛津大学出版社做了一位秘书。“她写广告词，赢得了一项公司组织的写作竞赛奖，奖励是一场去英国的旅行，”索尔特告诉我们，继而写道，“这次旅行，再加上几年后，辞掉牛津大学出版社工作后，在欧洲的旅行，改变了她的人生。”[1]发生了一场悲伤的爱情故事，一段在奥杜邦学会的图书管理员工作。五十年代，克兰皮特写了三部小说，至今尚未发表。她在格林威治村有一个公寓,但是在她生命的最后二十五年,她和哈罗德·科恩一起生活在纽约上东区的一个公寓里,科恩是哥伦比亚法学院的教授;两人在克兰皮特1994年罹患卵巢癌去世前不久结了婚。每到夏季,他们都会到缅因州消暑,克兰皮特许多描述雾、大海、茅膏菜的诗歌都是
121 来自这个地方。索尔特重述了1979年第一次见到克兰皮特的情形,非常精准地描述了她的体貌特征:

> 高挑,穿着一双芭蕾舞鞋,轻飘飘的似乎没有重量,她的步履、姿态轻盈,让人马上想到了小孩子。她有着深棕色头发,那时有点灰白,用嬉皮士常用的皮发夹扎在脑后,有意让两缕到下巴长度头发落在两只大到充满喜感的耳朵上。不过,她遮挡不住(尽管她总是在扬起两根细长、优雅的手指)她那漏着牙缝的优美的笑容。(F,xvi)

索尔特还为克兰皮特的新读者提供了她的诗歌的道德背景。定居在新普罗维登斯的多是贵格会教徒,不过克兰皮特成长的环境更是一个融合了新教主义的地方。她在六十年代投身于政治活动,在1971年加入在白宫前反对轰炸越南北部的抗议活动。索尔特曾问克兰皮特是否想要孩子,她回答说:"哦,不,当我们将原子弹投在广岛的时候,我知道这不是一个我想要把孩子带到其中的世界。"(F, xvii)索尔特有理由怀疑还有其他原因:从她的诗中可以看出,她拒斥自己母亲的生活。在这种生活中,个人的能量被生养孩子、操持家务耗尽。索尔特后来知道,克兰皮特之所以"离开圣公会教堂(在多年极其虔诚的信仰之后,她一度考虑做个修女)是因为她觉得教堂的领导层没有旗帜鲜明地反对战争"。(F, xvii)不过,克兰皮特也反对被纳入任何运动之中。在1993年也即去世前那一年的与《诗歌》杂志的访谈中,她说道:

> 至少从六十年代以来,我一直想要通过某种方式指涉公共问题——这和代表某一群体或立场发声并不一样。诗人写作了很多表达不满的诗歌,我也写过一部分。我所真正关切的是……保持一种我所谓的颠覆性的态度,这种态度与亦步亦趋地追随别人的规划正相反。它意味着对被收编、被吸纳保持警惕。因为被收编便部分意味着要全盘接受别人的语言,我把这种警惕性视作诗人特有的功能之一。[2]

因为大自然可以带给克兰皮特强烈的愉悦感——她也有不可竭尽的词汇来描述自然(对于一位参考图书管理员来说,这一点来得恰如其
分,又自然而然),一些评论者贬低她诗中的道德热情。在一些评论者 122
那里——这些人的词汇可能不如她的丰富——她被视作一个精英派的诗人,对此他们充满怨愤,她的诗歌被认为普通读者“遥不可及”。克兰皮特深知这类批评,但是优雅地回复:“有足够多的读者和我一样被同样的事情所打动,所以我并不十分介意有些人说,他们有时会认为:‘你的这些词语来自哪里?’”(V,7)另一方面,克兰皮特得到另外一些读者极高的褒扬,他们认为她的作品是“适合成人阅读的诗歌”——借用J. D. 麦克拉奇的话说。

克兰皮特的诗歌确实指意丰富,又充满文学意味,因此它也需要一个通晓文学的读者。她体内的那个小说家被其他诗人的生命所吸引,晚年她甚至写了一个剧本(《喜极而疯》),主要围绕威廉·华兹华斯、多萝西·华兹华斯与柯勒律治在鸽舍的共同生活(她的同情心倾向于多萝西这一端)。她还写了一部更成功的关于济慈一生的作品(《旅行》),以及以多萝西·华兹华斯(《格拉斯米尔》《科里尔顿》《莱德尔山》),乔治·艾略特(《乔治·艾略特的乡间》《布罗德斯泰斯的美杜莎》《海格特墓园》),玛格丽特·富乐(《玛格丽特·富乐,一八四七年》)以及

波卡洪塔斯(《玛托阿卡》)为视角的诗歌。奇怪的是，她并没有写类似的关于霍普金斯的诗歌(尽管据索尔特所言，“霍普金斯是第一位她热爱的诗人”)。这些传记诗歌，尽管都有令人触动的时刻，但是并不能在激情和艺术上与关于克兰皮特自己童年时代的诗歌以及写给父母的挽歌相比肩;对于那些对上述作家的人生事件所知甚少的读者来说，它们可能的确相去较远。比如，关于济慈的诗作，第一首诗《马盖特》如此开始:

重读他自己的诗行，他处于
(他写道)一个“海蓬子采摘者，
这个糟糕的职业”萎靡的状态。
残废的葛罗斯特，刚刚失去眼睛
所有的受损的感知融合在一起，
奥德修斯，从海难的沉船打捞出来
经由荷马目盲的深处——

“大海浸透了他的心”——
是他的恐惧紧紧抓住的向导。[3]

Reading his own lines over, he'd been
(he wrote) in the diminished state of one
"that gathers Samphire dreadful trade."
Disabled Gloucester, so newly eyeless
all his scathed perceptions bled together,
and Odysseus, dredged up shipwrecked
through fathoms of Homeric sightlessness—

> “the sea had soaked his heart through”—
> were the guides his terror clutched at.

不过,即使在她最密集地引经据典的诗歌里,克兰皮特也会向读者提供足够的人性与抒情元素,让他继续读下去。例如,《马盖特》这首诗继续呈现了克兰皮特对于写作模糊的指控,它的象征既是危险的海草采集, 123
也是惠特曼式的悲凉地收集“大海浮游物”,以及史蒂文斯式的直面北极光下的“冰与火”:

> 多么具有亲密性,
> 这个手牵手的,攀爬悬崖的职业,
>
> 一点点放下,麻绳的蜿蜒,
> 颤颤巍巍,一筐筐大海的浮游物,
> 从马盖特或巴尼加特采集……
> 诗节中捕获的不可触摸之物
> 碎屑,浮渣,
> 禁闭者对于北极光
>
> 无形的燃烧的渴求——所有
> 危险之中的行动。

(CP,143)

> How clannish
> the whole hand-to-hand, cliffhanging trade,

the gradual letdown, the hempen slither,
precarious basketloads of sea drift
gathered at Margate or at Barnegat...
The chaff, the scum
of the impalpable confined in stanzas,

a shut-in's hunger for the bodiless
enkindlings of the aurora—all that
traffic in the perilous.

这种传记式的写作成为她后来自传式写作的平台，然后又用来推及普遍的意义：克兰皮特暗示，对于不可触碰之物的表达，是日常生活中所有人都会遭遇的困境。

但是，我认为人们记住克兰皮特的不单单是她对过往的生命倾注的想象，而更是她对于自我的记录。在《子午线》中，我们看到了通过孩子的目光观察到的母亲的一天：

子午线的麻木漠然，正午
绝对的百无聊赖：苍蝇
在厨房里上演嗡嗡作响的黑色摇篮曲，
酸牛奶的陶罐，奶油分离器
尚未清洗；生活是什么
除了家务，更多的家务，洗碗水，
疲倦，不想要的孩子：没有什么
打破午后的无聊倦怠

除了可能的雷暴云：

向上攀升,深紫的,像塔楼一样……

(CP,18)

apathy at the meridian, the noon
of absolute boredom: flies
crooning black lullabies in the kitchen,
milk-soured crocks, cream separator
still unwashed: what is there to life
but chores, and more chores, dishwater,
fatigue, unwanted children: nothing
to stir the longueur of afternoon

except possibly thunderheads:
climbing, livid, turreted...

列举的冲动——描述无休无止的重复家务的名词和名词短语——是克兰皮特用来速写一种环境的方式:"我住在纽约的早些年,"她说,
"我……在画家群里更加如鱼得水,而不是在文人群里……由于不会画 124
画儿,我在探索如何用词语来实现等同于绘画和笔法的效果。"(V,7)在充满痛楚的诗歌《圣烛节的游行》中,白描变成了对于母亲混合着愤怒与懊悔的哀歌,克兰皮特用过去分词来承载具有普遍意义的父母的重担:

一天的脏乱
重新开始,被抛弃的幼崽重新捡起

无爱的,失败的意图的子嗣,
悲伤只是心肠的硬化,

无可避免的应然的事物：

成千上万的父母过着
无人感恩的生活，没有回报，除了
怨恨酸楚的钱币。

(CP,24)

the squalor of the day
resumed, the orphaned litter taken up again

unloved, the spawn of botched intentions,
grief a mere hardening of the gut,
a set piece of what can't be avoided:

parents by the tens of thousands living
unthanked, unpaid but in the sour coin
of resentment.

最后，在这堆积得越来越多的清单之后，是对于女性命中注定的匿名、生物性生命的指控；在这里，克兰皮特的句法燃烧成一个完整的句子，她询问女性为何放弃这个念想，即她们也有权拥有灵魂，一条“燃烧的线”，一个人的身份：

它在哪里？在哪里，在脱掉的
包裹里，在数世纪女性喃喃自语的
被阻碍的寂寂无名里，

一条燃烧的线，脆弱得
无法发现它的意义，甚至无法承担
成形的风险，放弃了

可能性的种子？

(CP，24-25)

Where is it? Where, in the shucked-off
bundle, the hampered obscurity that has been
for centuries the mumbling lot of women,

did the thread of fire, too frail
ever to discover what it meant, to risk
even the taking of a shape, relinquish

the seed of possibility?

克兰皮特不是一个使用闭合性诗节形式的诗人；她会将一首诗分割为七行（《马盖特》）、三行（《圣烛节游行》）或七到十八行不等的诗节（《意象》），在诗歌整体的结构中似乎关系不大。一个三行的分节方式是为了减缓一个多行的句子势不可当的句法；诗节的分割点常常标识了一个 125
句子的结束。至多，它们提醒读者思想的停顿，而不是声音的转变或新的象征系统。在这个层面上，她更多是一个思想与意象的诗人，而不是一个构造语言与制造象征的诗人。

她还更多是一个写反思与悲伤的诗人，而不是写情欲的诗人——由她关于一个老诗人在安定的生活中写诗的设定便可推导出这一点。安置自己的性冲动，找寻自己在世间的位置这种疯狂的冲动（如济慈的

《爱与名声》),属于青年诗人的专利。那些已经抵达她的诗歌所描述的生命阶段的人——不管是青年还是老年,或者是那些对大自然的美丽(或野蛮)感知就像她一样极其强烈的人,会激赏她的诗歌。她的第一个记忆就是茂密的枫树下长满了紫罗兰的果园。在《林地》一诗中,她写到了从铁丝网下钻过去:

　　　　来到一片圈起的林地
它的顶层是银色枫树的树冠
在头顶摇曳,紧张不安,在偶尔
轻吟的风中。林子深处,
如仪式中人物的苹果树下,紫罗兰
怒放,一个蓝色的洞口
充满了纯粹的惊奇感。
　　　　　　　　　　这是
最早的记忆。在这之前,
我/你,不管这个难题
可能是什么,一切都无意义。

(CP,58)

　　　　　　　　to an enclosure
whose ceiling's silver-maple tops
stir overhead, uneasy, in the interminably
murmuring air[.] Deep in it, under
appletrees like figures in a ritual, violets
are thick, a blue cellarhole
of pure astonishment.
　　　　　　　　It is

the earliest memory. Before it,
I / you, whatever that conundrum may yet
prove to be, amounts to nothing.

沉浸在风景之中,似乎可以将克兰皮特带回到自我、客体形成之前的前主体性时刻的愉悦之中。由此一来,作为一个作家,没有什么能比将物质世界以她所见的样子呈现给别人这一挑战更让她愉快的了。例如,她童年的龙卷风:

面对
春天和夏天突如其来的旋转的暴怒——
一袋袋怒气,低垂的乳状云
骇人的乳房
变成了长大的嘴,一条搅动了
整个农场的七腮鳗,吸力 126
拔掉了树干,就像拔掉腐烂的牙——
好运和一个地窖是大平原居住者
唯一可以指靠的存在。

(CP,57)

Against
the involuted tantrums of spring and summer—
sackfuls of ire, the frightful udder
of the dropped mammocumulus
become all mouth, a lamprey
swigging up whole farmsteads, suction
dislodging treetrunks like a rotten tooth—

luck and a cellarhold were all
a prairie dweller had to count on.

克兰皮特终生都在思考驱动她的祖先向西迁徙的游牧心理，同样的心理也驱动着她向东搬迁。（“我身上有太多游牧民的气质，不愿固定在任何地方。”她在1993年《诗歌》杂志的访谈中如是说。）她童年的俄亥俄州大平原提供了一个日后所有的移动都可以参照的固定点，她的诗中再现的旅行包括重返母亲弥留时的病床（《圣烛节的游行》），也有她晚年的诗歌《对于逃离的渴求》所表现的所有的游牧者、移民都曾遭遇的令人惧怕的周而复始的离家和流亡。这首诗的题名来自塞萨尔·巴列霍的一个短语，字面上指的是“对于逃离的渴求”，但被克兰皮特翻译为：

逃走，脱离的冲动，走掉
正在走的饥渴：sed de correr：
巴列霍在巴黎写到了“me alejo todo”
逃离，写到了逃离生成自我的地方，
逃离一切。

（CP，420）

escape, the urge to disjoin, the hunger
to have gone, to be going: *sed de correr:*
Vallejo in Paris writing (*me alejo todo*)
of fleeing, of running away from what made one,
from everything.

克兰皮特从大平原逃离后来到的纽约城，现在也是波多黎各人的居住地。当意识到这场旅行并非逃离时，克兰皮特一边回顾性地写自己的故

事,一边写她在火车上或地铁里看到的移民:

不是逃离的逃离……
高高在上
还是沉在地下,其中一个个盲目的面孔,
游走的车窗,它们引发的错乱感,
到达的错乱感,不是逃离的逃离:
……这些难民
来自甘蔗地一道道杀气腾腾的绿色,
被机翼承载的狂啸捕获,
一道离家的浪潮……
在这里翻译为 127
不管是什么建起南布朗克斯的粗鄙的奇迹
街上的一个门牌号,又一个门牌号,
打开的邮箱,未知的收件人,
继续前行,打下来——将它变成
这个俗语,这个烧尽的,没有房顶,没有窗户的
证明整个体制都已腐坏的证词。

(CP,422)

escape that is no escape...
elevated
or submerged, the serial unseeing faces
within, the windows traveling, a delirium of them,
of arrivals, escapes that are no escape:
... these refugees
from the canefields' corridored, murderous green,

caught up in the wingborne roar, the breaking
wave of displacement. . .
                translated here, to
the crass miracle of whatever it is that put up
the South Bronx, street number after street number,
the mailbox pried open, recipient unknown,
moved on, shot down—and has made of it
this byword, this burnt-out, roofless, windowless
testimonial to systems gone rotten.

不过,即使在试图写当代纽约的诗时,克兰皮特深知她只能看到作为群体的新移民,不可能从他们自己的经验发声:

                离散的树叶,
逃亡的书页,包围着我们。谁
会听到? 谁会聚拢
它们? 谁会阅读它们?

(CP,423)

                The leaves of dispersal,
the runaway pages, surround us. Who
will hear? Who will gather
them in? Who will read them?

她对于"腐坏的体制"的愤怒覆盖面十分广泛。仅仅在这首题为《平原》的诗中(这也是一首关于她的家庭史的诗),就涉及纽约的流浪汉问题("流浪汉向我们抱怨,嘴里嘟嘟囔囔")、对中部平原印第安人的驱逐(或圈禁)以及在中西部地区施行机械化、大规模的农业生产方式等:

煽动民意。设立边界。急行军。

紧随烧杀之后的单一文化。
土地改革。旱灾。昆虫。洪灾。
长期票据。合作农场。拖拉机螺母。

（CP,344）

Demagoguery. Boundaries. Forced marches.

Monoculture on the heels of slash and burn.
Land reform. Drought. Insects. Drainage.
Long-term notes. Collectives. Tractor lugs.

这些语段的基调是一种绝望的情绪,可能只有像克兰皮特这种曾兴冲冲地、满怀希望地参加过社会抗议（“无政府主义的洪流”）并且看到在世界更大的邪恶面前这种抗议无能为力的人,才能体验到这种绝望。越南战争结束几年后,她仍然对这场杀戮感到惊愕。她写了一首十八行的诗——越南战争纪念碑仿佛大地上一道地狱般的裂隙,在众多直面其黑 128
色镜子般花岗岩结构的诗歌中——这是一首面对历史的杀戮之神最不屈不挠的诗作,在这里我完整录入这首诗:

越南战争纪念碑

雨神特拉洛克,渴求鲜血,
战神,穿着蜂鸟吊带的
阿兹台克战神维齐洛波奇特利,更大,更狡猾的饥饿

一种中毒的战利品,
在梦魇的博物馆的大厅里蠢蠢欲动,
那里好战的亚述

为世界带来秩序的马尔杜克,
比邻而居,那里长久静止的楔形文字
浮物与沙丘开始

重新移动,恐惧的浮雕
像一道长长的伤痕,记忆
黑色的瘢痕尚有余温,还未涂上香料,

漂浮而来的千纸鹤在它的脚下:
衡量它的长度,就是重新打开
乔治·福克斯,在利奇菲尔德

他被逼脱下鞋子,赤脚行走
——在亡者鲜血的河里。
为了什么? 有人能告诉我们吗?

(CP,407)

The War Memorial

The rain-god Tlaloc, hungering for blood,
the war-god, hummingbird-gartered
Huitzilopochtli, the drugged booty

of a huger, cleverer hunger, stir
in a museum hall of nightmare, where
Asshur the bellicose and Marduk, who

rode forth to set the world in order,
are neighbors, where the drifts and dunes
of long-immobilized cuneiform begin

to move again, a bas-relief of dread
like the long scar, the black cicatrice
of memory not yet embalmed but raw,

those drifts of origami at its foot:
to trace whose length is to reopen
what George Fox, compelled at Lichfield

to take off his shoes, walked barefoot
in—the channel of the blood of those
who fell. For what? Can someone tell us?

越南战争纪念碑曾引起抗议,因为它缺少大多数战争纪念碑雄伟英勇的身姿:它由青年艺术家林瓔设计,就如克兰皮特所言,是一道大地的伤疤,一个名字接着一个名字纪念五万八千个死于战争的人,他们就像成群的鬼魅一样包围了一步步深入这道写满了无数名字的墙的观者。(克兰皮特指涉了一个典故,乔治・福克斯想到在玛丽・都铎统治时期被烧死在利奇菲尔德的祖先,感到上帝在引导着他赤脚走过这个城镇的街道,这些街道在他看来是一道道血河。在高喊"血腥的利奇菲尔德必遭劫难"惊动市民后,他清洗了自己的脚,穿上鞋子,然后又恢复了往常的平静。)

129 克兰皮特在这里表达的是贵格会教派式的对于战争的愤怒，同时也受到了她的女性主义的影响，后者既谴责男性暴力，又不回避它所对应的女性的表现，也即是歇斯底里症以及哀悼的受虐倾向。在一首题为《耶稣受难日》的优秀诗作中，她以讽刺的笔触写到“演进的暴力的法令”中女性的共谋。对于耶稣受难的庆祝，在她看来，向女性信徒提供了：

> 一安培瓶的血腥，一盎司解毒剂
> 一般的恐惧——一点点
> 女人的伤感应对极端的立场，
> 从纯洁的处女到风尘女
> 再到惺惺作态的官方哀悼者——
> 没药和嗅盐，巴洛克式的安慰剂，
> 色情意味的舞台表演
> 来献给家喻户晓的殉道者，
> 用她的许愿牌承保
> 演进的暴力的法令。

(CP, 69)

> an ampoule of gore, a mithridatic
> ounce of horror—sops for the maudlin
> tendency of women toward extremes
> of stance, from virgin blank to harlot
> to sanctimonious official mourner—
> myrrh and smelling salts, baroque
> placebos, erotic tableaux vivants
> dedicated to the household martyr,

underwriting with her own ex votos
the evolving ordonnance of murder.

阅读克兰皮特就是进入她的思想。她的聪慧让她可以看到性别问题的两面;一边是愤怒,迫不及待地想要改变这个冷漠的社会体制;一边是充满激情,忍不住要高扬愉悦的旗帜。她的心中充溢着情感,词语从她的笔下一涌而出。她在生命晚期写下的诗歌如洪流一般,勾画了一个在五十三年保持沉默之后突然发现公共声音的自我。如果她在五十岁去世,我们便永远也不会知道她的存在。

(孙红卫 译)

9. 谢默斯·希尼与《俄瑞斯忒亚》：《迈锡尼守望者》与传统之用①

130 谢默斯·希尼对埃斯库罗斯的悲剧《俄瑞斯忒亚》三部曲（特别是其中的《阿伽门农》）[1]进行了令人惊诧不安的改写，本文将考察这一当代个案，来说明传统之用。在北爱尔兰战火纷飞的四分之一世纪里，希尼都不曾公开写过煽动性或斥责性的诗歌：即使那些“沼泽诗”——其中一些讲到中世纪被献祭的遇难者——都克制着不用诗歌语言的暴力去匹配爱尔兰政治情绪中的暴力。希尼本人对宣传辞令（propagandistic rhetoric）的了解和怀疑都使他谨慎避免使用暴力复仇者那群情激愤的语言——尽管很多人都感到愤慨，甚至所有作家都挡不住这种诱惑。

随着一九九四年的停火，战争（看似）最终平息，希尼终于如释重负，方才以暴烈的笔法去书写战争的真相，展现战争所揭示的人性，而不只是他自己的人性。完全出人意料地，希尼写了一篇由五首诗构成的组诗《迈锡尼守望者》，发表在《酒精水准仪》中，展现了前所未有的语言暴力。在亨利·柯尔采写的一篇《巴黎评论》的访谈中，希尼说明组诗源于几种不同传统——希腊戏剧，基督教祈祷书，文艺复兴假面剧，以及十七世纪抒情诗：

---

① 文中希尼诗歌的译文局部参考了黄灿然老师的译本。在此表示感谢。

> 我不仅无法沉浸于一系列[停火]活动,相反,想到此前的岁月荒废了多少生命、友谊和机遇,我就越想越气愤。……我不停地想,改编《俄瑞斯忒亚》或可有所排解,同时也可以开启二十世纪末版的《感恩颂》……
>
> 我开始读埃斯库罗斯,与此同时,我对整个计划感到灰心。这 131
> 看起来太过俗套——艺术欲与生活握手。理想上,我需要的是安德鲁·马维尔为克伦威尔从爱尔兰归来而写的那种诗,而我所做的却是琼生式假面剧。至少我最初的感觉是这样。然后,《阿伽门农》第一幕中守望者的形象不断在我眼前重现,伴着他进退两难的处境,他的责任和内心挣扎,他的缄默和他的洞悉,所有这一切不断积累,直到我开始有意地用联韵对句为他写下一段独白,如一把风钻枪,试图啃咬并撼动曾经发生的一切。[2]

多重传统簇拥在这段话里:埃斯库罗斯的戏剧;《感恩颂》(早期基督教拉丁文感恩颂歌);本·琼生的文艺复兴假面剧;马维尔的仿古典拉丁文挽歌体《贺拉斯式颂歌:克伦威尔从爱尔兰归来》;德莱顿政治诗歌中常见的五音步联韵对句。希尼提及《感恩颂》,暗示一种感恩仪式应该发生,并且以希尼熟悉的本土方式呈现(或许是天主教在宣告和平的场合使用的《感恩颂》)。暗引马维尔的克伦威尔说明希尼在反思战争的严酷与雄武以及征服者如何重写历史。而马维尔暗引贺拉斯的颂歌则可能将希尼的思想引向拉丁语传说,因为我们发现,在《迈锡尼守望者》的第五首诗中,希尼插入了兄弟残杀的故事,战神的孪生子罗慕路斯在罗马的边界杀害了兄弟雷慕斯。希尼让具有远见的守望者——即题目中的“迈锡尼守望者”——预言了未来的残杀,因为他看到

……远处,在山峦起伏的不祥之地,

成群的人正在围观一个男人
跃过一堵新筑的土墙,另一个则
热切地奔跑,仿佛,要去把他击倒。[3]

. . . far-off, in a hilly, ominous place,

Small crowds of people watching as a man
Jumped a fresh earth-wall and another ran
Amorously, it seemed, to strike him down.

在传统的众声喧哗中,希尼感到一首诗在搅动,诉说一直被压抑的历史性愤怒。希尼关于“诗歌时刻”(the moment of poetry)的说法阐明了组诗的创作:“诗歌时刻即所有矛盾复杂的历史、政治、文化、忠诚、敌
132 意、内在分裂、挑战和变化都汇于词语,成为作者和读者自我认知的方式。”[4]

要调节愤怒——实际上也包括上述所有复杂情感——希尼在《迈锡尼守望者》中首先求助于埃斯库罗斯,并假设读者熟记《阿伽门农》的主要场景:阿伽门农献祭了亲生女儿依菲琴尼亚,从特洛伊劫持了普里亚姆的女儿卡珊德拉,结果阿伽门农和卡珊德拉双双被克吕泰涅斯特拉和她的情人埃癸斯托斯杀死了。然而,面对所有这些备选的暴烈人物,希尼却将目光停留在埃斯库罗斯的两个非暴力叙说者身上:守望者和卡珊德拉,将他们作为自己的代言人。

埃斯库罗斯的《阿伽门农》以守望者开篇——当他看到胜利的火把宣告阿伽门农的归来时,他的第一反应是喜悦。但他随即意识到,不能

告诉主人他看到了克吕泰涅斯特拉和埃癸斯托斯的奸情：

公牛在我舌上……
我对知情者说；对于不知情者
我的大脑一片空白。我守口如瓶。[5]

The ox is on my tongue. . . .
I speak to those who know; to those who don't
my mind's a blank. I never say a word.

埃斯库罗斯的守望者成了希尼的代言人，组诗的题句是守望者唯一的言语（或似警句）："公牛在我舌上"——《阿伽门农》里的这句话反映了希尼在战争年月对言论的长期谨慎。我曾说过，希尼诗中仅有的另一处言说属于卡珊德拉。希尼将《阿伽门农》里卡珊德拉的诸多台词缩减为撕下阿波罗女祭司祭服后、暴露伫立如一个无助女孩的悲辞绝唱。在埃斯库罗斯那里，卡珊德拉最后的话语如下（费格尔斯英译本）：

人啊，你的命运。
万事如意时，一个阴影就能将其倾覆。
灾患来袭时，湿海绵一擦，
画面就被抹去。[6]

Oh men, your destiny.
When all is well a shadow can overturn it.
When trouble comes a stroke of the wet sponge,
And the picture's blotted out.

在希尼的版本里，她的话很随意：

“海绵
一抹，
如此而已。

133 影子铰链
摇摆不
定而光

已熄灭。”

(33)

“A wipe
of the sponge,
that’s it.

The shadow-hinge
swings unpredic-
tably and the light’s

blanked out.”

守望者不安的缄默和女先知怀疑的言说体现了诗人在一个充满欺骗、罹难、谋杀、背叛和蹂躏的时代中面临的困境。由此，希尼构建了一组诗歌，由五个命名的部分组成：

1. 守望者的战争
2. 卡珊德拉
3. 他的黎明幻象
4. 夜夜
5. 他的水之遐思

1. The Watchman's War
2. Cassandra
3. His Dawn Vision
4. The Nights
5. His Reverie of Water

希尼的守望者感到绝望，认为没有现成的语言可以传达历史的真相，因为语言是文明的标志，而战争乃纯粹的野蛮兽性：

无法从那悲哀的过往
译出任何有力的元素。
我们的战争哑口无言。

(33)

No element that should have carried weight
Out of the grievous distance would translate.
Our war stalled in the pre-articulate.

《阿伽门农》的传统让希尼得以表达他“哑口无言”的愤怒，但守望者雄辩有力的谴责令人震惊，在组诗第一首《守望者的战争》中，我们在守望者开篇和结尾的联韵对句中听到“风钻”(pneumatic drill；希尼语)的声响：

有些人哭泣，不是悲伤——欢喜于
国王终于披甲纵身驶向特洛伊。
……
我在命运和恐惧间维系平衡
看到它来了，云彩染上血红
那是胜利的火焰。
……
134 靠着我的双肘，头向后，挡住
克吕泰涅斯特拉爱欲尖叫的痛苦
那声音响彻宫殿如阿伽门农国王
从船舰上驱逐的军队发出的叫嚷。

（29–30）

Some people wept, and not for sorrow—joy
That the king had armed and upped and sailed for Troy.
. . . . .
I balanced between destiny and dread
And saw it coming, clouds bloodshot with the red
Of victory fires.
. . . . .
Up on my elbows, head back, shutting out
The agony of Clytemnestra's love-shout
That rose through the palace like the yell of troops
Hurled by King Agamemnon from the ships.

守望者观望着，大为震惊，因为战争的狂热不仅深深影响着嚎叫的军队，也渗透到民众当中。他听见王后私通的"爱欲尖叫"撼动阿特柔斯的屋宇，不禁不寒而栗。屠戮污染了守望者的舌头，那感觉就像"运牛卡车放下的跳板，／遭受践踏，发出响声，／屎尿横流，／炫目颤抖如火舌，／屠宰场里的胜利烽火”。希尼扭曲的语言在此戛然而止，暗示着在北爱尔兰不宣而战的四分之一世纪里，当诗人心绪躁动受污、愤怒惊惧之时，要管住他的舌头是多么困难。

希尼通过两个有力的引文——守望者被公牛重压的舌头；卡珊德拉充满怀疑的绝望——强调了埃斯库罗斯对无言和预言的关注，以及两者都无法阻止悲剧事件发展的无奈。他让守望者在黎明幻象（不在埃斯库罗斯的文本中）中进一步看到（但丁的三行联韵体）兄弟残杀污染了罗马的基石，由此扩展了诗歌涉及的传统维度，概括了从希腊到罗马的史诗般历史，并涵盖了但丁的佛罗伦萨以及后来任何地方的内战。最后，组诗结尾回归当代爱尔兰（《他的水之遐思》），将埃斯库罗斯的道德洗礼之梦（戏剧性地呈现在《复仇女神》三部曲结尾）、史上兵家对雅典卫城的井泉之争以及诗人对当今和平的希望连结起来。

对一个传统文本旁征博引的背后，是担心原始文化文本被遗忘的忧虑，以及，诗人要救其于永远肆虐的遗忘之火的责任感。为了爱尔兰而复苏埃斯库罗斯的神话，希尼必须使之清晰可见，并将阿特柔斯的屋宇转变为爱尔兰的环境。仅仅借来希腊的故事、重新设想演员是不够的；神话必须被赋予当代语言。本文将探索希尼的强劲笔法，探索他如何在停火后第一次充分表达对夺走他和其他北爱尔兰人正常生活的长期屠 135
戮的愤怒。稳健的雄辩，对人生的持续反思，是希尼停火前诗歌的主要特点，但在《迈锡尼守望者》中，这些音调基本被抛却了，仿佛唯有愤怒的语言才适合描写令人愤怒的行为。凭借传统的范例滤去自己的愤怒，希尼的写作警醒且深思，而非失控与自怜。

在《迈锡尼守望者》中，暴烈的语言是如何形成的？一部分原因是，重视埃斯库罗斯语言中的暴力，其中性侵的词汇与流血的词汇快速交替，以至于两类词语搅拌为一种黑暗料理。同样，希尼的组诗也这样开篇,并保持一种粗俗的语言风格,直到跋诗才得到释放。组诗伊始,希尼笔下的守望者躺在夜晚的屋顶上,注意到无论在阿尔戈斯还是特洛伊,杀戮都含有情色的负载。夜复一夜听着克吕泰涅斯特拉和埃癸斯托斯爱的狂叫,作为两人的心腹,他说出了他们的私情("每次他们干,/都是性爱的超负荷"),怀着一个士兵对没落贵族的鄙夷。守望者将世俗统治者的举动推及天界,将自己比作守望者的守护人阿特拉斯,不得不在无意中听到众神的不雅之音("那些穿透云层传来的咿咿/呀呀")。守望者俚俗的语言("每次他们干";"[他们]干起来没完")变得兽性,当他展示着战争引起的性亢奋甚至刺激到特洛伊木马里的阿尔戈斯人:

当木马里的官兵
感到海伦的手抚摸
它的木板和肚子
他们几乎骑上彼此。

(35)

When the captains in the horse
felt Helen's hand caress
its wooden boards and belly
they nearly rode each other.

但阿伽门农的士兵们没有沉湎于同性间的疯狂,而是实施了强奸:"结果特洛伊的母亲们/首当其冲,在巷口,/在血染的婴儿车和成人床。"

在激烈、自恨的总结中,守望者将自己("守屋顶"者)列入被战争逼疯的人,加入了被妻子背叛的、公牛般的阿伽门农,木马里的士兵,耀武扬威的阿尔戈斯人和吃败仗的特洛伊人:

战争把所有男人都逼疯, 136
戴绿帽,藏木马或守屋顶,
耀武威和吃败仗。

(36)

The war put all men mad,
horned, horsed or roof-posted,
the boasting and the bested.

一连串形容词——戴绿帽的,藏木马的,守望的,耀武威的,吃败仗的——使特洛伊战争的史诗气象呈现出涂鸦的卡通效果。由于守望者使用“低俗”的语言和铿锵的节奏(从“阿伽门农”名字沉重的扬抑格而来),因此,无论出于赦免还是人道共情,希尼式的柔软都无法穿透《夜夜》的语言。希尼拒绝用史诗的恢宏来展现爱尔兰的屠杀;相反,他拉低埃斯库罗斯,转而使用一种与低俗争吵、战争嗜欲相称的语言。

但希尼为史诗性素材发明的“低俗且悲怆”的语言并未在描写阿伽门农的战争狂热、克吕泰涅斯特拉和埃癸斯托斯的通奸抑或诸神的放荡行乐中达到顶峰。在组诗第二首《卡珊德拉》中,传统以最昭彰的方式剥离其本来面目,从而表现当下。虽然读过《阿伽门农》(及《伊利亚特》)的人都知道,在特洛伊,卡珊德拉不仅被阿贾克斯强暴,也遭到阿伽门农的反复性侵;知道她是阿伽门农的私奴;但埃斯库罗斯对她的刻画——她穿着祭服,佩戴女祭司花环,是国王普里亚姆的女儿,是女先知,驾驭阿伽门农的马车——都说明她虽变身为奴,却拥有王者气度,超凡脱俗。希尼通过一组精彩的诗艺创新,从传统中借来卡珊德拉,再想象她出现在北爱尔兰,成为陷入卑劣事件的忧郁青年之一,在民众的愤怒与虚伪中向旁观者吐露真相。

卡珊德拉的诗——由守望者说出——是单薄甚至皮包骨的，就像少女被强奸的身体。希尼给卡珊德拉一件污浊的朋克式衣衫，一具营养不良的躯体，一个被剃了发的脑袋（属于一个不得不与敌人发生关系的女孩），一汪不大清白的凝视：

没有清白
旁观
这回事。

她污浊的胸衣，
她小小的乳房，
她被剪短的、荒

137 芜的、结痂的
朋克头，
炭黑的眼睛

发出饥饿的呆望——
她看起来
曾被反复蹂躏

且单纯。

（30–31）

No such thing
as innocent

bystanding.

Her soiled vest,
her little breasts,
her clipped, devast-

ated, scabbed
punk head,
the char-eyed

famine gawk—
she looked
camp-fucked

and simple.

卡珊德拉惹人注目的双音步三行联韵诗被拦腰切断,这本身就是对常规诗歌形式的侵犯。希尼将守望者的语言压榨为一种污言秽语,表达着对“清白”旁观者的仇恨(这些旁观者看着暴露的卡珊德拉,欲火中烧)。另一方面,卡珊德拉本身也被赋予戏剧性;她并非完全清白。旁观者知道她说的是真相,因为,当她这样说时,他们身有体会。然而,充满悖论的是,守望者在卡珊德拉的茫然中看到少许夸张。作为阿波罗神庙里的女先知,她惯于在公众场合露面。或者,作为受害者,她已学会表演受害者的游戏:

人们
能感到

一种错失的
真实在她眼中
聚焦，

一种归家
在她垂落的翅膀，
半精明的

迷惑。
没有清白
这回事。

(31)

People
could feel

a missed
trueness in them
focus,

a homecoming
in her dropped-wing,
half-calculating

bewilderment.
No such thing
as innocent.

在希尼手中,卡珊德拉的命运成了常青的寓言。诗人让守望者用嘲讽的
绰号描述阿伽门农——杀害依菲琴尼亚的凶手,强奸卡珊德拉的罪人,
将他简括为某种类型。卡珊德拉也成了类型角色,寓言中待宰杀的羊 138
羔,不说特洛伊母语,而讲预言性的希腊语,继续为复仇的阿波罗传达
神谕:

称王称霸的
老国王
回来了,

杀孩子
见什么
抢什么的

国王
阿伽门农王
勃起的

老雄兽的
阔步又回来了。
然后她的希腊

语也来了,
一只羊羔
在产羊羔时,

咩咩发出先
知的恐惧，
传宗锤

和愤怒之神的
脚步。

(31–32)

Old King Cock-
of-the-Walk
was back,

King Kill-
the-Child-
and-Take-

What-Comes,
King Agamem-
non's drum-

balled, old buck's
stride was back.
And then her Greek

words came,
a lamb
at lambing time,

bleat of clair-
voyant dread,

the gene-hamme

and tread
of the roused god.

最后,希尼将所有这些主题——被强暴的贞洁,欲火中烧的“清白的旁观者”,洞见未来的预言,君王的谋杀,通奸,复仇,命运,以及历史性遗忘——汇于淫秽的高潮,在卡珊德拉最后的埃斯库罗斯引语中联结起来:

以及由此产

生的惊人欲望
即旁观者
想要干她

就在那时那地。 139
他们犯下罪行,
撕开小小阴部:

她进去
走向刀,
走向杀人妻,

走向盖着
她和她的奴隶主

特洛伊劫掠者的网,

说道:"海绵
一抹,
如此而已。

影子铰链
摇摆不
定而光

已熄灭。"

(32–33)

And a result-

ant shock desire
in bystanders
to do it to her

there and then.
Little rent
cunt of their guilt:

in she went
to the knife,
to the killer wife,

to the net over
her and her slaver,

the Troy reaver,

saying, “A wipe
of the sponge,
that’s it.

The shadow-hinge
swings unpredict-
ably and the light’s

blanked out.”

在此，希尼让他的守望者转向一个不同的传统，转向民谣的节奏与风格。从“她进去”到“特洛伊劫掠者”，我们不仅听到单纯的儿歌音韵，也听到一唱三叹的故事精华——“刀”“妻”“网”“劫掠者”。而诗人最后的明显行为就是——以叶芝的方式——让最后一个三行诗节流产，用缺失的两行诗体现卡珊德拉之死。

在如此暴力之后，还有多少传统存留？毕竟，在卡珊德拉的诗里，希尼将埃斯库罗斯的崇高悲剧简括为截了肢的三行诗节，披着当代的衣装，发出最低级的声音，粗俗与污秽交替。上述问题的回答之一是，一切都留了下来。今天，要理解埃斯库罗斯，我们需要读希尼。形式和语言的“破坏”——一组与希尼早期作品的庄重形式如此不同的诗歌——恰切地反映了战争对生活的“破坏”。悲剧崇高或许曾适用于史诗性的战争与背叛，但是，在爱尔兰二十五年来反反复复的政治冲突之后，这种悲剧崇高开始崩塌，史诗沦为讽刺的歌谣，辛辣地唱出古老的丑闻。

希尼不甘止步于《卡珊德拉》令人痛心的“截肢”；或者守望者的黎 140
明幻象——他看到罗慕路斯杀害了兄弟雷慕斯，并从中洞见永恒的兄弟残杀；抑或《夜夜》中关于和平的悲观看法，认为“和平”不过是“索网与……浴血”的谋杀筋疲力竭之后的结果。然而他也不认同宗派隔离之下的和平。当他到传统中寻找《复仇女神》中维系道德平衡的等价物，他在两件回忆中找到了它，一个具有文学色彩，一个属于自传性质：争夺雅典卫城水井的军事故事（见《企鹅希腊指南》）；故乡的掘井记忆。

形式上，组诗《迈锡尼守望者》结尾的井泉之诗《他的水之遐思》是迈锡尼-爱尔兰战争的华美尾声，由三个相续的尾曲乐段构成。第一首尾曲是四个三行诗节，富有文学性和悲剧性，用希腊的悲剧正义结束了埃斯库罗斯的故事。这一部分确保了史诗和悲剧这些传统体裁的文学相关性：永远有一池清水，没有沾上血迹；然后，“远方平原上被屠杀生灵的呼喊”没入其中，战争英雄在暴力衍生的暴力中被谋杀，染红浴池。尽管古典的“正义”为《阿伽门农》作结，这却不是希尼所希望的爱尔兰结局，所以他又写了一首尾曲，来自历史的而非戏剧的希腊传统。

第二首尾曲（五个三行诗节）通过描写雅典卫城水资源的频繁争夺战而呈现出绵长的历史视角。在这种视角下，人类的所有文化活动包括制造战争都是重复的，并将一再重复，而且也是清白的（由生物性决定）。虽然卫城的防御者以为只有他们自己知道通往井泉的秘密楼梯，但围攻者已经发现了它：

秘密的楼梯，防御者知晓，
入侵者找到，在那里，
希腊的未来遇见希腊人，

未来与过去，
围攻者与被围者的梯子，
进攻的阶梯

化为辘轳，鬼鬼祟祟和
惯性拾级都是同一只
赤脚延伸，求索。

(37)

secret staircase the defenders knew
and the invaders found, where what was to be
Greek met Greek,

the ladder of the future
and the past, besieger and besieged,
the treadmill of assault

turned waterwheel, the rungs of stealth
and habit all the one
bare foot extended, searching.

为了生存空间（*lebensraum*）的斗争没有分别；无论哪里，永远有土地争 141
夺；从进化论角度说，争夺者“都是同一只／赤脚延伸，求索”。这首淡然的尾曲说明，正是人类的重复行为确保了文学传统的历史相关性，因为后世永远可以在先前中照见自身。

然而，这是以阿基米德的人类学距离来看这个问题；虽然希尼看出这一长远目光不可辩驳的真实性，同米沃什一样，他也认为有必要以更接近人类范畴的视角来制衡这一目光。在最后亦最短的尾曲，一首个人化且饱含希望的三组三行诗节中，希尼思考着洗礼的事实及其道德慰藉。是的，他承认第一首尾曲中浴池血染的水拥有诗性正义；是的，他在第二首尾曲不休的领土争夺中认出生物进化的历史阶梯；但他也要宣布一个简单的事实：和平的到来可以在人类范围履行济慈式“牧师职责／

为人世的此岸进行纯净的洗礼”。虽然这一想法来自传统即《复仇女神》中涤荡雅典杀人罪行的净化仪式，但希尼并未召唤埃斯库罗斯的“仁慈女神”，以免写出讽喻式的“琼生假面剧”。（此外，艾略特在《家庭团聚》中已预先占用了复仇三女神。）相反，希尼在组诗中第一次发出自己的声音，并站在爱尔兰的故土上：

然后我们自己的梯子深深坠入
正在光天化日之下被开掘的
竖井，男人们身陷源头

褐色的淤泥，再走上来时
自己也因曾置身那里而变得深沉，
如退伍的士兵测试安全的地面，

清水的发现者，守护者，预见者，
来自铁水泵和水喷头丰饶的
圆嘴。

（37）

And then this ladder of our own that ran
deep into a well-shaft being sunk
in broad daylight, men puddling at the source

through tawny mud, then coming back up
deeper in themselves for having been there,
like discharged soldiers testing the safe ground,

finders, keepers, seers of fresh water
in the bountiful round mouths of iron pumps
and gushing taps.

当希尼重返战前世界父母的正常生活，重返丰沛的井泉，他用家庭记忆来“洗净”此前诗中被玷污的大量词语和意象。守望者愤怒的夜晚换作“光天化日”；阿伽门农嚎叫的军队成为释去重负的退伍士兵；悲哀的预
见者卡珊德拉让位于“清水的预见者”；特洛伊劫掠者及其奴隶的不祥 142
儿歌被纯真的音韵“发现者，守护者”（其更悲伤的孪生兄弟是“失败者，哭泣者”）取代；古老的谋杀、血染的水成为“铁水泵和水喷头丰饶的／圆嘴”里的故乡水。

在一定程度上，《迈锡尼守望者》结尾的乡土场景撤回了构成组诗前四首的强烈愤慨。然而，通过将乐观的洗礼尾曲和其他两首尾曲——一首是悲情的报应性正义，一首冷眼看待历史往复——置于同一抒情诗中，希尼最终呈现了（借用华莱士·史蒂文斯的话）“三重心／如一棵树上／有三只乌鸫”。[7]诗人在寻找如实再现复杂历史境遇的途径；用三种在哲学态度上泾渭分明但彼此“平等”的尾曲组成总结性抒情诗，他以这种方式忠于埃斯库罗斯，忠于历史，忠于生物进化论，也忠于自己不可救药的希望。

在《迈锡尼守望者》中，埃斯库罗斯体现的文学传统被辅以其他元素：首先，政治历史元素，希尼以马维尔式的现实政治观和人类学的平等态度看待雅典卫城水源供给的军事争夺；其次，诗人对家乡安娜霍里什（Anahorish）井泉的世俗感激（取代了他最初的宗教冲动“感恩上帝”）；再次，卡珊德拉及其被截肢的后现代双音步诗行呈现的鲜活的当代爱尔兰场景；最后，文学传统还被辅以一切抒情诗必不可少的元素——作者本人的内心困境。在《迈锡尼守望者》中的很多地方，埃斯

库罗斯的形象变得透明，我们在守望者的声音之下听见希尼自己的语声。饱受“二战”风霜的切斯瓦夫·米沃什在《可怜的诗人》中写道，任何年轻诗人最初都希望歌颂常态与美好：

第一乐章是歌唱，
自由的声音充满山峦山谷。
第一乐章是欢乐，
但它被夺走。[8]

The first movement is singing,
A free voice, filling mountains and valleys.
The first movement is joy,
But it is taken away.

在另一个时代，希尼在大自然中感到的快乐也许还可以不受干扰地延续下去，但如今，它被历史环境污染了。在一个但丁式的瞬间，希尼在《他的黎明幻象》中揭示了这种污染如何渗入最单纯清白的生活瞬间：

143 紫罗兰小小的脑袋垂于花茎，
黎明前的游丝，露珠、纱幔
与星状蕾丝，我更多是透过它们

感受我们身处其中的巨大的
时代创伤的脉搏。当我触碰它们，
我的灵魂在我掌中啜泣。

(34)

The little violets' heads bowed on their stems,
The pre-dawn gossamers, all dew and scrim
And star-lace, it was more through them

I felt the beating of the huge time-wound
We lived inside. My soul wept in my hand
When I would touch them.

如果希尼的声音生来是为了表现欢乐,那么,北方的不宣而战则迫使他——一旦停火允许他释放压抑已久的愤怒与厌恶——举起《迈锡尼守望者》的"风钻"。亨利·柯尔曾问起《卡珊德拉》的创作,诗人答道:"《卡珊德拉》写得很快,好比一条小溪从我击打的地方涌出,当我钻探着《迈锡尼守望者》之下的《俄瑞斯忒亚》基岩。"[9] 如果我们接受希尼用"基岩"来隐喻传统,那么,可以说,同《岩石》中的史蒂文斯一样,诗人们为岩石覆盖想象的新叶。但如果我们看一看希尼隐喻的另一半——在固定的历史形式之下有待发现的小溪——可以看出,对于诗人来说,传统也意味着进入情感之泉的入口;在看似庞大单调的古老形式之中,被压抑的泉水隐身。如果希尼是北爱尔兰事件最细腻、最合适、最苛求的解读者,这不仅因为他可以拿来一系列强大的传统资源——古典的,基督教的,凯尔特的,以及世俗的——来体现那些世事风云。所有这些语境在希尼的脑海中互相批判;《迈锡尼守望者》正是这一持续批评的有力产物。

(朱玉 译)

10. 梅尔维尔：历史抒情诗

在文学史上，赫尔曼·梅尔维尔（1819–1891）首先是《白鲸》和其他几部小说的作者。他的诗歌创作于1850年至1890年，它们引人入胜，独出新裁，不愧是写得出最伟大美国小说之人的手笔。然而，这些诗作并不为人熟知。它们的代表是诗集《战斗诗篇及战争面面观》（1866）和长诗《克拉瑞尔》（1876年私人印发，但是动笔极早，大约在作者1856年游览耶路撒冷圣地之后开始）。两部作品反映的中心事件，正是美国内战。

美国内战彻底毁灭了合众国的崇高愿景，而战争的血腥杀戮对梅尔维尔又意味着什么？这就需要讲一讲梅尔维尔此前的人生经历。他出生于纽约州，他的家族长久以来与美利坚的历史相勾连。他的远祖十七世纪移民至此，他的祖父和外公都曾为美国革命奋勇战斗。尤其是外公彼得·甘瑟福将军，英勇地捍卫了斯坦威克斯堡，国会特表谢忱以嘉其功。梅尔维尔有许多亲戚参与了内战，无论是作为平民、政治家，还是士兵。他的一位非常熟络的表亲亨利·甘瑟福，就既当过民兵又当过军官，还在弗吉尼亚州做过志愿者。国家分裂，骨肉相残，宪法蒙羞，对于梅尔维尔而言，无异于毁掉先人基业。

因为父亲破产，梅尔维尔十五岁上结束了学校教育。一个没有受过大学教育的人，可以写出这般博学、审问、慎思的诗篇，确实非常了不起。

梅尔维尔用两种方法弥补了自己教育的不足：一是在父亲的书房里精读 145
万卷书，二是在海上遨游万里路（他曾说："捕鲸船就是我的耶鲁，我的哈佛"）。他十七岁出海，在"高地人"号上当服务生，一路开到了利物浦。回到纽约后，1841 年他再次出海，跟着"水滨怡居"号捕鲸船在南太平洋度过了一年半，然后擅自离去。这段经历为《白鲸》提供了素材。他在马克萨斯和塔希提生活了一段时间，然后在 1844 年作为一名普通海员回到了纽约。1837 年至 1844 年这段时间可谓成果丰硕，有几部小说先后面世，其中 1846 年的《泰皮》和 1847 年的《奥慕》让他作为"亲历食人族的作家"而声名鹊起。梅尔维尔 1847 年与伊丽莎白・肖成亲，担负起了家庭责任。如果他此后一直写这类异国风情的小说，大概可以过得相当不错；但主导梅尔维尔作品的，是更深刻的思想动机，这其中就有对小说形式的大胆而艰辛的探索。

《白鲸》（1851）完全被读者误解，而《皮埃尔，或含混》（1852）彻底失败，梅尔维尔失望之下放弃了写作，他陷入抑郁，一度让家人担心他精神失常。大家劝他出国散散心，去趟圣地，他听从了，而这趟 1856 年的旅行日记为经年打磨而成的《克拉瑞尔》提供了基础。这部长诗的规模是《失乐园》的两倍。（1876 年这本诗印发了一小部分，主要是供家人消遣。）

1861 年内战爆发，此时梅尔维尔已是不惑之年，他的天赋无人知晓，他的才华常被误解，而他赚钱营生的能力也大大衰退了。精神崩溃，经济又要依靠家人和太太，这种耻辱带给梅尔维尔终生无法完全摆脱的抑郁。祸不单行的是，他与纳撒尼尔・霍桑的友谊也莫名其妙地破裂了。曾几何时，这友情在梅尔维尔写作《白鲸》期间达到高峰，梅尔维尔还把《白鲸》题献给了霍桑。虽然梅尔维尔在 1866 年当上了海关检验员，但其实整个内战期间，他都希望谋求一份霍桑那样的领事职务，他的尝试并未成功。（有一次有人甚至把他介绍给了林肯，但是并无下文。）

由此观之,内战的爆发像是梅尔维尔内心危机的外在呼应。如果说梅尔维尔用史诗记录美国,这个他的家族为之奋斗的国度其实对他并无用处;奴隶制的存在,已经玷污了高尚的建国理想。早在内战爆发之前的五十年代,在《本尼托·赛雷诺》这篇黑暗的寓言中,梅尔维尔已经描述了他心目中奴隶暴动的场景。诚如《战斗诗篇》其中一篇的题目所讲,美国
146 已经陷入“信仰的冲突”,除非诉诸一战,别无解决办法。梅尔维尔长久以来怀疑人性的非理智,担忧一切政治体制本质上的混乱,到此全部得到印证。若非《白鲸》和《皮埃尔,或含混》既不叫好也不叫座,梅尔维尔大可趁内战创作一部列国争战的小说。然而现实是他转向了诗歌,把这场争端的一幕幕都压缩进了《战斗诗篇及战争面面观》。这些诗章大都写于战火平息之后,而它们不但不受评论家们青睐,甚至家人都不待见。他那位表亲亨利说他的作品“走不进老百姓的心里”,他的妹妹凯特则评论说:“他这‘诗’风我真是喜欢不起来,太深奥了,理解不了。”评论家们自然也不客气,其中一位说:“他的诗一路走到癫痫。他的用韵能吓死人。”对于威廉·迪恩·豪厄尔斯而言,这些诗描述的更像是“幽灵”而非具体事件;它们展示了“痛苦的灵魂在抛洒,但抛洒的不是鲜活的语言和热血,而只是干瘪的词语”。

梅尔维尔也有两部后期诗作在他生前付梓,供朋友传阅。它们是《约翰·马尔和其他水手》(1888)以及《泰摩利昂》(1891)。这两部作品既无《战斗诗篇》那种一以贯之的激情,也缺乏《克拉瑞尔》的思辨深度,但各自也有些让人难忘的篇什。即便他后来回归了散文文体,在人生的终末完成了中篇《比利·巴德》,他也没有放弃写诗。他晚年离群索居,湮没无闻;当他去世时,他的作品早已没人记得。直到二十世纪的梅尔维尔热,《比利·巴德》和《克拉瑞尔》才得以再版。当然,今天梅尔维尔作为经典小说家的地位牢不可破,但诗人梅尔维尔仍旧是个被人忽略的角色。

所以,梅尔维尔到底是怎样的一位诗人呢?为什么他不能像惠特曼

或狄金森那样广受欢迎呢？这两个问题都不是一两句话能回答清楚的，但是如果我们先对付第二个问题的话，那么很明显，梅尔维尔对历史、战争、政治和宗教的悲观看法和爱默生式的乐观精神大异其趣，而美国读者总是更买爱默生的账。梅尔维尔不像狄金森那样向上仰望星空，也不像惠特曼那样以民主的精神平视芸芸众生；他的视线总是向下的，或沉入千寻海底，或直达地心感受地狱的焦灼。在《碎石》这篇中，风波不止的大海如是自陈："不息的我啊，永远不息的海／当我安宁地微笑时，恰是我最难平息／让我高兴，而不是平静的，是我那些无穷的罅隙。"在《幽灵：一场回顾》一诗中，诗人漫步在新世界宁静的原野上，却感受到公民社会坐在火山口般的诸多危机中，他由是总结道：

所以，稳定只是一层表象——
　地下的火苗不时窜动；
岁月静好看似久长， 147
但当恐怖眼前一晃
　谁的心里又能平静？[1]

So, then, Solidity's a crust—
　The core of fire below;
All may go well for many a year,
But who can think without a fear
　Of horrors that happen so?

就像济慈在《致雷诺兹》中说的那样，梅尔维尔"对于那永恒剧烈的毁灭／已经看得太透太深"。因此无论是在抽象和宏观层面，还是个体和现实政治层面，梅尔维尔都像一个报丧人。

齐他的家，治他的国，
该来的事情却不会错过：
多少物质财富也不能削弱
人本初凶蛮欲念的兴勃。

Found a family, build a state,
The pledged event is still the same:
Matter in end will never abate
His ancient brutal claim.

这还不算，甚至我们的善举也只不过是增加了天地间恶的总和：

怠惰是天堂的盟军，
地狱的子孙叫活跃：
善人壶里倾洒的甘醇，
变成溢出井口的毒药。

(234)

Indolence is heaven's ally here,
And energy the child of hell:
The Good Man pouring from his pitcher clear,
But brims the poisoned well.

政治改良也没法给人希望，连宪法都不行。试看《合理的宪法》：

理性能给你指明什么方向？
理性的愿望全都是空想：

想要统治发明理性的人
理性本身根本不能胜任。

(411)

What though Reason forged your scheme?
'Twas Reason dreamed the Utopia's dream:
'Tis dream to think that Reason can
Govern the reasoning creature, man.

梅尔维尔不会一手褒扬乌托邦式的美利坚,一手贬抑堕落的旧世界,对他而言,原初的腐坏四处都在。虽然梅尔维尔的想法很契合加尔文式的严酷宗教观,但他的同时代人时常忘记自己清教徒文化的根。十九世纪的美国商业兴旺,工业繁盛,它不具备梅尔维尔作品中相对长远的历史视野。即便是在最入世的状态下,梅尔维尔的诗歌也流露着人生思想的孤独。这种看法带来了一种遣词用句上的隔膜,让很多读者觉得难以亲近。

梅尔维尔的哲学观阴郁不善,这也罢了,他的政治态度同样不招人 148
喜欢。比如,他明确同情印第安人,说他们"为了故乡的土地和天赋的权利而战,结果在最近的决战中被白人的正规军几乎杀戮净尽"。1860年时北方还远没到一致支持废奴的地步,他已经管奴隶制叫作"人类最恶劣的罪行",并且这罪行居然晦气地和民主这个"世界最美好的愿望"联系到了一起。在《李将军在国会》一诗中,他想象着熟读古罗马史的罗伯特·李,在战后以史鉴今,明白了所谓重建对南方将会意味着什么:

他径直地走过
那穹顶下面的过道悠长,

好像巴拉丁宫殿的柱廊；
　沧桑烟云仿佛都在诉说，
　过去的阴影给未来上课。

(152)

Forth he went
Through vaulted walks in lengthened line
Like porches erst upon the Palatine:
　Historic reveries their lesson lent,
　The Past her shadow through the Future sent.

通过诗歌，梅尔维尔让内战裂痕的阴霾投射到了美国的未来。《战斗诗篇》的终章说明，一场由政府挑起的兄弟阋墙之战，是美国的良心上一道深刻的创痕。对这点他深信不疑。对诗人而言，面对这样的恶，我们能感受到的只能是"为公民社会的分裂而恐惧和痛心"。其他的北方人才不会这么想，他们只管把脏水泼向南方。在《沉思》一诗中，他如是引用他们的措辞，并且给予答复："'南方佬是真小人！'/好吧，可能的确如此；/焉知北方不是更糟/因为当上了伪君子？"(155)

正因为梅尔维尔暴露了美国历史诸多道义上的灰色地带，作为诗人的他才没法像惠特曼和狄金森一样，被整合成美国文化的一部分。惠特曼思想上是更正统的爱国主义，人生更多彩，风格更俚俗，性格更开朗，也更讨人喜欢。狄金森更简练，更轻灵，也更少历史的负担。其实他们的人生和梅尔维尔一样离经叛道，但课本和通俗文选是不会告诉读者这些的。相比之下，梅尔维尔随便一篇都颠覆性十足，让人感觉危言耸听。举例来说，他对内战的大略观点相当矛盾，在他看来，交战双方都不干净。他的诗作固然赞颂了两边军队英勇奋战的精神，但其中更多的，则是无谓的死亡,失算的谋划,拉壮丁时的残暴不仁(参见《屋顶》一诗),惨绝人寰的大败,衣不蔽体的寒冬,和失败者的尊严。如果说梅尔维尔的悲剧历史观不能见容于乐观的美国,《战斗诗篇》中体现出的虚无宗 149
教观就更是如此了。可以肯定地说,我们现下的文学史,还不能把梅尔维尔的诗歌融合进十九世纪的整体风貌。

我们固然认可梅尔维尔诗为信史的一面,但也要追问这些诗是否当得起伟大二字。最明显达标的,是它们反思的深度。在一篇 1862 年的笔记里,梅尔维尔认为,对一位艺术家而言,值得追求的东西之一就是"最多最了不起的想法"。如果我们想要体会梅尔维尔的讽喻艺术,那就要反复咀嚼《战斗诗篇》中那些盘根错节、高度浓缩的篇什。他的谋篇布局常常出人意表,也增加了理解的难度。对抒情诗的滥熟套路反其道而行之,是梅尔维尔的惯用招数。一般的抒情诗,都会在开篇指明第一人称抒情主体的个人心绪,之后随着情节的发展和情感的变化,逐渐过渡到宏大的玄思。梅尔维尔则相反,他上来先给出哲学性的、无关个人感情的结论,然后倒溯至情节叙述,最后才回到抒情主体的心绪。这是梅尔维尔诗艺中最具原创性的一点,由此,他能把史诗规模的历史糅合进抒情诗里。接下来,我们就要通过他的内战诗歌,来分析梅尔维尔的这个创意,还有他的其他手段。

梅尔维尔最著名的单篇,《进军弗吉尼亚》(10–11),正是用上面说的头尾颠倒的方式写成。此诗是听闻北军在马纳萨斯平原的第一和第二次牛奔河战役(1861 年)大败,有感而发。[①] 新招募的北军在开向马纳萨斯途中,完全无法预料他们在战斗中将遭遇灭顶之灾。如果我们不是从第一行,而是从第十六行开始读这首诗,读者就会明白诗的来龙去脉,

① 同两场战斗,北军习惯称两次牛奔河之役(Battles of Bull Run),南军习惯称两次马纳萨斯之役(Battles of Manassas)。以下依作者原文,统称马纳萨斯之役。

明白讲的是一群活蹦乱跳、毫无经验的年轻人即将被邪灵吞噬的场景：

战旗招展，号角吹响，
那天空蔚蓝而明亮。
　没有采野果的欢乐，
也不是五月的野餐，
他们十足心甘情愿，
　走进了林荫的处所。
邪神懵懂的客人们啊，
他们酩酊着奔向劫运。
对战争那未知的隐秘，
他们曾充满期盼，又欣悦地死去。

The banners play, the bugles call,
The air is blue and prodigal.
　No berrying party, pleasure-wooed,
No picnic party in the May,
Ever went less loth than they
　Into that leafy neighborhood.
In Bacchic glee they file toward Fate,
Moloch's uninitiate;
Expectancy, and glad surmise
Of battle's unknown mysteries.

150 梅尔维尔冷眼旁观的洞察力，在“邪神懵懂的客人们”一句中尽展。①

---

① 原诗“Moloch's uninitiate”。Moloch是圣经记载中古以色列人敬拜的邪神，常以孩童为自己的祭祀品。参《利未记》(20：2–5)。

它充满了历史层面、预言层面的讽刺意味,向读者揭示了这些年轻人的最终命运。

然而梅尔维尔毕竟不会让诗歌平铺直叙地展开。我们上面引用的一段,之前还有十五行。前面这十几行是一段阴郁的沉思:诗人想到这些年轻人宁愿不去思考他们的前途(这也是人之常情),并且轻蔑地指出,一切战争都需要无知的青年,需要他们的方刚血气,来充作“命运的预备班”。如果读者已经知道了具体情境和事件,再来读这十多行,不会有任何问题。但是一旦把这富于哲理的十几行放到开篇,就让人感觉摸不到头脑。现在我们改从第一行开始看:

如果说历史上的一切来来去去,
　都有个天道有常的宏大依归,
可何时能感到信赖和鼓舞?
　青春就要彰显无知的无畏——
后排才是老成持重的去处。
　天下的仗都是孩子打,充满孩子气,
他们热情拥护着自家的政权:
　模糊的热情,虚荣的欢喜,
　　始终高涨不曾削减——
他们是老练权术的最爱,
　也上着命运的预备班。

Did all the lets and bars appear
　To every just or larger end,
Whence should come the trust and cheer?
　Youth must its ignorant impulse lend—

Age finds place in the rear.
  All wars are boyish, and are fought by boys,
The champions and enthusiasts of the state:
  Turbid ardors and vain joys
    Not barrenly abate—
Stimulants to the power mature,
  Preparatives of fate.

习惯了一般抒情诗里那个“我”的读者禁不住要纳闷，一上来说这一段长篇大论的声音怎么找不到在哪儿？这个说话的人，正是作为全知叙述者的梅尔维尔自己。全知叙述者在非民谣性质的抒情诗里鲜有登场，在史诗中却是常规角色。而民谣的讲故事人，又不会像梅尔维尔一样大发傥论。梅尔维尔的叙述者不是一般的抒情主体，他不会复述自己的情绪。相反，他始终专注于那些年轻士兵的情感，无论是他们进入战场时（“一阵激灵的狂喜，虽则短暂”），还是死于战斗中（“被冲天的炮火开了眼界”），还是屈辱地从第一次战役的大败中存活下来，继承死去的同伴，奔赴第二次战役：

可有些士兵实在快乐得飘然，
  像轻盈的纸页在跳跃，
不到三天就获得了战争的经验——
  死去了，被冲天的炮火开了眼界；
151 有些苟活了下来，变成了颗颗硬钻，
  面对着第二次马纳萨斯的刀剑凛冽。[2]

But some who this blithe mood present,
  As on in lightsome files they fare,

Shall die experienced ere three days be spent—
  Perish, enlightened by the vollied glare;
Or shame survive, and, like to adamant,
  The throe of Second Manassas share.

这首诗含蓄蕴藉的诗眼,就是"变成了颗颗硬钻"。对那些不再懵懂的幸存者而言,对屈辱大败和痛苦经历的回应,就是让自己变得似钻石般刚硬。这样他们才会像那岿然淡定的圣贤,在历史层面、哲学层面和伦理层面领悟到,要了解生命中的恶,不是没有可能。这也正是梅尔维尔自己在诗歌中的态度。他能看到地壳下面的岩浆,看到摧毁船只的风暴,看到终结友情的裂痕。他的诗不是写给天真的人看的,而是花心血写给已经明白事理的人看的。因此,《进军弗吉尼亚》这首诗的首要题旨,就是一场历史事件产生的哲学和政治道理。所以必须要先总结中心思想,在那之后才能展开故事,再之后才是士兵们在抒情层面的感受——先是狂喜,继而打破幻想,继而大败受辱。正是这般对传统抒情诗顺序的颠倒,这般从哲理往情感的"倒推",让梅尔维尔的诗作看上去显得既那么古怪,又那么在形式上推陈出新,让人心动。

即便是创作最具体有所指的历史诗,梅尔维尔也不从它们的准确时间地点动笔。举例来说,《争夺密西西比》(1862 年 4 月)不是从密西西比河畔开始,而是从《出埃及记》第十四章的密夺开始,且看梅尔维尔如何用前人故事:

当以色列人在密夺驻足,
  丝竹管弦散落一片;
但见摩西高歌摇铃,
  法老军队顿时进退两难,

耶和华每逢大事必亲临,
你们的神是真正的战士!

When Israel camped by Migdol hoar,
Down at her feet her shawm she threw,
But Moses sung and timbrels rung
For Pharaoh's stranded crew.
So God appears in apt events—
The Lord is a man of war!

正当读者还流连在这般曲径通幽的开篇时,梅尔维尔的诗歌又会猛地投入极度刺激的现实描写,来看:

船舰互撞,墙垣四裂,
在成败交替间前行;
火光大作,忽明忽暗,
激流弹片旋转不停。
152 炮响连环,残骸四散,
驱逐舰艇鼓噪开动。
或被击中,或被打沉,这一切——
都像是天使长与诸魔鬼之争。

(42)

The shock of ships, the jar of walls,
The rush through thick and thin—
The flaring fire-rafts, glare and gloom—
Eddies, and shells that spin—

The boom-chain burst, the hulks dislodged,
  The jam of gun-boats driven,
Or fired, or sunk—made up a war
  Like Michael's waged with leven.

这样的话通常出自赞美赢家的歌手;但是,一般的吹鼓手既不会以典故开篇,也不会像梅尔维尔那样,给出一个哀怨的结尾。梅尔维尔关注的不是谁胜谁负,而是杀戮自身:“生者扬帆起航,/逝者的隐秘随铁锚抛落海底。”(The living shall unmoor and sail, / But Death's dark anchor secret deeps detain.)梅尔维尔让凯旋以挽歌终结,不免有前后不一之嫌。有评论家也的确指出,《港湾之战》一诗正坐此弊。此诗描述了法拉古特将军在莫比尔湾之战中的胜利。它的开篇是一段哲理性的颂歌,赞扬了人类经年汲取到的关于大海的知识:

那高贵心灵的秘密啊,
  无数个午夜你们曾端看
不可捉摸的海,孤寂的安宁和风暴
    严苛而忧伤的历练。

(72)

O mystery of noble hearts,
  To whom mysterious seas have been
In midnight watches, lonely calm and storm,
    A stern, sad discipline.

这首诗接下来描述了莫比尔海战的经过,把战役描绘成了善恶之争。对北军而言,

不似陆战中精神抖擞的军乐，
　甲板静谧，一如神龛倾听祝祷；
每位水兵背后都有一位天使，
　　他悄然而立，却无人知晓。

（73）

No sprightly fife as in the field,
　The decks were hushed like fanes in prayer;
Behind each man a holy angel stood—
　　He stood, though none was 'ware.

在这场战役中，北军旗舰“特库姆塞”号触雷沉没，而《海湾之战》也以向这艘战舰致悼而结束。此诗结构与《进军弗吉尼亚》大致相同，以哲思开头，接下来是扼要的叙述，最后是感伤的结尾。斯坦顿·加纳研究梅尔维尔内战诗歌用力最勤，对他而言，《海湾之战》“冗长，松散，最终近乎不可解”：

这诗的三节……说到底是各自为战……所以它该如何收尾？
153 是重申大海陶冶情操的力量，还是把“上帝与北军同在”的口号喊得更响亮？然而，两种方案都没被采纳，因为这诗又莫名其妙地转头去写那艘沉了的军舰[“特库姆塞”号]……它不过是倒霉撞上了水雷，此前在诗里也没露几次面，怎的一下就赢得了莫大荣光，值得千秋万代的海军鸣炮致敬，这个中具体原因，满腹疑窦的读者们只好自行揣测了。

这首诗与其说描写了一场战斗，不如说描写了诗人才思枯竭的困窘。赫尔曼可能是不清楚如何写出一首完整的诗，于是他写了三

> 个断片——一个讲德性的成熟,一个讲人义与神义的冲突,还有一个讲“特库姆塞”号的水员,他们……沉到了战争的海底。要是他只抓住其中一个写,这诗可能还能过关。[3]

但梅尔维尔岂是只有单向思维,只能抓住一点之人。在他看来,那些和“特库姆塞”号沉入海底的勇士,他们承载的沉重代价,必定会是这个胜利故事挥之不去的荫翳。正像梅尔维尔另一首绝妙好诗《军校上校》中的那位上校,他领着自己残破而得胜的部伍回乡,脑中不可忘怀的,却是战争中领悟到的那不敢说、不能说的真理。《进军弗吉尼亚》开篇不是描写大场面,而是引入一番沉思;结局同样不是叙述,而是死者和生者同享的悲慨。同样地,《海湾之战》以哲理开篇,继而以叙事,结尾则是任何一首感情深挚的战争诗篇都具备的悲剧性,无论这诗篇歌颂的是胜负哪方。

梅尔维尔的诗尝试创造一种抒情结构,来适应像战争这样的宏大事件所激发的复杂情感。他的战争诗可以是赞歌、叙事、挽歌的糅合,但又不仅限于这类形式上的创新。他的诗和他的小说一样,对众多的象征性表述有一种直觉的掌控力。在《战斗诗篇》中,他展现了抒情诗的诸般常用技巧:原型、类比、拟人、神话、寓言、重复、暗指、专属名词、借喻,等等。其中我们一些司空见惯的技巧,到了梅尔维尔手里总能让人吃上一惊。比如,他会频繁地把美国的大事同古罗马和英格兰的内战联系起来。在《阿波马托克斯的受降》中,他声明:“我们歌唱的不是罗马人打罗马人/不是恺撒决战庞培。”在《田纳西石河之战》中,他借一位英国人之口说“这南与北的脉动中/还有红白玫瑰的余音”。梅尔维尔对永不平歇的人间侵伐具有高屋建瓴的视野,而这样宏大的历史类比,把美国的纷争也一下囊括了进去。“直到海枯石烂/仗都是打不完的。”
(《一个功利主义视角看“莫尼托”号的征战》)另一方面,梅尔维尔也明 154

确知道，他的时代不同过往。虽然战争的本质亘古不变，但是具体操作上，已经不再有长矛铠甲，取而代之的是钢铁战舰；虽然人们仍然热情地以史诗规模去记录战争，然而昨天的游吟诗人，已变成今日的新闻记者。梅尔维尔认真地思索着这些技术上的变迁，也在诗歌形式上给予了回应。在他看来，钢铁战舰就要有适合钢铁战舰的修辞和格律。在《一个功利主义视角看"莫尼托"号的征战》一诗中，梅尔维尔提倡一种朴实平易的诗风，来取代"军旗／的"或"荣誉／的缀饰"这类陈腔滥调。一节六行诗，他只用两行押韵：

语言本来朴实，诗歌却偏要逞能，
　与其说它灵巧，反而却更迟滞；
当下这战争的泥泞已经送走
一切东方式的繁缛，再费劲
　　　　敲击格律那野蛮的铜钹
　就显得那样的不合时宜。

(39)

Plain be the phrase, yet apt the verse,
　More ponderous than nimble;
For since grimed War here laid aside
His Orient pomp, 'twould ill befit
　　　　Overmuch to ply
　The rhyme's barbaric cymbal.

诗人不去做昔日封建领主手下歌功颂德的仆从，而更愿意学做今日的新闻记者，把碎片式的日常写作提供给心急的读者。战地记者在公告板上贴的信息，都是忽长忽短、不可尽信，梅尔维尔正是借用这种风格，来讲述田纳西北军的多纳尔森堡围困战：

在告示板前面一群
焦急而热切的人们汇聚
每一颗驿动的心都在关注
来自西线或南线的最新动向
“什么都看不见，”有人喊——“别挤啊”——
“哎那大个儿，劳驾，念给大伙听吧。”

(17)

About the bulletin-board a band
Of eager, anxious people met,
And every wakeful heart was set
On latest news from West or South.
"No seeing here," cries one—"don't crowd"—
"You tall man, pray you, read aloud."

这一幕活像十九世纪的风俗画，然后紧接着就是公告板上的内容：

据报格兰特将军
已从亨利堡向内陆开进
并与沿坎河而上的援军汇合
(麾下共有三万余人) 155
我方已占据先决利好
周三开打多纳尔森堡

(18)

IMPORTANT.

We learn that General Grant,
Marching from Henry overland,
And joined by a force up the Cumberland sent
(Some thirty thousand the command),
On Wednesday a good position won—
Began the siege of Donelson.

梅尔维尔甚至还模仿了每条公告发布的时间(“下午一点”“下午三点”),把它们插入新闻标题里。而且要是真仔细看,这些新闻标题也都押韵:

水军的好一场大胜!

星期五的大事情!

敌舰打得盔甲飘零!

全部枪械从此消停!

老司令特地发来贺信
敲锣打鼓进驻多纳尔森!

(24)

GLORIOUS VICTORY OF THE FLEET!

FRIDAY'S GREAT EVENT!

THE ENEMY'S WATER-BATTERIES BEAT!

WE SILENCED EVERY GUN!

THE OLD COMMODORE'S COMPLIMENTS SENT
PLUMP INTO DONELSON!

像这些平实风格的实验,或者对抒情范式的开拓,说明梅尔维尔不愿学他同时期的战争诗人,不愿满足于一种不动脑子拼命煽情歌颂胜利的旧诗体。错讹频出而且断断续续的新闻文体,到了梅尔维尔手里,就变成一种对战争不可知性的象征。现代战争太过复杂,没人能纵览全局。用接二连三的新闻标题充作诗行,恰也象征了现代史诗的非连续性。

梅尔维尔深知军队行迹声势浩大,把这般史诗规模的全景纳入抒情诗,将极其困难。他诗中的观察者经常处于一个能看清事件来龙去脉的位置,比如《查塔努加》中的格兰特将军:

当硝烟平静,格兰特站上高高的峭壁,
……
在崖边,他
沿着舒展的山脊俯瞰
看见了两英里长的黑线蜿蜒

(59)

Grant stood on cliffs whence all was plain
.....
He, from the brink,

Looks far along the breadth of slope,
And sees two miles of dark dots creep.

《战争诗篇》中有许多这种远景聚焦，它们是诗集的神经中枢，把大规模
156 的社会动荡转变为观察者眼中透视光片般的图像。梅尔维尔的观察者们也分析着复杂事件的每一个细微的载体。一个例子是 1863 年征兵法案通过以后，纽约的反征兵暴动。因为大户人家可以给自己孩子找替身，或者交一笔通勤费了事，这法案本质上具有歧视性。暴动在七月份点燃，到事态平息时，已有一百多人在冲突中遇害。在诗中，梅尔维尔的观察者站在屋顶，轻蔑地看着下面的暴徒，他耳中是“目无天尊的暴乱嘶吼”，眼底是“接二连三的焚火”：“整座城被老鼠占据了，船舱的老鼠/和码头的老鼠。”另一方面，政府竟抬出大炮镇压暴动，让这位观察者同样失望：

在午夜黑色大炮的闷响中
睿智的德拉古登场了
……
他来了，绝不讨价还价；得救的城市
对他顶礼膜拜，但颂扬声中，没人理会
共和理想蒙受的不入耳的谤毁
那理想告诉我们说，世人本心良善；
它还说，人天性高贵，不应蒙受挞伐。

(57)

Wise Draco comes, deep in the midnight roll
Of black artillery....

.....
He comes, nor parlies; and the Town, redeemed,
Gives thanks devout; nor, being thankful, heeds
The grimy slur on the Republic's faith implied,
Which holds that Man is naturally good,
And—more—is Nature's Roman, never to be scourged.

梅尔维尔的观察者高度谨慎,所以看得清事情的方方面面。正因为如此,他对事件的各方是同样的冷嘲热讽。他嘲笑共和制对人性的信心,因为突如其来的暴动捣了乱;他嘲笑政府的严刑峻法,因为它违背了美国建国的神圣信念;他也嘲笑一套处世悲观、姿态高冷的价值体系,它"既符合了加尔文的信条/也逢迎那些率真国王好心办的虐政"。这套价值体系靠着共和制拥趸的虔敬,在美国香火延绵不绝。(为了匹配《屋顶》这首诗作的史诗气质,梅尔维尔在篇末特意用了维吉尔六韵体,借古罗马的公民权讽喻当世。)整本《战斗诗篇》看下来,诗人把重大价值纷争嵌入抒情小诗的手法之一,就是远景聚焦。然而,梅尔维尔也不相信有什么统领全局的观点。他这样描写弗吉尼亚莽原之战:

谁又能讲述那松林间的激斗,
　它被上了封印——神秘国度的传说!
羁绊的韵律,好像林间的迷雾,
　只能约略匹配战事的复杂交错——
拥挤的荫翳中或生动或愤怒的一瞥 157
　还有或蜷曲或跳动的火焰
这是死亡的谜题,只有杀戮
　　　　才是唯一的答案。

(69)

None can narrate that strife in the pines,
  A seal is on it—Sabaean lore!
Obscure as the wood, the entangled rhyme
  But hints at the maze of war—
Vivid glimpses or livid through peopled gloom,
  And fires which creep and char—
A riddle of death, of which the slain
      Sole solvers are.

梅尔维尔不相信有谁能确切描述永恒的谜一样的战争，也正因为如此，对他而言，只要我们认真审视，每一个阴森的细节都能传递出和高屋建瓴的视角同样多的东西。远景可以勾勒事情的大概，而细节让我们感受到那痛楚：

山下的一条小路通向林间的平地
  夜战遗留的尸体长眠于此；
在这稀疏的一片中，一只手举了起来
  像是乞求无人可以给予的援助。

(64)

A path down the mountain winds to the glade
  Where the dead of the Moonlight Fight lie low;
A hand reaches out of the thin-laid mould
  As begging help which none can bestow.

这一段说明，细节从整体中剥离，恰是为了说明整体。尘土里突然有一只手举起来，可那是谁的手，我们不知道。

如果说远景视角的诗歌可以让诗人用抒情诗传递史诗的广度，近距离的细节则体现诗人的另一种天才，这天才就是把现实描写浓缩成短短一句话，乃至一个词。梅尔维尔希望通过在诗中彰显名字的力量——战争的名字，将军的名字，军舰的名字，等等——由一词而知整场战争。《“坎伯兰”号》描述了一艘沉没的北军军舰，它这样开头：

有的名字叫得足够响亮，
　每一个铿锵有力的音节
都说明它注定会永世流芳；
　　这大概就是
那艘巡防舰（它的光荣无人不晓）——
　　“坎伯兰”号。

（34）

Some names there are of telling sound,
　Whose voweled syllables free
Are pledge that they shall ever live renowned;
　　Such seems to be
A Frigate's name (by present glory spanned)—
　　The Cumberland.

这诗的每一节最末的韵脚都落在“‘坎伯兰’号”上面，节与节之间用一个三行的叠句分开，这个叠句重复了四次（有些微变化）：“这名字声音响亮／它为人交口传扬／坎伯兰！坎伯兰！”

名字的魔力可以在传说中永远延续，这当然是来自通俗歌谣的影响。这里梅尔维尔模拟了叠句诗，比如那首《马里兰，我的马里兰》的颂歌。《战斗诗篇》中的其他作品，比如《石船》或《多纳尔森》，也都体现了诗人对名字的信念，这些名字承载着史诗级的宏大记忆。但在我看来， 158

就对细节的展示而言,靠名字来承载意蕴,毕竟不如一只举起的手来得更有力度,可能也是因为名字说到底是大家一起喊出来的。类似一只手这样的细节在《一个功利主义视角看“莫尼托”号的征战》中也有,这首诗写的是勇士的战袍。在诗里,诗人感叹技术的变迁改变了战争的形式。为了描述那些古老的战斗用具,他选取了两个互相对立的衣饰,它们从战士的身上脱下:一个是贵族的纹章,另一个是印第安勇士的羽毛。梅尔维尔用了“灼痕”一词,来形容这两件东西不可避免的腐坏:

直到海枯石烂,仗都是打不完的;
  但战争的外漆也显出风霜的痕迹;
战事无穷无尽,但战士们
在今天不过是工具,战争的本事
      说到底比不过和平,
  一道灼痕穿过花纹和羽衣。

(40)

War shall yet be, and to the end;
  But war-paint shows the streaks of weather;
War yet shall be, but warriors
Are now but operatives; War's made
      Less grand than Peace,
  And a singe runs through lace and feather.

虽然花纹和羽衣是不错的意象,但真正的细节,让人感到痛楚的细节,是“灼痕”“穿过”。花纹和羽衣不是在战争中损毁,而是被弗罗斯特所谓“缓慢而平静的腐坏”烧焦,被技术的进步一步步消磨。虽然到目前为止,花纹和羽毛没有被彻底毁坏,甚至没有褪去颜色,但是诗歌抽出了它们的细部,让我们看到它们失去的美感,也明了它们即将到来的结局。那一道灼痕让花纹、羽毛和外漆一道,被遗忘的“风霜”抹上了别的颜色。

至此我们已经看到,为什么梅尔维尔的战争诗歌和他的时代,和我们的时代,都显得格格不入。这不但是因为他超然的讽刺,因为他冷酷尖锐的视角,因为他坚信任何人都难断战争的是非,因为他拒绝笼统概括,更是因为他想创造一种史诗抒情诗,把哲理、叙事、全景悲剧和个体创伤全部熔为一炉。但是我不想以此结尾;我更想讲讲另一个梅尔维尔,一个有着些许温柔的梅尔维尔。在《许久以前》中,诗人回忆着痛苦的过往,看着苍凉的现在,想象不出未来。在回眸往事的平静中,

命运和**复仇**交替着她们的神情。 159
虽然岸边一片惨烈的狼藉,
和平鸟到来了,眼底又是绿草青青;
被它征服的心灵,早已没有了希冀。

(388)

. . . Fates and Furies change their mien.
Though strewn with wreckage be the shore
The halcyon haunts it; all is green
And wins the heart that hope can lure no more.

这段非常美,又有绿草,又有和平鸟带来生气,但更美的是梅尔维尔的后期诗作,它冲淡了人生的凄风苦海带给诗人的创痛。在这首宁静高贵的诗中,梅尔维尔一反常态,以直抒胸臆开头:

治愈了创伤，我赞颂大海的无悲无喜——
是的，我歌唱在海上汇聚的四大天使；
抚慰我的甚至是他们漠然的呼吸
四散在海浪碎花中那样沁人心脾。

（206）

Healed of my hurt, I laud the inhuman Sea—
Yea, bless the Angels Four that there convene;
For healed I am even by their pitiless breath
Distilled in wholesome dew named rosmarine.

这里，一系列只有梅尔维尔才能创造的意象，重申着斯多葛派和基督教共享的教义，即苦难必有其道德价值。古代地图四角的四位风神，在这里转化成了四大天使，它们代替着圣灵，向诗人吹出灵感的呼吸。沁人心脾的浪花——奥维德所谓 *ros maris*——替代了洗礼的圣水，涤清了曾经的罪。虽则天地不仁，以万物为刍狗，但借由人的心灵，肉体的创伤依旧可以在灵魂中愈合。梅尔维尔历经多少人生坎坷、家国不幸，才写得出这短短几行，读诗至此，教人如何不掩卷，良久无语。有长诗《克拉瑞尔》和其他诗作——尤其是史诗抒情诗《战斗诗篇》——压阵，作为诗人的梅尔维尔，在我们的世纪里，足够赢得他未卜先知般说到的“身后名迟来的鲜花”。

（姜清远 译）

11. 洛威尔的坚持：抑郁打造的形式

洛威尔抒写涉及抑郁、演绎抑郁、战胜抑郁的诗歌时，在道德和审美上执着而坚持，这是勇敢的表现。诗歌抒写抑郁并不新奇：我们都记得赫伯特的《受苦》，或是柯勒律治的《沮丧》，或者霍普金斯那些“阴郁的十四行诗”。这几位前辈都在诗中找到了表达抑郁的独特方式：赫伯特令人困乏的重复（“I read, and sigh, and wish I were a tree”〔我阅读，叹息，祈愿自己是棵树〕），柯勒律治的夸张（他思忖“not to think of what I needs must feel, / But to be still and patient, all I can”〔不要想什么所需和必得，/ 而是尽我所能，保持冷静和耐心〕时，大自然在他笔下呈现出一种极不自然、有预兆性、如黄似绿的诡异色调），霍普金斯单调乏味的记录（“I wake and feel the fell of dark, not day”〔我醒来，感觉黑暗降临，不是白昼〕）。这些话语的文体特征都有一个共同之处，即使用单音节词（柯勒律治的“耐心”〔patient〕一词除外）。在我看来，为真正的抑郁找到一种适合的风格难得出奇，因为抑郁的标志是自我厌弃，而这种自我厌弃同时还要求摒弃，至少是明显摒弃个人雄辩华丽的词藻。 160

抑郁的生活不仅平淡、停滞、腻味、茫然，而且前后反差很大，用洛威尔的话说，“一切都不伦不类”。这位抑郁的诗人唯恐风格过于突出，形式过于整齐，因为这两种情况都不利于表现彻底的倦怠，不利于表现消沉的心灵所做的困惑的探索。然而诗歌，即便是抑郁的诗歌，同样需要一种风格，需要一种形式。我写这篇文章，就是想弄清楚洛威尔如何看待这个构思与措词上的难题。我举的例子，前面的均出自《献给联邦烈士》（1964 年出版，写于洛威尔从锂盐中获得新生之前，一年一度的躁郁症发作之后）。[1] 只有最后一例除外，这最后一个例子《觉察》，出自他 1977 年出版的诗集《日复一日》。《觉察》是洛威尔从另一种不同的抑
161 郁状态中写出来的：他的第三次婚姻即将结束，他害怕自己死于充血性心脏病，但在《日复一日》出版后不久，这种疾病确实要了他的命。

《献给联邦烈士》中大多数诗作的主题都很压抑，其中包括疯癫，友人亡故，与伊丽莎白·毕肖普和让·斯塔福德的旧日情谊渐行渐远，美中不足的愿景，无度的纵饮，个人的冷酷无情以及核战争的威胁。在这里，我不去分析那些虽然收录在《献给联邦烈士》中但写得更早一些的诗，比如创作于 1960 年并被用来作为诗集书名的那首诗，还有在这之前就已被收入 1960 年出版的《生活研究》里的那首《翻越阿尔卑斯山》。我这里要讨论的诗作，都展现出简练的风格，这种风格也是《献给联邦烈士》最鲜明的特色。在谈到这部诗集时，洛威尔本人曾这样说道：

> 抑郁不是来自缪斯的礼物。最糟糕的时候，我什么也不做了。但我经常［在抑郁时期］写作，并且写了一整本——《献给联邦烈士》——写的就是枯萎。那次不是什么严重的抑郁，我觉得自己能够连续写好几个小时，写了又重写。大多数最好的诗，最个人化的诗，都是从丢失的蛋糕那里搜集到的碎屑。我的心情好多了，但那部诗集却是柠檬味的，酸的，很枯涩，是我用自己的手触摸过的那种干枯。那个，也可能是诗歌——宽容一点说吧。[2]

乍一读，《献给联邦烈士》的风格既阻塞又重复。这部诗集的第一

首诗《水》(321-322)便给读者扔下了挑战书，读者期待再次见到洛威尔早期那种华丽多变的文风，他自己则称那种风格“机械呆板，聱牙戟口，多押头韵”。《水》在风格上的猝然转变，首先且主要体现在“rock”(岩石)一词的重复运用，伴随着一种强迫性的循环，它一次次回到这个词的结束音，一个“硬邦邦的 c”。这个音，出现在构成这首诗的单词的词首、中间，特别是词尾，在三十二行短诗句中生成一个由十四个带这个音的词组成的声音链。这十四个词分别是：“quarries”，“bleak”，“stuck”，“rock”，“stick”，“rock”，“color”，“rock”，“rock”，“flake”，“flake”，“barnacles”，“rock”，“cold”。这其中有八个词用作行尾词或押韵词。“rock”这个词勾勒出画面残酷的前景——总共八节诗中就有四节用它来结束一行诗句，与充满希望的标题“水”形成对比，并预示着诗的结尾会与岩石紧紧绑在一起：“最终，/ 水对我们来说太冷了。”很明显，《水》的这种重复性风格中的阻塞性，不仅来自普遍存在的停滞意象和陈腐意象，也来自它拒绝让诗行自由流动起来的事实。那些诗行一次又一次碰到硬邦邦的“c”音墙壁，骤停下来：我们看到“dozens of bleak / white frame houses stuck / like oyster shells / on a hill of rock”(几十栋荒凉的 / 白色框架房 / 牡蛎壳似的 / 粘附在一座石山上)。当含“c”字音的断行违反了形容词与形容词的自然连接，或者违反了形容词与名词的自然连 162
接时，比如“bleak / white frame houses”和“match-stick / mazes”，这些断行就变得特别阻塞，即便是“c”字音在语音上没有让句子在自己的音轨上停顿，诗行的中断也有意违反了自然性。奇特的提喻“boatloads of hands”(一船船的人手)作主语，等在半空中，然后由动词“pushed off”去完成，正如动词“lapped”在找到直接宾语“maze”之前，必须挂在两行结尾。名词“the color”在找到补语短语“of iris”之前，必须在换行处停顿。

短行停顿在这一页出现在了奇怪的句法位置，而《献给联邦烈士》中的很多诗作都有这个特点，这种做法看起来像是师承威廉·卡洛斯·威廉斯，但事实上，又与威廉斯的诗歌语言截然不同。威廉斯的诗句断行通常会在一行诗与下一诗行之间产生一种富有想象力的动态运动，比如“So much depends upon / a red wheel barrow”（如此多都依赖着 / 一辆红色手推车）那种从玄思落到现实的断裂，或者“a red wheel barrow / glazed with rain water”（一辆红色手推车 / 被雨水上了光）那种从实物滑向偶然事件，或者是视觉停留一段时间后跳至另一处不同的地点，如“glazed with rain water / beside the white chickens”（被雨水上了光 / 在白色的雏鸡旁）。在《献给联邦烈士》这本诗集中，洛威尔的断行停顿反映出思想是在慢慢组织材料，像是在努力寻找一种机智，通过它将主语与宾语结合起来（“boatloads of hands / pushed off”〔一船船的人手 / 启航〕），或者从一个极其普通的形容词行至一个与之不可分割的名词（“granite / quarries”〔花岗岩 / 采石场〕），或者把一种颜色和它的名字联系起来（“the color / of iris”〔鸢尾的 / 颜色〕）。一个“正常”讲话的人说“granite quarries”或“the color of iris”时，绝对不会停顿：如果我们听到有人说工人们朝“granite”走去，然后停顿一下，之后再说“quarries”，那么这种停顿是无法解释的，因为在这种上文中，除了“quarries”，你是想不到还有任何词可以跟在“granite”后面的。

作为抑郁的象征，风格上的这种重复和阻塞，就讲这么多：我们已经看到，各种思绪围绕在同一个音位痴迷盘旋，无法前进；我们已经看到，将普通的言语从一个词推到下一个词，即使它与下一个词密切相关，也需要做某种程度的努力。我们还可以注意到抑郁风格的另一个特点：它无法想象可能的未来。它停留在当下，偶尔会闯入一个可以想象的更美好的过去。然而，那些对美好时光的怀旧回忆，因为是在当下抑郁状态下进行的，本身就是被破坏的记忆。在《水》中，洛威尔和毕肖普许久以前在一块礁石上并肩而坐，对那一刻的回忆应该让人觉得那是一个温暖的开场，那一刻他们有可能成为一对恋人，但是，为赋新词强说愁的抑郁渗漏出来
163 了，破坏了色彩斑斓的过去，因为他形容记忆中的礁石色调时，使用了那

个腐烂的比喻,而且坚持用真实却平庸的灰色底色,其实是对紫色视觉假象的攻击:

记得吗? 我们曾坐在一块礁石上。
从时光的这头回望,
那块礁石的颜色看似
鸢尾,在腐烂,变得更紫,

但它只是
那种普通的灰色礁石,
被海打得透湿
会变成普通的绿。

(321)

Remember? We sat on a slab of rock.
From this distance in time,
it seems the color
of iris, rotting and turning purpler,

but it was only
the usual gray rock
turning the usual green
when drenched by the sea.

如果说《水》中那个被破坏的记忆在某种程度上就是我所说的"抑郁风格"的典型特征,那么我们应该在《献给联邦烈士》这部诗集的其他诗作中找到类似的回忆——也确实找到了。例如,在《旧焰》(323-324)

的怀旧回忆中，有一些令人着迷的词组，我们看到被雪困住的恋人躺在床上看书，妻子用她“有着烈焰般洞察力的声音”说话。然而，就像在《水》中一样，即使是这种对旧情的回忆，也会因为洛威尔的评论而变得酸溜溜，洛威尔说自从新人进到那屋子，“一切都被打扫得干干净净，/ 添置了家具、配饰和通风设施。”这里是有典故的，出自《马太福音》（12：43–45），耶稣用污灵附身打比方：

> 污鬼离了人身，就在无水之地过来过去，寻求安歇之处，却寻不着。
>
> 于是说：“我要回到我所出来的屋里去。”到了，就看见里面打扫干净，修饰一新，却空着。
>
> 便去另带了七个比自己更恶的鬼来，都进去住在那里。那人末后的景况比先前更不好了。

由于疯癫被认为是魔鬼附了身，洛威尔的意思不仅是说他第一次住在那栋房子时他身上就有一个污鬼，他还有一层意思，被打扫和修饰一新的
164 房子仍然无法抵御更恶的污鬼到来。在另一个被破坏的回忆例子中，即使是洛威尔回想起他心爱的佛罗伦萨——“那里的苹果比这里的更通人情”（330），那种怀旧之情也被恶意破坏，因为各种事件毁掉了诗人在这座城市度过的美好时光，这些事件包括洛威尔在那里每月都要发一次烧、马蹄蟹被扼死，以及难看但可怜的怪物被打败。

除了毁掉回忆外，抑郁还破坏了记忆的连续性，同时也消灭了所有回忆慢慢展开时的那种悠闲感。在《生活研究》中，洛威尔可以在过去的各个时期信步漫游，但在《献给联邦烈士》中，任何一刻的美好记忆都会立即被取消赎回权。《我们那些先辈》让我们得以窥见的，只是祖先们安闲自在的状态，但那都是在沙漏的混乱旋涡造成“沙子从沙漏腰和

燕尾滴落"之前的事。而在这首诗的结尾处,洛威尔承认自己无力维护对那些祖先的怀旧记忆:"我们已经停止观注他们。他们已经停止观注。"(333)这两个句子没有对称性——我们的祖先曾经观注或是看护过我们吗?这种不对称给两个空洞的镜像句子的那种静滞状态带来一种压抑的模糊感。

在《献给联邦烈士》这部诗集中,洛威尔对过去的时光作简短的回忆时,几次使用了"flash"(闪)这个词:我认为这是过去的经历在抑郁状态下瞬息即逝的一个标志。在《眼睛和牙齿》中,诗人躺在床上,眼角膜有裂伤,他学习在火柴光"闪亮时"("at the flash",334)避缩。他告诉我们,当女人们的身体在浴室里"闪光",他作为一个男孩直勾勾地看着。《法则》这首诗说他在单调的大自然中钓鱼时,"一闪间"曾经看到一片新鲜的旷地,"人造的景观",非常独特,但不具有重复再生的有机特点。(340)在《公共花园》中,"喷泉败落的水流绕着花园 / 闪烁。没有任何东西着火"。(341)在谈到霍桑时,诗人说"甚至这个羞涩多疑的自我"也曾"感受过那些闪电 / 把大脑释放的细胞烧焦"。(357)看着墓地里的婚姻墓碑,诗人对妻子说:"一闪间,我看到我们白成了枯骨。"(《缺陷》,373)还有很多类似的时刻,使用了"闪"的同义词。在《夜汗》中诗人说:"我看到我的肉体和被褥被光冲洗 / 我的孩子笑爆了,可爱之极"。(375)这种极端的转瞬即逝,让人不可能期望有一个普鲁斯特式的持续时间,保证不了任何持续稳定的光,也破坏了随着时间推移的那种自我连贯性。在《献给联邦烈士》的那些抑郁诗篇中,生活被描绘成分裂、不可依赖、静止或停滞不前。至多是《来来回回》中的那种样子,一个人只能是"来来回回"、"上下徘徊",数着自己的脚步"走向绞索套"。(343-344)

这种无进展或停滞的体验,在一个抵制叙事情节的结构中找到了风 165
格上与它对等的表达。任何新的体验,至多只能与旧的体验并置,不能超越旧的体验。这个法则——即在抑郁中，任何经验，甚至审美经验，都无法摆脱单调——在那首题为《法则》(340)的诗中阐述得最为清楚。作为序曲的第一诗节读来就使人疲乏，它宣称：人的生活是否受到自然法则或上帝法则的约束并不重要，人在任何情况下都是死在生命的战场——未入睡却看似睡去，因为他在睡的觉是死亡的永恒之眠：

根据一项法则，
或者两项，
躺着未入睡，
仍是睡在战场……

Under one law,
or two,
to lie unsleeping,
still sleeping on the battlefield. . .

诚然，这首诗由此让自己进入了《生活研究》的旧叙事模式。《法则》的开头让人想起《丹巴顿》那个诱人的开场白，《丹巴顿》描写的是洛威尔与外祖父出游的惯常情形——“我们每年秋天都要短游几次，离开波士顿……”《法则》(340)似乎以同样亲切的惯常模式开始了诗人作为违法之徒的叙述：

星期天的早晨，
我常常去突袭
贴着告示的水库，
违反时节钓鲈鱼。

置法则于不顾。

On Sunday mornings,
I used to foray
bass-plugging out of season on
the posted reservoirs.

Outside the law.

但《丹巴顿》全是外祖父和外孙之间的叙述性事件，情节是在推进的——“他把握方向盘…… / 我们停车……吃果仁巧克力蛋糕…… / 外祖父和我 / 耙树叶…… / 我借来外祖父的手杖…… / 我将它插入野兽派的软泥，寻找蝾螈”——《法则》无法集结连续的叙述。相反，它冲进了那种典型的抑郁感觉之中，所有的时刻都千篇一律，死气沉沉，那种感觉也投射到了大自然：

在每个弯道我看到的
只是那个环形海岸，
乃大自然单调的反冲所致。

一模一样。一模一样。

At every bend I saw
only the looping shore
of nature's monotonous backlash.

The same. The same.

166 这首诗再一次进行叙事尝试，通过“闪”这一特有的语言符号，从“过去常常”和“看到”的未完成时态传递过来，因为无聊的诗人很高兴看到修剪过的草坪、人造运河和一座座小石桥——这些都是艺术作品，像他自己一样，独立于自然法则之外。于是乎，终于有了一个小小的叙事情节：“我先看到了自然，然后看到了艺术。”因此，我们有了“射”和“拱”这两个行为动词的过去式，有了活泼的形容词：

有一次，一闪间看到
新鲜的旷地，但已被人涉足，
成了人造的景观。

一条诺曼人修的运河
直接射过被剃过的绿色草坪；
反光的黑水，拱起
一座座悬空的粗石小桥——
置法则于不顾。

Then once, in a flash,
fresh ground, though trodden,
a man-made landscape.

A Norman canal
shot through razored green lawns;
black reflecting water arched
little sky-hung bridges of unhewn stone—
outside the law.

然而这首诗并没有，也不可能以“置法则于不顾”之人成功觅得一块合人心意的“法外”之地并停留于此来结束诗歌。对不受法则约束的状态所做的那种充满希望的再现，是由动作收放自如和形容词蕴含的能量传递出来的，紧接着是另一个静止的场景。就算这样，最后这个场景仍然包含着那些人造桥梁“每一块独一无二的砌石”，但那些工艺作品已被还原成朴素的色彩和单调的、静态的自然元素，其中艺术的“砌石”是对灰色礁石的“石头”的呼应：

黑色、灰色、绿色、蓝色，
水、石头、草、天空，
每一块独一无二的砌石！

black, gray, green and blue,
water, stone, grass and sky,
and each unique set stone!

简言之，《法则》这首诗，正如它的标题所暗示的那样，挫败了它自己的叙事情节，违法分子由此可以在一个法外狂徒之家找到快乐的活动，摆脱“大自然单调的反冲”。抑郁的心灵，即使能够得到瞬间的解脱，也知道静止的背景总是在那里一成不变地候着：“水、石头、草、天空。”

类似的静止——但这一次性质是痛苦的——通过“一模一样”这个词（在《法则》中格外被强调）在《教训》这首相似的诗的结尾被重复：

小树篱上粘着虎刺的浆果， 167
严寒在食指上划出一模一样的伤痕，

一模一样的刺伤人。叶子重复这一教训。

（332）

The barberry berry sticks on the small hedge,
cold slits the same crease in the finger,
the same thorn hurts. The leaf repeats the lesson.

一个同样静止的非情节（not-plot）将《眼睛和牙齿》（334-335）这首诗串连了起来，而且非常显眼。它的停滞是由于缺乏治疗疼痛的药物而造成的，这种药物的缺乏确保了抑郁症的持续存在。《眼睛和牙齿》的后半部分重复着由阻塞导致的负面影响：

什么也移不走
这所房子，我的第一颗牙
就包在一个结套里，系在门把上

什么也移不走
那个三角形斑点
……腐烂的痕迹

没有轻松可言
若被鸟类手册中的条纹鹰锁定……

没有轻松可言
对于这个在锁孔中窥视的男孩……

什么都没有！没有油
润滑眼睛，没什么要泼洒
在那些水或火焰上。

Nothing can dislodge
the house with my first tooth
noosed in a knot to the doorknob

Nothing can dislodge
the triangular blotch
of rot. . . .

No ease from the eye
of the sharp-shinned hawk in the birdbook there. . . .

No ease for the boy
at the keyhole. . . .

Nothing! *No* oil
for the eye, nothing to pour
on those waters or flames.

长期的负面堵塞阻碍了一切叙事进展。那么，这样一种静态风格，既然无法借助任何有意义的情节，要如何才能变得生动有趣，甚至更加优美呢？

风格的目的就是创造可理解的形式结构、人性焦点、情感运动和审美光泽，所以我们必须探讨抑郁风格能够指向和创造的那种美。弥尔顿教导我们，礼仪是值得遵守的伟大杰作。我一直在提抑郁风格是如何遵守消极礼仪的：它的节奏和声音必须是阻塞的、重复的、麻木的；它似乎必须来自一个缺乏连续性、持续性和连贯性的自我；如果它允许自己有回忆，它必然会发现回忆的闪光消逝如浮现时那般迅疾，因接近灵魂的
168 阴暗而熄灭。看不出这种抑郁风格将会抵达何方；如果它要向前，就必须向后；如果它要向上，就必须向下。正如洛威尔赞美他的“第十位缪斯……‘慵懒’”（《第十位缪斯》，357）时所说的，它代表着“所有那些开端／从未离开过地面的开端”。抑郁风格的这些消极方面，我们可以说都是写作之美的特性，而对于现实结构而言，这种美（在史蒂文斯看来）就是精确。

但除了精确之美外，还有另一种美。生动的美，引人入胜的意象之美。引人注目的种种抑郁意象是什么样的？正如我们所知，洛威尔是创造意象的大师，他创作之初依赖的是与一个清教徒世界末日相关的那些令人震撼的隐喻，灵魂在其中因自身的精神重要性而具备了崇高的意义。抑郁是提供不了这些超凡意象的，诗人再也无法乞求，只得从反宗教改革运动和霍普金斯那里借来一些，譬如圣母马利亚那“烧焦的、蓝色雷霆之爱，倾泻／成桶成桶的祝福浇在我燃烧的头顶”。（《纪念亚瑟·温斯洛》之四，862-864）我们问，什么样的意象才有足够的吸引力，既能让瘫痪的纸页活跃起来，又足够真实，能表现出抑郁状态中那个迟钝而又静止的自我呢？

在《献给联邦烈士》中，这样的意象非常之多，最令人难忘的，至少是引用最多的，是《佛罗伦萨》（330-331）这首诗中的意象，即那些被缴去武器、毫无法力、死翘翘的怪物，它们被灭杀于大卫和朱迪斯冷酷的刀锋下。这些战无不胜的男女英雄，“圣十字的希腊半神，／举剑在手”，斩杀了男性怪物歌利亚和荷罗孚尼——

身下是那胡子拉碴
奇形怪状的被斩下的

怪物首级、一盆盆内脏，
让人难堪的一块块肉酱。

above the unshaven,
formless decapitation
of the monsters, tubs of guts,
mortifying chunks for the pack.

珀尔修斯剑下的戈耳工，洛威尔笔下另一个女性怪物，也落得同样的下场：她“无助的、乳房硕大的躯体／像泔水一样躺着”。这些确确实实抑郁的意象——因为怪物被他们的征服者踩在脚下——混合了人类（怪物胡子拉碴和乳房硕大）和非人类（怪物奇形怪状、被斩首、凌乱的“一块块”）的特征，是一个令人不安的混合体。我们在《献给联邦烈士》其他地方看到的那些文字快照，显示这个抑郁的洛威尔（例如在《饮者》〔349–350〕中）跟那些怪物没什么两样，他躺在床上抽烟喝养胃苏打水，站立不起来：

他的身体帮不了忙，鲸鱼体内 169
暖心的鲸脂，渐渐沉下
万丈海渊，冒着白沫。
带倒刺的钓钩腐烂。渔线紧绷。

No help from his body, the whale's
warm-hearted blubber, foundering down
leagues of ocean, gasping whiteness.
The barbed hooks fester. The lines snap tight.

相对于诗人笔下的荷罗孚尼,诗人的妻子就是那个朱迪斯,她的那些约会似乎是对他缺乏活力的控诉,她的个人通讯录似乎就是“一个装满箭的箭袋”。这个携带着箭和带倒刺的钓钩,携带着日历和通讯录,满腔控诉,崇拜阴茎的司法女人,让诗人对怪物生出一种同病相怜的情感:

啊,曾经熟知,曾经爱过
太多的大卫和朱迪斯!
我的心为那只怪物滴着黑血。

Ah, to have known, to have loved
too many Davids and Judiths!
My heart bleeds black blood for the monster.

很奇妙,人们发现这些怪物的形象都是奇形怪状的、不动脑筋的、“被斩首的”、倒下的、溃烂的状态,有着被压抑的躯体。短句“my heart bleeds black blood”(我的心……滴着黑血)是扬扬抑格,押头韵,由单音节词组成,元音逐渐浑厚——从“ee”的尖音到“a”的平坦再到“uh”的次元音凝块,因此为抑郁的灵魂那种溃烂、流脓的衰退(用适当的语言)提供了一种感觉意象。

这些怪物作为展现洛威尔的形象创造力的例子,对于我们可能很有吸引力,但它们实在太巴洛克风格了,物质内容过于丰盛,无法代表抑郁时期那种更为枯竭的状态。这些怪物代表了身体里感受到的压抑——赘肉的堆积、精神的空虚、性事的无能。如果我们翻阅《献给联邦烈士》,想看看诗人如何将精神凄惶展现得引人入胜,不妨去读一读《哈德逊河口》(328)。在考量诗歌时,找出一首诗的主要词语或词组,暂时忽略正在“断言”的东西,而去关注正在展示的东西,这样做通常很有用。

以下是《哈德逊河口》这首诗的一些意象,我认为,这里的每一个意象都栩栩如生地勾勒出精神抑郁状态下的洛威尔本人:

一个单身男人
一个被丢弃的灰色……电缆鼓
一列列报废的货运列车
　　　　　[它们]颠簸、撞击,成了垃圾
像时钟一样朝大海滴答而去的野冰
拼图游戏板的空白面 170
一个黑人
一个被刺穿的桶
化学空气
咖啡味
晒黑的郊区工厂
硫黄色的太阳
不可饶恕的风景。

A single man
a discarded gray. . . cable drum
chains of condemned freight-trains
　　　　　[that] jolt and jar and junk
wild ice ticking seaward like a clock
the blank sides of a jig-saw puzzle
A Negro
a punctured barrel
chemical air
smells of coffee
suburban factories [that] tan

the sulphur-yellow sun
the unforgivable landscape.

当然，如果把这些短语换成它们所在的句子，可能会得出更加微妙的解释，但目前我只想把这些精彩的意象变成字面上的第一人称叙述，创造出一个平淡、无意象的句子，可以说是它们代表了这个句子。如果真的可以这么说话，诗人会说："我是一个社会弃儿，头发花白，被抛弃了，曾经是一个有目的地的信息传递者，现在被疏远，失去平衡，被时间谴责，走向死亡，举止疯狂在接受药物治疗，方方面面都无法赋予自己的生命以意义，自我被刺穿，靠化学品和咖啡存活，被隔离，我的心理气氛有毒，我的精神功能模糊，我的罪行不可饶恕。"通过为每一个名词或形容词在这句字面意思有先行感觉的句子中找到一个意象——通过把精神抑郁的不连贯的自我分解成黑人和电缆鼓、一列列报废的货运列车和滴答而去的冰、化学空气和被刺穿的桶、"晒黑的"工厂、酸辣的阳光、不可饶恕的风景——洛威尔用大量的人和物填充了他的这幅哈德逊河派画作。然而这首诗奉上的却是——除了"硫黄色的太阳"——一幅单色风景画，颜色类似诗中的"黑胡椒盐"雪。那个男人的"眼睛耷下"，这首诗告诉我们：那双眼睛看不见五彩缤纷的世界。"他的平衡[也]有问题"：他无法行走世界，只能站着推去积雪。那个语者是对站在达里安山巅身型发福的科尔特斯的戏仿，他"无法通过计数／来自三十个州的一列列报废的货运列车／来发现美国"。就像岔道上的火车一样，这个人也是在场外的边线上。诗里如闹了旱灾一般，没什么可喝的，也没什么可吃的，只有一个流浪黑人用焦炭烟雾熏烤的几颗小麦种子。除了无法饮用的咖啡味的化学空气之外，呼吸不了任何别的空气。

洛威尔用诗意的手法来处理他那些怪异的迥然不同的自我形象——类似黑胡椒盐一样的雪、电缆鼓、货运列车、野冰、哈德逊河、拼图游戏板、时钟、黑人、小麦种子、焦炭烟雾、被刺穿的桶、化学空气、咖啡、郊区工厂、硫黄色的太阳,并成功将它们组合成一个相对可信的视觉场 171 景。但是,你若能想象出诗人最初的审美困惑——“拿一大把在你看来能反映内心状态的意象,构设一部简短的静态的文字电影,让这些意象都能融入其中”——你可以把洛威尔的诗想象成一组别出心裁的半径,直指一个塌陷的中心。创意写作老师为了解放学生的想象力,有时会以“写一首包含这些词(或意象)的诗”开始练习,然后给出一系列令人难以置信的完全不同的东西——“管弦乐队”“坟墓”“手肘”“松鼠”“涡轮”“画笔”。通过这种练习,他希望学生会了解到,一首充满许多意想不到的事物的诗,比一首只有松鼠或管弦乐队的诗更为有趣。因为抒写抑郁的诗歌有个缺点,就是会变得与他们努力描述的状态一样,没有什么特色,所以洛威尔几乎是在不自然地大量使用迥然不同的意象来抵消抑郁风格的一组独质,比如说,重复性和阻塞性。

然而,应该记住的是,即使在一首像《哈德逊河口》这样意象众多的诗中,抑郁风格的许多文体特征依然存在。例如,单音节词和重复,它们的出现令人压抑:“the chains... of trains”“jolt and jar / and junk”;“the wild ice ticking seaward... The ice ticks seaward”;“A single man stands... and scuffles... / He cannot discover... / He has trouble... / His eyes drop... / he drifts”。在《哈德逊河口》的第二诗节中,我们注意到阻塞音的反复出现,之前在《水》中我们也注意到了,这些音是从混乱渐衰的滴答作响的冰上听到的:“ticks”,“clock”,“coke”,“punctured”,“chemical”,“coffee”。自我的泯灭,也得到惩罚性的实施:这首诗还采用了一个最令人吃惊的抑郁策略,在诗前半部分的一系列句子中,那个男人一直是处于主语位置上的,只有一句不是(“它们颠簸、撞击”),然而在诗的后半部分,他却完全消失了,这部分的视角很客观,他首次被无家可归的黑人取代,不再是风景中的焦点人物。对于诗人来说,让他的替代者“男人”完全消失在递减的诗节(分别是十三行、七行、四行)的后半衰期中,也许是表现他那种自我泯灭感的最具毁灭效果的手段。

在《哈德逊河口》的结尾一节,甚至那个黑人——最后一个人类替身——也被消失了。尽管这是一个灰白色调的冬季景观,但它原先至少包括了人类居民。现在,突然间,了无一人了,整个景观被一个世界末日
172 般的硫黄色的太阳照亮——刺眼、耀目、苛刻、无情。新泽西州的静态工业景观,在阳光下慢慢晒黑,如今它取代了——在这首电影诗的地理关注点中——动态的河流、冰,甚至颠簸的火车。人类影子的逐渐消失(甚至用第三人称,甚至用替代形式),运动逐渐下沉陷入停滞状态,这些都是抑郁风格的不同方面,与诗歌展开时的那种适当但令人惊讶和不安的意象变化相配合。一方面是重复和减少(在句法、声音、比例、人口上),另一方面是异常和新颖(在意象和最后的调色上),它们之间的对比造就了这种抑郁风格,正如我们在洛威尔身上所看到的那样,很美丽。这种对比以同样的比例宣告了“我抑郁”和“我在寻找表现抑郁的对应物上是有创造力的”。道德的准确性(以阻塞、重复和消亡来体现)和诗人审美上的创造性资源(通过处理意象来传递)显然在相互竞争,平等地展示自己。我几乎不需要言明,当洛威尔摆脱抑郁,蓄力充足能够写作时,他抒写抑郁的意志,就是体现道德坚持和审美坚持的一个很好的例证,且在《献给联邦烈士》最好的抑郁诗中得到了丰厚的回报。

探索这种抑郁风格的最后一个例子,正如我先前承诺过的,来自诗集《日复一日》。洛威尔对其他诗人的作品所作的一些评论在这里有所帮助。他在谈到《小吉丁》时说,《小吉丁》是“用一种革命性的、松散的语言写成的”(CP,211);他赞扬伊丽莎白·毕肖普的“探索品质”(CP,245);他还提到拉福格身上存在着“奇怪的、细腻的、温柔的小情绪,这些情绪大多数人都感觉不到”,并补充说拉福格“周边的毛细血管很脆弱,但是穿过中心的主动脉强劲有力”(CP,245-246)。这些评论都有助

于我们理解《日复一日》这部作品，而且洛威尔评论的重点也揭示了为什么一些评论家——因为一直怀念那个意象绵密、富有戏剧性的旧洛威尔——对最后这部诗集的压缩、克制、脆弱、悲怆和“松散”始料未及。

1957 年，洛威尔完成了他那篇名为《在失衡的水族馆附近》的治愈写作，他希望写作自传会给他提供“一个襁褓或裹尸布，一个巨大的用恩典和龙涎香制作的绷带，用来保护受伤的神经”。(CP,362)在这句复杂的评论中，诗人既是一个需要襁褓的新生儿，又是一个需要打绷带的遍体鳞伤的受害者，一个需要恩典的罪人，一个用“抹香鲸肠道的病态分泌物”(《牛津英语词典》对“龙涎香”的定义)制作香水舒缓情绪的人。二十年后，创作《日复一日》之时，洛威尔可能用了一种比这更“松散”的语言来描述写作期望达成的结果，但诗人自身当中那个天真(孩子)、伤痛(受害者)、渴望(祈求恩典的罪人)以及感官享受(香水)的混 173
合体，仍然可以在《日复一日》中得见。

虽然《觉察》(828)一诗不是特别引人注目，但是洛威尔关于抑郁和诗歌的最后言论却出自这里。诗歌在此被概念化，仅仅是“觉察”的结果。这个谦虚的动词——“觉察”——既与灵感无关，也不带任何技巧。它与关注世界的表象有关。只有在觉察到之后人们才能够去命名。诗人在这首诗中先后提出了三个问题，最后一个问题几近荒谬：“这就是你所说的花开吗？”(洛威尔的近视眼激发了这种自我嘲讽的动机；曾经在哈佛，邓斯特家有一棵盛开的苹果树，几乎占了整个院子，洛威尔眯着眼睛走进院子，问：“那是一棵苹果树吗？”然后被告知没错，就一棵。)在“这就是你所说的花开吗？”这个问题中，“这就是”代表眼睛的指向，即觉察到；“你所说的”代表用一种共同语言命名的冲动；“花开”代表对命名的试探性尝试。觉察中暗合的诗学无疑是不起眼的，它是一种被抑郁降格到基本维度的诗学。

《觉察》包括两个诗节。第一个诗节讲述的是发生在英国精神病院的一个小故事，它向我们展示了诗人作为一个正在康复的病人能够与他的医生进行一场理性的对话。第二个诗节（“我自由了”）较长，讲述的是这个精神恢复稳定刚出院的诗人赶高峰期火车回伦敦的家。第一个诗节强调这个边缘化和被封闭的人的那种孤独和无助；第二个诗节强调这个诗人满怀希望重新融入人群。在第一个诗节中，医生被他这个著名的病人弄得不知所措，这是可以理解的，他援引了一个崇高的艺术理念，并为自己没有“深入思想、想象力或激情”而道歉。这些词都是与诗歌创作的浪漫派美学有关联的：崇高的思想，创造性的想象力，激发的热情。他的病人在请求帮助时反问回去：

> “只有诗歌和抑郁的这些日子——
> 我能用它们来做什么呢？
> 它们会帮助我觉察
> 我不忍心看的东西吗？”

> “These days of only poems and depression—
> what can I do with them?
> Will they help me to notice
> what I cannot bear to look at?”

这些孩子气的问题——“我能……做什么呢？”“它们会帮助我……
吗？”——我们可以说（回想一下之前引用的洛威尔那句散文）是这首诗
174 的“襁褓”。需要看却又不忍心看一个人受伤的状态——一种被精确定
义为“我不忍心看的东西”，这种可怕的矛盾，就是诗中需要打“绷带”的
伤口。诗人还没有得到龙涎香的奖赏：这种香膏到第二个诗节才出现，
那时医生已被忘却，病人已经自由。

在第二个诗节中，诗人是以若干种方式与其他人类联系在一起的。

他终于踏上归途回家了;他开玩笑说忘记了他一个朋友的妻子的娘家姓氏;他和火车上的其他人“肩并肩”挤坐在一起;他拿着一封信,在信纸背面写诗。那首新诗本身——我们只看到它刚开篇尚未完成——就是写树木结束冬天的分离之后相互拥抱、温暖彼此的:

“当树木合拢枝条,变红,
它们的冬季骨骼便难以寻见。”

“When the trees close branches and redden,
their winter skeletons are hard to find.”

这首不完整的“诗中诗”承认,即使在变红在长新枝,抑郁症的“冬季骨骼”依然坚持不退,反而更想去觉察那新的交缠变红的生长,而不是去觉察潜在底层的“骨骼”。在第二个诗节中,病人走向自由的每一步,无足轻重但积小成大,都被小心翼翼写进诗中,比如:能忘掉医生的名字,坐火车,开始写诗,不动声色地觉察到“那令人奔走相告的春天来了”以及向其他人提起它,然后径直回家,那条熟悉的路他蒙着眼睛都能走。这首诗不允许自己有任何真正的兴奋:它的脚步中没有青春飞扬的春天,除了一句“我自由了”,而这句话顺带出一系列不定式动词——搭乘、抄写、感知、诉说——最后一步才是“然后回家”。我们可以说,这首诗隐藏的龙涎香,首先是在第二诗节中那种安静却是聚沙成塔的理智练习,其次是那首描写新近变红、相互拥抱的树枝的诗中所暗示的记忆和成长的连续性,最后是在最终的审美意志命令里:“但我们必须觉察。”为什么我们必须觉察?因为“我们即是为这一刻而造设”。

这个奇怪的结论源于诗人自己对他回家后恢复理智的察觉。理智是一点一点、一步一步实现的:“是的:我可以忘记关于那位医生的一切；我可以开玩笑；我可以反省；我可以忍受和别人在一起；我可以想去写作；我可以觉察到春天；我可以和别人说话；我可以自己找到回家的路。”这些微不足道的成就，一个没经历过病痛的人是不会注意到的。诗人对这一连串小成就的关注，通过对比揭示了他“骨瘦如柴”的前一
175 种状态，在那种状态下，医生对他来说是世界上最重要的人。那时，他与世隔绝，对季节的变换漠然无感知，不能写作，心烦意乱，与社会格格不入，需要住院治疗，还不能单独出门。通过一点一点意识到自己有能力应对生活中最平常的行为，诗人渐渐意识到自己正在康复，他看明白“我们即是为这一刻而造设”——我们的意识主要是一点一点地、一个动作一个动作地、一个实现接一个实现地发挥作用。从生物学角度来说，“我们即是为［觉察］这一刻而造设”。这个启示对诗人来说有一种特别的安慰：在理智清醒的状态下，他开始明白，他已经准备好可以去创作了，而创作的第一步，也是最主要的一步，即是觉察。《觉察》最后两行诗句中的完成感和对因果关系的领悟取代了住院时那种困惑与“裹在襁褓中的”无助，以及对正常生活那种试探性的，甚至是“打着绷带的”系列探索。龙涎香——朝圣之旅所具有的那种治愈性的、在智识上和情感上的坚决——得之于被神祝福的观念，这种观念即为，正常的生物意识和创作上的觉察力都是被“造设”在同一块模板上的。

我们在《康复的感恩贡品》这首诗中找到的对恢复健康的感激之情，使用了与《觉察》中相同的言词：“我……自由了”。(828)《觉察》本身则把两种不同的姿态进行对比。首先，从住院到自由的朝圣之旅的那种叙事结构，显然不是抑制性的，而是渐进式的；但其次，构成叙事框架的那些简单重复的不定式动词——“I am free to ride, to copy, to know, to say”(我自由了，可以搭乘火车、可以抄写诗句、可以感知、可以说道)——是抑郁时期“遗留”下来的。诗人已经告别了对最初的抑郁状态那种无助的质疑，但除了在逐步动词“变红”(redden)中，他没有使用任何词汇来表现那

种兴奋,呼应那个渐进的、想象的自由。最原始的命名问题——“这就是你所说的花开吗?”以及诉诸讽刺的陈词滥调——“令人奔走相告的春天”,暗示了仍然抑郁的头脑中存在一块白板,它必须重新学习原始的具有表现力的语言。因此,尽管《觉察》的情节结构确实是一种从赤裸(在那首“诗中诗”中,是从骨骼分支)到绷带再到龙涎香的渐进式解放,但这首诗的语言仍然在抑郁的阴影中徘徊——类似初级进化。只是在这句维护健康、对抗疾病的有力断言中——“但我们必须觉察——/我们即是为这一刻而造设”——我们才感受到诗人在道德和智识上获得了真正的力量。

洛威尔用单音节的、犹豫不决的、重复性的和“简陋的”词语和结构打造出一种“抑郁”风格,并用赋予这些诗歌原创性和生动性的鲜明特 176
质——出人意料的意象、调性的波动或惊人的记忆“闪现”等特质,与其形成对照,极富创意。通过对等的抑郁语言和叙述,他成了著名的抑郁状态表达者,同时他仍然是一个坚持艺术能力的诗人,在他笔下,即使是最荒凉的材料也能变成一组引人注目的诗行。“我不忍心看的东西”在他手里转变成“我必须觉察的东西”,然后转到诗歌的命名工作:“这就是你所说的东西吗?”如果我们作为读者能够回答“是的,这就是我们所说的东西”,那么这首诗就完成了它的美学工作。艺术有时可以在这样有限的原材料上茁壮成长;洛威尔认为,他可以用那些静止、枯燥、悲伤的时刻来做点东西——这东西与《威利爵爷的城堡》中那当当响的弥尔顿式的五音步预言,《生活研究》里那丰富的、时间悠长的、家族性的回忆,以及《靠近大洋》中那轻快的荡秋千式的四音步格律相去甚远。洛威尔的这种看法表明,作为表达内心生活的艺术家,他力量强大,在干旱和瘫痪的内在沙漠面前毫不退缩。他把“枯萎”吟赋成了一种奇怪的具有审美意义的龙涎香诗,通过“枯萎”,他的坚持赢得了胜利。

(程佳 译)

12. 华莱士·史蒂文斯：假设与反驳，献给保罗·阿尔佩斯

177 苛刻思想的折磨变得松弛
另一个，更加好战，随即到来。

《作为字母C的喜剧演员》[1]

“后思想家的观念”
“理性的持续毁灭”

（史蒂文斯拟写的两个诗题）[2]

不存在现实；只有人的意识，在不断形成、重塑、获得、受罪；只有精神世界，遭受其创造性财富的踩踏……在这方面……踩在最上面的一脚说：只有这种观念，这种伟大而客观的观念。它是永恒；它是世界秩序；它靠抽象生活；它是艺术公式。

戈特弗里德·贝恩，《知识分子之道》[3]

你的艺术抛弃了神庙和礼器，不再与柱廊上的雕绘有关系，教堂的绘画对你也不再有任何意义。你用自己的皮肤做墙纸，没有东西能够拯救你。

戈特弗里德·贝恩，《艺术家与老年》[4]

在哈佛研究生院,我和保罗 · 阿尔佩斯是同学,一起做助教,同属一个对诗歌感兴趣的小群体,成员有斯蒂芬 · 奥格尔、戴维 · 卡尔斯通、丹 · 苏尔茨、约翰 · 卡罗尔、内尔 · 赫尔茨、格莱斯 · 比林斯、马丁 · 怀恩、玛丽 · 安 · 米勒、比尔 · 扬格仁、比尔 · 普利查特。我们都追随以诗歌为研究主业的老师:道格拉斯 · 布什,罗斯蒙德 · 图夫,鲁本 · 布劳尔,约翰 · 科勒。我们很快意识到,诗歌,尤其是文艺复兴时期的戏剧诗,是我们心之所向。(尽管我们中间有人会写小说,但我们大多数对写小说不感兴趣。)我眼中的保罗,学问渊博:他在研究埃德蒙 · 斯宾塞,广泛涉猎古典文学和文艺复兴时期文学;他谈起文学,总是一脸虔诚。我对他充满景仰;我求助于他找到的创造性方法,深入思考斯宾塞 178
的修辞语言(对我来说,无论过去还是现在,这都是英语诗歌中最困难的部分)。

我们这代人被认为是"新批评家"或"形式主义者"。这些术语已经用滥了。我们据说采用了一种"近读"(close reading)。这是一个很荒唐的术语,如果有的话,那何谓"远读"(far reading)? 流俗的看法是,"新批评家"认为,文本之外别无他物,要描绘或解释一段文学作品,只须依凭"书面文字"。当然,有创造力的"新批评家"和那些登堂入室的弟子都是很有学问的人,诸如美国的艾伦 · 泰特和约翰 · 兰色姆,英国的 I. A. 瑞恰慈和威廉 · 燕卜逊。他们分析到手的文本时,投入了所有的知识,无论是古典语言和现代语言的知识,还是古代和现代的历史、哲学、宗教和艺术知识。总之,为了全面接近要讨论的文本,先要习得他们认为需要的知识。作为批评家,最重要的选择是注意力的选择:他们选择把更多的时间投入文本的内在品质而非朦胧的外部语境。他们没有宣称,(历史的、社会的或心理学的)知识对于阐释不必要。他们只是认为,在汇聚了所有必要的知识成分之前,一个真正的批评家不会轻易动笔。在讲授或评论一首诗作之前,他们会把它熟记于心。道格拉斯 · 布什就以能背诵《失乐园》而知名。瑞恰慈的记忆力也堪称神奇。

保罗离开哈佛后任教于加州伯克利。我从他那里大约了解到的第一个消息是，他获得了美国学会协会研究基金，可以休学术假，进修拉丁文。他后来发表的那部论田园诗的作品，就萌生于那次学术假。尽管保罗的田园诗研究方法主要是文类批评的路径（我认为这是“形式主义者”的做法），但没有读者能够否认，保罗对于古今田园诗流变背后的形式观察，有着深邃的知识支撑。保罗的研究改变了我们对于斯宾塞的史诗和文艺复兴以及现代田园诗的观念。本文主要分析史蒂文斯的文体，我将它献给保罗，作为纪念，一方面是回顾初次结交时我对他思想的崇拜，另一方面是为他拓展了一个需要他的手来塑形的研究领域而致敬。

本文题为“假设与反驳”，用以指称诗人华莱士·史蒂文斯作品中的两个理论面相，但实际上，我指的是他在实践中的修辞手段，也就是他
179 诗作中出现的那些“如果”（if）、“或者”（or）和“但是”（but）。这三个语词，意味着“假设”和“反驳”，在史蒂文斯的诗歌中明显有着举足轻重的作用。如果说，史蒂文斯前期创作中利用了这种思维模式，后期创作中抵制了这种思维模式，那无异于勾勒出他作为诗人的精神演变或思想癖好。我希望表明，史蒂文斯利用、质疑和放弃这些修辞手段，目的都是以不同方式追求真理。最初，他采用辩证的方法，寻找“唯一的真理”；随后，他接纳尼采式的多样性，为“多元真理”辩护；最后，利用一系列渐近图的形式，他想接近在他谨慎的心灵看来貌似有理的“某个真理”。

史蒂文斯的诗歌生涯长达半个世纪。他入读哈佛后开始创作，笔耕到七十五岁辞世。他的漫长人生可谓风平浪静。1879 年，他生于宾夕法尼亚州一个日耳曼血统的荷兰人家庭。他的父亲加里特·史蒂文斯是个律师。老史蒂文斯希望子承父业，他的三个儿子也都满足了他的愿望。华莱士·史蒂文斯从小就很聪明，老史蒂文斯愿意送他上哈佛，但

只会资助他三年,因为大四就可进法学院。但当时史蒂文斯违背了父愿,他没有读法学院,没有拿学位就离开了哈佛,到纽约做了记者。孰料工作和薪水给他泼了一头冷水,史蒂文斯听了父亲劝告,进了纽约大学法学院。毕业后,他在纽约执业,最初经常跳槽,皆不如意。1916 年,也就是三十七岁时,他在康涅狄格州的哈特福德意外事故保险公司找到担保律师职位,一直工作到 1955 年辞世。

史蒂文斯在哈特福德意外事故保险公司的开始几年,十分辛苦,要经常坐火车到美国各地出差,调查保险诉求。此间,他很少创作诗歌。后来随着职务不断提升,生活没有那么繁忙。四十四岁时,他在克诺夫出版社出版了第一部诗集《风琴》。此后作品接连问世。1954 年,他在患癌去世前几个月,《诗集》获得普利策奖和美国国家图书奖。他身后的名声还在不断增长,但在我们所有人眼中,他一直是很晦涩的诗人。无论是在诗歌《扛着东西的人》,还是在借用帕斯卡尔书名(*pensées*)的诗集《思想录》中,他都写道,一首诗“必须几乎成功地抵制理性”。

尽管史蒂文斯的人生中有许多狂喜的时刻,但不是通常意义上的
幸福人生。他的妻子埃尔西没什么文化,却非常漂亮,曾经做过十美 180
分银币上的女模。婚后,她越来越怀旧,越来越忧郁,怕见生人,疑神疑鬼,婚姻日渐艰难:不能邀请任何朋友或熟人来到家里,哪怕是女儿霍莉的邀请也不行。每天晚饭之后,史蒂文斯就回到楼上他独立的小书房兼卧房,读书,听乐,写信,作诗。生活非常孤独,只有偶尔去纽约参观博物馆,才可透口气。幸好女儿和外孙与他相处融洽,给了他许多慰藉。

在哈佛时,史蒂文斯脱离了父母信奉的新教。他受好友乔治·桑塔亚那影响,接受了卢克莱修的无神论和自然哲学思想。史蒂文斯对自然界十分熟悉,为这种哲学唯物论提供了大力支持。他年轻时喜欢徒步,经常一天走三十英里。春天,他感到生命温暖;冬天,他因寒冷而绝望。

他深受济慈的影响。济慈之后，他是对季节变化感应最敏锐的诗人。在史蒂文斯早期的许多诗歌中，读者都能辨识出与浪漫主义诗歌的关系。比如，《星期天早晨》的结尾就是对济慈《秋颂》的致意。济慈的笔下是英国乡村风景，遍布绵羊、知更鸟和燕子。史蒂文斯的笔下是美国的荒野，只见鹿、鹌鹑和鸽子。在这里，见不到济慈的秋天女神，人处于孤绝的状态：

鹿在我们的山上行走，而鹌鹑
在我们周围吹响它们自发的啼鸣；
甘甜的浆果在荒野里成熟；
而，在天空的孤绝里，
在傍晚，不经意的群群鸽子做出
暧昧的波动，当它们沉落，
直下黑暗，乘着伸展的翅膀。（陈东飚 译）

（56）

Deer walk upon our mountains, and the quail
Whistle about us their spontaneous cries;
Sweet berries ripen in the wilderness;
And, in the isolation of the sky,
At evening, casual flocks of pigeons make
Ambiguous undulations as they sink
Downward to darkness, on extended wings.

年轻读者能轻易进入那样一首诗歌。史蒂文斯笔下的济慈元素，与模仿对象只有一步之遥。我感到困惑的是，为什么史蒂文斯会写另一些诗歌，比如《风琴》的开篇《尘世的轶事》。（这也是《诗集》的开篇）。我意识到,把这首诗放在如此重要的战略要地,肯定相当于某种宣言,但这究竟是什么宣言？与许多观念艺术一样,这首创作于 1918 年的诗歌[5]
没有说明其中一再重复的情节：一群(勇往直前的)雄鹿和一头(当地人 181
称为“火猫”的)山狮在白天的较量：

尘世的轶事

每当雄鹿们咔嗒咔嗒地
越过俄克拉何马
一只火猫毛发直竖,挡在路上。

它们无论去哪儿,
都咔嗒、咔嗒地跑过去,
直到它们在轻快的
环形的路线中急转
向右——因为
那只火猫。

或者,直到它们在轻快的
环形的路线中急转
向左——因为
那只火猫。

雄鹿们咔嗒着。
火猫纵身跳跃,
向右,向左,

而且
毛发直竖，挡在路上

后来，火猫闭上明亮的眼睛
睡着了。（王敖 译）

(3)

Earthy Anecdote

Every time the bucks went clattering
Over Oklahoma
A firecat bristled in the way.

Wherever they went,
They went clattering,
Until they swerved
In a swift, circular line
To the right,
Because of the firecat.

Or until they swerved
In a swift, circular line
To the left,
Because of the firecat.

The bucks clattered.
The firecat went leaping,
To the right, to the left,
And
Bristled in the way.

Later, the firecat closed his bright eyes
And slept.

“火猫”醒着的时刻,唯一的使命是逼迫雄鹿改道。这场持续终日的游戏,是有着明亮眼睛的“火猫”构想出来的,只有睡觉时,游戏才结束。如果“火猫”不是“毛发直竖,挡在路上”,雄鹿应该勇往直前地穿过俄克拉何马平原。

解读这个小寓言,有一种方式是将它看作表现思想在遇到新的假设和随之而来的反驳时,做出原始惯性的反应。当我们的思想走上惯性的
直道,除非受阻,就会丧失创造力。我们可以把雄鹿理解为没有创造力 182
的生活,在有着明亮眼睛的智性障碍物面前被迫进入创造性活动。在史蒂文斯的诗歌里,这种强迫转向的障碍物是辩证性地自我创造:“或者”和“但是”,用它们明亮的眼睛追问,强迫思想改道。我相信,这首看似平淡的小诗,在史蒂文斯写下它时,向他昭示,他的艺术依靠障碍和由于障碍而引起的改道,因此,他才把《尘世的轶事》放在他第一部诗集和最后诗歌总集的首要位置。

1922 年,史蒂文斯写了一首勃朗宁式的自传体诗歌《作为字母 C 的喜剧演员》。在选择这首长诗的结构时,他借助了连串的地理假设,新的假设都对前一个假设提出了反驳。诗人应该在波尔多,留在欧洲传统?还是应该搬到尤卡坦半岛,哥伦布和西班牙征服者发现的墨西哥的蛮荒之地?或移居到北美气候温和的英国人定居的美国南方州?史蒂文斯最终选了最后的一项。他用幽默反讽的方式处理这首诗中的主人公克里斯平。克里斯平定居在卡罗来纳,有一处美丽幽静的住宅,一个“灿烂金发”的妻子,四个“鬈发”的女儿。(32,34,35)让人不解的是,克里斯平还住在南方的时候,史蒂文斯就此打住:“克里斯平知道/这是一个他需要用来重新振作的/欣欣向荣的热带”。(28)后来,在 1936 年,

受到婚姻失败和经济萧条的影响,史蒂文斯写了一首哀伤的诗歌《再见佛罗里达》,宣布他现在必须听从命运安排,前往北方:"我的北方没有树叶,躺在冬日的泥浆里。"(98)在《作为字母 C 的喜剧演员》中,史蒂文斯对于诗人合适的地理之家的假设,与克里斯平由于家庭限制而产生的浪漫渴望形成的反驳,都安置在一个情节内。比起它们以更加抽象的形式出现,也就是在史蒂文斯渐渐喜欢运用的小寓言和轶事中出现,它们更醒目(叙述的是主人公的生活),也更隐蔽(深受流浪汉形式的影响),因为它们抽象,喜欢的程度超过模仿的叙事,即便是讽喻性的叙事。

如果偏离克里斯平的叙事,回到史蒂文斯的抒情诗,我们能够看见,假设对于史蒂文斯来说如何成为"火猫"一样的刺激物,从而产生创造性的转向或变道。在 1923 年这首宣言式的诗歌《秩序的观念》里,史蒂文斯运用连续的假设和反驳,审视了抒情诗语言及其旨在表现的自然元素的关系。诗里的语者和同伴在散步,突然听到女孩在海边唱歌。他问她的歌与大海是什么关系:

183 这是谁的精神? 我们说,因为我们知道
这是我们追求的精神,我们知道,
在她歌唱时,我们应该经常问。

Whose spirit is this? we said, because we knew
It was the spirit that we sought and knew
That we should ask this often as she sang.

"这是谁的精神?"这个问题引出了连串的假设,可能正如我们所料,也引出了反驳:

如果那只是大海黑暗的声音
升起,或者甚至被许多海浪染色;
如果那只是外部的声音,
来自天空和云,
来自被水包围的沉没的珊瑚,无论多清晰,
那应该是深沉的空气
空气起伏的话语
夏日的声音,在一个夏日
不断地重复,听上去孤单。
但是这不只是那种声音,
甚至不只是她的声音和我们的声音,
在水和风的无意义的骤跌中,
在戏剧性的距离,
堆积在高高的地平线的青铜影子
天空与大海的高山气息里。

(105)

If it was only the *dark* voice
of the ***sea***
that rose
or even
[**if**] *colored* by many ***waves***;
If it was only the *outer* voice
of ***sky*** and ***cloud***,
of the sunken ***coral*** water-walled,
however clear,
it would have been deep ***air***,
the heaving speech

of ***air***,
a summer sound
repeated in a summer without end
and sound alone.
But it was more than that,
more even than her voice
and ours,
among the meaningless plungings
of ***water*** and the ***wind***,
theatrical distances
bronze shadows heaped on high horizons
mountainous atmospheres
of ***sky*** and ***sea***.

(105)

这类解释是史蒂文斯典型的华丽的中期写作风格。我们会问,诗里那些“如果”和“但是”对他有何用? 这里的“如果”代表了走向某些理论立场的诱惑,尤其是那些将人类艺术归因于动物本能的立场,一种进化的本能,促使我们反思环境的各种因素,比如说,就像知更鸟一样。或许我们什么都不做,只是盲目抄录大海的例子,我们歌声的黑暗复制了大海的黑暗;如果我们的歌声呈现出颜色,那也是拜大海色彩斑斓的波涛
184 所赐。或者,如果我们在海边的歌声染上了其他不是大海的颜色,它们就是借用了周围的语境——蓝天、白云和红色珊瑚。如果这是盲目模仿,那么,史蒂文斯认为,这个女孩的歌声应该听上去孤独,气息会孤独,就如鸟鸣。她的歌声应该是模仿性的练习曲,就如天空与大海的自然的壮丽辉煌的伟大物理展示,在其动物本能对于声音的表达中,同样没有意义。

以这种方式来说明一种可能的诗歌的生物学理论,将一种戏剧性的华兹华斯式对“天空与大海的高山气息”的模仿性赞美包含于其中,凸

显了史蒂文斯将要提供的另一种诗学，其引入方式就是他有用的反驳武器"但是"："但是这不只是那种声音"。这种新的诗学不是本能的诗学，也不是模仿性的诗学；这是抽象性的诗学，包含了智力技巧，精确衡量，几何线条和空间区域划分的诗学。在这首诗的结尾，当诗人和他的同伴转身离开海边回城，他们发现周围已经被歌者的语词标示出来，变得可以理解，以同样不可见的方式，正如地理学家划分世界的方式，创造了不可见的经纬，标示出南极和北极，确定赤道两边的区域。因为这个歌者的歌声，

停泊在那里的渔舟上的灯火，
当夜幕降临，在空中倾斜，
主宰了夜晚，划分了大海，
确定了醒目的区域和火热的两极，
安排、深化和迷醉了黑夜。

（106）

The lights in the fishing boats at anchor there,
As the night descended, tilting in the air,
Mastered the night and portioned out the sea,
Fixing emblazoned zones and fiery poles,
Arranging, deepening, enchanting night.

史蒂文斯对造物主的愤怒诗学（*furor poeticus*）——"对于秩序的受到祝福的愤怒"——的最终解释是稳固的，只是因为它得以实现，在他运用"如果"和"但是"的手段淋漓尽致地展示了达尔文式的决定论和华兹华斯式的《挽歌的诗节》——"那悔恨的天空，那展示的恐惧"，这一句诗与

“天空与大海的高山气息”有关——的模仿崇高。史蒂文斯一寸寸地推进——“如果……或者……如果……但是……更加……更加”——勾勒出了思想的活动，溯源最早的想法，然后为了更准确的想法而拒绝。这
185 个更准确的想法宣布精神的掌控，借助几何的抽象，由抒情性语言提供，掌控夜空的壮丽风景。

诗人能够将推断性的假说和丰富的反驳带到多远？1937 年，在决定创作《弹蓝色吉他的人》时（理论上说这是一首以新民粹风格写的永无休止的组诗），史蒂文斯提出，只要以立体主义的多维空间并置，可以利用众多的假设和相应的反驳来写诗：

> 是否这幅毕加索的画，这幅毁灭
> 的秘藏，一幅我们自己的画，
> 如今，是我们社会的一个形象？（陈东飚 译）

（141）

> Is this picture of Picasso's, this “hoard
> Of destructions,” a picture of ourselves,
> Now, an image of our society?

在尼采的王国里，不同的陈述相互摧毁，每张嘴巴都在宣布不同的观点。我们发现置身于马拉美的世界，其中，最高的统治者是具有多重语义的诗性语词（典型的例子就是“蓝”得深不见底的天空的“着火的好色形容词”）。在这里，逻辑连贯的要求遭到拒绝，当成是不受欢迎的“进入蓝色的苍白侵袭”：

> 进入蓝色的苍白侵袭

是腐烂的憔悴之色……哎嘀咪，

蓝色蓓蕾或漆黑花朵。满足吧——
膨胀，扩散——满足于成为

那无瑕的愚钝幻想曲，
蓝色的世界的信使中心，

那柔滑得有一百个下巴的蓝色，
那着火的好色形容词……（陈东飚 译）

（140–141）

The pale intrusions into blue
Are corrupting pallors... ay di mi,

Blue buds or pitchy blooms. Be content—
Expansions, diffusions—content to be

The unspotted imbecile revery,
The heraldic center of the world

Of blue, blue sleek with a hundred chins,
The amorist Adjective aflame...

尽管我们在《弹蓝色吉他的人》中看见许多假设和反驳，史蒂文斯在这首组诗中试验了删除，许多例子里，删除了预期中的引导语符“如果”和“但是”。正如在第 27 节中，这种策略产生出一套顽固的暗含的假设，其中平行的陈述要么相互反驳，要么相互之间存在间接的逻辑关

186 系。在这里，我们再次看见大海，但它比在《秩序的观念》中要难理解得多。在《秩序的观念》中，它只是代表物理性质。在这里，许多关于大海推断性的假设彼此间没有明显的关系，尽管诗人乐此不疲地使用这些假设，但不允许出现“如果”“或者”和“但是”的字眼。精神的猜测、受阻和转向，催生了系列独立的陈述，所有表示逻辑联系的语词都被取消，正如在连串客观捕捉自然现象时可能出现的那样：

是大海刷白了屋顶。
大海漂流穿过冬天的大气。

是大海为北风所造就。
大海就在飘落的雪中。

这冥色是大海的黑暗。
地理学家和哲学家们，

注目吧。要不是那咸涩的一杯，
要不是屋檐上的冰柱——

大海是一种嘲弄的形式。
冰山布景讽刺

不能做他自己的魔鬼，
他巡游着去变更那变更着的场景。（陈东飚 译）

(147)

It is the sea that whitens the roof.
The sea drifts through the winter air.

It is the sea that the north wind makes.
The sea is in the falling snow.

This gloom is the darkness of the sea.
Geographers and philosophers,

Regard. But for that salty cup,
But for the icicles on the eaves—

The sea is a form of ridicule.
The iceberg settings satirize

The demon that cannot be himself,
That tours to shift the shifting scene.

“去变更那变更着的场景”,现在成为这个诗人的“魔鬼”——它“不能做他自己”,不能拥有固定的身份,不能说出不易的真理——的复杂任务。史蒂文斯不想留在没有固定现象的戴着面具的世界,他仍然渴望真理和稳定的诗意。但,“没有地方,/在这里,给固定在头脑里的云雀,/在天空的博物馆里”。(149-150)那么,哪里可以找到稳定性?反正在《弹蓝色吉他的人》中许多地方找不到。

在稍后1942年写的《资产阶级美食》中,史蒂文斯的反驳再次出现。这是一首对未来的稳定性感到绝望的诗,它几乎全是由假设、反驳和问题构成。开始的场景很阴森:“在这些剥夺了继承权的日子里,我们以人头为盛宴”。(209)在打发了垂死的过去之后(“那已成定局。那是我们过去习惯的东西”),《资产阶级美食》进入了进退两难的现在的

187 居间性。为此目的,它借助的是系列枯燥的定义、假想的比喻、以同位语形式出现的小假设,以及绝望的问题(在最后的异化形式中主导性人称代词从“我们”变成“他们”):

就像这个季节,在夏日之后,
是夏日,又不是,是秋日
又不是,是白天,又不是,
似乎昨夜的灯火还亮着,
似乎昨日的人还在仰望
天空,半瓷,喜欢那样
胜于在强光下摇脱我们沉重的身体,这强光来自
这种现在,这种科学,这种没有认识的东西,

这种前哨,这种甜蜜,这种沉默,这种死亡,在其中,
我们以人头为盛宴……
……
　　　　　　　　　　　　这苦涩的肉
维持我们的生活……坐在那里的他们是谁?
他们的桌子是可以看见自己的镜子吗?
他们在吃自己的倒影吗?

(209)

It is like the season when, after summer,
It is summer and it is not, it is autumn
And it is not, it is day and it is not,
As if last night's lamps continued to burn,

As if yesterday's people continued to watch
The sky, half porcelain, preferring that
To shaking out heavy bodies in the glares
Of this present, this science, this unrecognized,

This outpost, this douce, this dumb, this dead, in which
We feast on human heads...
.....
　　　　　　　　　　This bitter meat
Sustains us... Who, then, are they, seated here?
Is the table a mirror in which they sit and look?
Are they men eating reflections of themselves?

在史蒂文斯的作品中,同位语的语词几乎总是代表压缩后的假设。为了表明史蒂文斯在他后期诗歌中采用和抛弃的假设的速度,我在这里啰唆两句,谈谈他在《资产阶级美食》中用来描述现在的连串名词。这串名词很醒目,因为其中出现了一个特别的单词,就是法语形容词"douce"(甜蜜的),在这里转化为名词。有趣的是,"这种现在"首先假设成为"这种科学"——因为科学是现代主导框架,要求诗人对世界进行新的描述。现在的特征被一笔勾销,通过宣布我们发现它揭示的大量无知("这种没有认识的东西")比起科学提供的知识更加让人不安。托勒密的地心学说不再是对的,我们变成了"前哨",一个星球对孕育它的宇宙中心一无所知。在对现在的惨淡描写之中,我们吃惊地发现史蒂文斯完全另类的新假设,在这个出人意料的短语"这种甜蜜"中。承认这种身体经验的融合的甜蜜甚至在一个难以理解的世界,史蒂文斯最后有某些东西要写——但在"这种沉默"中他怎能做到,这个假设承认话语 188
的失败,加强了在"这种没有认识的东西"中表达的认知失败?

为什么史蒂文斯把作为同位语的一些假设用真正的名词表达,一些假设用形容词转化的名词表达？我们可以看到，包含在真正的名词中关于现在的假设，聚焦在外在的现实——这种现在（指二十世纪），这种科学（指新的框架），这种前哨（指边缘化了的星球）。相比之下，由形容词转化成的名词来表示的假设都必须与诗人的内心世界有关——获得认识的东西，发现甜蜜的东西，想用语言表达的东西。这种语法的劳动分工，使得最后一个用形容词转化成名词来表达的假设——也是这一系列假设的高潮——如此深切："这种死亡"，按照其形容词语法来看，可视为内在的品质。尽管在这首诗歌的前面部分，死亡被想象为一种外在的品质，属于要消化的过去的"人头"，现在它进入了诗人的主观世界。难怪，"人头"（head）和"死亡"（dead）在这里押韵。

尽管他为虚无主义的死亡发声，但史蒂文斯还是极力抗拒，在他的一些小诗中，如《力量、意志和天气》（210）和《一只旧的号角》（210—211），我们看到他努力恢复信心。在《一只旧的号角》中，《秩序的观念》里看见的那种达尔文式的怀疑强势回归（"这只鸟儿不断地说，鸟曾经是人，/或者原本会是人，是长着人眼的动物，/像羽毛一样肥硕的人"），诗人只在一套危险的、动摇的、自相矛盾的肯定中找到慰藉：

> 在他轻微的声音中，或者类似的东西，
> 或更少，他发现一个人，或更多，对着
> 厄运，宣告自己，被宣告。
>
> （211）

> In the little of his voice, or the like,
> Or less, he found a man, or more, against
> Calamity, proclaimed himself, was proclaimed.

但是，尽管那样短暂的安慰，《资产阶级美食》的死亡依然继续存在。在《转移到夏日》(1947)中，那个一度欢乐的弹吉他的人在《玩乐》——标题的单词是西班牙语“jugar”的变体——中再次出现，一种达尔文式的野蛮性也强势归来。现在，《秩序的观念》中的自然界和《资产阶级美食》中的人类世界都变得没有意义。吉他手的名字“詹姆斯”，其西班牙语发音扭曲为一串无意义的音素“哈-伊-米”，正如他弹奏出的音符变成没有曲调的“噪音”，他的吉他非人化为一头野兽：

玩　乐 189

这个自然界今晚没有意义
别无其他。只有哈-伊-米，坐着
弹吉他。哈-伊-米是一头野兽。

或者说他的吉他是一头野兽，或者说他们
是两头野兽。是同类的——两头有夫妻关系的野兽。
哈-伊-米是雄兽……一个傻瓜，

敲击出噪声。吉他是雌兽
在他嘀嗒嗒的拨弄下。她在发出回应。
两头野兽，是同类，但然后，不是野兽。

两个不完全是同类。就像在这里。

(295)

Jouga

The physical world is meaningless tonight

And there is no other. There is Ha-eé-me, who sits
And plays his guitar. Ha-eé-me is a beast.

Or perhaps his guitar is a beast or perhaps they are
Two beasts. But of the same kind—two conjugal beasts.
Ha-eé-me is the male beast... an imbecile,

Who knocks out a noise. The guitar is another beast
Beneath his tip-tap-tap. It is she that responds.
Two beasts but two of a kind and then not beasts.

Yet two not quite of a kind. It is like that here.

这里的"但是""或者"和"不是"表现出诗人面对一个明显难以转化的外部世界时的痛苦和自我仇视。当史蒂文斯最后对快乐——这个自然界——的求助变得没有意义，语言和音乐的虚拟世界也同样变得无意义。在1939年的诗歌《夏日变奏》中，这个不稳定的自然界应该已经接近济慈的北极星，史蒂文斯用挽歌的形式描写了它逐渐远去的漂流：

蒙根上的星星，大西洋的星星，
没有带信人的灯笼，你漂流，
你，也在漂流，尽管有你的航道；
除非在戴着明亮皇冠的黑暗中，
你是意志，只要有意志，
或者过去的一个意志的征兆，
过去的那个意志的征兆之一。

(213)

Star over Monhegan, Atlantic star,
Lantern without a bearer, you drift,
You, too, are drifting, in spite of your course;
Unless in the darkness, brightly-crowned,
You are the will, if there is a will,
Or the portent of a will that was,
One of the portents of the will that was.

诗人不能按照摇摆的自我否定方式——用“除非”“如果”和“不是”来限定每一个陈述——永远写下去。史蒂文斯如何逃离不确定性？他能够抵达更加稳定的断言的某一个点？如果稳定的真理不在北极星，在哪里才可以找到？

史蒂文斯最初——甚至也可以说最后——逃避不确定性，是把必要
性的观念融入其诗学。这种必要性可能是道德的、美学的或历史的必然 190
性，也可能指自然的物理法则。在1936年的《老鹰的克洛维》中，它已经出场，且相当戏剧性地取了一个希腊名字：“致命的安纳克是普通的神”。在史蒂文斯的笔下，它更常见的出现方式是借助重复表情态的语词形式“必须”和“不得不”，这可见于他1940年的宣言性作品《现代诗歌》：这里，哲学真理不是由命题来定义，而是作为过程：精神“是一种满足的发现”。这种新的过程诗学的推动力是道德义务；现代诗人的精神受制于社会历史责任：

它必须生活，学习这个地方的语言。
它必须面对这个时代的男人，接触
这个时代的女人。它必须思考战争，
它必须找到什么会足够。它必须
建立新舞台。它必须在那舞台上[。]

……

它必须是一种满足的发现。

(218–219)

It has to be living, to learn the speech of the place.
It has to face the men of the time and to meet
The women of the time. It has to think about war
And it has to find what will suffice. It has
To construct a new stage. It has to be on that stage[.]
.....
It must
Be the finding of a satisfaction....

关于情态动词的义务和必要性的这种关节,有许多话可谈。它在史蒂文斯的中晚期创作之间斡旋。我在此只讲它代表的变化。在上面这节诗里,没有出现"如果""或者"和"但是",也没有出现"正如""好像"。(在这首诗的后来部分,史蒂文斯的一些标志性限定词——"好像""不是"和"但是"——的确短暂出现过,但相比之下,它们已靠边站,让位于他的新宠限定词"必须"。)先前那个用辩证的假设来润滑的史蒂文斯,现在喜欢盲目地断言绝望的必要性。为了让这种必要性变得合理,史蒂文斯把孤独留在身后,要求他的作品"面对这个时代的男人","接触这个时代的女人"。《现代诗歌》表达了史蒂文斯暂时朝口语化和社会化的语言转向,利用公共的修辞。

这种"转向"是受到大萧条和"二战"带来的社会动荡的刺激,不是史蒂文斯总能维持的转向;但是,这种转向催生的过程或"发现"诗学,的确为诗人准备了跳板,摆脱《资产阶级美食》中毫无生气的消耗和反省,强迫他想出前瞻的办法。他开始分析自己的叛逆性格,正是这种叛

逆性格,驱使他与既定文化中的真理唱反调。在 1940 年的诗歌《有船的
风景》中,史蒂文斯责备自己,一直以来“假设”能力不足,尽管他之前用 191
“如果”和“或者”的形式发挥了许多假设。他告诉我们,他误以为“在所有的真理之外”还存在终极的真理,一个终结了猜测的真理。现在,他用反驳和假设的逻辑,一寸寸朝终极性的肯定断言推进。他宣布“这个世界本身就是真理”,这时,史蒂文斯接受的是一个唯物主义的而非一个命题的真理观:

他本能就会假设,
收到他人的假设,但不
接受。他收到他否定的东西。
但是,他假设在所有的真理之外
还有一个真理,作为要接受的真理。

他从来没有假设
他自己就可能是真理,或真理的一部分,
他拒绝的事物可能是真理的一部分[。]
……
……他从来没有假设
神圣的事物可能看上去不神圣,也没有假设
如果没有神圣的事物,那么所有事物都是神圣的,
这个世界,如果没有事物是真理,那么
所有事物都是真理,这个世界本身就是真理。

(220–221)

It was his nature to suppose,
To receive what others had supposed, without
Accepting. He received what he denied.
But as truth to be accepted, he supposed
A truth beyond all truths.

He never supposed
That he might be truth, himself, or part of it,
That the things that he rejected might be part[.]
.....
... He never supposed divine
Things might not look divine, nor that if nothing
Was divine then all things were, the world itself,
And that if nothing was the truth, then all
Things were the truth, the world itself was the truth.

史蒂文斯在1940年的诗歌《垃圾堆上的男人》(186)中写道,"人最早在哪儿听说了真理?你唯一的真理。"把"唯一的真理"视为精神的虚构,代之以物质世界的法则(和美)——爱默生认为法则和美都有其象征性真理——史蒂文斯摆脱了不停地用反驳来颠覆假设,但同时保持了机会,至少不时可以更加随意地使用假设和反驳。

在走向这样一个过程诗学中(这种诗学同时也能下积极的断言,抵制颠覆或反驳),史蒂文斯正如在其1943年的诗歌《梦游》里,越来越频繁地寻求公式化的表述,这些表述不是以动物进化的语言来否认诗歌的起源,同样,也不会否认诗歌在最高知识领域中的地位。即便在最高的知识领域,史蒂文斯式的诗人也不是柏拉图的哲人王:在一个民主社会
192 里,他周围环绕的不是王权的标志,而是迷人的个人轶事。诗人用语言倾泻出来的东西,其来源一部分是动物性,一部分是精神性:但是,不管

我们选择把诗人看成是进化的鸟儿,还是爱默生式的美国学者,毫无疑问,诗人使这个物质世界充满了对人之意义的反思。正如《梦游》回到了《秩序的观念》的岸边,我们可以看到,诗人在《现代诗歌》中宣告的那种与同胞之间必要的社会关系,把史蒂文斯从唯物主义者的唯我论中拯救出来,从而使诗人具有三种形象——俗世的大海、神话中永远飞翔的鸟儿和孤独的学者:

梦 游

在古老的海岸,俗世之海翻滚
无声,无声,似一只瘦小的鸟,
渴望安顿却永不安栖巢中。

羽翼始终铺展却并非羽翼。
鸟爪始终抓磨板岩,浅浅的板岩,
回响的浅滩,直至被海水冲逝。

世世代代的鸟儿全都
被海水冲逝。一个接着一个。
一个接一个,接一个,被冲逝于海水。

若没有这永不安栖的飞鸟,没有
其后代在它们的宇宙中彼此追随,
这大海,沉落再沉落在这空荡的海滩

将成为死亡的地貌:并非它们死后

可能前往的土地，而是曾经生活的
地方，在那里它们缺少淋漓尽致的存在，

那里没有独居的学者，作为
感受一切的人，涌泻出属于他的
精致的鳍，笨拙的喙，个性。

(269)

Somnambulisma

On an old shore, the vulgar ocean rolls
Noiselessly, noiselessly, resembling a thin bird,
That thinks of settling, yet never settles, on a nest.

The wings keep spreading and yet are never wings.
The claws keep scratching on the shale, the shallow shale,
The sounding shallow, until by water washed away.

The generations of the bird are all
By water washed away. They follow after.
They follow, follow, follow, in water washed away.

Without this bird that never settles, without
Its generations that follow in their universe,
The ocean, falling and falling on the hollow shore,

Would be a geography of the dead: not of that land
To which they may have gone, but of the place in which
They lived, in which they lacked a pervasive being,

In which no scholar, separately dwelling,

> Poured forth the fine fins, the gawky beaks, the personalia,
> Which, as a man feeling everything, were his.

按照《梦游》里的说法，没有了诗人，同代人情感经验的鲜活意识会遭剥夺；他们置身的世界，如果没有诗人的评论，将是“死亡的地貌”。史蒂文斯的猜测和假设的冲动，在这里首先被想象为大海无休止的翻 193
滚，随后被想象为鸟儿不安于栖巢——现在进行时态的使用强化了鸟儿的无力感。这首诗里出现的“世代”(generations)，借用自济慈的《夜莺颂》(“饥饿的世代无法将你蹂躏”)和《希腊古瓮颂》(“等暮年使这一世代都凋零”)。《梦游》的音乐性受到丁尼生诗歌的影响，如《绚烂的光辉》(“落在城堡四壁的绚烂光辉……逝去，逝去，逝去”)和《亚瑟王之死》(“所有的快乐，都是虚空，虚空，虚空”)。这里，史蒂文斯独具的东西是他创造出了大海-飞鸟-学者的混杂形象，创造出了令人震惊的复杂感情流露，包含了精致的鳍、笨拙的喙，以及独居的学者强烈感情中喷发出来的个性。毕竟，他感受“一切”。

在诗歌的构造中，史蒂文斯承认了既有动物性本能(体现在飞鸟身上)，也有理智和情感的作用(体现在感受一切的学者身上)，这样，他可以放下达尔文式的怀疑：诗歌可能不是一种知识形式。他发现，诗人“隐性的地理”对于大地“显性的地理”有不可或缺的贡献，正如他在《作为阳刚诗人的年轻人形象》中写道，“若非存在于那里的隐性地理”(684)，后者将难以忍受。

史蒂文斯晚期作品中那些表示假设的用语“如果”“或者”和“但是”有什么变化？大多数情况下，这些语词不再表示障碍，简单说来，不再表示排他性的另外选择，而是成为增殖性的、说明性的、渐近目标的选择。在1949年，由三十一个诗章构成的《纽黑文的一个寻常夜晚》，开门见山就宣布了主题——“眼光的白话版本……，/ 经验的拉丁文圣经”。

他继续补充说，“这样几个字眼，可是，然而，然而——／代表了无休止的沉思”。(307)“然而”既表示抗拒，又表示增殖，就像这首“不停说明的诗歌”中翻动的书页。说明，而非反驳，现在成为史蒂文斯创作的根本原理。尽管史蒂文斯在《纽黑文的一个寻常夜晚》的开头用了两次反驳——宣称这首诗是“事物的一部分，不是关于事物”，诗人是“按照事物现在的面目／而不是过去的样子”写诗——但它们只是为正面断言清场。诗歌发生的空间逐渐变得流动，然而同时也是止步于产生时刻，因为用语词固定下来：

诗歌是其产生时刻的哭喊，
是事物的一部分，不是关于事物。
诗人按照事物现在的面目
194 而不是过去的样子写诗[。]
……
对于他来说没有明天
……
在这个地方，在现在和过去之间
闪烁的移动的东西和不动的东西都是树叶，
擦亮在秋日擦亮的树上的树叶

以及旋转在沟渠中的树叶，四处
旋转，飞走，就像一个思想的在场，
就像许多思想的在场，似乎，

最后，在整个心理，自我，
城镇，天气，在一处偶然的垃圾里，

一起,说这个世界的语词就是这个世界的生命。

(404)

The poem is the cry of its occasion,
Part of the res itself and not about it.
The poet speaks the poem as it is,
Not as it was[.]
. . . . .
                                        . . . There is no
Tomorrow for him. . . .
. . . . .
The mobile and the immobile flickering
In the area between is and was are leaves,
Leaves burnished in autumnal burnished trees

And leaves in whirlings in the gutters, whirlings
Around and away, resembling the presence of thought,
Resembling the presences of thoughts, as if,

In the end, in the whole psychology, the self,
The town, the weather, in a casual litter,
Together, said words of the world are the life of the world.

多元真理这里共存,相互叠加,没有压力。闪烁的东西既是移动的,也是不动的;树叶存在于(生活中)擦亮的树上,也(像书页一样)旋转在沟渠中;树叶(作为诗中唯一的格式塔)就像一个思想的在场,同时(作为一串演进的过程),它们也像许多思想的在场。正如世界的生命是多样的,世界的语词也是多样的。

但是,到了《纽黑文的一个寻常夜晚》——这首诗倾向于放弃成为有形的诗歌而选择成为虚拟的诗歌——的结尾,就连这不断增加的树叶和思想,似乎也不足以成为无形的符号,代表精神的努力,创造出外部现实和内心现实的结合。在第 31 诗章,史蒂文斯把“终极形式的缓缓增加和寸寸推进”描写成欲望渐渐逼近其目标的活动:

直接或者间接获得的
表达公式的蜂拥活动,

像一个夜晚唤起紫色的光谱,
一个哲人在钢琴上练习音阶,
一个女人写完便条之后撕掉。

(417)

The swarming activities of the formulae
Of statement, directly and indirectly getting at,

Like an evening evoking the spectrum of violet,
A philosopher practicing scales on his piano,
A woman writing a note and tearing it up.

195 每个“获得”的瞬间都相互补充:我们看见夜晚极力唤起紫色的全部光谱时在调查越来越多的色泽;我们看见哲人希望从音阶练习水平长进到弹奏练习曲,比如一曲肖邦;我们看到一个女人通过撕毁的动作,以求写出更完美达意的便条。在所有这些活动中,连续性的尝试引导史蒂文斯做出他最好的辨析,他在结束时写道,现实不需要以物质形式来构想:

它不是以此为前提,现实

是一个固体。它可能是一道阴影,穿过
一个尘埃,一种力,穿过一道阴影。

(417)

It is not in the premise that reality
Is a solid. It may be a shade that traverses
A dust, a force that traverses a shade.

史蒂文斯结尾的两个假设,第一个自然引人注意,因为它不合语法:通常我们不会说"一个"尘埃。这个可穿越的尘埃,就像圣经里的云柱:它是一个形状,我们必须把它解释为我们生理性的自我,想象为集体性必朽原子的总和。这个"尘埃"足够可以渗透,被一道阴影、一种色泽或色调穿越。然而,在第二个假设中,现实肯定不是一道阴影,而是一种力,比如重力或电力,穿越了自我;现在,现实不再是一个可以渗透的尘埃,而是一道幽灵一样的阴影。对于那些缥缈的穿越,我们几乎无言描述,但至少史蒂文斯的语言使我们意识到——正如他晚期一首诗歌的标题——"现实是最令人敬畏的想象活动":

有一种固体的非固体的翻腾。
夜晚的月光湖,不是水,也不是空气。

(472)

There was an insolid billowing of the solid.
Night's moonlight lake was neither water nor air.

"核心经验是精神的一个常数,内在于经验的真实记录。"史蒂文斯 1948

年的这个观点(823)暗示,在梳理他的假设、反驳、增量和渐近的形象时,我们一直在追随的,是他的努力过程:他最初想要表现哲学的"绝对真理",然后是想表现立体主义透视的"多元真理",最后是表现更加亲近个体的"某个真理"。追求哲学的"绝对真理"时,他依靠"非此即彼"的辩证手段,特点就是使用假设和反驳。追求立体主义透视的"多元真理"时,正如在《弹蓝色吉他的人》中那样,他依靠无休止的说明。追求
196 "某个"真理时,他采取了渐近的方式,用不同的比喻进行暗示,每个比喻以某种方式接近于目标的本质。

史蒂文斯晚期作品中,有许多美丽的诗歌,可以用来结束我的话题,但我只想挑出两首,都是创作于1954年,也就是史蒂文斯完整度过的最后一年。其中第一首写于三月,第二首写于十一月。三月写的这首诗《不是物象而是物本身》很重要,史蒂文斯选择它作为《诗集》的压轴之作,相当于《尘世的轶事》(这既是《诗集》的开篇,也是本文中引用的第一首诗)的饰坠。《不是物象而是物本身》(这个康德式的标题宣布了自欺欺人(*Ding-an-sich*)的知识)让人想起史蒂文斯许多早年的诗歌:描写孤寂冬日的诗歌《雪人》;那首名叫《太阳,这个三月》的诗歌("朝阳出奇地明亮,让我想象我会变得多黑");许多写鸟儿的诗歌;以及《纽黑文的一个寻常夜晚》中的断言(诗歌是其发生时刻的"哭喊")。在《不是物象而是物本身》中,史蒂文斯的声音是"choir"(合唱队)这个单词开头的小写字母"c";这个小写字母代表了进入晚年的诗人的谦卑,与之形成对照的是史蒂文斯早年在《作为字母C的喜剧演员》中自我命名的大写字母"C"。《不是物象而是物本身》展示了那些熟悉的反驳词语"但是""不是""或者""好像",但在运用它们时,却没有了史蒂文斯过去诗歌中伴随它们出现时的那种不确定性。

《不是物象而是物本身》的内容简单:一个上了年纪的语者,怀疑自己能否活着看见下一个春天,他从梦中醒来,搞不清刚刚听到的鸟叫是

真实的鸟叫，还是梦境。这首诗追寻了他逐渐形成的信念，这是真的鸟叫：是的，这声音必须来自外面的世界，因为复苏的太阳越来越早的升起证实了正在到来的季节；尽管苍白的太阳和清瘦的鸣叫只是尚未到来的“大太阳”和“大合唱”的预兆，但渴念不已的春天终将到来的光辉已隐含在其初生。当语者意识到季节的轴心已转，春天奇迹般地再次属于他的春天，他的心跳就如“一种新的对现实的探究”。在此，我们看到，史蒂文斯早期作品中那些折磨人的不确定性语词——“但是”“不是”“似乎”“好像”“或者”“部分”——现在重新出场，在这场新生的戏剧中扮演着贴切的角色：

不是物象而是物本身

在冬季最早的尽头，
在三月，室外有一声清瘦的鸣叫
仿佛是内心的声音。

他确信他听到了，是 197
一声鸟鸣，大约在破晓时分，
在三月的晨风里。

太阳六点升起，
不再是雪景上空的破头盔……
而是俨然在室外。

它不是睡梦之废纸上
空话连篇的飘渺的口技……

不,太阳确实照亮了室外。

那清瘦的鸣叫,就是
唱诗班的领唱的先声,就是
太阳大而无外的一部分,

被一圈圈合唱队围拢,
虽然还很渺远。它宛如
一种新的对现实的探究。(张枣译)

(451)

Not Ideas About the Thing but the Thing Itself

At the earliest ending of winter,
In March, a scrawny cry from outside
Seemed like a sound in his mind.

He knew that he heard it,
A bird's cry, at daylight or before,
In the early March wind.

The sun was rising at six,
No longer a battered panache above snow...
It would have been outside.

It was not from the vast ventriloquism
Of sleep's faded papier-mâché...
The sun was coming from outside.

That scrawny cry—it was

A chorister whose c preceded the choir.
It was part of the colossal sun,

Surrounded by its choral rings,
Still far away. It was like
A new knowledge of reality.

这种春天的喜悦，在史蒂文斯的笔下没有持续。《十一月带》写于他诊断出胃癌晚期的五个月前，这首诗显示出他精神活跃反应的标志——猜测、假设、限定、比较、反驳——因年岁和疾病造成的惰性而消失。《十一月带》的标题暗示，作为时间概念的月份已经变成空间概念，残存的生命已经压缩进入这个区域。当诗人听到北风吹响，他看到树梢在风中单调的摇动。这些树只是反复诉说同样的事情，没有起伏、变调、修正、同位语或假设。它们展现出年老的忧伤，陷入纠结、惰性和重复，即使想表达新意，也乏善可陈，没有任何实质性内容，无论涉及神灵、自然还是人事。《星期天早晨》中充满生机的野外，如今变成了精神混沌的荒原：

十一月带

难以再次听到北风，
看到摇动的树梢。

它们摇动，深而闹，用一份力，
比感觉少那么多，比言语少那么多，

诉说，诉说，以事物诉说的方式 198
在还没有成为知识的层次：

还没有意欲的启示。
就像上帝、世界和人性的

批评家，忧伤地坐在
他自己荒野的废弃王座。

更深，更深，更闹，更闹，
树在摇动，摇动，摇动。

（472）

The Region November

It is hard to hear the north wind again,
And to watch the treetops, as they sway.

They sway, deeply and loudly, in an effort,
So much less than feeling, so much less than speech,

Saying and saying, the way things say
On the level of that which is not yet knowledge:

A revelation not yet intended.
It is like a critic of God, the world,

And human nature, pensively seated
On the waste throne of his own wilderness.

Deeplier, deeplier, loudlier, loudlier,
The trees are swaying, swaying, swaying.

在《不是物象而是物本身》中，我们可以见到预告的春天在成长。这首诗歌体现出温和包容的说明。在这里，史蒂文斯似乎来了一个一百八十度的转弯，用荒芜的冬景取代，把无意义的东西以纠结的方式描述成重复性的摇动和没有谓语的句子。即便在《玩乐》中，哈-伊-米也有和他成亲的野兽，有那种即使微不足道但依然具有意义的声波震荡——滴嗒嗒。但在这里，唯有同义反复：深、闹、更深、更深、更闹、更闹，重复着单一且单调的声音，没有《不是物象而是物本身》中那样渐强声音，就像所预示的大太阳及其周围的生命大合唱。在《十一月带》中，精神处于停滞状态，同样，精神用于假设活动的那些神奇的工具也处于停滞状态。

回顾一下史蒂文斯早期的诗歌，我们可以说，在这里，雄鹿没有"火猫"拦路，风景没有歌者写进歌词，没有丰饶生命的世界，吉他手没有吉他，世界没有回应的听众，大地没有学者-飞鸟吐露的轶事。但即便在这里，我们感觉到缺乏史蒂文斯令人兴奋的对精神波动的模仿，但我们意识到，即便写萧瑟苍凉的主题，史蒂文斯依然首先是善于语词创新的诗人。他的转向、假设、反驳、混杂、立体主义的多重性、不断增加的说明和渐近目标的推进，在他的诗歌中建构出一道绝非萧瑟苍凉的精神风景；这道精神风景，以其财源滚滚般的情感、知识和语言形式，足以媲美这个分配方式多样的富饶的自然界。

（李小均 译）

13. 激情与机巧：梅里尔的莫扎特魔法

199 诗人詹姆斯·梅里尔（1926–1995）生活富足（靠的是他父亲留给他的信托基金，他父亲是查尔斯·梅里尔，也就是梅里尔-林奇银行①的梅里尔），受过良好教育（先是有一位能说法语和德语的女家教，然后是圣伯纳德学校、劳伦斯维尔高中和阿默斯特学院），还是同性恋。他的诗歌反映了以上全部事实，不过并非直白地说出来。梅里尔并不畏惧用蜿蜒的句法把他所知的全部词汇和语言都包裹其中，更不用说他也不惮于运用西方传统所发明的大多数的抒情诗形式了。他也变得不再畏惧——随着时代的进步——在记录情感时表现出明显的同性恋倾向。他的诗学是不讨反智和恐同的公众喜欢的；事实上，《纽约时报》就因为耶鲁的伯林根诗歌奖被颁给梅里尔的《冒着风雨》一诗大受刺激，在 1973 年 1 月 16 日的一篇社论里表示了反对。表面上，这一批评不是指向梅里尔本人的（"一位成就斐然技艺精湛的诗人"），而是指向了这一奖项组织者的品位，指责他们竟敢认定"诗歌就等同对个人敏感的神秘培养和对继承的诗歌形式考究的操控"。举出惠特曼为反例，《纽约时报》怒吼道："纽黑文以西还有一整个世界。"我提到这件事只是为了说明梅里尔在坚持自己的诗歌道路时所面对的障碍究竟有多大。

---

① 即美林银行，美国老牌投资银行和证券商，2008 年金融危机后为美国银行所收购。

梅里尔的诗作分为两个部分：一部晚期的十七万行“先知史诗”(“epic visionary poem”;他的编辑者们的描述),这部诗在 1976 年到 1980 年间分批出版,然后在 1982 年以《桑多佛的变幻之光》为题全部结集出版;还有一批精巧的抒情诗,这些诗收集在《詹姆斯·梅里尔：诗歌全集》里,编者是同为诗人也是欣赏梅里尔诗歌的批评家 J. D. 麦克拉奇和史蒂芬·叶塞尔。《桑多佛的变幻之光》——因为它源自通灵板的创作,它巨大的体量以及它的晦涩——在梅里尔晚年成了绝大多数批评家关注的对象。现在我们可以重新平衡一下这座天平,转而强调我们许多人眼中梅 200
里尔最好的作品——他的抒情诗歌。

普鲁斯特和詹姆斯是梅里尔的句法教父;奥登是他的形式实验的教父;而康斯坦丁·卡瓦菲斯(1863–1933)——描写同性邂逅的希腊抒情诗人——则是他袒露的性描写的保护神。梅里尔并不为自己的典故迭出而羞愧;他和文学传统的关系是快乐地共存而非敌对的。美国文学本土主义里反叛憎恶英语传统的一支并不符合梅里尔的品位,就像它不合艾略特的口味一样;艾略特和梅里尔都将欧洲传统视作全然是他们自己的传统,全然是美国自己的传统。当一个人的头脑是由但丁和瓦莱里还有里尔克塑造的时候,这难道不是理所当然的吗?

梅里尔不被某些美国作家和评论者所欣赏,这些人倾向于将欧洲文学贬斥为他们所认定的一种排外且排他的传统的成果。梅里尔全然无畏地冒着他们的指控前行,这些人指控他势利、做作、虚伪、矫饰、变态还有精英主义。关于自己对形式格律和诗节形式的使用这一点,梅里尔有一次为自己辩护道：

它们所要求的专注同时解放了又引导了无意识,就像奥登不停地提醒我们的。即使你的诗最后不怎么好,你也学到了一点关于比例和精确还有无我的知识。而在最理想的状态下,当下一个诗人使用这个“继承”的诗歌形式时，这一形式将会因为你在这里所学到的东西展现出一个新的面向。[1]

虽然他从来没有工作过（短期教学除外），梅里尔把辛勤地写作诗歌作为自己每日的劳作，五十年间不懈地描绘着爱人、朋友、歌剧、旅行、风光以及他的好几个家：一套曾经属于他祖母的纽约公寓，以及位于斯托宁顿、雅典还有（后来）基韦斯特的心爱房舍。

梅里尔首要的主题，从情感方面说，是与父母和爱人的关系引起的痛苦；不过他是一位喜剧作家而不是一位悲剧作家，坚持要让痛苦优雅地臣服于慰藉或者洞见（“想想音乐。……你不会用不协和音来结束乐曲”；CP，118）。吸引他的，正如他在《九条命》中所说的，正是莫扎特喜剧中欢乐和辛酸的复杂结合：

喜剧会带来这样的时刻
当冒险和喧闹都已消散，
201 誓言重订，面具抛落，疯狂之日
一颗星一颗星地到来了七重唱。
就是在这个时候你花束的品鉴家
（他看《俄狄浦斯》或者《李尔王》全程都没有掉泪）
会流下，啊幸福啊，一滴躲闪的泪。[2]

There is a moment comedies beget
When escapade and hubbub die away,
Vows are renewed, masks dropped, La Folle Journée
Arriving star by star at a septet.
It's then the connoisseur of your bouquet
(Who sits dry-eyed through Oedipus or Lear)

Will shed, O Happiness, a furtive tear.

在他一生中的大部分时候,如莫扎特般处理爱这一主题会成为令梅里尔痴迷之事。在早期诗歌中的狂喜之爱出现之后,亲密关系中不可避免的破裂开始要求有自己的声音,而当柔情遭遇时光时,一种哀悼的语调——出现在《夏日之人》这首诗里——浸染他的诗歌:

这两位是过去的大师
精于押韵、音调、泛音。
它们在我们的脸上书写
直到笔尖戳到骨骼。

时光缓缓流逝,几乎
不被我或者你觉察。
而之后,在一个古怪的瞬间,
柔情,也同样流逝了。

(281)

These two are the past masters
Of rime, tone, overtone.
They write upon our faces
Until the pen strikes bone.

Time passes softly, scarcely
Felt by me or you.
And then, at an odd moment,
Tenderness passes, too.

“要在中年时葆有抒情冲动,”梅里尔有次写道,“不是件容易的事。”

末期的诗歌——当梅里尔预见自己将死于艾滋时——用豪迈作为了它们最后的喜剧结局。在《东 72 街 164 号》一诗中,有位朋友贸然问道:

> “你有想过你会在哪里——”啊,我亲爱的,
> 在某个地方睡着了,或者在开车时。不是在这里……
> 　　　　　　　　　　重要的是活得要有风格,
> 不是死得要有风格。
>
> (661)

> “Do you ever wonder where you'll—” Oh my dear,
> Asleep somewhere, or at the wheel. Not here....
> 　　　　　　　　　　The point's to live in style,
> Not to drop dead in it.

事实上,梅里尔死的时候正是他在图森一家医院短时住院后出院的
202 当口,还能起床活动,还在旅行。就在他去世前的几个月,整个人一副消瘦脆弱的样子,他还在圣路易斯的华盛顿大学参加了一场向他致敬的活动,非常礼貌地表现出了全身心感兴趣和享受的样子。

梅里尔活得很有风格,或者说他追求的就是风格,两种理解都成立。他最早期的诗歌的确常常更多是由风格而不是情感驱动的,结果成了一种他自己一度评价为“悠扬的,脑袋空空的世纪末的玩意”。不过在他第一本诗集的最后几首诗里,他感觉“从人的角度来说有更多的牵涉其中。……‘真实’的经验蹭过了它们,不知怎么的”。随着内容和表达方

式的日渐不可分割，他的风格和主题也开始汇拢而不再是各自在平行层面上并行。梅里尔对没来由的复杂诗节形式的需求逐渐减弱了："我现在不是没有过去那么形式化了，"他在 1968 年的一次采访中说道，"不过我不再痴迷雕饰的诗节了。"（这并非完全准确，不过在他后期的诗歌中，雕饰的诗节不再是诗歌的动机而更像是不可缺少的助奏。）

梅里尔首本诗集《黑天鹅》中的诗歌，尽管晦涩却还是展露了年轻诗人自觉格格不入之感。他在与诗集同题的诗篇里的第一个自我形象是一只孤独的黑天鹅，它与和谐的白天鹅不同，会"留下 / 身后一片颤抖的隐秘浑沌"。它的脖项仿佛一个问号；它的天鹅之歌就是沉默；然而它成功地战胜了"时间的破坏"，凭借的是寻找到了"伤痛迷失的秘密中心"，在那里，令人惊讶地，矗立着一根五朔柱，象征着梅里尔一生坚定地要在苦难面前创造出幸福的决心：

魔法的邂逅：黑天鹅已经学会了进入
　　伤痛迷失的秘密中心
在那里仿佛一根五朔柱一般一个个悲剧
缠绕在一座缎带之塔的四周。

（3）

Enchanter: the black swan has learned to enter
　　Sorrow's lost secret center
Where like a maypole separate tragedies
Are wound about a tower of ribbons.

化身孩童的梅里尔在这首诗的结尾哭喊"大声地 / 痛苦地：我爱黑天鹅"。要坚持他被社会认为"不正确的"选择的决心将一直延续在梅里尔的生活（比如，他违背了父母希望他“有男人该有的样子”的期望，与自己的朋友，作家兼艺术家大卫·杰克逊同居）和他的作品（比如他拒绝使用或许会讨《纽约时报》欢心的口语化的直白表达方式）中。

在另一首有预言性的早期诗作《变奏曲：最甜美的空气是由蓟守卫的》里，梅里尔宣布了爱是他最重要的主题，将司汤达作为他的爱之保护神：“对他来说爱是／再清楚不过的最高神祇”：

　　　　　　爱只是世上
最好之物，而人想最充分地利用它
203 就得说清它是如何生长，是在怎样的环境下……
要在最后能够说，不论我们觉得爱如何，是好，
是坏，还是无关紧要，它帮助了我们，而空气
在那里是最甜美的。空气是非常甜美的。

（22）

　　　　　　Love merely as the best
There is, and one would make the best of that
By saying how it grows and in what climates, . . .
To say at the end, however we find it, good,
Bad, or indifferent, it helps us, and the air
Is sweetest there. The air is very sweet.

选择“爱”作为主题是有许多问题的（自彼特拉克以来的西方诗人都遇到过这些问题），而几乎所有的问题都在梅里尔的诗作里出现了：舍己为人的道德观与性经验的自恋和投机的明显冲突；紧随错误选择而来的自我谴责；重复而不可抑制的冲动，它们最终让人确信情爱之事确实是无可救药的愚蠢；性愉悦强度的逐渐消退；与衰老的身

体不合拍的情欲冲动;对生活伴侣的不忠。这些诗歌最有说服力也让人忍不住一直读下去的吸引就在于随着时光和诗卷在读者面前翻过时,读者可以观察到作者毫不客气的自我分析(遵循最严格的司汤达式的原则进行的)。

在爱中,梅里尔永远"同时被扯向两个方向,被一颗遥远的恒星/叫作'丰饶',还有一颗荒凉的行星叫'落潮'所牵引"。(29)即使在他的第一本诗集里,他就认识到了结束任何一场恋爱关系时自己也有责任:"仿佛我们找寻自己想要找寻之物只是/为了我们可以哭个够!"(46)永不消散的希望就在于艺术可以把生命中的失望提炼成更闪耀更稳定的存在;然而永不消散的痛苦也在于虽然艺术可以引导"不论什么痛苦/变成可以承受的舞步"(49),但它并不能修复原始的生活断裂。

因为梅里尔认识到了不可抑制的情欲冲动会非理智地重复,他有时会把自己——把我们所有人——视作厄洛斯的傀儡(后来在《桑多佛的变幻之光》里厄洛斯被扩大成了"神灵 B",其中"B"指的就是"生物性/biology")。作为一位年轻人,诗人惊愕于自己是如何被厄洛斯附身掌控的,这一反应在 1959 年的《沙丘们》一诗中表现了出来。沙丘们为自己逃脱了大海的巨颚而松了口气:"最后有了条路/冲出它疯狂的泡沫,那些白色的巨颚/在巨颚之中它们什么都不是。"然而诗里还有种暗涌的欲望想要再次重复这一体验——"某条藤蔓渴望地伸向大海/跨过一块干燥、斥责的浮木"——很快诗里就出现了"远处一对情炙的爱人":

> 绝对的纯真,火热,温和。可是
> 很快就连他们也在沙丘后消失不见了。
>
> (82)

Absolute innocence, fiery, mild. And yet
Soon even they were lost behind the dunes.

204 因为没人能一直假装相信那对爱人“绝对的纯真”,在同一本诗集里,梅里尔还直面了他现在和将来的情事注定会是一场接一场的真相。他化身成凤凰,永远在火焰之床上死去然后又从灰烬里重生:

就这样,一种奢华的单调
开始了,一个紫水晶的钟摆
刻成鸟的形状,上好了弦要越来越激越
地来回于激情和灰烬中……
而到最后,尽管
它的烟火确实罕见,这个过程
黯淡了。

(110)

So that a sumptuous monotony
Sets in, a pendulum of amethysts
In the shape of a bird, keyed up for ever fiercer
Flights between ardor and ashes. . . .
And in the end, despite
Its pyrotechnic curiosity, the process
Palls.

到目前为止,梅里尔都把自己描绘为在欲望的冲击面前无力反抗的样子。与此相对的是,他未来的回忆诗——滑稽的、辛酸的——从来没有彻底洗脱过他应该承担的责任,三十来岁时,他也开始发现了自己的诗学责任：承认生活、爱还有他自己的滥情中更黑暗也更令人生厌的那一面。在一次新的恋爱尝试之后，他向新的诗学理想发了誓：

我凭这本书发誓
要遵守它的一切教诲：
丑陋和荒芜的福音，
顶天立地的空虚的福音，肮脏的狂风的福音，
要直面这一声尖啸
的福音，眼中流淌着寒冷——

寒冷？
那，好吧。流淌着自知。

（128）

Upon that book I swear
To abide by what it teaches:
Gospels of ugliness and waste,
Of towering voids, of soiled gusts,
Of a shrieking to be faced
Full into, eyes astream with cold—

With cold?
All right then. With self-knowledge.

诸如丑陋、荒芜还有肮脏的狂风这一类词的问题就在于它们不适合喜剧的诗学。在他之后的写作生涯中，梅里尔要解决的复杂难题就是将爱的糟糕时刻——从争吵和失望这样的小烦心事到背叛和死亡这样的

大伤疤——包裹在轻巧纤透的材质中，纯粹依靠风格将这样的时刻提升
205 到可见之物和可以看透之物这样本质上属于喜剧的领域。悲剧的隐喻——深渊、龙卷风、尖啸——被喜剧的隐喻所替代——剧场、棱镜、魔法师。日常的词汇削弱了绝望的语气：在伊斯坦布尔看到空荡荡的圣索菲亚大教堂（它从教堂变成了清真寺最后变成了“火焰／熄灭的空洞”），同时感觉到他自己的头脑和这座教堂“先验的头颅”之间的内在相似之处，他刻薄地对自己说他也没有反抗自己的堕落：

你也放弃了
学识和信仰，你也毁掉了
你宝贵的情感。你还指望会不同吗？

（177）

You'd let go
Learning and faith as well, you too had wrecked
Your precious sensibility. What else did you expect?

这种使用喜剧的质地来减弱悲剧的最后阶段是在一首叫作《神谕农场的家庭一周》里，这是一组无比滑稽又哀伤的组诗（用 abca 韵脚的四行诗节写成的十二首诗）。我们现在讨论的是梅里尔最后一本诗集《撒盐》，而诗人的爱人正在一家心理治疗中心度过一个月。诗人对于神谕农场能够修复他们紧张的关系这件事不抱什么希望，他轻佻的嘲讽最后也渐渐变成了淡淡的渴望：

仿佛花一个月苦想它邀请我们思考的东西
它几乎就是个育肥农场，给有厌食症的人，

物质滥用的人，还有爱和关系的瘾君子，
能够帮助你，我的生命之光，当你的心理医生……

（654）

As if a month at what it invites us to think
Is little more than a fat farm for Anorexics,
Substance Abusers, Love & Relationship Addicts
Could help *you*, light of my life, when even your shrink...

当他去探望而且参加“家庭一周”的某些活动时，诗人首先被整个地方心理的粗糙和它的陈词滥调所震惊：每个人只能用七个词（“**害怕**，/ **受伤**，**孤独**，等等”）来表达自己。

情绪的品鉴大师举手投降了：
习惯了在描绘个人痛苦时

有一整个调色盘——颜料、油料、上光剂、稀释剂——
他盯着这些干枯的水井，感觉到，
嗯……**难过**和**愤怒**？

（655）

The connoisseur of feeling throws up his hands:
Used to depicting personal anguish

With a full palette—hues, oils, glazes, thinner—
He stares into these withered wells and feels,
Well...SAD and ANGRY?

206 令人惊讶的是,这些陈旧的词汇——尽管它们已经为人熟知到包浆了——比他花俏的词藻更有效。他讽刺地旁观着"治疗师们"做作的治疗表演——用泰迪熊进行的格式塔治疗(把自己当作孩子);当集体治疗发生争吵时,在房间里找一个"安全的地方";在脑海里重现自己童年时的家,列举并重新哀悼过去经历的哀伤;还有聆听有治疗效果的口号("你是一个勇敢又特别的人")。然而,尽管梅里尔抵制了这一切,这些花招最后起作用了:当他在脑海重现"家"时,"泪水开始流了出来/毫不遮拦地顺着我的脸颊流下。为什么?/因为那里谁都没有了"。(657)

很明显,对这七个治疗词汇长期效果的怀疑并非没有侵蚀梅里尔对心理治疗魔法的信任。然而纵身跃入原始的表达方式("**难过**")以及有条理的回忆("家")不光带来了对神谕农场及其语言的讽刺,同时也不甘心地承认了情感的原始本质,不论它最后变化成为艺术之时是何等繁复。

在梅里尔生活的晚期,痛苦的广泛平等替代了最早期诗歌中青春的孤独和中期诗歌中范围更大但仍然所涉不广的社会图景。正如《神谕农场的家庭一周》里充分展示的,梅里尔变得对美国文化要有兴趣得多,不论是低俗文化还是高雅文化,而且他还重新定义了"爱情抒情诗",这样的诗不再一定要是凤凰的狂喜(或者凤凰的单调)的秘密记录,而是当代社会画卷的一部分。诗人可以承认自己的感情生活与其他人的感情生活并没有那么不同。正如心理治疗师"肯"所说:

我们希望我们向你证明了到底
你和其他人有多少共同的地方。
不再是"无可救药的独特"

将会是你可以带回家的慰藉。

(659-660)

We hope that we have shown you just how much
You have in common with everybody else.
Not to be “terminally unique”

Will be the consolation you take home.

梅里尔——他的诗歌生涯开始于将自己想象成一只“无可救药的独特”的黑天鹅——在如此的话语中找到了一种怪异的慰藉。

既然,正如梅里尔曾说过的“缪斯会和她的诗人一起成熟”那么他
的第二大主题,艺术——它背后是意识这个更大的主题——也像爱一样
随着时间变化。我们是如何接受、筛选、寻找到它的象征符号以及将我
们的经验风格化的?从修辞的角度来看,梅里尔并不是一直都清楚究竟
他的保护神是神圣的阿波罗还是阿波罗的死敌玛耳绪阿斯(因为他的 207
野心被活活剥皮而死)。在一首写于 1959 年的有趣的十四行诗里,玛耳
绪阿斯挑起了自己的口语诗歌和对头阿波罗庄严格律的对立:

我过去有时会去咖啡馆写作:
写在菜单上的诗,全城传看
要不就是还没有写下就被人诵念。
有天一个女孩带来了他最新的书
我打开了它——僵硬的节奏,堂皇的韵律——
然后做了个鬼脸。

I used to write in the café sometimes:
Poems on menus, read all over town
Or talked out before ever written down.

One day a girl brought in his latest book.
I opened it—stiff rhythms, gorgeous rhymes—
And made a face.

然而被剥了皮吊了起来的玛耳绪阿斯，最后还是输给了阿波罗：

他们发现我吊在他金色的风
在里拉琴上打出如此多音乐的地方
甚至没人能告诉你他究竟唱了什么。

(96)

They found me dangling where his golden wind
Inflicted so much music on the lyre
That no one could have told you what he sang.

阿波罗的诗是佩特式的诗歌，纯粹靠它的音乐性就可以击倒读者，这是一种内容臣服于形式的诗歌。在他年轻时，在“马拉美无可穿透的四行诗”的影响下，梅里尔尝试过“创造一种极难穿透的，同时也是极其美丽的表面，于是它不会轻易地泄露自己的意义，如果它能被解开的话。或许最终人还是会厌倦这样的东西，虽然在我虚弱的时候我还是发现自己会被它吸引”。(CP，21)然而，等到他写作这首十四行诗时，这位诗人已经非常明显地被玛耳绪阿斯的日常话语所诱惑了，这样的诗不需要阿波罗“僵硬的节奏，堂皇的韵律”也好得很。

阿波罗和玛耳绪阿斯对梅里尔灵魂的争夺从未停止过。《神谕农场的家庭一周》基本是用玛耳绪阿斯的（随着梅里尔越来越放任自己使用松弛的对话体风格，他变成了更为主导的形象）日常语调写成的。可即使在最晚期的诗歌里，作为一位艺术家的梅里尔还是痴迷于了解语言的秘密生活。语言从字母开始，进步到单词，再发展到韵律，最后终结于诗节。在 1995 年一首题为《b o d y》的诗里，每一个字母都因其形状、象征义和声音让梅里尔着迷。当病重垂死的梅里尔想及自己的身体，想及它很快就要消失之后，字母表里的字母开始因为它们自身的意义而闪耀。“o”对他来说像一个用黑线勾出来的月亮；“b”和“d”不光在他们的 208
图像形状中包含了 o，而且还能成为“生”（birth）与“死”（death）的缩写；而“y”，当被念诵出来时，在问“为什么”（why）。就是这样的思考塑造了《b o d y》这首诗：

仔细看看这些字母。你能看到，
进场（在舞台右边）然后圆满地漂浮，
然后就下了台——这么快——
它多么像用眼线粉勾出的小月亮
O 就这样从 b 旅行到 d
——同时 y，无人应答地，还在敲着入场门？

（646）

Look closely at the letters. Can you see,
entering (stage right), then floating full,
then heading off—so soon—
how like a little kohl-rimmed moon
o plots her course from *b* to *d*

—as *y*, unanswered, knocks at the stage door?

“这么快”传达的痛苦给“o”朝向死亡的小旅程染上了悲剧的色彩。

不是所有的诗人都会如此精细地对语言最细微的元素感兴趣：换言之,每位诗人都有自己主要感兴趣的语言层面——声音、词源或者词汇。梅里尔的特别就在于几乎语言的每一个层面,包括同音双关语(这是他和济慈共有的癖好),都吸引着他。他有押韵的天才,可他也享受最简单的押韵游戏,比如搜寻那些本身就包含着一个几乎可以与之严格押韵的单词的词:“恐惧(dread)”和“阅读(read)”,“心(heart)”和“艺术(art)”,“楼梯(stairs)”和“群星(stars)”,以及“耻辱(shame)”和“相同(same)”。被“月亮上的人(the man in the moon)”这个短语中的韵母从“a”变到“oo”这一点所触动,他把除了中间的韵母之外其他部分都相同的单词或者词根拼装(这是另一种游戏)成了一首诗。下面是这首诗的前半,背景是叙述人多少有点不情愿地从拜占庭飞逃(情感上和字面意义上都是)的时候:

大声地,月亮上的人问:
“那声哀嚎是什么意思?
飞机就是计划的一部分。
为什么在好事里挑刺?”

我生气地说:“解释一下
那些把我捆成麻花的夜晚,
全都是闹剧而没有梦想,
同时你还在嘲笑我的痛苦。”

他接着说:“光明在
受苦的人那里最不黯淡。
209 重要的是活着,宝贝,

而不是冲着盛宴挥动你的拳头。”

(252)

Up spoke the man in the moon:
“What does that moan mean?
The plane was part of the plan.
Why gnaw the bone of a boon?”

I said with spleen, “Explain
These nights that tie me in knots,
All drama and no dream,
While you lampoon my pain.”

He then: “Lusters are least
Dimmed among the damned.
The point's to live, love,
Not shake your fist at the feast.”

对很多读者——甚至很多批评家——来说,这样的写作只能算是绕着艺术的边缘打梭结花边。虽然这出对话肯定不能代表梅里尔所取得成就的高度,但是它所表现出的对声音的好奇正是梅里尔许多优美独特的用韵给人的惊喜的原因。梅里尔很享受用“洗澡水(bath to)”和“马修(Matthew)”押韵,或者“装潢(décor)”和“战争(war)”押韵这其中的幽默,但是他真正的天才,在形式方面,是能毫不费力地写出在纸上荡漾开的押韵叙事诗节。(技不如他的诗人总会扭曲点什么——意义、节奏、句法——为了强行押韵。)下面是一个简短的场面(押的是 abba 韵),来自 1972 年的诗歌《上上下下》的结尾。梅里尔的母亲领着他去了银行金库,他父亲送她的珠宝首饰就存在那里。她想把自己的一枚戒指送给儿子，一枚绿宝石戒指，这样他就可以把它送给自己未来的新娘（继续假装相信有天会有一位新娘）：

她接着又拿起了一枚戒指。“他送了
这个给我，在你出生的时候。来，拿着等——

等你结婚的时候。给你的新娘。它是你的。”
一窟最绿的光，它变亮了，变暗了，闪烁着，
神秘的诗节，躺在过去三十年
半宝石时光写就的散文上。

我没有这么告诉她，这听起来像演戏，
没错这间绿色的房间是我的，就是我的生活。
我们是属于彼此的；永远不会有妻子；
在这里踢踏作响的小脚会永远是成对的。

而把戒指套上了她磨损的指节，
替我戴着吧，我静静地乞求着，
直到——直到时机到来。我们四目相对。
隐匿在世界之下的世界变得亮堂起来。

（342）

She next picks out a ring. “He gave
Me this when you were born. Here, take it for—

For when you marry. For your bride. It's yours.”

A den of greenest light, it grows, shrinks, glows,
Hermetic stanza bedded in the prose
Of the last thirty semiprecious years.

I do not tell her, it would sound theatrical,
Indeed this green room's mine, my very life.
We are each other's; there will be no wife;
The little feet that patter here are metrical.

But onto her worn knuckle slip the ring.
Wear it for me, I silently entreat,
Until—until the time comes. Our eyes meet.
The world beneath the world is brightening.

更晚期的诗歌选择了比这首诗更自由的诗节形式。在最后一本诗集里有一首讽刺又感人的自悼诗,题为《穿着特卫强(注册商标)风衣的自画像》,这首诗通过"水晶"和"风啸声"以及"海鹦"和"棺材"押韵来 210
取乐,全诗采用的是八行的诗节,唯一固定的规律就是第一行必须和最后一行押韵,以及诗节中必须能找到至少两个押韵的诗行。在这首自画像里,梅里尔——再次成了文化批评者——描述了一间新纪元店铺,他在这里买到印着世界地图的特卫强白风衣:

我找到它是在一家多少有点淡淡傻气的
杂物店里,这种店迎合的是我们此时此地的
集体无意识。这家店出售水晶,
磁带,上面录着鲸鱼歌声和雨林风啸声,
气压计,草本化妆品,枕头,形状像海鹦,
回收材料的笔记本,还有机械动力亚克力棺材

里面装的是红宝石色的浪涛,会涌起,破碎,退潮,
就像它们按说还在自然界里那么做的一样。

(669)

I found it in one of those vaguely imbecile
Emporia catering to the collective unconscious
Of our time and place. This one featured crystals,
Cassettes of whalesong and rain-forest whistles,
Barometers, herbal cosmetics, pillows like puffins,
Recycled notebooks, mechanized lucite coffins
For sapphire waves that crest, break, and recede,
As they presumably do in nature still.

到了他生命的末期,梅里尔可以用这种轻松而老道的方式描绘任何经过他警醒的眼前的东西,而且还能给他的描写找到流畅的诗行和悦耳的韵律。

如果你喜欢(用霍普金斯的话)用"用高亮的当代语言"写成的诗歌,梅里尔会是你喜欢的。如果你喜欢对当代机构的滑稽散射,从"傻气的杂物店"到心理治疗农场;如果你对找到足够精妙到能反映出爱人之间随着时间变化发生的一切的字眼已经绝望;如果你享受诗歌的创新,那么梅里尔会是你喜欢的。如果你渴望一扇通往同性恋生活的痛苦和愉悦的窗口,或者如果你要知道一个永远专心凝听的人在 1926 年到 1995 年之间可能见证了什么,梅里尔将会是你喜欢的。

最重要的是,如果你喜欢轻快的笔触,梅里尔会是你喜欢的。他提起过——在阿默斯特学院的一次毕业演讲中——这所学院的前任校长在介绍罗伯特·弗罗斯特的一次朗诵时所作的演讲:"'这些皱纹,'科尔博士说,'这些你们看到的弗罗斯特额头上的皱纹不是来自衰老或者

忧愁,而是来自桂冠的分量。'"(CP,351)桂冠的分量都重重地压在每一个诗人的头顶,但是梅里尔几乎从不让人感觉到他头上的分量或者让皱纹显示出来。

(肖一之 译)

14. 诗集名：A. R. 埃蒙斯，1926–2001

211 我希望我的哲学终究
还不赖，终究是门哲学，将人们
（被困住的人们，像我从前）解放

出寻求绝对的任何形象，或寻求
虚无以外的任何绝对：

《冬眠》

I hope my philosophy will turn
out all right and turn out to be a philosophy so as
to free people (any who are trapped, as I have been)

from seeking any image in the absolute or seeking
any absolute whatsoever except nothingness:

—"Hibernaculum"

诗人以他们选择的书名邀请我们进入诗集；在诗人生命的尽头，他们的作品常常被连续的书名标题象征性地代表：我们可以想到罗伯特·弗罗斯特的《波士顿以北》和《新罕布什尔》，或艾略特的《荒原》和

《四个四重奏》,或洛威尔的《生活研究》和《历史》,或毕肖普的《北与南》和《地理学Ⅲ》。现在,令我们悲伤的是,A. R. 埃蒙斯的著作完结了,我们会发现他的诗集名象征性地呈现出他的什么呢?一共有二十本(不包括《长诗选集》这样的书目),它们是[1]:

《复眼:附荣耀颂》(1955)

《海平面表达》(1963)

《科森湾》(1965)

《年关卷纸带》(1965)

《北野之诗》(1966)

《高地》(1970)

《简报:小而容易的诗》(1971)

《球体:运动的形式》(1974)

《多样化》(1975)

《雪诗》(1977)

《高门路》(1977) 212

《树林海岸》(1981)

《尘世希望》(1982)

《湖泊效应之乡》(1983)

《苏美尔远景》(1987)

《垃圾》(1993)

《北卡罗来纳之诗》(1994)

《边缘路》(1996)

《眩光》(1998)

《瞎吹乱侃》(2005)[2]

我们从1955年的《复眼：附荣耀颂》开始，这本薄薄的自费出版物第一年的版税（埃蒙斯告诉我的）是挣了四张四美分的邮票，现在它已成了一本稀有书，近乎天价。亚历山大·蒲柏在《人论》中讽刺地问："为什么人没有微视的眼睛？/ 原因很简单，人不是苍蝇。"埃蒙斯的书名驳斥了蒲柏，告诉我们他向往苍蝇的复眼，从各个角度而不只从一个角度观看周围环境。这种"上帝眼"或"苍蝇眼"视角统领着对空间瞬时的全知。在第一本诗集的前言，埃蒙斯宣布了他一生的主题："失去身份的恐惧，对易逝自然美景的欣赏，个体与群体间的冲突，古典场域的混乱粒子，为满足人类实际需求而造出的假神。"他定义了他的诗歌形式："诗人从维持着的中心视角出发，在每首诗里冒险探索进经验那不计其数的轮轴之一。这些诗提出对现实的多面向视角；以尝试、临时的态度取代那些片面、统一、偏见和僵化的态度。"[3] 复眼（*Ommateum*）一词提醒我们埃蒙斯受过的科学训练；他是第一位能轻巧准确地使用科学语言，使之成为自己的自然表述的美国诗人，这是他对现代诗歌语言的伟大贡献之一。但更大的贡献是他建立在现代科学体系之上阐述出的对人类的哲学观点：我们是物质，源于能量，也将消解为能量。但埃蒙斯并不认为这种对生活的视角不容于人类最深的感情和对感情的感激，就像他第二本诗集的标题告诉我们的那样；也并非不容于他所相信的不可见世界的重要性，从几何抽象的完美球体到支配宇宙浩瀚运动的物理定
213 律到人类的创造性精神自身。《复眼：附荣耀颂》的标题结合了科学与感恩，勇毅地开启了埃蒙斯的非正统诗歌形式。

接下来的两本诗集名分别是《海平面表达》（1963）和《科森湾》（1965），反映了埃蒙斯在大西洋海岸的经历。埃蒙斯生于内陆，从战时在太平洋海军驻守时开始熟悉大海。他在新泽西时总在海边散步，与沿岸风景发展出亲密的关系。使他成名的是第三本诗集《科森湾》的同名诗，这首诗宣告自由、变动、有意识地扩展精神世界，虽是首诗论（*ars poetica*)却不大像诗论。诗人的心理仍感到恐怖,但恐怖如今产生于自然界,而非来自以神怒相威逼的布道坛。埃蒙斯理解的秩序不是强加的静态系统,而是涌现自累积起来的种种物理小事件(“秩序为总结”;“orders as summaries”),在这样的视角下,诗人发现,“宁静在此”(“there is serenity”):

没有排布恐怖:没有施加形象、计划、
或思想:
没有宣传,没有现实对戒律卑躬屈膝:

恐怖遍布但没有排布,逃逸的可能性
全都敞开:[4]

no arranged terror: no forcing of image, plan,
or thought:
no propaganda, no humbling of reality to precept:

terror pervades but is not arranged, all possibilities
of escape open:

《科森湾》象征着行走式的经验——每天不同的漫步,没有最终的停留地——这个信念坚持在埃蒙斯毕生对冒号而非句号的使用中。与《复眼》一样,《科森湾》用它的复眼渴望着一种全知,但此处埃蒙斯没有将全知落在复眼瞬时的一瞥,而是落在时间的展开,就像他散步时所拥抱的那样。这两本与新泽西相关的诗集见证的不仅是埃蒙斯可以对某个地方保持终生的眷念(首先是他在北卡罗来纳的农场,而后是新泽西、伊萨卡),还有他对他人(特别是内莉·迈尔斯,他童年的一位家庭成员)和动物(他的猪闪闪〔Sparkle〕和他的骡子银银〔Silver〕)的爱。

埃蒙斯首先显现于漫步科森湾时对时间延展的强烈反应,再次出现在他在一卷加法机卷纸上以短句创作长诗的奇思异想中,结集为 1965
214 年的《年关卷纸带》。在这本诗集中,埃蒙斯不仅追踪了一段时段的绝对长度,还有其中发生的最为细微的变化。寒冷冬日的"年关"常使诗人沮丧;在《年关卷纸带》和 1977 年的《雪诗》中,都有一段完全停止写诗的时期,在几周的严寒黑暗里,没有诗搅动头脑。埃蒙斯对自然世界的死亡和复活的强烈反应,也反映在他摆荡于情绪的两极——从恐慌到快乐,或是从凄惨的焦虑到希望。他的杰作《复活节早晨》(我之后会再谈)便在这番折磨的极端情绪中,在自然宇宙同时的涡流和秩序中找到了救赎,象征在(在诗荒凉的开头行将结束时)壮丽候鸟变动而稳定的航线中,诗人总能观察到的众多年关迹象之一。

埃蒙斯以地名和地貌为诗集名的习惯延续在了 1966 年的《北野之诗》(新泽西州的诺斯菲尔德,他的妻子菲利斯〔Phyllis〕的家乡和他们婚后居住的地方)、1977 年私印的《高门路》(伊萨卡的一条街名)、1970 年的《高地》和 1994 年的《北卡罗来纳之诗》中。尽管这些书名根生于大地,这里的前三部作品常常突然上升到哲学抽象。在这些诗中,埃蒙斯发展出了他有形的双螺旋诗行,占据他的世界观上层区域的诗作。但在 1971 年的《简报》中,埃蒙斯偏离了他的地名书名,关注到形式本身而非内容:《简报》中简短的诗就像梭罗的笔记,警句般简洁地发出关于世界的简报,也向世界简报。

尽管埃蒙斯在《北野之诗》《高地》和《简报》中将短而抽象的抒情诗带至完美的典范,他也想写出贝克特所说的"包含进[生活的]混乱"的诗。写长诗是包容混乱的一种方式,我们的许多英美诗人都热衷于在很短的诗和很长的诗之间摆动:可以在布莱克和华兹华斯,梅里尔和阿什贝利,以及埃蒙斯身上看到。长诗可能并不适宜那些"最纯粹的”抒情诗人,那些没有持久的愿望去阐释某个“哲学”或使作品担负新颖细节的诗人：乔治·赫伯特、罗伯特·赫里克、艾米莉·狄金森和伊丽莎白·毕肖普都是能想到的这样的诗人。但埃蒙斯像华兹华斯一样,有一个毕生计划：构想出必须活动在世俗、科学尤其是满载信息的环境中的诗人意识。《序曲》出版时的副标题“一位诗人心灵的成长”同样可用来描述埃蒙斯的长诗。它们勾勒出了二十世纪 215
诗性心灵的智性和想象力疆界。

埃蒙斯于1974年出版的《球体》选用了一个立体几何的标题和“运动的形式”这样的副标题,看着更适合动力系统的微积分和物理学而不是诗歌。关于这本诗集及其标题,埃蒙斯曾谈道：

> 《球体》的中心是当时第一次在电视上看到的整个地球的形象。大概是在1972年。那是个圆球体。在我看来那便是调和力量的一与多的完美中心形象……地球似乎是最能代表这些力量的真实实体。[5]

这样的书名使我们注意到了埃蒙斯思想中柏拉图的一面——想要在诗中画出完美的二维弧线,再通过一首长诗从中创造出完美的三维球体,并推动其运转。埃蒙斯渴望达到极度理想主义的完美,却又挣扎着拒绝接受这不能涵盖演变中低微事物的非人类完美。

我们并不惊讶,《球体》后是离散这一反面真理,1975年发行的名为《多样化》的短诗集。物种多样化是达尔文选择的形式驱动,对诗人而言就像对动植物那般自然。像之前的《简报》,埃蒙斯在这里的书名中又作了个美学双关：诗行化(versification)的增长随之成为多样化(diversifications)——此处是许多犀利短诗,结束于长诗《永不停止的祈祷》,在此,通常不涉政治的诗人提及并批判了在越南的战争。

在《简报》《球体》和《多样化》等抽象标题后，1977 年的《雪诗》带我们重回自然世界。《雪诗》将天气，最为复杂的可见动力系统，当作了人类情绪的最佳象征。对埃蒙斯而言，天气的作用就如同色彩在绘画中的作用（我们可能会想起埃蒙斯闲时是位画家）。就像每种颜色搭配在画家和观者眼中都带有自己的情感重量，每种文字搭配在作家和读者眼里也都有着自己的氛围，天气（直至最细微的层面）决定了在某日我们的皮肤和感观的“感受”。埃蒙斯（像霍普金斯和弗罗斯特）是一位天气观
216 察专家；他能感到湿度、温度、风向、云的运动、树枝上积雪的重量、结冰枝条的硬度、水劈开岩石时的力量。他汇集的气象状况实为汇集的灵魂状况；但作为灵魂汇报员的他并不能阻止《雪诗》也成为荒诞的剧场：斯特恩式的页面上实现了打字机涂鸦、具象诗、文字游戏、突降（bathos）、玩笑（包括污段子）和作者私人的几乎任何尴尬。埃蒙斯长期对抗着诗歌礼节，决意要充分表现日常生活中哪怕令人不适的方面，即便这样的决心意味着（如最近发表于《纽约客》的一首诗中）搬送大壶尿液去医生办公室测试。在一大早的沮丧差事中，典型的情境是，埃蒙斯发现了清晨雪景的美，一切尚未被扰动，只有他的足迹。

1981 年出版的《树林海岸》的标题并未提供太多信息；我们在其中看到了大地、水和树的风景。这是埃蒙斯的方式，提供出普遍事物，诗人则须从中推演出具体细节，像同名诗《树林海岸》所承认：“一无所有，我们转向清理出的细节，不多于 / 或少于其自身。”海岸线上的树林风景非常不同于埃蒙斯的长青山脉，圣经式沙漠，或后院或农场或溪流。海岸是对人类友好却又大于人类的景观；那儿既有树，也应有水、荫影、鸟类和草叶，因而会被视作美景；却又杳无人烟。题目给出了可栖居但尚未文明化的自然，乡野气却未农业化或为人占有。它并不崇高，因而不似华兹华斯或雪莱；它尚未人类化，因而不似弗罗斯特；它没有动物群，因而不似摩尔；它不在城市，因而不似威廉斯。《树林海岸》是画家的标

题。《尘世希望》之后的《湖泊效应之乡》(1983)再次使我们看到埃蒙斯对伊萨卡地区的吸收转化,那里最突出的地理现象是卡尤加湖,调节着历经此地的气象,就如诗人的特异精神调节着他所遭受的灵魂的连续气象。

另一方面,《尘世希望》(1982)的标题取自埃蒙斯的新教成长背景。我们都知道尘世希望在宗教体系里的涵义;但如果我们不是信徒,那除了尘世希望,我们还有什么?埃蒙斯的世俗主义总辩证地关联着宗教语言,它们仍时常为他所用,作为我们迄今对某些渴望和某些困境的最好表述。但他对宗教词汇的使用总是在世俗的、时而讽刺的情境中,就像这里的标题。这部集子任由愤怒喷薄而出,就像在《社会在艺术家中的 217
角色》这首诗里:社会一开始否决艺术家,在他成名后便对他阿谀奉承,艺术家尽管假装感激,却“每晚出去/到森林里喷火/裱彰树干再放火/烧毁树桩”。这种间或的苦涩释然了作者的自我征服,产生了埃蒙斯的温和与幽默。

1987年《苏美尔远景》的标题使埃蒙斯的年轻读者惊讶。我们是怎么从伊萨卡飞到苏美尔的?老一点的读者会记得《安魂曲》中描述的苏美尔墓和墓中人,这是《海平面表达》里的一首诗:

让寂静归于寂静,
苏美尔人躺在两河之间……
咒语、绵羊交易、夜晚欢聚
　　中央是腾腾烈焰,
仍目光炯炯,响彻云霄,在笔刀
在黏土上的鸦足行迹中。[6]

Returning silence unto silence,

the Sumerian between the rivers lie. . . .
The incantations, sheep trades, and night-gatherings
　　with central leaping fires,
roar and glare still in the crow's-foot
walking of his stylus on clay.

苏美尔文化开启了文字，始于刻在黏土板上的楔形文字；诗人以《苏美尔远景》为题回到古代世界，使人想到埃蒙斯对古代史的另一次召唤。他在1955年近三十岁时，第一次说出了自己的象征名，圣经里先知的名字以斯拉。名字取自一位同窗，而后被他用来为自己增加言说的权威（他是个极为害羞，不引人注目的人）。他最终将这一自我命名放在了1971年《诗集》的开篇：

我说我是以斯拉，
风鞭笞我的喉咙
捕寻我声中之音……
面朝大海，我说
　　　　我是以斯拉
但海浪没有回音……[7]

So I said I am Ezra
and the wind whipped my throat
gaming for the sounds of my voice. . .
Turning to the sea I said
　　　　I am Ezra
but there were no echoes from the waves. . .

每位诗人都需要以某种方式将自己同时置身于古代和现代：以斯拉和苏美尔碑文象征了埃蒙斯所宣告的，成为历史目光的视野所能及的预言和铭记谱系的一部分。

埃蒙斯 1993 年的书名《垃圾》是另一种出其不意。它看起来很反 218
讽。一本诗集可以被叫作《垃圾》吗？还能找到更低贱的标题吗？当然，《垃圾》成为一首篇幅成书的关于死亡的伟大诗作。从唯物主义角度看身体，会知道一切有机物质都会变为垃圾：它们注定要被埋葬腐朽，或被焚烧成烟——“同一的天使塔尖／燃腐于冲天烈焰”。（《高》，来自《高门路》）带着冷静、幽默、好奇和生动的独特兴趣，埃蒙斯看到了佛罗里达州际公路旁堆积起来的巨大垃圾山，他创作这首诗的最初灵感。后来，他参观了伊萨卡的垃圾场，在那里，人类文化的废墟被前卸式装载机推入一个近乎无底的深坑，伴随着边沿觅食的海鸥饥肠辘辘的尖叫被焚烧。在诗的起落中可完整而持续地看到死亡；而随着物质无用地堆积腐败或被送入火中燃烧，《垃圾》汇集起内部的小诗段，又离散为碎片，成为关于赫拉克利特式从物质到能量转化的持续悲喜交加的沉思。

而 1996 年的题名《边缘路》是从另一面（字面意义上）讲述人类对原始地貌的入侵。有一条名为“边缘路”的道路（埃蒙斯在致谢中将其细致地界定为位于“坎多〔Candor〕和卡塔通克〔Catatonk〕之间的纽约州 96 号公路旁”）；它的建成是因为人们已在纽约上州定居；它以其创建者的名字被命名；它有方位、方向和终点；它是对自然世界的人为划分；而且，像《工合》①一诗告诉我们的，它的名字的象征使我们想起埃蒙斯此时身处的死亡边缘：

到达带

① “Gung ho”源自中文“工合”，现在美式英语中意为“过度卖力”。

终点

驶离
终点:

坟墓
边缘,

至晚
近年,

摧枯残余
前行。[8]

Arriving takes
destination

out
of destination:

the grave's
brink,

to late
years,

dismantles remnant
forwardness.

《边缘路》的题名提醒我们：埃蒙斯不仅是自然的诗人，他也是建造 219
的诗人。在他的作品中除了道路，我们还看到房屋、车库、医院、汽车、养老院和垃圾场，人类为了生活不得不建造、挖掘或发明的地点和事物。埃蒙斯怀着对待自然及其现象时同样的冷静兴趣来看待这些人造文化物。结合埃蒙斯对待人类情感的平等和平衡感，这一冷静使他的诗具有独特的客观语气。无法想象将埃蒙斯与任何具体动机联系起来——甚至是他本人可能会被归为的地理和气质类别：南方人，格格不入，天才，神经质。他也带着反讽的探索来思考自身，就像他在观察邻居和所有其他事物时那样。我忍不住要引用《边缘路》里的《恩惠》一诗，埃蒙斯在其中复兴了一种古老的体裁，灵魂与某些神圣法则之间的对话。《恩惠》触及埃蒙斯诗句的三个特质（普遍性，对开创和新奇事物的不断追求，悲剧意识）：

终于我
低下了
头说

那我属于
哪里：你的
归属

是不属于哪里：
我会成为
什么：

你存在是成为

会成为:
我要做

什么:看作
能做什么:
谢谢

你
的尽职
尽责。[9]

I put my head
down low
finally and said

where then do I
belong: your
belonging

is to belong nowhere:
what am I
to be:

your being is to be
about to be:
what am I to

do: show
what doing comes to:

thank

you
for this office,
this use.

在埃蒙斯这里,简言的德行与健谈的德行相结合,这样的方式出现 220
在如《雪诗》《球体》或《垃圾》这类篇幅成书的长诗中。《球体》的题名讲的是整体性、总结性;《雪诗》讲的是伊萨卡见雪的几个月,从雨夹雪到冰暴到暴风雪;《垃圾》讲的是宇宙中物质从人的生命这一宏观形式通过腐朽或焚烧复化为原子和分子的无尽循环。对埃蒙斯而言,这些宏大主题需要整本书来处理,在每本书里,诗的进程主导着诗行的成形。或者说,在每本书里展开的话语一遍遍地聚合为诗行,我们看到诗作成形于它们持续的自我创造和自我消亡,而非为一个实现的静态。虽然这几本书里的大段运动借鉴了华莱士·史蒂文斯的长篇沉思诗,但史蒂文斯的诗分为有序、有条理、等长度的篇章,而埃蒙斯的长篇沉思诗则无所顾忌地让自己跟随意识流,可以从一阵悲痛到在车库算维修费,从对妻儿的汹涌爱意到银河的冰冷运动。埃蒙斯面临的最大的一个形式挑战是意识的全然随意,他应对以表面的随机性。我说“表面”,是因为在埃蒙斯的诗中,意识流的音乐性展开有着对节奏、语气和句法的选择。语者的多变语言令读者不断在书页间寻找那迷人而孤独的心灵所演奏出的新鲜的美式英语协奏曲。

埃蒙斯的最后一首篇幅成书的长诗是《眩光》(1998),标题的来源隐匿在书进行到一半时的几句诗。而这几句诗却是埃蒙斯披露的自传故事中最彻冋、最痛绝的一段。1981年的《复活节早晨》一诗告诉我们,埃蒙斯的十八个月大还是婴孩的弟弟去世了,死亡使家中大人悲痛万分，以至于没有意识到这次死亡带给他们煎熬又直觉异常敏锐的四岁儿子的打击，他从未从这次无法挽回的失去中恢复。但直到《眩光》出版，我们才知道这次死亡前的事件。这首诗的第 34 节向我们展示了父母在小儿子和邻居的陪伴下，在晚上把生病的婴孩带进树林里。在那里，他们将一株小树苗从中劈开，把婴儿放入树干的裂口，与之绑定在一起来
221 疗愈。父母在绝望中求诸这一不可思议的民间医术，希望共情的魔法能拯救生病的婴孩。但依循迷信并不能阻止死亡；未来的诗人看到了一个从此再也无法从记忆中抹除的真相——岩底的灭绝眩光：

我看到黎明时高大的邻居
扛进我们家的斧刃

泛在眼前的银光，我看到
婴孩被怀抱着带进树林，

看到树苗被劈开，婴孩
被放了进去，树再被绑

回：随着树接合，年幼的
裂隙愈合：请，缪斯的

伟大母亲，让我忘了那亮闪
斧刃的锋利边缘和孩童

的一无所知，那好似来自
我们的运动的树的松动，

蕴藏在仪式中的奥秘：
让我忘了这和那许多：让

知道很少的我知道得更少：
啊，可是：这般片刻的

感受已记刻于磐石盘系
肠胆间：我不能浮出或拔

出它：它已成为基石：
如今发生的一切都像初

雪落在暖岩上：岩面
一次次显露，它的粒状

体量和重量，一阵眩光。[10]

I see the eye-level silver shine of
the axe blade the big neighbor carried

at our house at dawn, and I see the
child carried off in arms to the woods,

see the sapling split and the child
passed through and the tree bound

back：as the tree knits，the young
rupture heals：so，great mother of

the muses，let me forget the sharp
edge of the lit blade and childish

unknowing，the trees seeming from
our motion loose in motion，the deep

mysteries playing through the ritual：
let me forget that and so much：let

me who knows so little know less：
alas，though：feeling that is so

fleeting is carved in stone across
the gut：I can’t float or heave it

out：it has become a foundation：
whatever is now passes like early

snow on a warm boulder：but the
boulder over and over is revealed，

its grainy size and weight a glare.

推动这样的段落的动力可见于埃蒙斯写下的所有或长或短的诗句。
对他而言，一首诗是一次身体和精神的行动；从起点到终点，它描述的曲
222 线可比拟几何弧线——抛物线、椭圆、圆。对埃蒙斯而言，每首诗在开始
时便朝向自我的终结，终点又落在起点之外。这是为什么他很多著名的

诗（如《永恒之城》《交易》《复活节早晨》）都有关毁坏后的重建、死亡后的生命、劫难后的复动。因为埃蒙斯相信包容是一种美学原则，诗的躯体必须对任何真实躯体可容纳或承受的事物开放，从伤口到排泄物。因为埃蒙斯是个象征主义者，他的诗可被解读为情感生活的道德和圣经寓言；他本人在《复眼》的前言中也说了很多：“意象通常运作在对情绪的图像性唤起之上，例如高原可能暗示一种平坦的人类存在，没有戏剧的上升和下降。”埃蒙斯讲过，他成长时期家里没有书，只有一部很少翻开的《圣经》；我认为，从周日学校和布道中听闻的诗篇和寓言对他的意义要重于《旧约》和《新约》的历史部分（很少在他的诗中被提及）。作为主要为苦难和赞美之诗的诗篇，呼应了他后期诗歌最深层的动机；而寓言作为生命的抽象，可能成为模型来呈现埃蒙斯倾向书写的象征事件。他还经常在访谈中提及教堂里唱的赞美诗对他的影响，在那里，总是“意象运作在对情绪的图像性唤起之上”。

我们在唤起他的诗集名时，埃蒙斯的形象就出现在我们面前，走过高地，漫步科森湾，穿越湖泊效应之乡，途经边缘路；回顾苏美尔，同时在卷纸带上记录下当年年关；审析尘世希望（无论是否反讽）；作小简报和大的球体运动；通过复眼记载伊萨卡整个冬天的雪的无限形式；在最后两本篇幅成书的多样化中描述极度残酷现实的眩光，人体化为元素的火和灰的无止境循环。

我们永远不会知道当代诗人的哪首诗会对后世最有价值。但在我看来，《复活节早晨》肯定可以传世——我在《诗歌》杂志上第一次读到它时满是惊喜和感激。[11]这是埃蒙斯在一个乡村墓地的挽歌，我肯定它也对格雷挽歌的传统有意识。《复活节早晨》属于埃蒙斯在北卡罗来纳州怀特维尔的起源，那里有“四十个姑姨叔舅”（《眩光》），但也知道他已游移出起点的距离。这是开篇最悲伤的诗：“我的生命没有变得”，可它 223
却变得更悲伤，讲述了受挫的生命无法超越他弟弟去世的悲剧。它变得愈加悲伤，看到这一事件是所有人类生命的典型事件而非他的独特经历；然后它爆发出最暴烈的言辞：

　　　　　　如今
我们都认苦涩的
未结果，捡拾恐怖的结，
默默咆哮，继续
冲撞进空洞结局而非
结果

　　　　　　　　　now
we all buy the bitter
incompletions, pick up the knots of
horror, silently raving, and go on
crashing into empty ends not
completions

诗人在家庭墓地的复活节早晨不止于死亡的悲剧，还行至在"闪现的猛烈燃烧 / 灰烬的瞬时结构"（"flash high-burn / momentary structure of ash"）中意义和可理解性的消亡。而诗以埃蒙斯所称的"一片丰饶的 / 庄严和完好景象"（"a sight of bountiful / majesty and integrity"）结尾，这是托马斯·格雷感伤静穆的古典主义不会写下的结尾，却标志着这首诗的美国特质，朝向荒野和天空的广袤。《复活节早晨》在日常的美国语言中改写了最神圣的基督教神话。

2005年，埃蒙斯逝世四年之后，人们惊讶地看到又一本诗集出版，这本诗集于1996年完成，由埃蒙斯选定诗的编排和诗集名。他起了个叫人反感的自嘲标题：《瞎吹乱侃》（我认为这个表达应该是南方话，或

许是埃蒙斯的家人使用过的)。最后这本诗集开始于一首严肃的诗,可以说道出了这本书和埃蒙斯本人的座右铭,对运动的赞美:

运动,
精神最亲的表亲,精神,

另一世界最亲的邻居,萦绕
可能性、希望、痛苦、警觉。[12]

motion,
the closest cousin to spirit and spirit the

closest neighbor to the other world, haunted
with possibility, hope, anguish, and alarm.

《瞎吹乱侃》有着熟悉的天气、社会观察和幽默的段落,但尤善绝佳的社会讽刺,联系着浮夸的题目。诗人在冠状动脉搭桥手术后,我们可猜测他被送到了一位营养学家那里,被告知要节食,于是想到了所有的美式 224
饮食。这是被大气地叫作《美国》一诗的开始:

随便吃什么:又吃不到什么:卡路里就是
卡路里:……

随便吃多少吃了像没吃的什么,相信
我:卷心莴苣、芹菜秆、无糖

麦麸

(27)

Eat anything: but hardly any: calories are
calories: . . . .

eat as much of nothing as you please, believe
me: iceberg lettuce, celery stalks, sugarless

bran

而在这种无敌荒诞的一旁，还会有一个痛苦的埃蒙斯的启示：

我是否把我受辱的怒巢
记在心：怎样的愚钝使火焰

这般持续：人们什么意思
下地狱来取暖：

(39)

did I take my bristled nest of humiliations
to heart: what kind of dunce keeps a fire

going like this: what do people mean coming
to hell to warm themselves:

埃蒙斯的声音上下于键盘间，从欢闹到苦难，从愤怒到粗鄙：忆旧，污段子，肆意把玩大写字母（“呆罐”〔DRAB POT〕为颠倒的“顶级诗人”

〔TOP BARD〕),以及时间的加速,随着地址簿层层涂抹的字迹,随着假日卡片“掉干净到同情心里”(“drop clean away into sympathies”;30),随着叙事变为挽歌。埃蒙斯在这里比从前任何时候都更爱讲故事;高度的抽象很少出现,有也仅是从它们的孤独转为日常和熟悉的事物。诗人自称是在写“散诗”(prosetry)(141),也时不时扔入一首“诗”(poem)。他回应那些对他离散诗句的批评:

你不是认为诗应该简洁吗:
不是现在:我认为它应该邋遢:

(157)

Don't you think poetry should be succinct:
not now: I think it should be discinct:

埃蒙斯做词源游戏:“简洁”的诗“受束缚”(cinctured):“邋遢”的诗则无拘无束,是人类词汇里的“瞎吹乱侃”。

在悲伤又温柔地回想他四岁那年圣诞时,埃蒙斯揭示了,快乐的存在最珍贵地映记出忆起的时光: 225

我
记得很久以前一个圣诞早晨同我的
锡皮玩具骡子和牛奶车在薄被上:

我四岁,那小物件把世界绑合在了
一起:它是个奇迹:但那是个

老得无法保存的故事了……

(138)

I

remember an ancient Christmas morning with my
tin toy mule and milk wagon on the quilt:

I was four and that little thing tied a world
Together: it was a miracle: but that is a

Story too old to save....

这样，声音淡化为省略号，但这个故事被保存了下来。若没有写下《瞎吹乱侃》，我们将不会知道全部的埃蒙斯。

(周星月 译)

15. 诗歌与价值观的传递：惠特曼笔下的林肯

谈到诗歌如何传递价值观这个问题，我要选取惠特曼纪念林肯之死 226
的四首诗来说明。[1]1865 年 4 月 14 日，内战仍在进行之时，约翰·威尔克斯·布斯伙同其他人刺杀了林肯。从彼时起，到 5 月 4 日林肯在伊利诺伊州斯普林菲尔德下葬，发生了许多事情。起初是震惊而茫然的五天，之后是 4 月 19 日，成千上万的人参加了华盛顿的林肯葬礼；再之后是七百英里的归葬仪典，载着林肯灵柩的列车驶过巴尔的摩、哈里斯堡、费城、纽约、奥本尼、布法罗、克利夫兰、哥伦布、印第安纳波利斯、密歇根城和芝加哥。26 日布斯被逮捕枪决，27 日他的八名同谋下狱候审（最后，其中四人在 7 月 7 日被执行绞刑）。当惠特曼写诗时，这一系列事件均已发生。这期间林肯的儿子威利的遗体从华盛顿迁出（他早父亲三年去世），与父亲合葬在斯普林菲尔德的林肯墓园，这一事件，诗人同样知晓。

惠特曼的林肯四诗创作顺序如下：即兴短诗《今天让兵营不要作声》（以下简称《兵营》；作于 1865 年 4 月 19 日林肯华盛顿葬礼当天，收于《桴鼓集》，于次月发行）①，格律诗《啊船长，我的船长呦！》（以下简称

---

① 如无特别说明，本文所用惠特曼诗文采用李野光《草叶集》译本（北京：人民文学出版社，1994），下同。

《啊船长》）和自由体挽诗《当紫丁香最近在庭院中开放的时候》（以下简称《紫丁香》；两首诗均收录于1865年9月第二版《桴鼓集》）；最后是墓志铭诗《这就是那个人的遗骸》（1871）。林肯之死自然而然会催生大批作品，无论是新闻报道、传记还是诗歌。在这些林林总总的作品中，惠特
227 曼的纪念诗最经得起时间的考验。这些诗作所甄选、激发、长久保留的价值，使我不禁想问，究竟是什么样的艺术手法，才能使它们得以超越林肯之死这个时效性的轰动话题呢？

诗歌传递价值观的方式颇有别于散文。在散文中，价值观通常是通过铺叙、描摹、说明和重复来传达的。我们只须回想一下古典时代的演说，以及由它衍生的布道文、集会演讲或者学院讲座等，就能明白演讲中重复的重要性。《紫丁香》等诗歌表明，惠特曼的诗艺保留了很多演说体的残余。[2]但大部分抒情诗篇幅较短，不具备演讲那种宽大的体量，所以它的价值，就要在压缩式处理中传递了。熟读诗歌的读者不但会揭开诗歌语言中隐含的意蕴，也会运用自己的历史知识，看到那些有意被遗漏的东西。就传递价值观而言，诗作展现的东西和遗漏的东西几乎同样重要。举个简单例子，林肯是在受难日当天遇刺的，可能正因为此，人们很快就把“牺牲者”这个词和他联系了起来，意在暗指耶稣的牺牲。惠特曼对林肯与耶稣的受难、受难日、复活节的联系不着一词。相比马修·辛普森主教在华盛顿葬礼上把林肯比作摩西的评论，惠特曼压根没有把林肯置入犹太-基督教的传统中。

惠特曼遗漏了什么，我们稍后再讲，这里我们还是先回到首要问题，也就是我们该如何审视诗歌中价值观的传递。比起诗歌，小说中的“遗漏”和“展现”更容易检视。比如，一位小说家的作品中如果没有女性角色（比如梅尔维尔的《白鲸》），我们大概可以想到，这样的处理方式会鼓励哪些价值取向，或者压抑哪些价值取向，但是诗歌就没这么简单了。一部没有小提琴声部的交响乐很明显会荒腔走板，但是乔治·佩雷克完

全不用字母 e 就写出了一部小说(《虚空》),一开始很难有人察觉。这说明字母——和词语——可不像女人或小提琴那样显而易见。

想象力,对被省略部分的想象力,这是我们谈论诗歌与价值观的时候,需要首要运用的东西。这种想象力不止在大面上的意象层面起作用(例如上段提到的诸如摩西或耶稣等犹太-基督教形象)。它同时也是句法上的想象力:这个句子有没有别的写法?也是修辞上的想象力:能不能用别的什么词来表达?这种批判性的想象力甚至可以在听觉层面 228
起作用:在关键的诗性段落中,我们读到的这种音响效果,能不能有什么别的效果来替代?

意象和句义可以传递价值观,这个我们都明白。但不会有多少人觉得句法和声音同样有这种潜力。散文中的句法和声音通常不如诗歌来得有力,在诗歌中,句法和声音可以起到关键作用,让意象和句义传达的价值更显其感染力。而且,一首短诗可以看作一个超长的复合词,这个词的每个构成元素,都按照一种无法变更的句法关系绑定在一起。在这种情况下,严格地说,每个元素都可以成为意义的载体(甚至是那些看上去无足轻重的不定冠词和定冠词也是)。

每首抒情诗都可以归类到一种"体裁"的理论范式中。这体裁可能是就诗的整体而言,比如"十四行",它自身承载着某种价值观,让人联想起田园生活,或者爱情与政治。体裁也可以就诗节而言,比如三韵体(*terza rima*),它让人联想起但丁,联想起彼岸的生命,或者自我的精神审视。体裁有时也不仅限于格律;比如英式挽歌,本身可以用任何格律写成,但必须有感于一位或几位逝者而作,也必须要传递某种人生感悟。也有的体裁虽然没有固定形式,却有相对固定的长度和语气:好比墓志铭体,就必须短小精悍,不带个人情感,而且要盖棺定论。也有可能一节诗前面部分只反映了一部分用意,而诗节与诗节末尾的重复,或是反映了民谣的风韵,或是表达了情感的递进。一首诗可以和第一人称单数结盟（大部分抒情诗都是如此，它们反映的是个体的经验），也可以选择第一人称复数，从而表达集体的意愿，传达大家的共识。

一首诗固然要合乎所属体裁的主题与价值观，但也要对这些主题和价值观做出拓展、反转、推陈出新。诗歌自身价值系统的充分展现，正取决于它对自身体裁的利用与批判。我对惠特曼林肯系列的解读，也正是要展现这一点。一位真正有创意的诗人——以及他／她的诗作——对同时代的价值观必然是既有应和，也有反对。如果一首诗不允许我们通过它的时代背景去理解它，那么它终究不可解；反过来说，如果一首诗不
229 能和自己的时代拉开足够的距离，那么它又缺乏新意。惠特曼的诗属于最让人不舒服的那一类；乍一看有很多主流价值观，直到你为其中的异见吃一惊。没错，惠特曼的诗弘扬了爱国情怀，塑造了林肯的崇高形象，坚定地站在北军的立场，与全国人民一起哀悼林肯的死去和内战的伤亡，并且（在《紫丁香》中）歌颂了美利坚的大好河山。所以，它们新鲜在哪里？它们凸显的价值观又是什么？为什么说《紫丁香》这首林肯系列里最长的诗，也是最好的一首？它说了什么其余几首诗说不得的话？

惠特曼曾说过："想要出好诗，好的听众同样不可少。"[3]他的诗艺有赖于和想象的听众一起，建立起一种亲密的乃至肉欲的纽带。他不只是想做他们的代言，他还想让他们呼唤他做他们的代言，从而让他的创作名正言顺。所以我们也就不用奇怪，在举国为林肯之死震惊错愕之时，惠特曼第一时间的反应是，借北军的集体意见发声，让士兵们呼唤诗人"以我们的名义……唱一首诗"。（285）他们还希望，诗作的主题应该是"我们对他的爱"。战士们不需要一首对林肯生平功业的颂诗，诸如此类的东西在首都葬礼的讲台上自然有人去念。他们需要的是让自己的哀思充分地表达。诚如《兵营》一诗开篇所示，战士们自己设计了哀悼总司令的仪式："让兵营不要作声，把打旧了的武器盖上，每个人带着沉思的灵魂走回来。"走回来干什么呢？来哀悼，不错；来沉思，也对；但

更是来“纪念”，以仪式的方式，而非庆典的方式，“纪念”“我们亲爱的总司令的死亡”。静默，放下武器，沉思，这些举动随便一个人都做得到；同样，任何人也都可以像第二节里面的战士们那样，互相安慰说林肯已经“逃脱了暗中的事变／像连绵的乌云在空中滚滚向前”。

只有在集体的仪典与宽慰结束之后，战士们才感觉到，他们的追悼会上，仍然缺少了一样不可或缺的东西——以他们的名义咏唱的、升华的赞歌。尤其关键的是，这首颂歌需要由一个出自行伍，熟悉士兵沉重情感的人来演唱。这首短诗无论就抒情声音而言，还是就仪典氛围而言，都重在强调集体性。它珍视着普通士兵的感情，仅此就已胜过极尽哀荣的国立纪念碑；不仅如此，它还把诗歌看成是一场自发仪式中的一个小小的组成元素，这场仪式来自民众，又回归民众。既然如此，士兵们需要诗歌又是为何呢？这首诗通过展示语词的动员力量，给予了我们答复。战士们虽然不能离开兵营，但正像诗句中表现的那样，诗人无形的 230
诗韵嵌入千里之外葬礼的情境：“当他们在那里给灵柩盖上拱顶，／歌唱吧——当他们在他上面关闭大地之门——唱一首诗吧。”在这首集体吟唱的诗歌中，林肯不再是总统，而是一位备受爱戴的统帅，领导一支英勇的军队；这支军队自身也习惯“暗中的事变”向他们“涌来”。虽然如此，在军事而非封建的意义上，林肯的形象依旧是在上的尊长，大家虽然不用像尊敬国王或总统一样尊敬他，却仍然像尊敬司令一样尊敬他。所以，富有民主精神的惠特曼，最终要离开军事等级制度来评价林肯，也就不奇怪了。

惠特曼既然已经响应了士兵们外在的集体愿望，讴歌了林肯，现在他可以写一写他们内在的对于林肯的热爱与哀思。《啊船长》(284)是借一位新兵水手之口而作，他还是个年轻小伙子，跟随他的船长在国家之船上航行。对他而言，这位船长是他精神上“亲爱的父亲”；现下战争的势头已经扭转，胜利已在眼前，岸边的群众已经在欢呼行将入港的船只;正在此时,船长却中了枪,倒下了。在全诗进行到大约三分之二的时候,气氛转入动人的挽歌;此前两节,年轻的水手用第二人称与船长对话,仿佛一位仍在世的“你”,依偎在小伙子的臂弯里,真切地听到他对自己的诉说。但诗的第三节,这位年轻的水手极度不情愿地转而使用第三人称,我们才确知船长已死:“我的船长不回答我的话,他的嘴唇惨白而僵硬。”此时林肯已不再是军事等级制里的司令,脱离军队高高在上;他的地位降至一船之长,与船员们同舟共济;不仅如此,他更降为家里的父亲,他与别人的关系也变得更民主、更亲近。

《啊船长》中的音步与叠句,使它成为一首明显的民主之诗、大众之诗。这首诗每节有四个七音步诗行(相当于标准民谣体中,一个四音步诗行加一个三音步诗行),外加一个稍有变化的民谣体叠句。这个叠句前两行都是三音步,后两行又变回民谣式的四加三。这首诗的格律意味着船上的士兵和水手们希望有一首属于他们自己的诗,这诗要用他们最熟悉的号子格律写成。而且因为惠特曼选择借一位小伙子发话,那么诗中关于胜利的描述,也只能是涉世不深的年轻人照抄的陈腔滥调:“我们可怕的航程已经终了。/ 我们的船渡过了每一个难关,我们追求的锦标已经得到,/ 港口就在前面。”岸上的所有景象都符合年轻人对万众欢庆胜利的想象:“旌旗正为你招展,号角为你长鸣,/ 为你,人们准备了无
231 数的花束和花环。”就连“鲜红的血滴”,水手们“悲痛的步履”,还有“浑身冰凉”的船长,都是战争新闻报道中的老调调。

在我看来,惠特曼不是抱着假惺惺的态度写这么一首诗的。第一首诗提出的呼唤,其实在第二首诗中获得了回应。然而,因为惠特曼是借着年轻人发话,这首诗中也就彻底牺牲掉了他自己的声音。惠特曼是为民众的哀思而代言,所以一开始他想变成民众的一员。因为他珍视民主,他才一度觉得,一定要模仿士兵喜欢的流行歌谣里面的节奏、韵律和老套修辞,才能真正体现民主,自己创造出一套符合民主精神的格律则

不能。因为他既想迎合《兵营》中的集体愿望，又想反映个体的心绪，于是就选择了一位水手做代表，而牺牲了自己独特的腔调。他希望把水手和他的父亲-船长一道，视作一场举国之役的参与者，所以就征引了"国家之船"这个滥熟比喻，作为整首诗的主导意象。[1]

尽管我们无法确知《紫丁香》和《啊船长》两首诗创作的先后顺序，但是那年轻水手的哀悼听上去像是对《兵营》的直接回应。与此形成鲜明对照的则是《紫丁香》。惠特曼先是试图借士兵们沉痛的声音弘扬集体性，继而又借哀悼的水手来凸显代表性，但到了《紫丁香》一诗，我们终于听到惠特曼自我心声的迸发。在之前的两首诗中，林肯要么是司令员，要么是父亲-船长；诗歌要么是集体悼念仪式的参与者，要么是大众喜闻乐见的表达形式。然而到了《紫丁香》，所有意义都发生了改变。

《紫丁香》不是一首基于集体经验的诗，也不是一首基于个体代表经验的诗，它来自惠特曼原创的抒情声音。在这里，林肯的形象不再由社会等级决定，不再是总统、司令、船长甚或父亲，而是和芸芸众生一样的普通人，尽管他可能有着卓绝的智慧和亲和力。这首诗中不乏仪式的存在，有时甚至是传统意义上的仪式，参与的人甚至也包括诗人自己，他把丁香与玫瑰的花束摆放在死者的灵柩上。与此同时，诗中也有一些新奇的仪式，它们的存在感还压过了旧的礼节，我之后会详细说。但这首诗最让人吃惊的地方在于，它刻意回避了暗杀发生在受难日当天这个事实，也不去应和林肯死后二十天里铺天盖地的基督教礼拜、布道和唱咏。

《紫丁香》的确提及载着灵柩的列车和它漫长的致哀之旅；这样的
殡仪在美国历史上是没有先例的，对惠特曼而言也是一次全新的事件。 232
但诗中也仅仅是提及殡车途经每一站的悼念活动，并无其他对真实历史

① 在柏拉图《理想国》第六卷中，苏格拉底以行船比喻治理城邦，并认为只有哲人王才适合作为掌领航向的船长。"国家之船"（Ship of State）即由此而来。

事件的指涉。诗里没有提及杀手,暗杀行动,和他那些下狱的同谋;它也忽略了《解放奴隶宣言》或者其他林肯当政期间的功业。就连林肯之子的改葬,诗中都只字未提。我们从诗里得到的,是三个意象:夜空中的星星,大地上的紫丁香,还有沼泽深处的鸫鸟。这三个意象对应着经典的天地间上中下三界分野,由此,惠特曼让林肯之死拥有了充塞寰宇的宏大意义,而非历史学家眼中的政治意义所能比拟。这首诗不看重事实,不看重政治,不看重宗教;它不去模拟其他人的心理,不去迎合流行的下里巴人趣味,它纯粹就是最具原创性的自由体诗。惠特曼是后悔自己写了《兵营》和《啊船长》,还是这三首诗有一以贯之的地方在?

《紫丁香》想要传递什么样的价值观呢?它们是如何生发出来的?诗歌展现了什么样的美学价值?这些问题都太过复杂,但是我想分享一些简单的观察。《紫丁香》是由长短不一的十六阙歌(canto)组成,它们有的长达五十三行,有的只有六行。它渐渐递进,到最长的第十四歌达到抒情的高峰,在第十五歌达到寓意的高峰,然后以第十六歌走出黑夜作结。诗歌开篇是非宗教性的三位一体(永恒的丁香,如星星般的林肯,以及"对我所爱的人的思念"),它们到了结尾变成了"丁香,星星与鸫鸟"的三位一体。换句话说,鸟儿和它的赞歌取代了诗人的哀思。如此坚实的象征体系,于惠特曼诗中实不多见;这首诗的价值之一就在于它的形式感,而世俗化的三位一体,以一种令人难忘的挽歌气质,成为这种形式感的见证。这不是一首亲切的挽歌,林肯固然是"一位朋友",但同时也是"西天陨落的强大的星星",是理想的象征,值得正式的哀荣。这份哀荣正是在纪念他的象征性的三位一体中得以呈现。

这首诗的歌者首先感叹,自己无法冲破"包围着我的灵魂使它不能自由的阴霾",然后,他的第一个举动是,从庭园的花丛中,摘下带着花朵的一个小枝。(第 17 行)诗人并未解释这一举动;直到第 45 行我们才理解了他的动机。那是为了把花朵安放在林肯的灵柩上:"这里,你缓

缓地走过的棺木啊，/ 我献给你我的紫丁香花枝。”这不是传统意义上的
鲜花，因为并没有献花人从中间传递。歌者深知献花的礼仪，知道应该 233
选用比丁香更高规格的“玫瑰和早开的百合”，之后当他把他的哀思献给“一切的棺木”时，他也的确遵从了这些习俗。尽管如此，他还是喜欢献上自己随意采撷、未经打理的丁香：

> 满处是玫瑰花的花束。
> 啊，死呦！我给你盖上玫瑰花和早开的百合花，但是最多的是现在这最先开放的紫丁香，我摘下了很多，我从花丛中摘下了很多小枝，我满满的双手捧着，撒向你，撒向一切的棺木和你，啊，死呦！

> All over bouquets of roses,
> O death, I cover you over with roses and early lilies,
> But mostly and now the lilac that blooms the first,
> Copious I break, I break the sprigs from the bushes,
> With loaded arms I come, pouring for you,
> For you and the coffins all of you O death.

歌者不相信个体的不朽，当一颗大星陨落，它就永远地消逝了：

> 当我看着你渐渐逝去，并消失在夜的黑暗之中的时候，我的灵魂也在苦痛失意中向下沉没了，跟你悲伤的星星一样，完结，在黑夜中陨落，并永远消失了。

> . . . I watch'd where you pass'd and was lost in the netherward black of the night,

> As my soul in its trouble dissatisfied sank, as where you sad orb,
> Concluded, dropt in the night, and was gone.

歌者可以确信的是一条给人希望的道理，也就是生命从大地中的自然重生，如同耶稣那个关于小麦的比喻。[1] 在惠特曼看来，载着棺木的殡车驶过“铺着黄金色的麦穗的田野，麦粒正从那阴暗的田野里的苞衣中露头”，而在古老的森林里，“那里紫罗兰花不久前从地里长出来，点缀在灰白的碎石之间”。

这首诗第一部分的一大风格特点，就是大量的排比之后，千呼万唤还不出来的主语。长句子和拖后的主谓语首先出现在第三歌，一个六行长的单句：“在……庭园里……／那里有一丛很高的紫丁香……／每一片叶子都是一个奇迹，从这庭园里的花丛中……／这有着艳丽的花朵的花丛中……／带着花朵的一个小枝，我把它摘下。”[2]第五歌是一个七行长的句子，这个持续连奏是由一系列的副词和进行时形容词构成：“在……上／在……之间／在……中／经过……／经过……／搬运着……／日日夜夜，一具棺材行进着。”我们看得出，这长长的句子就像是模仿列车的行程，穿越东三分之一的北美大陆。对惠特曼而言，他这小小一枝紫丁香，必须要和一切的公民仪式和宗教仪式一样，共同纪念
234 死去的英雄，也正因为如此，第六歌中歌者短暂地指涉了历史真实。但与此同时，这一歌的结构是精心布置的，所以民众的悼念活动最终会引向那不起眼、孤零零，似是不经意摆放的一枝紫丁香：

> 棺木经过大街小巷，经过白天和黑夜，走过黑云笼罩的大地，卷

---

① 似指《约翰福音》中关于种子的比喻，参 12：24-25，原文意义与作者有出入。

② 为配合作者论述，译文调整了一下李野光译作句序，将主语和谓语放到最后，从而符合原诗句序。

起的旌旗排成行列，城市全蒙上了黑纱，各州都如同蒙着黑纱的女人，长长的蜿蜒的行列，举着无数的火炬，千万人的头和脸如同沉默的大海。
这里是停柩所，是已运到的棺木，和无数阴沉的脸面，整夜唱着挽歌，无数的人发出了雄壮而庄严的声音，所有的挽歌的悲悼声都倾泻到棺木的周围，灯光暗淡的教堂，悲颤的琴声——
你就在这一切中间移动着，丧钟在悠扬地、悠扬地鸣响，这里，你缓缓地走过的棺木啊，
我献给你我的紫丁香花枝。

Coffin that passes through lanes and streets,
Through day and night with the great cloud darkening the land,
With the pomp of the inloop'd flags with the cities draped in black,
With the show of the States themselves as of crape-veil'd women standing,
With processions long and winding and the flambeaus of the night,
With the countless torches lit, with the silent sea of faces and the unbared heads,
With the waiting depot, the arriving coffin, and the sombre faces,
With dirges through the night, with the thousand voices rising strong and solemn,
With all the mournful voices of the dirges pour'd around the coffin,
The dim-lit churches and the shuddering organs—where amid these you journey,
With the tolling tolling bells' perpetual clang,
Here, coffin that slowly passes,
I give you my sprig of lilac.

诗歌在这里做到了报道葬礼的摄影图片所不能企及的一切：运动，寂静，声音，音调，氛围。当其他诗作都沉浸在空洞无物的赞美或哀伤中时，惠特曼却运用了现在进行时，使得葬礼的情景栩栩如生地展现在我们眼前。在收到了每一座城市的敬意之后，葬礼来到了它的最高潮，来到了那小小的一枝紫丁香。很明显，这首诗看重展示，不重诉说；看重具象，不重抽象。它强调每一个细节为整体的哀悼氛围增添的效果。它也强调戏剧感——不仅仅是人们致敬时那种明暗交织的纷繁效果，也是句序前后铺排的方式，从而最终引出歌者采自庭园门口的紫丁香。

有人可能觉得，这诗到这里就可以结束了。他不是已经献过花了吗，这还不够？往下读没多久，我们就会发现，的确还不够：在第十歌中，歌者暂时搁置了第九歌中鸟啼声对他的召唤，转而问了三个问题："我将如何颤声歌唱？……／我将如何美化我的颂歌？……／我将以什么样的馨香献给我敬爱的人的坟茔？"最后一个问题容易解决：这馨香就是海风，就是诗人吟诵时的呼吸吐纳。前两个问题就没有那么好回答
235 了。第一个问题"我将如何颤声歌唱"被直接回避掉了，第二个问题"我将如何美化我的颂歌"变成了一个具体的问题："我将用什么样的图画装点这里的墙壁，／来装饰我所敬爱的人的永息的幽宅呢？"这一问来自惠特曼对古埃及墓葬的了解，墓穴内部绘有田园风情的日常生活景象。这个传统在第十一歌中得到了延续，歌者诉诸美利坚的风光与风俗，与传统遥相呼应："那将是新生的春天和农田和房舍的图画……／还有一切生活景象，工厂，和放工回家的工人。"惠特曼的诗中没有古埃及墓葬上的宗教图像，而只有美利坚的经典风光，以极具美感的方式呈现出来："有壮丽的、燃烧在空中、燃烧在天上的摇曳下沉的落日的万道金光……／远处河面上流水晶莹，这里那里布满了风向旗。"诗人赞美着美利坚的壮美，赞美着"无限的光辉是那么温柔清新"，几乎忘却那个未曾回答的问

题:“我将如何颤声歌唱”。尽管紧接着他又回到鸟儿的啼啭,说这声音“透过无限的薄暮”,而且出人意料地像是“以极端悲痛的声音”唱出“人间之歌”,诗人自己的心绪却始终为那星星,为那紫丁香所挽留,而不太在意鸟鸣所源自的“大泽,僻静的深处”。

诗人是真正沉浸在了对自然之美的无尽描写中,或如他所说,沉浸在了大地“不自知的美”当中,一路到了第十四歌开头。惠特曼偏好把句子像罗列清单一样堆积,以此作为自己诗歌结构的一种。这首诗中不仅有新三位一体的象征体系,不仅有林肯之死通彻上中下三界的永恒意义,不仅有一步步通向高潮的句式铺排,也不仅有戏剧性的氛围呈现,凡此种种之外,这首诗中还有对多彩绚丽的世间万物、山川黎民的衷心赞美,即便在悲伤的时刻也未改变。《草叶集》的大部分诗歌,都有这般的清单罗列(当然,后人恶搞惠特曼时,也是先大吹牛皮,然后无休无止地列举各项东西)。

虽然第十三歌中有世间的种种美丽,虽然它们延续到了第十四歌,但这时阴影开始出现。虽然诗人此时仍然沉醉在“天空的空灵的美景中……/丰裕的夏天渐渐来到”,虽然他还在端赏这富饶的景象,“就在此时此地,/降落在所有一切之上,也在一切之中,将我和其余一切都包裹住,/出现了一片云”。诗人发现“死的思想”和“死的知识”在他的两侧与他同行,而他“在他们之中如同在同伴中一样,并紧握着同伴们的手”。他最终逃向了那片大泽,那“水边”有“静寂的黝黑的松杉和阴森的柏林”,一派冥界景象。这不是基督教意义上的地狱,而是承接自古 236
希腊神话的冥界,是忘川与冥河岸边的阴影魂魄。诗中先是出现了古埃及的墓葬,又糅合了古希腊的冥界,诗人以此告诉我们,他更愿意沿着古代世界提供的方式去想象死生大事,而不会去遵循在他早年间,基督教所提供的模式。1891 年,也是诗人生命中的最后一年,在承受了中风和其他疾病的摧残之后,诗人如是写道:“希腊哲学教给我们生命的恒常与美丽,基督教告诉我们如何承受病痛与死亡。我不知道这世上是否曾经有第三种哲学,可以融合两家之长,又不会把它们曲解。”(PW,708)但当惠特曼写作《紫丁香》时,诗人赞美的是埃及希腊的恒常,而非基督教的坚忍。

终于,在第十四歌的后半段,我们来到了全诗的抒情中心——鸫鸟之歌,它向我们传达了全诗最高的美学意蕴,即自由音乐性语言的价值。虽然这是全诗最具诗意的瞬间,但这首诗道德寓意的核心仍有待诗人完全浸入灵视的第十五歌。现下,我们暂且不谈道德寓意的核心,只重点说诗意的中心。“歌声的和美使我销魂,”诗人如是说;它有什么样的魅力呢?这“歌声”是献给死亡女神的赞歌,也因此呼应着西洋文明最早的诗歌,无论是俄耳甫斯赞美死亡等抽象概念的唱咏,还是荷马对诸神的颂歌,诸神之中就有五谷女神德墨忒尔,她的女儿就是那位走丢在冥界的珀耳塞福涅。鸫鸟之歌以召唤开始(“来吧,可爱的,予人慰藉的死哟”),继而变为赞歌(“赞美,赞美,加倍地赞美,/那凉气袭人的死的缠绕不放的两臂”),它想象了一场庆祝的仪典(“用舞蹈向你致敬,为你张灯结彩,广开欢宴”),以此来取代基督教葬仪中沉痛的哀歌、鸣响的钟声和颤抖的管风琴。然而这首诗真正让人印象深刻的地方,不在于它有力地摒弃了基督教式的忧郁,而在于让它博大奔涌的动人节奏彻底地放开。惠特曼用这种节奏压过了缓慢拖沓的殡车。殡车在大地上驶过时,我们听到它“在春天的怀抱中,在大地上,在城市中”,但现在,在相同的景象中,我们听到列车上空飘荡的歌声:

> 它飘过起伏的海浪,飘过无数的田地和广阔的草原,
> 飘过人烟稠密的城市和熙熙攘攘的码头街道,
> 我带着欢乐,带着欢乐吹送这支赞歌给你,啊,死哟!

Over the rising and sinking waves, over the myriad fields and the prairies wide,
Over the dense-pack'd cities all and the teeming wharves and ways,
I float this carol with joy, with joy to thee O death.

这欢欣的逝者之歌取代了忧郁的死之旅;抒情诗在这里,在这本是悲剧意味的场合,用艺术创造出了欢乐。

正当鸟儿的歌声唱出对死亡的悦纳,诗人正在内心细细品味这歌 237
声,他发现,他可以放下曾经侵扰自己的恐惧与拒斥,他一度被禁锢的视野打开了:“本来在我眼里束缚着的视线现在解开了,/立刻看到了长卷的图画。”此前,感官的双眼以感激的情绪,为我们描绘出大地上的美景;而此刻,痛苦而沉寂的道德教诲,升起自诗人的记忆中。惠特曼首先说他看到千百面撕碎的战旗(“为流弹所洞穿/……被撕碎了,并且染上了血迹……/这些旗杆也已碎断而劈裂”)。正当他努力着回忆起所有往事,在他视野中碎裂的旗杆后面,露出了承受着更惨痛折磨的肉体:

我也看见了无数战士的尸体,
我看见了青年的白骨,
我看见所有阵亡战士的残肢断体。

I saw battle-corpses, myriads of them,
And the white skeletons of young men, I saw them,
I saw the debris and debris of all the slain soldiers of the war.

如果说这首献给林肯个人的挽歌之前还在小心地探寻集体表达的可能(比如“撒向一切的棺木和你,啊,死亡哟!”),到这一步,诗人已经清楚无疑地表明,这首诗也是题献给所有在战争中死去的平凡士兵的挽歌。

至此诗人已经看透战争带来的巨大创伤，全诗也就达到了道德寓意的高峰。此前，在描述从地下破土而出的紫丁香时，诗人用到了“点缀在灰白的碎石中间”，到此，诗人又似乎是不经意地回到“破碎”这个意象。他提醒我们，正是在破碎中，孕育着新生的希望；从无数战争的遗骸中站起来的联邦，必将比以往更加强大。

这充满戏剧张力的第十五歌是用《启示录》的风格写成：

> 我看见坐宝座的右手中有书卷……我看见一位大力的天使……我看见，看哪……我看见羔羊揭开七印中的第一印……我就观看，见有一匹灰色马……(《启示录》,5–6)

> 我看见了无数的军队，
> 我好像在静寂无声的梦里看到万千战旗……
> 我也看见了无数战士的尸体，
> 我看见了青年的白骨，
> 我看见所有阵亡战士的残肢断体。

> And I saw askant the armies,
> I saw as in noiseless dreams hundreds of battle-flags. . . .
> I saw battle-corpses, myriads of them,
> And the white skeletons of young men, I saw them,
> I saw the debris and debris of all the slain soldiers of the war.

这种风格的效仿非常大胆，它也委婉地说明，惠特曼希望自己的灵视具有《启示录》般的效力。这一段对于基督教道德观的重写，于惠特曼个人而言，可谓惊世骇俗之极。

在第十六歌结尾,诗人回到了他之前的主题,让三位一体的象征以 238
整全的面貌呈现——"紫丁香、星星和小鸟同我的深心的赞歌都融混在一起了"。但是诗人在自己的记忆世界中没有离开这片幽暗的冥土。虽然在现实世界里,紫丁香"随着每度春光归来,开放",但是诗人感到"在芳香的松杉和朦胧阴暗的柏林深处,/紫丁香、星星和小鸟同我的深心的赞歌都融混在一起了"。因为幽冥世界是在"彼岸",那么按照常理推断,诗人应该是在现实的"此岸"。可是诗人却不能生发出他所处的"此岸",甚至连自己庭园里的紫丁香都看上去那么遥远,那么"彼岸"。诗人灵魂里鲜活的那一部分永远地留在了冥界的晦暗阴翳中,和三位一体的象征紧紧地连在了一起。

《紫丁香》从一开始就拒绝直呼林肯姓名,拒绝褒扬他在政治和军事上扮演的角色,也就注定这是一首别出新意非比寻常的诗。诚然,它也遵从了英式挽歌的许多成规,但又有种别样的色彩。它扬古希腊埃及而抑基督教,称赞现实的自然风光而不提死后的天堂之美,让葬礼的仪式充满欢欣并从中得到慰藉。它还认为,战争中的尸骸与骷髅带来的启示,不比圣约翰见到的天国异象更少一分灵验的威力。诗的风格强调展示,而非诉说,强调诗人的个性张扬,而非寻找集体性或代表性的声音,而且,通过它长长的句子来到最后高潮处的猛然刹住,它强调对死亡和终结的接受,而非拒绝。诗中其他精彩的诗句,都不追求一路递进推向终点,而是像高低起伏的咏叹,不知其所至。它们彰显的是抑扬顿挫的和声与对比效果,源自无限弥散而永不终止的生命体验的节奏:

> 胜利的歌声,死之消逝的歌声,永远变化而多样的歌声,低抑而悲哀,清晰而分明,起伏着、弥漫了整个黑夜,悲哀、低沉、隐隐约约、更令人心惊,但最后又突变为一种欢乐的音调,普盖大地,填满天空。

Victorious song, death's outlet song, yet varying ever-altering song,
As low and wailing, yet clear the notes, rising and falling, flooding the night,
Sadly sinking and fainting, as warning and warning, and yet again bursting with joy,
Covering the earth and filling the spread of the heaven.

在《紫丁香》之后，惠特曼写了一首关于林肯的、早该写而未写的诗，那就是林肯的墓志铭。它在1871年发表，距离林肯之死已有六年。林肯不再是一位朋友，也不再是睿智而怡人的灵魂；他已经化作黄土。诗人把这一抔黄土捧在手心，说“这就是”。注意他没有指向林肯的坟墓，没有说“那就是”，换言之，这首诗不是指向“彼岸”的丁香，或者“彼岸”的冥界。

239 这就是那个人的遗骸，那个温和、平易、正直、果敢的人的遗骸，
在他的小心指挥下，反抗历史上任何时候任何地方从未有过的
最可耻的罪恶，由这些州组成的联邦没有被摧垮。

This dust was once the man,
Gentle, plain, just and resolute, under whose cautious hand,
Against the foulest crime in history known in any land or age,
Was saved the union of these States.

这首墓志铭有严重的不平衡：“这就是那”（This dust was once）四个字在语法规则上占据了整句的左半边，而右半边长达数十个字。这一不平衡的分配，非常适宜用来对比黄土之轻与林肯功业之深远凝重。林肯化作了尘土，化作了历史，也化作了“那个曾经领导保卫联邦的人”。修饰林

肯的几个形容词也得细细梳理，这里面个人化的“温和”被官方气的“果敢”中和，这两个词中间，我们又看到林肯出身的“平易”，又和他法律职业人的“正直”形成对比。这一行的重心，在我读来，应该在“而”字上：“温和、平易、正直，而[在万不得已时，又]果敢。”[①]下一个形容词不是说林肯，而是说他的手腕，这个词是“小心”，它凸显了他的智慧。这首墓志铭最出乎我们意料的地方是，它不像其他颂扬性质的墓志铭，没有用一个主动的、施予的动词来跟主语。林肯不是“那个……拯救了联邦的人”，惠特曼要是这么写，那林肯成了皇帝了。拯救联邦的人是千千万万赴汤蹈火的士兵，而总统，作为同侪之首（*primus inter pares*），只是他们的一个起督导作用的同伴。这首墓志铭明面上没有提到“士兵”二字；他们的事迹都埋在了“没有被摧垮”这个被动句中。但他们才是联邦的拯救者，才是个体价值的最高代表，甚至在他们领袖的墓志铭中也不例外。这首墓志铭诗有一个非常怪异的句序，它把主语和形容词子句的动词放到了最后：“由这些州组成的联邦得以整全。”但与此同时它又颠倒了常规词序，于是变成了：“整全了由这些州组成的联邦。”[②]这样一来，联邦和它代表的国家利益，被放到了句子最后的最高点，甚至还高过那些捍卫它的英勇行动。在林肯审慎的政治手腕和那些拯救联邦的英雄中间，诗人插进了那让人忌讳的兽行：蓄奴制的长期存在。“奴隶制”此处仅仅是委婉地提及，仿佛它的名字从来不应该污染人类的清听。诗人用了最高级的形容词：“最可耻的罪恶”，而且还用了最大的时空范畴：“任何时候任何地方从未有过的最可耻的罪恶”。

所以，这首墓志铭何以称为诗呢？说到底，它有着曲折回环的句式；在这个三十个词组成的句子里，我们读到了一位历史人物和他性格、职

---

① 这个“而”（and）字，李译并未译出。

② 以上两个短句依作者意思做了改动，与李译有出入。

业、德性和智性的品质；读到了他与联邦军队的关系；读到了士兵们为战争胜利作出的贡献；读到了这胜利带来的影响；也读到了那个古老的蔓
240 延的邪恶的罪行，让总统和他的战士们牺牲自己的生命去反对的罪行。这句式虽然佶屈聱牙，却象征了一种极度的复杂性；这些内容没法自然地整合进一个句子，却又不得不塞进这个句子，因为组成这复杂性的所有元素，彼此都密不可分，必须给予它们相同的地位，而把它们呈现出来。惠特曼对林肯的盖棺定论，强调了他在历史长河中的伟岸身姿，这伟岸源自他性格中的卓越品质；与此同时惠特曼认为，林肯只不过是一个引导者，而服务于一个最终极的事业，那就是联邦的保存。这首墓志铭有古罗马文学的高古简练之风，它情感的深度，主要体现在诗中隐微提及的正义的天平上：天平的一端是那一抔黄土，而另一端是整个联邦的存续，两者具有相同的分量，而那个系词（copula）[1]就是这天平平衡的指针。在这首墓志铭中，诗人不是作为集体发声，不是作为个体代表发声，甚至不是作为独一无二的自己、作为抒情主体发声，他在这里，是以一种滤去情感的状态发声，仿佛是记录历史的天使。这首诗的意义，就是末日审判时历史的声音。作为诗人的惠特曼在这里自我神化，并且自我消隐；这首诗用伊丽莎白·毕肖普的话说，就是“镌刻在金石上的金石之作”。我们甚至可以感觉到，它的每一个字，都被牢牢刻在一块方碑上：这首墓志铭自身就是一块墓碑。那么敢问这世间，还有哪块墓碑承受得起这般分量的墓志铭？

关于这四首诗，还有它们传递的或明或隐的价值观，还有许多可以说的。惠特曼本人见过林肯多次，并且用新闻速写的方式描述过这位总统；但在这从四种不同角度为林肯所作的四首诗中，惠特曼抛弃了历史式的、写实式的风格，转而用象征手法，以更好地体现自己的价值观。这

---

① 此处系词指诗中的“was”（曾经是）。

四首诗每首都有自己美学的载体：无论是兵营中士兵们的集体愿望，还是船上年轻水手悲恸的独白；无论是诗人面对死亡的自我心声，还是不掺杂任何情感的历史论断，每一种方式都提供了不一样的表达的可能性。几首短诗与《紫丁香》相映成趣，也说明了为何后者能达到那样的高度与广度。从这几首诗可以看出，惠特曼在揣摩，当面对如此重大的国家大事时，作为一位美国诗人，应该采取什么样的姿态立场去写作。如果每种角度——集体性的角度、代表性的角度、个人的角度、非个人的角度——都有得写，那么我们不妨认为，诗歌可以以任何方式，传递它想传递的价值观；并且，在每一种角度或方式中，诗人与读者的关系都得以重塑。这四首诗中，最具原创性的那一首得到了更长久的流传，这也告诫我们，当诗人试图代表集体发声，或者试图迎合流行趣味，甚或学习史书的春秋笔法时，都会面临各种各样的风险。只有当公共危机引发诗人灵魂深处的个人危机时——譬如惠特曼的危机，在于思考如何真诚地抒写死亡——只有这时，一首公共诗歌才能获得恒久的艺术价值。

（姜清远 译）

16. “长猪”：伊丽莎白·毕肖普诗歌中异域情调、死亡与奇幻的相互关联

241 我第一次读《在候诊室》时，毕肖普对一具即将被食人族吃掉的男性尸体的描述令我很困惑。人们通常将这首诗的中心意图视为诗人对自我女性身份的探索，因为她在诗中强调，她极不情愿与她的姑姑、《国家地理》上那些部落妇女和她们那恐怖的下垂的乳房，还有她自己的女性名字“伊丽莎白”联系在一起。这位小小年纪的语者在那本杂志上看到的最令人不适的照片，无疑是那张即将被烹煮的人，食人族简单粗暴地将人肉称作“长猪”：

> 一个死人吊挂在杆子上
> ——“长猪”，配图的文字说。[1]

> A dead man slung on a pole
> —“long pig,” the caption said.

显然，小伊丽莎白专注于那本杂志中更具异域风情而且让人起鸡皮疙瘩的细节：她挑出的是火山而不是稻田，是裸体的黑人妇女而不是穿着衣服的白人或亚洲妇女，是一顿“长猪”肉而不是野猪肉。这些令人不安

的景象和诗中语者之间的联系，若是放在热带场景中的白人探险家奥萨和马丁·约翰逊那里，还算相对“正常”。不过，在诗的中间插入“长猪”，还有在诗的结尾插入“那场战争”（之前从未提及），这种写法表明，即使是在一首聚焦女性性倾向和脆弱性的诗中，毕肖普也必须纳入文化残暴的终极事实——食人族猎食人类同族的行为，以及现当代与其对等的行为，现代战争。

然而，那张“长猪”照片不仅仅是表现残忍和死亡的一个例子。它
也是，或许主要是，奇幻的一个例子——我这么说，是指它是一个隐喻， 242
以自身的牵强引起人们对它的关注。“长猪”把毕肖普那种对文化差异根深蒂固的迷恋插入诗中，而后面提到的战争却无此作用。她的诗中有许多对那种奇幻所做的不偏不倚的展示——例如《旅行的问题》中那些手工制作的木屐，每一只都有不同的调子。但是在这里，我想指出是，毕肖普诗中的这种奇幻，不仅与异域情调有关，而且还与一个病态或垂死之物相关。换言之，就是在她的诗歌中，诸如“长猪”等看似最无足轻重的细节，常常服务于一种难以抑制的冲动，有了这种冲动，异域情调、想象中的奇幻事物，以及那死亡的、病态的或残缺的东西，便糅合为一种复杂的情结。

体现这种情结的最极端的一个例子出现在《粉红狗》中，因为想象中的那只毛发全无、满身疥疮的巴西母狗极为奇幻，扮相古怪，穿着狂欢节服装戴着面具：

你没有发狂：你是得了疥疮……

现在听我说，务实明智的

解决办法就是穿上一身奇装。

今晚你可担待不起做一个
碍眼之物。不过谁又会见过

一只戴面具的狗,在一年中的这个时节。

(190–191)

You are not mad: you have a case of scabies. . . .

Now look, the practical, the sensible

solution is to wear a *fantasía*.
Tonight you simply can't afford to be a-
n eyesore. But no one will ever see a

dog in *máscara* this time of year.

正如一具人类尸体被隐喻性地视为"长猪",一度脱离了现实,这只粉红狗也将因为一身奇装异服的伪装而一度摆脱被杀死的命运。在这两种情况下,遥远的异域情调、充满奇幻想象的事物以及死亡(就那只狗而言,是死亡威胁)同时出现在一个单一的意象中。《在候诊室》将那个三合一的意象("长猪")埋藏在诗的中间,而《粉红狗》则将那只戴面具的狗的意象置于高潮位置,诗的结尾。

我相信毕肖普是迫不得已才一次又一次创造或采用这样的意象:仅有异域情调,或者仅有奇幻,甚至是异域情调和奇幻的结合,都不足以表达她感受力中的这种复杂情结。死亡,或者是与之对等的残缺或幽冥之物,必须融入异域情调和奇幻色彩,如此这种情结才完整无缺。

我在毕肖普作品中发现,最早展现这种三合一情结的例子,是能
够摧毁田园诗般景色的一道海浪。然而,这首写于 1929 年、关于性诱 243
惑的《海浪》(217),却阻止了这种结合的发生。它允许家里的房间既有异域情调又充满奇幻色彩,但拒绝了性爱自我毁灭的威胁,“完全沉浸”在性体验这道有威胁力的“海浪”中。《海浪》开场便是一幕波德莱尔式的异域色情场景:“多么静穆,多么刺目的光呀!/泡沫闪耀着迷人的金光。”那道危险的紧逼而来的海浪,在空中盘旋,化身为一系列奇幻的比喻:它的“头盔”升起,它是一只“发光的鸟”,一个“奇迹”。诗中的语者只要对“我们”的另一半微微做出一个色情手势,海浪就会跌落在地:

……手的
一个示意,
或心跳
微微加速,
它便会跌落
再无他物
能让海陆保持分离。

. . . the motion
Of a hand,
A tiny quickening
Of the heart,
And it will fall
And nothing more
Can keep the sea and land apart.

然而，没有同意的手势做出，海浪只有退去，原路折回，沉闷地退入大海。“我们太过无邪和英明，／我们相视而笑。”

事实上，在作于 1933 年的诗歌《洪水》(220) 中，允许发生了一场不可思议的水下溺亡，但是异域情调，还有任何对死亡的处理，都缺席不见了。洪水被处理为一种区域性的、众所周知的现象，发生在那个熟悉的新英格兰小镇，而小镇只是在洪水过后才因其活跃的水下存在而变得很奇幻：

慢慢进入流动的街道
　汽车和手推车，瞪大眼睛，
珐琅般透亮，像张着嘴的鱼，
　顺着郊区的潮水漂回家。

And slowly down the fluid streets
　the cars and trolleys, goggle-eyed,
enamelled bright like gaping fish,
　drift home on the suburban tide.

简言之，在这首诗中，毕肖普驯服了洪水，允许出现奇幻之景，但绝不允许出现任何实际的毁灭。

死亡、异域情调和奇幻这种三合一情结首次得到充分展现，是在十分苦恼、具有巴洛克风格的《为眼睛作的三节十四行诗》里，这首诗同样创作于 1933 年。诗一开场，毕肖普就把活生生的眼窝想象成海盆，在这个海盆中，幻觉会消失，就像退去的潮水，但随后会补全自己。在三节十
244 四行诗的最后一节中，这个状态稳定、潮水有涨有落的宇宙被摧毁了。最后一节十四行诗里充满异域情调的地方是墓地，眼睛真的死了，梦幻

般的景象以超现实的意象展现出来，眼睛作为有机的机器，在眼窝中发生爆炸，机能失常，消失不见：

我会要么站在你的上方，要么凝视
你墓石上摹刻的天使的眼睛。
……
　　　　　　　　　　　　我会
茫茫然看一眼那些最整洁的骨头窝，
从那儿钢丝螺旋弹簧已飙出，飞轮飞逸。

（224）

Either above thee or thy gravestone's graven angel
Eyes I'll stand and stare.
.....
　　　　　　　　　　　　　　　　　　　　I'll
Look in lost upon those neatest nests of bone
Where steel-coiled springs have lashed out, fly-wheels flown.

毕肖普会记住“飞逸”这个词，并在《在渔屋》中再次使用它作为诗的结尾。

尽管异域情调、奇幻和死亡合成的情结并未自然而然出现在毕肖普所有诗作中，但它确实经常出现，足以引起人们的注意。举一个晚些时候的诗作为例，在《三月末》中，有异域气息的是天空，被神奇的狮子太阳占据；在回到天空之前，狮子太阳下到海滩，在那里留下了壮观的爪印。诗中的“死”物是一团漂浮的白色细线，毕肖普和同伴们在潮位线上看到那团线，但诗人把它变成了一个奇幻的幽灵：

> 乱糟糟一大团白线，人般大小，被海水漫过，
> 在每一个浪头升起，一个湿淋淋的鬼魂，
> 退落，透湿，放弃魂魄死了……
> 风筝线？——可是不见风筝。

(179)

> a thick white snarl, man-size, awash,
> rising on every wave, a sodden ghost,
> falling back, sodden, giving up the ghost. . . .
> A kite string? —But no kite.

直到《三月末》的最后一刻，奇幻的僵死的线团才与异域的太阳联系起来，一个狮子太阳，“兴许把风筝从天上扯下来玩耍”。一种哈代式的漫不经心，服从天命，用风筝自娱自乐，却“在杀死”风筝和风筝线，让这首诗颇具讽刺意味。

对毕肖普来说，这三者——异域情调、奇幻和死亡——的密切关系，在某种程度上似乎可以用死亡本身的神秘性来解释。死亡本身就是最具异域特质的目的地，因为它是一个未被发掘的国度，还没有哪个旅行
245 者从它的地界回来过，它为自身和周遭创造了最奇特的类比。在诗人早期的经典诗作中，这种情结就表露在想象奇特的冰山上，冰山好比“云岩”，“像来自墓中的珠宝”，只装饰它自己（《想象的冰山》，4）；在毕肖普摘用费利西娅·赫门兹[1]的《尼罗河上的卡萨比安卡》（“少年站在燃烧的甲板上，/除了他，所有人都落荒而逃”）首句的那首诗作中，这种融合也很明显。毕肖普描绘的“此时这艘不幸的船正在烈焰中沉没”的动人画面，将爱、死亡和奇幻三个特征聚合在一起：

---

① 费利西娅·赫门兹（Felicia Hemans，1793-1835），英国女诗人。

爱就是那个倔强的少年，是那艘船，
甚至是那些游泳的水兵……
　　　　　　爱，就是那个燃烧的少年。

（《尼罗河上的卡萨比安卡》，5）

Love's the obstinate boy, the ship,
even the swimming sailors. . . .
　　　　　　And love's the burning boy.

尼罗河使这一场景满蕴异域情调，倍增的爱欲则让它充满奇幻色彩；那个燃烧的少年，就像索斯韦尔[①]笔下那个“燃烧的宝贝”，把这幕场景绘画般定格在死亡的瞬间。

在《在韦尔弗利特涉水》（7）中，如果用慢镜头来细看，这种情结也出现在下面这个奇幻的比喻中：科德角的波浪被比作亚述人的刀轮战车。然而，大海“尚未开始行动”，针对涉水者胫骨的破坏力没有发挥出来，因此，虽然有威胁，实际的死亡却被回避，处理方式类似《海浪》。同样，在《夏洛特的绅士》中，那个奇幻的半边人——“如果镜子滑落／他便会遇上麻烦——／比如只有一条腿”（9–10）——预期中的毁灭被遏止，他仍然有望在镜子国这样的异乡生活。人蛾住在有异域气息的地下王国，他也知道，自己基因里有一种对自杀不变的渴望，但他不忍直面。梦中，乘火车穿过隧道时，

　　　　　　他不敢望向窗外，
因为第三根铁轨，那股源源不断的毒气，

① 即罗伯特·索斯韦尔（Robert Southwell，1561–1595），英国天主教耶稣会的牧师，诗人。

就奔逐在他身旁。他把它视为一种疾病，
自己有遗传基因极易感染。他必须保持
双手插在口袋里，正如别人必须裹着围巾。

（《人蛾》，15）

He does not dare look out the window,
for the third rail, the unbroken draught of poison,
runs there beside him. He regards it as a disease
he has inherited the susceptibility to. He has to keep
his hands in his pockets, as others must wear mufflers.

无机的第三根轨道，被奇幻地比作一种有机的遗传性疾病，帮助有
246 异域气息的地下王国、死亡威胁和奇幻的人蛾完成了三合一的结合；不过，最坏的情况还是被避开了。如果人蛾把手从口袋里拿出来，他会用手来做什么？他可能不是去自杀而是去谋杀了。后期的诗作《克鲁索在英国》允许双手同时在现实和梦境中完成它们致命的工作。现实中，克鲁索的手奇幻地把一只山羊羔子染成鲜红的颜色，“只是为了看看/有什么不同。/然后它母亲就认不出它了”。（165）对于那只未被认出随后便得不到喂养的山羊羔子，“染色”导致了“死亡”。在克鲁索的梦中，手干的坏事还更严重：“我会梦到一些事情，/比如割开婴儿的喉咙，将婴儿误认为/一只山羊羔子。”（165）

这两种处理死亡的奇幻行为——一个是现实中的，另一个是梦中的，它们在笛福原著中并未出现——但毕肖普把它们插入鲁滨逊·克鲁索漂泊在异国小岛上这个故事之中，是为了允许她的三合一情结充分发挥想象力。我们可以看到，《克鲁索在英国》中那个非常迷人却又难以言喻的染色谋杀现场，她也是花了好长时间才“悄然而至”，然后才将其

娓娓道来。在随后的《两千多幅插图和一套完整的索引》中，出现了类似的延宕。先是“测试版”的情结，接着是完整版的情结。在这首诗中，异域情调首先出现(“世界七大奇迹…… / 那个蹲伏着的阿拉伯人”)，紧接着是一个手势——没有奇幻修饰——指向死亡(“那**坟**，那**坑**，那**石棺**”〔57〕)。我把后面这些东西称为现实之物，因为它们仍保留在旅游指南的陈词滥调里：它们还没有在诗人的想象中被内化。

当这首诗讲到墨西哥时，我们发现了这个情结的“测试版”，其中“死”这个词在被用来形容人之后，立即就被火山后面的谓语“压制了”：

在墨西哥，那个死人躺在
蓝色的拱廊中；那些死火山
像复活节的百合花一样闪闪发亮。

(58)

In Mexico the dead man lay
in a blue arcade; the dead volcanoes
glistened like Easter lilies.

奇幻之处就出现在把火山比作复活节的百合花这样一个不太可能的比喻中，百合花这个意象令人联想到复活，可以抵消掉拱廊里那具令人不安的死尸。因为改道去了马拉喀什的女同妓院，这个“异域情调-奇幻-死亡”三合一情结又一次出现延宕，直到最后，它的完整版才终于呈现，使得前面那个漫不经心的游人所提及的“那坟、那坑、那石棺”变成了现实之景。语者看明白了“何物最为吓人”。那是一个坟墓，一个“圣”墓。奇怪的是，它位于沙漠之中，顶上有个石头华盖。但它并不是独一无二 247
的——不是“那个石棺”——它只是众多坟墓中的一个，看起来也不是

“特别神圣”。异域情调和（令人失望的）阴森的坟墓气息现在已经有了，是时候让奇幻出场了，它也确实出现了，带来了那个出人意料的类比——把坟墓或墓石上的铭文比作颜色发黄的牛齿。真实存在的坟墓（我们记得它最早出现在《纪念碑》这首诗中，纪念碑内可能有也可能没有“艺术家亲王的骸骨”〔25〕）在这里情况略好一些，没有那种阴森气息，它变成了被盗的坟墓：可能有人劫走了墓中的尸体，“那里面曾经躺着可怜的先知帕尼姆”。在此终于听到了毕肖普那被迫发出的由异域情调、死亡和奇幻组成的三连音：

一个敞开的、粗砺的大理石石棺，刻满
劝诫文字，颜色发黄，
如散落的牛齿；
里面半是尘土，甚至不是那种尘土，
那里面曾经躺着可怜的先知帕尼姆。

（58）

An open, gritty, marble trough, carved solid
with exhortation, yellowed
as scattered cattle-teeth;
half-filled with dust, not even the dust
of the poor prophet paynim who once lay there.

这个情结——一个充满异域气息的地方，一具尸体，一记入得奇幻的飞跃——为何如此频繁出现在毕肖普想象的远足之行中？提这个问题的另一种方式是去问：这个必须有的三合一情结的对立面是什么？它有解药吗？有镇它的辟邪之物？那东西肯定不会有异域情调，而是人所熟悉的，与一些不是死气沉沉而是充满生命力的东西结合在一起，用一种不是奇幻而是自然的隐喻来表达。我们在《两千多幅插图和一套完整的索引》的动人画面中看到了这种解药，诗歌也随之抵达渴望的终点：

为何我们在现场却看不见
那幕古老的耶稣降生场景？
——黑暗微开，岩石碎裂，光乍现，
一簇不受干扰、不随息而动的火焰，
无色，亦无火花，自由吞噬着秸秆，
以及内心安宁、有宠物做伴的一家人……

（58–59）

Why couldn't we have seen
this old Nativity while we were at it?
—the dark ajar, the rocks breaking with light,
an undisturbed, unbreathing flame,
colorless, sparkless, freely fed on straw,
and, lulled within, a family with pets. . . .

空空的“圣墓”被有人的圣穴镇邪避煞；异域情调的阿拉伯被熟悉的基督教小镇伯利恒降妖除魔；牛和驴作为家养宠物的舒适存在，驱除了散落牛齿所表达的死亡幻想。这种驱魔是通过一种特殊的启灵形式来实现的，一个古老而又自然的比喻——光和火焰。这种奇迹般的火焰，可 248
以代替躺在稻草上的圣婴形象，也可以代替索斯韦尔笔下的“燃烧的婴儿”，它自岩石中迸发而出，无色，亦无火花，以稻草为滋养物，既不受周遭躁动环境的干扰，也不仰赖呼吸去延续自身的活力。毕肖普那不受干扰、不随息而动的火焰，其先祖可能是叶芝《拜占庭》中的净化之火：

午夜，轻舞在君王御道上的火焰，
无柴薪哺喂，亦非钢铁点燃，
风暴不扰，自生自燃，
不受生的精灵来了，
烧去所有纷杂的怒气，
使其渐渐入定
化为一段狂舞，
化为一蓬无法焦灼衣袖的烈焰。[2]

At midnight on the Emperor's pavement flit
Flames that no faggot feeds, nor steel has lit,
Nor storm disturbs, flames begotten of flame,
Where unbegotten spirits come
And all complexities of fury leave,
Dying into a trance
An agony of dance,
An agony of flame that cannot singe a sleeve.

这个“否定神学”是用减法来定义的，叶芝使用的句式是“no. . . nor. . . nor. . . un. . . cannot”（“无……亦非……不……不……无法”），到了毕肖普这里，它则以“un. . . ，un. . . less，. . . less. . . ”（“不……不……无……无”）的形式再现。两段诗写了这样一个共同的主题，它可以被喂养却不受干扰，两段诗都把这种品质归因于火焰。

熟悉、赋予生命、家常的三合一，光明、积极、“正常”，以基督降生的形式出现，被想象成“有宠物做伴的一家人”，与这个异域情调、死亡和奇幻的三合一形成鲜明对比，并揭示出毕肖普这个黑暗的、被逼出来的情结源出何处。何以生的画面代替了死亡，家庭场景代替了异域情调，这与毕肖普的孤儿状态，以及她从马萨诸塞州到新斯科舍省再回到马萨诸塞州的那种颠沛流离的人生经历截然相反，但人们至少可以解释其中的部分原由。奇幻可就不太好解释了。当然，奇幻只是隐喻性质的，有某种程度的表现癖在里面。然而，这种表现癖与毕肖普那种平铺直叙的语调和谦虚的自我展示却奇怪地结合在了一起。一开始人们可能会猜测，奇幻对于毕肖普来说只是审美领域的一个象征符号。然而，她又常常把艺术再现成与已知事物的一种慰藉性相遇（如《地图》或《诗》中），或是再现成一种赋予生命或珍视生命的形式（《纪念碑》），或是一种解决矛盾的“水分过多、令人眼花的辩证法”（如《桑塔伦》），而不是表现为与奇异发生的一种令人不安的对峙。

那么，奇幻必须是美学体系当中一个特殊的亚类型。艺术被表现为一场进入奇幻的远游，那是因为诗人一直在逃避艺术对心灵所有的坚持 249
不懈的要求。诗人“睡在天花板上”时，她的心态是平和的，但可以感觉到，这种平和是为了避免遭遇她心底那些无意识之恶魔：

我们必须去到墙纸下面
去会会那个昆虫角斗士，
去与网和三叉戟较量一番，
然后离开喷泉和广场。
但是啊，要是我们可以睡在那上面……

（29）

We must go under the wallpaper
to meet the insect-gladiator,
to battle with a net and trident,
and leave the fountain and the square.

But oh, that we could sleep up there....

诗人内心的那些恶魔，当她怀疑自己对抗它们的力量时，就会表现为一个昆虫角斗士这样一个奇奇怪怪的形式，当人怀疑自己对抗它的力量时，它就在墙纸下面等候着。《粉红狗》展示了同样的活力：我们发现，毕肖普的恶魔掩盖在华服和面具里，就像一只全身长满疥疮的母狗，抛弃了自己的孩子；在其他地方，那些恶魔装饰着沙漠的坟墓，它们就是发黄的劝诫文字，像散落的牛齿一样。仍是在其他地方，在《桑塔伦》[1]中，毕肖普的焦虑生出了那个被另一位旅行者认为"丑陋"的空空的黄蜂巢，而不是挤满蜜蜂的传统蜂巢。在《三月末》中，一长串毫无意义的白色细绳取代了原本应该是一根能让风筝高飞的细绳；在《去糕饼店》中，诗人内心的恶魔玷污了无辜的糕饼，使它们看起来病入膏肓：

圆圆的蛋糕们看似就要晕倒——
每一个都翻出呆滞的白眼。
黏糊糊的馅饼又红又肿……

　　　　那一条条面包
像黄热病患者一样躺着
摆放在一间拥挤的病房里。

(151)

the round cakes look about to faint—
each turns up a glazed white eye.

① 此处原文"Arrival at Santos"系文德勒记忆有误。

The gooey tarts are red and sore. . . .

　　　　　　　　the loaves of bread
lie like yellow-fever victims
laid out in a crowded ward.

创造出这样一个由蛋糕、馅饼和面包组成的奇幻的发热病房,其背后的
焦虑表明,仅仅看到一些异域情调的东西——在这种情况下是陌生的巴
西糕点——对毕肖普而言,就是一种特别大的刺激,会引发她对遗弃、疾
病和失败的种种最原始的被压抑的恐惧。简言之,一首诗越是逃避对
抗,就越有可能把艺术表现为一种怪诞的奇幻之物。由于一个陌生的景 250
象出乎意料地激起了她内心深处的波澜,毕肖普十分重视这种异域情
调,将其视为自我发现和写作的“前厅”;由于这个景象激起了她心中原
始的反抗和焦虑,异域情调便将她带到了死亡和奇异的奇幻结合处。

即使死亡、异域情调和奇幻的三合一情结被压制,也会让学会识别它的眼睛为之一亮。位于新斯科舍的外祖母的房子,是毕肖普这个新英格兰孩子的第一个具有异域情调的地方:她从小就不认为自己的命运会永远留在格雷特村;更确切地说,她知道自己的命运在马萨诸塞州(因为她迁移到那里,她在胡桃山学校〔Walnut Hill School〕就读,都证明了这一点)。在《六节诗》中,那个没名没姓、没有亲人的孩子不断画着缺失的父母一代——她画的不是“有宠物做伴的一家人”,而是一个没有配偶的“纽扣像泪珠的男人”(母亲被完全压抑在一个未被承认的“死亡”中)。神奇的年历把自己的小月亮一个个扔进孩子的花坛,外祖母超现实的茶杯里满是深褐色的眼泪,这些都增加了神秘元素,因为儿童时期的伊丽莎白——谁怀疑她就是那个无名无姓的孩子?——会与双亲缺失这个恶魔(诗中没有解释,但我们从传记中得知这与她父亲的死

和母亲的疯有关）作斗争。异域情调，死亡，奇幻：它们即使在《六节诗》中以温和的形式结合在一起，也还是像细胞一样，自身携带着为对方量身定制的受体。

在它们更为暴力的结合形式中，比如在《一五〇二年一月一日，巴西》，异域场所换成了征服者的竞技场，死亡换成了“武装人员”（*L'Homme Armé*），奇幻换成了充满色情意味的原罪风景挂毯，织图上一只雌性蜥蜴被四只雄性蜥蜴盯得发情：

> 这些蜥蜴几乎窒息：眼睛全部
> 盯着那只体型较小的雌蜥蜴，她倒退，
> 那条邪恶的尾巴竖直并向上翻，
> 通红，如烧红的铁丝。
>
> （92）

> The lizards scarcely breathe: all eyes
> are on the smaller, female one, back-to,
> her wicked tail straight up and over,
> red as a red-hot wire.

这个恶魔般的形象，将原罪与动物的欲望等同起来，让我们为最后的暴力做好准备，于是“基督徒，像坚钉一样”，“攻入悬挂的织物”，“攻入”换掉了未说出口的“强奸”，因为基督徒们每个人都“为自己逮了一个印第安人——／那些不断呼喊的令人恼火的小妇人”。（92）充满异域情调
251 的场所，与死神打交道的武装人员，以及奇幻的原罪象征形象，让毕肖普这首最严厉的关于文化遭遇战和残酷的原始情欲的诗歌充分调动起来。

毕肖普甚至需要把熟悉的东西转化成异域情调，以激发出写作状

态。或者更确切地说,熟悉的场景或对象,必须以陌生的一面出现,否则它就产生不了诗句。《新斯科舍的第一场死亡》中客厅变得有异域情调,因为冻僵的红眼潜鸟和亚瑟结霜的棺材恰巧同时出现;即使是一条普通的鱼,也会因为它的五个挂在唇上的鱼钩和鱼线而变得奇幻;熟悉的大西洋海岸线在《在渔屋》中被渲染得充满异域色彩,因为它逐渐被涂成均匀的银色;大西洋本身也变得奇幻,因为它被认为是类似于知识,又咸又辣;在大西洋里,完全沉浸就意味着凡人必死。异域情调产生奇幻,奇幻产生死亡,又或是异域情调产生死亡,死亡产生奇幻,直到三合一的工作全部完成。

在某些诗歌中,这三要素之间的那种非自愿相互吸引的磁力被破坏了,不是因为像在《海浪》或《洪水》中回避了其中一个,而是因为诗人勇敢去审视诗歌中明显存在的一种焦虑。这类诗中最杰出的一首是《在渔屋》,正如我所说的,它把熟悉的岸边景色变得具有异域色彩,一笔一笔用无所不在的银色将其覆盖。尽管这首诗顺便勾勒了一个小小的死亡幻象——据说生锈的绞盘上有“干血的颜色”,但它的两个主要奇幻意象(由介绍性的省略号加以强调)是那只海豹和冷杉树林,它们都被当作精神的安歇之地,可以抚慰焦虑,都用来避开危险,不让穿过斜坡进入冰冷的水中。已经浸没的海豹不怕水;冷杉是静止的,不会动,因此不会有危险。有两次,大西洋的音调过早地响起——“凛冽,幽暗,深沉,绝对清晰”——但两次都是语者匆匆离开,先是去冥想海豹,后是去冥想冷杉树。最后,大西洋的音调被解放成无阻碍的存在:“幽暗,咸涩,清澈,涌动,完全自由。”这是死亡的音调,因为水是“凡人无法承受的自然环境”。但是毕肖普没有像《海浪》中那个年轻的语者那样远离海洋,或者,不再像《洪水》中那样假装一种其他形式的生命可以在水下生存,而是鼓起勇气去面对大海,因为她已经知道自己“信奉完全沉浸”。她完全承认大海的苦涩、灼辣和冷漠,以及她在大海面前的恐惧。但是,当

她最终展示海洋时,海洋不仅给了我们最终的死亡,也给了我们一种临
252 时营养,它“源自岩石乳房,永远流淌着,被万物吸取”。大海以必需的乳汁哺育我们;承认必需和现实——我们自愿从那些“岩石乳房”中“吸取”营养,这是生的方式,而非死的方式。要获得“完全的自由”,就必须站在死亡的对立面,尽管自由的知识在流动,却也终将流逝。毕肖普把流逝(flown-ness)视为流动(flowing-ness)的一部分,从而驱除了对死亡的恐惧,驱散了她对自己身上的恶魔的焦虑,使得充满异域情调的银色海岸和具有奇幻色彩的燃烧的潮水无法进行盛大的结合。她是在意识到早先的三合一是被迫的带有非自愿性质之后,才这样做的。一旦她有意识地、自觉地把它的组成要素拆开,将它们彼此分开,她就可以像在《在渔屋》中那样,清晰地描绘出她所面对和要克服的哀伤焦虑,自愿地、庄严地把它们结合在一起。

在毕肖普的诗中,这种“非自愿的”结合还有一些,比如家常与陌生的结合,或是可知与不可知的结合。不管是哪种情况,总而言之,倘若诗中那些在心理上“不可避免的”磁力得到这般认定,被分开,被仔细检查,然后在美学上重新结合起来,这样的诗,就是最优秀的诗歌。异域情调对毕肖普诗歌的重大贡献已经得到充分认可,在此我只补充一点,它与毕肖普艺术的另外两个重要组成部分——死亡和奇幻,经常表现得密不可分。她的艺术需要异域情调的磨砺和奇幻的许可,方能揭露她内心最可怕的恐惧。在其死后发表的《埃德加·爱伦·坡与自动点唱机》中,我们发现毕肖普在称赞爱伦·坡——鉴赏异域情调、奇幻和死亡的大行家,因为他“精确”。在这首诗中,艺术家坡是反对自动点唱机那种性机械的现代性的。毕肖普一定是感觉到了,如果不想成为自己身上那些强迫性冲动的俘虏,她就必须像爱伦·坡一样,对它们进行精确描述。

(程佳 译)

17. 史蒂文斯和济慈的《秋颂》：重新激活过去

在漫长的诗歌人生中，史蒂文斯频频回到济慈的《秋颂》。这提供 253
了经典的历史案例，证明现代艺术家如何重新利用过去的文学素材。在现代视觉艺术，尤其是绘画和雕塑领域，我们对此已习以为常。贡布里希指出，艺术家再造的，不是他们所见之物，而是他们所见之物和其心灵中某一个先在图式的混合体。对于史蒂文斯，济慈的《秋颂》提供了不可抗拒的先在范本；这首诗反复回荡于史蒂文斯的玄思。在我看来，史蒂文斯是这首诗的最好读者，是其丰富内涵最细致的阐释者。借助史蒂文斯诗句的折射来阅读《秋颂》，无疑会加深我们对其潜在意义的理解。与此同时，从史蒂文斯对《秋颂》的偏离之处，或许可以管窥他对其立场的含蓄批判。

一个现代艺术品可能以多种不同的方式评价先前的艺术品。在《思想录》中，史蒂文斯认为诗歌这门艺术包含了两类不同的“诗歌”：观念的诗歌和语词的诗歌。[1]此前，我对史蒂文斯的评论，主要集中在语词的诗歌，在此，我想转到观念的诗歌。史蒂文斯说过，上帝的观念是诗歌的观念。这句话很有启发。看起来，自从写完《隐喻的动机》，他就认为季节轮回的观念也是诗歌观念，因为它体现了诗歌中“变化的喜悦”（隐喻的动机）在自然中的对位：

你喜欢它,在秋日的树下,
因为一切都是半死不活……
254 同样,你欣喜于春日,
四分之一事物的一半颜色。

(257)

You like it under the trees in autumn,
Because everything is half dead...
In the same way, you were happy in spring,
With half colors of quarter-things.

季节观念虽然在抒情诗中历来存在,但是,通过这首关于人类四季的十四行诗和其他的颂歌,这种观念似乎以济慈为中介传给了史蒂文斯。在评论一种公认的美学形式时,史蒂文斯这样的艺术家可以采取不同的途径,正如哈罗德·布鲁姆在《影响的焦虑》中所示。诗人可以挑明隐含的“意义”;可以详细推断某些可能;可以选择细节大做文章;可以改变观察的视角;可以改变观察的时间。我们熟悉这些策略在绘画中的运用,古典绘画之后的所有流派,无不采取这些手段加以拓展和批判,但是,在我们看来,最明显的莫过于我们世纪对古典绘画所做的极端戏剧性实验。正如塞尚是现代画家,史蒂文斯是现代诗人,他保持了继承的艺术形态,在素材的处理方面和古典诗人一样,毫不稀奇古怪,而是停留在西方艺术的核心传统中。史蒂文斯的“摹本”没有忘记伟大的原本;但我们在追随史蒂文斯对“秋颂”这一素材的反复实验之后,可能看到现代的创意如何逐渐宣示自己,尽管同时在有意召唤前贤的原本。

史蒂文斯的许多诗歌中都能看见济慈《秋颂》的身影,这是显而易见的。《秋颂》在史蒂文斯笔下最重要的派生时刻是《星期天早晨》的结尾：

我们活在一场古老太阳的混乱里，
或是昼与夜的古老属地，
或是孤独之岛，无人担保，自由，
属于那片宽大的水域，无从逃遁。
鹿在我们的山上行走，而鹌鹑
在我们周围吹响它们自发的啼鸣；
甘甜的浆果在荒野里成熟；
而，在天空的孤绝里，
在傍晚，不经意的群鸽做出
暧昧的波动，当它们沉落，
直下黑暗，乘着伸展的翅膀。（陈东飚 译）

(56)

We live in an old chaos of the sun,
Or old dependency of day and night,
Or island solitude, unsponsored, free,
Of that wide water, inescapable.
Deer walk upon our mountains, and the quail
Whistle about us their spontaneous cries;
Sweet berries ripen in the wilderness;
And, in the isolation of the sky,
At evening, casual flocks of pigeons make
Ambiguous undulations as they sink,
Downward to darkness, on extended wings.

255 在《夏日的凭证》和《秋天的极光》中，史蒂文斯又创作了《秋颂》的两幅“画板”。此后，在史蒂文斯笔下，《秋颂》的片段出现得越来越少，但是熟悉《秋颂》的读者会在史蒂文斯的诗歌中辨认出复制于济慈的意象，如果实、成熟的女性、村舍（变形成了美国的小木屋）、玉米地（变形成了美国的干草地）、风、沉默或嘈杂的鸟儿、麦茬田野（只剩草茎或疏草）、云和蜜蜂。我们往往是断断续续地辨认出是济慈的回声；但是，如果把《秋颂》记在心中，再通读史蒂文斯的诗歌，我们立刻就会洞明，正如史蒂文斯看到，《猫头鹰的快乐生活》中的那个坛子（“世界尽头的垃圾罐”）布满光：

……那坛子上，两道光交汇，
不像是早上交汇的日光和月光，
也不像是秋日午后的
夏光和冬光，而是两道巨大
倒影，不断旋转，相隔遥远。

（156）

. . . Above that urn two lights
Commingle, not like the commingling of sun and moon
At dawn, nor of summer-light and winter-light
In an autumn afternoon, but two immense
Reflections, whirling apart and wide away.

《星期天早晨》的结尾是对济慈《秋颂》结尾的重写；一个年轻诗人甘冒令人不齿的抄袭之嫌，表明这两首诗有着深刻的联系。它们的相似性常常有人提及。济慈和史蒂文斯都运用了连串包含动物意象的诗句（济慈笔下的蚊虫、羊羔、蟋蟀、红胸鸟、燕子；史蒂文斯笔下的雄鹿、鹌鹑、鸽子）；两首诗的结尾都有飞鸟（济慈笔下的燕群，史蒂文斯笔下的鸽群）和声音（鸟声）；济慈笔下温柔消逝的白日变成了史蒂文斯笔下降临的夜晚。不像济慈，史蒂文斯的立场不是源于宗教诗歌、令美国诗人感到珍贵的说教和教条。但是，作为现代诗人的史蒂文斯提供的不是一个教条而是诸多真理中的一个选择：我们的生活，（1）要么在混乱之中，（2）要么在相互依靠的系统中，（3）要么在孤独的状态，这种孤独状态，（3a）可能视为（"无人担保的"）孤单，（3b）可能视为（"自由的"）解放，但是，无论在哪种情况，都无可逃避。在这段容许有真理选项的诗节之后，是一段描写鹿、鹌鹑、草莓和鸽子（这些象征荒野的意象取代了济慈笔下象征家园的意象）的诗节。在这个诗节中，真理的选项得到暗示，只不过最终悬而未决。鹌鹑"自发"的啼鸣，这里的"自发"（spontaneous）让我们想起"无人担保"（unsponsored）的孤单；鸽子在"孤绝"的天空中飞翔，"孤绝"（isolation）在词源上如同我们孤独之"岛"（island）；从拼写法上看，太阳的"混乱"（chaos）让人联想到"不经意"（casual）的鸽群。最后，正如史蒂文斯笔下的鸽群 256
在空中刻下转瞬即逝的文字，它们的文字（在追求意义的诗人眼中）不过是暧昧的波动，真理的选择消融在神秘中。但是，尽管形而上的确定性不可获得，人生必朽这一真理是清晰的。最后的动作，无论是否可以定义为混乱、依靠、孤独、自由或无人担保，都是"直下黑暗"。在那样的结尾中，迷茫的人生终曲是确定的，死亡是唯一确定的东西，不受形而上的怀疑论侵扰。与在秋日万物的大合唱中休憩的济慈不同，史蒂文斯——尽管接受了济慈的主要比喻和意象，表明他对周围场景的丰盈并非无感——让笔下风景的意义要明确依赖于对形而上真理的暗示。

济慈笔下的诗意含蓄唯美，珠玉在前，当面对史蒂文斯笔下貌似粗糙的场景时，我们恐怕会不由自主地想后退，因为史蒂文斯在可见的场面上点缀了不可见的追问：混乱？依赖？孤独？无人担保？自由？孤绝？不经意？暧昧？节奏的威逼强迫纯洁的风景上演一出史蒂文斯式的节节败退：

而，在天空的孤绝里，
在傍晚，不经意的群群鸽子做出
暧昧的波动，当它们沉落，
直下黑暗，乘着伸展的翅膀。

And,
in the isolation of the sky,
at evening,
casual flocks of pigeons make
Ambiguous undulations as they sink,
Downward to darkness,
on extended wings.

当然，史蒂文斯最后一个从句化用了济慈描写河边柳丛里蚊虫的诗句：

在河边柳树丛中，随着微风
来而又去，蚊虫升起又沉落；（屠岸 译）

aloft / or / sinking — borne — as the light wind — lives / or / dies.

borne aloft or sinking as the light wind lives or dies.

不过，济慈对于随意性的模仿，在史蒂文斯笔下，变成了对谢绝的模仿。在书写了蚊虫之后，济慈仍旧制止那样明显的风格对等：

长大的羔羊在山边鸣叫得响亮；
　篱边的蟋蟀在歌唱；红胸的知更
从菜园发出百啭千鸣的高声， 257
　群飞的燕子在空中呢喃话多。（屠岸 译）

And full-grown lambs loud bleat from hilly bourn;
　Hedge-crickets sing; and now with treble soft
The red-breast whistles from a garden-croft;
　And gathering swallows twitter in the skies.

这些从句是史蒂文斯早期诗作模仿的对象，诸如《鹿走在我们的山中》，只不过史蒂文斯倒转了济慈的修辞秩序。济慈先用了一个长句描写蚊虫，然后用了短句，逐渐把范围缩小到“篱边的蟋蟀在歌唱”，最后再把范围扩大出去，结束了这首诗歌。与之不同，史蒂文斯先用了短句，最后才接一个长句。结果，尽管在高潮处的力量增强，传递出明显的感伤，但在精神的坚韧和观点的审慎方面有些损失。济慈的感伤（在小小的蚊虫身上最能感受，它们在微风中一起悲吟；在羔羊的鸣叫中虽时断时续，却仍然可闻；但在结尾处呢喃的燕子那里，感伤几乎完全绝迹）以持续弱化的力量抵达我们，相反，他承认秋日音乐的独立价值，没有影射即将消逝的秋天。与之对照的是，史蒂文斯的感伤在结束时的几行诗里最为明显。总之，史蒂文斯借用了济慈的修辞手法——成群的动物，从句的类型，语词的选择，甚至黄昏的风景——但放弃了济慈最为根本的修辞意图：抗拒感伤。他也没有模仿济慈含蓄的措辞和纯洁的修辞；相反，他写了越来越丰富的修辞性音乐，在风景上增加了明显具有形而上意味的维度。

这种模仿无论多么不如原本，依然表明济慈的《秋颂》渗透了史蒂文斯的意识和想象，业已促使从《秋颂》的角度去看世界，即便他发现这个世界没有与之相伴的形而上会不圆满。济慈的《秋颂》继续为史蒂文斯提供了素材，直至其生命的尽头。在《思想录》中，史蒂文斯问了《秋颂》这样的作品必然会引起的一个问题：“人类的精神既要跟绝妙的文学竞争又要幸存下来，这怎么可能呢？”（907）

如果我们以史蒂文斯的所有诗歌作为凭据，问他是如何解读《秋颂》，那么，我们可以暂时不管《诗集》中作品的时序，分离出他理解《秋颂》的元素。首先，他认为，济慈在第一诗节的静态中采取了回避态度，济慈在回避自然过程中最令人反感的细节：死亡。（史蒂文斯这种严厉的看法误解了济慈，因为后者的主题不是自然过程，而是人对自然过程的干预，是收获，而非死亡。）在《我叔叔的单片眼镜》和《星期天早晨》中，史蒂文斯坚持认为一切都是“腐朽落地的东西”，“这甜腻的，圆满的
258 生存之果／坠地，似乎再担不起自身之重”。针对济慈《秋颂》中第一个诗节中静止不变的成熟状态，史蒂文斯的诗句似乎在嘲讽：

在天堂里没有死亡的变化么？
成熟的果子永不落下？或者枝条
永远沉沉地垂挂在完美的天空？（张枣 译）

（55）

Is there no change of death in paradise?
Does ripe fruit never fall? Or do the boughs

Hang always heavy in that perfect sky?

史蒂文斯容许果子遵循自然之道落下，他不仅任秋天“教葫芦变大”，而且让“葫芦”翻倍，比喻成了夫妻。他笔下的两只葫芦不只是一般性的“鼓囊囊”，而是“深入秋天”，“走了样”，“带着花纹和斑斓”：

显形，开花，结果，尔后死去……
我们的蔓藤上两只金葫芦鼓囊囊的，
深入秋天，通体点缀着银霜，
肥硕得走了样，变得有点荒唐。
带着花纹和斑斓，我俩像疣瘤似的，
南瓜一样悬着。笑眯眯的天空看着，
冬雨把我们浇烂，揉成碎皮。（张枣 译）

（13）

It comes, it blooms, it bears its fruit and dies...
Two golden gourds distended on our vines,
Into the autumn weather, splashed with frost,
Distorted by hale fatness, turned grotesque.
We hang like warty squashes, streaked and rayed,
The laughing sky will see the two of us
Washed into rinds by rotting winter rains.

尽管史蒂文斯在这里对济慈“仁慈”的秋天做了“现实主义”的批判，但这首诗史蒂文斯仍然是济慈的风格：他还没有创造出新的语言风格来支持这种新的尖锐立场。现代诗人的修正性批判，其不公平之处就在于这种“现实主义”的立场。在后期的一首诗歌《回家途中》中，史蒂文斯更加接近真正的济慈的立场。其中,我们看到,丰饶与其说来自风景中的成群结队的意象,不如说来自拒绝了教化,而推崇洞察,不是以思想而是以眼睛来丈量世界:

每次我说,
"世上无真理"
葡萄就会显得肥硕……

恰在此时,静寂变得最大,
最长,夜晚变得最圆,
秋香也变得最暖,
最近,最最浓烈。(张枣 译)

(186)

It was when I said,
"There is no such thing as the truth,"
That the grapes seemed fatter...

It was at that time, that the silence was largest
And longest, the night was roundest,
The fragrance of the autumn warmest,
Closest and strongest.

259 针对这里的结语,无论有什么反对意见,我们依然可以辨认出,在语言风格上,这首诗歌以近乎重言和亦庄亦谐的方式,昭示的是史蒂文斯而不是济慈的风格。即便就形而上而言,晚期的史蒂文斯与济慈一致,但他是以其二十世纪的声音在言说。

在《岩石》中，当史蒂文斯写他最终收回《我叔叔的单片眼镜》中表达的“现实主义”立场时，尽管他影射了那首早期诗歌中的名言（“显形，开花，结果，尔后死去”），但他偷偷地做了自我修订，把“尔后死去”划去。覆盖在岩石——岩石代表了作为圣像的诗歌——上的枝条“冒芽，开花，结果”，再无变化。这里的写法与济慈不同。后者容许笔下的果子发生变化，即便不是由于死亡，至少也是由于采摘、拣选和压汁的方式。但是，史蒂文斯这样写也不是为了纠正济慈，而是证实这个世界的丰饶。这种丰饶不是保留于大地，而是保留于心灵。而心灵才是史蒂文斯一直选择要表现的地域。这些枝条

……盛放，正如人之爱，生活于爱中。
它们结果，以便人们记住这一年，

似乎对这一年的理解是褐色的果皮，
果肉里的蜜饯，最后取之于自然的东西，
这一年和这个世界的丰饶。

（446）

. . . bloom as a man loves, as he lives in love.
They bear their fruit so that the year is known,

As if its understanding was brown skin,
And honey in its pulp, the final found,
The plenty of the year and of the world.

这里，恰恰因为他在谈论内在而非外在的结果，史蒂文斯可以把果子留在树上，把蜜糖留在蜂巢，不必急躁地出手，强行让它们掉落、腐烂，或者

采摘、收获。

对于史蒂文斯来说，他所找到的最丰富的文学素材，莫过于济慈《秋颂》的第二个诗节。济慈笔下的秋天女神，比起异教的丰产女神，更让我们觉得亲近，因为，不像异教的丰产女神，济慈的秋天女神会在田间劳作，发丝会随着扬谷的风而轻扬。济慈笔下的秋天女神表现方式多样，有无忧无虑的女孩，有负重的拾穗者，有耐心的守候者。她迷醉于罂粟的浓香时显得性感，她与催熟万类太阳的亲密散发出友谊之光，她虽然疲惫，但依然耐心地守候榨出最后一滴果汁。在史蒂文斯的作品中，她再次以不同的面貌出现，不过经常是以母性的形象："母亲的脸，/ 这首诗的目的，充满这屋子"。(《秋天的极光》，356）秋天女神的母亲本性，可能在济慈的《秋颂》中已有暗示。（济慈也是袭用了莎士比亚《十四行诗集》第 97 首中的意象，"孕育着富饶充实的秋天，/ 浪荡春情已经结下盈盈硕果，/ 好似良人的遗孀，胎动小腹圆"。）济慈笔下的秋天女
260 神是大地女神，她与太阳合谋，结出了硕果；太阳在参与了生产过程之后，收获之时就从诗歌中消失。从一个坐在粮仓地板上的漫不经心的少女形象，这个秋天女神逐渐成长为一个在榨汁机前耐心观察榨出最后一滴果汁的母亲形象。最后，当她成了"温柔消亡的日子"时，她也受到万物哀悼。万物故意以幼稚的面貌出现，正如长大的羔羊被刻画成还在像小羊一样咩咩叫：万物如同孝顺的孩子，在哀悼一个母亲的亡故。我相信，史蒂文斯认识到了这些潜在的涵义，所以在自己的作品里将之挑明。

济慈在秋天成熟的田野里创造了一个充满人性的女神形象。对此，最漂亮的现代评论，见于史蒂文斯的诗歌《阳光中的女人》：

就是因为这暖意，这动静
像某个女人的暖意和动静。

而不是因为空中有个相貌，
或某个形体的开头与结尾：

空白而已。但，在无线的金光中
一个女人衣裙的唏嘘温暖了我们，

还有她那弥漫的丰实，
因其无形而更加具形，

在无踪影的确定中
散发夏野的芳香，她

对那沉默不语的，醒目的
中立者，袒露出真爱。（张枣 译）

（381）

It is only that this warmth and movement are like
The warmth and movement of a woman.

It is not that there is any image in the air
Nor the beginning nor end of a form:

It is empty. But a woman in threadless gold
Burns us with brushings of her dress

And a dissociated abundance of being,
More definite for what she is—

Because she is disembodied,
Bearing the odors of the summer fields,

Confessing the taciturn and yet indifferent,
Invisibly clear, the only love.

这里，“观念的诗歌”来自济慈，“语词的诗歌”来自史蒂文斯。这个圣像一样的“形象”——环绕她的语词包括“空白”“无形”“具形”“沉默”“不语”“醒目”和“中立”，以及“就是因为”“而不是因为”“空白而已”等修饰语——完全是史蒂文斯的风格。史蒂文斯从取材的文学来源中挑选了一个细节——济慈的秋天女神形象——将之放大，填充了一个更加现代的新空间。这个女神在史蒂文斯笔下有不同的形式，大多数是仁慈的形象。但是，当史蒂文斯觉得忧郁的时候，这个“自然母亲”（正如在《忧郁的露露》中，史蒂文斯同时创造性地命名了“自然母亲”和“自然父亲”），要么主动就变得凶狠（正如在《忧郁的露露》中，她用雷电使牛奶
261 结成凝乳），要么更糟糕的是，她会变成冷漠无情的毁灭者（正如在《饰有鲜花的夫人》中，“自然母亲”和“自然父亲”融为一体，成为一个雌雄同体、靠孩子为食的母亲，“一个长胡须的女王，在她已死的光中一身邪恶”）。不过，对济慈的秋天女神进行这样的“纠正”在史蒂文斯笔下并不常见。相反，史蒂文斯倾向于扩大济慈的秋天女神形象，直到她变成“最完美的父母空间，/……精神的存在，/洒满光明的精神空间”。(374-375)尽管他完全承认这个女神的虚构性质，史蒂文斯能够平静地谈起她，似乎她实有其人，似乎她真的就在那里。在这方面，他从《秋颂》中获得了教益。济慈塑造了与秋天女神之间完全成型、全凭想象的关系。在开始时，他以崇拜的口吻在讴歌这个女神，在结尾时，又用亲密的口吻在安慰：“别想念春歌，——你有自己的音乐。”

济慈《秋颂》第三个诗节为史蒂文斯提供了蟋蟀、空白空间，以及渐渐消逝的音乐和秋日的副歌。但最主要的是，它邀请史蒂文斯参与讨论一种渐弱的音乐的价值，参与思考那种音乐与春天更加丰富的合唱之间的关系。我认为，史蒂文斯认识到，济慈《秋颂》的语者是这样一个人，其诗歌冲动来自面对空旷的田野时产生的退缩；《秋颂》的处理方式是采纳一种修复性的幻象，想象空旷的田野重新"充满"果子、鲜花、麦子和命运女神。但在最后，诗人又回到了最初刺激他产生补偿性想象的荒凉，在田野里，他什么都没有留下，除了他的诗——秋日渐渐寥落的音乐。在他的想象中，秋日的田野里上演了一出短暂的声色大戏。

当秋天女神为春歌而发出叹息时，济慈温柔地把怀旧的忧伤抛开；到了史蒂文斯笔下，在《秋颂》更令人吃惊的诗歌后裔中，这种怀旧的忧伤遭到更具报复性的压制。"别想念春歌，"济慈在《秋颂》中对渴望回望夜莺春歌的那部分自我说。在晚期作品《小女孩》(390)中，史蒂文斯开头就告诉我们，"夏日的每根线条最终都被解开"。这是"回忆的季节，/ 当落叶飘零，如同对往事的哀悼"。但是，"强大的想象战胜"了扫荡一切的狂风，对内心的怀旧诉说的不是济慈笔下温和的话语，而是要求

> 啊，野婊子，保持内心的平静。啊，迷乱的
> 心灵，听它的吩咐，做好你自己：女孩。
> 把平静写在窗棂。然后
>
> 沉默。开始最后的总结。

> Keep quiet in the heart, O wild bitch. O mind
> Gone wild, be what he tells you to be: *Puella*.

Write *pax* across the window pane. And then

Be still. The *summarium in excelsis* begins.

262 无论济慈,还是史蒂文斯,心灵都要臣服于季节,但史蒂文斯从来没有在夏日满足过,遗憾更大。浪漫之后只剩"腐烂的玫瑰",史蒂文斯必须从"夏日的残根中"挤出"最红艳的芬芳"。(255)在浪漫主义的落日之后,出现的是现代主义的暴力。

正如史蒂文斯会说,这些只是其诗歌中局部的个例。要寻找史蒂文斯对《秋颂》最宏大的沉思,我们必须看他的两首长诗:《夏日的凭证》和《秋天的极光》。《夏日的凭证》(322)聚焦于"干草晒完漫长的好几天堆放在一起"的时刻,聚焦于田野即将剩下麦茬的时刻。《秋天的极光》(355)聚焦于"季节变化"之后"极夜"将至的时刻。济慈笔下温柔消逝的白日轻风,变成了刺骨的寒风:"海滩在寒风中抖动"。在《秋天的极光》结尾,只剩草茬的田野,用隐喻的方式点燃,形成了北极光的火焰,"靠着这些光,/像夏天稻草的一道火焰,在冬天的缺口"。济慈的《秋颂》,聚焦的时刻就居于《夏日的凭证》和《秋天的极光》之间,其光芒,既辐射前者,也笼罩后者。

《夏日的凭证》的大胆之处,在于暗示济慈笔下蜜蜂的洞察("暖和的光景要长驻"),不是需要诗人——无论他多感伤——关照的自我欺骗,而是真正的人类生存状态:

……用拘捕的和平,
永恒的欢乐,仍然可能变化的
正当的无知,填满树叶。

……

终极的东西必须是善，

是我们的幸运，是树上蜂巢中的蜜。

... Fill the foliage with arrested peace,

Joy of such permanence, right ignorance

Of change still possible.

.....

The utmost must be good and is

And is our fortune and honey hived in the trees.

但是，史蒂文斯知道，歌唱“平凡田野里的夏日”的歌者，不在夏日的田野里，正如济慈笔下歌颂夏日的硕果和宁静的歌者，只是在凝望只剩草茬的田野。史蒂文斯笔下的歌者“远在林间”：

远在林间，他们唱出不真实的歌，

安全。难以当面讴歌

对象。歌者必须转身

或者避开对象。在林中深处

他们歌唱平凡田野里的夏日。

他们歌唱，渴望一个近处的对象， 263

当着它的面，欲望就不再移动，

也不再把自身当成它不能找到的东西。

Far in the woods they sang their unreal songs,

Secure. It was difficult to sing in face

Of the object. The singers had to avert themselves

Or else avert the object. Deep in the woods
They sang of summer in the common fields.
They sang desiring an object that was near,
In face of which desire no longer moved,
Nor made of itself that which it could not find.

尽管承认歌者是出于欲望而非满足而歌唱，与济慈的《秋颂》一样，史蒂文斯这首诗歌也以温柔的虚构开场，想象歌者置身于讴歌的风景中间：

小雏儿藏在草丛中，
玫瑰负担着沉甸甸的芳香，
心灵把烦恼抛掷一旁。

Young broods
Are in the grass, the roses are heavy with a weight
Of fragrance and the mind lays by its trouble.

这是天地大婚的时刻，这是日神和地母合谋的时刻，催生出孩子：这是“绿色的顶点，// 最幸福的田野，最美的婚曲”。

济慈的《秋颂》以天地之间象征性的婚姻开头，只不过是以简略的暗示来勾勒。而在史蒂文斯笔下，家族一再出现，正如他把济慈的暗示完全补足：

父亲们站在周围，
母亲们在旁边手牵手交流，
恋人们在柔软的干草地里等待。

These fathers standing round,
These mothers touching, speaking, being near,
These lovers waiting in the soft dry grass.

地母是“家族慈祥的君主”，那个“孔武有力的卫士”是“孝子，/ 是大地轻易就生出的孩子”。如同鲜花和水果并存的人间天堂，这里的画面也以和谐的方式包含了人生的全部阶段——孩子，年轻恋人，成年父母，老人——但最主要的标志是“这个年轻的爱子，孔武有力”，时光丝毫无损他的容颜。但是，在承认“意识到分裂”之后，维持这和谐画面的英勇决心开始动摇，史蒂文斯笔下更加丑陋的麦茬田野开始出现。这里有一个类似于济慈笔下红胸的知更鸟的主要意象。甚至也让我们想到《秋颂》中的河柳：

低飞，艳丽的雄鸡，落在豆架上。让
你棕色的胸脯变红，你等待着温暖。
一只眼睛看着柳树，一动不动。

园丁的猫死了，园丁走了， 264
去年的花园长出了淫荡的杂草。

Fly low, cock bright, and stop on a bean pole. Let
Your brown breast redden, while you wait for warmth.
With one eye watch the willow, motionless.

The gardener's cat is dead, the gardener gone
And last year's garden grows salacious weeds.

《秋颂》中两次出现了“soft”一词。这个单词在史蒂文斯笔下的这个乐章也两度出现：“温柔（soft）有礼的鸟儿”和“不是／那么温柔（soft）”。史蒂文斯用园丁和园丁的猫取代了济慈笔下从事农活的秋天女神和田野生灵。他的“园丁”意象，或许源于济慈《赛吉颂》中的“园丁幻想”。面对衰败对幸福场景的侵蚀，史蒂文斯的解决之道，是赋予他的歌者自我的意志（尽管他们只是“一个非人化作者”的创造物），似乎作者本人被笔下人物心中升起的欲望主宰：

……人物在说话，因为他们想要
说话，这些肥胖而红润的人物，
暂时摆脱了恶意和骤然的哭泣，
在完成的一幕里完成，谈论
他们的角色，如在青春的欢乐中。

. . . The characters speak because they want
To speak, the fat, the roseate characters,
Free, for a moment, from malice and sudden cry,
Complete in a completed scene, speaking
Their parts as in a youthful happiness.

这些谈论自由意志的人物，如同济慈《秋颂》中的生灵，尽管秋日令人哀伤，它们依然歌唱。从史蒂文斯这首诗的结尾明显可见，“恶意和骤然的哭泣”很可能是非人化作者创造的人物的常态，暂时将他们从压抑的常态中奇迹般地提升起来，并不能使他们获得青春幸福，而是使他们获得类似青春幸福的一种状态。就此而言，《夏日的凭证》就如《秋颂》一样，变成了一首回望性的诗歌，因为作者暂时摆脱了苦难，寻找完美的比喻,来表现那个时刻体验到的感情。他最后决定,(在激昂的春天结束之后,在令人羞愧的愚昧无知的那个青春期自我遭屠戮之后)青春幸福是他需要的隐喻工具。正是在回望中,我们在《夏日的凭证》第二个诗节的结尾看见了盘旋的精神分裂状态:

这是某年的最后一天,
此外时间再没有什么留下。
来到这一天和想象的生活。

This is the last day of a certain year
Beyond which there is nothing left of time.
It comes to this and the imagination's life.

“这一天”,这完美的一天,有一阵子阻挡了另一天的想象生活的完全实现。但到了诗的结尾,在对于观察的心灵的沉思中,想象开始抬头,这完美的一天腐化成了杂草横生的花园。在这首诗中,温暖的语言和冰冷的 265
抽象分析,其间的冲突意味着史蒂文斯还没有找到一种风格,能够同时容纳身体的痛苦和形而上的痛苦。无论语调还是用词,对夏天的书写无法与对夏天的分析共存;在济慈笔下,这种分析先是绕开,后遭压制,济慈青睐的是自我遗忘,但在史蒂文斯的笔下,这种分析获得尽情施展。如果令夏日的时光延长的蜜蜂是可信的,那么,光明正大地质疑那种疏离的分裂心智也是可信的。史蒂文斯这首诗不能维持《秋颂》那样的和谐,因此在“意识到分裂”的心灵中存在尖锐的分裂。

如果说《夏日的凭证》拉回了《秋颂》聚焦的时间,但同时推进了《秋颂》里的质疑(因此失去了《秋颂》中那种神奇但脆弱的平衡),那么,《秋天的极光》抓住“春歌在哪里”的问题大做文章。济慈在秋天停下来,想象春天，责备自己怀旧，暗示了他对所置身的这个季节的批评。“别想念春歌，”他告诫道。相反，史蒂文斯决定要肆意想念春歌。如果我们不能在当下，在任意一个当下休息，这对于生活、对于诗歌到底意味什么？这意味着，对于变化的渴望，比起对于永恒幸福的渴望更加根深蒂固，无论这种幸福多么奢侈：

有没有一种想象登基而坐
严酷一如它仁慈，同为正义者
和不正义者，在仲夏停下来

想象冬天？（陈东飚 译）

Is there an imagination that sits enthroned
As grim as it is benevolent, the just
And the unjust, which in the midst of summer stops

To imagine winter?

这种想象，每次出发为的是发现“什么必须恢复它以及，最终，什么能够”。在“如同以一座有教养的蜂巢为食的养肥”之后，“我们躺着和羊粘在一起”，如同《秋颂》中的蜜蜂一样。史蒂文斯与济慈相同，接受改变的事实；他也有济慈的感伤，只不过他用“告别”（farewell）替代了更有济慈味儿的“再见”（adieu）：

告别一个想法……一座小屋矗立，
荒废无人，在一片沙滩上。（陈东飚 译）

Farewell to an idea... A cabin stands,
Deserted, on a beach.

史蒂文斯也和济慈一样,把主宰这个季节解体的秋天女神塑造成母亲形象。这个母亲形象说的不是告别或再见,而是(像对孩子们)说晚安、晚安:

告别一个想法……母亲的脸,
这首诗的目的,充满这屋子。

她交出透明。但她已经长得很老。 266
项链是一件雕刻品不是一个吻。(陈东飚 译)

Farewell to an idea... The mother's face,
The purpose of the poem, fills the room.

She gives transparence. But she has grown old.
The necklace is a carving not a kiss.

史蒂文斯跳过了济慈笔下固有的日落和黄昏的鸟儿歌唱,在描写了日落时分母亲亡故之后,就让诗歌进入了极夜,由此提供了对济慈的批判。这些鸟儿,没有直下黑暗,没有聚集成《秋颂》中的鸟群,而是在乱飞:

剧院充满了飞翔的鸟,
宽阔的楔形,由一座火山的烟构成。(陈东飚 译)

The theatre is filled with flying birds,
Wild wedges, as of a volcano's smoke.

在他的天空中，史蒂文斯展示了他的极光。在《秋天的极光》开头，史蒂文斯描写了天上蜕皮的蛇神。极光就是蛇神在大地上的对等物。无论是秋天的极光，还是蜕皮的蛇神，都是变化的象征。极光美丽和危险并存；它们把我们留在济慈笔下的蚊虫和咩咩叫的羊羔的状态，"一个颤抖的残余，冰冷的和过去的"。极光"懒懒地"改变，"方式恰如一个季节改变色彩到无尽，/除了它自己在改变中的挥霍"。所有自然的变化是平等的；自然中没有熵；所有的事件仅仅是"纯洁母亲"的歌声。九天的幽灵，如同《夏日的凭证》的非人化作者，设计了一个平衡，来控制整体。这种新的诗学不仅希望平等地享受一切（这本身是济慈的观念），而且立刻享受一切，在夏日想象冬日，在冬日想象夏日，沉思

好运的全部和命运的全部，
仿佛他曾活过所有的生命，他也许知道，

在恶妇的门廊，不是肃静的天堂，
通向寒风与天气的讨价还价，靠着这些光
像夏天稻草的一道火焰，在冬日的缺口。（陈东飚 译）

The full of fortune and the full of fate,
As if he lived all lives, that he might know,

In hall harridan, not hushful paradise,
To a haggling of wind and weather, by these lights

Like a blaze of summer straw, in winter's nick.

《秋天的极光》的结尾悄悄地夸耀了想象的胜利。但是,从根本上说,有些东西并不比另一些东西难以表达。这首诗的结尾没有极光的形象漂亮。在这方面,史蒂文斯与济慈相同,只不过他用一种形式的风景(现代主义诗歌中的极光)取代另一种形式的风景(浪漫主义诗歌中的日落)。

《秋天的极光》源于济慈“别想念春歌”的指令。这句指令也影响了史蒂文斯一首早期诗歌《雪人》的诞生。事实上,这首诗是关于是否思考的持续争辩。我们不妨将《雪人》称为《站在麦茬田野里的人》(“The 267
Man Standing in the Stubble Plains”)。雪,如同收割庄稼,消除了植被;史蒂文斯和济慈一样,面对如何赞美这样一个世界——夏天生长已从这个世界消失——的问题。济慈笔下拂过空旷田野的轻风,在史蒂文斯这里,总是化为“冬日”(winter)的“寒风”(wind):史蒂文斯沉迷于“头韵”的回声。很奇怪,在一个冬天的心灵看来,这个世界并不显得空旷:松树的枝桠上覆盖了白雪,刺柏上挂满了冰,遥远的粗野云杉在一月的阳光中闪闪发光。只是随着寒风骤起,悲从中来,眼见树上只残留几片树叶,这个世界才变成“同一块空茫之地”。这个观察者——他看见一个丰富的世界——才变成了一个听者,“自身即无物,注视/无物不在那里和在那里的无物”。从观看到倾听的转变,是受到济慈《秋颂》的影响,正如在济慈笔下,这种转变与从丰饶到匮乏的痛苦转变共时。但是,济慈在《秋颂》中找到了新的丰饶,听觉意象的丰饶,来替代视觉意象的匮乏。史蒂文斯发现,他不可能承认冬天的心灵可以洞察的这种丰饶——松枝上的积雪,刺柏上的凝冰,银光闪闪的云杉——所以,他反其道而行,呈现的是听觉意象的荒凉。因此,他背离济慈的充实意象的举例法——他在列举松树、刺柏和云杉时用过此方法——现在采用简化的手法,成为一个极简抽象艺术的现代主义者;他只是死板地重复少数几个语词,听见(斜体为我所加)

风的声音
几片树叶的声音
充满同样的风的
大地的声音
在同一块空茫之地上吹
为那歌者而吹,他在雪中倾听,
并且,自身即无物,注视
无物不在那里和在那里的无物。(陈东飚 译)

the sound of the wind
the sound of a few leaves
the sound of the land
full *of* the same wind
that is blowing *in the same* bare place
for the *listener* who *listens in the* snow
and, *nothing* himself, beholds
nothing that is not there
and the *nothing that is*.

史蒂文斯另一首早期的诗歌《单调的解剖》(90),也对"与季节一起思考"做了尝试。在那里,史蒂文斯承认了拟人谬误,呼吁我们按照自然的方式而不是人的方式来看待世界。因为大地"孕育我们,/ 只是当作它孕育的万物的一部分",所以"我们的本性也是她的本性":

因此，可以推断， 268
因为我们生来会变老，大地也会
变老。母亲死亡，我们也会死亡。

Hence it comes,
Since by our nature we grow old, earth grows
The same. We parallel the mother's death.

但是，比起我们个人狭隘的感伤，大地的视域更开阔：

她走过一个比风还丰满的秋天，
为我们呐喊，在夏末移植，
我们比霜还寒冷的灵魂，
在我们空茫的天际之上，
她看见更加空茫不会低头的天空。

She walks an autumn ampler than the wind
Cries up for us and colder than the frost
Pricks in our spirits at the summer's end,
And over the bare spaces of our skies
She sees a barer sky that does not bend.

视域的拓展也是受到济慈的影响，尽管这首诗只是把济慈的拓展技巧(从村舍、厨房、花园和果园拓展到玉米地和外屋，最终拓展到地平线、远山、树篱、河流和天空)运用到《秋颂》最后一个诗节的空间。看起来在我们阅读史蒂文斯时，《秋颂》的每个方面都在向他发出召唤，要他重新阐释，重新利用，重新创造诗歌。

《没有怪异的世界》(388)是史蒂文斯的晚期作品。在这首诗里,史蒂文斯“重写”了《单调的解剖》,最终获得了——无论多么短暂——与季节一起思考的能力。现在,最人性的地方不再是(用史蒂文斯难以启齿的话说)悲伤、哀怨和怀旧,把自我投射到衰败凋零之物上,而是作为自然客体的孤独存在。在他非同寻常的中心诗节,史蒂文斯可能回想起惠特曼的诗句,“被证明有理的母亲”:

那有什么好,大地被证明有理,
它是完整的,它是一个尽头,
它在本身中足够?

大地本身就是人性……
他是那非人的儿子,而她,
她是宿命的母亲,他并不认识。

她是白天。(陈东飚 译)

What good is it that the earth is justified,
That it is complete, that it is an end,
That in itself it is enough?

It is the earth itself that is humanity...
He is the inhuman son and she,
She is the fateful mother, whom he does not know.

She is the day.

尽管这里的语词没有济慈的回声，但在我看来，这首诗歌无人能够想象出来，除非作者的想象力中包含了《秋颂》中传达的自然具有独立生命的意识。

正如史蒂文斯的《阳光中的女人》排除了济慈笔下的秋天女神具有 269
坚固的神话依据，提醒我们她不过是虚构的造物，同样，《越来越少的人性，啊，野蛮的精灵》(288)企求的是沉默安宁的神，除非必须，才“说一些东西”，正如光线、颜色和形状“说一些东西”，这个神“在我们说话时不会听”，他不会问“春天的歌在哪里”，他比济慈笔下的秋天女神更世俗，也更飘渺，进一步走向了虚构和无生命。

在史蒂文斯的诗歌里，总是有一种新的加速，偏离济慈的解决方案，因为心灵和意识不能同时保持平衡。史蒂文斯认为，没有作家能够回避追问“春歌在哪里”这个致命的问题。史蒂文斯在《终极的诗歌是抽象的》(369)中对这个不可避免的问题做了二级反思：济慈（或他那样的诗人）受到反讽对待，被称为“演讲者，/ 谈论我们这个美丽世界”，“给这个星球的玫瑰镶边，喝令它成熟，/ 变红，转右”。但是，他的镶边，他的喝令——喝令成为玫瑰、蔷薇果和山楂果——不能长久：

> 我们继续问问题。于是，那就是一个
> 范畴问题。如此说来，这个宁静的空间
>
> 改变了。它不是我们想象的那么蓝。
> 要是蓝，肯定没有问题。
>
> ……这或许就够了，
> 如果我们曾经，哪怕一次，在中间，固定
> 在我们这个美丽的世界，不是像现在，

无助地在边缘，只要完成就够了，
因为在中间，即使只在感觉中，
在那巨大的感觉中，仅仅享受。

One goes on asking questions. That, then, is one
Of the categories. So said, this placid space

Is changed. It is not so blue as we thought. To be blue,
There must be no questions.

... It would be enough
If we were ever, just once, at the middle, fixed
In This Beautiful World of Ours and not as now,

Helplessly at the edge, enough to be
Complete, because at the middle, if only in sense,
And in that enormous sense, merely enjoy.

这样一首诗是对《秋颂》的二级重写；它用抽象的反思重述了济慈想要留在这个美丽的世界“中间”的努力，赞扬它给所有感觉的慷慨，赞扬其生命的丰富。借助提问引入济慈的享受，这样一个在《秋颂》中的事件，对于史蒂文斯来说成了话题。在其他诗歌中，史蒂文斯评论了济慈的推进过程——我们首先把大地视为“情人”，接下来把她视为“没有距离……衣衫褴褛或一丝不挂，/ 躲在近在咫尺的贫穷里”。(413)在劳动者中，作为“情人”的大地一直是天仙般的存在，是农人围着的天使，
270 “一种原始形象，/……让人想起原始空间”。(421)但是，最后，她身上的魅力渐渐消逝(月亮是“一顶三角帽，/ 在苍白的再会中挥动”)，她“疲惫不堪，又苍老了一点”。(《八月里的事物》,422)

在写完这类哀叹“疲惫不堪,又苍老了一点”的诗歌之后,史蒂文斯晚期诗歌中出现了包容和重新出发,也就毫不惊奇。在《思想的发现》(459)中,史蒂文斯追随济慈的“人间岁月”,走出了“令人感受挫败的寒冬”,找到了“孕育于冰雪的夏日蟋蟀”,“不是秋天的浪子归来,而是难以置信的反足生物”。在《宁静平凡的一生》(443)中,当他听到“蟋蟀的合唱,/听它们喋喋不休,听各自独领风骚”,他决定不使用古老的高妙形象:

高妙的形象里是没有愤怒的。

而眼前之烛,却炮制出熊熊烈焰。(张枣 译)

There was no fury in transcendent forms.

But his actual candle blazed with artifice.

在《望过田野看鸟飞翔》(439)中,史蒂文斯放弃了“我们一直创造的阳性神话”,选择了“一种燕子穿梭而过的透明/没有任何形式或形式感”,他认为,我们的思想只是与自然的宏大运动之间既定的和谐:

我们思考,于是,无论太阳照耀或不照耀。

我们思考在风掠过田野里一个池塘之际[。]

精神来自世界的身体[。]

……

自然的风格主义,在一个玻璃杯中被捕到

并在那里成为一种精神的风格主义,

一只玻璃杯挤满了能走多远就走多远的事物。(陈东飚 译)

We think, then, as the sun shines or does not.
We think as wind skitters on a pond in a field[.]

The spirit comes from the body of the world[.]
.....
The mannerism of nature caught in a glass
And there become a spirit's mannerism,
A glass aswarm with things going as far as they can.

这种崇高的自我转化，成为现代版的爱奥尼亚竖琴，扼杀了心灵。如果说我们提出问题，那是因为大地提出了问题。不需要再说“别想念春歌”：一切都得到允许，因为一切都是自然的运动。

史蒂文斯对于麦茬田野的最后致敬，是他把济慈笔下的空旷转化进了《事物的朴素感觉》(428)。这首诗把《秋颂》的基本前提逼到了极限。在这首诗里，没有女神，哪怕是垂死的女神；没有记忆中穿透彩云的阳光；没有音乐；没有动人的孝子形象；取代人类形象的动物，不是成群的蜜蜂，而是好奇的池塘老鼠：

271 树叶落后，我们回到
事物的朴素感觉。似乎
我们来到想象的终点，
死气沉沉的救主，了无生气。
……
但想象的缺席
必须被想象。这个大池塘，
它的朴素感觉，没有倒影，树叶，
淤泥，脏玻璃似的水，表达某种

沉默,一只老鼠出来看到的沉默,
这个大池塘,枯萎的睡莲,所有这些
必须被想象为不可避免的知识,
被要求,如一种必然性所要求。

After the leaves have fallen, we return
To a plain sense of things. It is as if
We had come to an end of the imagination,
Inanimate in an inert savoir.
. . . . .
Yet the absence of the imagination had
Itself to be imagined. The great pond,
The plain sense of it, without reflections, leaves,
Mud, water like dirty glass, expressing silence

Of a sort, silence of a rat come out to see,
The great pond and its waste of the lilies, all this
Had to be imagined as an inevitable knowledge,
Required, as a necessity requires.

对济慈来说,《秋颂》的立场代表了从《赛吉颂》后退。在先写成的《赛吉颂》中,济慈希望,想象可以完全补偿外在的匮乏;他一点点地建构他内心的神庙,温暖而奢侈地弥补没有女神的世俗神庙。在写《秋颂》时,他失去的不是走向充实的冲动(看见空旷的麦茬田野,他的冲动是回家,写一首诗,里面盛满幸福的水果,在诗中创造一个丰收女神),而是用这种对爱欲的期望来结束《赛吉颂》的能力:"一支火炬,一扇窗敞开在深夜,/好让热情的爱神进来!"寂寥的田野里"想象的缺席"可能诱使早期写作阶段的史蒂文斯对充实进行补偿的重构(比如,在《作为字母C的喜剧演员》中，他在那间小木屋里安置了四个长着鬈发的女儿），但现在，他在贫瘠中找到了自律，在另一个细节找到了自律，这个细节也借自济慈，史蒂文斯将它扩大进入了一首诗。这个细节就是嘈杂的鸟声。秋天落日时分的“悲伤合唱”在史蒂文斯描写老年的诗歌中让位于想象中的黎明曲，正如在《不是物象而是物本身》（451）中，史蒂文斯把这首颂歌从黄昏推进到新的日出：

在冬季最早的尽头，
在三月，室外有一声清瘦的鸣叫
仿佛是内心的回音。
……
272 那清瘦的鸣叫，就是
唱诗班的领唱的先声，就是
太阳大而无外的一部分，

被一圈圈合唱队围拢，
虽然还很渺远。它宛如
一种新的对现实的探究。（张枣 译）

At the earliest ending of winter,
In March, a scrawny cry from outside
Seemed like a sound in his mind.
. . . . .
That scrawny cry—it was
A chorister whose c preceded the choir.
It was part of the colossal sun,

Surrounded by its choral rings,
Still far away. It was like
A new knowledge of reality.

在这里，没有“新的现实”：只有“新的对现实的探究”。在《作为字母 C 的喜剧演员》中，那个“神奇的大二学生”克里斯平夸口说，“真正的事物本身呈现了，终于”。但他的夸口下得过早。史蒂文斯直到很晚才用济慈的谦卑发现“事物本身”。(23)史蒂文斯晚期诗歌《不是物象而是物本身》(451)是对他早期作品、对济慈的《秋颂》及极简的音乐最漂亮的反思，正如作为字母 C 的喜剧演员现在成为唱诗班的成员（合唱队“chorus”是以小写字母 c 开头）。但是，在结束本文的时候，我不想选用史蒂文斯最后一次成功反思的诗歌，我想选用他这样一首诗，在这首诗里，史蒂文斯以交错的诗句表达了他执拗的欲望，甚至不惜造成形式的严重错位，也想要丰饶和贫瘠共存，想要保留济慈《秋颂》中居于核心的、子孙绕膝的女神形象，但同时强调她的形象和关于她的文学必然过时。他强调，尽管这个女神必然消逝，但她现在依然是《幽居于中间》(430)的住民：

树叶在碎石路面发出声音——
　多么柔软的青草，上面那些渴念之物
　斜躺在天堂的温度里——

如同前天讲述的故事——
　光洁如自然的裸体，
　她倾听叮叮当当的铃声——

风在摇动，如同巨大的物体摇摇欲坠——
　不只是太阳在召唤鸟儿，
　更加智慧的鸟儿——

用可以理解的啁啾，
　取代不可理解的思想，
　突然一切都消逝。

273 但这结局和这开端是同一，
　最后望向那些小孩的一眼，
　是看到她周围那一圈发光的孩子。

The leaves on the macadam make a noise—
　How soft the grass on which the desired
　Reclines in the temperature of heaven—

Like tales that were told the day before yesterday—
　Sleek in a natural nakedness,
　She attends the tintinnabula—

And the wind sways like a great thing tottering—
　Of birds called up by more than the sun,
　Birds of more wit, that substitute—

Which suddenly is all dissolved and gone—
　Their intelligible twittering
　For unintelligible thought.

And yet this end and this beginning are one,

And one last look at the ducks is a look
At lucent children round her in a ring.

史蒂文斯对济慈《秋颂》的回应如此长久，以至于《秋颂》的核心问题——万物成熟的过程、暂停和终止，人间岁月，极简之美，怀旧的功能，感觉和思想的关系，等等——也成为史蒂文斯诗歌的核心问题。史蒂文斯力图以种种形式“超越”济慈：进一步把岁月推向冬季，推向寒冷的世界末日，推向新的开始；寻找属于自己的新意象，同时保留济慈笔下的蟋蟀、蜜蜂、鸟儿、太阳和田野意象；在田野中创造他的古老形象，在它们的演进中彰显他自己不断生出的创意。尽管他的诗歌保留了古典的结构，但他的用词和修辞越来越看不出浪漫主义诗歌的痕迹，正如事物的朴素感觉和想象的缺席可以为证。在他的创作里，我们随处都能听到对济慈的反思；在史蒂文斯看来，济慈的看而不评的方式肯定很现代，充满预言性。史蒂文斯意识到，《秋颂》是一首表现大地的诗：只是看，只是被看，这里只有天气——这些是史蒂文斯在《秋颂》这首最接地气的伟大浪漫主义颂歌中发现和理解的假定。

（李小均 译）

18. “小之大的流传”：马克·福特和约翰·阿什贝利

274 受约翰·阿什贝利影响的作家更常摹仿他的风格而非把握他的含意。他们会搅乱一个隐喻，写一个消解的结尾，插入几个流行符号，埋一个滑稽梗。但阿什贝利的本质不在于这些把戏。1992 年，我读到马克·福特的《陆封》[1]并马上乐在其中，发现了一位内化了阿什贝利其实而非其表的诗人。但就像我希望展示的那样，福特的诗，哪怕得益于阿什贝利的示范，也保留了自身不一样的癖性，在前面提到的第一部诗集和他的第二部诗集《软筛》(2001)[2]中都是如此。

在我看来，阿什贝利的重要性在于，他是第一位值得注意的，在风格上和主题上把自己从对宗教、哲学和意识形态体系的乡愁中解放出来的美国诗人。他的现代主义前辈认为这样的体系对人的尊严是必要的，他们要么像玛丽安·摩尔那样保留了基督教信仰；要么像 T. S. 艾略特和约翰·贝里曼那样转向基督教；要么接受了某种替代性的政治意识形态(在埃兹拉·庞德那里是法西斯主义，在罗伯特·弗罗斯特那里是政治上的保守主义，在威廉·卡洛斯·威廉斯那里是一种准社会主义，在阿德里安娜·里奇那里则是女性主义)；要么像艾伦·金斯堡和加里·斯奈德一样转向佛教；要么像 A. R. 埃蒙斯那样转向科学作为替代的总体系。许多尽量不靠这样的体系的诗人——华莱士·史蒂文斯、罗伯特·

洛威尔、伊丽莎白·毕肖普、西尔维娅·普拉斯和查尔斯·莱特——也还是表达了对失去宗教崇高性的明确的想象性惋惜。你会在所有这些诗人身上感到某个信仰体系或某种有组织的集体性的吸引力,以及想通过某种方式来赋予人的生命以荣誉、尊严和大于个人的意义的希望。看起来,对许多作家而言,只有在这样的体系中,借助于这样的体系,才能定位和理解人类主体。

相形之下,阿什贝利则全无宗教信仰或政治意识形态。而且,更关 275
键的是,他不缅怀信仰也能做得挺好,更确切地说,他把体系和信仰也纳入了他对从落日到大力水手的一切转瞬即逝之物的普遍、温和的怀旧。但在阿什贝利的作品中,一种在主题和语言上的充裕和创始的喜剧,持续,且毫不费力地,抵消了普遍的怀旧。他那首只有两行的小诗说明了一切:诗的标题说,“大教堂就是”(“The Cathedral Is”);诗的内容说,“为拆而盖的”。[3]先是题目中建筑的坚固存在;而后是空白;再然后一行,为粉碎球的欢呼。写大教堂被毁的措辞既不悲剧也不崇高,反而实用而通俗。这样一首诗致敬的是人变革的能力(一种史蒂文斯式价值)和人在破坏中获得的同等的快乐(这不是一种史蒂文斯式价值;就像从后期那首美丽的诗《从外面看圣亚摩尔教堂》可以看出的那样,史蒂文斯更喜欢突现新和衰落的旧的共存)。

就算出现了“拆”,阿什贝利也往往会避免发出完结的声音(虽然他的作品中充满了没完的完结)。他更倾向于在旧诗的最后几行另起一首新诗,而不是任由旧诗完全停止。就像他在《大加洛普》中写到的那样:

可我们说,不可能就这样结束
只要我们原地徘徊、无处可去。
可还是结束了,我们也变成了我们完成的东西。

现在是清晨的脉动使
我的表跳动。如同一个从
毯子堆底伸出头的人，好的坏的一起，
也如这搅一块的不可能的决绝和不决：
想玩乐，想聒噪，以及想在厕所墙上
已几乎无法辨认的涂鸦灌木丛林再添一笔。[4]

But we say, it cannot come to any such end
As long as we are left around with no place to go.
And yet it has ended, and the thing we have fulfilled we have become.

Now it is the impulse of morning that makes
My watch tick. As one who pokes his head
Out from a under a pile of blankets, the good and bad together,
So this tangle of impossible resolutions and irresolutions:
The desire to have fun, to make noise, and so to
Add to the already all-but-illegible scrub forest of graffiti on the shithouse wall.

这个结尾可能听起来欢快，但它的含义也很凶残："比铜更持久的纪念碑"（*monumentum aere perennius*）被披露为"厕所"，用埃兹拉·庞德的话来说，"成形的痕迹"变成了像灌木丛林一样野蛮生长的"涂鸦"式乱写乱画。[5]不过，写作的冲动，不管遭到怎样的贬低，还是得到了肯定：

而我被留在院子里坐着
试着用

怀亚特和萨里剩下的, 276
像这么多绚丽原料一样
被拿起又放下的东西写诗。

(SP,177)

And one is left sitting in the yard
To try to write poetry
Using what Wyatt and Surrey left around,
Took up and put down again
Like so much gorgeous raw material.

如果“原料”足够“绚丽”,那它在我们的形式中也会和在十四行诗诗人的形式中一样绚丽。诗人追寻的是,例如,一件用那常在的“绚丽原料”做成的作品,一种生命在其中自我呈现的不可避免的模式。因此,在阿什贝利那里,勃朗宁的罗兰公子再一次走近暗塔,不过在《大加洛普》中,情况是这样:

就这番小心翼翼地从
一天跛行到另一天,他走近一座破败的圆石塔
低伏于溪谷凹地
没有门或窗,只有许多钉在
一条窄到塞不进手腕的狭缝上的牌照
和一块招牌:“范坎普家的猪肉和豆”。

(SP,178)

So it is that by limping carefully
From one day to the next, one approaches a worn, round stone tower

Crouching low in the hollow of a gully
With no door or window but a lot of old license plates
Tacked up over a slit too narrow for a wrist to pass through
And a sign:"Van Camp's Pork and Beans."

这是典型的后现代式反高潮恶搞,因为阿什贝利用以往诗人的牌照来代表抒情传统,并通过把地点标识为"范坎普家的猪肉和豆"来戏仿我们说"斯宾塞的《仙后》"的方式。但这里同样可见的,还有虽常被滑稽地遮蔽却无处不在的阿什贝利式痛苦:人在追寻的路上"小心翼翼地"从一天"跛行"到另一天。而新秩序令人厌恶的反美学总在冒头:

……清晨看见一个石榴红和豌豆绿的新秩序
从无尽的突降中出现。

(SP,178)

... morning saw a new garnet-and-pea-green order propose
Itself out of the endless bathos.

但颇令人迷惑的是,隐含的诗人的任务没有变:找到某种方式成指数级地提升人的力量:

不可能不被那些人呈现出的微小
数字触动,这表明应把他们的力量提升至这或那。
可现在我们在恐怖角……

(SP,179)

Impossible not to be moved by the tiny number
Those people wore, indicating they should be raised to this or that power.
But now we are at Cape Fear...

因此我们可以说,就像我们在阿什贝利那里发现的那样,在存在中没有 277
什么可被长久地严肃对待;应该严肃地在本质上把一切当作“原料”来对待;痛苦和突降永远在“石榴红”的血和“豌豆绿”的胆汁中为诗人设置新的美学难题。

怀亚特和萨里留下的是什么?爱和痛苦,风景,一个原型秩序(比如追寻)。阿什贝利是所有这一切的诗人。他把彼特拉克文体的遗产看得一清二楚,彼特拉克的劳拉和锡德尼的斯黛拉变成了随意命名的当代少女,一如继承下来的哲学问题变形为庸常的新闻:

怎样向这些少女——若她们如其所是——
这些露丝、琳达、帕特和希拉解释
我们社会构造中发生的
巨大变化,改变了其中
一切事物的质地?

(SP,182)

How to explain to these girls, if indeed that's what they are,
These Ruths, Lindas, Pats and Sheilas
About the vast change that's taken place
In the fabric of our society, altering the texture
Of all things in it?

除了亮出陈词滥调，像在他之前的怀亚特和萨里一样“唠叨天空、天气和变动之林”，寻找与变化了的社会质地相匹配的属于当代的文字质地外，诗人什么也做不了。这位像《闹鬼的风景》（SP，263）中的生命一样“疏离，微笑而彬彬有礼”，欣赏一切又不为任何事物而感到惊奇的诗人继续唠叨着，变换着他的天真和世故。他的诗中有一种持续的情节被中止、在环形轨道上打转、愿望被付诸行动又被嘲弄、用典的突触擦出火花又熄灭的感觉。人的意义形成又分解，没有更大的持久而系统的思想或信仰背景来保障意义的合适或持久。但理解自我和自身演化形式的智性把人的生物体的力量提升至更高，哪怕它们正无助地经历着处于爱、恐惧和痛苦中的肉体的变迁。

在马克·福特的演绎中，生命也是这种感觉吗？我读福特时，得出了“是”和“不是”以及“有时”的答案。是，和阿什贝利一样，福特也有许多戏仿、无厘头的时刻；是，和阿什贝利一样，福特也有各种形式的、通常是朴素的苦难，烘托出滑稽的反高潮。但让我举一个“不是”的例子。阿什贝利倾向于在明确属于人的范围内写作，而福特则更喜欢寓言式书
278 写他的无常变化。他可以是一个“误入歧途的天使”（这个短语是一首诗的标题；SS，17）或一头“庞大绿色两栖动物”，后者在漫画诗《外出》中跟随诗人正在购物的女友：

> 但愿那真不可能，不那么像一头庞大绿色两栖动物
> 被迫在你喜欢的商店的不同柜台间
> 一心想回家地打转，无比谨慎地
> 低着头，不拦其他购物者的路。
> 我只能认出你的脚踝……
> 灰尘覆盖的地板凉爽得像喷泉，
> 被这么多的脚磨得光滑舒坦……

此刻我滑向呼呼作响的自动感应门，有点希望
它的电眼不会回应我不规律的逼近。另一个
十足干净的门槛！“芝麻开门，”它大叫，“抓紧！”

（L，51）

If only it were truly impossible, and less like being a huge green amphibian
made to inch my home-sick coils between the different counters
of your favourite store, taking all these fancy cautions
to keep my head down, and out of other shoppers' way.
Your ankles I can just make out...
The dusty floor is cool, like a fountain,
worn smooth and comfortable by so many feet....
Now as I glide towards the whirr of sliding doors, I half-hope
its electric eye won't respond to my irregular approach. Another
spanking clean threshold! "Open Sesame," it cries, "Hold tight!"

这里福特插入了老套的叫喊，出自《一千零一夜》的“芝麻开门”和出自《荒原》的“抓紧”，展示出阿什贝利式文学突触的那种贴满标签的过载，但与通常的阿什贝利相比，关于自我——一头要打败高处自动门电子传感器的想家的龙——的喜剧电影又有着更多的童话的欢乐和情节的连贯。福特的诗经常以一条故事线为基础，阿什贝利则不会这样。当然，福特的故事线是荒谬的、寓言的。一首典型的福特早期诗作《满满花生的泳池》（L，36-38）的创造性就在连环画般地速写出主人公为应对一个出乎意料的情景——遇见一个满是花生的游泳池——而做出的一连串卓别林式努力。首先，福特以并举的方式设定了场景，这在一定程度上借鉴自影响了早期福特的另一位诗人——弗兰克·奥哈拉：

就在外面我遇见
满满一泳池的花生我想
我怕是疯了于是我闭上眼数
到五再看它们还是非常安静地
歇在那里在高水位标记下
我猜一英寸左右处它们浅铜色
周围瓷砖是可爱清凉的水蓝色
只是没有水只有这些花生。

I come across right in the open
a whole swimming-pool full of peanuts I think
I've gone mad so I shut my eyes and I count
to five and look again and they're still resting there
very quietly an inch or so I suppose below
the high-water mark they're a light tan colour
and the tiles around are a lovely cool aqua-blue
only there's no water just these peanuts.

279 接着,语者试图处理池里异常的内容:

好吧这是个恶作剧……/除非它们是画的……/于是我跪下/窃笑出声,浸入手指/只为见它沉入小粒块中。

Well this is a hoax... / unless they're painted... / so I kneel down / and with a loud snigger I dip in my finger / just to see it sinks into small grainy nuggets.

在想到花生可能隐藏了什么(也许是水虎鱼?)时他感到恶心,但他继续探索:当他“一把又一把”抓开花生却发现下面什么也没有,他从高尔夫球袋里拿出一根九号铁杆,在“那个花生地堡中胡乱”挥舞一通无果后,他跳了进去,

> 可总是越来越多/于是我说别折腾了吧/我爬到边上把自己拉了出来……/我愤怒地把我的九号铁杆扔进池中央它沉了下去/不留痕迹我冲回车上……

> but there's more and more always / so I say let sleeping dogs lie / and I crawl to the side and haul myself out and... / angrily I throw my nine-iron into the middle of the pool where it sinks / without trace and I storm back to my car and...

阿什贝利也经常使用类似的并举风格,但他不会像这样把轶事一追到底。一本正经的细节还包括花生的咸味和油腻,男性挥舞高尔夫球杆的逞能,关于建造者和池子填充物之间的黑暗阴谋的暗示,等等。这首诗完美地模仿了荒诞的中世纪试炼,主人公的发奋图强;但本该得胜的泳池骑士不光彩地向崩溃屈服了。

这样一首寓言诗——可应用于一切执着地、英勇地、疯狂地、使人疯狂地理解令人惶惑的世界的努力——旨在让我们不相信它的荒唐故事,同时完全相信它的挫败。它让我们回想起在青年时期做出的极大又愤怒的努力,同时又从我们后来的视角去评判它们的荒谬、让人跌份。福特的诗的方法在其顽强的迪士尼动画,生动连续的动词,以及对寻找一个清晰比喻(即便只是一瞬)的绝望,无论是为自我(“像疯人……像着了魔的人……像好士兵”)还是为花生(“像白蛉……像

高尔夫／球……像浅咖色冰雹”）。在福特这里，阿什贝利式因生命抵抗清晰描述而产生的滑稽困惑和同样阿什贝利式即便如此也要描述生命的冲动相互竞争。虽然一开始的前提是荒谬的，但之后的一切则
280 不然：福特使我们相信我们应对的努力中的堂吉诃德式英雄主义，哪怕我们的困境可能要求荒谬的自我暴露。没有阿什贝利和弗兰克·奥哈拉的范例，福特不可能写出《满满花生的泳池》；但年轻的福特有他自己的喜剧风格，比阿什贝利的更有序，比奥哈拉的更有阵仗，也更加形而上。

阿什贝利最恒定的态度之一是怀有（至少）两门心思，这个态度支撑着他同时展露出智性和自嘲，以此升华我们的力量。分裂驱动着几乎每一首阿什贝利的诗，并显见于他的《连祷文》的垂直切分的页面。在福特那里也可以找到一种可资比较的二重性，但这个二重性在形式上发生了有趣的变化，且极为凝练；我的例子是《陆封》中的一首三节诗《然后她说她得走了》，其中，每一诗节都被空白构成的柱状中沟分成左右两半。为展示中沟，可见三节中的第一节：

客厅满当当的。　通勤的人半转过身
终于愤怒的女主人　向他们的朋友
走过来　道别。他们
轻声把　晚报的
晦词
送进　落在
我毫无防备的耳朵。　他们脚边。

（L，43）

The drawing-room was full.	The commuters half-turned
At last the angry hostess	to wave good-bye to
approached and	their friends. About their
whispered	feet fell the
black	words
into my	of their
unsuspecting ear.	evening newspapers.

在沟的左边是一个场景,右边则是一个对称的形状相同的场景。上面展示的第一个左边的场景位于正举行聚会的“客厅”;第二诗节中,左边展示了一片围住一头游荡母牛的牧场;第三诗节中,左边给了我们一座被巨大海浪打湿的滨海村庄。上面展示的第一诗节右边的场景中,“通勤的人”向他们的朋友道别;第二诗节中,主人公在满是鸟的大厅里吃午餐;第三诗节中,他的女朋友愤怒地要和他撇清关系。我们既要从左到右又要从上到下读这些场景,因为左边场景和右边场景共用诗节的第五行。不过,在每一个场景中,共用诗行的意思都会发生变化,取决于我们把它插入左边还是右边的场景。

比如第一诗节中,“晦词”是两个对称场景共有的短语:虽然在左边的叙事片段中,“晦词”有不祥的心理意味,但同一个短语放到更常规的 281
右边的场景中读,则只有单纯的视觉意义。这是一种阿什贝利式对语言中固有的滑稽滑移性(the comic slipperiness)的展示。分别放到任一场景中读,共有短语的意思绝不含糊;但就像“晦词”在从左到右移动时意思会像变色龙一样发生变化,后面诗节对称组中每一场景中共有的短语也一样。第二诗节中,左边是奶牛赶“走苍蝇”(away flies),右边则是一根胡萝卜被鸟叼着“飞走了”(away flies)。第三诗节中,左边是海水泛滥后,遥远的内陆也有了“海水”(salt water),而在右边,恋人试图想象他女友眼中眼泪的“咸水”(salt water)。

在《连祷文》的双栏中，阿什贝利的两门心思从来没有像这样对彼此通透，福特则想坚持，语言会从一门心思向另一门心思渗透。这里，福特的第一个双关是词法上的（“晦”先指道德后指视觉），第二个双关是语法上的（“苍蝇／飞”先是名词后是动词）；第三个双关则是从宏观收缩至微观（“咸水”先来自海里然后分泌自泪腺）。这样的双关表明，在诗人的意识中，语言闪烁，一个词在进入不同的组合时，会发生量子变异——此刻是波，下一刻就变为粒子。而福特的实践的特征在于，他的诗是凝练的：他没有表现出阿什贝利特有的持续离题的扩张倾向。事实上，福特把自己的写作定位到十四行诗一脉，他说：

> 我尝试的一切形式都是十四行诗的变体，更确切地说，都在试图掩饰诗秘密地想成为十四行诗这一事实……最终，它们成为被压扁的或被拉伸的十四行诗，弹性的十四行诗，在火车上坐过了几站的十四行诗。[6]

福特最近的诗受阿什贝利式喜剧的影响没那么大了，但依然在实践阿什贝利式对立足点的暗中破坏。在《半影》一诗中，福特说“我跌向遥远的没影点，在那里一人之／失崩解为他人之／灾”。（SS，34）我们本预期一人之失会成为他人之得，但我们的预期被反设计了——两个人都输了。随境遇的潜流由“失”向“灾”，在行进中扰乱我们的套路，是纯阿什贝利的方式。这里，就像在阿什贝利的诗中，“不一致的数据”（用阿什贝利最近写给福特的一首诗的标题来说）[7]不会合情合理。即便如此，令人
282 沮丧的创造秩序的希望依然存在。就像福特在《与等式一起生活》中说的那样，“我从坐浴盆起身时天突然亮了／可以重新整理事实展示给韵脚了”，可诗依然以一种非常阿什贝利的方式失败了：在更令人安心的

等式的时刻之后，

> 剩下的只能在无形中变小，退却
> 直到它们早已失去的前提被翻转。
>
> (SS,13)

> The remainder can only imperceptibly dwindle, retreating
> Backwards until their long lost premises turn inside out.

像叶芝的旋体一样，人的莫比乌斯带只能自我拆解；但我们至少还能从长计议追溯我们自我拆解的各个维度。这里，福特的结尾同时回避了喜剧、悲剧、崇高和正义，将诗的美学置于阿什贝利所界定的人的尺度内。

但福特的作品还有一面，使他尤其不同于阿什贝利。福特在写作中纳入一种身体感性的记录，这在永远戏剧性、永远虚拟性的约翰·阿什贝利那里是没有的。可以说，我们在福特那里遇到的自然在场的时刻背后，是华兹华斯和杰拉尔德·曼利·霍普金斯和他们对风打在皮肤上、泥土的味道进入鼻子的感觉。在《半影》中，我们发现阿什贝利式讽刺妙语，一人之失，他人之灾，还看到福特用凄凉的风景段落把那出阿什贝利式黑暗喜剧框在了中间：

> 我倾斜进肆虐
> 湖面，扫荡湿漉原野的风；天空的
> 倒影在车辙与颠簸间荡漾[。]
> ……
> 庄稼，

淤泥,浮叶不安的飘动吸收了
憔悴的光。

(SS,34)

I lean into the wind that blows
Off the lake, and scours the sodden fields; the sky's
Reflections ripple between ruts and bumps[.]
. . . . .
Crops,
Sludge, restless drifts of leaves absorb
The haggard light.

可以说,在福特那里,身体的压抑情绪是框架,在这个框架中,心智得出了滑稽的格言。而诗人对"被蹂躏的孢子"和"毛茸茸的荨麻"的细微观察,则凭借其形容词成功地悬停在现实与超现实的边界上,同时又不失对实景的把握。这样,福特属于从莎士比亚到哈代和霍普金斯一脉的英
283 国诗人,愿意描述自然中不可爱的时刻;但福特又和他们不同,对于从这般压抑的有形时刻得出的内省反思,他能赋予其一种阿什贝利式的无厘头和讽刺喜剧。

马克·福特赞美詹姆斯·泰特的品质,也可以在他自己的作品中找到:"拒绝省略经验的不合逻辑",沉思的"不可信任的不稳定",和诗通过"无缝拼接不同材料"运作的方式。[8]而福特在泰特那里发现的那种抒情诗,一种兼具"私密与非个人"的抒情诗,是他在阿什贝利那里所为之欣喜的,而且我认为也是他自己想写下的那种诗。诗必须"私密",否则它难以忠于自己;但它又必须"非个人",这样它才能对其他人真实。在《新共和》上关于米娜·洛伊的文章中,福特赞美了这样一种诗,他说,它"体现了一种对过时的修辞惯例和僵化的信仰体系

的破坏性批判”，这种批判“预见了后现代诗学的去中心化的流动性”。[9]也许，在这里，把认可延伸至某种被称作“后现代诗学”的东西多少有些刻意——就好像莎士比亚在《哈姆雷特》里、雪莱在《云》里没有意识到“去中心化的流动性”似的。在谈到每一位大诗人对“过时的惯例和僵化的信仰体系”的战争时，福特说得更靠谱。阿什贝利对这些事物的战争——特别是他对那些“惯例”和“信念体系”的滑稽坚持——已被证明对许多年轻一代的诗人具有强烈的解放性，这在英国对福特来说尤其如此。

我已经说过，福特区别于阿什贝利的一面，是你可以在实际的风景中感受到身体的在场。福特也喜欢把自己放到一个可识别的位置上，或叙述一个稳定的事件。阿什贝利是多变的，在他那里没有中心，只有话语的流动；而福特则让我们看到他处于某个既定的姿势和位置，“又一次”被“烦人的电话”打扰（在一首题为《第九计划》的诗中），每天早上都要面对一个监督员持续不断的“恐怖统治／和像胶水一样的心”。（SS，8）在同一首诗中，二十世纪对好生活的可怕规定——这些规定被强加在一个“案例”上，我们确定，这个案例近似诗人自己的情况——像一个“苛责的声音”，对“一群聪明的实习生”说，“忌马海毛，忌酒，／多喝原味酸奶，不要外语，不要密谈”。从对医学话语的戏仿嘲弄我们可以看出为什么阿什贝利会吸引福特；但与阿什贝利作品通常的情况相比，这段话又更稳固地位于一个实际事件中（这里的医学建议）。

福特虽然非个人，却也有自白的倾向，这使他与阿什贝利相比，更接近于哈特·克兰。在他那里可以看到令人不安的自我剖析的诗，比如《误入歧途的天使》开头就是一段戏仿弥尔顿的自我挑战：

在展翅高飞，化作无计划的 284

魔鬼般间隙的这一分钟
你将骑向何处？

(SS,17)

Where will you ride in this minute that stretches
Its wings, and soars aloft, and turns into
An unplanned, devilish interval?

嘲弄间，"僵化的信仰体系"和肉体令人困惑的迷惘立刻出现了：

连续的
不幸打破了尖锐的
标题和公司商标的控制；谜
在五感的边缘涌现。

Serial
Misadventures have shattered the grip
Of barbed rubric and corporate logo; enigmas
Swarm at the brink of the five senses.

最终，诗人一开始夸张的自我挑战——"这一分钟你将骑向何处？"——变成了一个更加实际的挑战，近乎誓言，其中，诗人承认创造之心的三种不可避免的不自由；你没法审查自己的思想，你没法否定自己的伤痕，你也没法逃避艺术"固守的礼规"(inflexible etiquette)。"固守的礼规"一语结合了必要和修饰，可能出自哈特·克兰，要求姿势符合记忆：

　　　　　　叛逆的思想
无可控制,起疱的肢体上
枷锁无法砸碎。固守的礼规
要求每一姿势也是记忆:你凝视
空间,分数和数字仍在其间寻求
复仇[。]

(SS,17)

　　　　　　　　　　[T]here is no controlling
One's renegade thoughts, nor striking
The fetters from blistered limbs. Inflexible etiquette
Demands every gesture be also a memory: you stare
Into space where fractions and figures still pursue
Their revenge[.]

前方是未知的边境,误入歧途的天使要在那里申明自己的权利,但

　　　　　　　　谁要在那里
声明权利就必须起来用喉音说出
他们想——或本想——做的一切,为什么,在哪里。

(SS,17)

　　　　　　　　　　　　　　　　Whoever claims
A stake out there must rise and speak in guttural tones
Of all they mean—or meant—to do, and why, and where.

我们已经完全走出了那种阿什贝利具有的终极无厘头和迷人消解的姿

285 态，而进入了史蒂文斯和克兰式的严肃，在此，诗人的咕哝会被一种既源自内在又出自社会的严苛伦理标准所评判。

哈特·克兰的诗，就像福特在对克兰《书信选》[10]的一篇书评中评论的那样，为诗人"体现身体、凡物、即逝之物的需要"所驱动。在阿什贝利那里也有"凡物"和"即逝之物"，但"身体"则不那么明显。而克兰吸引福特的，正是"身体"及其感官超验性的闯入——他引用克兰，称之为诗人"像毛毯吸水一样吸收经验"。福特的典型风格，是在阿什贝利式形而上学氛围上嫁接一种切实可感的身体氛围，又在阿什贝利式偶发事件的斜角上嫁接一条福特式寓言故事线。福特最近的一首诗《二〇二〇愿景》在中心部分评论"我的劫数是忘不了／我失去的周遭"，诗的开头是一种从阿什贝利那里学来的卡通式形而上学：

在空荡酒窖中放松的他突然
爆发：酒保，这些玻璃杯清空了自己
而我还在此。

(SS,29)

Unwinding in a cavernous bodega he suddenly
Burst out: Barman, these tumblers empty themselves
And yet I persist.

很快，《二〇二〇愿景》变成了精确到奇妙的抒情自传，让人依次想起华兹华斯、艾略特和克兰，但又没有明显受谁的影响。

我们可以读懂这样一首拐弯抹角的诗，是因为我们已从福特的现代主义先驱，包括阿什贝利那里得到了训练。但令人难忘的抒情本身是福特自己的：故事线，时而轻描淡写时而浓墨重彩的情感起伏，超现实的生动场景。我想引用这首诗的结尾几行,不过在此之前我要说,福特的叙事背离了华兹华斯的惯常情节:将开头和结尾都设定在日落时,在中途结束和开始;将出生象征化为死亡的伤口;将生命的苏醒表现得类同为诗结尾的可怕饥渴:

　　在中途我们开始
和结束:我出生,而后我的身体展开
像是为了说明一些小而有效的词——
但——天啊天啊——去罢。我木然
从灌木丛凝望前方,太阳落入
远方后面。一对饥饿的猫头鹰
向迷网暗夜的到来致意;露珠 286
降临在蔓爬的蕨草上。起初
我黏稠的血液拒绝流动,而
呈蜡状凝聚成滴成摊:混以水和少许
无色的酒,它变得稀薄,再不情愿地
消退。我被抽空躺倒,像一片落叶,
直到被一道旱天闪电刺目的光
和这可怕饥渴的肇始惊醒。

(SS,29)

　　In medias res we begin
And end: I was born, and then my body unfurled
As if to illustrate a few tiny but effective words—
But—oh my oh my—avaunt. I peered
Forth, stupefied, from the bushes as the sun set
Behind distant hills. A pair of hungry owls

Saluted the arrival of webby darkness; the dew
Descended upon the creeping ferns. At first
My sticky blood refused to flow, gathering instead
In wax-like drops and pools: mixed with water and a dram
Of colourless alcohol it thinned and reluctantly
Ebbed away. I lay emptied as a fallen
Leaf until startled awake by a blinding flash
Of dry lightning, and the onset of this terrible thirst.

虽然这里的姿势并不英勇，但我们还是感受到诗人在发现语言时纯粹的喜悦，哪怕是最原始的稚气回应：“但”（反对的心灵）；“天啊天啊”（一天沮丧，另一天惊奇）；“去罢”（文学语言带来的初次兴奋）。当然，对从诗歌事业肇始起灼烧着诗人之喉的“可怕饥渴”来说，没有词完全充足，但心灵还是开始积聚它的词汇。

迈克尔·霍夫曼曾说马克·福特的作品“毫无疑问是大西洋中间的”，但对这位跨大西洋的读者来说，福特的诗“毫无疑问”也是英国的，因为它属于英国浪漫主义和现代抒情诗一脉。[11]在一次接受格雷厄姆·布拉德肖访谈时，福特否定了严格意义上的自传诗这一当代文类：

> 我无法忍受写祖父或垂钓之旅或乔迁新居的感受的诗，除非它们非常好……我开始对它们抱有偏见因为我发现那些主题是如此地无聊……我猜，基本上我总在寻找间隙，德里克·马洪所说的“可供思想生长”的小裂缝。[12]

我把文学抒情诗和美国联系在一起，在这里，人们最近才认为，写明性别、族群、阶级和家庭关系可以增加诗的真实性。而古典抒情诗——福特便出自这一传统——在过去就已经以多种方式去掉这些特性，以使诗中的声音可为众多读者所代入。福特也赞同那种去特性化的努力，也把自己重新发明为鳄鱼、天使或展开为语言的身体。不过，过去的抒情诗中隐形的惯例是，普遍化的语者被预期要按正常的逻辑追求自己的思想。庞德、艾略特、摩尔和克兰通过允许更任性的联想创造出一种在诗中扭曲思维轨道的现代主义，而兰波和马拉美的弟子阿什贝利则大胆地 287
在轨道上创造出实际的空隙。福特也在他的诗固有的逻辑中制造这样的跳跃。

福特的诗的迷人之处在于，虽然他采用了更新的技巧，他所说的(SS,5)意识的“循环往复”中的弯曲和空隙，但他允许这些技巧依然奇妙地接纳旧的方式，华兹华斯、霍普金斯、哈代的方式，不总是阿什贝利式明知故犯的戏仿，而常常是自然而然的宽广记忆。就如福特在接受布拉德肖访谈时所用的一个对传统的比喻所言，“你舀出一桶[传统]然后尽可能地享用碰巧在其中的多样生命形式”[13]，这样的说法可能会令艾略特感到惊奇，但不会使华兹华斯或霍普金斯或阿什贝利觉得奇怪。我们有幸看到了福特从英美的潮池中舀出我们时代的生命形式和语言形式。它们没有被信念或体系或意识形态列入任何已知的文化分类，但它们在想象即刻的新聚合中愉快地自成一类。

福特把阿什贝利带进了英国诗歌的分区，放松了英诗的想象中那些仍囿于奥登式智性、运动派(The Movement)的单调和拉金式灰暗喜剧的更严格界域的方面。长期以来，似乎很难设想在某些含蓄的形式姿态之外表现英式风格；更野的姿态属于乡下，被默认为野蛮。阿什贝利无懈可击的文学上的精致比英国人还英式；但他又以惠特曼式开阔，在王尔德式风趣的客厅中引入了灵活放松的乡下懒散。戏仿能力可与之比拟的福特喜欢滑溜和荒诞——那些对知识分子、不苟言笑的人、愁眉苦脸的人、行为讲究的人的顽皮打搅。他对当代英国生活的真实电影(cinema vérité)般的描绘与他对一种兼收并蓄的后现代感受力的演绎相伴。

福特既深谙大众文化，又能辨赏高雅文化的绝望，既在室内阅读过去，又在户外呼吸切身体会的氛围。他那一代英国诗人还在形成中，但我相信，就像阿什贝利对美国战后写作来说至关重要一样，福特会是这代人的最终定义者之一。

而就在对当代人的定义中，福特与阿什贝利一样认为，一切可被经验修订的事物永远在流传，文化不可能达到任何确定的稳定。而流传的事物，为人的经验，绝不仅仅是小的：阿什贝利所说的“小之大的流传”为大，乃因其思辨、反思、嘲弄和反讽，因一种劈分（*dédoublement*），令人
288 既是天使，又误入歧途；既是身体，又是半影；既无望地欣赏事实，又把事实“重新整理”为一个韵脚，以提高（也即增大）等式中数的力量。尤其是，我们在马克·福特那里发现的当代意识因一种警醒意识（在《然后她说她得走了》的两栏场景中被嘲弄）而为大：任何词都可以以粒子或波的形式为其所用，于是语言的组合潜能确保了它能再现从崇高到荒谬的一切。这种被阿什贝利广泛传开的大，有幸在经历转化后进入了马克·福特的英国。

（王立秋 译）

19. 华莱士·史蒂文斯：死去与活着的记忆

我想重新考察一下华莱士·史蒂文斯笔下的记忆。他笔下的一些记忆，被看成是有缺陷的记忆，无论那是感官经验的重复式记忆，还是情感生活的怀旧式记忆。另一些记忆，则被看成是再生式记忆，正如其诗作《岩石》中的记忆。我对史蒂文斯笔下的记忆产生兴趣，源于我在面对《昔日费城的拱廊》时的困惑。[1]史蒂文斯这首诗是他 1942 年诗集中的一首，我非常喜欢。在史蒂文斯的诗歌中，《昔日费城的拱廊》的奇特之处在于它比其他大多数诗作都还要超现实；它最主要、最惊人的超现实特征是人们把眼睛捧在手中的意象（这个意象后来在《故事一页》中再次出现）：

他们坐在那里，把眼睛捧在手中。
……
他们在手中
擦亮眼睛。

There they sit, holding their eyes in their hands.
.....
They polish their eyes

In their hands.

他们的眼睛已经不再属于肉身;它们已经硬化成玛瑙。在诗中此刻,擦亮的玛瑙眼睛表面正映射出颜色深浅不一的丁香花。我在琢磨这首诗时,不由自主地想起史蒂文斯笔下其他地方出现的丁香花。我想起他早期诗集《风琴》(1923)中的《最后看见的丁香花》,想起他晚期诗集《秋天的极光》,1950)中的《八月里的事物》。正是由于《昔日费城的拱廊》带来的困惑,当初在阅读《诗集》时,我的目光不经意地掠过书页,注意到了前面的一首《俄罗斯的一盘桃子》。这些诗歌同时浮现在我的脑海,我觉得,乔治·赫伯特在《圣经之二》中对圣诗的评价可以移用于史蒂文斯:

290 啊,我知道所有光芒的组合,
知道它们光彩的造型!
我不仅看到每首诗如何闪光,
还看到这些故事构成的星座。
一首诗是一个点,两首产生运动,
生出第三首,然后开花散叶……[2]

Oh that I knew how all thy lights combine,
And the configurations of their glorie!
Seeing not onely how each verse doth shine,
But all the constellations of the storie.
This verse marks that, and both do make a motion
Unto a third, that ten leaves off doth lie. . . .

史蒂文斯的诗歌星座就是以这种方式相互辉映。正如《昔日费城的拱廊》和《俄罗斯的一盘桃子》在《诗集》中的相邻性,往往暗示了诗歌之间的想象性关系。因为记忆是抒情诗最古老的主题之一,而史蒂文斯对于记忆的兴趣让人想起华兹华斯而非其他前辈,所以我也希望看到,史蒂文斯在书写记忆这个历史悠久的主题时,有什么独特之处,有什么不同于华兹华斯的地方。

接下来,我准备从《俄罗斯的一盘桃子》(LOA,206)入手探讨史蒂文斯的记忆主题。这首诗最不像华兹华斯风格,尽管它的终极关怀是记忆,但它是以当下热烈的感官经验开头的。这首诗的语者是俄罗斯流亡者。他用的是"幼稚"的对句。在见到一盘很像是家乡的桃子时,他感官的第一反应是兴奋,因为这盘桃子的形、色、香、味都与他过去岁月中的桃子一样。他像一个肉欲主义者心怀感激地对这盘桃子做了评价:

我全身心地品尝这些桃子,
摸了又摸,闻了又闻。

With my whole body I taste these peaches,
I touch them and smell them.

在一个插入语之后(这个成分我后面再谈),我们再次感受到这种兴奋的感官认知:

这些桃子又大又圆,

红彤彤的,毛茸茸的,
软软的皮,饱满的汁。

The peaches are large and round,

Ah! and red; and they have peach fuzz, ah!
They are full of juice and the skin is soft.

这些桃子完全满足了视觉、味觉、触觉和嗅觉的官能。它们是相同的水果类型，却不是语者故乡的桃子。他是“流亡者，/ 听到教堂的钟声，/ 也会产生心声”。心是五官不能相提并论的器官。这里的动词“pullulate”，来
291 自拉丁文“pullus”（意指小动物或嫩枝，比如英语中“pullet”的意思是“小鸡”），其比喻意义是“充满”或“产生”。这种与情感交叉的感官-记忆的生产活动，正是史蒂文斯希望强调的东西，因为当感官反应在场，而感情缺席的时候，感官-记忆的生产活动就会丢失。尽管这个语者想把眼前的美国桃子与昔日的俄罗斯桃子完全同化，宣称眼前的这些桃子“充满了家乡的颜色”，但他最终还是不能与彻底的失望保持距离：

我不知道

那样的暴行能把一个自我
从另一个自我中扯掉，就像这些桃子一样。

I did not know

That such ferocities could tear
One self from another, as these peaches do.

过去的感官记忆深埋于过去的情感经验，不能重复或恢复，即便当下可以获得同样的感官满足。这个流亡者在两个自我之间分裂，正是因

为眼下的桃子对于感官而言与过去的桃子绝对无法区分。只是对于心而言,眼下的桃子与他远逝故乡的桃子难以并论。这个流亡者的一部分已经死了,即使在美国吃到感官幻象相同的水果,他死去的那一部分也不能复活。为了做这个理论实验,史蒂文斯让一套刺激——也就是那些感官的刺激——在记忆和现实中保持不变,从而凸现了记忆的那一部分。但是,令人沮丧的是,俄罗斯桃子的联觉和熟悉的教堂钟声所产生的那种昔日快感,再也难以复生。

在《昔日费城的拱廊》(LOA,207)中,当史蒂文斯转向一般的生活记忆时,他并没有像华兹华斯在回想起他的"时间点"时,发现这是一个具有革新性的丰富资源。相反,史蒂文斯为记忆的贫乏而震惊。当我们召唤过去,他说,往往是用一套视觉意象的形式。根据《昔日费城的拱廊》里的看法,我们不能听到过去,不能触摸、品尝或闻到过去。奇怪的是,我们只能看见过去,(按照史蒂文斯在这里的观点)其他感官都没有能力在记忆中回到和复制自身。在《昔日费城的拱廊》里,史蒂文斯认为这是不易之论,唯一想要回忆过去的,是那些有财富可以记忆的人(只不过这些财富现在已经丢失)。昔日的财富可能是感官的财富(如草莓)、异国旅行的财富(如亚平宁半岛)或者本地的财富(如费城):

只有富人才记忆过去,
在亚平宁半岛曾经吃过的草莓,
蜘蛛吞噬的费城。

Only the rich remember the past,
The strawberries once in the Apennines,
Philadelphia that the spiders ate.

292 在这段序曲之后，史蒂文斯为我们描写了一群生活于“拱廊”的记忆者。他的描写让人想起弥尔顿《失乐园》中的比喻，据说，天上掉落到地狱的天使，密如亚平宁半岛上华笼柏落莎幽谷中的落叶：

> 他站住，招呼他的部众，
> 他们虽然具有天使的容貌，
> 却昏沉地躺着，稠密得像秋天的繁叶
> 纷纷落满了华笼柏落莎的溪流，
> 那溪流夹岸，古木参天，枝丫交错
> ……[3]（朱维之 译）

> He stood and call'd
> His legions, Angel Forms, who lay intrans'd
> Thick as Autumnal Leaves that strow the Brooks
> In *Vallombrosa*, where th' *Etrurian* shades
> High overarch't imbow'r. . . .

史蒂文斯暗示，那些想要记住过去的人，都是身处某种地狱，在那里，尽管他们能够像在默片中看见过去，但他们不再能够听到过去，触摸过去，闻到过去，感觉到过去：

> 他们坐在那里，把眼睛捧在手中。
> 好奇，凭着华笼柏落莎的耳朵，
> 却听不见过去。
> ……
> 他们触摸到看见的东西吗？

感觉到它的风,闻到它的尘吗?
他们摸不到。他们看到的东西
不会传出声音。他们在手中
擦亮眼睛。

There they sit, holding their eyes in their hands.
Queer, in this Vallombrosa of ears,
That they never hear the past.
. . . . .
　　Do they touch the thing they see,
Feel the wind of it, smell the dust of it?
They do not touch it. Sounds never rise
Out of what they see. They polish their eyes
In their hands.

在这张剥夺了记忆的目录中间,语者几乎是以附加说明形式,插入了将要活在当下的东西:

　　　　　　　　　　　　去看,
去听,去摸,去尝,去闻,就是现在,
就是这里。

　　　　　　　　　　　　　　　　To see,
To hear, to touch, to taste, to smell, that's now,
That's this.

但他似乎出于某种原因,对于追求"现在"和"这里"的魅力毫无兴趣:他暂时沉迷于记忆的匮乏。

这首诗的下一乐章主题是丁香花，丁香花逐渐成为一种受挫的情欲
293 的象征。在情欲中，与丁香花相联系的爱，同这座“城”（可认为就是标题中的费城），从来没有合而为一：

丁香花很久之后才来。
但这座城和花香从来没有合而为一，
尽管蓝色的灌木在盛开——盛开，
仍然在玛瑙眼睛里盛开，红蓝色，
红紫色，从不全是红色。

The lilacs came long after.
But the town and the fragrance were never one,
Though the blue bushes bloomed—and bloom,
Still bloom in the agate eyes, red blue,
Red purple, never quite red itself.

这些死去的记忆者眼巴巴地盯着玛瑙眼睛折射的丁香花，他们的玛瑙眼睛奇怪地只反射丁香花，别无过去的东西。但是，记忆的波动颜色并不完全与生活——史蒂文斯的真实生活中明确的太阳的红色——近似，而是与消失的真实生活保持令人失望的近似，红蓝色，红紫色。但是，捧在这些记忆者手中，在这些凝视的眼球，这些玛瑙一样的眼睛里，丁香花继续盛开。这种视觉中丁香花的珍贵记忆，意味着语者能够把所有的其他感官，看成是对于坟墓中的死者没有价值的东西。在诗歌结尾，他成功地重述了视觉记忆的力量：

舌头，手指，鼻子

都是可笑的垃圾，耳朵是污秽，
只有眼睛，是手掌中的人。

The tongue, the fingers, and the nose
Are comic trash, the ears are dirt,
But the eyes are men in the palm of the hand.

如果，要想记住过去，我们不能复活可重复刺激的全部感官范围——那盘桃子——我们至少能够指望视觉的坚持，即便颜色会稍微变淡。

但是，在这声断言之后，先前隐约暗示全部的感官经验在“现在”和“这里”可以获得再次自我强调。我们发现了为什么这个语者要躲避“现在”和“这里”：

这里？一个人必须很穷，
只有一个感官……
……
穷如大地……

This? A man must be very poor
With a single sense...
.....
Of poorness as an earth....

现在这个语者，他的形而上和全方位的贫穷意识，几乎彻底的失落感，根
除了所有身体感官的潜在快乐。如果他只意识到贫穷，他四处张望，他 294
四处锻炼常用的五官，这些感官有什么用？他闻到云，却闻不到香味；他经常看到大海，却看不到消失的丁香花；他发现一个可以触摸的女人，但

她面容枯槁；他想品尝食物，却只有“干燥的二等品和无味的三等品（亡夫留给寡妇的遗产）”；他想说话，却发现说不出一个字眼，尽管内心奇怪地听到想说的话：

这里？一个人必须很穷
只有一个感官，尽管他闻到云，
或者星期天去看海，或者
触摸一个枯槁的女人，
穷如大地，品尝
干燥的二等品和无味的三等品，
听到自己，但不说话。

This? A man must be very poor
With a single sense, though he smells clouds,
Or to see the sea on Sunday, or
To touch a woman cadaverous,
Of poorness as an earth, to taste
Dry seconds and insipid thirds,
To hear himself and not to speak.

稍后，我会回到史蒂文斯这些不符合语法的奇特句法。语者发现，现在欠缺可欲的东西，想回到记忆的财富，结果发现，在品尝了无论多么干瘪无味的现实之后，现在要重新召唤那些财富，等于让它们失效、受损、虚假、失真：

曾经在亚平宁半岛吃过的草莓……
它们现在似乎有点虚假。

这些山是刮擦过的,用过的,明显的赝品。

The strawberries once in the Apennines...
They seem a little painted, now.
The mountains are scratched and used, clear fakes.

结束的这三行是专门设计出来呼应开头的三行。草莓和山的真实性虽失去,记忆中消退的昔日费城拱廊在这个结尾虽没有提及,但也没有完全遭到忽视。这座城虽遭蜘蛛吞噬,但其拱廊之下,仍然是丁香花园;在玛瑙眼睛里,丁香花仍在盛开;因此,这座消失的城市的记忆部分还没有变成“虚假”,“刮擦过的,用过的”,或是一件“赝品”。

如何处理失意的恋情,这是史蒂文斯甚至在《风琴》里就关注的问题,在那部诗集里,他早在第三首诗歌就宣布,“丁香花在卡罗来纳枯萎”。(LOA,4)在《最后看见的丁香花》中,一个情人察觉到,对他感到失望的情人转身离开他的拥抱,走向梦想的完美情人,那个“唐璜,/在夏日到来前会拥抱着她”。(LOA,39)这首诗具有强烈的反讽,正如这 295
一个诗人——语者自称是“卡尺、弯脚圆规”,用来衡量拥抱的尺度,自称是“可怜的小丑”,傻子。他曾经爱过丁香花;现在,丁香花对他来说只是垃圾。这“神圣的美少女”,他的情人,把对他的不满化为虚幻的梦,梦见一个大摇大摆/神气十足的情人(“穿着漂亮的靴子,粗犷而傲慢的男人”),但这个语者,意识到自己不像男人而遭情人疏远,并没有梦到一个更好的情人来安慰。他万分失落,对新的感情历险深深怀疑:

可怜的小丑!看那紫色的丁香花
你最后看一眼,静静地看,
说这是怎么来的,你什么都没有看见

只看到垃圾，你不再感觉到
她的身子在花月中颤抖。[4]

Poor buffo! Look at the lavender
And look your last and look still steadily,
And say how it comes that you see
Nothing but trash and that you no longer feel
Her body quivering in the Floréal.

在《最后看见的丁香花》中，语者痛苦地否认丁香花的价值（“只看到垃圾”），他承认，他不再对爱人有欲望。但是，无论否认还是承认，在《昔日费城的拱廊》中，这两种姿态都被证明是假的：丁香花——在密切注视的目光下，它们的颜色光谱不断在变化，色彩不稳定，也不完美——在记忆者手中的玛瑙眼睛里继续盛开。正如后来在《最高虚构笔记》第七节，史蒂文斯意识到，情欲及其纪念品，无论如何枯萎，终将是一个人生命中的赐福，哪怕在它们失落之后，他还会重新闻到丁香花的味道，创造出丁香花联觉的“紫色的气味”，从而在《最高虚构笔记》中包括了比《昔日费城的拱廊》中更加完整的丰富记忆。但是，《最高虚构笔记》中的记忆，“什么也唤不起”，是柏拉图式的“绝对”，独立于任何昔日的美少女：

今晚紫丁香放大
轻易的热情，躺在我们中间的爱人的
永远心甘情愿的爱，而我们呼吸

一种什么也唤不起的气味，绝对。

我们在死寂的午夜遇见
那紫色的气味,那丰盛的绽放。(陈东飚 译)

(LOA,341)

Tonight the lilacs magnify
The easy passion, the ever-ready love
Of the lover that lies within us and we breathe

An odor evoking nothing, absolute.
We encounter in the dead middle of the night
The purple odor, the abundant bloom.

后来,在《八月里的事物》第四节中,史蒂文斯逐渐承认,爱的死亡,
如同自然中其他的死亡,是自然的事情。正是从大地母亲身上,我们获 296
得了财富。正是大地母亲,她总是掩藏致命的匕首,但终有一天,她会拿匕首指向我们。丁香花的气味在凋谢之后依然留存,但无论是(珀尔塞福涅的)神话,还是(寡妇杜丽的)生活,都与这种纯洁淡然的气味没有联系:

丁香花的悲伤气味——我们记住它,
不是珀尔塞福涅的芬芳,
不是寡妇杜丽的气味,
而是重新回到大地的尸体的气味,

丰饶的大地,自身成就的丰饶
……
致命的感伤是儿女之爱的

一部分。或者是一个要素，
……
一柄傲慢的匕首，投掷出傲慢，

在父母的手中，或许是父母之爱？
我们曾希望有一个季节，
更长、更晚，在那个季节，丁香花盛开
散发出更温暖、更像玫瑰一样的香气。

The sad smell of the lilacs—one remembered it,
Not as the fragrance of Persephone,
Nor of a widow Dooley,
But as of an exhumation returned to earth,

The rich earth, of its own self made rich. . . .
. . . . .
The sentiment of the fatal is a part
Of filial love. Or is it the element, . . .
. . . . .
An arrogant dagger darting its arrogance,

In the parent's hand, perhaps parental love?
One wished that there had been a season,
Longer and later, in which the lilacs opened
And spread about them a warmer, rosier odor.

在《最后看见的丁香花》中想象出的傲慢情敌的阳物力量，在《八月里的事物》里转换成了大地母亲，她或许出于爱，把手中死亡的匕首刺向自己孩子的心脏。因为这些丁香花在这里和别处一样都是性爱的象征，最初是从大地下挖掘出来，如同万物，它们必然回归大地。尽管史蒂文斯像惠特曼一样逐渐知道——逐渐爱上——大地作为生命原理和死亡原理，他拥抱不可避免的生命循环，并不意味他没有后悔。爱必须死去；但爱必须活得如此短暂、如此吝啬？诚然，这个季节本来可以更长、更晚；诚然，可以允许丁香花生产它们最真实的香味，包含了过去维持、现在还维持的爱的温暖和羞红。有残余的痛苦伴随——但不会削弱——史蒂文斯在这里的情欲记忆；实际记忆的缺陷得到幻想的弥补，幻想在更好的环境中，在丁香花的香味之下的生活可能变成什么样。

在《岩石》(LOA，445)中，丁香花最后一次重新出现。史蒂文斯提 297
供了一幅浪漫爱情的凄凉画面，这浪漫爱情对于诗中的年轻人如此神奇，作为仅仅是进化的生物现象，受到“阳光为自己设计的幸福”的刺激。这个年轻人在走向他家田地的边界，当那个年轻女子从邻家田地同样走向边界：在这命定的时刻，正午时分，当性的温暖达到高潮，他们在地界碰面。史蒂文斯神秘地做了评论：

正午时分在地界的碰面看起来像

一个发明，一个绝望的肉身
和另一个的拥抱，在疯狂的意识中，
奇怪地肯定了人性：

两人之间提出的一个定理——
两个人在自然的阳光下，
在阳光为自己设计的幸福中。

The meeting at noon at the edge of the field seems like

An invention, an embrace between one desperate clod
And another in a fantastic consciousness,
In a queer assertion of humanity:

A theorem proposed between the two—
Two figures in a nature of the sun,
In the sun's design of its own happiness.

但是，这种对诱发性交的达尔文式命令的精神评估，让位于回忆如何真正感受到是性和爱的活着，盛开的丁香花的时刻和欲望的麝香味：那是

一种如此渴望的幻觉

绿叶长出来遮蔽高高的岩石，
丁香花逐渐盛开，如同清除的盲视，
惊呼光明的景象，当得到满足，

在视力的诞生中。这盛开的花和麝香味
是鲜活的，是持续活着的生命，
是整个世界之存在的一个特别生命。

an illusion so desired

That the green leaves came and covered the high rock,
That the lilacs came and bloomed, like a blindness cleaned,

Exclaiming bright sight, as it was satisfied,

In a birth of sight. The blooming and the musk
Were being alive, an incessant being alive,
A particular of being, that gross universe.

这种记忆,主动重新捕捉与丁香花相联系的激情——盛开的花和性爱的香味,炫目的风景和纷纭的活力——对于年轻人的经验更加准确,比起《八月里的事物》的忧郁怀旧更加准确,比起包含在玛瑙眼睛里变换的丁香花色彩中的仅仅视觉的记忆更加全面,比起《最后看见的丁香花》中的早期自我仇视的不予理会更加幸福。

我们且记住史蒂文斯早期和后期诗歌中出现的丁香花意象,现在回 298
头再来看《昔日费城的拱廊》。这次我们会问,当史蒂文斯重新考虑记忆的缺陷时,这首诗为什么要这么写,这首诗的结构和语言如何承受情感的重负。这首诗的开头有一种声音,即便是讽刺的声音,也传达可能的希望;语者认为,我们至少能够记起失落的财富,哪怕没有希望重新获得,毕竟,蜘蛛早就吞噬了费城。这首诗的结尾承认,开头夹杂着忧伤的愉悦很快就露出是假象。里面没有养料;草莓是假的,和古希腊画家阿佩利斯笔下可以乱真的葡萄一样;记忆被重复败坏,如同一张刮擦过的旧唱片。至于费城,除了丁香花,已遭吞噬。

《昔日费城的拱廊》在开头和结尾之间的主体部分,摇摆于不可恢复的"过去"和"那里"与贫瘠的"现在"和"这里"之间。这种摇摆将这首诗歌完全置于一个华兹华斯式的文类,即,这首诗歌具有双重意识,其中,"现在"带着不同的感情回望"过去"。但在用脱离了肉身、已经石化成玛瑙的眼睛埋葬过去时,史蒂文斯拒绝了回想起华兹华斯式的"鲜活"过去,因此不必经历华兹华斯式的"消逝"。这种"消逝"在《丁登寺》中有过经典表述:“那样的时光消逝了,痛切的欢乐,/眩目销魂的狂喜,都一去无踪。”在玛瑙眼睛中盛开的丁香花的变换色彩(“红蓝色,/红紫色,从不全是红色”),是渐近的,走向情欲化的丁香花(“蓝色的丁香花”)的初次盛开,但它们既不同于现实生活中的蓝色丁香花,也不同于“红色”的柏拉图式的真实丁香花的实相,它们从来不可能是那样。

对于华兹华斯的实际过去的“过去”和实际现在的“现在”,史蒂文斯增加了另一个空间化的时刻,死者的现在时间点的“那里”,其中,他们记住过去:“他们坐在那里,把眼睛捧在手中。”因为语者的语气反讽而冷淡,他专注于描述“那里”——似乎他不是写自己——这首诗的主体部分一直停留在这些精神化的时刻。语者知道,只有富人才记忆过去;“奇怪”的是,这群记忆者(“凭着华笼柏落莎的耳朵”)只有视力而没有听觉;他坚定相信,除了视力,对于记忆来说所有的官能都是绝对不能获得的(“他们触摸到看见的东西吗[?]……/他们摸不到。他们看到的东西/不会传出声音”)。他对“死去”的自我的审判是终极而致命的审判(“舌头、手指、鼻子/都是可笑的垃圾,耳朵是污秽”)。

299 在所有这些理智、洞察、决定、宣布、嘲笑和判断中,端坐着丁香花一样盛开的过去的简短叙事。但甚至在这里,也会插入对过去的冷静评价:“这座城和花香从来没有合而为一。”尽管这些人丢失的某种东西,在现在盛开着丁香花的玛瑙眼睛中得到拯救,但过去的盛开是生物性的和真实的花,而现在仅仅是视觉里的记忆,只是色彩近似。

这种纯粹的视觉记忆的僵化冷淡,驱使语者(像诗人一样在写下他的回忆时“在手中擦亮眼睛”)进入不兼容的现在,进入贫穷的“现在”和“这里”。正如我刚才说,《昔日费城的拱廊》中精心选择的用词在第三节中崩溃。因为诗人宣布,拥有所有的感官是生活于当下的财富(“去看,/去听,去摸,去尝,去闻,就是现在,/就是这里”),当他说“这里?一个人必须很穷,/只有一个感官……”这时我们很迷惑。我们想过,只有记忆者必须勉强用一个感官过活,他们的视觉官能。只是当我们继续阅读,我们才看见,这个短语"一个感官"过了三行诗歌以"穷如大地……"来补足。显然,穷的感觉,星球的穷弥漫大地,足以抹除所有普通感官的潜力。[5]语者做了让步——是的,这个人的确闻到了云,能够在星期天看大海,能够品尝到像尘土一样干燥无味的食物,能够触摸到没有魅力的枯槁女人——但谁会想要呢?感觉到的贫穷的毒药,那种弥漫一切的单个感官,侵入和削弱其他感官,使之失效。

在这个其他感官遭到彻底剥夺的诗节,句法的困惑继续表现在奇特的不定式中。通常,在史蒂文斯的诗歌中,不定式标志了可能的快感,正如在《最近解放的人》里:

> 没有描述为所是的所是,
> 暂时在床边站起来的所是,
> ……
> 在站起来之前,
> 将要从医生变成牛,
> 知道这种改变,知道像牛一样的挣扎
> 来自的力量,是太阳的力量……
>
> (LOA,187)

> To be without a description of to be,
> For a moment on rising, at the edge of the bed, to be,
> . . . . .
> to be changed
> From a doctor into an ox, before standing up,
> To know that the change and that the ox-like struggle
> Come from the strength that is the strength of the sun. . . .

即使这里，像从最初是完整一体中脱落下来的语词碎片，我们仍然发现平淡或令人讨厌的不定式（同时还残留了古老的因此是令人不安的用
300 法“或者……或者”来代替现代的用法“不是……就是”），出现在必须重新安排才能产生意义的破碎句法里：

一个人[尽管他闻到了云]必须很穷，
只有一个感官[穷如大地]
或者星期天去看海，或者
触摸一个枯槁的女人……
[或者]品尝干燥的二等品和无味的三等品，[或者]
听到自己，但不说话。

A man [though he smells clouds] must be very poor
With a single sense [Of poorness as an earth]
Or to see the sea on Sunday, or
To touch a woman cadaverous...
                    [or] to taste
Dry seconds, [or]
To hear himself and not to speak.

这个禁锢在压抑而贫穷的“现在”和“这里”的人，如何能够闻到云朵的味道？这种对于感官功能和感官在场的妥协让步，破坏了这段话的绝对性，其中，诗人想要证明，贫穷的意识使身体官能的正常运行失效。诗人承认，这个人虽穷，但他躲不开闻到云朵的味道。史蒂文斯笔下的云朵总是与蓝天和想象有联系，但是，只有不可见的东西——天使、天主、缪斯——才生活在史蒂文斯的云中。云代表了理念的王国，在其中，柏拉图的每个东西的“理式”永恒存在，即便不可见。“鼻闻”是缥缈的

认知,不依附于眼看、耳听、口尝或手摸;无论语者的感官多么贫穷,丁香花香的理念,丁香花在柏拉图理念王国中的味道,依然弥漫在云中。当身体对普通的感官反应完全无动于衷,除了柏拉图的理念世界,没有其他地方可以来解释诗人的贫穷。

史蒂文斯希望表现他巨大的贫穷感,这种愿望促使他有意识运用形象的超现实主义,故意运用有失优雅的语词作为比喻。感官记忆容易用“曾经在亚平宁半岛吃过的草莓”这样的语言来召唤。情感记忆——想要表现过去真实的丁香花,盛开于玛瑙眼睛中的现在的丁香花以及柏拉图理念世界中纯香的丁香花——更加难以表现,因此,在史蒂文斯笔下导致玛瑙眼睛的超现实主义,带着它们永远难以满意的颜色,捧在记忆者手中。史蒂文斯对于运用超现实来表现无意识很感兴趣,但运用起来很小心。正如他在《诗歌素材》中说:

> 超现实主义的根本错误在于,它只发明,却无发现。用风琴演奏一曲走调的音乐,是发明,不是发现。观察无意识,只要它能够观察,应该发现我们之前没有意识到的东西。(LOA,919)

从史蒂文斯对无意识的观察中,当它向他展示出感官记忆和情感记忆的 301
区别,就跳出了令人胆寒的超现实主义的人——他们的眼睛现在变成了玛瑙——沉思反射在这些眼睛里的盛开的丁香花,这些眼睛脱离了他们肉身的头骨,捧在手中。

如果说,表现感官记忆是容易的,表现情感记忆是可能的——即便只有借助超现实主义——但要表现激发所有身体感官而不享受它们这种悖论的状态,看起来还是不可能。史蒂文斯必须否认丰饶(“去看,/去听,去摸,去尝,去闻,就是现在,/就是这里”),抵制这些活动中的愉悦。这些感官的练习通常认为是自动的。华兹华斯笔下的马修在

《劝导和回答》中说：

眼睛，它不能不看外界；
耳朵，也不能不听声息；
四肢百骸时时有感觉，
不管有意无意。（杨德豫 译）

The eye—it cannot choose but see;
We cannot bid the ear be still;
Our bodies feel, where'er they be,
Against or with our will.

华兹华斯这里没有把与人身体意志相违的东西戏剧化。但那恰是史蒂文斯必须做的，从而显示他的语者的感官外溢，同时心灵抹黑获得回报的潜力。心灵和感官的冲突，结果是破裂的句法和对原本可以用感官来完成的东西进行生硬的推理（“或此或彼”）；同样的冲突产生了闻到云朵的味道和尝到二等品和三等品的食物这样的超现实主义。借助反高潮的后置副词（“星期天”）或形容词（“枯槁”），我们看到了驱散的欲望。心灵和感官的分离，集中体现在这最后一句悖论中：“听到自己，但不说话。”在心中，语者听到如果不是如此贫困他就会说的东西；但他的表现能力觉得自己已被贫穷的意识大大消耗，以至于他没有说话，尽管他能够说话。这首诗非常特别的语法、句法、诗节和用词，就是设计出来传达他没有说的东西。

我现在回到史蒂文斯写作《昔日费城的拱廊》时的困境。假若正如他在《诗歌素材》中所说，“所有的诗都是实验诗”（LOA，918），那么，这首诗做的实验，就是摆脱其他三种状态——叙事记忆的“过去”（草莓和费城)，情绪记忆的“那里”(玛瑙眼睛和变化的颜色)，以及欲望贫困的“现在”。“那时 / 过去”对于我们来说已经在华兹华斯式的叙事中获得 302
编码；至于“那里”，史蒂文斯的想象必须进入超现实主义的王国，寻找一个鲜明的身体象征对等物——捧在手中的眼睛——等同于剥夺了一切只剩一种可用的视觉的情绪记忆；至于“现在”，史蒂文斯必须发明一种实验性的话语，如此扭曲，如此摇晃，如此不在一个时代，以至于他的第三节诗歌会“几乎成功地 / 抵制理解”。(LOA，306)允许这种特别的反意志的现在性，减退进入他可以理解的结尾，可能看起来是从实验性后退，如果他没有引入结尾，把保留的记忆最终减退消失进入诡计和欺骗。草莓和亚平宁半岛是赝品；但是，在写作的时刻，丁香花仍然有真实性。足够长久地被记忆，它们也会变成赝品，或者变成刮擦过的旧唱片？这是史蒂文斯悬而未答的问题；但在他后期的诗歌中，当他接受性爱的丁香花盛开是必要的，接受死亡同样是必要的，丁香花得到允许，再次完全盛开。在《岩石》这首诗里，丁香花比在《一个世界的各个部分》中更有活力。

正是在观察史蒂文斯写作过程中的自我修正时，我们构建出关于他作为诗人之困境的一个叙事。从史蒂文斯的创作中形成这样一个目的论的渐进叙事，一直被称为是把批评家的想法强加于证据之上。[6] 如果我们相信，正如我现在这样，构建那样一个说明性的叙事是必要的(如果我们在史蒂文斯的创作生涯中找到那样连续使用的意象，背后有不同的动机)，那么，记忆中的丁香花从《风琴》到《岩石》的变迁就创造了那样一个故事。正如简单的一盘桃子对于那个俄罗斯流亡者来说不仅承载着感官记忆，还承载着情感负荷，同样，史蒂文斯笔下的丁香花，作为反复出现的意象，象征性爱和爱情，早迟也要求史蒂文斯对之进行风格和主题的重构。

史蒂文斯的诗歌中对记忆——无论是个体的记忆还是集体的记

忆——多有沉思;对于他来说,记忆与生命的品质密切相关。只要我们记忆,我们就活着;当玛瑙眼睛不再反射丁香花,再去擦亮就毫无用处;它们的表面什么都不反射。当桃子的味道中不再传出教堂的钟声,这些尽管给舌头带来甜美的桃子,也就变成了干燥的二等品或无味的三等品。在每个记忆的入口——桃子或丁香花——之后,潜藏着可能的空白,等着填写绝望而冷淡的情感,当"颜色加深和变淡"(LOA,119)的时候,正如《死在佛罗伦萨的英国人》中渐渐隐去的死亡。《俄罗斯的一盘桃子》中的情感失落,来得突然而猛烈,在《昔日费城的拱廊》中变成了对失落的情爱执迷的沉思,笼罩一切。我们可能相信,从《昔日费城的
303 拱廊》起,如果他不允许——反对《岩石》中嘲讽的婚姻戏剧——注入仁慈,注入生动的情欲的麝香,注入以完全鲜活的形式被记忆复活的丁香花一样的芳香,史蒂文斯就会不可逆转地掉进一种记忆观,把记忆看成是石化的东西、人为的东西以及刮擦过的旧东西。在他的余烬中,史蒂文斯是过去的萨满巫师,不像华兹华斯那样,紧跟着对"如此短暂易逝之物"的怀念,而是用语言复活逃逸的过去,宣称它作为特定的存在之物最初的圆满。当史蒂文斯将这种存在命名为"整个世界",他坚持认为身体的反应在所有存在的观念中的优先性。如果记忆要有用,它必须像在《岩石》中一样,重新创造出那种生命的整体,而非模仿华兹华斯式挽歌的遗憾。考虑到史蒂文斯笔下记忆主题的核心性,追寻他对记忆的许多描写和表现,追寻他象征记忆的意象,这应该是值得的。我这里只是抛砖引玉;这应该是一条路,即将他和浪漫主义前驱相结合,同时,我相信,最终也会完全将他们区别开来。

(李小均 译)

20. 乔丽·格雷厄姆：过度时刻

打破风格可以出现在最大规模上，比如当霍普金斯发明了一种新 304
节奏，以区分他的多篇晚期诗作和早期诗作时；或者也可以出现在单一一首诗内，就像希尼的诗。希尼在面对格劳巴勒男子时的困惑召唤一种形容词风格，而他在“荒凉海港的寂静”中回忆起预兆的恍惚时又要求名词风格。尽管如霍普金斯般大规模的风格打破几乎不会被读者和评论家忽略，但如希尼般每首诗之间小的风格打破却经常不获注意，借由语法形式而对诗歌主题进行的核心剖析也得不到评述。如果评论者将诗的物质实体（由节奏、语法、分行或其他类似特点组成）剥夺，那么它们所组成的只是一堆想法。在这样的处理下，诗会失去它物质的——因而也就是审美的——独特性。此处，在思考乔丽·格雷厄姆的作品时，我想看看以诗行构成的单位，这是格雷厄姆诗歌物质变化的诸多单位之一。

历史上，分行是区分散文和诗歌的典型单位，是对诗歌发声的气息单位最敏感的计量标准。行最短时可以只有一个字，卡明斯和贝里曼甚至还会以一个音节或一个字母为一行。最长时可换行，或者做另一个动作，即在右侧空白处悬挂一个霍普金斯叫作“跑马外出”

(outride)的短行。① 当一个诗人不再写短行而开始写长行时,这种变化就叫打破风格,其含义比其他任何含义几乎都更重大。乔丽・格雷厄姆
305 一开始是个写短行短诗的作者,其诗行有种无比诱惑的蹒跚犹豫的节奏,以至于再次将其吟诵时,人心几乎都要找个新的方法跳动。然后,几乎是以潮汐般的能量爆发,格雷厄姆开始发表长行长诗,长得过度,长到页面几乎盛不下。济慈说,“诗应以精妙的过度(fine excess)使人惊讶”[1],而这精妙的过度的形式之一就是长行。史蒂文斯在《一个哭泣的市民》中也说:“在连续的过度中,可治愈忧伤。”[2]而对世上的悲哀,有一种疗治的办法就是长行所吐露的独立、刺激、令人振奋的过度发声。格雷厄姆从短行到长行的风格打破邀请我们思考她的行为所包含的这些和其他一些可能的内涵。但是在我谈论格雷厄姆对长行的借助前,不妨先说说现代诗歌中长行的存在,这大概还是有些用处的。长行主要有两个古典来源:一是史诗的六音步,二是希腊的酒神歌。前者代表英雄行为,后者代表狂喜表达。当霍普金斯将《德意志号的沉没》比作古希腊抒情诗人品达式的颂歌时,他是想在十八世纪的仿古尝试外回收这种狂喜、不规则的形式。但是正如我们所看到的,霍氏主要是在十四行诗中将常规的英语诗行推向它最长的长度,而这既是因为他的刻苦,也是因为他的狂喜。在生命接近末端时,他这样写他“羊群般”的长行:

> 我的呐喊起伏,羊群般长,在农场上蜷缩拥挤,一种首要的
> 痛,世上的悲哀;在古老的锻砧上抽搐和歌唱——
> 然后平息,再然后停止。[3]

---

① Outride 是霍普金斯发明的诗歌韵律——跳韵(sprung rhythm)的一种手法。霍普金斯自言 outride 也叫 hanger(字面意思是“悬挂之物”),是附加于一个音步之外,不算在常规音律中的一个、两个或三个不接受重音的松散音节。使用 outride,目的是在诗歌的首要主要节奏之外再创造一种节奏,从而形成双重节奏。

> My cries heave, herds-long; huddle in a main, a chief-
> Woe, wórld-sorrow; on an áge-old ánvil wince and síng—
> Then lull, then leave off.

他的几首六步十四行诗有时会添加上文提到的那种“悬挂的短行”，甚至尾声。最后，《从西比尔的树叶中拼出》①的八步诗行达到了他的气息极限。霍氏用长行有几种方式，或者作为一种承载异质性的容器，但是可以达到英雄史诗的高度：“这个杰克，玩笑，可怜的瓦片，碎片｜木屑，不朽的钻石／是不朽的钻石”。[4]更有趣的是，霍氏甚至用一系列由半音阶词构成的长行悄然向目标逼近，其中每个半音都在以几乎不可察觉的半步，狂喜地融入下一个半音：“真诚、非凡、平等、可调音｜似穹庐、浩瀚、……惊人的／傍晚竭力想成为时间巨大的｜万物的子宫、万物的家园、万物的灵柩的夜晚”。[5]

和霍普金斯一样，惠特曼——正是他从圣经和麦克弗森的《莪相》中演化出了自由诗行，成了美国自由诗行的创建人——发现长行作为异质性容器非常有用，但是他也用长行象征智识和思辨的困难。长行希伯 306
来式的并列很适合惠特曼，有利于他持续不断地弃旧迎新：“我不想奉献光滑的旧奖，而想捧出粗糙的新奖。”[6]他还用长行表示思辨的自发性，以及一种随时准备自我纠正的意愿，正如《有关表象的可怕怀疑》一诗中有一行（1.9）是这样说表象的：

---

① 古希腊有很多西比尔的传说。最常见的是，西比尔是诗歌和预言之神阿波罗的女预言家，她的预言写在橡树叶上，如果树叶被风吹散，她不负责捡回整理。她的预言本身并无固定解释，且预言一经她读出，树叶即化为乌有。还有说她曾手抓一捧沙子，说愿享寿如沙之数。阿波罗满足了她的要求，她于是得长生，却忘了求取青春永驻，因此只好在衰老无趣中度日，最终身体萎缩，居于罐中，只剩声音传世。还有说她是沟通生者与死者的桥梁，因此在古罗马诗人维吉尔的史诗《埃涅阿斯纪》中，主人公埃涅阿斯在她的引领下进入地狱。中世纪的基督教神学则认为她预测了基督的降生。这些内容在霍普金斯的《从西比尔的树叶中拼出》中均有暗示，霍氏也一向擅长在诗作中结合希腊和希伯来传统。

从我当前的视角看，[它们]看起来可能像它们的真实模样(它们无疑确实只是看起来像)，而当视角完全转换，它们又可能并非如它们看起来的模样(它们当然可以如此变化)，或者无论怎样什么也不是。[7]

May-be [They are] seeming to me what they are (as doubtless they indeed but seem) as from my present point of view, and might prove (as of course they would) nought of what they appear, or nought anyhow, from emtirely changed points of view.

尽管有霍普金斯和惠特曼的长行为例，但是英语诗行在不受干扰的情况下，仍会固执地倾向于回到它更为常规的四步或五步上来。除非诗人多加了点特殊的注意，或缩短行长，像希尼在《北方》中为寻找一种更为“爱尔兰”的音乐而特意为之的那样，或者拉长行长，像史蒂文斯在一首名为《可能之物的序言》的诗中所做的那样，这首诗表现了一种奥德赛式的连续：

他属于他的船向着遥远的异国的启航，他也是这启航的一部分，
他是船头火镜的一部分，那是船的象征，不管那象征是什么，
他是玻璃一样的船舷的一部分，船靠它滑过被盐玷污的海面，
当他独自旅行，像是一个被一个毫无意义的音节引诱向前的人。[8]

He belonged to the far-foreign departure of his vessel and was part of it,
Part of the speculum of fire on its prow, its symbol, whatever it was,
Part of the glass-like sides on which it glided over the salt-stained water,

> As he traveled alone, like a man lured on by a syllable without
> any meaning.

早期诗人如布莱克和“莪相”,晚期诗人如惠特曼、霍普金斯和史蒂文斯为何要不顾规定,不顾历史习惯,还可以说几乎不顾自然,硬要拉长英语诗行的长度呢? 对其原因我本可以说得更多,但是现在我想转向格雷厄姆,问一问为什么她也有了这种压力,以至于将她的诗写得爬满纸页,令我们吃惊,令我们担忧,哪怕同时也让我们被这些诗表现出的紧迫、努力和力量吸引。

格雷厄姆在诗中最早为自己选定的身体是一具首先代表故意的身体。借用她在《繁盛》一诗(来自《唯物主义》一书)中援引的一个有机比喻,不妨将这种故意看成是一棵植物。它慢慢向上生长,先是抽出一片叶子,再在植株另一侧的对称位置抽出另一片叶子,再爬高一点,长出一个嫩枝,再催促这个嫩枝长成一个柔条。格雷厄姆最早两本诗集中的狭窄诗歌按对歌的线条生长——第一行向左顶头,第二行缩行,第三行又向左顶头,第四行 307
缩行,以此类推。一步接一步地,她的诗让个体观察共生起来,在纸页上逐级而下,经常是两音步后跟着单音步,如此为读者制造了一组平行台阶。以下是从她的第二本诗集《蚀》(1983)中选取的《热风》的局部:

在他窗外
　　你能听到非洲热风
在看不见的东西上
　　作用。
常青藤的每片干叶
　　都受过它的抚摸,

再次抚摸。谁是

这世界
紧张的灵魂
必须一遍遍复习
它早就知道的东西,
是什么

这么又热又干
正在穿过我们,
通过我们
寻找它的答案?[9]

Outside his window
you can hear the scirocco
working
the invisible.
Every dry leaf of ivy
is fingered,

refingered. Who is
the nervous spirit
of this world
that must go over and over
what it already knows,
what is it

so hot and dry
that's looking through us,
by us,
for its answer?

这样的诗行有很多威廉斯的影响，从中可以看出年轻的诗人正在逐渐把握通向世界的进路。《蚀》是格雷厄姆二十多岁、三十出头时写的书，其中大多数诗都以这种阶梯状的短行写成。它们代表诗人有时叫作蚀、有时叫作解剖的那个过程。在此过程中，有什么东西被一点点碾压成灰，或者有什么东西被一层层打开，叫人看见了。

格雷厄姆有一首悲惨的诗名叫《卢卡·西尼奥雷利使身体复活》，它提出的核心问题“真实有多远？”可以为这个一步步探索世界的过程辩护。画家西尼奥雷利的儿子死了，画家悲不自抑，解剖了尸体：

他刻得
更深，
慢慢地
从象征
升级到美丽。真实 308
有多远？
……
以美和小心
和技艺
和判断，[他]刻进
阴影，刻进
骨头和肌腱以及每个
窝

在那里冷光
聚集。
他花了很多天

那深刻的
抚摸,切割,
开解,

直到他的精神
能够爬进
打开的肉体并
修补它自己。

(E,76–77)

[H]e cut
deeper,
graduating slowly
from the symbolic
to the beautiful. How far
is true?
.....
[W]ith beauty and care
and technique
and judgement, [he] cut into
shadow, cut
into bone and sinew and every
pocket

in which the cold light
pooled.
It took him days
that deep
caress, cutting,

unfastening,

until his mind
could climb into
the open flesh and
mend itself.

可以说,这种娴熟、稳定、毫不畏缩的短行写作代表了一种对精神的耐力的信仰,它以六行一节的规整形式把诗行一组组分发出来。它对物质的阻力是刻意尊重的,并暗示在对各种解剖刀精确、探索性的使用中,精神必须遵从"美和小心/和技艺/和判断"。"真实有多远"的问题虽未被回答,但诗人的责任在于把象征经由美带入真实则毫无疑问。

在《蚀》接近结尾处,格雷厄姆收录了一首名为《上升气流》的令人不安的诗。它的题目本身就暴露了一种力量,它和那些连续、递增和规整的过程截然相反——不管这些过程是像蚀一样自然,还是像解剖一样智性——它是格雷厄姆诗的形式造成的。她诗中的上升气流,或曰对流气流,以不规则的动荡诗行使大气上下颠倒:

……所有花朵都被一阵狂风突然吹落,一阵
上升气流——灰尘和丝绸的
马赛克 309
我们都借此上升,旋转,所有人
都自由。

(E,70)

all the blossoms ripped suddenly by one gust, one
updraft—mosaic

of dust and silks
by which we are all rising, turning, all
free.

被《上升气流》按时间顺序记载的运动把意义消解为无意义。诗人现在不信任形式的结束，她恳求一个像上帝一样的人物让夏娃——造物之母，已经成形的世界的象征——退回到未被创造的状态：

……所以让她褪下

沉重的衣装，让她退回到
肋骨中，退回到你的梦中，你的
孤单中，退回，深深地退回到不穿衣服……

(E,71)

so let her slip

out of her heavy garment then, let her slip back
into the rib, into Your dream, Your
loneliness, back, deep into the undress. . . .

脱衣存在于"退回／针在你的指间翻飞前，意义"，因此诗人渴望的脱衣正是克里斯蒂娃叫作 *chora* 的东西。这是一个柏拉图式的词汇，意思是语言的前象征矩阵／模型，那时的节奏、音节和记号都还未合并为符号和意义。但是我们既然无法回到 *chora*，就只能在反抗结束的过程中前行，通过熵进入随意和不定形。

因此，由格雷厄姆发起的长行，首先是死亡、解体和无意义的对等形式。此刻在她的写作中,它和形状优美的有机形式的劝说相对,也和智识上的明白易懂相对,后者是仔细和审慎调查的结果。格雷厄姆在《上升气流》中说:“血把自己涂抹到精神上”,痛苦的身体扭曲了求索的精神,这场斗争持续出现在格雷厄姆所有的后来作品中。

《蚀》后的那本诗集毫不妥协地命名为《美的终结》(1987),它标志着格雷厄姆和短行抒情诗的决绝。虽然先前那种调查式的对歌又出现了一两次,比如在《末世祈祷》和《禁止接触》中,但是此书一个首要的变化是反抗形状优美的结束所造成的智识和形式上的结束。此刻诗人心中有种对不确定性和不可预见性的赞同,一首名为《晕眩》的长行诗表达了这种赞同。这是一种当人抛弃了先入为主的陈旧思维,转而拥抱悬崖外的新事物所散发的未知的吸引力时感受到的晕眩:

> 她探身出去。是什么这么吸引人,她好奇, 310
> 是什么?它没有形状,只有视角?
> 它不能跑来拥抱我们?
> 哦它有活力,她想,这种空虚,这种摄取就在
> 故事开始前,精神努力想要抓紧
> 再抓紧,精神觉得它像是一种病这种想要
> 抓,抓住,开始,精神爬出去爬到悬崖边上
> 好像第一次感受到身体——它是如何
> 跟不上,爱无能。[10]

> She leaned out. What is it pulls at one, she wondered,
> what? That it has no shape but point of view?
> That it cannot move to hold us?

Oh it has vibrancy, she thought, this emptiness, this intake just prior to
the start of a story, the mind trying to fasten
and fasten, the mind feeling it like a sickness this wanting
to snag, catch hold, begin, the mind crawling out to the edge of the cliff
and feeling the body as if for the first time—how it cannot
follow, cannot love.

当精神爬出去爬到感知的悬崖边缘，那令人晕眩的扩展迫使格雷厄姆写出她的长行，以及那种好似“跑马外出”的短行，也就是接续前一行、置于右侧页边的小短行。格雷厄姆将无限向右的水平伸展与偶尔置于右侧的垂直悬挂相结合，不仅拒绝了精神循序渐进、向上前进的模式，也拒绝了探索式的从美到真的向内渗透模式。她将诗歌的人类目的重新定义为一种世俗的、面向大地的甚至可以达到哥伦布航海的史诗维度的横向求索，而非像西尼奥雷利一样在垂直方向上所做的向深处的下降，或者像《上升气流》那样向上飞升至祈祷。世俗欲望本身就是格雷厄姆水平长行寓意的对象，而欲望又总在不断延伸自己，想要跨越一个它其实并不想跨越的鸿沟。在这场欲望的搜索中，精神总能跑赢肉体。而欲望的持续造成的线性延展，又意味着形状的缺失远非意义的消解和死亡，而是代表着生命本身。

在《波洛克与画布》一诗中，格雷厄姆想要找到一种非超越的垂直，以便和她水平的世俗“欲望”相对。在此过程中，她为自己的诗行找到了一个比喻——那个位于艺术家身体和平铺在地上的画布之间的颜料的滴答流淌。颜料从画笔上滴答坠落，形成的线条像是毫不费力坠入水中的鱼线。这个倾泻而下的线条／诗行不像奥德赛的史诗覆盖大片距离，向着地平线探索进发。相反，它是狂喜的，生活在可能之中：

17

线被甩出线无形状在它不死地坠落前

18

说：好生活是可能的，仍在嘶叫，仍未安置，

19 311

在它落下前，没有形状，没有生产，也没有形成那个鲜亮的果实。①

（E，84–85）

17

the line being fed out the line without shape before it lands without death

18

saying a good life is possible, still hissing, still unposited,

19

before it lands, without shape, without generation, or form that bright fruit.

此时此刻，“被甩出”的垂直长行纯粹处于中间状态，未被安置，皆有可能，“无形”，且在伦理上未有决定。它还没有把自己和形状、结局和决定绑定，也还没有摘下那个堕落的苹果。

写中间状态诗，写悬浮诗是格雷厄姆在《美的终结》中主要的智识和情感投注。为了达到这个目的，她在很多诗里都通过一系列不断迫近的渐近姿态而延迟结尾的到来。她给每个姿态都编了号，每个姿态都以微小的程度不断把情节向前推进。她的这种对长行的断续使用模式像

① “那个鲜亮的果实”以及下文“那个堕落的苹果”都指《圣经·旧约·创世记》中，人类始祖亚当和夏娃违背上帝禁令吃的禁果，此事构成了基督教教义所说的人类的堕落与原罪，并造成了人类被逐出乐园、纯真时代结束、经验时代开始的新纪元。

极了电影里的定格，后者把电影里的动作序列划分成非常短的“镜头”或元素，正如芝诺的箭一样。[1] 为了把每个元素放到制动时间内，格雷厄姆尝试把定格按顺序编号，以便数字那陌生的外表能在纸上将一个诗行或多个诗行所表达的每个感知原子都凸显出来。

这个把数字和每个感知包都联系起来的实验只在《美的终结》的二十六首诗中尝试了六首，但这六首都是双人自画像，是凝聚全书的力量：

《他们之间的姿势的自画像》
（“Self-Portrait as the Gesture between Them”）
《双方的自画像》
（“Self-Portrait as Both Parties”）
《阿波罗和达芙妮的自画像》
（“Self-Portrait as Apollo and Daphne”）
《匆忙和延迟的自画像》
（“Self-Portrait as Hurry and Delay”）
《德墨特尔和珀尔塞福涅的自画像》
（“Self-Portrait as Demeter and Persephone”）
《波洛克与画布》
（“Pollock and Canvas”）

这些诗在数字之外还有一种集体重要性。我们必须要问：这种停顿有力的编号长行为何会在双人自画像中占据如此重要的地位？其中《波洛克与画布》尽管名字不叫自画像，实际上也算自画像。

---

① 芝诺是公元前五世纪的古希腊哲学家，他提出四大吊诡问题，“箭”是其中之一。意思是说在任一时刻，箭总是占据与其等长的空间，因此在那一刻箭是不动的。既然箭在任一时刻总是不动的，那么从头到尾，箭都不动。

作为一种视觉体裁,自画像总是依赖于某种镜子策略,以便画家能够描绘出一个通常为他/她的个人视觉所不及的对象:他/她自己的脸。虽然不是所有自画像都会展示出那面必须有的镜子,但是即使是那些不展示镜子的自画像,也会使观者想到画这样一幅画的困难。有些自
画像,如维米尔[1]笔下画室中画家的自画像就省去了画家的脸,而用一 312
顶黑帽子代替那个深不可测的后景,代表画家那个虽然必要却被压抑了的主体性。这种主体性在每张画作中都扮演了角色,不管这扮演有多"客观"。阿什贝利提醒我们,帕米贾尼诺[2]用凸透镜中的反射画自己,以便强调任何自我表现的策略都会造成不可避免的扭曲。

格雷厄姆对自己笔下双人自画像的复杂要求是有了解的,而这份了解最明显的表达就是这个以编号为打断的结构。这个结构说:"挑个定格时刻看看你自己吧;写下来。再看,再写。再看第三遍,再写。"在笔接替眼的过程中,意识也在交替,不加隐藏。不仅不加隐藏,还被一个数字接一个数字地写在了纸上。通过俄国形式主义者所谓的"袒露技巧",格雷厄姆的自画像预防读者——或诗人本人——太轻易滑入内省,从而不再知觉再现的问题。

但是如序言般的数字缀于诗行前,又与格雷厄姆突然启用的长行有何关系?正如我已经说过的那样,传统观点将诗行与气息相联。的确,关于诗歌物质基础的很多理论将气息的吐纳作为诗歌的衡量标准。呼吸的生理法则使自然气息基本对等:吸气、呼气,再吸气、再呼气,而对等的呼吸是规则、整齐和连续诗行的基础。可是视觉没有这样的对等节奏:它可以随意延长,还可以停下来供检查,供思考,或者被时不时地打断。在我看来,是凝视而非呼吸才是格雷厄姆编号诗的基本标准。通过

① 十七世纪荷兰画家,善画市民阶级的室内生活。

② 十六世纪意大利画家和版画家,其画作以拉长形象著称。他有一幅作品名为《凸透镜中的自画像》。

选择凝视而非呼吸,格雷厄姆重新定义了发声,使其变成了对凝视的追踪,那是一个原子感知接一个原子感知、一束接一束、一个节奏接一个节奏的追踪。在格雷厄姆的诗作中,对感知的变化莫测的信任代替了格雷厄姆之前的早期诗歌对呼吸和真理的信任,其中呼吸由生理控制,真理则由那种凡事自有天定的目的论控制。既然感知的巅峰也必然是某一时刻的巅峰,那么让格雷厄姆同样感兴趣的对象就既有(编了号的)打断式的停顿,也有意味深长的感知。她将停顿的分隔本身当成一种善,这点在《波洛克与画布》的定格式诗行中表现得最为明显。

《波洛克与画布》分三个部分,每部分都用罗马数字编号,但是只有第二部分给诗行编了阿拉伯数字的号。第一部分是一个用过去时写成的、对波洛克“滴答”画法的概念总结,并将波洛克与艾略特的《荒原》及帕西法尔传奇中的受伤的国王联系了起来。[1] 这是一个命悬于生死之
313 间的国王,他活着但是不能给予生命,受了伤可是又没有死。俯身于画布之上却又拒绝让笔尖接触画布的波洛克提出了一个问题,总结了国王的这种中间状态:“告诉我什么才能使/身体复活?”(EB,82)波洛克虽然擅长赋形,却决定让他的画布免于最终的正式形状,因为那等于死亡(“他的画笔能在空白处/制造形状,但是拒绝”)。

且让我暂时略过第二部分,看看诗如何结尾。波洛克在第一部分中对终极形状的确定性的恐惧在第三部分中得到了回答,因为第三部分展望了一种摆脱正式形状的办法。正式形状(美、爱、比喻)一旦被施于画布之上,就会永久沉淀于某一点生活,并决定那点生活。唯一摆脱正式

① 所谓“受伤的国王”也叫残王、渔王,他是圣杯的掌管者。圣杯指最后的晚餐中耶稣拿来盛红葡萄酒(象征耶稣的血)给门徒喝下的杯子,因此有异能,能给人带来幸福、丰饶以及青春永驻。在诸多关于渔王的传说和故事中,渔王是一副股部受伤、不能站立的样子,平日只在河上泛舟垂钓,期待邂逅能回答他的问题,因此能治愈他的骑士。帕西法尔是亚瑟王的十二圆桌骑士之一,以寻找圣杯著名。在故事的一个版本中,他先是邂逅渔王,看到圣杯,却回答不上问题,因此错过了赢取圣杯的机会。他后来意识到了自己的问题,发誓要找回圣杯。

形状的完结性的办法是将概率纳入其中。格雷厄姆将概率比喻为上帝造好世界之后的休息,因为此时那条意想不到的蛇可以借机溜进天堂:

　　然后祂休息,此时方是真正的
创造
　　开始时——就是此时——然后祂休息放进机会放进
任何风任何阴影疾如分秒,还有异想,
　　通过光,让蛇扭身
溜进。

(EB,87)

　　And then He rested, is that where the real
making
　　begins—the now—Then He rested letting in chance letting in
any wind any shadow quick with minutes, and whimsy,
　　through the light, letting the snake the turning
in.

格雷厄姆的结论是那些偶然的、掷骰子一般的、还未成真的东西最终都会成为上帝创世的一部分,哪怕上帝没有这个意图:

……然后还未成真的东西
　溜进来

成了真,
　难道不是吗?

Then things not yet true
  which slip in

are true,
  aren't they?

溜进来的东西是济慈式的“精妙的过度”的一部分。这些东西既然是对计划内的“补充”,那么诗行里不管有什么是看似武断随意、不在计划内、随机增加的东西,都能在其中找到形式上的对等,似乎诗行就该如此扩充,好把这些东西都包括进来。

诚然,在《波洛克与画布》中,长行不仅存在于第一部分安福塔斯[①]的暂停中,也存在于第三部分耶和华的概率中,但是在《美的终结》全书
314 内,“长行”这一物种的精华——我所谓的“精华”是指长行被数字编号的长长的停顿打断——在《波洛克与画布》的第二部分才实现。虽然此处的波洛克无法完全避免时间将他向前拉拽,但是他通过在每个凝视间插入一个停顿,使之代表狂喜的存在,从而尽量使时间空间化:

1

这是那个湖,开放之域,他觉得今天是属于他的一天;钓鱼。

2

湖,中段的乐曲,女人的肉,幻。

3

这是下沉前的钩,在它深深沉入水流前。

(EB,82-83)

① 圣杯骑士的首领。

1

Here is the lake, the open, he calls it his day; fishing.

2

The lake, the middle movement, women's flesh, maya.

3

And here is the hook before it has landed, before it's deep in the current.

这部分诗意味深长,它描写空间、中间状态、转世、幻象以及暂停,直接点出长行和长停顿构成的双重过度对格雷厄姆的意义:那是一种表现经验自我大肆扩张的办法,它先于分析,也先于对其他情况的依赖。这种情况和浪漫主义有着密切关系,但是格雷厄姆不想为了让灵魂活着而让身体睡着。而且,和华兹华斯相反,她几乎是想让精神睡着而让身体鲜活。她的幻不通向华兹华斯式的超验。相反,在拉长的感觉幻象中,她接受幸福的停顿。这就叫过度,用史蒂文斯的话说,这是对痛苦的治愈。在"造物主与造物之间"(EB,83)发生的这个幻的化身是史蒂文斯式"夏日的凭证"的时刻,是没有时间进出的人类存在的时刻。吊诡的是,代表这一时刻的反而是"恩惠中 / 8 / 最暴力的那个,全是深长的伤口,全是描写"。① 这个恩典是代表永恒过程的缪斯,对格雷厄姆而言,她代替了那个代表产品、被调停过、喜欢探究、已然成形的缪斯。

于是格雷厄姆的长行代表过程中的存在。它在《美的终结》后,又延续到了《不相似性之域》(1991)。但在后来这本更为自传的诗集中,诗行丢弃了它先前的伴侣,那种开放的编号空间,它曾经代表停顿中的

① 希腊神话传说中有美惠三女神(the Three Graces),grace 在希腊语中有恩惠、典雅、魅力等意,拉丁名写作 Charities。从希腊文的名字构成看,三女神 Aglaia,Euphrosyne 和 Thalia 分别代表光明、欢乐和青春。她们是宙斯的女儿,爱与美之女神阿芙洛狄特的随从,所到之处都能赐人以美和魅力。此处格雷厄姆故作反语,借美惠女神制造其形象的一个反面,说明画家波洛克的缪斯不再是美惠女神,而是三姐妹中最暴力、最能带来伤害的一个。

存在。凝视转向了自传性的单人自画像，代替了有神话起源的双人自画像，叙述情节也代替了成束的感知量子。不过我在此处不想多谈《不相似性之域》，我想转向格雷厄姆的《唯物主义》(1993)，因为她在其中结合了长行与长句，而长句明显是长行的终极叙事伴侣。既然水平长行在
315 空间上向地平线延伸，本身在形式上就已经相当费力，再和长句(时间复杂性和概念复杂性的传统对应物)结合，等于在水平的长坐标轴外增加了一个垂直的长坐标轴，越发显出史诗般的繁重。早在《蚀》中，格雷厄姆就已经在对长句进行有效利用，但是那时长句还在以短行的形式在纸上倾泻而下。后来在《美的终结》中，诗行较《蚀》长，但是长句经常和短句间杂，从而减轻了悬挂的费力。再后来在《唯物主义》中，水平和垂直的行长都被拉伸到了极限，使得诗形看起来如平面一般，词句覆盖存在，让存在变得空间化。如果借用阿什贝利一首同名诗的措辞，那么诗的形状成了一面“柏油帆布”(tarpaulins)。

全面覆盖是格雷厄姆自从使用长行以来就一直想要达到的终极效果。这种平面效果与其他文学结构(史诗型的明喻、弥尔顿式的诗段、惠特曼式的目录、摩尔式的百科全书页面)好有一比，因为所有这些文学结构都代表格雷厄姆所谓的“统一场域之梦”，这也是《唯物主义》中一首诗的标题。在这个格雷厄姆版本的梦中，一个人不管选择把什么样的中心当成起源，全世界都将从此外推。史蒂文斯在《弹蓝色吉他的人》中构想过这种效果，蓝色吉他的拨弦声是“暴风雨发生的理由”，它容纳整场风暴，给暴风雨以焦点和可理解性：

> 我知道我懒散、铅沉的弹拨
> 就像暴风雨发生的理由；
>
> 然而它带来了暴风雨的结果。

我将它铮铮奏出并扔在那里。[11]

I know my lazy, leaden twang
Is like the reason in a storm;

And yet it brings the storm to bear.
I twang it out and leave it there.

相比史蒂文斯轻快的暴风雨,我们可以将格雷厄姆《唯物主义》中包裹一切的暴风雨与之相对:

暴风雨:我闭上眼,
站立其中,想让它成为我的。
……

占有

抓紧形式,
荒凉被带到我的空地深处,
从夜的分泌中,
现出四肢、肩膀、脖颈、脸、白色的——
现在云来了(不要抬头看), 316
现在时代在云后,极高的天,
都在那了,躺倒,闭眼,巨大的,
无数个世纪的长和宽,
在其下,几乎不相连但是还是相连,
像一个跑步的人,我的身体,我极小的一点
世纪——分秒过去,房屋过去——极高的天——

被这些脚步固定，现在和现在，
脚步声——现在和现在——携带它巨大
白色睡着的地理——地图已经制好——
不是租赁——占有。[12]

The storm: I close my eyes and,
standing in it, try to make it *mine*.
. . . . .
possession
gripping down to form,
wilderness brought deep into my clearing,
out of the ooze of night,
limbed, shouldered, necked, visaged, the white—
now the clouds coming in (don't look up),
now the Age behind the clouds, The Great Heights,
all in there, reclining, eyes closed, huge,
centuries and centuries long and wide,
and underneath, barely attached but attached,
likc a runner, my body, my tiny piece of
the century—minutes, houses going by—The Great Heights—
anchored by these footsteps, now and now,
the footstepping—now and now—carrying its vast
white sleeping geography—mapped—
not a lease—*possession*.

格雷厄姆将人类惯有的想从审美上占据所有时空（极高的天际、又长又宽的世纪）的欲望和哥伦布想要占有新世界的欲望作比。两项事业的傲慢的可疑性均与其精神上的抱负针锋相对。格雷厄姆认为，这样的事业对有精神、有欲望的生物而言是本能和不可避免的。人类的欲望向往形而上学的和智识的获得,就像它向往物质获得一样。正是这种智识和欲望的无穷主张激发了格雷厄姆最野心勃发的诗,同时这种无穷也让她感到惊骇。

精神的欲望和世界的无穷刺激,造成格雷厄姆水平长行的过度,然后这些水平长行又造成了她的垂直长句。任何诗的念头都开始在格雷厄姆身上产生审美大爆炸,造成令人晕眩的感知扩张及概念距离的倒退。我们可以在《转向》[13]一诗中窥其端倪。这首诗写一个意大利山城的黎明,它用几个简短的连续观察开头(此处不引用),每个观察都创造了一个短句,然后停止。一切都无法插翅而飞。诗人还未能找到路径,进入那些异质性、同时性、半音变化、自发性以及自我纠正,然而这是所有扩展了的观察行为都包含的东西。最后,每个观察之所以失败,原因被规划出来了:或者在世界及其观察者之间存在一场战争,阻止了他们彼此渗透;或者他们彼此漠不关心,成了两条互不相交的平行线:

有一场战争。
两条不会相交的平行线成了
一堵墙。

There is a war.
Two parallels that will not meet have formed
a wall.

尽管不断尝试,然而欲望中的柏油帆布、平面、正方形、上升气流、被扔开 317
的布都还未能找到。直到内心的情感和外部的观察开始融合,诗人的身体也在运动知觉的意义上变成世界流动的身体的一种形式,世界才会重新被语言创造。诗人宣示了她的信条:太阳必须首先在她心中升起,才能在她的纸上升起；它还必须首先在她的纸上升起，才能为她的读者升起：

太阳转动，因为我们在墙里
转动。

The sun revolves because of our revolving in
the wall.

墙是诗人新的感知白纸。她在开始观察黎明时，她的头脑之“墙”上别无他物，只有史蒂文斯在《最高虚构笔记》一诗结尾处对自己的命令。此处的史蒂文斯向大地致辞，说诗要求“我／为你命名”：

胖女孩，地球，我的夏天，我的夜，
我是怎么发现了你的不同，看见你在那儿
在一个移动的轮廓里，那是一个还未完成的变化？

……这个未被刺激的激情要求

我为你干脆命名，不要浪费词句，
阻止你的躲闪，让你坚持你自己。

……你
变成脚步轻柔的幽灵，非理性的

扭曲。[14]

Fat girl, terrestrial, my summer, my night,
How is it I find you in difference, see you there
In a moving contour, a change not quite completed?

... this unprovoked sensation requires

That I should name you flatly, waste no words,
Check your evasions, hold you to yourself.

... You
Become the soft-footed phantom, the irrational

Distortion.

面对她对史蒂文斯命令的回忆,格雷厄姆必须命名这个“脚步轻柔的幽灵”,这个在意大利清晨出现的地球。但是她要怎样才能表达这些将要覆盖这片无限敞开的现实,却又不使其僵硬,变成无生命之物的平面、布和柏油帆布?

就在这个始料不及的意外事件发生的时刻,也就是当一只鸟动起来的时候,诗人发现她竟能和鸟同时起飞,发出不受阻碍的声音,并把鸟、灵魂、光、教堂钟声、麻雀群还有人都纳入一个几乎不会终结的长句,构造出诗的第二部分,即以下所引从“明亮的白色和黄水晶色”开始,到“我低头看向邻居的花园”结束的部分:

明亮的白色和黄水晶色 318
闪烁,
层层叠叠,最吵闹的
不可见

音节
坚持（没有离开也没有回来）它们不断修改的
（我昨天看见男人们在脚手架上给砖嵌凸缝）
唯一讲义，关于
什么事最重要：太阳：现在教堂钟声惊起
三三两两
的鸟群
在
颗粒状的，
分叉的，突然刺耳的
声波中
（虽然在听不见
的水平上）制造窸窸窣窣，上上下下的巨大区别，
翅膀一同升空时
吞下沉默
——然后是另一个（破译不出的）新的沉默
此时不用
翅膀，而鸟群一致
漂浮——
我在墙上看到（好似很大声的）
一个信息飞来的声音——亮光映衬下的
黑色弹片——
一把把地扔出（好似飞溅开来）然后到来时奇异地变大
（现在还在
快速上升）
——当它从墙上消失时

一茎沉默突然开花——(转身,整群
鸟
转身)——凝结的听觉成块脱落,所有的翅膀现在张开
打破
且泵出——水汽渐强的不可闻——
最深处的沙沙声,还有长着爪子、脖子 319
和翅膀的
破译不出的声音(一个先驱)——鸟群现在升至最高,然后
转身在教堂钟声已经开始停止的
整面墙上
写下一个最长的版本
一个名字被喊出(但是低沉,在底下罗马
门附近)一辆
汽车在那里呼啸作响
——(光现在最亮,几乎是
真正的早晨了)——
这些墙这些街它们中的光和影
事物的咽喉——鸟在屋顶重新集结
在咕咕的切分音的波动中,它们落下……
我低头看向邻居的花园。

Bright whites and citrines
gleaming forth,
layerings, syllables of
the most loud
invisible
that stick (no departure and no return) to their single

constantly revised
(I saw men yesterday, tuck-pointing, on their scaffold)
lecture on what
most matters: sun: now church bells breaking up
in twos and threes
the flock
which works across in
granular,
forked, suddenly cacophonic
undulation
(though at the level
of the inaudible) large differences of rustling, risings and lowerings,
swallowings of
silence where the wings
en masse lift off—and then the other (indecipherable) new
silence where
wings aren't
used and the flock floats in
unison—
a flying-in-formation sound which
I can see across the wall (as if loud)—shrapnel of
blacknesses
against the brightnesses—
fistfuls thrown (as if splattered) then growing fantastically
in size (also now
rising swiftly) as
they come—a stem of silence which blossoms suddenly
as it vanishes from the wall—(turning, the whole
flock
turning)—exfoliation of aural clottings where all wings open now
to break
and pump—vapor of accreting inaudible—

innermost sound scratchy with clawed and necked
and winged
indecipherables (a herald)—whole flock now rising highest just
before it
turns to write the longest version yet against the whole
length of the wall where the churchbells
have begun to cease and
one name is called out (but low, down near the Roman
gate) and one
car from down there sputters
up—(the light brightest now, it almost
true morning)—
these walls these streets the light the shadow in them
the throat of the thing—birds reassembling over the roof
in syncopated undulations of cooing as they settle....
I look down into the neighbor's garden.

为了维持自身,长行和包括短行在内的长句要依靠几种语法的延长技巧才能实现,如现在分词、同位语、形容词性和副词性的关系从句、插入语、冒号、表示添加的连词(如“和”)、否定、比较(“仿佛”)、同时(“也”)、接连(“然后”、“就在……以前”)、重复(“现在……现在”)、修饰,以及名词的同时性(“这些墙这些街它们中的光和影/事物的咽喉”)。

当然,只有在这样的事实之后,我们才能命名这些用来增强句子的感知锋芒的语法手段。用富有想象力的话来说,我们对这个洒落纸页的漫长的词语瀑布的抻长了的吸收过程,实际上是在参与使太阳升起、鸟儿苏醒、教堂钟声敲响的过程。随着城市从夜晚变成白天,这样一个史诗般的句子就成了人类的,因此也是非常费力的“要有光”

（*Fiat Lux*）。[1] 它不可能有神照亮混沌的精确和轻而易举，因为它是由一具能感知、能集中注意力的人类身体创造出来的，这具身体努力想要在一种内化的肉体和精神的格式塔内理解一个时刻，并在其词语的审美身体中复制自己，而非以一种直接的模仿来复制外部世界。诗人只能用微弱的人眼和更加微弱的人类意志代替形而上学的神圣意志和智识的神圣逻各斯／圣言[2]，人类必须无比集中注意力才能把光的“最吵闹的不可见”以及“水汽渐强的不可闻”——即鸟群沉默的集结——翻译成内
320 在动能的感官反应。诗人也必须先把这些翻译成她对外在刺激的个人内在物理的模仿意识，然后再把这种内在的动觉模仿翻译成可见可闻的英语符号，而英语又是一种对表达有着自己的内在制约的语言。语言的表意秩序接替感知和动觉秩序，在诗中通过“一个名字被喊出”的时刻得以再现。马拉美说每首真正的诗都希望成为“一个名字”，一个复杂、不可分割、对其时刻而言恰如其分、不可替代的语言单元。当诗人把沉默的、非语言的、非命题性的东西从感知含义提升至动觉含义，再提升至符号和节奏的含义时，一种形式的痛苦——那种看到天光过去，自己却没有将其登记、记录的痛苦——就被终结了。

在将黎明变成词句的史诗般同时也是狂喜的努力后，诗人陷入了休息，但是这一时刻几乎短得令人痛苦：“我低头看向邻居的花园”。诗人提醒自己，还有东西没有听到，比如花瓣的坠落，也还有东西是她的译写没能涵盖的，比如那个核心长句中没能包含的松树：

---

① 《圣经·旧约·创世记》讲述世界的起源。上帝说“要有光”，就有了光，这是上帝的第一个造物。由此，希伯来-基督教传统认为上帝以言辞创世，语言传达智慧和真理，是世界的起源。文德勒此处对格雷厄姆诗的阐释是将其当作诗人创世。

② “逻各斯”原文是 Logus，希腊语，原意是语言，引入哲学后，指世界的规律、理性。logic（逻辑）一词即来自 logus。

如果我能在恰好的时候听到花瓣
　　　　　　　　从支撑它的柱头上
　　　　　　　　　　　　坠落
会如何?
如果我能听到某事突然完备
　　　　　　　　　　　会如何?
墙边那棵如牵线木偶般的松树——但是还是,
　　　　　　　　　　　　　没有用过。
现在该谁了? 谁?

What if I could hear the sound of petals falling
　　　　　　　　　　off the head that
　　　　　　　　　　holds them
when it's time?
What if I could hear when something is suddenly
　　　　　　　　　　　　complete?
　The pinetree marionette-like against the wall—but still,
　　　　　　　　　　　　　　　unused.
Whose turn is it now? Whose?

诗人波动的心中开始酝酿一个新的句子:她已经"完成"了一小点早晨,那种从黑暗到光明、从宿巢的鸟到群起飞出、从静默到教堂钟响、从睡眠到一个名字的喊出的变化,但是,"现在该谁了? 谁?"

沉默和命名的交替节奏在格雷厄姆的作品中越来越令人痛苦,如果只是因为在她追求抒情的此刻,每首诗都要求她不要有任何遗漏。这是所有严肃艺术家最终都要面临的要求：金斯堡在《迦底什》[①]（又译《祈祷文》）中就曾问道："哦母亲，我把什么遗漏了？哦母亲，我把什么忘记了？"同样，所有读者也都绝对会通过问这样一个问题而测试长的抒情
321 诗："通过观察、思考、修饰和结论，这里应该包含什么？又遗漏了哪些伤害诗的东西？"（即使短诗想要写好，也得说服我们它是完整的。短诗能成功靠的是一种狄金森式的内爆，其中那个燃烧整体的隐含前史，被压缩成了烧焦后它对自身因果颠倒的指标："灰烬表示有过火"。）

在她写作生涯中的这个此刻，格雷厄姆通过圆锥曲线中的一小片宇宙，向我们展示了她正在扩展的宇宙。不妨将她"宇宙意义上的过度"解读为一种修正，既是对当下那类表达个人界限的抒情诗，更是对美国当代诗歌中很多诗缺乏伟大的现实。这种修正在她最形而上的部分传承自狄金森，最开阔的部分传承自摩尔。正如私人的永远都有变小气的危险，伟大的当然也永远都有变浮夸的危险。不经约束的"极高的天际"（借用格雷厄姆的说法）很可能会变成对自身的拙劣模仿。但是格雷厄姆能从极高的天际下降至一个无名市镇上寻常一天的黎明，这种能力说明，她既理解惠特曼在寻常事物中感到的崇高，也理解雪莱在伟大抱负中发现的崇高。她还在其他诗中表明她有自嘲和历史嘲讽，对于想要包揽一切的头脑和想要评说世间一切的声音，两者均可有效制衡。这样的头脑和这样的声音已经通过长行、长句和长停顿的三种过度，促使她迫近了感知的悬崖边缘。

（李博婷 译）

---

① 迦底什（Kaddish）是犹太教祈祷仪式上对上帝唱颂的赞美诗，主题是对上帝之名的扩大化和神圣化。

21. 各位顾客，请注意：约翰·阿什贝利的《我将去向何所》①

在一篇青年时代写成，评价玛丽安·摩尔的文章中，约翰·阿什贝 322
利征引了十九世纪法国诗人庞维勒对诗歌的定义。在阿什贝利看来，这个定义“几乎无可挑剔”：“[诗歌是]魔法，它通过声音的组合，唤醒了感官；诗歌也是巫术，它无须用语词表述意义，意义却已经传达。”诗人认为，虽然诗歌可以表达意义，但它用的不是斩钉截铁式的宣告，而是一种无形的巫术，通过声音的组合（当然也有节奏化的排列）来传递感觉。同一句诗如果换种方式来写，这意义就会消失。[1]

阿什贝利和其他实验性诗人不同，他不认为诗歌无须让人看懂。与此同时，他也不认为诗歌需要像教条或者意识形态一样，直白确凿地平铺开来。在写作中，他总愿意去冒险尝试着传输，甚或传递意念的不同状态。他说：“诗歌不是静态的，而是动态的，从一个人那里传递一些东西给另一个人。”（SP，211）阿什贝利的皇皇巨著《诗三首》用散文体写成，但它非常有力地唤醒了读者对人生中一波波心境的共感：青春时代的迷惘，找到自我的激动，寻找爱情的进一步陶醉，对激情褪去的恐惧，庸碌生活的回归，智识渐增后看到的另番洞天，以及重新燃起爱情的新

---

① 译者谨以此篇译文纪念胡续冬老师。

生感——读到最后，读者会感觉自己像个演员，随着一波波不可名状的浪潮时起时伏，读者会觉得自己是个置身于抽象情节中的角色，虽然没有任何时间、地点或人物关系的指示，却经历着无比“真实”的体验。

323 阿什贝利的实验不是回回都能奏效。例如，不是所有读者都觉得《连祷文》一诗中的双排意识流（此诗由两列纵向平行的诗篇组成）可以合二为一，或者至少可以互相呼应。饶是如此，那引人入胜的、幽径迷踪般的抽象自传，仍然多有惊人之句，也多少有那么一点“两院制心智论”的味道。① 阿什贝利其他的实验性写作，则大量以抒情诗的口语源头作为依托，比如童谣、谜语、字谜、打油诗或者流行歌曲等。它们都在提醒我们，所有原初的抒情诗都是声音和节奏的游戏。《我将去向何所》的标题也提了这个醒。虽然它听上去很浪漫，但其实是源自鹅妈妈的一首阴暗的滑稽歌谣[2]（我这里引的是巴莱特夫人的版本②，不过我小时候学的是阿什贝利用的美国版，第二行内容不一样）：

又大又笨的鹅，
你将去向何所？
楼上楼下时见，
或在女士闺阁；
有日遇一老者，
不肯诵念圣约，

① “两院制心智论”（bicameral mind）是二十世纪七十年代中期美国心理学家朱利安·杰恩斯（Julian Jaynes）的理论，他认为公元前3000年前，先民的左右脑一个负责指令，一个负责接受执行，近似现代政治的两院制。然而负责指令的右脑通常不能正确认识外界刺激和思维对刺激的处理过程，于是将幻听幻视视为神明直接作用于自己生活的结果，而执行的结果也常常是人神不分，如《伊利亚特》或《旧约》早期各篇那样。这种认知模式在公元前2000年开始崩溃，标志是人逐渐有自省意识并掌握隐喻，体现在《奥德赛》或《旧约》后期各篇中。两院制思维模式的残余在今天被当作精神分裂来看待。该说法迄今仍引起争议讨论。

② 应指1893年版的《鹅妈妈歌谣集》。

我便提起他腿，
一把扔出楼舍。

Goosey goosey gander,
Whither shall I wander?
Upstairs and downstairs,
And in my lady's chamber;
There I met an old man who wouldn't
　say his prayers;
I took him by the left leg
And threw him down the stairs.

这首童谣的人物、行为和地点与阿什贝利诗作中的要素行使着相同的作用；它们在人物与人物、行为与行为、地点与地点间，不规则地跳跃着。类似的跳跃见诸《折损的郁金香》一类的诗篇。跳跃的灵感是都市里的情欲生活（虽则有从马洛那里借来的不着调地名），当看到“那个洞洞”遮蔽了起来之后，跳跃暂停了，凝神而（暂时地）忘记了恐惧；接下来是复活节的卡通兔子动画；接下来又是霍普金斯吟诵云朵的回声（“可曾有更外放，无常而宛如浪花／的谷糜，时而铸模，时而隐没在天空中？”），诗歌最后辩护了对人间悲欢的述说，执着得有些滑稽。虽然《折损的郁金香》（30）是以性的困惑开场，接下来它就跳跃到了艺术上：

A 君走过了 B 街，焦灼地
等待着 C 的触摸，但暗地里庆幸
这事没发生。在帖木儿和
东帖木儿之间，他停顿了，显得很审慎， 324
那个洞洞再也看不见了，

小女生们在闲扯，而复活节的兔子
正飞跑过街道，迎着风
鼓起了帆。可曾有
更可人的东西飘过新月那
澄明的港湾？我们就该在这里坐下
并且，去丫的，谈谈我们的旅途
直到天空又变成灰冷灰冷的样子。

A is walking through the streets of B, frantic
for C's touch but secretly relieved
not to have it. At Tamerlane
and East Tamerlane, he pauses, judicious:
The cave thing hasn't been seen again,
schoolgirls are prattling, and the Easter rabbit
is charging down the street, under full sail
and a strong headwind. Was ever anything
so delectable floated across the crescent moon's
transparent bay? Here shall we sit
and, damnit, talk about our trip
until the sky is again cold and gray.

这种混合了文人雅句和当代流行语汇的语言就是阿什贝利最自然的表达（不管我们愿不愿承认，这也是我们最自然的表达），但在《折损的郁金香》的后半段，在拿电视字幕开涮，并且嘲笑了让人郁闷的过度长寿之后，全诗一下变得黑暗起来，上帝禁绝洪水的誓言，像诗题中的郁金香一样破败了，夜色中阴森森的打猎望远镜警告着我们，它不会再顾及我们想活下去的愿望：

接下来的故事取代了滚动的
股市行情,就像所有美好的事物一样
人生有时拖得太长,而当我们不耐烦地
轻轻苦笑,它就暂停一会儿。
大雨洗刷了彩虹,
而夜空的形状就像空荡的滚筒,
它聚焦在我们身上,无论我们往哪里走
它不合作的姿态都急迫地压过来。

Another's narrative supplants the crawling
stock-market quotes: Like all good things
life tends to go on too long, and when we smile
in mute annoyance, pauses for a moment.
Rains bathe the rainbow,
and the shape of night is an empty cylinder,
focused at us, urging its noncompliance
closer along the way we chose to go.

用这样的风格写诗,会有什么收获呢?想要回答这个问题,我们不妨回想一下一首诗通常能做什么:一位第一人称的叙述者,讲述着他的性苦闷,讲述着春天的来临,讲述着人生的厌倦(*taedium vitae*),预感春天不会再临,以及对死亡的恐惧。这些东西实在俗套得不能再俗套,我们几乎都不愿再提起它们了——可话说回来,除去这些,又有什么能引起我们共鸣呢?"搞些新东西",这是庞德的老规矩,但说出来仍然很有代表性。但是如果创新失却了传统,就会流于肤浅,而阿什贝利正是通过指涉,通过呼应,通过唤醒永恒意义的主题,保存了传统的成分,也正因为此,他的诗歌最终可以传递意义。他能做到这一点,靠的是自己独出心裁的意象，无论是复活节的兔子、空荡的滚筒，还是被大雨洗刷掉的彩虹。另一方面，也正如一位诗人像我指出的那样，阿什贝利对季节有一种常新的敏感度。

《我将去向何所》中有很多既阴森又好玩的意象，来描摹逼近诗人
325 的死亡之舞。他和伙伴们像恐怖戏院的傀儡，“在一切美好的事物／搭建的木板上行走／走向那一群群食人的鳗鱼／我们一路走，一路唱和／进入一场删减版的死之舞”；诀别的信息告诉我们“葵花籽已经吃完／灰尘留在木屋的立柜里”；有人“在舢板的顶头等着／拿票”。《新式爱情小步舞》(51)一诗的最后，诗人的同伴在准备一桌荒唐的大餐，而诗人冷冷地抱怨着永恒不变的孤独，和进展不顺的工作：

　　　　　　　　　　你把雕花的黄瓜混进
切片的牛肝菇。而我在另外一边，像往常一样孤独。

我得回去写挽歌了。

　　　　　　　　　　You are stuffing squash blossoms
with porcini mushrooms. I am somewhere else, alone as usual.

I must get back to my elegy.

阿什贝利的意象的确是奇妙而让人回味良久，也的确能激起我们心中的共鸣，但这只是他诗作众多乐趣中的一种。文学史上除去刘易斯·卡罗尔和爱德华·里尔，还有谁能写出像阿什贝利一样好玩的开篇呢？《我将去向何所》中，众望所归的最佳开场就是“各位顾客，请注意”。(36)仓储超市里的大喇叭声不可避免地住在我们脑海里赶也赶不走，但阿什

贝利把它活用到致意读者上,它内在的怪诞就跃然眼前了。阿什贝利另外有个迷人的套路,就是他的开篇会预示着一些倒霉事的来临。诗集的第一行说,"有人警告我们会有蜘蛛,还可能会有饥荒"(1),另一行非常阴郁地宣称"激情四射的人现在僵住了"(46;这行好玩的地方在于它很像叶芝那句)。阿什贝利也会用另一套起手式来中和这些丧钟般的开场。这另一套开篇通常都显得过于平淡,有时是对时髦用语的戏弄:

我喜欢看传记,喜欢看参考书目,
也喜欢文化研究。说到音乐,我的趣味
倾向于李斯特的慰藉曲,尤其是无趣的那些,
虽说这些曲子从未慰藉
过我,有一次,可能管过用。

(50)

I enjoy biographies and bibliographies,
and cultural studies. As for music, my tastes
run to Liszt's Consolations, especially the flatter ones,
though I've never been consoled
by them. Well, once maybe.

阿什贝利语言的想象力不但让他喜欢上指涉和呼应,更加让他喜欢上戏仿。同名诗作《我将去向何所》(75-81)是一首长篇散文诗,里面几乎恶搞了每一种美国人能想到的表达方式,无论是书面还是口头用语。这里面有广告、说明书、酒吧闲聊、学术界行话、"诗意语言"、儿歌,还有时尚圈的喧哗。只有通过戏拟,诗人才能让我们真正留意到那些日常生 326
活中,从观念到语言全方位轰炸我们的一切。这首诗太长,不能长段引

用，但是它带着各种完全不兼容的语言元素，一猛子直冲向前（“异体吞噬，我们眼都不眨地来到了不动的一天”，“一旦有第斯科特，就用它替换B行的一件东西，然后回到初始目标”，“天啊我不知道答案是什么，如果我知道，你——”）。当全诗结束的时候，宴会结束，宾客四散，而抒情者是在门口挥别众人的两个人之一，他心满意足地回顾他和他的伙伴安排的一切：

> 你系着缀满星条的腹带，我呢，穿着柠檬色的苏格兰裙，把听诊器挂到为首的宾客头上。我们永永远远是一对。

> You wore your cummerbund with the stars and stripes. I, kilted in lime, held a stethoscope to the head of the parting guest. Together we were a couple forever.

这一幕体现了那种奇特的讽刺中有温情的感觉，阿什贝利尤其擅长这点。他的戏剧成分很多来自老电影，而他诗中角色的姿态则非常像他们在荧屏上的对应。在诗中，这个最后的定格镜头仿佛像电影里一对身着晚礼服的老夫老妻，站在门口看着朋友们告辞而去。阿什贝利给我们的暗示是，只有通过讽刺那立体镜般的视角，一个人才能真正认识自己，意识到自己言谈形象中潜在的滑稽。

在1966年，阿什贝利比较了当时的“入世诗人”们的说教倾向和弗兰克·奥哈拉式的充满想象力的欢欣，他所持的观点同样适用于他自己的作品。他如是评论奥哈拉的诗艺：

> 它没有所谓理念，也因此不能引人应和。它不认为靠性或毒品

能包治现代社会的百病,它不会去反对越战或者呼吁民权,它不会把后核时代描述的一片阴森,一句话,它不去抨击既有体制。它只是完全当这体制不存在,所以无论是何党何派的人,读了都会大大地感到不舒服。(SP,81)

他更有针对性的鄙视了那些反对奥哈拉的"入世"评论者:

那些评论家认为他自我陶醉,这也没啥好大惊小怪的。他的诗就是讲的他自己,还有他脑海中闪现过的人物和意象,这样写完全不需要什么理由来开脱……不是那种传递"信息"的入世诗,[奥哈拉的诗]不但向读者展示所有入世的可能,而且还能揭示每一种自 327
我实现的形式——无论这种实现是经由人际交往、放浪形骸、邪门秘术还是抽象玄虚。这种诗思堪称是彻彻底底的崭新。(SP,82)

最后一句"彻彻底底的崭新"其实不算新;惠特曼早就一再说过自己没有理念,而是敦促读者们也各自找到自我实现的通途。但是惠特曼诗中那种传经布道式的腔调,让他的第一代读者变成了门徒,而不是主动寻找自我的人。奥哈拉和阿什贝利诗中真正创新的地方,在于他们没有那种"真诚的说教"。阿什贝利在描述奥哈拉的同时,也为自己画出了地盘,那里面有自我意识的各个层面,日常俚俗的言语,还有不分贵贱包罗万象的内容:

超现实主义说到底是和无意识相关,而奥哈拉的诗中也掺入了意识——意识也是存在的啊?为什么无意识的念头一定就比有意识的念头更有意义呢……?在奥哈拉这里万物都有个"归宿",无论是未经雕琢的自传经历,还是电影歌剧明星的大名,还是猥琐的

> 对话，还是信件里的内容——他的诗力足够强大，强大到随便提一个东西，就能为它正名，凸显它的价值，让我们知道原来对我们而言，它一直这么重要。（SP，82）

这自然也是惠特曼的理念：但凡提到一件事，就是要为它正名，惠特曼的连篇引用，价值就在这里。而战后的纽约诗人们，从奥哈拉到科赫到斯凯勒再到阿什贝利，他们的引用都超越了惠特曼想象的极限。

阿什贝利提到他的朋友们，比如弗兰克·奥哈拉、芭芭拉·盖斯特、詹姆斯·斯凯勒，也补充说明了他们这一派名号的由来：“我们这拨诗人被称为‘纽约派’，这多少有点让我们吃惊，这是约翰·迈尔斯的主意，我们写的小册子在他的画廊那儿出版发行，而他觉得纽约画派的大名也能让他‘旗下’的诗人们沾点光。”（SP，249）这一派的很多人——奥哈拉、科克、斯凯勒——都已逝，而当阿什贝利回忆这一“门派”的时候，他用了一种十八世描述鱼类的委婉到过分的语言风格，来为怀旧的话语注入一丝自嘲：

> 那一定是
> 上一个时代的事，那时我们都成群结派
> 地做动作，像鱼类一样，而且通过各种方式
> 我们这一派就闹出了些动静：
> 328 标点加上俏皮话，那“氛围”
> 就像个可爱的小屋。

> Must have
> been the time before this, when we all moved

in schools, a finny tribe, and this way
and that the caucus raised its din:
punctuation and quips, an "environment"
like a lovely shed.

在所有纽约派诗人中，阿什贝利在开拓美国抒情诗新领域方面，可以说是影响最深的人。他作品中有惊人的多样性，让整个诗页都生动了起来，他引征的广度超越了所有现代诗人，连艾略特也稍逊一筹；他一方面不失烂漫童心，另一方面又有情感深度；他意象之绝妙，堪称史蒂文斯以来仅见；他乐于做大胆的冒险，甚至会牺牲掉全书的质量（《网球场誓言》即为明证），但同时也为叙事和寓言找到了新的形式。

在哈佛和哥伦比亚以后，形塑阿什贝利的，不仅有在法国浸淫在法语与法国文学的十年，也有多年写作精彩视觉艺术批评的经历，更有那些声名不彰的诗人；那些阿什贝利在诺顿讲座中称为"另一支传统"的人，约翰·克莱尔、劳拉·莱丁和托马斯·洛威尔·比多斯们。散文名家们的风格也渗入了他强健有力的句式中，他们不仅有普鲁斯特，也有亨利·詹姆斯和格特鲁德·斯泰因。而最妙的地方就在于所有这些元素都熔为一炉；一旦读者适应了这种风格，这一锅杂烩就显得既陌生，又提神，既自嘲，又动人。

上述种种在《当我看到那恼人的光焰》（37–38）中都有体现，而这首诗也是阿什贝利众多充满末世情调的诗作之一。年逾古稀的歌者希望在帷幕最终落下之前总结自己的一生。正像阿什贝利惯常的作风，这段总结中混杂了幽默的哀鸣，超现实的意象，还有让人应接不暇的熟语。史蒂文斯式的"恼人的光焰"（好像《秋天的极光》中"冬日残余的夏日秸火"）照亮了傍晚的天空，歌者想起他曾经爱过，但爱情已变得无聊；他也曾选择自己的道路，但人生因此却更加孤寂；他也曾致力于学问，但被人生的大学开除，而更糟的是，死后还要被这所学校无限期停课。像托马斯·阿奎那一样，他发现自己毕生所学无非是稻草般无用的东西；他发现当年像济慈的变色龙一样的朋友们，经过了人生的起伏，都变成了粗俗的疣猪，他还发现，因为自己的写作风格，左派和右派都不喜欢他：

当我看到那恼人的光焰，
还有地平线上升起的楼宇，
我打电话给我兄弟。“兄弟，”我说
“为什么那些变色龙要逗弄我们？
329 它们是不是疣猪，是不是饲养员打盹去了？
我要拿什么换一杯英式苦酒，
或者别的，不管什么都行。
当你下决心的时候，你是得多孤独，
可是决心下完了以后，这孤独还更多了。
最后几天好日子的时候，我们要是能多搞些东西就好了。
话说爱情的确是人生一课，可也是真无聊的一课。
他们是不是觉得可以把我开除出校，或者更要命，
停我的课？那样我所学的，就像稻草一样没用了，
偏偏还有一堆，
说真的不骗你。”

晚间的潮水粗野地击打着木桩
而鸟类比往常显得更多了。
有些人觉得我邋遢，而另外
一些人又觉得我穿得太正经。我倒是

想恪守中庸之道，不过品位
是个太个人的东西，是永远解不出的谜。

When I saw the invidious flare
and houses rising up over the horizon
I called to my brother. "Brother," I called
"why are these chameleons teasing us?
Is it that they are warthogs, and the gamekeeper is napping?
What I'd give for a pint of English bitter,
or anything, practically anything at all.
How lonesome it seems when you're choosing,
and then, when you have done so, it seems even more lonesome.
We should have got out more during the last fine days.
Now, love is but a lesson, and a tedious one at that.
Do they think they can expel me from this school, or worse,
suspend me? In which case all my learning will be as straw,
though there'll be a lot of it,
I can assure you."

Evening waves slap rudely at the pilings
and birds are more numerous than usual.
There are some who find me sloppy, others
for whom I seem too well-groomed. I'd like to strike
a happy medium, but style
is such a personal thing, an everlasting riddle.

这是恼人夜晚的第一章，为末日、疣猪和其他奠定了基调，而且身边一片镇静药都没有（连名字起得恰如其分的英式苦酒也没有）。在第二章，连恼人的光焰都想重回甜美的青春，而即便那时，它也不过是隧道尽头一点安慰性的亮光罢了。歌者在一切被火焰吞噬之前试图思考一下剩余时间的短暂,然后(在风格转向日常之后)发现自己走到了字母表的最后。前人的智慧足够告诉我们,人生起初的几十年岁月是怎么回事,可是有多少诗歌或艺术,能告诉我们活到七八十岁是怎样一种心境呢?字母表最后那几个相对陌生的、W 和 Z 之类的字母,对我们而言又构成什么样的威胁呢?然而,阿什贝利用一大堆连珠炮似的类宗教和类精神疗法话术反驳说,青春固然美好,但那不是人生的全部;我们也要了解人生中不那么积极的一面。终末的光焰(现在也说起了话)为这一段提供了开场:

我看到那光焰又燃烧了起来。
救命啊,它说,我比你更想
逃离这般处境。曾几何时我还是隧道尽头
曼妙的光线,然后有人就把我变成现在这样。
请帮我忘掉这一切。
从火焰转向床塌
我明白了我们都是因为缺陷而伟大,是的,
而且缺陷让我们更伟大。字母表上有几个字母
我们还不认识,但当我们读到那里
我们会理解那未知之物的闪光点。
我们的负面品质与我们相伴始终
而我们会因此变得更好。

Then I saw the flare turn again.
Help, it said, I want to get out of this
even more than you do. I was once a fair twinkling light
at the end of a tunnel, then someone wished this on me.

Help me to put it behind me please.
Turning from the blaze to the counterpane
I saw how we are all great in our shortcomings, yea,
greater because of them. There are letters in the alphabet
we don't know yet, but when we've reached them
we'll know the luster of unsupported things.
Our negativity will have caught up with us
and we'll be better for it.

但老年一定是粗野、无用、暴戾、毁坏的吗？歌者问道,为什么我们非得像被喀耳刻变成猪的水手那样,展示我们疣猪般的一面？不过诗人最后还是认命地接受了现状,因为他别无选择。他堆砌了一堆原则,大肆渲染末日的戏剧感：

只管
把灯全打开,把电全浪费掉,
和土豚一起狂欢,再打碎所有的酒杯。

Just
keep turning on lights, wasting electricity,
carousing with aardvarks, smashing the stemware.

这诗最后一眼看尽所有的开端和终结。对堕落的喜剧性呈现之后,是一个相对温和的收尾。辞藻的迸发,无论出于多么真挚的情感,终究不能持久(至少对阿什贝利而言是如此)。不管怎样,在末日来临之前,总还是有些话要说：

我们现在住的公寓比之前
那些要好点，刚开始住的那些。

These apartments we live in are nicer
than where we lived before, near the beginning.

我的解读不见得正确（我以前就误读过），因为阿什贝利坚决拒绝让诗歌负担沉重的宣言。与其给人一个立场鲜明的论辩，他更愿意呈现一个象征性的整体。尽管如此，我仍然给出了我自己的解读，这是为了说明，一旦我们愿意接收阿什贝利的调频信号，他的诗作仍然可以传递意义。我不见得总能把握准他，但是那些偶然间心灵相通的瞬间，仍然让人兴奋不已。阿什贝利只暗示，而从不确指。他让读者自行溜过他诗文那光滑的表面，让他们看见一个又一个意象，撞上一片又一片语词，被一个又一个悖论闪到眼睛，并且随着诗歌气氛的或明或暗，穿过一重又一重声调。

在诗集的最后，动态的传输真就发生了，这真是再好不过。我们也能感受到它不简单的效果，正像史蒂文斯所说，“抽象流血了，有如
331 人被思想所伤。”于我而言，我最欣赏的是阿什贝利对大结局的众多绚丽想象：它的不祥与不善，我们在它注视下无用的挣扎，我们一边走向“一群群食人的鳗鱼”，一边又哀婉又嘲讽地看着在闹剧中做表演的自己。而我最最喜欢的，是一首叫作《纽芬兰好玩的人民》，那里面他为他的一代人写下了墓志铭，它既恬静，又悖谬，恶搞，不正经，还咄咄逼人：

这里发生的一切，都有我们一份，大恶与大善
还有中间无穷的灰色地带，无论是点卯的时候突然插话

还是努力赢下拼字游戏,我们都喜欢。生活好得有些过分
但现在它结束了。它现在改成了一出戏,
我听剧组的人说的。你家附近的戏院就可以看了。

(29)

we were a part of all that happened there, the evil and the good
and all the shades in between, happy to pipe up at roll call
or compete in the spelling bees. It was too much of a good thing
but at least it's over now. They are making a pageant out of it,
one of them told me. It's coming to a theater near you.

我希望自己能一下子读懂《我将去向何所》里面的每首诗,因为我永远相信,阿什贝利有本事给予我崭新的视角去理解生活。但我也提醒自己,很多事情需要时间沉淀;时间不但能让我们遗忘那些不成熟的实验,也能让某些一开始难解的段落在某一刻豁然开朗。说到底,今天连大二的学生都觉得自己能读懂《荒原》了。美国人总是不厌其烦地要求文学作品"有可读性",这已经是陈腔滥调,而阿什贝利则彻彻底底地反驳了这点:

诗歌的批评者惯于拿着语词做大棒,来敲打那些他们不喜欢的诗人,[说]什么现代诗歌已经脱离了听众啦,什么诗人故意装得不好懂,所以今天没人读诗啦——哎呀呀,世界上浅显易懂的诗人多得是,可也没见谁去读他们啊。是不是因为他们想要告诉读者的,是大家早就明白的道理呢?(SP,267)

每当一位原创性毋庸置疑的诗人出现时,无论他们的内容多么异

质，或者诗行多么隐晦，都不妨碍读者们蜂拥去读他们的作品，马拉美、艾略特、摩尔、米沃什和阿什贝利皆复如此。如果我们美国人不想当全世界眼中的蠢人，最好把“可读性”（accessibility）这个词移出我们的美学词典。

（姜清远 译）

22. 谢默斯·希尼《斯威尼重生》：情节与诗歌[①]

本文尝试细读并分析谢默斯·希尼的组诗《斯威尼重生》。我将选 332
取十五首诗的版本(1998)，收录于希尼的诗选《开垦地》[1]，是最初发表在《斯泰森岛》(1984)中二十首组诗的精简版。(精简版更加紧凑，提升了整体效果。)看这组诗歌时，我希望不仅阐明每一首诗的特征，也梳理一九九八年修订版组诗的排序(除省去五首诗外，与原来的顺序一致)。但要谈论《斯威尼重生》就意味着重访斯威尼的源头，即希尼改写的爱尔兰中世纪作品《斯威尼的迷乱》(爱尔兰文本学会版本，J. G. 奥基夫编)。在七十年代的一些年月里，每次我遇见希尼，他的公文包里都装着他翻译的《斯威尼》手稿，且永远处于修改中。当时，我迫不及待想读更多希尼自己的诗，也不了解《斯威尼的迷乱》，总是好奇为什么他年复一年回归这玄奥的任务。(后来，我渐渐明白了翻译的力量在于能够扩展希尼自己的风格。)终于，1983 年，希尼改写的爱尔兰中世纪作品诞生了，一个用散文体讲述的故事，中间穿插着抒情诗，与原文相比略有删节，比奥基夫的译本更加灵活，并且有了新的题目：《斯威尼的迷途》。[2]

希尼《斯威尼的迷途》的引言(ii–iii)将读者引向原来的故事：七世纪阿尔斯特的武士——国王斯威尼把教士罗南的彩绘照明本(illuminated)

① 文中希尼诗歌的译文局部参考了黄灿然老师的译本。在此表示感谢。

《赞美诗》扔进湖里并杀死他的一名仆人,因而激怒了罗南。在莫伊拉(Moira)战役中,罗南的诅咒将原本暴烈的斯威尼变成一只迁徙的候鸟,
333 长年累月在凄风苦雨中漂泊无依、历尽艰辛,直至在另一位教士的仁慈救赎下皈依宗教、忏悔并死去。希尼的引言说明了他喜欢这个故事的一些原因:“我和斯威尼的基本关系是地理上的。……三十多年来,我生活在[斯威尼]领地的边缘,看得见斯威尼过往的一些地方,与其他地方也是听觉可及的距离。”希尼接着补充了他感兴趣的其他因素:这部作品体现了“新势力基督教价值观与古老不屈的凯尔特气质之间的张力”;斯威尼“也是一位艺术家,流亡、负疚,通过表达来缓解自己”。希尼继续说道,也可以“将这部作品解读为自由的创造性想象与宗教、政治和家国义务束缚之间的冲突”。

地貌,文化张力,艺术家的困境,这些是希尼关注的主题,但另一方面,一个技术性原因增强了这部中世纪爱尔兰诗歌的魅力。希尼指出,“这部作品堪称各种抒情诗体裁的入门宝典——悼亡诗,对话诗,连祷文,狂言,诅咒”;其原始文本也是中世纪爱尔兰诗歌复杂格律的范本(奥基夫在诗歌注释中指明了这些格式)。希尼坦言最初只是翻译了“一些最精彩的抒情瞬间,诗歌烈度的高光时刻”。然而,他得出结论:“我渐渐觉得,必须承担整部诗歌的工作,才有资格翻译高光时刻。”

在“承担整部诗歌的工作”时,多年来,希尼不仅时常活在斯威尼的语声中,也活在流放诗人斯威尼的困境里。这一困境耐人寻味。被权威诅咒,被社群驱逐,是什么滋味?在异乡饥渴无依会怎样?被打败,君臣尽失?振翅高飞,从更高处俯瞰人类的纷争?最终,爱具体的地方,视其高于任何别处?在斯威尼的歌唱中,他抗拒每日的痛苦,也歌颂他的家园波凯恩山谷(Glen Bolcain);他抱怨恶劣的天气,也记录他对千树万木的情谊(成为他最有名的一首歌)。痛苦与赞美在他心中交替;对敌人的漫骂,对己身的伤怀,过往的梦幻,未来的憧憬,彼此交织。圣罗南的诅咒导致遥

遥无期的恶果,使他将昔日常态同今朝痛苦详加对比。

当希尼为这些爱尔兰诗歌重赋新声,他焕新奥基夫的古老语言,发明隐喻,创作了新的英语诗歌。斯威尼"纤瘦"的诗节激励希尼延用他在《越冬》里为尝试改变早年第一本诗集《一个博物学家之死》的厚重风格而启用的更纤细、更"北方"的音韵。但希尼漫长的翻译劳作带来的最佳结果是将希尼变成了斯威尼,反之亦然,让希尼在《斯威尼重生》中形成一组新的音调——尖刻,干枯,讥讽。组诗中的一些单元直指爱尔兰版原诗的某些特征:主人公有时是一只鸟;他言语冒犯了侵入他领地的教士;被逐出他的正常地带。但更多时候,主人公并非一只鸟,也不总是反映斯威尼的故事:斯威尼的面具不过是让希尼更加自如,变得更尖锐、更讽刺(尤其是针对他的过去),这是他早期作品中少有的声音。尽管组诗的语者(为了方便,我将称为希尼)以自传色彩开始(第 1–5 首),但他也开始了一场严苛的自我放逐(第 6–8 首),让自己摆脱原先的地带。在第三组诗歌里(第 9–12 首),他将注意力转向审美原则;最后一组诗文(第 13–15 首)则诉诸终极主题——个人救赎。"我要做什么才能得救"是贯穿全部组诗的探询。 334

让我来更详细地描述这四组诗。《斯威尼重生》的第一组自传体诗主要是再现(recapitulation)之诗,这是中世纪避不开的文体。前五首诗的题目(除了《在山毛榉中》)按照时间顺序回顾了过去的关键时刻:《第一条批注》,《斯威尼重生》,《第一个王国》和《第一次飞离》。然而,再往下读,我们看到在组诗结尾又出现一些回顾早年的诗歌,尤其是《旧圣像》和《忆往昔》。我们不禁会问,为什么不把它们和前面的诗放在一起?(我们发现,它们的迟来说明组诗不单依照时间顺序展开;它们构成第四组诗的一部分,讲述救赎。)第二组诗(《飘泊》《教士》《隐士》)反映了艺术家离开或曰将自己与故土割裂后的孤独:他被驱逐了?他叛逃了?他如何重新开始?他要放下多少过去?他只是感到悲哀吗?

或者,他的离开带来任何补偿吗?

第三组诗从正反两面审视美学问题。反面如《抄工》;正面包括《大师》《艺术家》,呈现了诗人和艺术家的两种典范,虽未指明,但可
335 辨出分别是米沃什和塞尚。这些关于审美原则的抒情诗(包括第四首《冬青》)似乎与斯威尼或他的故事无关,我们有必要追问希尼为何将其放入组诗。最后三首诗涉及宗教:它们先审视了被弃的神圣往昔,神性如何被保存(《旧圣像》),又如何被摒弃(《忆往昔》)。最后一首诗《在路上》想象以鸟的形态启程朝圣,前往某种今天可能视为神圣的事物。这首崇高壮美的跋诗,尽管不离人鸟之变,已将斯威尼的历险故事远远抛在身后了。但组诗《斯威尼重生》的主音依然带有一种流亡者的倔强,来自迁徙者斯威尼,他不再奋争于战场,而是盘旋其上;来自叛逆者斯威尼;来自对敌人毫不留情的审判者斯威尼;来自筋疲力竭甚至心灰意冷的斯威尼。

我必须暂时停下来,谈谈最初《斯威尼重生》二十首诗的形式手法。组诗展现了丰富多样的韵律结构,有些是格律诗,有些是自由诗。二十首诗中有七首是三行诗节,两首是双行诗节,三首四行诗节,其他八首既有规则诗节(比如五行诗节),也有长度不规则的诗节。两首诗(《斯威尼重生》和《在栗树里》)有十四行,有人认为是不规则的十四行诗。希尼最先写下的诗可能就是这些三行诗节,其中有几首最接近《斯威尼的迷途》中的素材。尽管尾韵和内韵时隐时现,这些诗并不规整,可预测性韵脚的缺席使这些诗更加"真实",仿佛没有哪个尾字的存在主要是出于听觉原因(通常,这些原因对希尼很重要)。同样,希尼也给予自己音步自由,任长短句在不大规则的诗中交替变换:这种操作也意味着没有哪一行可以被当作是已有音步模型的"拉伸"或"缩水"。还有一些诗,同一首诗内部的诗节长度不同,仿佛在说每一个分支主题自有发言权,可以自成一体,不受诗节形状的胁迫。如此自由不羁与逍遥法外为组诗赋予了一种"不诗

意”——无须说,适合迷途的斯威尼,也符合诗歌洗练且讽刺的性质。虽然三行诗、双联句、四言、五句(在使用这种形式的诗中)标志着形式驾驭能力,那些不大规则的诗则必须通过可见诗节或重复音韵以外的其他手段来寻求它们的风格效果。

现在回到十五首诗的精简版。前面说过,组诗的前五首诗按照时间 336
顺序排列,讲述希尼的青春。在《第一条批注》(247)里,抄工-语者勉励自己鼓起勇气、握紧笔杆(我们可以想起《挖掘》里的笔),不再抄写,而是认同独立的行动——越界(为斯威尼的原始故事“批注”——根据希尼在《斯泰森岛》中的注释)。诗人不再临摹,而是展开评判:

握紧笔杆
迈出第一步
从工整的一行
进入边缘。

Take hold of the shaft of the pen.
Subscribe to the first step taken
from a justified line
into the margin.

语者的同伴在缮写室里忠实地抄录社会认可的宗教文章,字迹“工整”;要成为拥有独立观点的作家,抄工必须坚定地越出正确的边界,进入“不工整”、不规则的诗行,确认他与同行的疏离。在此,一如在组诗的很多地方,表面的随意之下有一种可见的秩序:字母 n 起到连接作用,从 pen 到 taken 到 line,然后游荡至 margin,连笔字从未中断。简短的四行隽语启动心灵的独立宣言,余下的诗歌都将信守这一誓愿;并且,由于强调了越界创新，也预告了组诗第三部分关于审美原则的诗。

下一首诗《斯威尼重生》（248），即组诗题目的出处，似以象征手法描述了1970年希尼抵达加州的经历，一场先于他移居爱尔兰共和国的离乡。他青春时期的爱尔兰远去、消失，抄工纤细的花体字变身为失落的树篱：

原来的树都不见了，
树篱纤若花体字母
而整个圈地都消失
在崎岖小路和尖脊房屋之下。

The old trees were nowhere,
the hedges thin as penwork
and the whole enclosure lost
under hard paths and sharp-ridged houses.

早期的希尼不会如此斩钉截铁：怀乡与虔敬会阻止突兀的陈述：过去
337 “不见了”，“所有的圈地”突然“消失”。但是，异国的陌生感让诗人的心
“浸泡”于故国愁绪，开始“松解”，成为进入自我迷宫的线索。身处陌生人中间，远离“何人不识君”的熟悉环境，希尼告诫自己，不要成为自己的故事：

我在那儿，难以置信，
人们都那么急于相信我
和我的故事，即使那碰巧是真的。

And there I was, incredible to myself,
among people far too eager to believe me
and my story, even if it happened to be true.

这个警惕且讥讽的希尼体味着他的背井离乡,能够从外部戏谑地描绘自己,“我的脑袋像一个湿漉漉的双线球”。抒情诗的自传冲动保存下来了,但氛围很陌生:

另一种气息
正从河上吹来。

Another smell
was blowing off the river.

如果斯威尼这个素材对本诗有所贡献的话,那就在于冷眼审视异乡的语气,在于蓄势待发进入新生,在于拒不接受对一个已然消失、无迹可寻的地方怀有乡愁。拉丁文题目和湿漉漉的脑袋形成滑稽的对比,也预示着更多的反讽即将来临。

心灵的缠绕松解,直至青春,在下一首诗《在山毛榉中》(249),希尼忆起正是在这棵树中他第一次有意识地寻找孤寂、独处和独立。在山毛榉高高的荫蔽中,“中学毕业生觅得宁静以抚摸自己”。伴随着性隐私而来的是诗的初迹,少年开始尝试准确地描述他的环境。树的主干就自然而然地说“树干”?或者,把它比喻为建筑形式诸如“圆柱”会不会更好?“树皮还是石艺?”该用什么来恰当地比喻近旁的烟囱?它苗条的身形可以被称为“雄蕊”吗?可以把烟囱修理工看作“大山衬托下的苍蝇”吗?这些用词语来企及心灵印象的尝试在希尼的同龄人或者他的家庭成员当中并不多见——附近公路上为准备“二战”而操练坦克飞机的驻爱尔兰美国兵当然也没有这种想法。年轻的未来诗人在坦克的轨迹中看到“极权东山再起”而畏缩,但他也只能待在他的“空中哨所”。《在山毛榉中》表达了诗人对“边界树”所提供的与世隔绝的幽静与美好
338 的钟爱之情,但也表达了性渴望,比如男孩看到树下粗砺的雄刚象征而退缩。树上的飞鸟-男孩囿于士兵生活与农场生活之间,“水泥路”和“阉牛的藏身处”之间。两者都不能带给他合意的未来;所以他止步不前,不离开他的“知识树”;守望,如“一个被安放又被遗忘的哨岗”。这首诗无法继续,始于树也终于树,因为它的主人公尚不确定未来他会在世上什么地方。

《在山毛榉中》的凝滞是干枯甚至愤怒的,《第一个王国》(250)打破了这种凝滞。诗中对“家园”进行了讽刺且简括的重估,强调中世纪农耕生活的原则和关注,鄙视长辈们作为少数人群在社会上的逆来顺受——一种出于宗教虔诚的隐忍。儿童年幼时梦想自己拥有皇室血统,如今,这一梦想被诗歌开篇描绘的地方场景粗鲁滑稽地推翻了,挤奶的母亲和贩牛的父王:

皇家道路是奶牛路。
母后蹲坐在板凳上
抚弄牛奶的竖琴弦
进入木桶。
贵族们用饱经风霜的手杖
威风凛凛地指点着牛屁股。

The royal roads were cow paths.
The queen mother hunkered on a stool

and played the harpstrings of milk
into a wooden pail.
With seasoned sticks the nobles
lorded it over the hindquarters of cattle.

没有什么比这几句诗更加严苛地打破了希尼早期对家乡摩斯浜(Mossbawn)的浪漫化。他并未忘记此处撩动的琴弦;人们在液化般的声音如“皇家”(royal)、“板凳”(stool)、“牛奶”(milk)、“桶”(pail)、“贵族”(nobles)、“威风”(lorded)和“牛”(cattle)当中能够听见。但固执的去理想化,滑稽而凶猛;在《第一个王国》的中部,有限的语言和褊狭的家事成为反高潮的“松解”(unwinding)和“倒退”(backward)的反讽:

度量单位全凭满载的
大车、小车和水桶。
时间就是倒背出名字和不幸,
还有歉收、火灾、不公,
洪水、谋杀和流产中的死难者。

Units of measurement were pondered
by the cartful, barrowful and bucketful.
Time was a backward rote of names and mishaps,
bad harvests, fires, unfair settlements.
deaths in floods, murders and miscarriages.

作为长子,希尼将顺理成章地继承农场。但是,他怀着抗拒的心情反问,这遗产值得拥有吗?他用一组刺耳的形容词修饰北爱的天主教少数派,结束全诗:

339 如果我对它的继承权不过是
来自他们的口头赞同，那它有何价值?
我忽冷忽热。
他们两面派、易迁就，
依然坚持
传宗接代，一样地
虔诚，苛刻，卑微。

And if my rights to it all came only
by their acclamation, what was it worth?
I blew hot and blew cold.
They were two-faced and accommodating,
and seed, breed and generation still
they are holding on, every bit
as pious and exacting and demeaned.

《第一个王国》是钢铁上的雕刻：画面；语言诋毁；最后的审判。嘲讽的对象至少包括诗人自己，他的家人及其所属的少数群体：当他昔日将家乡理想化时，他作何感想？他为什么要注意家人谨慎的度量，他们无尽的家庭叙事？为什么他对他们的判断摇摆不定、忽冷忽热？面对他们的卑微地位，他羡慕他们的顽固还是憎恨他们的顺从？这首诗如此与众不同，冰冷的三部分冻结了记忆中的地方。既然斯威尼并非在此重生，那么斯威尼的形象与这首诗又有什么关联呢？我想，他使上方的视角成为可能，或许男孩在山毛榉中的观察已有所预告。依然留守在家的人都不能从这样的高度审视“第一个王国”。

从故土上自我移除的设想启动了《第一次飞离》(251-252)，而彼时诗的主人公还在家乡的土地上。诗中不稳定的三行诗节一句句集结为不安的单元：两个三行诗节构成第一句话；接着是三个诗节，然后是两个，再然后是四个。飞鸟-语者远离其他诗人，但他们留意到他的“空地”，试图说服他从树上回到他们充满敌意的营地，甚至向别人诋毁他。“斯威尼的”回应就是飞得足够高，以便对他们作出评判，在“遥不可及之处审视”他们的阴谋和征兵，他们怯懦与设防的诗歌。最后一句几无标点的句子最长，是对斯威尼傲慢且懦弱的同伴的致命描述：

我深陷纠缠
直至他们宣布我
是战场的猎食者

所以我升至新的高空
在他们遥不可及之处
审视他们山上的篝火，他们的宴饮

和斋戒，一如既往的苏格兰 340
征兵，以及长于技艺的人们
变换他们有节奏的吟唱

去抵挡劲风的猛攻
而我会欢迎那猛攻
并全力以赴地攀升。

I was mired in attachment
until they began to pronounce me
a feeder off battlefields

so I mastered new rungs of the air
to survey out of reach
their bonfires on hills, their hosting

and fasting, the levies from Scotland
as always, and the people of art
diverting their rhythmical chants

to fend off the onslaught of winds
I would welcome and climb
to the top of my bent.

审视者与评判者，空中的"斯威尼"一度"深陷纠缠"，如今欢迎纷争的劲风，升至"新的高空"。勇锐进取、壮志凌云的希尼欣喜于新发现的技能；但我想，我们已经察觉到，他不可能永远保持孤立的立场。然而，在初次飞逃那骁勇奋进的三行诗节中，他还在为新获得的自由而兴奋。

《飘泊》(253)延续着《第一个王国》的三行诗节形式；从这首诗开始，我们进入第二组诗歌，讲述主人公决绝地离弃早先的缠缚。重生的斯威尼不得不找到——也许计划性过强(这是一首清单诗〔list-poem〕)——他在其他鸟类当中的位置和角色。这首诗于是成为一场对他者个性的检查(有时甚至是批评)：斯威尼嫉妒那些比他身心更强健的鸟，当他懂得了哪些鸟靠不住时，他也高估了另一些：

常常屈服于
对水鸡和惊慌的
长脚秧鸡的怜悯。

too often cave[s] in

to the pathos of waterhens
and panicky corncrakes.

有时，他准备捕捉美丽的鸟儿，就像霍普金斯捉红隼：

但当黄雀或翠鸟撕裂
日常事物的面纱，
我的双翼就会嗡鸣并拉紧

我俯下身，笨拙
而饱满，
随时准备冲刺。

But when the goldfinch or kingfisher rent
the veil of the usual,
pinions whispered and braced

as I stooped unwieldy
and brimming,
my spurs at the ready.

在下一首三行体诗歌《教士》(254)中，斯威尼表达了对牧师侵占自己土地的愤怒。基督教占领了爱尔兰，排斥哀伤的异教徒斯威尼：

历史将它的旗帜插在 341
他的山墙和尖塔，
却将我驱逐到

逃避和抱怨的边地。

History that planted its standards
on his gables and spires
ousted me to the marches

of skulking and whingeing.

“被赶走”的斯威尼,被逐出教会的人,是这个自怜版故事的牺牲品。但组诗中弥漫的反讽又让斯威尼重振旗鼓,立即展开另一种故事:“或是我叛逃?”他决意让被逐终成一种收获:

说句公道话,到头来还是

他为我开辟了通往王国的道路
辽阔的疆域,中立的忠诚
我的虚无随意统治。

Give him his due, in the end

he opened my path to a kingdom
of such scope and neuter allegiance
my emptiness reigns at its whim.

结尾的三行诗囊括了组诗中最有力的自我认同,用新的王国取代了“第一个王国”。农场小小的范围被空中王国的辽阔疆域远超;家族忠诚被第二个王国的政治中立超越;第一个王国的社会承诺淡然换作第二个王国准许的“随意”;第一个王国的虔诚敞向一种新的潜能,存于第二个王国的“虚无”之内。“斯威尼”现在拥有了个人的王国,他——或者他疏离的空虚——“统治”。然而,这种超越家族、宗教、政治主张的非凡胜利只能用苍白的语言来表达:“中立”,“虚无”,“随意”。它还没有发现正面内涵何在;它来自一种否定,不管诗人称之为“驱逐”还是“叛逃”。但这组诗行宣称了对一个“疆域辽阔”的新王国的占有权并为之授予君王。

“中立的忠诚”这个词组指的是清空立场;在任何新纽带形成之前,面对原有的赤胆忠心,必须逐渐获取中立的态度。希尼并不想谴责他曾爱过的事物;相反,他想摆脱这些事物对自己情感、思想和行为始料不及的影响。在希尼的《隐士》(255)中,主人公通过一个个三行诗节,实际上是一个苦心经营的长句,不断清空自己的立场,不放过一丝“情感的残余”。他的使命要求他从心理上——必要时可以借助暴力——远离从前的生活和主张。隐士与斯威尼相似,也远离社会,但并非“被驱 342
赶”,没有“叛逃”某种组织,没有疯,也没有被诅咒。当隐士用“取舍之刃”清理他的土地,他成为一个绷紧的弧度,我们看到付出与回报之间的严格比例:

越是野蛮地拉
和推,这复元的劳作
就越深沉越平静。

The more brutal the pull
and the drive, the deeper
and quieter the work of refreshment.

隐士断舍离的劳作既需要（用希尼的隐喻）犁铧的推动，也需要马儿的拉力；在创造了“整个力场”之后，他憧憬一片斩断过往的空地，每一缕“情感的残余”都被斩草除根了。令人惊讶的是，在辛苦劳作或断舍离之后是精神的甘美，一种深沉静谧的“复元的劳作”，因为苦行的使命已经完成。我们感到，竭尽全力的隐士自己完全没有料到最终会涌起喜悦的心情，这种喜悦之情说明他已经完成自我与原有关联的决裂。这一完成为希尼敞开了新的道路，让他去思考新生活的责任。

《斯威尼重生》中的第三组诗——《大师》《抄工》《冬青》和《艺术家》——思索审美原则。第一首《大师》（256）讲述了学徒-诗人在前辈指导下学艺的经历。希尼曾说，在描写诗人时，他想的是切斯瓦夫·米沃什

　　栖于自身之中
像秃鼻乌鸦栖于无顶之塔。

　　dwelt in himself
like a rook in an unroofed tower.

希尼在伯克利时，米沃什住在灰熊峰。在这首考验诗（ordeal-poem）中，语者必须毫不退缩地攀登至大师“隐居的一隅”。他的确受益于大师的箴言，但这些箴言

　　　　　　　　并没什么
神秘的，不过是一些古老的法则
我们都曾在黑板上写过。
……

说真话。别害怕。

                it was nothing
arcane, just the old rules
we all had inscribed on our slates.
.....
Tell the truth. Do not be afraid.

在《斯威尼重生》第一次发表在《斯泰森岛》之后,希尼补充了这些箴言。 343
为了让大师课令人信服,诗人必须证明当"古老的法则"被大师重写时,它们如何变得更有分量。他从两方面来证明。这些被学生们抄在黑板上的法则看似不重要。但大师为这些法则增添了光彩,因为他用彩绘照明字体将箴言精心抄写在羊皮纸上,直到它们有了"体积"和"空间":

每个压印在羊皮纸上的字
其体积和大小安稳牢固。
每一条箴言都各就其位。

Each character blocked on the parchment secure
in its volume and measure.
Each maxim given its space.

米沃什诗文的庄严布局和形状给年轻的诗人上了第一课。第二堂课来自学生的推断,涉及什么是不受环境威胁的必要写作工具:古老的法则是

持久的、顽固的概念,

就像采石工人的锤子和楔子。

Durable, obstinate notions,
like quarrymen's hammers and wedges.

学徒进一步思索着工具，认为它们“在顽强的服役中得到验证”，从而懂得除了自我表达，艺术还有更高的追求。工具及其任务就是作者良知和责任的体现；但最后还有关于“古老法则”的第四堂课，令人意外：如果遵守这些法则，它们就会神奇地从限制转化为复元，

像压顶石，你倚靠着并
感到源头的慰藉。

Like coping stones where you rest
in the balm of the wellspring.

经过此番教导，学徒（现已复元，同隐士一样）的考验也该结束了。然而，从塔楼往下爬时，他依然感到“脆弱”——仿佛塔楼不是石制的结构，仿佛他还没有适应塔中生活。他没有大师丰满的翅膀，也没有大师的信心：

沿着墙上没有扶手的阶梯
往下爬，我是多么脆弱，
344 却在我上方的振翅声中
听见追求与探索。

How flimsy I felt climbing down
the unrailed stairs on the wall,
hearing the purpose and venture
in a wingflap above me.

“爬上废弃的堡垒”以便受教,然后再冒险地爬下“没有扶手的阶梯”返回地面,这个讽喻省略了学徒具体聆听大师教诲的关键时刻。然而,我们知道大师已经告诉学徒(从学徒关于采石工人的工具的比喻里可以推想)如何为他自己未来的城堡寻找并塑造石头,并允诺他(“压顶石”的比喻达到高潮)竣工后的复元。希尼把慰藉留到聆听大师教诲的最后,这样就可以在诗歌渐弱之前,不断重申这场考验,希冀从这堂大师课中汲取力量。尽管学徒必须离开大师之所在——或许后会无期——但他会记起来自上方的强健的振翅声,提醒自己作为榜样的大师不曾停止“追求与探索”。米沃什抒情的自我启迪和政治勇气使他成为希尼的大师,也使我们注意到希尼对东欧诗歌的了解,这一点在《山楂灯笼》里得到验证。

在《斯威尼重生》开篇,语者在一个新的地方醒来,感到只须“松解”过去便可以找到理解和超然。“大师”立下更高的目标:承担“顽强任务”的雄心,讲真话,无所畏惧。离开大师后,年轻的抄工加入了缮写室的工作(《第一条批注》里预告过),但眼前的一切令他震惊:因为不愉快的工作,一些年长的抄工心理上受到创伤,嫉妒而诋毁流放后的语者。我们在《抄工》(257)中看到一个反面教材(与《大师》中正面的审美原则形成对比),知道了写作者的生活可能会导致什么。希尼把抄工的精神失常与他们堵塞的笔联系起来:

在缮写室的沉寂中

一颗黑珍珠持续在他们体内化脓
如羽毛笔管中陈年风干的墨块。
在赞美诗的页边
他们乱写乱画。

In the hush of the scriptorium
a black pearl kept gathering in them
like the old dry glut inside their quills.
In the margin of texts of praise
they scratched and clawed.

这个诗节让我们想起《第一条批注》，诗中的抄工也会在页边信笔。然
345 而，他们的批注并非新的贡献，而是与同行评论家的争吵。页边成了吹
毛求疵之地，极大地玷污了他们要抄写的美好的文本。他们的愤恨之情
甚至毁了他们抄写的单个字母：

在手绘字母的屁股底下
他们集结短视的愤怒。
怨恨播种在大写字母
不再卷曲的蕨草脑袋里。

Under the rumps of lettering
they herded myopic angers.
Resentment seeded in the uncurling
fernheads of their capitals.

在文字的征战里，流亡者-抄工比他嫉妒的同行更长久，因为，在《抄工》

的结尾,他用近乎拉丁语祈祷文般的迂回方式暗示:

让他们铭记这不小的
对他们嫉妒艺术的贡献。

Let them remember this not inconsiderable
Contribution to their jealous art.

希尼以一位博学抄工的口吻写作,得以自由地将他全部的雄辩写入诗中,从通俗的“乱写乱画”到杂烩的隐喻如屁股、手绘字母、被播种的怨恨,并以结尾的拉丁语汇收场。

《抄工》开篇的三句话在语者的“我”和第三人称“他们”之间变换,模仿了诗中描述的冲突:

我向来不喜欢他们。
就算他们优秀,他们也任性
多刺,如同他们
用来提取墨汁的冬青。
而如果我从来不是他们的一员,
他们也就无权否认我的位置。

I never warmed to them.
If they were excellent they were petulant
and jaggy as the holly tree
they rendered down for ink.
And if I never belonged among them,
they could never deny me my place.

然而，在接下来的十二行里，诗人放弃了主语之间的对抗之舞：刻画抄工扭曲性格的兴趣取代了抒情。在诗的结尾，尽管代词结构的冲突仍在继续，它却以一种远观且间歇的方式出现，并且流亡者拥有对主语地位坚不可摧的所有权："我一跃而起……［我］看到……［我］感到。"

346 有时在数英里外，
我一跃而起，在缺席中看到
每个脊背倾斜的连笔曲线，感到他们
一页页通过反对我来完美他们自己。

Now and again I started up
Miles away and saw in my absence
The sloped cursive of each back and felt them
Perfect themselves against me page by page.

在他最后的警告"让他们铭记"中，流亡者在他的艺术中隐去。他说的是"这个贡献"而非"我的贡献"，因为贡献在于书写的内容，而非书写它的人。最终，抄工保存下来的都是流亡者对他们的描写：他们如何恶意操纵、污损——通过在页边涂画——美丽古老的赞美文。

第三首关于审美原则的诗《冬青》（258）始于童年的失望："本该下雪却下了雨。"然而，一家人还是穿过泥泞的沟渠去采冬青了，并把一些小枝带回家，尽管上面没有浆果，却闪亮"如玻璃瓶碎片"。如今，诗人毫不费力就可以在家里拥有冬青，但得来过于容易：

现在我在这儿，房间里点缀着

红果实、蜡树叶的东西，

我几乎忘了衣衫湿透
或盼望下雪的感觉。

我伸手去拿一本书如一个怀疑者，
让它在我手边闪烁，

黑字的灌木，发光的盾墙，
锋利如冬青，如坚冰。

Now here I am, in a room that is decked
with the red-berried, waxy-leafed stuff,

and I almost forget what it's like
to be wet to the skin or longing for snow.

I reach for a book like a doubter
and want it to flare round my hand,

a black-letter bush, a glittering shield-wall
cutting as holly and ice.

这里的审美原则是，为创造富有激情的作品必须经历冒险和热望，这样，书籍最终才能含有一簇火，一丛燃烧的荆棘，一面盾，一种带刺的力量——封存于书，有待读者接受。过去，抄工用冬青制作他们的墨汁；如今，诗人将从中提取自己"黑字"的作品，重新找回童年深刻的感受。

弥漫在《大师》里的顽强在第四首亦即最后一首关于审美原则的诗

《艺术家》(259)中再现，这首诗是希尼对(未指名)塞尚的致敬。诗人赞颂画家的“愤怒”“固执”“坚韧”——原本温和的希尼效仿斯威尼的榜样
347 而尝试拥有的品质。诗人公然反对自己“柔顺的木髓”(《花岗岩碎片》)，因为顺从对艺术来说很危险，正如

期待感恩或赞赏的
世俗心态。

the vulgarity of expecting ever
gratitude or admiration.

塞尚固执的独立有其自身的代价，因为他的内心生活恰如希尼凭借迂回缠绕的句子所暗示的：

他像一只狗对着
自己狂吠的形象狂吠。
他恨自己信奉工作
是唯一有意义的事。

The way he was a dog barking
at the image of himself barking.
And his hatred of his own embrace
of working as the only thing that worked.

艺术美德的秘方不过是另一条“古老的法则”——不要不懂装懂：

他的坚韧得以坚持并坚定
因为他只做自己懂的事。

his fortitude held and hardened
because he did what he knew.

声音和格律上的幽灵强化了这一表达:“坚韧:坚持:坚定:他懂的。”在《艺术家》里,希尼的手段毫不留情。一个“硬”词接着一个,即使来自大自然的意象“青苹果”被允许进入诗中,这意象也被压榨至“硬核”(hardness);“我爱,”希尼这样说起塞尚,

他向
青苹果索要实质的强求。

his coercion
of the substance from green apples.

“我爱”(I love)频繁出现,希尼爱的对象通常是温暖的意象,但这里他爱的是艺术家不屈的意志,他向真实事物索要实质的强求。希尼,这位《大师》中的“脆弱”青年,此刻正迫使自己学会忍耐,坚韧,漠视他人的观点,甚至对自己抱有敌意(“对着自己狂吠的形象狂吠”),这一切都是为了让文化诱惑臣服于虔敬与服从。在组诗前面的内容里,希尼曾允许
自己服从大师教诲的良心法则并享受复元的油膏,但这里只字未提休息 348
或放松:相反,审美坚毅的结果是一种可怕的感觉,仿佛被一种未知的力量“抛”(hurled)入下一场历险。塞尚画过青苹果;也一次次画过圣维克多山;现在,再一次,一幅新的未被涂画的画布表面既吸引他,也对他

发出挑战，直到他被释放的凌云壮志如一枚瞄准某个方向的导弹，承载他的心穿越画布的空白：

他的额头如一个被抛出的滚木球
飞越未经描画的空间
在苹果背后，在山岳背后。

His forehead like a hurled *boule*
travelling unpainted space
behind the apple and behind the mountain.

希尼知道，必须把心中的钢铁意志从教训他"知趣、识相""顺从、缄默"（《斯泰森岛》，第九首，239–241）的政治与宗教中释放出来。斯威尼流亡者的角色允许希尼继续戴着孤独勇士的面具，戴着恣意任性的面具（米沃什，塞尚）——这在很多方面都有违他的秉性。当然，戴面具并不能永久解决自己性格和文化中的问题（"仿佛旋涡可以改造水潭"，《斯泰森岛》，第九首），但诉诸米沃什和塞尚的面具，希尼能瞥见自己的想象延伸得更远更真。毕竟，假如斯威尼每经历一次变迁就创作一首新歌，那么他的再造者也必将如此。

《斯威尼重生》（十五首诗版本）的最后三首《旧圣像》《忆往昔》和《在路上》讲述救赎。前两首涉及隐士试图根除的"情感的残余"。《忆往昔》（"In Illo Tempore"，261）以其拉丁文标题暗引福音叙事的熟悉开头，令诗人再次忆起他的早年，并驳斥过去的被动："忆往昔"，他和同伴一起参加弥撒，服从于集体的仪式，而非个人的忠诚：

我们不及物地列席

忏悔,领受。动词
夺取我们。我们膜拜。

Intransitively we would assist,
confess, receive. The verbs
assumed us. We adored.

希尼堆积的动词本可以及物,但在已知仪式的背景下却不及物,未免有
些超现实:“动词夺取我们”——把我们抓住,但也确信我们被召唤而列
席,将我们转化为他们。甚至在仪式的背景下,未来的诗人依然能发现 349
宗教文字里的美学和词源振动,在他年轻的心里呈现出感性的色彩:

然后我们举目望向名词。
祭坛石乃黎明而圣体匣是正午,
“红字”一词本身便是布满血丝的落日。

And we lifted to our eyes to the nouns.
Altar-stone was dawn and monstrance noon,
the word “rubric” itself a bloodshot sunset.

在这首“今昔”对比诗中,神圣的“往昔”(illud tempus)占据了前三个三行诗节;最后两个三行诗节则追问如今信仰何在:

如今我住在一处著名的海滨
那里的海鸟在凌晨啼鸣
如不信的魂灵

Now I live by a famous strand
where seabirds cry in the small hours
like incredible souls.

仪式及其美学景观渐渐淡出诗人的成年时期，然而从小在宗教环境中长大的经历不会从他的语言中移除，即使他质疑这一宗教信仰：海鸟在乔伊斯的海滨啼叫，“如怀疑的灵魂”。尽管他尝试在物质世界不容置疑的坚实里寻找确信，但这个世界让他失望，一如它曾经让华兹华斯失望：

甚至那海滨大道的围墙
我倚靠它以验真
也很难诱使我相信。

and even the range wall of the promenade
that I press down on for conviction
hardly tempts me to credit it.

失去童年信仰之后的孤独感得到缓解，部分原因是，即使在成年后，诗人依然保存着具有深刻意义的圣像。在关于救赎的第二首诗《旧圣像》(260)中，希尼问道，为什么，“当一切都已结束”，他的墙上依然挂着这些图画？当他思索着它们，他也重新种下情感的残余，而早些时候他曾那么坚决地，甚至如清教徒般地，要将其铲除。如今他认识到“旧圣像”得以保存下来，是因为它们证明了某种残留的价值，这些价值仍值得肯定。在罗伯特·艾米特的蚀刻画中，他看到忠诚；在描绘《惩戒法》时期户外弥撒的复印油画里，他看到勇气；在刻画一七九八年爱国者运动的版画中，他看到追求政治自由的激情，尽管他们的事业因为内奸而失败。我已经确认了这些圣像是谁(希尼在聊天中跟我确认的),但诗人让他们无名,或许因为他的爱尔兰读者熟知这些,所以没必要指名。对于其他读者,圣像的匿名使作品成为完全内在的诗歌,诗人省略的描述说明他已经非常熟悉早年的这些"旧圣像"。前两个圣像表现纯洁,不会惹来麻烦:蚀刻画描绘了一个视死如归的年轻爱国者;复印油画则表现了一个宗教群体在禁令和威胁下依然在做礼拜。每一个圣像都契合三行诗节,追随着希尼孤独的自问呐喊: 350

为什么,当一切都已结束,我还抓住它们不放?

一个爱国者双臂交叉在一束光中:
囚室的铁窗和他被判刑的脸
是这幅小蚀刻画中仅有的亮点。

复印油画中的雪山,流亡牧师的
红袍,红衫军慢慢逼近
守望者像一只狐狸穿过沟壑。

Why, when it was all over, did I hold on to them?

A patriot with folded arms in a shaft of light;
the barred cell window and his sentenced face
are the only bright spots in the little etching.

An oleograph of snowy hills, the outlawed priest's
red vestments, with the redcoats toiling closer
and the lookout coming like a fox across the gaps.

前两个圣像在语法上都是不变的名词形式：爱国者在光束中，牧师和逼近的红衫军。它们挂在墙上，是个别历史元素的记录，第一个是静态的伫立，第二个则是延宕的时刻，红衫军永远在跋涉，守望者永远即来。

但是，第三个圣像再现了一七九八年叛乱失败的爱国者，溢出了预期的空间。一个三行诗节不够，三个三行诗节才能展现它的重要。和前两个圣像不同，它将时间、原因和毁灭性结果融入希尼扣人心弦的诗中。一个爱国者变成间谍，推翻了一七九八年起义；圣像揭示了爱国者被蒙在鼓里，并不知道他们中间出现了叛徒，已经把名单交给当权人士。当诗人描述这个圣像时，他承认，被处决的爱国者和不屈的礼拜者的圣像并不能祛除世上的恶。一切价值都可以毁于叛变：

制造煽动性言论的老委员会
穿着扣紧的拷花皮鞋和马甲体面地出现，
他们传奇的姓名成为告密者的名单，

351 袖子扣紧，后排左三，
比其他人都更显眼，
正扭转一场行动，那是他的刑具

和别人的毁灭，他名字的节奏
记录了种种代价高昂的背叛
如今变得透明，不可估量。

And the old committee of the sedition-mongers,
so well turned out in their clasped brogues and waistcoats,

the legend of their names an informer's list

prepared by neat-cuffs, third from left, at rear,
more compelling than the rest of them,
pivoting an action that was his rack

and others' ruin, the very rhythm of his name
a register of dear-bought treacheries
grown transparent now, and inestimable.

第三个圣像体现的思想既不是爱国主义坚定不移的忠诚,也不是帝国与臣民、红衫军与红教袍之间的永恒张力。它讲的是因果,由动词"扭转"体现。因果之链始于一个爱国者变成政府间谍的"转向"[3];在版画中,我们看见被背叛的叛逆者们的集会;我们知道爱国者-转变-告密者的行为是"他的刑具和别人的毁灭"。这个后果如旋涡般无限扩展并波及未来,不可估量。虽然历史最终"透明",让我们看清叛徒是谁,但历史不能记录叛变后的处决为一家家、一代代人带来的全部灾难。

虽然《旧圣像》里没有直接提到斯威尼,但是,在《斯威尼的迷途》中,斯威尼也背叛了战士们的约定。准备参加莫伊拉战役的军队本来同意在限定的时间内作战,但流亡的斯威尼违背了承诺:"然而,斯威尼持续不断地侵犯每一次和平与休战……每天杀一个人,在双方还未交战之前;每晚再杀一个人,在战役结束之后。"(6)斯威尼为何违背承诺,诗中没有解释:他只是不愿被集体的规则所束缚。任何一个集体都有告密者(爱尔兰文学中的经典形象);谁能说清会是谁呢?希尼抓住背叛与悲剧的圣像,及其代代相传的不可估量的后果,提醒自己注意政治存在中的"黑红污点"(black and grainèd spots,出自《哈姆雷特》第三幕第四节)。诗人不自觉地保存着这三幅画,直到成年才开始审视它们,这也使他相信，童年珍藏的画面能保存一些隐秘的价值——忠诚，坚毅，奉献——成年的他依然认可这些价值。在此意义上，过去的圣像让现在恢复了神圣的可能。

《斯威尼重生》以一首温和的诗作结，这首诗远比前面推崇顽强与固执的审美原则的诗要温和得多，由此，希尼重返自己的语声，不再好战，而是渴望一种救赎的思想，同过去的基督教救赎思想一样强大，震撼
352 他的良知。他的朝圣诗《在路上》(262–264)书写了一种疲惫。但世俗世界里没有朝圣，没有圣坛；交通靠汽车，不是脚；朝圣者到哪里去寻找“源泉的慰藉”？希尼开始了他迷惘而无归宿的朝圣，在一阵“迷离的驾驶”中，所有道路都成了一条路。一只鸟形的向导来访（或许是斯威尼来探视他的译者），诗人通过想象也变成一只鸟，飞（如被驱赶的斯威尼）到墓园墙壁的裂缝里，然后，怀着一种祈愿的心情，希望移居到基督教信仰开始之前的地方。“我要迁徙，”他说，去一个布满史前大师壁画的山洞。在洞穴“最深处”，诗人找到小鹿俯身饮水的浮雕，面对“雕刻线条”陷入沉思，因为小鹿的境遇与他无异：

雕刻的线条
弯曲成紧张的
满怀期待的口鼻
鼻孔张大

向着干涸的源头。

the incised outline
curves to a strained
expectant muzzle

and a nostril flared

at a dried-up source.

这首诗与乔治·赫伯特的《朝圣》相称：当赫伯特抵达顶峰，期待回报时，他只是发现了“一个咸水湖”。筋疲力竭的他呼喊道：“路途与终点岂能都是泪水？”在《斯威尼的迷乱》的结尾，斯威尼在一个善良教士的帮助下与教会妥协，但希尼不会，尽管他可以想象在墓园的墙缝里获得短暂的庇护，他并不能留在那里。教堂里毫无反应的圣像不能带来疗救，一代代人

一只手接着一只手
在铁石心肠的
花岗岩许愿墙
不断磨损。

hand after hand
keeps wearing away
at the cold, hard-breasted
votive granite.

在总结希尼的旅行时——首先是汽车，然后是想象中的鸟，我省略了一直在希尼心中回响、打断他叙事的词语，

大师，我要
做什么才能得救？……

353 变卖所有
济贫拔苦

跟随我。

Master, what must I
do to be saved?...

Sell all you have
and give to the poor.

And follow me.

富有的年轻人与耶稣之间的交换早先曾出现在希尼的诗歌里。在《沟渠边的国王》(221-223)中，希尼记起小时候跟随别人去射鸽子，头戴用树枝和渔网编织的伪装，“所以，我的视野如丛林深处的鸟儿”。由于没有鸽子出现，他被邀请秋收时再来：他甚至想象那时节的自己，但也意识到他不会出现在那里，因为他已经做出其他承诺：

而我看见自己
起身在伪装中移动，

头顶结髻，禾束遮脸，留意
鸟儿的坠落：一个富有的年轻人

抛下他拥有的一切
寻求迁徙的孤独。

And I saw myself
rising to move in that dissimulation,

top-knotted, masked in sheaves, noting
the fall of birds: a rich young man

leaving everything he had
for a migrant solitude.

如今,人到中年,希尼再次提出年轻人的问题,并思索圣经式的回答:“跟随我”——好,但是去哪儿?如果墓园的墙缝和许愿的岩石不再是可能的归宿(正如它们曾是,那时诗人年轻,“杯酒言欢”,爬上“教堂的山墙”),到哪里去寻找另一条救赎之路?《在路上》一诗中,希尼将自己比作“诺亚的鸽子/一个惊惶的影子”,因为他对稳固之基的寻觅始终被挫败。当他在暂时的“流亡的石板”之外思索一席救赎时,如诺亚的鸽子一样,他找到一片高地:

我将迁徙
穿过高高的洞口
进入麦色、煦暖的峭壁。

I would migrate
through a high cave mouth
into an oaten, sun-warmed cliff,

但直到他进入洞穴的“最深处”,他才找到“枯竭的源泉”旁的小鹿这一史前意象。洞穴成了合法的祈祷之地,诗人确信(继续怀着祈愿的心情),

354 他将“冥想/那面如岩石的守夜”，直至他“长期迷惘的灵魂”在第二次洗礼的圣水中复元，再度振翅——

直至那长期迷惘的
灵魂从隐秘处破土
在枯竭的源泉①
扬起尘埃。

until the long dumbfounded
spirit broke cover
to raise a dust
in the font of exhaustion.

到了最后这个诗节，希尼才解释诗歌开篇描述的漫无方向驾驶的处境。自从他一瞥自己的灵魂，已经过去很久了（我们现在明白了），如此之久，以至于他脑海里浮现的唯一绝望的话是：“我要做什么才能得救？”提出这个问题就已经被排除在得救之外了。仅仅服从于大师们的审美原则——讲真话；别害怕；迫使尘世的实质成为艺术——是无法满足这个需求的。《斯威尼重生》最后的恳求关乎人生全部而不是诗歌创作。当昔日的精神食粮失去效力和慰藉，人们要转向何方？

通过诉诸史前艺术来寻求可能的重生，希尼回到一个神圣与美学合而为一的时刻。山洞中保存着人类渴望通过模仿来表现生活的最早证据——石刻，绘画。在仔细寻找合适的墙面后，有人雕刻了一只鹿，墙的轮廓可以表现鹿的腰臀和脖颈。史前艺术家出于深切的共情，使雕刻的曲线也承载着期盼的张力，渴望的鼻孔扩张。希尼将自己干渴的状态投

① font，该词既指“泉水”，也引申为洗礼用的圣水盂。

射到壁上的鹿中，判断它饮水的地方并没有水。饥渴的小鹿千百年来的
忍耐也让希尼选择忍耐；他会冥想他自己的《易经》——“变化之
书”——直到他的翅膀再次拍动，哪怕只是为了在枯竭的源泉中“扬起
尘埃”。《在路上》以“纤细的”双音步四行诗节模仿诗人正在进行的旅
途阶段，直至最终获得重生——进入史前时期的、温暖的元音单词即是
暗示：燕麦（*oaten*），煦暖（*sun-warmed*），缓缓凸起的（soft-nubbed）。鸟
轻松地飞入洞穴“最深处”，帮助我们重新理解早先攀登大师塔楼的磨
炼。攀登的热忱与洞飞的迅疾都契合希尼使命的双重意义：艰难而自
然。在《大师》中，年轻的诗人只能聆听来自上方带有训诫意义的“振翅
声”；但当飞鸟-诗人进入悬崖上的洞穴时，我们听见他自己的“振翅 355
声”，他穿越历史，迁徙至人类最初创作艺术的地方。然而，“枯竭的源
泉”中没有水——文字的井泉中也没有——但鉴于有望得救，灵魂已重
振旗鼓。鹿是典型的基督教形象，《赞美诗》（第 42 首）中写道：“如鹿渴
慕溪水，我心渴慕你，哦，上帝。”通过将基督教符号带回前基督教（pre-
Christian）的史前洞穴，希尼确信了一个真理：大自然的符号永远先于体
制内的（institutional）符号。

希尼《斯威尼重生》的历险之旅当然是诗人沉浸于斯威尼的故事和歌吟的结果，当时他正把中世纪诗歌《斯威尼的迷乱》译成《斯威尼的迷途》。但这组诗歌远远超越了其本源。的确，斯威尼的困境为希尼树立了榜样：坚韧，果决，历险，孤独，甚至流放的勇气。斯威尼传说中的历险成为希尼《斯威尼重生》中的讽喻：王国与抄工，飞行与复仇，愤怒与自省。然而，当我们阅读《斯威尼重生》时，我们看到，这首诗选择了自己的四声部秩序，有自身的逻辑和追求，从童年，到切断与故土的联系；从切断到审美原则；从审美原则到世俗救赎的终极问题，逐步展开。希尼并未宣说这一秩序，但它显然统辖着十五首诗版本的《斯威尼重生》——我认为是《斯威尼重生》的经典版本。作为组诗，《斯威尼重生》

与希尼其他精彩的组诗并列，从自传体的《斯泰森岛》到幽灵般的《方阵》。《斯威尼重生》在重兴《斯威尼的迷乱》，引起当代关注和兴趣的同时，对文学世界的贡献已超越其前身。

（朱玉 译）

23. 眼底一视同仁：约翰·阿什贝利的《俗世国度》

过去五十年间，阿什贝利会有规律地推出一系列风格怪异的日记式 356
创作，而《俗世国度》就是这一系列中的一部新作。（阿什贝利说来也是幸运，能够保持足够的才情，把人生中的一个又一个十年谱进诗篇。）在我看来，阿什贝利的短篇诗作更像是“日记”，因为它们大都有着浮生一日的性质，有着偶然可见的细微琐碎，有着断篇残章的感觉，也有着日记特有的隐晦。一位日记作者不会顾及和谁沟通（毕竟，他自己生活的隐秘，他自己就足可以解码），不会刻意追求清楚明白，也不去“传达了”“宣告出”或“意味着”什么。日记的妙处就在于，它们可以在不经意间创造出一种独特的魅力：它们的偏题，掉线，或者故作僻晦，种种神经刀式的操作，常常让后世注家们忙个不停；有时，一页让人不明所以的日记中，正文的长度还不如脚注。

历史学家们必须要认真探索一部日记中一条条看似简略的记录（好比劳蕾尔·乌尔里克书中研究的那位常年记日记的新英格兰助产妇[1]），同样，阿什贝利的读者也需要通过联想，来直觉性地领悟诗人的隐喻中蕴含的精神轨迹。而且无论我们怎么努力，阿什贝利所写的许许多多，仍然

---

① 劳蕾尔·乌尔里克（Laurel Ulrich），哈佛大学历史系荣休教授，此处应指她的研究专著《助产妇的故事：玛莎·巴拉德传，根据其日记，1785–1812》（*A Midwife's Tale: the Life of Martha Ballard Based on Her Dairy, 1785-1812*, New York: Alfred A. Knopf, 1990）。

难有定评。我自己就有这么一次，因为没有认出他在一首诗里对芬兰史诗《卡勒瓦拉》的指涉，就彻彻底底地把这首诗的主题误认为是对死亡的等待。面对我的误读，阿什贝利又是好笑，又是同情，他跟我说，这诗所等待的，其实是爱情。要我说这诗反正都是讲等待，这才是重点嘛。

阿什贝利的诗歌未见得都是日记体。他的长诗（或者至少是一部分长诗，像抽象形式写成的长篇自传）大概有种时断时续却一以贯之的主旨，而相比之下，日记体的短诗就有种或异想天开，或突如其来，或戏
357 谑不经的轨迹，让读者觉得时而讨厌，时而冒犯，时而着迷。过去这些年，阿什贝利常被不同的圈子引为同道：法国迷会强调他早年在巴黎的经历；先锋派会突出他的实验技巧，比如拼贴诗和双柱体诗；视觉艺术家会看重他的写作与抽象绘画的关联；年轻人则会喜欢他对电影、动画、通俗文化和流行词汇的热爱。而看过他整个创作生涯的人，会欣赏他诗歌题材的广度，也会赞赏他对整个西方诗歌传统的低调继承，这其中既有俚俗打油，也有大雅之作，更有他对俳句的热爱。阿什贝利自己在《孤寂》一诗中也认真地宣称，他是为了一切人而写作：

“当仁不让”，有人用通俗的语言
写了一封信寄给街上，希望有朋友
找到它，保存它，解读它。[1]

“Bound and determined” one writes a letter
to the street, in demotic, hoping a friend
will find, keep it, and analyze it.

这封信不一定有人找得着；就算找得着，也留不下来；就算留得下来，也没人看得懂。而诗人就会把交流的失败揽在自己身上，这失败让

自己看上去“惹人生厌,毫不老道”。所以他像强迫症一样再做一次尝试,希望能有个好点的效果,“这次平和一点”:

好像是一条信息
等待被收获,从我到你的文件。

It’s as though a message
remained to be harvested, paperwork from me to you.

(阿什贝利从浪漫派的“收获”到官样的“文件”的转换,也是他始终与时俱进的想象力的体现。)即便是那些晦涩的长诗,在阿什贝利看来也不是隐晦的索求,而是公共的景观。“漫长松散的游行”和平平无奇的“服务路径”并行不悖。在《祝祷》(10)一诗中,他向自己的听众致辞,带着孩子气的顽皮,进行了一场开玩笑的复仇:

你问我在这里干什么。
你是真想让我读这一段吗?
如果是的话,我有个惊喜给你——
我要把这段念给所有人听。

You ask me what I’m doing here.
Do you expect me to actually read this?
If so, I’ve got a surprise for you—
I’m going to read it to everybody.

阿什贝利像所有抒情诗人一样,相信自己在音乐性上的创新。这创新能

358 从当下的众声喧哗中,保留情感的高潮和语言的弹性,它们具有普遍意义,所有读者都能获得共鸣。

诚然,《俗世国度》的一部分主旨是对老年生活的感触:记忆的痛楚,倦意的侵袭,对末日将至的恐惧。(不过也得强调一下,这些主题在阿什贝利之前的创作中也有出现,而且不一定和年老相关。)《俗世国度》读来既讽刺,又哀婉,时常令人捧腹,间有皮里阳秋。虽然这集子有空拍和难解之处(和作者早年的作品一脉相承,简直成了招牌),但它总在浮光掠影的表象下面,暗藏着一条条叙事的伏线。比如,充满诱人幻象的罗曼司,"慵懒的春天"的田园诗,弥漫在某些怀旧气息浓郁的篇什中,尽管作者也知道,春日的浪漫只是"夏天的蹩脚借口",而夏天,象征着理想的温暖爱情,它一再被追寻,又一再伤人心。可能诗人早知夏天不会来临,但是衰颓,其实在春天,这个夏天的纯真先导那里,就已经开始了。对罗曼司的向往,为诗人的思绪持续性地做了铺垫——而阿什贝利对这一点表达得更机智,即便空气中嗅不出浪漫的味道,在年纪的"误导"下,"就算它没来,它也来了":

春天是最重要的季节,
就算它没来,它也已经来了。
其余的季节只是它的借口。
春天,慵懒的春天,
你这夏天的蹩脚借口——
他们误导你的时候是否告诉过你,
要通过哪条穿刺城市的主动脉公路
像呼吸一样,快而更快?

(10)

Spring is the most important of the seasons.
It's here even when it's not here.
All the other seasons are an excuse for it.
Spring, idle spring,
you poor excuse for summer—
Did they tell you where they mislaid you,
on which arterial road piercing the city,
fast and faster like breath?

主动脉时间的加速——“像呼吸一样,快而更快”——在这部集子中四处可见,它是滴答作响的钟表,也是悬在头顶的厄运。在诗集的同名诗作中,面对自传这一体裁本身的不确定性,阿什贝利选择了置之不理:“如果它发生 / 在现实中,那不要紧;如果它发生在故事里 / 那也没关系。”(1)惟其如此,诗人意识流的隐喻才能不受“前后一致”的制约而生发出来:“指导委员会 / 另有图谋,要宣布逻辑 / 和真理的死者是一回事。”(46)在《否定之论》中他承认语言只能无限接近生活的轨迹,却不能准确地刻画它。虽然如此,他(在《短舌匹菊》一诗中)仍然为艺术那种屡败屡战的追求所吸引:

路怒症张开了它的双翼; 359
在否定之路上没什么可以确定
唯一确定的是回归,回归
到近似。

(5)

Road rage had burst its flanks;
all was uncertain on the Via Negativa

except the certainty of return, return
to the approximate.

《短舌匹菊》继续着对往昔的追述；此时号角出现了，它在晨间和暮色中吹响，由它引出了人生的开篇，性的启蒙，浪漫故事，危机与恐惧。（阿什贝利的号角同时带来神圣虔敬和俗世享乐，似乎是应和波德莱尔《沉思》一诗中的夜色，随着它的降临，有人安宁，有人愁怨。）那些享乐的人不会像艾略特的诗中那样唉声叹气，反而戏谑不经；他们把午夜之歌变成了伊甸的幻梦，把悲伤的冥河变成了田园般的天堂：

清晨午夜，号角吹响了，
号召虔敬的人去祈祷，不敬的人去享乐。
在那条肮脏的小巷里我第一次吐出
一个笑话，吐到你滑稽的沾满面包屑的唇边：
我们何不忘却那发生在我们身上的一切，
还有午夜时分的歌声，
还有随之而来的梦境，忘记野苣和青苔
旁边冥河曾经奔流而过？

Night and morning a horn sounded,
summoning the faithful to prayer, the unfaithful to pleasure.
In that unseemly alley I first exhaled
a jest to your comic, crumb-crusted lips:
What if we are all ignorant of all that has happened to us,
the song starting up at midnight,
the dream later, of lamb's lettuce and moss
near where Acheron used to flow?

“我们何不忘却那发生在我们身上的一切?”这个永恒的疑问,和它的突然插入,在这部诗集和阿什贝利的其他作品中屡见不鲜。这个问题让我们重新审视过去,让我们不断把旧故事重新述说。由此观之,这部诗集中的最佳作品之一,有个语带双关的名字,也就不奇怪了。它的题目是“悲而再悯”(“Lacrimae Rerun”;33),也就是“人间悲悯”的再临(此处“Rerun”替代了原来的“Rerum”)。[1] 据诗人自己说,这首诗讲的是一对夫妇的人生,它曾经是小说,是童谣,甚至是音乐(合唱,合鸣),现如今却堕落成了一段阴森的布道,而两位主人公现在变成了乞丐,讨要一点点的残羹冷炙:

我们享受过一些好时光。
在城里听过歌剧,我们又有力地
把注意力转到其他可以实施的要务上面。

我们从来不明白为何要微笑 360
或拥抱。都市生活的规律就是这般,
深埋在人行道的下面。有时我们畅想哲学,
在餐馆里,或是呢喃的小溪边。

在我们命运轨迹交叉的关键节点
我们的智识得到历练
它不再是小说,也不再是诗,

不是合唱或和鸣,而是一台不停碾压的布道。

---

① “Lacrimae Rerun”指涉维吉尔《埃涅阿斯纪》中的名句“Sunt lacrimae rerum et metem mortalia tangunt”(“人间多悲悯,生死扰我心”)。

他们这些天又踅回了后门口,
讨要一两片肉,或者什么都行。

We had our season together.
Operatic in the city, we shifted mightily
the stress to other fulcra as they became available.

We never knew what prompted us to smile
or to embrace. That was part of the city's dynamic,
deep under the pavements. We dreamed of philosophy sometimes
in restaurants or beside a chattering brook.

All our resources are being trained
on this critical juncture in our fates' history.
It's no longer a novel or nursery rhyme,

a catch or glee, but a sermon grinding on continuously.
They come to the back door these days,
asking for a piece of meat, anything.

"一两片肉,或者什么都行"有种突如其来的粗蛮,而这种感觉也出现在阿什贝利其他显得很"酷"的叙述中,它印证了《悲而再悯》一诗的结论:"这世上有什么事/被绝望抹上这么重的交叉影线?"

阿什贝利的叙事未必都如此通透明白,但随着它们的展开,我们也能感到危机的爆发。以下就是几个例子:

话说当喧闹的酒令
滑过一张铺设华美的餐桌,为什么结局

总会是灰尘、疾病和衰老……

(46)

设想无论如何都可以轻松拥有
这样一刻，大夫兴头上给你狂写几笔
处方，告诉你只要稍等
他们就能给你药。你心里会想到什么？
你会转身走出药店吗……？

(48)

哦见鬼所有的事情都是先那样，
再这样，又那样，在持久的阳光里
扭作一团……

(74)

Now when ribald toasts
sail round a table too fair laid out, why the consequences
are only dust, disease and old age. . . .

Imagine that you can have this time any way it comes
easily, that a doctor wrote you a prescription
for savage joy and they say they can fill it
if you'll wait a moment. What springs to mind?
Do you turn and walk out of the drugstore. . . ?

Oh hell everything is that way,
this way, that way, twisted in the sun
of endurance—

阅读阿什贝利的叙事，聚焦在它们呈现的危机中，都需要我们做一些信马由缰的推测。我们解释诗歌的动力也点燃了我们的想象力，而诗歌语
361 词所建立的莫比乌斯带，就会向我们展示它诡谲的扭转。“饿了吗？”诗人在他最长的一首诗中随意问了一句。“接着读吧。”（28）“诗意”的找寻，是一种奇特的愿望，它越得到满足，就越有新的渴念。阿什贝利的天方夜谭中，故事的脉络展开后就不会收束，而只是把悬念从一夜留到下一夜，从一页留到下一页。

在短篇诗作中，为了确定叙事瞬间的中心地位，阿什贝利扩大了抒情的范围（而不像通常那样回归沉思），同时又避免了像克拉布、勃朗宁或弗罗斯特那样“讲故事”的倾向。他继承了惠特曼、庞德、克兰、金斯堡、梅里尔和埃蒙斯等美国作家的探索，在叙事小品中加入浓重的抒情因素。（但阿什贝利也保留了从绘画艺术、斯泰因、奥登那里学到的一些抽象的东西。）

二十世纪美国内心生活的狂喜与绝望，在阿什贝利 1972 年的《诗三首》中有最动人而丰富的展示。但是《俗世国度》中没有这样的长篇诗歌。阿什贝利的近作中所有的，却是人生流转中叙事性的惊鸿一瞥。华兹华斯曾说：“我现在只能在微光中瞥见；当我上了年纪／或许什么都看不见。”（《序曲》，XI：338–339）相比之下，阿什贝利面对着老年生活各种令人不快的日常，他所投出的相对更粗俗的一瞥，乃是对华氏哀叹的有力修正。《英开普礁石》一诗的题目取自苏格兰海岸上的一块危险礁石，一个海盗摧毁了建在礁石上的警钟，结果自己的船触礁沉没。这首诗开篇用不留情面的自嘲描述了一天的日常，紧跟而来的是绝望：

弹出了“意义”的窗口，
倒掉垃圾，遛一圈狗，
给蛋蛋挠挠痒，在周五之前

为三件事道歉——哦我魂灵的
安静的本体,就这么着,对吧?

(32)

Prop up the "meaning,"
take the trash out, the dog for a walk,
give the old balls a scratch, apologize for three things
by Friday—oh quiet noumenon
of my soul, this is it, right?

另外一瞥,是关于痛苦的。诗中说"痛苦过后就会止息":

现下,轮到疼痛暂时停止,
记下时间,还有病人的体温,
给轮班的护士留个备份,你他妈的
以为自己在干什么呢?

(60)

For now, pain pauses in its round,
notes the time of day, the patient's temperature,
leaves a memo for the surrogate: What the *hell*
did you think you were doing?

如果说诗人的工作是让语言中的现在在未来永葆生机,那么阿什贝利的 362
工作算是大获成功,尽管道路艰辛,而且(在诗人的回想中)默默无闻。在阿什贝利幽默地紧跟时代的诗歌织体中,有无穷文学的线索低调地闪着光,不着痕迹地把阿什贝利的诗意与诗歌史的先驱连在一起。我漫游在

《俗世国度》的诗卷中，找寻那些在阿什贝利语言的隐晦地图上留下刻痕的前辈作家，而我找到的是史蒂文斯、波德莱尔、爱默生、济慈、阿诺德、艾略特、佩特、威廉斯、毕肖普、莎士比亚、骚塞、拜伦、魏尔伦、特罗洛普、狄更斯、洛威尔、惠特曼和弥尔顿（或许我错过的更多）。但抛开阿什贝利的经典崇拜（虽然经常以猜谜的形式出现），我们发现阿什贝利的语言来自二十世纪的各个方面，雅俗兼备。这里有电影（“反应镜头”，“伪装镜头”，还有对早期电影女星海伦·特韦尔夫特里斯的缅怀），有天文（“日食”，“地轴”），有电脑（“弹出窗口”），有乐队（“救场”），有商业（“逢高卖出”），有喜剧（“沃博克老爹”〔Daddy Warbucks〕）[①]，有政治（“石蕊传说”〔Litmus Tale〕）[②]，有诗歌／音乐（魏尔伦／福莱[③]的《美丽歌谣》），有战争（“新鲜的军队等待洗礼”），有剧院（“选角”），有宾馆（日食“登记入住”），等等。

除去文学语言和时兴语汇，阿什贝利的字典里也偶有古旧词汇，比如“纹印”或“西奥伯琴”（即便这些词汇，也暗暗与现代相连。华莱士·史蒂文斯曾写过《在双簧管旁》，阿什贝利就要写《在西奥伯琴旁》；这琴是一种双颈的琉特琴）。在《房船岁月》中，阿什贝利说“心灵很是好客，它容纳各种边界”。

为了不断地创造和消解自己的叙事小品，阿什贝利慷慨地容纳了从兔子到冥河的一切，而他运用这些东西的腔调，也从沉重、嘲讽、悔恨、不耐到情色暗示一应俱全。比如《指南》一诗，看上去像是一套维持感情生活的建议，但它的基调是怀旧的，在追忆一段共同拥有的过去：

躺进那片草地，我们找的就是它。
没有什么东西能有这般丝绒质感

---

① 二十世纪头二十年连环漫画《小孤儿安妮》中的人物。

② 美国政治中“石蕊测试”（litmus test）指的是向某一候选人提问，以检验其政治倾向。

③ 福莱（Gabriel Fauré，1845–1924），法国作曲家。创作大量声乐作品，以《安魂曲》名世。

这般贴近地面。我的目光丈量着触须
……
这指南许久以前导致了一场码头边的撞船
在阳光的翼片中摇晃
现在它被归类收走了,还有很多其他东西
只是没有多少必需的东西 363
在那个特别的下午
贴近温存和迷乱的源泉

(52)

Lie in that grass. It's what we came for.
Nothing could ever be that velvety again,
so close to the ground. My gaze fathoms whiskers.
. . . . .
The recipe vectored a long-ago collision by a pier
in and out of fins of sun,
now labeled and put away, with much else,
and too little of what was needed
that particular afternoon
close to the source of warmth and confusion.

《指南》的收场是一个喜感而坎普的提议(致婚姻、未来和听众),但在这之前仍是温暖的田园诗:

我要贴出告示,发送邀请,磨好脚趾甲,
把情况解释给半信半疑的人听。你们也一样。

(53)

> I'll post the banns, send out invitations, polish toenails,
> describe moot situations to the skeptical. You rest the same.

阿什贝利所期待的,就是我们能吃准他辞藻和情绪的广度。他也需要这种广度来谈论现代生活的诸多情境,无论是机械的、物理的还是情感的情境。但最重要的是,阿什贝利赌上他的诗名,要让日常谈话中的各种腔调,无论它是不耐、戏谑、俚俗还是破碎,都在抒情中得以再现。他也自问这一赌是否值得:

> 有没有正确一说,有没有正确的方法?
> 我们的力气是不是都花在谈话那
> 友善的种子里,它们吹过每一页纸,一路吹走?

(7)

> What were the rights and the right ways?
> Did we invest our strength in the kind grains
> of conversation that blew across our page, and out?

"谈话那/友善的种子"就像圣经里的吗哪(manna),在旅客跋涉在语言的荒漠中时,让他们精神振奋。

《俗世国度》的几首诗很有回顾一生的意味。其中一首《勇敢的不可或缺者》(58),指涉圣经中对沉思生活的最有名辩护,《路加福音》第十章耶稣对马大的话:

> [马大伺候的事多,心里忙乱,就进前来]说:"主啊,我的妹子

留下我一个人伺候,你不在意吗?请吩咐她来帮助我。”耶稣回答说:“马大!马大!你为许多的事思虑烦扰,但是不可少的只有一件;马利亚已经选择那上好的福分,是不能夺去的。”

《勇敢的不可或缺者》题目中的“勇敢”二字,为这段明白的指涉平 364
添了些满不在乎的骑士精神。阿什贝利应和着赫伯特的《前驱者》,向他自己的旧作挥手作别(“再见噩梦,拟像们”),并且把自己一生的创作比作新衣服的设计和试穿。但就像世间万物一样,品味再好的新衣服,也有过时的一天:它们变成了“逝去的年华”身上的“老旧长袍”(又是出自波德莱尔的《沉思》)。在《勇敢的不可或缺者》中,阿什贝利轻松写意地延续了衣服这个传统隐喻(间或有与圣保罗、莎士比亚到卡莱尔这一线的呼应),诗人对聊天式叙述的热爱,于此尽展无遗。莎士比亚的版本来自普洛斯彼罗在离开荒岛时说的话——他将丢弃他的巫袍,重新做回米兰公爵:“我将显示我的本来面目。”[①]阿什贝利的版本则更加白话;在他看来,他的风格和时代都已经过去,它们被回收到了林肯时代的老美国,那个高礼帽和披肩的时代:

勇敢的不可或缺者

那顶帽子过时得挺快。要是仔细想想,
底裤也一样。衬衫和鸭舌帽不提也罢。
至于抽屉……
　　　　　　　　如此这般。时间一路
狂奔下坡,而衣装都已穷尽。没人
这年头还想穿着它们,这个

① 朱生豪先生译文。

也能理解，毕竟衣服对很多人来说
是个时髦的关注点。要是花花绿绿修饰一番，它们
或许能在另一个时代派上用场，就像披肩一样
绕着高礼帽。
　　　　　　再见吧噩梦，你们这群拟像。
这些年终究有些长进。正像汤之于炖菜，
大海和那些弹出“意义”的渊薮也是一样。
东西确实还可以，但感激就不用想了。

The Gallant Needful

The hat hasn't worn too well. Nor, come to think
of it, have the pants. The shirt and cap are negligible.
As for the drawers...
　　　　　　　　　　So it went. Time was running
downhill while the clothes gave out. No one
wanted to wear them any more, which was
understandable, given that clothes are a going concern
to many. Mended with gay stuffs, they'll serve
another time, tied like shawls around
a stovepipe.
　　　　　　　Farewell nightmares, simulacra.
All the time a little is growing. As soup is to stew,
so the sea to bubbling chasms that prop up the "meaning."
Nice is nice enough. Just don't expect thanks.

不可少的唯一，就是通过沉思、钻研和创新而推出的新风格。但是到后来，诗人只能无可奈何地看着这曾经的新风格慢慢被人遗忘。风格的渊薮始终会冒出感情丰沛的泡泡，传递着声明、信息和“意义”，也

会见证新诗人和新风格的诞生。但眼下,能写出一些"好东西"就够了,这是典型的阿什贝利式谦虚。他的告别往挽歌的感伤中添加了辛辣的嘲讽。

阿什贝利一再冲刷着风格的调色盘,用轻快的叙述清洗掉模仿的病 365
痕。他把凯瑟琳·李·贝茨的爱国歌曲改成了《可爱的阿美丽加》①,并且讽刺了所谓的"美感":

> 如果你要的是可爱,这里有,随便拿点,
> 那黑精灵低声说。
> ……
> 　　　　　　　　不过想要什么,最好想清楚。
> 她警告说。在此间这个地狱里我们有的是名字
> 来称呼你这种变态。
>
> (59)

> If it's loveliness you want, here, take some,
> hissed the black fairy.
> . . . . .
> 　　　　　　　　Only be careful what you ask for,
> she warned. Here in hither Tartarus we have names
> for jerks like you.

这样的段落初看自然让人感到滑稽,但是只要稍作改动,我们就失去了诗作中抑扬顿挫吁嚱作响的效果。我们不妨就改写一下,遣词稍微多些滞涩少些独断,让语言贴近诗所源自的童话风格:

---

① 原曲即美国尽人皆知的《美丽的阿美利加》("America the Beautiful")。

如果你要找的是可爱,我这里有一些可以给你,
那黑精灵说。
　　　　　　　　　　但你的愿望,你要先想明白。
她接着说。在这儿,这地狱的第一层,我们知道你这种人
本质如何。

If what you're seeking is loveliness, I have some for you,
the black fairy said.
　　　　Only think first about your wish,
she continued. Here in the first chamber of Tartarus we know
　　　　　　　　　　　　　　　　　　　　the nature
of people of your sort.

要说明节奏、声音,乃至句子的展开如何制造出听觉效果,可不是一件容易的事,但对于一首诗而言必不可少的是,节奏必须对听众有诱惑力。阿什贝利总能做到这一点,而且正是话语中的节奏,推着我们在他的怪诞叙事中前进:

那座钟马上就要敲响了,而且你知道的,

它才不会响!至少我在的时候,没响。
叫喊声倒是有,一如既往,派不上用场的叫喊
一阵狂怒的风从灌木丛边吹起,
但它无力阐述,像我和其他客人一样,
又到了逃窜的时间……

(57)

The clock was on the verge of striking. And you know something,

it never did! Not while I was there, anyway.
There were shouts, always the same, unusable shouts
and an angry wind starting up in the hedges
but unable to articulate, like me and the other guests.
Again it was time to flee....

我们不知道这一团乱背后的来龙去脉,但我们知道诗人和我们一样,曾 366
经经历过这些混乱。但是每一次混乱来临的时候,都需要一个与以往不同的阐述(这首诗的题目用意也很明显,叫作“还有其他的故事”):

这个不算太突然,
但它就像一场迁徙,在展开的时候
变换了一种意义。天空现在是青花瓷色,
一场叙述将会长年累月的延续
就算是没人读它也一样……

(57)

This had been foreseen,
but like a migration, took on another sense
as it unfolded, the sky Royal Worcester by now,
a narrative that will endure for many years,
even if no one reads it....

正像这最后的总结,阿什贝利把他无尽的叙事交给打字机,希望它内在的价值能使它得以保留,至少经过一小段时间的检验。

阿什贝利在美国诗坛的这好几十年，到底带来了哪些变化呢？从某种程度上说，是什么变化也没有。这期间，仍然有无数的诗人写着蹩脚的无韵诗，糟糕的韵体诗，恶劣的短篇，不入流的长篇，个个要么自命不凡，要么面对前辈诗人毕恭毕敬，声称领悟了人家“诗艺”神髓，实则八竿子打不着。他们一节好诗都写不来，一行妙韵都想不出，当代语言充耳不闻，创新火花全无闪现，这些自诩的诗人还总有办法找个地方出版。而且要是混得够久，还能拿几个奖。古往今来从来如此（看看英格兰那些没人记得的桂冠诗人，或者十九世纪那些畅销女诗人吧）。济慈就为这个出离愤怒。在《许佩里翁的陨落》中，他呼唤太阳神（诗中也是瘟疫的制造者）阿波罗一举戮尽这些蹩脚诗人。济慈甚至无悔献出生命，只为换得此辈消亡：

阿波罗！消逝，远遁的阿波罗！
你那迷雾般的毒剂何在，且顺着
门缝和墙角溜入那些居所，里面
有辱没诗名的写手，自吹自擂的妄人，
还有无知无畏的莽夫写着烂透了的句子。
尽管我和他们一起呼吸着死亡，重生
会在他们在我之前爬进坟墓时来临。

（第 204–210 行）

Apollo! faded, far-flown Apollo!
Where is thy misty pestilence to creep
Into the dwellings, through the door crannies,
Of all mock lyrists, large self-worshippers
And careless hectorers in proud bad verse.
Though I breathe death with them it will be life

To see them sprawl before me into graves.

好的诗人对他的读者能产生什么影响,没人说得清。但是正像阿什贝利 367
的诗歌中回荡着过去的声音,未来某位原创性诗人的作品中,也会回荡着阿什贝利的声音。阿什贝利的声音温柔而幽默,兼具欢乐和忧愁,让二十世纪的语汇被历史永远铭记,又不惮于嬉笑怒骂时代的愚妄痴顽。这声音吸引着一个个有灵气的倾听者,他们不会去简单模仿阿什贝利那些完全不可复制的情感波澜,但会从他音叉般的精确中领悟个中三昧。在阿什贝利看来,在人生的羁旅中,意义难以辨寻,唯有镌刻在"石书"中的前人诗篇,能够提供一点不成安慰的安慰:

我们行将再次放弃自主的决断,
奔向假模假样的旷野,撕碎的地图像
沙滩上的浪花一样往复,每一波都奇形怪状
而且大概一直会这样。

不过说起来吧,他们有时候也想不明白,
变换着我们都赖以生存的誓言
和基本原则。这么看,回顾过去
和经验教训也能让人精神振作。从架子上

把石头做的书拿下来。事实上,让现实
就这样逝去,它对未来说的话
也不用再做解释,不是个坏事。
从一丝乌云到黑云压城,这中间没什么肉欲可言。

(70)

We're leaving again of our own volition
for bogus-patterned plains, shreds of maps recurring
like waves on a beach, each unimaginable
and likely to go on being so.

But sometimes they get, you know, confused,
and change their vows or the ground rules
that sustain all of us. It's cheery, then, to reflect on the past
and what it brought us. To take stone books down

from the shelf. It is good, in fact,
to let the present pass without commentary
for what it says about the future.
There was nothing carnal in the way omens became portents.

"这环绕翻滚的波动，我们管它叫时间，"阿什贝利接着说道，除了诗歌写作，"它对我们的创造力另有要求。""比如大量的销售额。"他诙谐地补充说。阿什贝利可以欣然感知文学之余，生活带给他的一切，包括零售额。正因为如此，他的诗作可以毫不费力地超越我们时代的认知：对他那双一视同仁、包罗万象而又宽容随性的眼睛而言，日常的一切都不陌生，而与此同时，四处皆在的日常，并未让他忘却另一维度上同样四处皆在的萨蒂[①]、福莱和帕米贾尼诺。阿什贝利的诗作可能让人费解，但是这种博爱的感知让它们同样富有生机。阿什贝利的乌云和黑云，也能为我们着上属于我们自己的光泽，这很奇特，也很让人欣慰。

（姜清远 译）

① 萨蒂（Erik Satie，1866–1925），法国作曲家、钢琴家。其创作风格简练而有新奇创意，经常被后世视为极简主义的先驱。

24. 失去大理石雕：詹姆斯·梅里尔论希腊

在美国诗人詹姆斯·梅里尔（1926–1995）的生活和作品中，他得到过，失去了，最终又寻回了希腊。他关于希腊的诗歌可以充作他不同审美模式的索引，或者更广泛地说，可以被视为是希腊以及卡瓦菲斯的诗歌可能对一位现代美国诗人有什么意义的一次终生评估。 368

作为一位受过良好教育的年轻人——先后就读于圣伯纳德学校、劳伦斯维尔高中和阿默斯特学院，他在阿默斯特学院学习了拉丁语和古希腊语——梅里尔汲取了希腊神话的养分，不光是从用英语散文重述的神话中，也不光是从奥维德的作品和希腊戏剧中，而且还从英国诗人——尤其是济慈——的作品中得到了滋养。但同时也有文学之外的影响：梅里尔的第一位爱人，阿默斯特学院的教授基蒙·弗赖尔（一位希腊移民的儿子，也是希腊诗歌的译者）让现代希腊语永远融入了年轻诗人的意识之中。梅里尔关于希腊的第一首诗《初学者的希腊语》写于他二十岁时的 1946 年，这首诗在希腊事物中发现了一种他渴望却一直回避的激情。把自己描述成闭上眼睛不敢看太阳，害怕音乐的存在，还拒绝在绘画里看到技法之外的任何东西的人，这位年轻诗人在结尾时说毫不羞愧地大喊——“这是我所／爱，所珍视的！”——是充满了危险的：“无法分析的／就是险恶的……要小心如此的／激烈。”[1] 第一次也是天真地，诗人画了一个等号，把希腊变成了厄洛斯出没的处所和文学神话之地。

1950年梅里尔第一次去了希腊，然而要等到1964年，当他和他的伴侣大卫·杰克逊在雅典的吕卡维多斯山脚下买了一栋房屋之后，希腊才开始在他的诗歌里扮演重要的角色。二十年间梅里尔和杰克逊每年都会在雅典生活一段时间，在此期间，梅里尔的每一部诗集都会有希腊元素。
369 甚至在此之后的诗集里也包含有回忆的诗篇，我也会在本章中涉及那些诗的。在1966年的诗集《夜与昼》当中，梅里尔首次尝试改写了希腊神话，重写了诸如丘比特与普叙刻的故事，他的长诗《从穹隆顶之上》在现代背景下讲述了普叙刻被两位不同情她的姐姐所怀疑的恋情。在最后，痛苦的普叙刻被她的诗人"詹姆斯"安慰了，他宽恕了她私会情人的耻辱：

普叙刻，嘘。是我，詹姆斯。
一个写作以免他会想起
自己为什么要写作的人——
无聊、恐惧、交杂的虚荣与耻辱；
还有爱……

我们所有烟火的逃亡
都错过了沉睡者漆黑的胸膛。
他就是爱。
他是每个人的盲点。
人人所见的依自己的光而不同。

(214)

Psyche, hush. This is me, James.
  Writing lest he think
Of the reasons why he writes—

Boredom, fear, mixed vanities and shames;
Also love....

All our pyrotechnic flights
Miss the sleeper in the pitch-dark breast.
He is love:
He is everyone's blind spot.
We see according to our lights.

厄洛斯在希腊准许了在美国尚属违法的爱。他在希腊的那些年里，梅里尔学会了现代希腊语，结交到了希腊朋友（尤其是玛丽亚·米佐塔基），有过一个希腊情人，名叫斯特拉托·穆弗罗杰利斯。他翻译了几首希腊诗歌（包括三首卡瓦菲斯的诗），还把卡瓦菲斯的题目"……的日子"挪用到自己的五首诗上。[2]希腊的风光、希腊的艺术、希腊的熟人还有希腊语都渗入梅里尔的诗歌。[3]

最终，幻觉破灭了。雅典变得有点污浊了；斯特拉托老去成了贪图金钱的赌徒；梅里尔家还遭了次火灾；这个新的国家和新的语言的魅力逐渐磨灭了。希腊的房子被卖掉了，基韦斯特取代雅典成了梅里尔和杰克逊过冬之所。诗人对希腊采取了一种新的语气——一种讽刺更多、情欲更少的语气。一种疏远的滑稽弥漫在更晚的诗歌里，不论是关于回到旧日的住宅（从新主人手里短租下来）的诗，关于斯特拉托的诗，还是关于收养的小猫的九条命的诗。然而诗作中还是会有温情涌起的时刻，在这样的时刻对希腊——现在不再是透过玫瑰色镜片所见的——的爱带有一种熟悉，这种熟悉的价值超越了——因为它的真实——青年时无知盲目的崇拜。

有些希腊诗歌是不成功的——尤其是两首借希腊男性之口叙述的戏剧独白（《科斯塔斯·廷姆帕奇亚纳克斯》和《马诺斯·卡洛斯斯特凡

370 诺斯》),这两首诗都是用诘屈的日常语体写成的,还有相当松散的晚期诗歌《一九九四年的日子》,这首诗除了借来的题目,几乎没有什么卡瓦菲斯的特点。但从整体上说,希腊对于拓宽梅里尔的诗歌而言极其有益,而我想要论述的就是他的四种写作模式,在这些模式里他出色地完成了一个挑战,从外部和内部出发书写了一种和他自己的文化极其不同的文化。

第一种是老于世故的、詹姆斯式的模式。在这里美国来客梅里尔扮演的是不动声色的社会细节观察者以及对他的新家怀抱爱与深情的皈依的义子:我的例子是《一九六四年的日子》(1966)和《火灾之后》(1972)。第二种是狂喜的模式,在这里诗人是希腊之物非个人化的赞美者但同时也是它象征意义上的对立面:我的例子是《电站》(1959)和《萨摩斯岛》(1980)。第三种是文化的模式,我的例子是《失去大理石雕》(1988)。第四种是神话的模式,我的例子是《暴力的田园诗》(1966)和梅里尔最后几首诗中的《弥诺陶洛斯》(1994)。

詹姆斯的模式是人所共知的天真的美国人去国外的故事,在主题上并非原创;不过梅里尔辛辣地使用了这种模式来打破厄洛斯和希腊家庭生活的神话。在《一九六四年的日子》(220–222)里,故事很简单:梅里尔和他的新爱人,在他们迷醉恋爱的开头雇用了一位名叫克里奥的女管家。在他们看来她既母性又土气:

她的腿疼。她穿棕色衣服。胖。过了五十。
看起来仿佛是个帕尔米拉妇女像
被人用猪油和马鬃复制了出来。她是多么爱
你,我,爱我们大家,爱鸟儿还爱猫!

Her legs hurt. She wore brown, was fat, past fifty,

And looked like a Palmyra matron
Copied in lard and horsehair. How she loved
You, me, loved us all, the bird, the cat!

克里奥母亲般的爱让诗人很得意:“她和她虔诚的母亲住在附近/还有个不成器的儿子。她说我是她真正的儿子。”但有一天,当梅里尔离家去市场时,他看到克里奥在爬附近的小山:“可怜的老克里奥,她作痛的腿/蹒跚地走入松林。”他招呼她,一次又一次,最后她不情愿地转过身来,于是他发觉了,吃惊地也嫌弃地,她正在去幽会的路上。

在紧身的、天蓝色的毛衣之上,她的脸
涂过妆了。是的,她的脸被涂成了
小丑白,白昼的月亮一样的白,
再覆上一层珍珠色,嘴是片一品红的叶,
吃掉我,给我钱——那情欲的面具
是幻觉会在全世界都戴着
去赴它自己和纯粹肉欲的婚礼。

Above a tight, skyblue sweater, her face
Was painted. Yes. Her face was painted
Clown-white, white of the moon by daylight,
Lidded with pearl, mouth a poinsettia leaf,
Eat me, pay me—the erotic mask
Worn the world over by illusion
To weddings of itself and simple need.

这一场景引发了诗人对自己的性生活令人眩晕的重新评估:“如果 371

那是错觉，我想要它长久地持续下去；/ ……我希望当需要之时它也会攀上高处 / 哪怕是屈辱的高峰。”但是在通过揭露性欲的不完美来破坏田园诗般的开头和上句所引用的叛逆宣言之间，这首诗在当地的市场(蔬菜、鸡、陶器)上找到了情欲交换的象征图像，在那里所有的买家和卖家都在谨慎地讨价还价：

人人心中都在讨价还价
疑心怕自己被骗了，拔光了毛，
那只鸡，十一月好天气中的花
迷失在柔软黏土小道上的自我，或者，找到了，立足之地，
在那里花朵颤抖着醒来
最好是剪除掉，在泥中跪爬的自我——

hagglers each at heart
Leery lest he be taken, plucked,
The bird, the flower of that November mildness,
Self lost up soft clay paths, or found, foothold,
Where the bud throbs awake
The better to be nipped, self on its knees in mud—

然后诗人的声音在矛盾和痛苦中中断了。这首诗变得不那么像詹姆斯式的，不光是因为它躁动和鲁莽的混乱，也因为它瀑布般奔涌的、连续不断也充满暗示意味的意象。在它观察爱人们、山丘、克里奥还有市场的时候，梅里尔的这首诗“失去了自我”，反倒是记录了情感反应是如何推翻了叙事控制的。

另一首，有更多细节的詹姆斯式的叙事是在 1972 年的诗《火灾之后》(296–298)里，此时梅里尔——在他雅典的家遭遇火灾之后回希腊

去处理事情——听克里奥说她已经得了老年痴呆的母亲，人称奶奶(*yiayia*)的，开始在街头大喊克里奥的儿子帕纳约蒂斯是“个偷东西的基佬！”，而克里奥是“个婊子！”。梅里尔无声地做出了反应：

我捏了捏克里奥冰冷的手心想
可怜的奶奶到底做了什么
才会被赐予后见之明这可怕的礼物，
萦绕她的幻觉来自过去
那时克里奥真的丰满任人抱满怀
而“纳蒂”在海军医院周围徘徊。

I press Kleo's cold hand and wonder
What could the poor yiayia have done
To deserve this terrible gift of hindsight,
These visions that possess her of a past
When Kleo really was a buxom armful
And "Noti" cruised the Naval Hospital.

第二天，在拜访克里奥家时，梅里尔发现一切都被时间改变了：一直在发烧的奶奶已经认不出他来了，而各种衣物，曾经都是梅里尔的——他的袍子、他的拖鞋——现在都穿在帕纳约蒂斯身上：

(我突然意识到，幸好这个念头没有
出现在保险公司的脑中，是P引起了火灾。
借走了克里奥的钥匙用来幽会， 372
一个没有熄灭的烟头……算了。)
生活就像那个大盗某某郭普洛斯一样

给予别人的东西都是从我们这里夺走的。

那里有些火炭还不是能用手触碰的。

(It strikes me now, as happily it did not
The insurance company, that P caused the fire.
Kleo's key borrowed for a rendezvous,
A cigarette left burning... Never mind.)
Life like the bandit Somethingopoulos
Gives to others what it takes from us.

Some of those embers can't be handled yet.

希腊于是变成了烧毁的爱的葬礼火堆,它的剩余之物被时间这个大盗“从我们这里夺走”。可是就在这个痛苦的时刻,“吉米”看到理智重新回到了奶奶身上:

我本来想问今天是哪位圣徒的节日,
但房间亮了起来,奶奶高喊着我的名字——
是吉米! 他回来了!
——随着这句话她重新变回了人形,
摁熄的烛头变长还亮起了火,
死去的火焰包围着我们,它不能伤害,
餐桌上摆放的一切,她嘟囔着,而我
正跪着拥抱她衰老发烫的躯体。

I mean to ask whose feast it is today

But the room brightens, the yiayia shrieks my name—
It's Tzimi! He's returned!
—And with that she returns to human form,
The snuffed-out candle-ends grow tall and shine,
Dead flames encircle us, which cannot harm,
The table's spread, she croons, and I
Am kneeling pressed to her old burning frame.

自己的名字从别人口中脱口而出的普鲁斯特式魔法使得重临此处的诗人对希腊的感受可以终结于怀旧而非爱恨交织的讽刺余烬之中。在这首更晚的诗里品评希腊时,他早已抽身而去,于是厄洛斯的欲望之火无法像它在《一九六四年的日子》里一样扰乱琢磨过的诗歌语言。在《火灾之后》里没有一段诗是关乎现时的内心挣扎的,不再有在否认厄洛斯市侩的一面和承认它之间的挣扎了。"我心跃动",这位诗人如此说道,当他的门铃在《火灾之后》开篇处响起,但他马上又补上了"出于习惯",因为原始的情欲冲动在被体验到的同时就熄灭了。

一切都变了;没有不变的。我回来了,
门铃响了,我心跃动,出于习惯,
但那只是克里奥——多么瘦,多么老了!
试图微笑,嘴唇像四合的暮色一样冰冷。

Everything changes; nothing does. I am back,
The doorbell rings, my heart leaps out of habit,
But it is only Kleo—how thin, how old!
Trying to smile, lips chill as the fallen dusk.

当下的散文取代了旧日的诗歌。虽然两首诗基本不押韵,在《一九六四年的日子》里,如“爱”“痛”“攀爬”“花朵”“幻觉”还有“面具”这样重复
373 的关键词的松散质地突然地——当诗人在诗尾对自己的爱人说话时——变得更加紧密地编织在一起,把从开头到这里的线性叙事转变成了抒情的整体:

如果那是幻觉,我想要它长久延续下去;
想要它和我们栖居一处,为了它每日的些许怜悯,
打扫浇水,怀着爱或者痛苦歌唱。
我希望当需要之时它也会攀上高处
甚至不惧攀上屈辱的高峰,因为至少我
似乎,在那些日子里,一直在攀爬
到一个世界里,那里满是野
花,盛宴,眼泪——或者我其实在跌落,双腿
颤抖,高处,深处,
落进一个水潭,是每一夜的雨水积成的?
但不论何处你都在我身边,戴着面具,
装作一个没有在笑,没有痛苦,没有在爱的人。

If that was illusion, I wanted it to last long;
To dwell, for its daily pittance, with us there,
Cleaning and watering, sighing with love or pain.
I hoped it would climb when it needed to the heights
Even of degradation, as I for one
Seemed, those days, to be always climbing
Into a world of wild
Flowers, feasting, tears—or was I falling, legs

Buckling, heights, depths,
Into a pool, of each night's rain?
But you were everywhere beside me, masked,
As who was not, in laughter, pain, and love.

在《火灾之后》里，并没有如此包容一切的团结支撑着最后和奶奶那个怀旧的拥抱。诗人，尽管他在那首诗的最后很激动，依旧是自己的旁观者："而我／正跪着拥抱她衰老发烫的躯体。"他无法摆脱自己讽刺的疏离感。这类我称为"詹姆斯式"的诗歌源自在希腊发生的事情——克里奥肮脏的情事，帕纳约蒂斯私自闯入他家、纵火还有偷盗，奶奶的妄想和家族的背叛——这些事或多或少让梅里尔感到震惊，打破了他对爱和希腊精神的理想化幻想。这些事故的叙事诗歌组成了第一种，也是梅里尔希腊经验里的自传层面；和其他模式的希腊诗歌相比，它们提炼得更少，不光属于抒情诗，同时也属于旅行文学这个更大的文类。

梅里尔希腊诗歌的第二种模式，即狂喜模式，如前所述，更加非个人化；然而在这样的诗歌中也暗暗跳动着一种个人的、抒情的欲望。这种诗歌的早期例子是《电站》，写于 1959 年：梅里尔已经到访过希腊，不过还没有在那里扎下根。这首诗描写的是德尔斐神庙祭司，以（卡瓦菲斯可能也会同样如此讽刺地安排）一位基督徒的口吻写成，他满心相信自己"理智的上帝"现在已经取代了这个要通过祭司来传达自己意志的不理智的冥界神祇。然而不知何处（就像叶芝式的基督再临一般）一个新的后基督祭司正在蠢蠢欲动；深渊再次要求传出自己的声音。这首诗改写了"英雄"四行诗（交替押韵的五音步诗行），一种通常是用于描写玄妙哲思或者重大政治问题的诗歌形式。梅里尔改写了这种形式，也许是 374
为了暗示祭司的蠢蠢欲动，他把每一个四行诗节第一行的五音步诗行换成了谦卑的三音步诗行，使得他的诗开头更有抒情性，同时他又把第三行扩充成了“希腊”六音步诗行(即两个三音步诗行)。这首诗里没有个人的、抒情的“我”:它的叙述者——象征基督教的整体——说的是“我们”理智的上帝:

现在去回想那道裂隙
开在活着的岩石里。深沉的声音填满了洞窟,
从洞窟里大声发出谵妄的话语,每次都多少会留下
更巨大更模糊的东西。那里就仿佛是中殿,

洒满了碎陶片和骨头。
那个部落的后人,现在已经皈依了,喜乐赞颂
我们理智的上帝。可两三个小时路程的南方,不为他们
所知的地方,它者声音的冲锋

冲到了地上,翻涌着
流过黄昏的田野。很快第一个城市就亮起来了,
就居住在那里了。接地了。绿色的。这个真理适合用来忘却
还在诉说它的盲目癫狂。

(114)

Think back now to that cleft
In the live rock. A deep voice filled the cave,
Raving up out of cells each time in some way left
Huger and vaguer. There was a kind of nave

Strewn with potsherd and bone.
The tribe's offspring, converted now, rejoice

In our sane god. But two or three hours south, not known
To them, the charges of the other's voice

Break into light and churn
Through evening fields. Soon a first town is lit,
Is lived in. Grounded. Green. A truth fit to unlearn
The blind delirium that still utters it.

《电站》驯良的基督教语者被两种描写遮蔽了——一是过去的德尔斐祭司,二是预言中的新祭司——这两种描写一头一尾包围了他对宗教理性的宣言。当他预言能说出真理的无意识的“盲目癫狂”会回归之时,这位语者似乎接受了钟摆一样的来回变化,从德尔斐到“理智”的上帝然后再到另一种带电般声音的“冲锋”,一种酒神式的文化核“电站”,一个接一个地点亮一座座城市。这些是作为史诗吟诵者的梅里尔——此时他还并不熟悉希腊——将会崇拜的解放性的联想:它的原始,它满嘴狂言的祭司,它对无意识巨大而模糊的再现,它盲目癫狂、战胜理智的力比多。来自深处的古老欲求如果在一个地方被战胜了就会在另一个地方重新出现,这一观点在此是通过非个人化的语言表达的。尽管这首诗歌的语言或许看起来很严肃,它还是一首浪漫主义的诗,因为诗人相信真理来自癫狂;因为这首诗对在“中殿,/洒满了碎陶片和骨头”进行的原始崇拜的尊重;最重要的是因为这首诗个人化的潜文本——一位年轻诗人希望从德尔斐获得灵感,一个年轻的同性恋希望找到情欲表达的正当性。

更晚的时候,在1980年的抒情诗《萨摩斯岛》[4]里,梅里尔会再次 375
崇拜希腊元素,但不再是以规律的押韵四行诗的形式,而是以一种类似六节诗的形式来表现规律中的变化。此时他已经非常了解希腊,甚至已经察觉它的五个不可或缺的基本名词:“感觉”“光”“地”“火”和“水”。

(“感觉”是能够觉察到水、土、气和火四元素的人类生理官能；在梅里尔对古代四元素的改写中，“光”代替了“气”，而“地”则代替了“土”。)《萨摩斯岛》的五个十二行诗节每个都对应这五个基本名词之一，但同时也会指涉其他名词；这些诗节之后还有一个五行的结尾诗行，一个基本名词会有一行。梅里尔在这些基本名词上做出各种变化，在一首诗里这也意味着声音的变化：在第二个诗节里，“光”(light)除了和其本身押韵之外，还和“橄榄石”(chrysolite)、“日光”(daylight)、“栖落”(alight)和“主导/动机”(leit-/Motif)押韵。这首伪六节诗源自开往萨摩斯岛的通宵轮渡之行，把希腊想象成了一系列海洋般的句法浪涛，呈现出了某种相似但这种相似又永远无法稳定成一种身份。这首诗虽然源自另外两首诗——瓦莱里的《海滨墓园》和史蒂文斯的《铺满云的海面》——但是它有自己的氛围，因为它有一条本质上来说很荒谬的要求，那就是它的六十五行每行都必须用五种声音之一结尾，这样构造出来的句子几乎不像英语了。诗里耽于情欲的一对爱人，在他们探索萨摩斯岛时，渴望浸入元素中：

> 什么都不用知道，现在，除了土、气、水、火！
> 这一次跃出煎锅之后要降落的
> 是它们永恒的、永远延烧的火！
> 血液最不红的单片眼镜，啊，戴放大镜的
> 伟大之眼，它能借着自己的光
> 在“世界的魔力火焰”里看到更多的图像
> 比任何在纸面上，在音节和意义
> 狡猾的交叉火力里来来去去的图像都多，
> 我们想要的是自发的漫步和飞升，
> 渴求的是向上荡漾的火焰阶梯，
> 像外荡漾的圆环(够了！)般的水……

（现在得有点细节——否则这要怎么才不会漏水？）

Know nothing, now, but Earth, Air, Water, Fire!
For once out of the frying pan to land
Within their timeless, everlasting fire!
Blood's least red monocle, O magnifier
Of the great Eye that sees by its own light
More pictures in "the world's enchanted fire"
Than come and go in any shrewd crossfire
Upon the page, of syllable and sense,
We want unwilled excursions and ascents,
Crave the upward-rippling rungs of fire,
The outward-rippling rings (enough!) of water...
(Now some details—how else will this hold water?)

诗人的个人抒情欲望依旧追求的是灵感"自发的漫步和飞升",然而每行尾字循环的顽固低音(*basso ostinato*)压得这首诗不能"起飞"到能重现基本元素的天然中,同时括号里的讽刺发言——常常是自我贬低的——又抑制了任何狂喜地湮灭于崇高之中的可能。这首诗的最后一 376
个问题——"是会消失的东西特别合理吗?"——将它圈定成了一首挽歌,尽管这首诗的抒情话语本身将它从主题上圈定成了一首狂诗。《萨摩斯岛》在我心里并不是梅里尔的杰作之一,但是它展示了他想把希腊提升到一种能量来源,一种原初的崇高层面的不息欲望。正如他在1962年的诗《希腊之后》里所说,"我想要/必不可少的:盐,酒,橄榄,光,尖叫"。等到他1980年写作《萨摩斯岛》时,最初的五种不可缺少的元素只剩下了"光":"地"这个乏味的字眼代替了盐、酒和橄榄,而来自能量来源的力比多的尖叫也已经被升华成了脱尘的火。

比詹姆斯式的叙事诗和崇拜者的狂诗更让我感兴趣的是梅里尔那

些被我们西方所继承的某些希腊文化元素所刺激生发的诗。这类诗里最出色的是 1988 年的组诗《失去大理石雕》（572–579）。这个一语双关的题目不光指的是希腊试图重新取回埃尔金大理石雕的努力（梅里尔后来提到“雅典的媒体 / 呼出火焰来想夺回石雕”），也指向这些古代雕塑的残片在多大程度上在英语国家里代表了“希腊”，自从它们被济慈、海顿等名人欣赏之后。在写作他关于埃尔金大理石雕的十四行诗时，济慈觉得它们很吓人。尽管正如他所认识到的，它们只是“一种［旧日］伟大”的“残影”，但济慈从大理石雕像碎片背后推导出来的伟大还是令他感到恐惧：“我的精神太弱小了，”他失声大喊，觉得自己将永远比不上希腊的崇高。到了现在，梅里尔也同样承认“希腊”大部分是人造的文化能指，建构它的碎片永远没有完整到能够证明我们赋予它们的意义。

梅里尔用来指代过去残缺的意象是残缺的手稿，比如说萨福的诗歌。（虽然他在这里并没有点出她的名字，萨福作为希腊诗歌创始人的地位意味着她的纸草残诗提供了，如我们将要看到的，诗人自己的诗歌被损毁变成不完整文本的标准。）这首诗的题目“失去大理石雕”，也指当诗人年过六十之后对记忆丧失的担忧：我们口头常说“他把弹珠弄丢了”。[1] “又没了一颗弹珠，”梅里尔会说，当他丢了自己的日程本也忘记了自己在午餐时说过什么之时。

在《失去大理石雕》中的意外之变是组诗第三部分的暴雨：梅里尔正在写的一首诗被放在了书桌上，然后雨穿过打开的窗户落到了上面，在墨水晕开的地方这首诗有许多词都不见了。这些残缺的诗行现在成了一个
377 难题，要求他——和我们——重新建构，“等到夜里，坐下 / 疯狂地修复着纸草”。残缺的诗行看起来是这样的——它们的确看起来很像萨福的诗：

---

[1] “Lose one's marbles”在英语口语中指人精神或行为变得不正常。Marbles 同时又指玩游戏所用的玻璃弹珠，故此这首诗的题目有多重语义双关。

身体,最爱的

收获到,在

要害

疯狂——

行动与月光,巅峰

在僵硬

无法言[说]

爱人的

慢慢地

沾污在深处　　　　固定的

夏日的夜晚

或者

嘲讽的　　　　查[密]迪斯

衰朽

现在,然而,那

身形也

身体每一个地方

掠夺和

我们不能的——从小屋的门楣上

缺憾的

洁白如

切开的芜菁　　　　　　　　　　在地头
我们的老
　　漂泊

家　　　　　　　　　　　　　　　　　　宫殿寺庙
有　　　　　　　　　　　　　　属于那些蓝色的小丘
没有更远　　　　　　　　清楚
　　　　　　　　　　　喜爱[。]

body, favorite
gleaned, at the
vital
frenzy—

act and moonshaft, peaks
stiffening
Uunutter[able]
the beloved's
slowly
stained in the deep　　　fixed
summer nights
or,

scornful　　　　Ch[arm]ides
decrepitude
Now, however, that
Figure also
body everywhere
plunders and
what we cannot—from the hut's lintel

flawed
white as
sliced turnip the field's brow
oue old
wanderings

home palace, temple
having of those blue foothills
no further clear
fancy[.]

这首诗有形式吗？我们不知道。它有主题吗？我们不确定，能确定的只有还能辨认出的字词表明有一具身体和一个爱人的存在，还有衰朽、掠夺和缺陷。这首残诗似乎是用“喜爱”(fancy)结尾的。诗里有“行动” 378
(act)；有个东西被“沾污了”(stained)。我们重构的诗可能有任何形式，正如我们的“希腊”，当我们从文学和艺术的遗蜕中反推它的时候，它也可能化身任何一种形态。在开始重构——或者重新创造——他污损的诗时，梅里尔暂停下来用英雄双韵体反思了现代人对未完成品、碎片和画布上空白的喜爱——也就是现代性对一类艺术作品的尊崇，在此类艺术中留白是创作不可或缺的一部分。然而他却怀疑大理石对肉身来说还是不够的：

我的例子？塞尚的油画速写
它大片原始的、没有落笔的画布
每平方英寸和那些水果同样值钱，我们被腻到的
品位看重这些水果是因为它们和留白的关系……
啊，不会再有很久了，让大理石来教导肉体

抵挡洪水婉转的塞壬之歌。

My illustration? The Cézanne oil sketch
Whose tracts of raw, uncharted canvas fetch
As much per square inch as the fruit our cloyed
Taste prizes for its bearing on the void...
Ah, not for long will marble school the blood
Against the warbling sirens of the flood.

尽管大理石有坚硬耐磨的道德决心，荷马史诗中婉转的塞壬之歌还是会引着每一个听到歌声的人走向情欲的旋涡。

然后我们看到的就是修复好的诗。梅里尔或许是重新修复了原诗，或许是用纸面上墨迹斑斑的残诗创造了一首崭新的诗。这首诗的主题是关于肉体词汇的表达无能：首先，是关于孤独的、自淫的青年；接下来，爱人“无法言说”的身体，他“美丽，慢慢／转向的头”；然后是各种青春的肉体，全部“鄙夷……衰朽”。而在此刻，叙述者的身体和他的朋友“查密迪斯”都不再属于镀金一样闪亮的青春了；身体已经衰退成了成年人的“贫农的狡黠”，用让青年时的唯美主义者唾弃的方式凑合生活。我们阅读这首新组织好的诗时多少带着点谦卑：

肉身，我们年轻诗人最钟爱的譬喻……
　凭着它他们得到了，就像站在西比尔的三角鼎前，
　　转瞬即逝的、太过重要于是无法言说的洞见，
　　　她无眠的疯狂——

瀑布还有月光，黎明前燃烧般高峰，
　沾满牲口粪便的紫罗兰，令人僵硬的露水——

它们说得最清楚了。同样无法言说的
还有爱人的，

只能通过折射率，爱人美丽的、慢慢
转向的头停留在让他停止的深深一望中
从那之后夏夜的血脉里灌注的都是 379
闪动的灵液，

他加入了一队精英，他们鄙夷——就好像查密迪斯，
你的第一首，仿佛雕凿出来的诗歌——衰朽
不论任何形式的衰朽。可是，现在
他们的形体也

开始走形，头脑——同时每个地方的身体
都带着贫农的狡黠掠夺着使用着
我们不能用的东西——从小屋的门楣上
瞥到了一个不完美的身影；

另一个，被霜冻或者地震抛上来的，闪着白光，仿佛
被切开的芜菁，从地头的垄沟里挖出来的。
谦卑地，我们的老诗人知道如何把
漂泊变成

某种还乡——港口、宫殿、寺庙，全部
都开采自这些蓝色的小丘
没有多远，这些最后的秋日晴

空，不比婴孩时期远。

The body, favorite trope of our youthful poets...
  With it they gleaned, as at the sibyl's tripod,
    insight too prompt and vital for words.
      Her sleepless frenzy—

cataract and moonshaft, peaks of sheer fire at dawn,
  dung-dusted violets, the stiffening dew—
    said it best. Unutterable too
      was the beloved's

save through the index of refraction a fair, slowly
  turned head sustained in the deep look that fixed him.
    From then on veining summer nights with
      flickering ichor,

he had joined an elite scornful—as were, Charmides,
  your first, chiseled verses—of decrepitude
    in any form. Now, however, that
      their figures also

begin to slip the mind—while the body everywhere
  with peasant shrewdness plunders and puts to use
    what we cannot—from the hut's lintel
      gleams one flawed image;

another, cast up by frost or earthquake, shines white as
  sliced turnip from a furrow on the field's brow.
    Humbly our old poets knew to make
      wanderings into

homecomings of a sort—harbor, palace, temple, all
having been quarried out of those blue foothills
no further off, these last clear autumn
days, than infancy.

这首重新创作的诗展现出的形态是我们从被雨污损的草稿上根本无法猜测的——四行的萨福式诗节，重心偏右。草稿里的“行动”（act）原来是“瀑布”（cataract）；它的“污损”（stained）原本是“停留”（sustained）；它的“或者”（or）原来是“灵液”（ichor）；而它的“喜爱”（fancy）原本是“婴孩时期”（infancy）。我们几乎每个地方都错了；我们为自己的武断脸红。完整的诗的主题原来是关于记忆中的碎片挥之不去的力量，它们代替的——在暮年诗人的头脑中——是已经不在的整体。年轻时，诗人嘲讽了“衰朽”（那个叶芝的概念）、“不论任何形式”。现在，随着记忆的衰退，一个“不完美的身影”，闪现在小屋的门楣上，或者另一个画面，在地质变动里显露而出，它们就可以把“漂泊”变成“某种还乡”。婴孩时期的意象可以挪用到任何地方，因为它们都是典型：“港口，宫殿，寺庙”。如果我们把希腊重构成我们自己渴望的样式，那么它所揭示的意义正是因为这个原因才可能显得真实。

《失去大理石雕》是以喜剧结束的，或者说几乎是。梅里尔年轻的爱人开玩笑地送了他一件礼物，用来补充这位老去的诗人担忧自己正在丢失的“弹珠”，这件礼物是一大包装饰性的孩子玩的弹珠，现在这位诗人把这些弹珠镶嵌在了绕着他基韦斯特家游泳池的露台木围栏之上。这些弹珠变成了私人的星星，排列在游泳池这个“地下密室”四 380
周，组成了“某种天堂／可以坐在里面，聊天，几乎不用在意／头顶那高企的、多云的灿烂”。头顶预言般的群星——济慈所谓“更崇高的罗曼司巨大、如云的象征”的后裔——在下方弹珠星星的小宇宙中几乎可以被忘却。承认真正的“希腊”将永远悬不可及地飘浮于我们个人的“希腊”之上，我们能发明的只能是典型的符号，现在梅里尔可以放弃找到过去“真相”这一实证主义的理想了，同时也可以放下对那种想象中真相的怀旧了。他先是试图把“希腊”固化成情欲、原始和灵感的能指，但他发现自己又在嘲讽它，把它看作自己一度崇拜的概念的堕落闹剧——就像那个同性恋酒吧“地铁”（在同名的诗里）已经变成了银行一样。

比之无论是理想化的生活还是幻想破灭的生活，生活本身都更有流动性，更加复杂；而现在的创造行为必须同时把毁坏与完美的共存作为它的目标。最典型的希腊艺术品再也不是德尔斐的马车御手了，再也不是梅里尔在1959年赞扬它的诗里所写的那样了。现在的典型是里亚切附近海底打捞出的强壮、阳刚的青铜像，他们在1985年的诗《青铜像》（454–455）里责备了诗人，把他们自己的阳刚（及其荷尔蒙的力量）与诗人的阴柔相对立。“我们，”他们说，

不是穿着茶礼服的青年，像那个德尔斐
御手，而是盛年的男子汉
有着如此强大的内分泌以致被人嫉恨
被那些永远孩子气的人
不论男女

Not tea-gowned ephebes like the driver
At Delphi, but men in their prime
With the endocrine clout so rebarbative
To the eternally boyish
Of whichever sex.

这一对雕像谴责了任何旨在取悦读者的修辞姿态,不论是共产主义宣传的“热线”还是哈特·克兰的情欲“热线”;这对阳刚的青铜像也拒绝成为工具,拒绝为人带来里尔克在古阿波罗残像前体会过的灵光闪现。这对青铜像是如此开口反驳浪漫主义的:

修辞的
姿态,一通热线电话直连
克里姆林宫或者出自哈特·克兰,
让我们浑身发凉。该轮到你来解除它们了。
至于我们,身处我们的黄昏,周围还挤满了
看热闹的人,还能有什么价值的试炼 381
剩下?……
走吧。不要期待
任何灵光闪现,像那个残躯
在巴黎给里尔克的那种。别再
梦想变化了。它正在发生
不论你喜欢还是不喜欢,
去过你的生活吧。我们的已经完了。

Rhetorical
Postures, the hot line direct
To the Kremlin or out of Hart Crane,
Leave us cold. It's for you to defuse them.
For us, in our Dämmerung swarming
With gawkers, what trials of mettle
Remain?...
Go. Expect no

Epiphany such as the torso
In Paris provided for Rilke. Quit
Dreaming of change. It is happening
Whether you like it or not,
So get on with your lives. We have done.

严肃如父辈的青铜像就是这样交代“永远孩子气”的梅里尔的，他们扼要的诗行是嵌在一首更长的詹姆斯式的叙事组诗中的，这组诗相当不祥地用梅里尔自己的青铜头像结尾，这个塑像是他六岁时由一位雕塑家完成的，这位雕塑家后来被他的两个儿子谋杀了。“我也存在于青铜中，”这位哀伤的诗人如此思索道，提起自己就仿佛提及一位行将过世的人一样。肉体熔融的激情——它的“怒气和渴望”——硬化，是的，硬化成了铸造的金属；但是靠这个方法固化的东西永远只能是褪下的自我。梅里尔不再是六岁了；变化正在发生，这对青铜像说了，“不论你喜欢还是不喜欢”。在诸如《失去大理石雕》和《青铜像》这样的诗歌里，我们看到希腊作为某种既是损毁的又是鲜活之物进入了梅里尔诗歌，它是一个变化中的文化，而不是被人崇敬的不再变动的对象。

最后，我要讲的是梅里尔对希腊素材最大胆的挪用——他对希腊神话的重写。我们可以想起很多首这样的诗，而且如果不是我已经在其他地方写过了，我会选择再细读一次无比有创意的 1972 年的《绪林克斯》(355-356)，这首诗复杂到了无法简短描述的地步。它的结尾是梅里尔总结的情欲的辛酸罗盘针图：

　　　空　虚
浪　费　　　慰　藉
　　　寻　找

Nought

Waste Eased

Sought

或者我们可以引用1959年那首圆融的十四行诗《玛耳绪阿斯》(96),这首诗的语者是已经死去的诗人玛耳绪阿斯,在他因为触犯了阿波罗被剥皮吊死之后。当玛耳绪阿斯(升级成了一位流行诗人,在夜场里享有盛名)和朋友们坐在一起,贬低阿波罗“僵硬的节奏,堂皇的韵律”时,他突然被这位有“金色古狮表情”的神灵本人找上门来。玛耳绪阿斯承认他在阿波罗的音乐里听出了“剥光的神经原始的响动”,也听到了一种如此神圣的形式,它甚至遮蔽了内容:

他们发现我吊在他金色的风 382
在里拉琴上打出如此多音乐的地方
甚至没人能告诉你他究竟唱了什么。

They found me dangling where his golden wind
Inflicted so much music on the lyre
That no one could have told you what he sang.

然而我会引用的不是《绪林克斯》或者《玛耳绪阿斯》,而是两首关于色欲的服从的诗。第一首,一首早期诗歌——《暴力的田园诗》,发表于1966年——是基于宙斯化作雄鹰劫走了伽倪墨得斯,用巨爪攫住这位少年高飞上天的神话故事改写的。在《暴力的田园诗》里梅里尔放弃了詹姆斯式模式里清晰的叙事线索,而是采用一种更为叶芝式的模式:我们能感觉到《丽达与天鹅》,包括它第一句“猝然一攫”的影响。梅里尔矛盾的题目试图把田园诗强行从平坦的草地和汩汩的溪流旁拖走，把它向上拖到性欲的崇高之中。“终于越过了阿卡迪亚”，一只雄鹰“高飞，爪里攫着一只羔羊：/两只翅膀，四只蹄子。”这首诗是由一组不定式——“to feel”（去感觉），“to be”（去成为），“to link”（去连接），“to be”（去成为）——和重复出现的现在分词以及用“-ing”形式结尾的分词形容词连接起来的——“pounding”（跳动），“pounding”（跳动），“aching”（疼痛的），“bleating”（咩咩叫），“making”（朝……飞翔），“looking”（看），甚至连“闪电”（lightnings）看起来都似乎是这些“-ing”动词的近亲。

迎着一块蓝色大理石般的
雷暴云砧的，这只雄鹰
高飞，爪里攫着一只羔羊：
两只翅膀，四只蹄子。

一道脉搏跳动着，跳动着，
就给了这么少的时间
去感觉地面缩小
水面如倾斜的铜锣，

去同时成为无助的
疼痛的巨爪和咩咩叫
的重物，两者，
都怕这一协议的破灭，

去把尘土中的发情

当绳索缩短
就在前腿和木桩之间，
与划出更难的螺旋，朝着

包裹在闪电中的巢的飞翔连为一体，
驳杂地织入巢中的喙是那些还算不上，
就如用的骨头是那些已经不再是， 383
彻底的兄弟；

终于越过了阿卡迪亚，
翼，蹄，一个完整的生物，
蛇行的骄傲的尖叫
还有恐惧的肚肠

都丢失在了彩虹里，要成为一体
即使那个牧羊人
还在抬头看，他明白一切
并没有被变成石像。

(190)

Against a thunderhead's
Blue marble, the eagle
Mounts with the lamb in his clutch:
Two wings, four hooves,

One pulse pounding, pounding,
So little time being given

To feel the earth shrunken,
Gong-tilt of waters,

To be at once helplessly
Aching talon and bleating
Weight, both,
Lest the pact break,

To link the rut in dust
When the rope shortens
Between foreleg and stake
With the harder spiral of making

For a nest wrapped in lightnings
And quilted with their beaks who not yet,
As with their bones who no longer,
Are wholly brothers;

Beyond Arcadia at last,
Wing, hoof, one oriented creature,
Snake-scream of pride
And bowels of fright

Lost in the rainbow, to be one
Even with the shepherd
Still looking up, who understood
And was not turned to stone.

《暴力的田园诗》的七个诗节组成了一个完整的句子，模仿了当性欲涌起时坚持乘在浪头的努力，直到最后两个人变成“一个完整的生物”，那时“蛇行的骄傲的尖叫／还有恐惧的肚肠／都丢失在了彩虹里”。如果性欲的胜利是它唯一的目的，这首诗本可以在彩虹一句就结尾；但是还有最有一个“要成为”：

> 要成为一体
> 即使那个牧羊人
> 还在抬头看，他明白一切
> 并没有被变成石像。

这个梅里尔式的牧羊人，温柔田园诗的象征，或者是渴望爱的童贞少年的象征，他可以（在这首双重暴露的诗里展示的是少年在好奇要不要进行虐待式的性交）看着雄鹰和羔羊的暴力结合而不会将绞结在一起的躯体看成戈耳工般的怪物。

《暴力的田园诗》里的许多诗节都在诗行的结尾词上表现出由“阴性结尾”（从格律上说也就是扬抑格）占统治局面的特点。我们在第一诗节里只听到了“鹰”（eagle），第三节里只听到了“咩咩叫”（bleating）；我们在最后两个诗节里只找到了“生物”（creature）和“牧羊人”（shepherd）；然而其他所有诗节都强调了这种有减弱的扬抑格律的词，通过把不止一个这样的词放置在结尾的位置：在最初的“鹰”之后，我们还听到了“pounding”（跳动），“given”（给了），“shrunken”（缩小），“waters”（水面），“bleating”（咩咩叫），“shortens”（缩短），“making”（朝……飞翔），“lightnings”（闪电），“longer”（不再），“brothers”（兄弟），“creature”（生物），“shepherd”（牧羊人）。因为他名字的扬抑格韵律本身，“sheperd”，这个牧羊人就这样和整首诗的性搏动交织在了一起。这首诗讲述神话故事的肉体性（去同时成为无助的／疼痛的巨爪和咩咩叫／的重物，两者）伴随着渴望神性 384
的形而上，比如这首诗把被拴起来的动物“尘土中的发情”与“与划出更难的螺旋，朝着／包裹在闪电中的巢的飞翔”联系在一起。形而上的，宙斯的巢是现在利用过去的遗物孕育未来的地方：这个巢是“驳杂地织入巢中的喙是那些还算不上，/ 就如用的骨头是那些已经不再是，/ 彻底的兄弟”。正如叶芝的《丽达与天鹅》，神话暗示了神圣的是不能在没有低等的身体为伴的时候孕育的，但是那个低等的身体——最初是不能（困于它作为羔羊-牧羊人的世界）想象充斥暴力的性欲的——必须被强暴才能发现它自己真正多变的天性，作为一个“翼，蹄，一个完整的生物”。这里展示出的关于自我的结论是布莱克式的。我们甚至可以说布莱克的羔羊在青春期变成了一只猛虎，对显露出暴力凶残的自身感到好奇——“是创造出羔羊的人创造了你吗？”——梅里尔的牧羊人也同样以自己被强暴的羔羊的形式经历了他的火热升华。当我们读这首诗时我们会回忆起伽倪墨得斯被强暴的故事，但我们能感觉到与其说梅里尔在重述这个神话还不如说他在重新创作这个神话。

梅里尔也重新创作了弥诺陶洛斯的神话，就在一首写于他生命最后一年的诗里。他因为十年前感染的艾滋垂危，于是迷宫正在等待着他。仿佛是为了阻止结尾的到来，梅里尔在《弥诺陶洛斯》（854-855）里放弃了使用句号：每个句子都是以大写字母开头，但以空白结尾。令人惊讶的是，弥诺陶洛斯竟然是我们梦中充满色欲的蓝眼睛青年，虽然他吓人地穿着一件像皮毛的斗篷，“密布软黑的尖刺”。衰老的语者和其他衰老的人（不是原版神话中的年轻人）自愿追随着弥诺陶洛斯进入迷宫，希望（他们是如此地被生活所迫）成为祭品死去。诗里有一个朦胧的“牺牲”，它是通过提喻间接表达的。我们活着经历了这一切吗？“那得看是谁在讲这个故事。”这场性爱的烈焰，随着年老者对年轻爱人的渴望而弥烧，可以从两种视角来重新讲述：到底发生了什么，年轻的弥诺陶洛斯有他的版本，老人们有他们的。虽然他是个怪物，弥诺陶洛斯做的只是老人们恳求他做的：“吞噬我的生命人人都祈祷”。

虽然梅里尔照叙事的顺序重述了这个神话，这首诗是用自由间接引

语想象性地而非叙事性地讲述的。其中一位老人深入到了迷宫开放的中
心,他惊讶地看到恐怖的弥诺陶洛斯掀开了自己的万圣节面具——“他父
亲恐怖的头颅”——展露出他俊秀的容颜,他的耳环,他被阳光染红的黑
发以及他的蓝眼睛。“谁会想到弥诺陶洛斯——死亡的使者——原来是
个年轻的美人?”语者如此思索道,我们也一路偷听着他的思考(不规则地
用韵:“牛轧”〔nougat〕和“金块”〔nugget〕押韵,“门廊”〔portico〕和“科克 385
托”〔Cocteau〕押韵,“头”〔head〕和“红”〔red〕押韵)。

一个年轻人谁会想到
在深夜做梦
面对着门廊
比牛轧还要粉红
他父亲恐怖的头颅
放在一边露出的
是墨笔速写,科克托画的
耳垂是狡黠的金块
克里特　阳光的颜色把
黑发染成血红

A young one who'd have thought
dreaming in late light
before a portico
pinker than nougat
His father's terrible head
laid aside uncovers
an ink sketch by Cocteau
The earlobe's cunning nugget

Colors of Crete　Sun washing
black locks blood-red

接下来又是两个十行诗节，最后结尾的是年老的语者恳求被吞噬的祈祷：

苍白的脚踝坚挺如仙人掌
露出在他的斗篷之下
上面密布软黑的尖刺
看起来可不是什么威胁
摸上去可不是什么笑话
一条活力的小河
沿着他的咽喉搏动
他抬头看　两道蓝光
致命地吸引了我们
两个两个被他吸引

追随着他进入迷宫
我们是作为祭品而来十个
老妪十个老叟
这个年轻人应该
摄食我们的存在
或者我们过去的存在　头脑的肉心头的血
我们所见所知的一切
珍藏的　拒绝的
现在都将成为他的身躯
吞噬我的生命人人都祈祷

Pale ankle firm as cactus
escaping from his cloak
dense with soft black spines
To see not quite a threat
to touch not quite a joke
A vital rivulet
pulsing along his throat
he looks up Shafts of blue
fatally attract us
Drawn two by two

after him through the maze
we've come as tribute Ten
old women ten old men
This youngster is expected
to feed on what we are
or were Mind's meat heart's blood
all that we've seen and known
treasured up rejected
will now become his body
Devour my life each prays

这个格律是叶芝为二十世纪重新发明的三音步格；每行之后的停顿（代 386
替期待中的第四拍出现的音乐性“暂停”）提供了思考、质询和增补的天然空间。于是我们可以边读边评论：

这个年轻人应该［**做什么？**］
摄食我们的存在［**或者？**］
或者我们过去的存在　头脑的肉心头的血［**以及？**］
我们所见所知的一切［**可还有更多的：所有我们**］

珍藏的　拒绝的[意志?]
现在都将成为他的身躯[为什么？因为]
吞噬我的生命人人都祈祷

在衰朽之年与年轻的爱人有亲密的性接触是如此地出人意料以至于语者的反应变成了最后一个诗节里的夸张，甚至克服了死亡的冷意和瘀青：

惊喜　金黄的蜜蜂飞出的直线
给最绿的黑暗　浓烈的
葡萄和小豆蔻的混合
至于"牺牲"
电光一闪的瘀伤
冰的火花
道别狂喜的呐喊
它肯定没什么坏处
如果我们活着经历了这一切　我们有吗
那得看是谁在讲这个故事

(854-855)

Amazement　Golden beeline
for greenest dark　Strong fusion
of grape and cardamom
As for the "sacrifice"
one lightning-fleet contusion
sparklers of ice
farewell's euphoric hail

It must have been benign
if we lived through it   *Did* we
Depends who tells the tale

在这个矛盾的绿色黑暗中，有葡萄汁和小豆蔻的味道吸引着寻蜜的蜜蜂，“牺牲”并不重要。这里说出的“frater ave atque vale”[①]是“道别狂喜的呐喊”。而如果艾滋病的弥诺陶洛斯是年轻的爱人，是在“瘀伤”和毕竟还是良性的诊断的“冰”之后半死的生活——而且还是和年轻爱人生活在一起？喜剧还是悲剧？是受害者的故事还是弥诺陶洛斯的故事？这个结局是一个谜。

说起来并不令人惊讶，一个生活在艾滋病阴影中的诗人会回忆起把年轻人献给弥诺陶洛斯的邪恶献祭——也许不存在于神话中的弥诺陶洛斯的年轻儿子就来自让梅里尔染病而死的那个未知之人。但是梅里 387
尔的原创性就在于把弥诺陶洛斯重构成——在某种意义上——一个给予作为祭品前来的老年男女生命的存在，这一创举源自他对希腊（以及希腊神话）的一种观念，对他来说希腊及其神话永远都是——甚至在它更暴力的形式里，甚至在被改写之后，就像在这里——给予人生命的源泉。《弥诺陶洛斯》神话词汇的质朴与《玛耳绪阿斯》和《绪林克斯》更华丽的词藻形成了强烈的对比，而它好奇的平静与《暴力的田园诗》里强劲的力量形成了更强烈的对比。梅里尔进入迷宫时已将近七十，他的诗歌模式是一种透明而沉思的模式，虽然每一个诗节都会被一两个暴力的字词所打断。“他父亲恐怖的头颅”提醒了我们弥诺陶洛斯恐怖的身世；“软黑的尖刺”是不自然的织物；“头脑的肉心头的血”预言了最后的牺牲；“瘀伤”则是对致命一击的视觉上的轻描淡写。环绕着这些诗节

① 引自古罗马诗人卡图卢斯的哀歌第 101 首结尾，大致可译作“兄弟，你好，永别了”。此处文德勒用这一引用点明了梅里尔诗歌结尾处的哀思。

中的瘀伤则是民歌一般的质朴:“门廊比牛轧还要粉红”;“两道蓝光”;“十个/老妪十个老叟”;“冰的火花”。描写旅行的老练精妙的诗人变成了民间故事的重述者。爱与背叛的线被织成了典型又再次引人进入迷宫之中。

随着他对希腊神话越来越熟悉,梅里尔几乎变成了一个希腊诗人。说诸如《暴力的田园诗》和《弥诺陶诺斯》这样的诗是由一位当代希腊诗人写出来的并不是不能想象的。在这样的诗里,梅里尔是最不像美国人的。在他的詹姆斯式的观察里,在他的旅行者的狂歌里,在他对于我们对古老过去必然错误的重建的反思里,他都保持了外来观察者身份。而当他口吐神话时,他是从希腊这一力量来源的内部在发言。

严肃地结尾可能会冒犯这位诗人的精神,所以我附上梅里尔在《两首双扬抑抑格》里讽刺地模仿希腊人是如何驳斥他们被美国殖民的。这首的题目是《霓虹-古典》,使用双扬抑抑格写成,这是一种滑稽的当代形式,总是用“乱七八糟 乱七八糟”开头。

乱七八糟 乱七八糟
杰奎琳·肯尼迪
回到了伊兹拉岛
发现它一团糟——

霓虹灯,迪斯科舞厅……
“房东,发生了什么?”
388 “Άνθρωτηστήκαμε,
回去吧,美国。”

Higgledy-piggledy
Jacqueline Kennedy
Went back to Hydra and
Found it a mess—

Neon lights, discotheques...
"Landlord, what's *hap*pening?"
"Ἀνθρωπηστήκαμε,
Go home, U. S."

（这里的希腊文被梅里尔的编者翻译为"我们已经变成凡人了"。）

梅里尔回家了，但他的缪斯并没有；他最后完成的诗歌之一的题目是"一九九四年的日子"，模仿了卡瓦菲斯。

（肖一之 译）

25. 马克·福特：迷人，有趣，似先知

389 1992年，《陆封》在英国出版，收录了马克·福特非凡而无比可爱的诗作。[1]我当时便想写一写这本书，但我撰稿的报刊不评未在美国出版的书。受挫的我只好转而给它不甚出名的作者写了一封信，这样，虽然我没法公开地，至少也可以在私下里让他知道我在读到那本书时的快乐。《陆封》里的诗既不端庄（常规的抒情诗），不重意会（菲利普·拉金），不讲历史（杰弗里·希尔），不通俗（托尼·哈里森），也不感性（谢默斯·希尼）。它们别具一格，极具想象力，并且用福特自己的话来说，“怪得有趣”。

作者写成了这些诗，而没有像激发了“一战”以来的现代诗那样，为欧洲的过去而长叹；他没有模仿贝里曼和普拉斯的戏剧语气；他有着所有惊人的滑稽，却珍视语言上的沉着，纹理细密而充满智性。福特既不怀念某个失去的英格兰，也不哀叹世风不古。他只是承认，现代情境是不可避免的生活形式；我们生活在其中，而他则用黑色幽默来对之加以描述。现代环境中的现代存在不容争辩；它就是那样，就如《怪得有趣》一诗中所言：

我在这里坐下喝毒酒
可怕的事情在楼上继续。

汗苔藓一样向外爬上手掌，
时间仿如奇异媒介，纱网状。

睡眠每晚会留下愈新的伤疤，或
恼怒成一幕拒绝拉上的窗帘。

地平线上，古怪的慰藉主动现身——
一台满塞的冰箱，一部沉默的电话，

电视安静待在它的角落。
万物和无物变作一个环状

几何图形，无缝衔接，
等着无辜被这般那般地拧成

最怪的几近异想天开的形状。

(L,44)

I sit down here drinking hemlock
While terrible things go on upstairs.

Sweat creeps like moss outward to the palms,
And time itself seems a strange, gauze-like medium.

Sleep will leave still newer scars each night, or,
Infuriatingly, is a curtain that refuses to close.

On the horizon, bizarre consolations make themselves
Known—a full fridge, a silent telephone,

The television quiet in its corner.
Everything and nothing have become a circular

Geometrical figure, seamlessly joined,
To be wrestled innocently this way and that

Into the most peculiar almost whimsical shapes.

开篇是弗兰克·奥哈拉式的无拘束(dégagé)——“我做这，我做那”——但轻慢，亦不欢快。困惑的想象包容进“万物”和“无物”，这两个同样坚固的物被无缝接入一个没有入口的完美图形。但朦胧萦绕在作者心中的抵抗的环形轮廓要求被“拧”(wrestled)成新的拓扑形式。能与“拧”相角力的，只有“造”(making)的兴致。

像《怪得有趣》这样的诗中的“我”是卡通造物，把盏毒酒，角竞在即。不过，他的言谈又是成人的，迷人，又有趣。(诗的形式沉默在场：不是通过韵脚，而是通过句法或修辞或声音的相似来宣告自身。)在数次以现在时态叙述自己的环境后，失眠的语者生成了一个先知般的谕令：要不顾抵抗地，强行把那谜一样的“环状／几何图形”拧成古怪的形状。这一义务对写作真实，对生活也真实；那由基因所给定的，也须被强拧成一个自我。比起济慈所言的智性被“一个充满痛苦和麻烦的世界”“教育”成灵魂，这一“灵魂塑造”(soul-making)的构想更具身体竞技性，而福特是后世的济慈，因为他断定，“痛苦和麻烦”是艺术与生活确然的主题。

因为福特的诗几乎都以某种叙事(无论多么超现实)为支撑,需要被完整全套地引述,但这里很难做到这点,大多数情况下,只能呈现出那些灵感涌动的故事的节录。在一些自传性叙事中,福特四海为家的经历跃然纸上。他生于内罗毕,父亲是英国海外航空公司的一名管理人员,曾短暂地驻扎那里,随后的其他岗位把他们一家带到了斯里兰卡、加拿大和美国。就像福特在《时代的标志》中所说:

我们 391
出生于向前
瞻望的六十年代,成长于非洲和亚洲的
各座首都——也即,任一英国海外航空公司
(缩写 BOAC)看上的地方。[2]

We
Were born in the forward-
Thinking sixties, and grew up in various capital cities in Africa
And Asia—wherever, that is, the British Overseas Airways Corporation
(BOAC, for short) saw fit.

虽然福特在八岁时被送回英国上学,但一家人的旅居还是动摇了他的“英国性”(“非洲之后,是索比顿”)。他上了牛津,拿了一等学位,以肯尼迪研究员的身份负笈哈佛,在京都大学教了两年书后返回英国,在那里写了关于约翰·阿什贝利的诗的博士论文,现在是伦敦大学学院的英文教授。和大多数诗人不同,他长期从事批评家(有两本文集结集出版)、传记作家(为法国超现实主义者雷蒙·鲁塞尔写过传记)、译者(译过鲁塞尔令人望而生畏的《非洲新印象》)、编辑(编了美国图书馆版的约翰·阿什贝利的诗)和文选编者(编选文集《伦敦:诗文中的历史》)的工作。

福特的《诗选》收录了他之前三本诗集——《陆封》《软筛》《六个孩子》——里的诗(和一些新作)。[3]虽然这些诗极具文学性,富含挑逗的影射,但意识不到其所指的读者也能从中获得快乐,因为福特的作品基于日常发生的诱人事件,无论它们是多么奇异和超现实。

福特孜孜不倦的实验可见于他所尝试的烧脑形式(六节诗、班顿诗〔pantoum〕),他对诗的内在结构的实验不那么明显,却更具独创性。他把新诗《代位父母》(SP,139)分成两半,这安排本身并非那么不同寻常:前一半里,他是个在英国公立学校上学的孩子,不可爱的人(最温和地说)成为"代位父母"(如习语所言)。福特从"令人毛骨悚然的"教职工的写实形象开始,诗的题目渗入了第一行:

代位父母

是几个相当令人毛骨悚然的男人——一个
经常躺在休息室
的地板上,叫我们所有人
在他身上叠罗汉——和一个蛇怪
眼的女舍监一身蓝制服右边
锁骨下
挂着
392 一只表。她砰砰
砰的脚步,震得
天花板上的石棉板瑟瑟发抖,吓得我
想躲起来,或像着火的兔子

乱窜……

In Loco Parentis

were some quite creepy men—one
used to lie down
on the dayroom floor, then get us all
to pile on top of him—and a basilisk-
eyed matron in a blue uniform with a watch
dangling
beneath her right
collarbone. *Thump thump*
thump went her footsteps, making
the asbestos ceiling tiles shiver, and me
want to hide, or run like a rabbit
in a fire...

这“写实的”前一半里,我们的确在开头四行诗的堆叠中看到了叠罗汉的男孩,也同样在模仿垂下的“挂着”一词中瞥见了女舍监的表,但这还没有满足诗人表现学校的意愿。

对福特来说,诗不仅要描述学校里令人不快的剧中人,还必须为孩子的无力感的情绪和语气发明一个象征对应物。于是,在第二半中,福特又把这首诗重写了一遍,这一次,是一盘刘易斯·卡罗尔式象征棋局,恶意(“小/恶魔”)逼迫男孩在他们不可能理解或获胜的复杂游戏中走出无知的招步:在恶魔的命令下,棋子“飘起来/挥舞着刀剑,在空中盘旋”。成人后,这个孩子希望他可以重来一局,在这一次把棋下赢,但童年的丧失是永远的。在福特的象征重演中,令人毛骨悚然的男人变成了“鬼鬼祟祟的/骑士”,吓人的女舍监则变成了“无所/不知的王后”:

我们失去的,就永远
失去了。一个小
恶魔和我们
下棋,强迫
棋子飘起来
挥舞着刀剑,在空中盘旋。现在我能
捉住他们了,浮夸的主教,鬼鬼祟祟的
骑士,无所
不知的王后,
可他们消散
在我指间,拒绝
回到棋盘,回到他们的格子。

What we lost, we lost
forever. A minor
devil played at chess
with us, forcing
the pieces to levitate
and hover, flourishing swords, in midair. I'd grasp
them now, the orotund bishop, the stealthy
knight, the all-
knowing queen,
but they dissolve
in my fingers, refuse
to return to the board, to their squares.

童年吓人的怪人的蒸发意味着,你永远不可能报复他们,福特紧张的戏剧在简短、跨行的诗句中重演了被吓坏的男孩们在失败的遭遇中前行又彳亍的节奏。

华兹华斯使诗人在成年的“当下”回思童年的“当时”这类题材的诗 393
臻于完美，但福特的学校棋战并没有为孩子的苦痛提供华兹华斯式的补偿。福特的“当下”不允许靠眼下的征服来满足慰藉的愿望，被象征地想象出来的傀儡烟消云散，拒绝了想象它们的人的意愿。落子无悔；棋局也没法重来。传统的重演通常会保持相同的场景，结束于一个上扬的结局，福特则从宿舍转移到棋盘，放弃了对学校的写实描述，代之以一盘棋，以抽象形式更准地传达了成人对孩童的普遍压迫。

任何时代的诗人都觉得他们必须想象时代需要聆听的事情，必须使它们可为情感所感触：就福特而言，殖民的童年把他的诗引向了后殖民的重思。从事后来看，像他自己的童年那样的殖民的童年会引发怎样的情感？怀旧？反帝情绪？愧疚？所有这些，以及更多：可诗人要怎样体现它们而不变得说教或煽情或道貌岸然？最近一首颇具抱负的诗《够世界了》（SP，142–143）把福特童年的家呈现为殖民生活的缩影；它描述了这样一个事件，一个当地佣人在因故被解雇后回屋，“来拿回／他忘带的一条靠枕”而被羞辱得“双眼通红”。福特按他一贯的讽刺开始《够世界了》，讥讽晚近的殖民主义是一种海盗行为：

帝国

仓皇狼狈，迅速
解体，我们
扬帆七海，晚的，太晚的
海盗队搜寻着
一切剩余的
战利品……

The Empire
was flummoxed, and dissolving
fast when we
set sail on the Seven Seas, late, late
buccaneers in quest
of whatever booty
remained....

殖民者缴获的"战利品"包括"一群'搬运工'"、一个园丁、一个司机和走廊上的酒。到这里为止,都还是殖民者自鸣得意的老生常谈。但"真实生活"突然冰冷地闯入战利品累累的殖民地居民的生活(下文中的省略号是福特自己的):

我姐姐
哭了,看到"戴维"回来,一个
394 喝亚力酒"醉得一塌糊涂"而被解雇的
上了年纪、表情呆滞的佣人,
双眼通红,来拿回
他忘带的一条靠枕……我望着
他收拾
自己的包袱,起身,又摇摇晃晃离开,一绺绺
灰发从发髻上
散落……

my sister
wept when "David," an aging, impassive servant
dismissed for getting "filthy drunk"

on arak, returned, red-
eyed, to retrieve a cushion
he'd forgotten. . . I watched
him adjust
his bundle, rise, then stagger off again, his wispy
gray hair coming loose
from its bun. . .

佣人“戴维”的职责之一,是逐一打扫家里囤积的越来越多的纪念品。在最后精湛的叙事行进中,福特列出了这些纪念品。诗人一定常问,怎样把长长的清单合乎文体地写进诗里,而又不让读者感到无聊呢?讲述人说,随着“戴维”的离去,将

不再有人
来擦净来自尼日利亚的
乌木头像,缟玛瑙象,皂石刻的
斯芬克斯;我们俗艳、突眼的
恶魔面具,或保护
七名午夜
在空地拄着矛的藏红袍
马萨伊武士的
玻璃;登月
纪念杯,中式
木箱顶的玛瑙板,狮
皮做成的
我的笔
筒。

no more
dusting of ebony heads
from Nigeria, onyx elephants, sphinxes carved
out of soapstone; our gaudy, bug-eyed
demon masks, or the glass
protecting seven
saffron-robed Masai warriors leaning
on their spears in a clearing
at midnight; a moon-
landing souvenir mug, a slab
of agate on a Chinese chest, my pen-
holder made
from the hide
of a lion.

一眼看上去，这个清单读起来够单纯，但细究起来，它就分解成诸多令人不快的繁冗的物体和材料：头，象，斯芬克斯，面具；乌木，缟玛瑙，皂石，“俗艳”的东西。“戴维”不情愿地给这些东西除尘，但接着，他转而给另一种物品，一张带框照片除尘，诗惊人地在这张照片上停了五行。对“戴维”来说，马萨伊人的照片不同于商品小摆件，代表了某种实在、熟悉、本真的事物。

在那停顿后，清单爆发为无目的的异质杂糅——登月杯、玛瑙板、中
395 式木箱、笔筒——展示了这家人对“异域”物品不加分别的狼吞虎咽。福特以他儿时的狮皮笔筒结束了清单，因为它展示了另一种“战利品”：被“文明的”殖民者狩猎射杀的狮子。百兽之王被商业地贬低为儿童的装饰品，这在过去无疑是一个自豪之源（这是清单的高潮），但在当下却成为一个愧疚之源。但这一对家庭藏品的批判不像在太多“抗议”诗中那样咄咄逼人、指向观众，而依然令人信服地保持为一种不动声色的内

省的、个人的耻感。

诗中的清单必须由不同于其内容的范畴的事物来统合;必须(叶芝说)"把甜美的声音接合在一起"。在福特的清单中,"mask"(面具)、"glass"(玻璃)、"seven"(七)、"saffron"(藏红)、"spears"(矛)和"clearing"(空地)组成了一个独特的声音链,通过头韵、词内元音和词末辅音接连起来。还有另一些类似的声音链:比如"midnight"(午夜)、"moon"(月)、"mug"(杯),或"protecting"(保护)、"leaning"(拄着)、"clearing"(空地)、"landing"(登)。福特对他的声音链不张扬却精细的打理——这点在这些诗中随处可见——使他的诗句连贯,像磁铁一样彼此吸引,无论内容如何。就像清单里的条目那样,福特又一次保持低调,避开了霍普金斯或托马斯或希尼的技艺精湛的声音关联;他对声音的接合隐而不彰。

除找到好的主题——让人紧张不安的寄宿学校;以"醉得一塌糊涂"的佣人为例的殖民话语;"战利品"的贪婪堆积——福特还能做什么?在一次即兴访谈中,福特说他写两种诗,"概念诗"(concept poem)和其他:

> 在写作时,我把诗分为概念诗(和其他……),概念诗有某种主题(donnée)或是像"哈特·克兰还活着"或"惠特曼有六个孩子"那样的概念……你会写出像那样的概念诗,它们非常诱人,因为它们很好写,而其他诗对我来说则要难写得多,你得像蜘蛛一样把它慢慢地从身体里吐出来——甚至不是一行一行地,而是一个字一个字地,你得从无生有地把它写出来。最近,我得花好几个月,甚至一年的时间,才能把这些诗写出来。[4]

“概念诗”玩的是变体,对任何读者都能认出的文化的某方面进行演绎。在《诗选》中,最令人眼花缭乱的一首灵感来源于一个新近现象——外国发来的声称自己急需用钱的诈骗信或电子邮件。福特新诗《漂移》
396 (SP,138)中的五个荒谬变体想象了诈骗请求通过每一种当代通讯方式传来(请求总来自邪恶独裁者身边的女性):

> 穆阿迈尔·卡扎菲上校的妻子,确切说是
> 遗孀,最近写信给我请我帮忙从某个秘密地点
> 转移一些重要的金融资产:她坚持,
> 只有我有本事完成这个复杂的操作。
>
> 还有比皮诺切特将军的女儿更猛的
> 短信轰炸者吗?……
>
> 洛朗·巴波的一个未成年前情妇几乎每天
> 都发推特……
>
> 我只是太累了不想回这封
> 邀请我和佩尔韦兹·穆沙拉夫某位远房“堂妹”一道徒步喜马
> 　拉雅的电子邮件……
>
> “你已接通0207……”我的机器拖长声音说……
>
> Colonel Muammar Gaddafi's wife, or rather
> widow, recently wrote to me asking for help in transferring
> some important financial assets from a secret location: only I,

she insisted, had the expertise to perform this complex operation.

Is there a more ferocious texter than General Pinochet's
daughter?...

A minor ex-mistress of Laurent Gbagbo's tweets practically
every day....

I'm just too tired to think of replying to this e-mail
inviting me to go trekking in the Himalayas with a distant "cousin"
of Perez Musharraf....

"You have reached 0207..." my machine was intoning....

写信,发短信,发推特,发电子邮件,打电话:这番对进步的反讽见闻引发我们问电话答录机"下一个是什么?",我们随即漂移到想象量子运动诈骗、心灵感应诈骗……

在他的"概念诗"中,福特也喜欢奇珍异品:一首诗,《约翰・霍尔》(SP,87),出自霍尔十六世纪编纂的《英格兰人体观察录》。起初,那本书看起来只是霍尔推荐的古怪疗法:

他记录道,他曾用一勺紫罗兰糖浆
　　治好了迈克尔・德雷顿的间日疟,并用一只

被他活生生剖开,抹到脚上的鸽子
　　治好了自己的痔疮……

He cured, he records, Michael Drayton of a tertian

Fever with a spoonful of syrup of violets, and his
own

Hemorrhoids with a pigeon he cut open alive, then
Applied to his feet. . . .

直到这些古怪记录的末尾，我们才得知约翰·霍尔是莎士比亚的女婿。但“这些案例……皆未提及他岳父的病痛 // 或死亡”——而这正是我们渴望知晓的事实。

虽然这样的“概念诗”幽默得迷人，但福特最有价值的成就，是从诗人身体里吐出的网，是那些从无生有，仅凭耳朵的本能和心的想象创作
397 出来的诗，它们准确地为寻常的事物找到了不寻常的语言。自传诗就属此类，但一些寓言诗也如此。在这些诗中，我最喜欢的仍是《长人》。(SP，51）其中，福特变成“威灵顿的长人”，在东苏塞克斯一座山上草地凿出一个两百二十七英尺高的男人的白色轮廓，关于他的可信记录最早见于十七世纪。在湿漉漉的山上，这个失眠的长人会是什么感觉呢？

长　人

在威灵顿跟着日出咧嘴；他刚
熬过了又一次神话的、无谓的、星光漫天的
守夜。他脚踝疼，天气看着
烦人而致郁……
　　　　远处一声警笛
穿越潮湿的原野求关注；他不能
动，或作殉道者，反驳土地的谎言。

The Long Man

of Wilmington winces with the dawn; he has just
endured yet another mythical, pointless, starry
vigil. His ankles ache, and the weather looks
irksome and moody. . . .
                    Across the damp fields a distant
siren pleads for attention; he cannot
move, nor, like a martyr, disprove the lie of the land.

这是一首晨歌,诗人喝下母语和本土文学的危险药水,并因此发现“一连串稀奇古怪的标签和谚语”在自己血管中流淌。巨大的长人意识到英格兰压抑的天气:

          我醒来感觉冰冷肿胀,
脚朝东,头在低悬的
云间。一连串稀奇标签和谚语
流淌在血管中,像魔法水。

          I woke up feeling cold and distended,
my feet pointing east, my head in low-hanging
clouds. A stream of curious tags and sayings
flowed like a potion through my veins.

他迷失了方向,在“不可见的障碍”间漂浮,试图从无创造出一个自我:一个令人困惑、矛盾却必要的活动,因为通过摹仿传统的文学先例来创造自我就是坍塌为陈词滥调。诗人为自己的困境而暴怒:

惊慌的
感官挣扎着回应，又哀叹
翔实、全能的先例的
缺失。

The alarmed
senses struggled to respond, then bewailed
the absence of detailed, all-powerful
precedents.

所能做的，只是再一次探查和探索自身起源和存在的巨大维度，即便这些维度在心理上重复：

398 我继续描绘某个寻摹
草皮上的廓影的人，围着空心的头、
静止的四肢，庞大空洞的躯干
走来走去，将这轮廓磨伤成路。

I kept picturing someone tracing
a figure on the turf, and wearing this outline
into a path by walking and walking around
the hollow head, immobile limbs, and cavernous torso.

在一次访谈中，福特提到他的朋友米克·伊姆拉（《诗选》中一首感人的挽歌《被强夺》纪念的就是这位诗人）曾对他说过的一件事：

我记得和米克聊的时候他说［一个人的诗的统一性］会自动成

> 形,因为你的心理缺陷或构造会一次又一次地出现。所以,从寻找统一性的角度来说,你自己的问题会在一首又一首的诗中浮现,只是风格不同而已。就像谱写一段音乐,只须抓住一个东西,让它运作起来。[5]

福特的诗从一个风趣而险恶的想象开始发挥,以那种本能的方式“运作”,允许细节上升为对读者和诗人都显著的存在和美丽成形的形态。

在《诗选》中,福特还收入了一些从拉丁语翻译过来的作品(塔西佗、阿普列乌斯、卢克莱修、卡图卢斯和老普林尼),从先前版本的翻译腔中拯救出振奋人心的故事和场景(阿提斯被阉割,佩特罗尼乌斯之死)。所有这些都值得一读,因为福特对语言的组织地道而充满活力:在我们没有拉丁语的时代,福特使古代的“瞬间”(spots of time)持续鲜活。

(王立秋 译)

26. 来自悸惧之地的笔记：露西·布洛克-布罗多的《留步，幻影》

399 露西·布洛克-布罗多的作品《留步，幻影》[1]是继之前三部耀眼诗集后的又一部佳作，包括《饥饿》(1988)、《大师信札》(1995)、《心智的烦扰》(2004)。2013 年《留步，幻影》入选美国国家图书奖的最终作品名单，并获得 2014 年美国国家书评人协会奖。布洛克-布罗多现任哥伦比亚大学人文学院教授，并负责其诗歌项目的指导工作。① 我从 1988 年开始关注她的作品，当时布洛克-布罗多是我在哈佛大学的同事，担任了为期五年的布里格斯-科普兰(Briggs-Copeland)讲师一职。她极具原创性的著作成为一种杰出的当代自传。

布洛克-布罗多的作品富有超乎寻常认知的想象力。与各种书籍与网络上充斥的枯燥、驯服、语言贫瘠的诗歌迥然不同，布洛克-布罗多的诗作充满力量。她在诗歌中潜藏的个人叙事偶尔浮出纸面：我们可以了解到年轻时代的厌食症与住院的经历，她的父亲母亲(临终的母亲；父亲与继父双亡)，三个姐妹，偶尔的旅行，爱情故事，朋友离世。在第一部诗集《饥饿》的开篇作品中，布洛克-布罗多嘲讽“身份政治”对个体认同的束缚。在作者笔下，在“我的作品”里充满了卡通式的多元化个

---

① 诗人于 2018 年不幸病逝。

体身份：

　　　　　　　　这里遍布着魔法师、被遗弃之人
笨拙之士、瞥视者、畸形人手指如勺、口齿不清之士、
结巴的祷告者、胀气之人、衣柜中的哭泣者、
骗子们。我就是这其中的一个。[2]

　　　　　　　　It's peopled by Wizards, the Forlorn,
The Awkward, the Blinkers, the Spoon-Fingered, Agnostic Lispers,
Stutterers of Prayer, the Flatulent, the Closet Weepers,
The Charlatans. I am one of those.

《饥饿》中的部分诗歌视角源于一些奇特的现实新闻事件人物（例如坠入深井的婴儿杰西卡；费城警察爆炸事件的儿童幸存者博蒂·阿费尔卡）。即使在这些基于“真实事件”的作品里，诗人创作的儿童声音同 400
样具备她独有的极具个性化的奇特语言及其反叛能量。阅读她的诗歌犹如上了一堂不同版本的英语语言课程。她从各种边缘文本中抽取出古怪的词汇插入她的诗作，例如监狱看守的语汇、精神失常的双胞胎话语以及“格拉斯哥昏迷指数”中的语汇。在此过程中，诗人创造并编纂出她独有的个人词典。这些词汇一部分真实，一部分超越现实。她的挚友利亚姆·雷克特身体精神每况愈下，最终开枪自尽，在她献给这位诗人朋友的悼词中，她使用医学解剖类的语汇来传达对悲痛的领悟，用冰冷刺骨的语言对峙个体的悲凉：

冬天到了，触摸这冰冷的身躯，不可被掠夺
　　　　放在这充满古旧悲痛的抽屉里。

牙齿修复好了。你会被埋葬在哪里；无定所。

……

眼睛里淡褐色的虹膜，灰白的结膜

血痕斑斑。

（SI，6）

Winter then, the body is cold to the touch, unplunderable,
Kept in its drawer of old-world harrowing.

Teeth in fair repair. Will you be buried where; nowhere.
……
The eyes have hazel irides and the conjunctivae are pale,

With hemorrhaging.

布洛克-布罗多的诗作标题也与众不同，例如诗集《留步，幻影》中这些超乎寻常的标题："你把自己荒谬地禁锢在这个世界"，"神秘的静寂"，"父亲，在抽屉里"，"来自悸惧之地的笔记"，"斯卡尼斯，明尼尼斯，格里米尼斯"，"魔鬼捕手"。（诗集中也有一些常规的标题，但为数不多。）当读者理解了标题后，诗作的首行往往又让读者瞩目思索。《留步，幻影》的开篇作中，布洛克-布罗多使用双关的手法，例如"诗人-隐士"与"隐士-蜘蛛"的双关，勾勒出既自由又被缚的意象："隐士的蛛丝不断编织出她最终的癫狂"。（SI，3）另外一些诗作的首行也同样出人意料："我说，当你这般死着，不要干这个"（SI，12）；"这里应有一种绚丽的毁灭，红色的，位于悲剧之中"（SI，48）。这些标题和诗句使用装饰性的小说语言,使其难以解读转述;这些难以名状的怪诞语言,充满古怪的明喻,对抗诠释。然而这种不寻常的个人习语却传达出复杂的情感层次,这正是诗歌的核心。

使用超乎常规的语言进行诗歌创作并不少见,然而这种创作方式却引发出不同的反响。例如,本·琼生对斯宾塞使用各种古语十分厌恶,曾说"斯宾塞借用古人,不再使用语言写作",然而后面他却承认使用生僻词汇有其优点:

> 从古语中借用的词汇确实可为文体风格带来一种庄严感,偶尔使用无可厚非。由时间带来的权威性以及间歇后的重现为 401
> 这些古语词汇赢得一种优雅的新鲜感。[3]

> Words borrow'd of Antiquity, doe lend a kind of Majesty to style, and are not without their delight sometimes. For they have the Authority of yeares, and out of their intermission doe win to themselves a kind of grace-like newnesse.

几代人之后,这种运用非传统诗歌形式与语言的创作方式不再罕见。没有人对狄金森使用虚拟语气和隐喻定义持有异议("希望是一种带有羽毛的东西");也没有人认为狄兰·托马斯的"悲痛前一刻"的词法使用古怪。新的词汇,例如 Jabberwocky,也不再异乎寻常。诗人无时无刻不负载着对语言进行创新的要求(不一定通过脱离常规语言,例如乔治·赫伯特),这是一种极具压迫感的责任。贝里曼在他的《梦之歌 67》中解释自己语言表现的奇异之处:"我不得不在漆黑之中/对我自己/进行最细微的手术。"如同贝里曼,诗人布洛克-布罗多也在黑暗中进行操作(迷惑、痛苦、失去所带来的黑暗),对每首诗进行必要的、独特的语言变形,创造出迷人的魔咒。

布洛克-布罗多的前两部诗集充满魔法般的想象力:一种可以延迟灾难降临的魔法。落入深井的婴儿杰西卡意外获救,救援人员急促地让杰西卡不停说话以保持清醒,诗作描述他们的努力与她的回复:

继续:小猫怎样了?
我也像小猫一样

不断发出淫荡的嗓音,黏液,撇着腿
像那猫叫的声音
然后紧闭上这大眼睛。

(AH,25)

And: *How does a kitten go?*
And I go like a kitten goes, on

& on in that throaty liquid lewd bowlegged
voice like kittens make.
Then shut these big ole eyes.

婴儿杰西卡使用克里奥尔语(Creole),这种婴儿语、性词汇和方言混合体是诗人使用众多掺杂语言的一个例子,这些混合语在《饥饿》中借用各种不同寻常的主人公之口表达出来。即使诗人使用"自己"的声音,她也生活在这种想象的时空里,"聆听着秘密":

我是一个中世纪的孩子,在摇篮里晃动着。
假装熟睡,整夜醒着聆听着秘密:

为何有惩罚，
坏天气带来什么消息，
脏东西是如何怎么被筛掉的。

(AH,8)

I am the medieval child in the basket, rocking.
Feigning sleep, up all night listening for secrets:
why there are punishments,
what news bad weather brings,
how things get winnowed out.

了解灾难背后的“秘密”后，这个世界变得可知——也许这只是《饥饿》 402
里的幻想。“我想沉睡一个世纪/醒来后变成一个少女，带着另一种心灵。”(AH,8)

布洛克-布罗多的第二部作品《大师信札》放弃使用虚构人物进行咏叹调式的独唱，而诗人被狄金森的魔魂附体，创作出这些信件。这部作品基于狄金森的三封收件人不详的“致大师信”，布洛克-布罗多的诗歌具有“半口技式、半个人化”的特点，并部分采用了狄金森的文体风格，例如断裂式的句法。狄金森的“致大师信”(布洛克-布罗多在“序言”中提到)“保持着浓郁的抒情、天地的悸动、高调的韵律、难以琢磨的大写字母、独有的迂回句法以及诗句的抑扬顿挫”。[4]《大师信札》中的部分作品采用散文诗的形式，另外一些则是回行诗。诗人曾痛苦地说，她的十四行诗使用“旧世界十四行诗的形式，但其形态已被打碎并美国化，像是癔症和俳句的怪异结合”。(ML,vii)至于这位飘渺的“大师”终为何人，诗人自称他是“一幅合成的画像，近似警局画师作的素描。编辑，导师，我无法拥有的身段，父亲，评论人，爱人，魔法师”。(ML,viii)

即使是魔法师,多年后他也无法破除围绕《饥饿》这部作品的魔力屏障。

布洛克-布罗多的《大师信札》由一位纯真少女写给一位魔法师,其中触及多重情感:厌恶,渴望,迷茫,率真,疏远,歉意与哀伤。她不得不怀疑爱情无论有多么强烈,终不能给人带来满足感:“这里不再有魔法师,只有修理工,把坏掉的东西修补好而已。”(ML,37)(东西至少还能“修好”。)布洛克-布罗多使用她尖锐的讽刺洞察力暴露出美国社会中充斥的“修复替代品”:“在停车场里,给我的邀请以宗教般的频率纷纷而至,邀我被拯救,邀我去集会,邀我参加救赎仪式,邀我回到一小圈的祷告者中去。”(ML,37)然而,诗人却选择了“阴霾的宁静”。(莎士比亚,《罗密欧与朱丽叶》)在这静寂之中,冬天将至,闹剧渐消,诗人用严苛的自我定义来抑遏意志中顽固的激情。诗人质问自己对大师的这种依附是否为一种形式的欲望或是强迫症。当魔力褪去,诗人的自我分析变得更加冷酷。当大师化作幽灵与幻影,飘然而去时,如狄金森般“放手”而释,诗人也看着自己冰冻在这种混沌迷茫之中。

冰霜的镇定剂,
谱写着无限沉寂的戏剧

在玻璃上。它安慰着人,
时辰的日至,没有

明显的运动,静止着。
403 令人满足,这种慰藉,

形式与形象,源于纱网
与幽灵,根与性情。

欲望与强迫的区别
在于前者是渴望,后者是抑遏。

(ML,41)

The sedative of frost composes
Its infinity of dormant melodramas

On the glass. It consoles one,
The solstice of the hour's no

Apparent motion, standing still.
It contents one, the solace of

Form & phantasm, of sieve
& specter, root & disposition.

The difference between desire & compulsion
Is that one is wanting, one is warding off.

布洛克-布罗多的这首诗作加入了悠久的冬季诗歌传统之列(例如:济慈的《沉闷黑夜的十二月》、梅尔维尔的《挽歌》、狄金森的《悲痛之后》、史蒂文斯的《雪人》)。这首诗完美地呈现出即将来临的情感冬天,与其前辈诗人不相上下。它用一种固定的关系锁住文字:冬至是一种抚慰,安抚者予人慰藉。诗人连续使用头韵词,例如形式与幻象、渴望与抑遏,来触及心灵对时间痛楚的追索。使用讽刺性的渲染情节与布洛克-布罗多十分契合:她在形式的要求与艺术的约束下监控它的变幻莫测(歇斯底里,蛰伏)。

进入《大师信札》的尾声部分，那种决定生命历程的意志力不再具有效力。她在《我如何不再是我》中坦言："很久以前……德鲁伊教 // 是我的第一个梦想"。这首诗里，诗人放弃了使用意志获取力量："很快 / 我这本咒语小书 // 就会著成。它富有魔力。却非我之所需"。(ML,63)这些诗作召回作者早年的自我——"德鲁伊式、哥特式的疯狂反抗 / 那些正在逝去的——"，然后却宣布死亡已将那个少女的自我彻底抹去："我不再和你对话"。(ML,74)

自我认同的变化需要诗人的文风随之改变，诗人放弃了少女的语言与欢快，读者或许会为之哀伤。叶芝道出这种苦涩的智慧："仅当我们把生命作为悲剧来孕育，我们才能开始真正的生活。"当生命将其无情的残酷强加于视野与心灵之上时，布洛克-布罗多在第三部作品《心智的烦扰》中宣告了美化与幻想的终结。诗人认为，后来发现自己早年的纯真是有限的：

如同塞拉利昂学校里的老师一样有限

　　　　胳膊从手腕砍断，先是左边
再是右边，然后他吵闹的嘴

　　　　也应该闭上。[5]

As finite as the grade school teacher in Sierra Leone

　　　　Whose arms were axed off only at the hand, first left
And then the right, and then his mouth as he was making noise

　　　　And should be shut.

诗人追加一句警言:“智慧是用假肢一样的腕关节捆绑住的经历”。 404
《万物变异之宗》一诗是诗人阅世甚深后对人生第二阶段的告白:

　　我不知如何精通更多的手术、魔力,
我不知具体的惩罚或截肢的操作

　　如何完成。当你从一个生命体
摘下一只翅膀或是肋条,它必然呼号反抗这

　　掠取。然而这呼喊终将变得忧伤微弱,
直至消失。逝去之旧神,你是这么直白。

(TIM,9)

　　I cannot master anymore the surgical or magical,
I do not know how the specific punishments or amputations are so

　　Meted out. When you delete a wing or limb
From a creature's form, it will inevitably cry out against this

　　Taking, but in the end it will become grievously docile,
Shut; far gone old god, you have been plain.

斯多葛式的基督教报偿教义认为苦难的磨炼可以强健与提升灵魂,布洛克-布罗多则不以为然。诗人对此抛出了残酷的矫正:苦难将独立的生命体加以摧残与驯服。为了对抗这位“逝去之旧神”的不公,诗人将像他一样直白:

在此，我生如若有幸，我将完整地生活下去
旧神，你如若再次开口，我也将直白地告诉你。

(TIM,9)

If I am lucky in this life, here, I will go on
Being whole, and speak again old god, I will be plain.

《心智的烦扰》中的诗作运用这种“直白”的语言，收录了对爱情苦涩的讥讽；诗人不再崇拜她的爱人，而是嘲笑他肥胖黏着的存在。(TIM,59)

《灵魂为伴》是作者写给母亲的挽诗，诗中同样回荡着诗人对神奇力量的不屑。传说“遗体在清洗与安葬之间的时辰是灵魂最痛苦的阶段”，这让诗人在死亡与葬礼之间的时段守护在母亲遗体之旁：

我坐在她身旁，与之为伴
煎熬这整夜的痛苦，

保护她的灵魂在即，第二个自我。世间是这么沉重
除了希望有神奇的力量外，我没有祈愿。

我不再神奇。

(TIM,26)

I sat with her in keeping company
All through the affliction of the night, keeping

Soul constant, a second self. Earth is heavy
And I made no wish, save being

Merely magical. I am magical
No more.

心灵厌恶它的无能，愤恨抨击那些要它屈服“现实”（reality）的声音： 405

这**新现实主义**
将是一头睁大眼睛的公牛。

The New Realism
Will be a bovine one with widened eyes.

但诗人最终屈服于现实，说服自己进行改良。她不得不向新现实主义让步，获取一颗全新的心灵，不再神奇，而带有物质性，不再自恋，而带有动物性。

我强硬的心，像一只沉重的猛兽，
普通，笨拙，接受阳光普照，如同公牛一般，善良。
（TIM，47）

Heart be strong as a burden beast,
Common, clumsy, sunlit, oxish, kind.

布洛克-布罗多的语言负荷沉重，但其双重或三重的寓意并不自相矛盾。普通意味着“普遍”、“经常碰到”还是“低贱”？笨拙于哪个方面：身体、情感、语言还是想象力的笨拙？然后这意料之外的阳光普照：孕育魔法师的黑暗与神秘必须散去。诗人用如同公牛一般来重新审视这种对公牛特性（*bovine*）的鄙视，认为这种公牛的特质是自然的天性而非低级的品质。最后,善良一词点评了人们对于日常生活的共同需求——这种特性却不被自然天成的魔法师们所认可。

《心智的烦扰》将父母与继父相继离世的早期经历加以重现:

先是我的父亲走了。继而我的母亲
走了。接着我的父亲又去了。

这奇特的暴风雨后,苹果树被毁了
枝条断折

苹果遍地。

(TIM,4)

First, my father died. Then my mother
Did. My father died again.

After the strange storm they were ruined down
From the boughs.

There were apples everywhere.

继早期这些亲人离世的经历之后,诗人后来所遭受的亲朋离世事件加快了步伐。《留步,幻影》中不仅纪念朋友利亚姆·雷克特,也纪念服药过量而死的作家露西·格里利,还纪念死于癌症的作家杰森·希纳与其导
406 师斯坦利·库尼茨,以及一位服防冻液自尽而去的未名朋友。每当朋友离世,诗人不愿再重返普通的生活,不愿相信心灵之神的神话,化蝶重生。在《比鲁斯之胜》一诗中,她挑战这种丧失亲朋之痛对自我不断蜕

变的要求:“有种悲痛超越我的肉体”。“我不愿再化成蝶茧”——然而她却已经缚于蝶茧之中:

> 我要被困在这里多久,
>
> 在我这密织的箱子里苏醒,像一位身体蜷曲的朝圣者,羞愧着,直至我化为一只飞蛾。
>
> (TIM,62)

> How long will I have to live here quickened in
>
> My finespun case, like a folded pilgrim, blushing,
> Till I am moth.

意志败退,化为这种对抵挡死亡的无能之感。当情爱的晕眩回归时,无法再驾驭自己的情感,变成这种新的无助感。《掠取之手册》运用“后海伦世界的牢笼”这种叙事视角,不予妥协地认可情爱的执着力量,不得被意志摆布:

> 你不可用意志来遏制这迷醉,这眩晕,这势在必夺的狂野之爱。
>
> (TIM,67)

> You cannot will intoxication, vertigo, a ravening or wild
> Love.

在平凡的日常生活中,“心怀奇迹是背离自然法则的”,然而讽刺的是,诗人发现自己“在一艘缓缓而行的拖船之上/在这好奇者消失后的世界,沿着狂妄之河逆流上行”。(TIM,67)《心智的烦扰》中的一小段远足,借用了华莱士·史蒂文斯笔记中的几个标题,史蒂文斯只写下了这几个诗题但并未为之成诗。布洛克-布罗多借此机会为史蒂文斯每个空白标题作诗一首。在《不再闪耀的光环》一诗中,作者借用并(对峙)华兹华斯,重新构想了一个充满暴力的童年。在布洛克-布罗多的神话里,孩子化形之前,在猎禽之中藏于不起眼的角落,他弱小的身躯被注入生命,并被暂时赋予这欺人的柔软。现在,为了终结这童年,猛禽卷起“猎捕的旋风”,搜捕着孩子,将它叼走、杀掉,带回那黑暗的猎禽世界。“这壮烈的灾难/让你无尽的童年//终结”。(TIM,3)纯真的丧钟之鸣再次回旋。

布洛克-布罗多前三部著作记录了作者从童年、青年至成熟时代的心路历程:“我曾年幼,如今还在中年。我可否//不要老去,不要到最后/像那猎鹰折翅之哀鸣。”(TIM,4)在此,《留步,幻影》出现了,这部诗集的题
407 目引用了霍拉旭(Haratio)与哈姆雷特父亲之幽灵的对话:在儿子的命令下,幽灵回现,并表示自己让这幻影留住的愿望从未消退。诗作《一个女孩时代之前》和《两个女孩时代之前》开始对逝去的少女时代进行叙事。前者道:“我的十六岁持续了二十年。”后面则提到了在诗人名字后附加出生与死亡日期的选集,诗人大胆地说:“在这个目录中,我还没有死。”《心智的烦扰》中的这种平淡直白的语言风格在这部作品中得以延续:“如果写下了,就不能取消。”(SI,3)《留步,幻影》充满了诗人在祈愿与放弃之间的摆荡。喜剧性、悲剧性与讽刺性界限不再明显。《你把自己荒谬地禁锢在这个世界》一诗用“动物星球”电视节目式的拟人化声音重述了融化的极地冰川对北极熊的影响,同时诗人用带有讽刺感的自我画像嘲讽自己不再居灵长动物之首位,她的动物性逐渐消退,从伟人猿变成了狨猴:

> 极地冰川的灾难早已无力扭转,这庞大、美好

胖萌的白熊紧抱着自己那最后一块冰。

……

我们最终接受了自己

不过是从披着伟人猿外衣里钻出来的狨猴。

(SI,7)

Too far gone to halt the Arctic Cap's catastrophe, big beautiful

Blubbery white bears each clinging to his one last hunk of ice.

.....

We have come to terms with our Self

Like a marmoset getting out of her Great Ape suit.

在这两种可笑的结尾中间是赤裸心灵发出的毁灭性疑问:“我起初为谁而存?”(SI,7)

《留步,幻影》中,布洛克-布罗多以拉丁文命名她的抒情栖居地,这些拉丁文地名从不缺少一种自嘲:她栖居在悖惧之地,或是遗弃之所,将自我的恐惧与孤独用第三人称的“病史”表达出来。

病史:一味渴望,每个午后都会醒来

在遗弃之所的绿色房间中

漂亮的笼子,在精神院里。

……

她的唯一执念,每样所爱之物

都会(可能在明天)死去。

(SI,29)

Case history: wistful, woke most every afternoon
In the green rooms of the Abandonarium.
Beautiful cage, asylum in.

……
Her single subject the idea that every single thing she loves
Will (perhaps tomorrow) die.

在《供稿人的笔记》一诗中,这种哀痛被更严苛的时刻所包围,诗人强将
408 这种传统的题材变成情感的曝光。她责备自己在秋日诗作中没有使用
生活所给予她的所有素材(这次是一匹神话般的马,它有史前岩画中马
的形象,在诗中其他部分出现):

你怎敢从秋日的工厂归来,从你的屠宰场出来,疲惫不堪
不再好奇,你的头发松绑着,没有用尽
这马匹的每一个部位
这赋予给你的。他的蹄子
他的鬃毛。他的心脏他的步伐他大提琴弦式的马尾
他找到落下苹果后的喜悦
正当他长出冬季的皮毛。

(SI,22–23)

How dare you come home from your factory
Of autumns, your slaughterhouse, weathered
And incurious, with your hair bound
Loosely, not making use
Of every single part of the horse
That was given you. What of his hooves.

His mane. His heart his gait his cello tail
His joy in finding apples fallen
As he built his coat for winter every year.

史蒂文斯曾说:“智者在雪地里建筑他的城市”。[6]诗人坚韧的马则每年在雪地里构筑其皮毛。它并不期盼春天的到来,而是为下个寒冬做着准备。这种无助的克制与坚韧在《留步,幻影》里多次出现。在《死刑看管记录》中,一个目不识丁的监狱看守记录下一个目不识丁的犯人对最后一餐的愿望,部分温和,部分妄想:“他说,再要些 Koolaid 饮料,樱桃——留着以后吃/睡去之前来个胡桃派”。(SI,55)诗人和幽灵共处的存在也具有这种克忍性:“你如何解释和我一起生活……/在我这个按单身计算税率的范围里活着/不再活着,却和我一起生活//大于存在”。(SI,66)在她沉寂的世界里,诗人布洛克-布罗多找到了这种斯多葛式的格言:“这里没有你可以提及”。(SI,71)(我们预想会出现的词是“对话”〔speak to〕,而非“提及”〔spoke of〕,当第二人称变成第三人称时我们体验到这种突如其来的心灵绞痛。)

布洛克-布罗多的作品中充满了对人类与动物的怜悯之情,这种情感将苦难的情景生动地再现;同时她的作品又包含了对监禁、背叛、疾病、形变的对峙与抗衡。“动物们被烙铁熨烫后,现在顺从地,平躺在我的脚边。”(SI,94)诗人早期的哥特性现今变成使用这种“平淡”、直白式的语言罗列她的沉默历程(“火车缓缓离去,驶过我们所知的每个地带:祷告、龙卷风、圣经、谷子”〔SI,64〕)。风干的小鸟被主人放在钱包里,藏在达姆斯妓院博物馆的烟囱石砖之后:“金丝雀,你在这玻璃盒子里面……//你这么美丽、畸形”。(SI,60)诗人用悲哀、畸形与平淡的语言编织成一个难解之结,用挑衅性的语言大胆地触摸不确定之地。她的第四部著作如此独特与率直,诗人引发她的读者对使用诗歌抒情产生兴趣,用诗歌来表达怜悯、讽刺、哀伤、喜悦与警示。布洛克-布罗多是自传作家、口技表演者。 409

她的作品超越女性诗歌的任何一个门类，既具都市性又有家庭性，忧伤且闪烁；既古朴又现代，平淡却有魔力，美式与欧式并存。她将那些渺小无常但无法忘却的瞬间永久地捕捉下来。这些对童年小事的渲染中，我之最爱是那首对小学校园里“炸弹避难所”的荒谬的安全措施的描述。童年的纯真还无法预知死亡的阴冷，那时的世界“里面还是温暖的”：

铁幕之前，在这个更加哀伤的世纪之前
我降生到那个世界，
我是一个宇航员，在这炸弹避难所里爬着
和怀特先生在一起，学校的清扫工
当我在这行迹的壁龛里，他把煤扫到一边，
里面如此温暖。

（SI，87）

Before the Iron Curtain, before the sadder
Century, the one I was born into as
A little Cosmonaut, creeping in bomb shelters
With Mr. White, the school custodian
Who shoveled the coal while I occupied the alcove
Of my ways, it was so warm inside.

这首题为《中世纪的温暖时代》的作品有如一张童年快相。这种阴冷是《留步，幻影》诗集的主体气候，即使在悲凉的挽歌中，布洛克-布罗多也未曾放弃她的幽默感。如若不是幽默地认可各种表征带有的喜剧性的距离，巧妙的创作还能为何物？

（赵媛 译）

27. 打开让整个世界看到：诗人贝里曼

1914年10月25日，一位名叫约翰·贝里曼的优秀诗人出生在俄克拉何马州的麦卡拉斯特。今年，为了纪念贝里曼一百周年诞辰，FSG出版社出版了《心是奇怪之物：新诗选》，再版了他的《梦之歌》《七十七首梦之歌》和《贝里曼的十四行诗》。不过，《新诗选》的书名却轻描淡写了这么一个事实，也即诗选中一首也未收录贝里曼最著名的诗作《梦之歌》（《新诗选》的广告承诺"从贝里曼多变的创作生涯摘取大量的诗歌"）。一个从网上订购这本书的读者可能会设想这本诗选会有一大部分篇幅摘选《梦之歌》中的诗歌，然而在书到手后会感觉上了当（与之相较，国会图书馆更具综合性的《约翰·贝里曼：诗选》收录了六十一首"梦之歌"）。当然，我们真正需要的是贝里曼的《诗歌全集》，不过如今看来遥遥无期。 410

约翰·哈芬顿完成于1982年的贝里曼传记，巨细靡遗地呈现了他的一生，让人读来备感煎熬。贝里曼所承受的病痛——躁郁症和严重的酗酒——毁坏了他早已受尽摧残的身体，破坏了卓越的头脑。因为在他的时代，对这些病痛医生也无能为力，他的一生便被接二连三的住院、恢复治疗、离婚、丢工作（至少一次）和孤注一掷的药方（包括后来在五十七岁自杀之前，重新投身于他童年时期的天主教信仰）所破坏。他中年时期的身体状态让人想起惠特曼的《一柄镜子》：

认真地举起这柄镜子！注视它返回的镜像！（它是谁？是你吗?)
……
411 不再有闪闪发光的眼睛,不再有声如洪钟的声音和矫健的步履,
  现在只剩下某个奴隶的眼睛,声音,双手和脚步,
……
没有头脑,没有心肝——没有吸引力;
如此,只消在你走之前看一眼镜子,
如此的结果,太过突然——曾经多么美好的开端！

Hold it up sternly! See this it sends back! (Who is it? Is it you?)
. . . . .
No more a flashing eye, no more a sonorous voice or springy step,
  Now some slave's eye, voice, hands, step,
. . . . .
No brain, no heart left—no magnetism of sex;
Such, from one look in this looking-glass ere you go hence,
Such a result so soon—and from such a beginning!

贝里曼十一岁的时候,经济上一败涂地(对妻子不忠)的父亲约翰·艾伦·史密斯在坦帕开枪自杀了(史密斯一家从俄克拉何马搬到了这里)。诗人令人生畏的、专横独断的母亲在这之后不久嫁给了他们的房东(这个人在史密斯自杀前明显已经是她的情人)。她毕其一生致力于将自己和她大儿子的生命融合在一起;从她接二连三的充满窥探性的信中便可以看出,她从来没有放松过对儿子的牢牢管控。年轻的约翰·史密斯在被继父收养后改名为约翰·贝里曼,开启了一个奇

特的双重认同,既影响了他的诗歌主题,也影响了他的文体创新。贝里曼一家从佛罗里达州搬到了康涅狄格州,约翰去南肯特学校读书。这是一座圣公会学校,他在童年时期做过晨祷时的辅祭。

当贝里曼来哥伦比亚上学之后,巨大的野心和广泛的阅读让他受益匪浅;他吸引到了很多欣赏他的聪慧和丰富情感的密友。他的老师马克·范·多伦看到了他的文学才能,鼓励他的成长。在哥伦比亚启力基金(Kellett Fellowship)赞助下,贝里曼去剑桥克莱尔学院读书:

噢,一个年轻的美国诗人,尚不优秀,
去陌生的旧世界去习得他们的知识
千方百计也要去拜访伟大的 W. B. 叶芝。[1]

O a young American poet, not yet good,
Off to the strange Old World to pick their brains
& visit by hook or crook with W. B. Yeats.

(他后来确实设法去拜访了叶芝,后者一直是他的诗界英雄。)在剑桥大学,贝里曼赢得了最佳莎士比亚论文的奖励,对莎士比亚产生了兴趣,后来终其一生都被这个兴趣所累——他企图完成各种各样的莎士比亚研究计划(包括一版从未完成的《李尔王》)。虽然有一个又一个基金赞助他的莎士比亚研究工作,但是一次又一次因为他愈演愈烈的酗酒和一连串令人心碎的负疚、羞辱、不忠、难堪与失败而一败涂地。

就像所有青年时期的诗人,贝里曼从一系列的模仿起步——霍普金斯、叶芝、奥登,最后莎士比亚,都是他模仿的对象。他在三十三岁的时候写作了一百五十七首献给利兹的十四行诗——利兹是普林斯顿大学的一位有夫之妇。在他最终出版这些诗歌的时候,他在前面附了一首 412

诗，在这首诗中已经五十六岁的诗人扮演了自己三十三岁时蠢行的观察者，诗中将“利兹”唤作“一位出色的、让他一往情深的女士”（wif whom he was in wuv）。[2]这句戏谑性的诗行既调侃了诗人当时的深情，也戏仿了欧洲的十四行诗传统。通过莎士比亚的十四行诗，贝里曼学会了反讽，这种反讽的姿态最终成了他的《梦之歌》的缪斯。在一处颇具洞见的评述自己诗歌的话中，贝里曼称他的缪斯，虽然一开始只是“一个美丽的小妖精”，后来却“越长越高”，最终“呈现对诗人的装腔作势 / 致命的幽默感”。（HS，96）在《梦之歌》之前，贝里曼还不会从口语化的幽默直接跳跃到诗人的雄才之上：这正是《梦之歌》最优秀的诗歌所实现的胜利，也即同时上演悲剧和喜剧。

不难理解，在对《心是陌生之物》的介绍中，丹尼尔·斯威夫特想要凸显——一反《梦之歌》中充溢的悲伤——诗人的喜剧性，“众声喧哗的愉悦，滑稽古怪又鲜活生动……对于生命的引力”。（HS，xxxv）斯威夫特还提出——这一点不是那么让人信服——贝里曼晚期的“颂”（devotional）诗平衡了他的悲剧感：

> 他的最后两本诗集都有一系列的颂诗……就像所有的颂诗一样——贝里曼在这些诗中有时听起来就像是乔治·赫伯特，这位有可能是历史上最伟大的颂诗诗人——这些诗思索自我、生命的界限。（HS，xxxiii）

这些所谓的“颂”诗并没有一丝一毫的“悲喜剧”感，颇具戏剧性的贝里曼听起来也完全不像微妙、精细的赫伯特。贝里曼尝试了不同的宗教体裁，例如，他的《主业》一诗模仿了奥登的《祷告》，这是一个标记连祷的序列（晨祷、主祷等）。就像贝里曼的其他宗教诗歌，这些“祷告”混杂了先知书、诗篇、连祷和其他各种祷词，中间点缀了并未完全整合进来的突然爆发的焦虑、憎恶和罪感情绪。它提供了一个晚期的、具有宗教性的贝里曼的样本：在五十五岁的时候，他疯狂地使用了大卫王的人格面具，在《大卫王的舞蹈》中总结了自己的一生，这是一首以不可能的感叹结束的诗：

反叛的儿子，一个被刺穿的儿子，注定要承受， 413
在虚伪的人和崇拜的人之中，
深渊中被一个粗浅的妻子嘲弄，
教士与国家的压力
沉重地压在我的身上，是啊，
同样黑色的我，舞动蓝色的头颅！

(HS，154)

revolted sons, a pierced son, bound to bear,
mid hypocrites amongst idolaters,
mockt in abysm by one shallow wife,
with the ponder both of priesthood & of State
heavy upon me, yea,
all the black same I dance my blue head off!

贝里曼确实是贝里曼，即使是在他差强人意的诗歌中，仍然有偶然燃烧的思想或情感的火焰，不过这些时刻还不足以承担整首诗的重量。贝里曼的诗人生涯不幸以低潮和美学上的摇摆不定收场，笨拙地模仿那些颂诗写作的先辈，在收场的时候就像在开场的时候模仿先辈诗人如出一辙。1972 年 1 月，他从明尼阿波利斯一座横跨冰封的密西西比河的桥上跳下，结束了自己的生命。

不过，如果说开端和结局极其不完美，那么中间则尤为出色。贝里曼的原创性在 1953 年发表《致布拉兹特里特女士》时就得到了认可。这是一首由五十七个诗节构成的大胆的诗歌,从美国第一位女性诗人安妮·布拉兹特里特那里汲取灵感。1630 年,安妮乘坐“阿贝拉”号(*The Arbella*)来到北美,在十六岁时她已嫁给西蒙·布拉兹特里特,两人最终总共生育了八个孩子。尽管有漫长的孕期和繁重的家务,安妮还是坚定不移地写作诗歌,这些诗于 1650 年以《美洲新生的第十个缪斯》为题在英国出版。在他的诗中,贝里曼试验了不同的叙述方式:有时,他用历史的视角重述了安妮·布拉兹特里特的人生,有时,他与她展开对话,有时让她自己发声,而他的声音退居幕后,再到后来,他越来越多地将自己和她融合。诗歌的高潮处,在描述她生孩子的一个精彩诗段,她直接和诗人对话,诗人一边模仿她的声音,一边也在承受她的痛苦。在痛苦中,由于担心自己落入了恶魔之手,她戏剧性地驱逐又召回她的诗人:

> 如此挤压,皱眉蹙眼,在我喊叫的时候?我爱你
> 恨你离去。多久的时间!一无所用。我的腰肢之下
> 他用地狱之钳紧紧抓住了我。
> 迟疑不决。他放手了。回来:在某处
> 支撑我。不。不。是的!下面所有的地方
> 414 都在变硬,我以极端的欢愉压住
> 我的背部如手腕裂开
> 羞耻我在排泄,噢,后面已经太晚

(HS,55)

> So squeezed, wince you I scream? I love you & hate
> off with you. Ages! *Useless*. Below my waist
> he has me in Hell's vise.

Stalling. He let go. Come back: brace
me somewhere. No. No. Yes! everything down
hardens I press with horrible joy down
my back cracks like a wrist
shame I am voiding oh behind it is too late

在艾略特的时代,如此暴力的语言(主要是沿袭霍普金斯)当然吸引到了诗歌读者的注意。丹尼尔·斯威夫特坚定地认为《致布拉兹特里特女士》是贝里曼的“杰作,最传统意义上的杰作——一个证明学徒已成为其所选形式的大师的早期作品”。(HS,xiii)不过,如果参看后面的《梦之歌》,就会发现贝里曼的历史拼贴之作略显僵硬和刻意。档案、历史和诗歌共同复述了安妮在安多佛(Andover)的生活:

无休无止的食物,寥寥无几的人,都要完成。
在烤苹果的时候,狼的问题
一遍遍地萦绕不散。
狼牙戴在孩子的脖子上
可以给他带来勇气。我记得谁
在会面中笑了然后被惩戒,我知道谁
窃窃私语然后被关了禁闭。
我们过着沉思的生活。不过我们躲避波士顿的铁笼。

(HS,54)

Food endless, people few, all to be done.
As pippins roast, the question of the wolves
turns & turns.
Fangs of a wolf will keep, the neck

round of a child, that child brave. I remember who
in meeting smiled & was punisht, and I know who
whispered & was stockt.
We lead a thoughtful life. But Boston's cage we shun.

这个由诗人发明的布拉兹特里特/贝里曼的双性自我以及十七世纪与二十世纪的共时性在场唤醒了读者,贝里曼声名鹊起。

尽管这首诗是贝里曼数年苦心孤诣的结晶,但是诗中幽默仍然缺席——这是他性格的内在组成部分,不过还未落实在他的风格中。后期贝里曼风格的能量于十年后爆发在《七十七首梦之歌》(1964)中,这部诗集至今可以带来超验的阅读愉悦感。迈克尔·霍夫曼称赞其中的"哀怨;一开始费解,后来精致,最后令人难以忘怀的遣词造句的方式;那种不可阻挡的思和不思之流动"。[3] 事实上,1948 年,在《梦之歌》之前,诗人已经写作了三首"神经兮兮的诗",这些诗——此处斯威夫特的观点并不准确——"皆是以后来'梦之歌'的诗节形式写成"(HS, xix)——事实上并非如此。每一首"神经兮兮的诗"确实是由三个六行
415 的诗节构成,不过它们的"诗节形式"和《梦之歌》的区别显而易见。(《梦之歌》的押韵方式相对松散,第三和第六行一般是三音步诗行,而"神经兮兮的诗"的诗节——大部分是连续的五音步诗行,并且押韵工整——缺少前者轻盈放松的歌韵。)

在第一首"梦之歌"中,贝里曼引入了亨利这个角色;"亨利"是他的妻子艾琳·辛普森给他起的昵称。这是一个充满喜感的风格化的自我,诗人既以自己也以一个无名的对话者的语气点评他的行为举止(这个对话者有着言简意赅、直来直去的说话方式,类似于某位沉默寡言又心地善良的心理分析师)。亨利本人任性、没有好气儿的观察经常通过间接引语的方式传达出来:"它是一种他们认为/他们会付诸实践的念

头”——在这里，“它”从来没有具体指明，而要让“它”永远持续下去的“他们”也同样没有指明，除了专有的偏执：

发怒的亨利乌云密布，
怒不可遏的亨利阴沉着脸。
我理解他，——试图解决一切问题。
它是一种他们认为
他们会**付诸实践**的念头，让亨利邪恶又逃离。
不过，他本可以挺身而出然后发声。

整个世界就像一个柔软的爱人
曾经站在亨利的一边。
然后是离别。
从此之后，一切都不再得偿所愿。
我不知道亨利，打开
让整个世界看到，如何生存。[4]

Huffy Henry hid　the day,
unappeasable Henry sulked.
I see his point,—a trying to put things over.
It was the thought that they thought
they could *do* it made Henry wicked & away.
But he should have come out and talked.

All the world like a woolen lover
once did seem on Henry's side.
Then came a departure.
Thereafter nothing fell out as it might or ought.

> I don't see how Henry, pried
> Open for all the world to see, survived.

我们也不知道亨利究竟如何生存。不过，他还是活了下来，借助这些歌无法言明的荣耀。它们因偶然性而充满了跳跃感，惊愕于时运的变化。

亨利和叙述者之间的关系通过亨利和他的对话者之间的对话表现出来——贝里曼这里采用了“化妆黑人演出”（minstrel）的方式呈现，这是一个无名的艺人（“end man”），以亨利的良知的名义介入对话，有时会称亨利为“骨头先生”（“骨头”在这里是赌博用的色子的俚语说法）。化妆黑人表演中，舞台幕布会在不同的综艺演出之间升降，而“end men”——涂抹了黑人面孔的白人——通过粗俗的黑人俚语讲笑话娱乐
416 观众。贝里曼深知这种艺术表演形式在政治上是不正确的，而这正是他试图达到的目的。就像传统的“end men”假装黑人，同时嘲弄“他们自己的”黑人英语，用粗俗的笑话来取笑黑人的生活，这个对话者嘲弄亨利充满怨愤、想要在惯常的道德和思想规范之外生活的愿望。亨利这个人物是一个生动、富有想象力的发明，不仅在概念方面（尽管一个能行走、能说说话的自我确实是一个不错的主意），在语言方面也是如此。根据情况，亨利可以是冷静沉着的，也可以是天马行空的；可以是懊恼不已的，也可以是一腔怒气的；可以是插科打诨的，也可以是深思熟虑的；可以是畏首畏尾的，也可以是不可一世的。他的句子，尤其是他的开篇句子，本身就是一道风景。有时，这些句子直来直去：“亨利仇恨这个世界”。（DS，81）有时，它们又令人费解：“出租车让蔬菜飞翔”。（DS，80）有时，它们让人心痛：“他在世界的中央躺着，抽搐着”。（DS，53）置于这些“梦之歌”的结尾，它们往往如梦魇一般，充满了隐晦的威胁感：

> ——你是放射性的吗，伙计？——伙计，放射性的。

——你在夜间会盗汗,白天也会大汗淋漓吗,伙计?
——伙计,确实如此。
——你的女友离开你了吗? ——你觉得呢,伙计?
——你头前面的东西是它看起来的样子吗,伙计?
——是的,伙计。

(DS,55)

—Are you radioactive, Pal? —Pal, radioactive.
—Has you the night sweats & the day sweats, pal?
—Pal, I do.
—Did your gal leave you? —What do you think, pal?
—Is that thing on the front of your head what it seems to be, pal?
—Yes, pal.

在发表令人叹为观止的《七十七首梦之歌》这一二十世纪美国诗歌史中永恒的诗篇之后,贝里曼接着强迫性地写了更多的诗歌。在发表《他的玩具,他的梦,他的休闲》(1968)的时候,这些诗歌的篇数已经达到了三百八十五首(在他死后,留下了完成的和未完成的"梦之歌",一箱箱的手稿、梦的解析还有信件)。虽然在前七十七首后,这些诗歌的生动性和幽默度有所减少,但还是有数不清的讽刺性的话语和戏剧性的画面来娱乐读者。其中一首写医院的组诗如此开始:"三个肢体,三个季节粉碎了;好吧,还有一个",

他的朋友各自回到了自己的生活
毫发无损。难道威廉就不能至少断一根锁骨吗?

(DS,183)

His friends alas went all about their ways
intact. Couldn't William break at least a collar-bone?

死亡开始取代欢乐，“梦之歌”越来越多地变成哀歌。然而，这些诗歌依然坚持着自己的荆棘之路，不知疲倦地追索发声的可能性，不管是精致详细还是简洁明了，不管是时好时坏，还是疯疯癫癫：

417 噢，正式的，精细的，我选择你，

但是我还是喜欢简洁明了，时好时坏，
疯疯癫癫，我有时并不总能将它们区分开。

(DS,284)

O formal & elaborate I choose you

but I love too the spare, the hit-or-miss,
the mad, I sometimes can't always tell them apart.

贝里曼从惠特曼的《自我之歌》中承袭了这种大胆的、无所不包的风格：

我发现我包括了片麻岩，煤炭，长苔藓，水果，谷物和可食用的
　根茎，
被四脚的动物和两脚的鸟覆盖粉刷。

I find I incorporate gneiss, coal, long-threaded moss, fruits,
　grains, esculent roots,

And am stucco'd with quadrupeds and birds all over.

不过贝里曼和惠特曼之间的区别在于他愿意故意显得不堪卒读;而惠特曼则不会在语法规范之外使用语言。惠特曼也充满了幽默感,不过不是句法和语法层面的幽默,正相反,他的精致的平行铺排的句法,他的流畅的语法,并不会扰动可读性本身,不管他的主题多么出离常规。在霍普金斯对句子的扭曲、破坏的影响下,贝里曼采用了语法和句法层面的难解不通作为自己标志性的风格,用一种甚至超过霍普金斯的方式破坏句法结构。尽管贝里曼被指责"盗用"化妆黑人表演中的黑脸艺人使用的所谓的"黑人英语",他的目标不在于摹写这些语言,而总是风格意义上的:他发明了一种跳脱标准英语的语言自由,不是通过使用某种纯正的方言——不管是黑人还是白人诗人都曾如此做过——而是通过打造一种混合型的言语方式——一半是方言土语,一半是复杂语言——这种言语方式从未曾出现在"真实生活"中。贝里曼制造了专属于他本人的独特的政治不正确的言语方式,夸张化了涂抹了黑人面孔的白人所使用的混合语言。贝里曼诗中那个严肃的对话者也是一个舞台角色,而不是一个真实的人。"梦之歌"再现的一列列奇特的模型,从霍普金斯到民歌,构成了他本人的狄金森式的"动物园",他的叶芝式的"马戏团动物"。

每个人都有自己最爱的"梦之歌"。迈克尔·霍夫曼(《你去哪里了》)说道,在他的青年时期,他为贝里曼的语言陶醉,只要给一个数字的提示,他就能背诵许多"梦之歌":比如说一声"14",他就会马上回放"生命,朋友,百无聊赖"。像霍夫曼这般读"梦之歌",就是(一页又一页)找寻自己的生命,一边遭受讥讽,一边收获同情。在《梦之歌 134》中(这是一首写给大学老师的诗),作为学者的亨利既邋里邋遢又英勇无畏:宿醉之后,他消化不良,清晨醒来呕吐、消沉,但同时也悲凉地意识到学生的贪婪的自恋:

418 六点钟呕吐,九点钟又呕吐
这是亨利晦暗的星期一早晨,噢。
他仍然要来上课。
他们在等待,他的孩子们,等待一蹶不振的亨利
再次起身,到来,噢。
他们理解他是一个固定装置,

他们的螺母的螺丝,他们的该死的锁的钥匙
……
在十点前他已经抽了一包烟
已经可以离开。那么让他的骨灰安宁吧,
可怜的亨利,
身子放屁又拉屎
两个小时四次,他的屁股疼。
他起身,善良,又装腔作势。

(DS,151)

Sick at 6 & sick again at 9
was Henry's gloomy Monday morning oh.
Still he had to lecture.
They waited, his little children, for stricken Henry
to rise up yet once more again and come oh.
They figured he was a fixture,

nuts to their bolts, keys to their bloody locks
. . . . .
He had smoked a pack of cigarettes by 10
& was ready to go. Peace to his ashes then,

poor Henry,
with all this gas & shit blowing through it
four times in 2 hours, his tail ached.
He arose, benign, & performed.

“善良”这个词(通过放在两个逗号中彰显出来)和“装腔作势”这个词(反映了老师作为演员的元-角色)让读者骤然停止。在这么一个早晨,遭受着这么严重的宿醉,谁还能起身变得“善良”,与此同时又有足够的冷静来观察自己的“装腔作势”的表演呢?在贝里曼戏剧化的“焰火秀”之后,一些二十世纪中期的诗人看起来就显得太过严肃、拘谨,太过小心翼翼,拘泥于一种被净化、过滤的对于生活的感知了。不过,普拉斯、洛威尔与金斯堡共同促成了战后的“不合规”(improper)诗学。在《声音的制造》中,史蒂文斯写道:“言语不是被澄清的/肮脏的沉默。它是更肮脏的沉默。”[5] 贝里曼应该会理解这两行诗。

关于贝里曼,已有很多文字。老问题——亨利的存在状态(是人格面具,抑或另一个自我?)以及对话者的存在状态(是漫画式的人物,抑或守护天使?)——已被不断地讨论,甚至太多地讨论:毕竟,在抒情诗简短的虚构中,一个人物的再现只能是一种风格化的速写,无法具备小说中人物角色的“圆润性”。毋庸置疑,《梦之歌》找到一种令人兴奋的方式制造了这么一个人物,他的失败、悲伤和愤怒让他比《贝里曼的十四行诗》中的古典游吟诗人或一本正经的、与诗人共生的布拉兹特里特女士更加引人入胜。《梦之歌》用一种坦白的方式戏剧化了愤怒与羞辱的历史,这种方式在我看来可能是贝里曼从莎士比亚的悲剧中学来的。莎士比亚的坦诚既直来直去(“毫无理由,毫无理由”:《李尔王》),又是 419
巴洛克式的(“现在也好,无论什么时候都好”:《哈姆雷特》)。亨利对于那些外在的痛苦戏剧性的罗列来自莎士比亚在《李尔王》中的宣泄:

衣不蔽体的不幸的人们，无论你们在什么地方，
都得忍受着这样无情的暴风雨的袭击，
你们的头上没有片瓦遮身，你们的腹中饥肠雷动，
你们的衣服千疮百孔，
怎么抵挡得了这样的气候呢？[①]

Poor naked wretches, wheresoe'er you are,
That bide the pelting of this pitiless storm,
How shall your houseless heads and unfed sides,
Your loop'd and window'd raggedness, defend you
From seasons such as these?

贝里曼的坦诚是关于医药的（“给佩勒兹开更多的丙嗪〔Pelides〕”；DS,60）；身体的（“三个肢体，三个季节粉碎；好吧，还有一个”；DS,183）；悲伤的（在亨利的心上坐着一个东西／如此沉重；DS,33）；喜剧的（“那儿，她坐在什么样的奇迹之上？”；DS,6）；思想的（“我感到沉重的无聊”；DS,16）；婚姻的（“和诗人结婚真是一个错误”；DS,206）；社会的（“必死的青年对老者心怀妒意，必死的老者对已死的青年心怀妒意”；DS,209）；法律的（“他有一个案子／一个他必然会输的案子”；DS,233）；质问的（“那么他为何要付出如此大的代价，发出疯狂的声音呢？”；DS,290）。读者被一首又一首诗歌爆发般的或强烈的坦诚所吸引。在这些诗歌中，贝里曼一个人构成了一个乐队，在其中一件乐器又一件乐器轮番占据中心地位。在一个诗节中，持续不断的打击乐（“需求需求需求”）可以突然转换为被肢解的身体静默的写作声音：

① 朱生豪先生译本。

饥饿是他的组成部分
女人,香烟,酒水,需求需求需求,
直到他支离破碎。
这些碎片起身写作。它们不在意
它们破碎的状态,但是非常安静地
在混乱之中。

(DS,333)

Hunger was constitutional with him,
women, cigarettes, liquor, need need need
until he went to pieces.
The pieces sat up & wrote. They did not heed
their piecedom but kept very quietly on
among the chaos.

这些诗歌,借用普鲁弗洛克[1]的话说,“就像一个神奇的灯笼将神经的图案投射在屏幕上”。每当一个复杂的问题需要关注时——健康,家庭,绝望,上帝,艺术和名声——一刻也不停息的变化就会将它置于前景,投放在屏幕之上,为自己的左右摇摆感到沮丧。

贝里曼对声名的追求(在他更加令人生怜也因此更加高调的时刻)让他不断将自己和他所处世纪的著名诗人进行比较;有意思的是,这些 420
诗人之中,史蒂文斯脱颖而出,被视作一个真正的竞争对手。贝里曼的哀歌《再见了? 史蒂文斯》(DS,238)用一种犹豫不决、满怀妒意的判断,挑战史蒂文斯的崇高感。它以喜剧开始,后至将诗歌称作“嘟囔”的自我贬损的定义,然后迷惑不解地评论“有些东西……有些东西……[史

① 艾略特《普鲁弗洛克的情歌》中的核心角色。

蒂文斯]艺术中没有的东西”带来的印象。在诗节中间，亨利带着歉意和史蒂文斯对话（“噢，死亡的老兵”），然后不能决定史蒂文斯深广的冥想是“单调的”抑或“新鲜的”：“它卡在／亨利的喉咙里，判断——优秀，他怒不可遏；／超过我们；不太宽广”。（DS，238）贝里曼深知放弃史蒂文斯式的坚忍而选择这个世界广泛存在的社会喜剧的代价，不过他做出了选择，同时也在质疑它的价值。事实上，他怀疑一个作家如贝克特似的极简主义和悲观主义是否完全站得住脚，然后又驳斥自己的喜剧。当被问到一个艺术家的责任是否是表述“对人性的肯定”时，贝里曼回答：

> 我不知道。我非常怀疑这一点。你只须想一想贝克特：一个如此黑暗的头脑，让你去想是否文艺复兴确凿无疑地发生了！[6]

总而言之，“黑暗时代”并未结束；贝克特的例子追问，又有什么可以“肯定”的呢？

贝里曼在写他的第一部作品时才十二岁，这是一部科幻小说。[7]亨利，以及他的不苟言笑的对话者，都像是科幻小说里的人物：设计好的，单一功能的，具有寓言性的：代表了自我和良知。在这对虚构人物的相遇中，贝里曼插入了一个被偏执、抑郁与酗酒的魔鬼附身的伟大诗人的存在，他是不完美的、自大的、醉醺醺的、幽默的、悲痛的与负疚的。《梦之歌》也有缺憾，却保持着无限的可征引性——这是一个有勇气展露自己的可耻、不堪和丰富言辞的独一无二的人充满智慧的哀歌。贝里曼的其他主题无法与之媲美。

（孙红卫 译）

注　释

Introduction

［1］This essay was originally given as the 2001 annual ACLS Charles Homer Haskins Lecture for the series "A Life of Learning," and was published as "Occasional Paper No. 50" by the ACLS.

1. The Ocean, the Bird, and the Scholar

［1］Wallace Stevens, *Letters of Wallace Stevens*, ed. Holly Stevens (Berkeley: University of California Press, 1996), 73.

［2］Wallace Stevens, *Collected Poetry and Prose* (New York: Library of America, 1997), 269;此后文中注为本书页码索引。

2. Fin-de-Siècle Lyric

［1］W. B. Yeats, *Collected Poems* (New York: Macmillan, 1956), 67. 本章后续叶芝引文括号附注的页码均来自这一诗集。

［2］Jorie Graham, *Region of Unlikeness* (New York: Ecco, 1991). 本章后续格雷厄姆引文括号附注的页码均来自这一诗集。

[3] Wallace Stevens, *Collected Poetry and Prose* (New York: Library of America, 1997), 311.

[4] *Ibid.*, 218.

3. The Unweary Blues

[1] Langston Hughes, *The Collected Poems of Langston Hughes*, ed. Arnold Rampersad and David Roessel (New York: Alfred A. Knopf, 1994), 143;此后文中注为本书页码索引。

4. The Nothing That Is

[1] Charles Wright, *Hard Freight* (Middletown: Wesleyan University Press, 1973), 19.

[2] Charles Wright, *Chickamauga* (New York: Farrar, Straus and Giroux, 1995), 47;此后文中注为本书页码索引。

[3] Charles Wright, *The World of the Ten Thousand Things: Poems 1980-1990* (New York: Farrar, Straus and Giroux, 1990), 33.

5. American X-Rays

[1] Czesław Miłosz, "To Allen Ginsberg," *New and Collected Poems, 1931-2001* (New York: Harper Collins, 2001), 612.

[2] Allen Ginsberg, *Collected Poems, 1947-1997* (New York: Harper Collins, 2006), 134-136;此后文中注为本书页码索引。

7. *The Snow Poems* and *Garbage*

[1] A. R. Ammons, *The Snow Poems* (New York: W. W. Norton, 1977);此后文中注为 SP,带页码索引。

[2] A. R. Ammons, *Set in Motion: Essays, Interviews, Dialogues*, ed. Zofia Burr (Ann Arbor: University of Michigan Press, 1996), 5;此后文中注为 SM,带页

码索引。

［3］A. R. Ammons, *Garbage* (New York: W. W. Norton, 1993), 13;此后文中注为 G,带页码索引。

8. All Her Nomads

［1］Mary Jo Salter, foreword to *The Collected Poems* by Amy Clampitt (New York: Alfred A. Knopf, 1997), xviii;此后文中注为 F,带页码索引。

［2］Amy Clampitt, interview with Emily B. Todd, *Verse* 10, no. 3 (1993): 5;此后文中注为 V,带页码索引。

［3］Amy Clampitt, *The Collected Poems* (New York: Alfred A. Knopf, 1997), 143;此后文中注为 CP,带页码索引。

9. Seamus Heaney and the *Oresteia*

［1］本文最初宣读于美国哲学学会(the American Philosophical Society)的一次会议,1998 年 5 月 26 日。

［2］Seamus Heaney, "The Art of Poetry No. 75," *Paris Review* 144 (Fall 1997): 136-137.

［3］Seamus Heaney, "Mycenae Lookout," *The Spirit Level* (London: Faber and Faber, 1996), 34;此后文中注为本书页码索引。

［4］Seamus Heaney, "Further Language," *Studies in the Literary Imagination* 30 (Fall 1997): 12.

［5］Aeschylus, *The Oresteia*, trans. Robert Fagles (New York: Penguin, 1979), 104.

［6］*Ibid.*, 153.

［7］Wallace Stevens, "Thirteen Ways of Looking at a Blackbird," *Collected Poetry and Prose* (New York: Library of America, 1997), 74.

［8］Czesław Miłosz, *Collected Poems, 1931-1987* (New York: Ecco Press, 1988), 60.

［9］ Heaney, "Art of Poetry," 136.

10. Melville

［1］ Herman Melville, *Collected Poems of Herman Melville*, ed. Howard P. Vincent (Chicago: Packard and Company, 1947), 102;此后文中注为本书页码索引。

［2］ The last line of "The March into Virginia" is quoted from the original publication of *Battle-Pieces*.

［3］ Stanton Garner, *The Civil War World of Herman Melville* (Lawrence: University Press of Kansas, 1993), 349-351.

11. Lowell's Persistence

［1］ Robert Lowell, *Collected Poems* (New York: Farrar, Straus and Giroux, 2003);此后文中注为本书页码索引。

［2］ Robert Lowell, *Collected Prose* (New York: Farrar, Straus and Giroux, 1987), 287;此后文中注为 CP,带页码索引。

12. Wallace Stevens

［1］ Wallace Stevens, *Collected Poetry and Prose* (New York: Library of America, 1997), 30;此后文中注为本书页码索引。

［2］ Cited from Wallace Stevens's notebook *From Pieces of Paper*, in George Lensing, *Wallace Stevens: A Poet's Growth* (Baton Rouge: Louisiana State University Press, 1986), 183.

［3］ Gottfried Benn, *Prose*, *Essays*, *Poems*, ed. Volkmar Sander (New York: Bloomsbury Academic, 1987), 33.

［4］ *Ibid.*, 183.

［5］ Dates cited for individual poems in this essay follow those given in Holly Stevens, ed., *Wallace Stevens: The Palm at the End of the Mind* (New York: Vintage

Books, 1990), ix-xv.

13. Ardor and Artifice

[1] James Merrill, *Collected Prose* (New York: Alfred A. Knopf, 2004), 143; 此后文中注为 CP,带页码索引。

[2] James Merrill, *Collected Poems*, ed. J. D. McClatchy and S. Yenser (New York: Alfred A. Knopf, 2001), 600-601;此后文中注为本书页码索引。

14. The Titles

[1] 这里的书目大多由 W. W. Norton 出版公司出版,以下几本例外: *Ommateum* (Dorrance); *Expressions of Sea Level* (Ohio State University Press); *Corsons Inlet* (Cornell University Press); *Tape for the Turn of the Year* (Cornell University Press); *Northfield Poems* (Cornell University Press); *The North Carolina Poems* (North Carolina Wesleyan College Press)。

[2] *Bosh and Flapdoodle* 为身后发表。

[3] A. R. Ammons, *Set in Motion: Essays, Interviews, and Dialogues*, ed. Zofia Burr (Ann Arbor: University of Michigan Press, 1996). 书中的前言最初发表于 *Ommateum, with Doxology* (Philadelphia: Dorrance, 1955)。

[4] A. R. Ammons, *Corsons Inlet* (Ithaca: Cornell University Press, 1996), 8.

[5] "The Art of Poetry: LXXIII," interview with David Lehman, *The Paris Review*, no. 139 (Summer 1996): 62-91.

[6] A. R. Ammons, *Expressions of Sea Level* (Columbus: Ohio State University Press, 1963), 23.

[7] A. R. Ammons, *Collected Poems* (New York: W. W. Norton, 1972), 1.

[8] A. R. Ammons, *Brink Road* (New York: W. W. Norton, 1996), 153.

[9] *Ibid.*, 106.

[10] A. R. Ammons, *Glare* (New York: W. W. Norton, 1998), 94.

[11] A. R. Ammons, *A Coast of Trees* (New York: W. W. Norton, 1981), 19.

[12] A. R. Ammons, *Bosh and Flapdoodle* (New York: W. W. Norton, 2005), 14;此后文中注为本书页码索引。

15. Poetry and the Mediation of Value

[1] This essay was prepared for the Tanner Lectures on Human Values, delivered at the University of Michigan, October 29-30, 1999.

[2] Walt Whitman, *Leaves of Grass and Other Writings* (New York: W. W. Norton, 2002), 276-283;此后文中注为本书页码索引。

[3] Walt Whitman, *Prose Works 1892: Collect and Other Prose*, vol. 2, ed. Floyd Stovall (New York: New York University Press, 1964), 521;此后文中注为PW,带页码索引。

16. "Long Pig"

[1] Elizabeth Bishop, *The Complete Poems, 1927-1979* (New York: Farrar, Straus and Giroux, 1983), 159;此后文中注为本书页码索引。

[2] W. B. Yeats, *The Collected Poems of W. B. Yeats* (New York: Macmillan, 1956), 244.

17. Stevens and Keats's "To Autumn"

[1] Wallace Stevens, *Collected Poetry and Prose* (New York: Library of America, 1997), 912;此后文中注为本书页码索引。

18. "The Circulation of Small Largenesses"

[1] Mark Ford, *Landlocked* (London: Chatto and Windus, 1992);此后文中注为L,带页码索引。

[2] Mark Ford, *Soft Sift* (London: Faber and Faber, 2001);此后文中注为SS,带页码索引。

[3] John Ashbery, *As We Know* (New York: Viking, 1979), 93.

［4］ John Ashbery, *Selected Poems* (New York: Viking Penguin, 1985), 175; 此后文中注为 SP,带页码索引。

［5］ Ezra Pound, *The Cantos* (London: Faber and Faber, 1987), 178.

［6］ 转录自福特写给海伦·文德勒的信,1998 年 1 月 31 日。

［7］ John Ashbery, *Wakefulness* (New York: Farrar, Straus and Giroux, 1998), 40-41.

［8］ Mark Ford, *Times Literary Supplement*, August 29, 1997, 26.

［9］ Mark Ford, *New Republic*, May 26, 1997, 39.

［10］ Mark Ford, *Times Literary Supplement*, September 19, 1997, 27.

［11］ Michael Hofmann, *Times Literary Supplement*, March 6, 1992, 23.

［12］ Mark Ford talking to Graham Bradshaw, in *Talking Verse*, ed. Robert Crawford, Henry Hart, David Kinloch, and Richard Price (St. Andrews and Williamsburg: Verse, 1995), 54-58, especially 57.

［13］ Ford, *Talking Verse*, 58.

19. Wallace Stevens

［1］ Wallace Stevens, *Collected Poetry and Prose* (New York: Library of America, 1997), 207; henceforth cited in the text as LOA with parenthetical page references.

［2］ George Herbert, *The Works of George Herbert*, ed. F. E. Hutchinson (Oxford: Clarendon, 1964), 58.

［3］ John Milton, *Paradise Lost*, Book 1 : 300-304, in *Complete Poems and Major Prose*, ed. Merritt Y. Hughes (New York: Odyssey, 1957).

［4］ 史蒂文斯生前,在里尔和威尼斯,就有酒店用了这个名字;史蒂文斯无疑是泛指,因为这个名字适用于蜜月酒店。后来,在《昔日费城的拱廊》中,他把巴黎的拱廊放入他美国的城市。他早年熟读法语诗歌(参见《纪念品和预言》等),其影响笼罩了他终身的创作。“法语和英语,”正如他在《思想录》中说,“构成了一种语言。”(LOA,914)

［5］我们在此期望看到的语词，也是史蒂文斯在其他地方用过的语词，是“poverty”，不是“poorness”。前者是概念，后者是性质。史蒂文斯的意图也是想要我们意识到，在突然看到“poorness”时，会去审视它与更常用的“poverty”的区别。“poorness”丰富的语义可见于《牛津英语词典》中列出的义项。它的第一个义项是古义，指“财物的匮乏；贫穷（现在已被 poverty 取代）”。其他义项是，“某些好的成分的缺失；无生产力；营养不良导致的身材瘦弱或无精打采；瘦，匮乏，不足。某些可欲品质的缺失；价值很小；自卑、猥琐、卑鄙。缺乏精神或勇气；性格或行为的猥琐卑劣”。史蒂文斯这里使用的“poorness”，源于性拒绝，描写的是现在感情生活的缺失，带有这个单词所有物质和性格方面的语义。我想，史蒂文斯在想到使用该词时，去查阅过《牛津英语词典》，并对查询结果感到满意。

［6］巴特·埃克豪特的说法是：“文德勒把这首诗的句法解释得清晰，是因为她想用《隐喻的动机》来支撑一个目的论叙事，按照这种叙事，史蒂文斯从《风琴》的萌芽状态，经过更复杂但还没有完全实现的中间阶段（《隐喻的动机》为证），最终进入他晚期创作的顶峰，抵达了极端的复杂和自我意识的阶段。”Bart Eeckhout, *Wallace Stevens and the Limits of Reading and Writing* (Columbia: University of Missouri Press, 2002), 248n39.

我想，我从来没有说过史蒂文斯在《风琴》中的诗歌是“萌芽”时期创作。相反，《风琴》中的某些诗歌，可谓十分老练、“复杂”，充满“自我意识”。指出他创作中的变化和不断的自我修正，不等于指出在“复杂性”和“自我意识”的“目的性”推进。但是，老年时期的问题不是青年时期或中年时期的问题。史蒂文斯在人生中和文化中意识到新的问题，相应地在语言和结构中敞开这些问题，这是他诗歌的特征之一。

20. Jorie Graham

［1］John Keats, *Letters*, ed. Hyder Rollins, 2 vols. (Cambridge, MA: Harvard University Press, 1958), 2：238.

［2］Wallace Stevens, *Collected Poetry and Prose* (New York: Library of America, 1997), 48.

[3] Gerard Manley Hopkins, *Poetical Works*, ed. Norman H. Mackenzie (Oxford: Clarendon, 1990), 182.

[4] *Ibid.*, 198.

[5] *Ibid.*, 190.

[6] Walt Whitman, *Leaves of Grass*, ed. Michael Moon (New York: W. W. Norton, 2002), 103.

[7] *Ibid.*

[8] Stevens, *Collected Poetry*, 437.

[9] Jorie Graham, *Erosion* (Princeton: Princeton University Press, 1983), 8-9;此后文中注为 E,带页码索引。

[10] Jorie Graham, *The End of Beauty* (New York: Ecco, 1987), 67;此后文中注为 EB,带页码索引。

[11] Stevens, *Collected Poetry*, 138.

[12] Jorie Graham, *Materialism* (New York: Ecco, 1993), 85-86.

[13] Jorie Graham, *The Errancy* (New York: Ecco, 1999), 103-106.

[14] Stevens, *Collected Poetry*, 351.

21. Attention, Shoppers

[1] John Ashbery, *Selected Prose*, ed. Eugene Richie (Ann Arbor: University of Michigan Press, 2004), 112;此后文中注为 SP,带页码索引。

[2] John Ashbery, *Where Shall I Wander* (New York: Ecco, 2005);此后文中注为本书页码索引。

22. Seamus Heaney's "Sweeney Redivivus"

[1] Seamus Heaney, *Opened Ground* (New York: Farrar, Straus and Giroux, 1998);此后文中注为本书页码索引。《开垦地》(1998)中收录的《斯威尼重生》省略了一些诗,这些诗与斯威尼的故事关系不大(除了《斯威尼归来》,其中斯威尼看到妻子和别的男人住在一起)。五首省略的诗(根据它们在组诗中的序号

位置)依次是:《松散》(3),《警戒》(8),《白日梦》(13),《在栗树里》(14)和《斯威尼归来》(15)。

［2］*Sweeney Astray* (New York: Farrar, Strauss and Giroux, 1984). 最早的1983年版由 Field Day Theatre Company(Derry, Ireland)出版。

［3］希尼说,这里的叛徒指的是莱纳德·麦克奈利(Leonard McNally)。麦克奈利并未出现在《旧圣像》描写的版画中,尽管希尼写作时以为他在画中的群体里。(希尼与本书作者的交谈)

23. The Democratic Eye

［1］John Ashbery, *A Worldly Country: New Poems* (New York: Ecco, 2008), 64;此后文中注为本书页码索引。

24. Losing the Marbles

［1］James Merrill, *Collected Poems*, ed. J. D. McClatchy and S. Yenser (New York: Alfred A. Knopf, 2001), 809;此后文中注为本书页码索引。

［2］These are "Days of 1964," "Days of 1935," "Days of 1971," "Days of 1941 and '44," and "Days of 1994."

［3］For Merrill's interest in, and use of, the Greek languagc, see Rachel Hadas, "From Stage Set to Heirloom: Greece in the Work of James Merrill," *Arion* 6, no. 3 (Winter 1999): 51-68.

［4］James Merrill, *The Changing Light at Sandover* (New York: Alfred A. Knopf, 1982), 369-370.

25. Mark Ford

［1］Mark Ford, *Landlocked* (London: Chatto and Windus, 1992);此后文中注为 L,带页码索引。

［2］Mark Ford, *Selected Poems* (Minneapolis: Coffee House Press, 2014), 96;此后文中注为 SP,带页码索引。

[3] Mark Ford, *Soft Sift* (London: Faber and Faber, 2001); Mark Ford, *Six Children* (London: Faber and Faber, 2011).

[4] 与海伦·文德勒的私人书信。

[5] "Out of Nothing—Mark Ford," interview with Kit Toda, *The Literateur*, July 10, 2009, http://literateur.com/out-of-nothing-mark-ford/.

26. Notes from the Trepidarium

[1] Lucie Brock-Broido, *Stay, Illusion* (New York: Alfred A. Knopf, 2013); 此后文中注为 SI,带页码索引。

[2] Lucie Brock-Broido, *A Hunger* (New York: Alfred A. Knopf, 1997), 3; 此后文中注为 AH,带页码索引。

[3] http://spenserians.cath.vt.edu/TextRecord.php? textsid=33407, accessed June 30, 2014.

[4] Lucie Brock-Broido, *The Master Letters* (New York: Alfred A. Knopf, 1995), vii;此后文中注为 ML,带页码索引。

[5] Lucie Brock-Broido, *Trouble in Mind* (New York: Alfred A. Knopf, 2004), 9;此后文中注为 TIM,带页码索引。

[6] Wallace Stevens, *Collected Poetry and Prose* (New York: Library of America, 1997), 128.

27. Pried Open for All the World to See

[1] John Berryman, *The Heart Is Strange: New Selected Poems* (New York: Farrar, Straus and Giroux, 2014), 105;此后文中注为 HS,带页码索引。

[2] John Berryman, *Berryman's Sonnets* (New York: Farrar, Straus and Giroux, 2014), xxxii.

[3] Michael Hofmann, *Where Have You Been?* (New York: Farrar, Straus and Giroux, 2014), 29.

[4] John Berryman, *The Dream Songs* (New York: Farrar, Straus and Giroux,

2014), 3;此后文中注为 DS,带页码索引。

[5] Wallace Stevens, *Collected Poetry and Prose* (New York: Library of America, 1997), 274.

[6] William Heyen, "A Memoir and an Interview," *Ohio Review* 10 (Winter 1974): 61.

[7] *Ibid.*, 57.

版权声明

Chapter 5 was first published as "American X-Rays." *The New Yorker / Condé Nast* (November 4, 1996), 98-102. Copyright © 1996 by Helen Vendler.

Chapter 6 was first published as Introduction to *The Waste Land*, by T. S. Eliot (1997). Reprinted with permission from the Arion Press.

Chapter 7 was first published as "A. R. Ammons' *The Snow Poems* and *Garbage:* Episodes in an Evolving Poetics." In *Complexities of Motion: New Essays on A. R. Ammons' Long Poems*, ed. Steven P. Schneider (Cranbury, NJ: Associated University Presses, 1998), 23-50. Copyright © 1998 by Helen Vendler.

Chapter 8 was first published as "All Her Nomads." *The London Review of Books*, www. lrb. co. uk (February 1998), 11-12.

Chapter 9 was first published as "Seamus Heaney and the Oresteia: 'Mycenae Lookout' and the Usefulness of Tradition." *Proceedings of the American Philosophical Society* 143: 1 (1999), 116-129. Reprinted by permission of the American Philosophical Society.

Chapter 10 was first published as "Melville and the Lyric of History." *The Southern Review* 35: 3 (Summer 1999), 579-594.

Chapter 11 was first published as "Lowell's Persistence: The Forms Depression Makes." *The Kenyon Review* (Winter 2000), 216-233.

Chapter 12 was first published as "Wallace Stevens: Hypotheses and Contradictions." Wharton Lecture on English Poetry. *Proceedings of the British Academy* 111 (2001), 225-244. Oxford: Oxford University Press. Copyright © British Academy 2001.

Chapter 13 was first published as "Ardor and Artifice." *The New Yorker / Condé Nast* (March 12, 2001), 100-104. Copyright © 2001 by Helen Vendler.

Chapter 14 was first published as "The Titles: A. R. Ammons, 1926-2001." *Poetry* (October 2001), 31-46.

Chapter 15 was first published as "Poetry and the Mediation of Value:

Whitman on Lincoln." *The Tanner Lectures on Human Values*, vol. 22 (Salt Lake City: University of Utah Press, 2001), 141-158. Reprinted by permission of University of Utah Press.

Chapter 16 was first published as " 'Long Pig': The Interconnection of the Exotic, the Dead, and the Fantastic in the Poetry of Elizabeth Bishop." In *The Art of Elizabeth Bishop*, ed. Sandra Regina Goulart Almeida, Gláucia Renate Gonçalves, and Eliana Lourenço de Lima Reis (Ouro Preto, Brazil: Belo Horizonte, 2002), 25-38.

Chapter 17 was first published as "Stevens and Keats's 'To Autumn.' " In *Wallace Stevens: A Celebration*, ed. Frank Doggett and Robert Buttel (Princeton: Princeton University Press, 1980), 171-195. Reprinted in *Close Reading: The Reader*, ed. Frank Lentricchia and Andrew Dubois (Durham, NC: Duke University Press, 2003), 156-174. Copyright © 1980 by Helen Vendler.

Chapter 18 was first published as " 'The Circulation of Small Largenesses': Mark Ford and John Ashbery." In *Something We Have That They Don't: British and American Poetic Relations since 1925*, ed. Steve Clark and Mark Ford. Copyright © 2004 University of Iowa Press. Used with permission.

Chapter 19 was first published as "Wallace Stevens: Memory, Dead and Alive." *The Wallace Stevens Journal* 28: 2 (2004), 247-260. Copyright © 2004 The Wallace Stevens Society, Inc. Reprinted by permission of Johns Hopkins University Press.

Chapter 20 was first published as "Jorie Graham: The Moment of Excess." In Helen Vendler, *The Breaking of Style: Hopkins, Heaney, Graham* (Cambridge, Mass.: Harvard University Press, 1995), 71-95. Copyright © 1995 by the President and Fellows of Harvard College. Reprinted by permission of the publisher.

Chapter 21 was first published as "Attention, Shoppers." *The New Republic* (March 7, 2005), 30-33. Copyright © 2004 by Helen Vendler.

Chapter 22 was first published as "Seamus Heaney's 'Sweeney Redivivus': Its Plot and Its Poems." In *That Island Never Found: Essays and Poems for Terence Brown*, ed. Nicholas Allen and Eve Patten (Dublin: Four Courts Press, 2007), 169-194. Reprinted by permission of Four Courts Press.

Chapter 23 was first published as "The Democratic Eye." *The New York Review of Books* (March 29, 2007), 20-22. Copyright © 2007 by Helen Vendler.

Chapter 24 was first published as "Losing the Marbles: James Merrill on Greece." In *Imagination and Logos: Essays on C. P. Cavafy*, ed. Panagiotis Roilos (Cambridge, MA: Harvard Department of the Classics, distributed by Harvard University Press, 2010), 51-70. Copyright © 2010 by the President and Fellows of Harvard College.

Chapter 25 was first published as "Intriguing, Funny, Prophetic Ford." *The New York Review of Books* (June 19, 2014), 47-50. Copyright © 2014 by Helen Vendler.

Chapter 26 was first published as "Notes from the Trepidarium: *Stay, Illusion*, by Lucie Brock-Broido." *The New York Review of Books* (February 5, 2015), 40-43. Copyright © Helen Vendler.

Chapter 27 is forthcoming as "Pried Open for All the World to See: Berryman the Poet." *The New York Review of Books*. Copyright © Helen Vendler.

致 谢

感谢所有委托我撰写这些文章的编辑们，尤其是 Leon Wieseltier，Robert Silvers，Mary-Kay Wilmers，John Serio，Andrew Hoyem，以及其他期刊和文集的编辑，这些文章曾刊登在他们编辑的书刊上，我在注释中已经列出。感谢曾邀请我做讲座的机构：国家人文学科基金会（The Jefferson Lecture，“The Ocean，the Bird，and the Scholar”）；英国社会科学院（“Wallace Stevens：Hypotheses and Contradictions”）；埃默里大学（The Ellmann Lecture，“Jorie Graham and the Moment of Excess”）；犹他大学（the Tanner Lecture，“Poetry and the Mediation of Value：Walt Whitman”）；美国哲学学会（“Seamus Heaney and the Oresteia”）；美国学术团体联合会（The Haskins Lecture，“A Life of Learning”）。哈佛大学曾给我研究资助，来自大学教授基金和系主任基金（the University Professors' Fund and the Dean's Fund）。哈佛大学出版社编辑 John Kulka 策划并慷慨资助了这本文集的出版。我也想感谢出版社杰出的设计师 Annamarie Why 和出品人员。最后，感谢我的助手 Lea Sabatini 给我的无价帮助，她帮我解决了扫描的难题，并在电子文档中进行了多处修改。

索 引

（索引页码为原书页码，即本书边码）

译者简介

程　佳　暨南大学外语学院教师。译著有英国诗人 R. S. 托马斯的《自选诗集：1946–1968》《诗选：1945–1990》《晚年诗选：1988–2000》，美国诗人罗伯特·洛威尔的诗集《海豚》与文集《臭鼬的时光》，美国当代诗人丽塔·达夫的诗选集《她把怜悯带回大街上》，等等。

姜清远　美国圣母大学英文系博士，北京大学英文系助理教授。兴趣为英美现代主义文学。

雷艳妮　中山大学外国语学院英语系副教授，博导。中山大学外国语学院英诗研究所负责人，中山大学创意写作中心成员。主要研究方向为英诗与诗论。爱好中英文诗歌创作及翻译。在核心期刊发表英语文学研究论文多篇。

李博婷　北大教师，英语文学研究者，翻译者。

李小均　深圳大学外语学院教授。译有《语言与沉默》《捍卫想象》《T. S. 艾略特的艺术》等。

刘　铮　笔名乔纳森，报纸编辑。

孙红卫　南京大学外国语学院英语系副教授。主要研究领域为英语诗歌、爱尔兰文学、明清以来的中西文化交流史、现当代西方思想等。曾在《外国文学评论》《国外文学》等学术类刊物以及《读书》《中华读书报》等通识类刊物发表论文四十余篇，出版著作《民族》（外语教学与研究出版社）一部；译著《知更鸟传》等四部，参与编写《当代外国文学纪事（英国卷）》。

王立秋 云南弥勒人，北京大学国际关系学院比较政治学博士，哈尔滨工程大学人文社会科学学院讲师。

肖一之 美国布朗大学比较文学博士，上海外国语大学英语学院讲师。已出版译著有科幻小说《未来闪影》，英国现代作家福特·马多克斯·福特作品《挺身而立》和《最后一岗》，历史小说《金山》等，与人合作翻译《破局者：改变世界的五位女作家》。

许小凡 文学博士，北京外国语大学英语学院教师。从事诗歌研究。译有《不完美的一生：T. S. 艾略特传》等，也撰写文学及诗歌评论。

赵 媛 北京大学英语系学士、斯坦福大学语言学博士。曾参与"中国大学生英语学习社会心理—学习动机与自我认同研究"课题研究，以及《萨丕尔论语言文化与人格》的翻译工作。现旅居美国加州，从事教育研发相关工作。

周星月 中山大学国际翻译学院助理教授，研究英语和葡语现当代诗歌与诗学、垃圾美学、环境人文。合作译有海伦·文德勒《看不见的倾听者》。

朱 玉 北京大学英语系博士，中山大学外国语学院教授，从事诗歌教学与研究。著有《作为听者的华兹华斯》，译有《威廉·华兹华斯传》《诗的校正》等。

著作权合同登记号桂图登字:20－2018－139号

图书在版编目(CIP)数据

大海,飞鸟和学者:文德勒论诗人与诗/(美)海伦·文德勒著;合唱团译. —桂林:广西师范大学出版社,2024.3
(文学纪念碑)
ISBN 978－7－5598－3605－2

Ⅰ.①大… Ⅱ.①海… ②合… Ⅲ.①诗歌评论－世界 Ⅳ.①I106.2

中国版本图书馆CIP数据核字(2021)第034904号

大海,飞鸟和学者:文德勒论诗人与诗
DAHAI,FEINIAO HE XUEZHE:WENDELE LUN SHIREN YU SHI

出 品 人:刘广汉　策划编辑:魏　东　责任编辑:魏　东
助理编辑:钟雨晴　装帧设计:李婷婷

广西师范大学出版社出版发行
(广西桂林市五里店路9号　邮政编码:541004
网址:http://www.bbtpress.com)
出版人:黄轩庄
全国新华书店经销
销售热线:021－65200318　021－31260822－898
山东新华印务有限公司印刷
(济南市高新区世纪大道2366号　邮政编码:250104)
开本:690 mm×960 mm　1/16
印张:47.5　字数:480千
2024年3月第1版　2024年3月第1次印刷
定价:188.00元